SARAH ACKERMANN

Der Fluch der Katzen

novum pro

www.novumverlag.com

Bibliografische Information
der Deutschen Nationalbibliothek:

Die Deutsche Nationalbibliothek
verzeichnet diese Publikation in
der Deutschen Nationalbibliografie.
Detaillierte bibliografische Daten
sind im Internet über
http://www.d-nb.de abrufbar.

Alle Rechte der Verbreitung,
auch durch Film, Funk und Fernsehen,
fotomechanische Wiedergabe,
Tonträger, elektronische Datenträger
und auszugsweisen Nachdruck,
sind vorbehalten.

© 2021 novum Verlag

ISBN 978-3-99107-521-9
Lektorat: LSM
Umschlagfotos: Oleg Lytvynenko,
Erinvilar | Dreamstime.com
Umschlaggestaltung, Layout & Satz:
novum Verlag

Gedruckt in der Europäischen Union
auf umweltfreundlichem, chlor- und
säurefrei gebleichtem Papier.

www.novumverlag.com

Ich saß in einem mit schummrig gelbem Licht beleuchteten Raum. Kleine Rauchschwaden zogen durch die ohnehin schon stickige Luft des kleinen Büros. Mein Stuhl war echt unbequem. Er war aus irgendeinem unaussprechlichen Holz gefertigt worden, das weder biegsam noch geschmeidig war. Dieses Holz wies keine der Eigenschaften auf, die es zur Fertigung eines Stuhls prädestiniert hätten.

Ich rutschte hin und her und versuchte herauszufinden, welche meiner Arschbacken sich in einem weniger komatösen Schlafzustand befand, die linke oder die rechte. Mein rechtes Knie stieß dabei an den Bürotisch vor mir, der mit diversen Papierstapeln überhäuft war. Wo das dunkle Holz noch zum Vorschein kam, war es mit Krümeln und Asche übersät.

Die Person, die hier arbeitete, war ganz offensichtlich ein Workaholic, der praktisch in diesem Büro lebte, zwischendurch kurz ein Sandwich verdrückte und dann rauchend wieder weiterarbeitete. Vor die Tür kam sie auch nicht oft. Das war an ihrer blassen Hautfarbe deutlich zu erkennen.

Sie saß mir seelenruhig gegenüber und rauchte ihre dünne Tabakzigarre zu Ende. Ihr breiter, schwarzer Ledersessel schien offenbar bequem zu sein. Schon zum zehnten Mal, seit ich darauf wartete, dass sie das Gespräch eröffnete, sah ich ihr ins Gesicht.

Sofort fiel mein Blick wieder auf ihre stechend schwarzen Augen und ich sah schnell wieder weg. Das Spinnennetz in der oberen linken Ecke über dem verstaubten Bücherregal kannte ich nun schon in- und auswendig. Dennoch studierte ich es eingehend, um nicht gelangweilt im Raum umherzublicken.

Sie hatte wirklich schöne, feine Gesichtszüge. Und dann erst die langen, eleganten schwarzen Haare, die wie ein aus glänzendem Lack gefertigtes Kunstwerk hochgesteckt waren. Wären da nur nicht diese stechenden Augen mit ihrem diabolischen Funkeln.

Es waren nun schon zehn Minuten vergangen, seit sie mich aufgefordert hatte, mich zu setzen. Sie blies mir einen Zug Rauch ins Gesicht und dann begann sie endlich zu sprechen.

„Wissen Sie, was wir hier tun?", fragte sie mich in ruhigem und sachlichem Ton.

„Sie vermitteln?", antwortete ich unsicher und rieb mir über die Stirn, als mir unverhofft der Schweiß ausbrach.

„Ganz recht", sagte sie und lehnte ihren schlanken, in enganliegender roter Seide gekleideten Körper entspannt im Sessel zurück.

Erneut nahm sie einen Zug ihrer unsäglich stinkenden, dünnen Zigarre. Wenn es in diesem Tempo weiterging, würde das Gespräch noch Stunden dauern.

Als mir am Schalter gesagt wurde, ich sollte mit dem Chef reden, hatte ich an irgendeinen Abteilungsleiter oder dergleichen gedacht. Wie hätte ich auch ahnen können, dass ich mit der Chefin schlechthin sprechen würde.

Verglichen mit ihrer Position ließ sich die Schäbigkeit ihres engen Büros im tiefsten Keller und ohne Fenster gar nicht beschreiben. Diese Frau war rein körperlich das Sinnbild jeglicher Eleganz und hätte an diesem Ort eigentlich so fehl am Platz wirken müssen wie ein zarter Schmetterling in einer stinkenden Kneipe.

Wären da nicht ihre schwarzen Augen gewesen, in deren Blick sich mir Abgründe auftaten, als sähe ich in das Antlitz des Nichts. Dieses finstere Nichts des Nachthimmels, in dem zwar Sterne hoffnungsvoll aufleuchten, aber in dessen Schwärze die grauenhaftesten Schrecken lauern mussten.

Ich rückte mit meinem Stuhl ein paar Zentimeter zurück. So gesehen passte dieses Büro durchaus zu ihr. In seinen dunklen Winkeln krabbelte irgendwelches unheimliches Getier, das sie, würde es ihr zwischen die Finger geraten, bestimmt ebenso erbarmungslos zerquetschen konnte wie ihr Gegenüber, das sie auf diesem wahrlich höllisch unbequemen Stuhl platziert hatte.

Als mich ihr durchdringender Blick wieder traf, schrumpfte ich unwillkürlich ein wenig auf meinem Stuhl zusammen. Vielleicht wäre es doch ganz angenehm, sich mit dem Krabbelgetier zusammen in der dunklen Ecke zu verkriechen.

Ihre Augen fesselten mich in einer Art Starr-Wettkampf, in dem ich mich nicht getraute, wegzusehen, obwohl ich mir fast in die Hosen machte. Endlich blies sie mir wieder ihren Rauch ins Gesicht und schaute offenbar zufrieden an die Wand zu meiner Linken, an der etliche Zettel, Poster, Fotografien, aber auch wertvolle Gemälde in heillosem Durcheinander hingen.

Befreit von ihrem stechenden Blick entspannte ich mich wieder ein wenig und löste meine Hände von der Sitzkante des Stuhls, an der sie sich unbemerkt festgeklammert hatten.

Das Lächeln verschwand wieder von ihrem Gesicht, während sie die Wand musterte.

Mit strenger und kalter Stimme fuhr sie fort: „Wir vermitteln. Wir vermitteln absolut alles, was es überhaupt zu vermitteln gibt. Kostbare Antiquitäten, seltene Lebewesen aus anderen Dimensionen, sogar uralte Flüche und Verwünschungen. Ganz egal. Der Kunde will es, wir vermitteln es. Egal, was sie sich wünschen, für den angemessenen Preis können sie alles haben, was ihr Herz, oder welcher Teil von ihnen auch sonst, begehrt."

Sie machte eine Pause und ich nickte zustimmend. Sie würdigte mich diesmal jedoch keines Blickes. Was für eine Erleichterung!

Nach einem erneuten Zug ihrer stinkenden Zigarre sprach sie weiter: „Mit den Wünschen ist das so eine Sache. Viele wünschen sich etwas, von dem sie glauben, dass es sie glücklich macht. Tatsächlich führt in den wenigsten Fällen die Erfüllung eines Wunsches dazu, dass sie sich zufriedener oder glücklicher fühlen. Die meisten wünschen sich Dinge, die im Grunde gar nicht gut für sie sind und oft genug folgen auf einen von uns bearbeiteten Vermittlungswunsch gleich etliche nach. Das stört uns nicht weiter, es ist gut fürs Geschäft."

Sie machte eine bedeutsame Pause.

„Problematisch sind einzig diejenigen Kunden, die ein wenig mehr einsichtig und selbstkritisch sind als der Normalkunde. In so einem Fall wird der Kunde reklamieren und bei uns einen Umtausch, Schadenersatz oder die Rücknahme des Vermittelten fordern. Würden solche Probleme nicht zur Zufriedenheit unserer Kunden gelöst, würde sich das herumsprechen und das wäre äußerst schlecht für unser Geschäft."

Sie drehte sich wieder zu mir um und drückte endlich den Rest ihrer Zigarre in dem goldenen Aschenbecher auf dem Pult aus. Auf dem einzigen freien Bereich des Pultes direkt vor sich faltete sie ihre Hände. Und wieder lastete ihr durchdringender Blick auf mir.

„Und hier kommen Sie ins Spiel. Tian vom Empfang sagte mir, sie wären auf der Suche nach einer Anstellung. Sie haben keine Ausbildung, keinen Abschluss, keine nennenswerten Beziehungen ..."

Mein Kopf lief vor Scham ganz rot an.

„Aber Sie sind nach Ihren eigenen Angaben, ich zitiere ‚ganz gut im Schreiben'."

Ich fing an, nervös an meinen Händen herum zu kneten. Ich brauchte einen Job. Ich brauchte wirklich, wirklich dringend einen Job! Das war der einzige Weg, der mir noch blieb, um an das nötige Geld zu kommen, um meine Schulden begleichen zu können. Würde ich meine Schulden nicht in den nächsten zwei Monaten wenigstens ansatzweise zurückzahlen, dann ...

Ich brauchte einen Job!

„Normalerweise hätte ich jemanden wie Sie hochkant zum Gebäude hinauswerfen lassen. Aber Sie haben Glück. Angesichts der jüngsten Ereignisse, und ich spreche hier von Reklamationen richtig unzufriedener Kunden, habe ich mich entschieden, ein neues Team mit der Lösung solcher Probleme zu beauftragen. Dafür braucht es auch jemanden, der haarklein Protokoll führt und mir nachher in allen Einzelheiten Bericht erstatten kann. Bei der Behebung der Problemfälle können wir uns nicht die geringste Unklarheit erlauben, die später zu Fragen führen könnte.

Irgendeine Lücke in den Akten, selbst wenn sie das Ansehen dieses Unternehmens schützen soll, kann ich mir nicht leisten. Dieses Geschäft ist hochkomplex und es steht dabei zu viel auf dem Spiel.

„Darum meine Frage: Können Sie mein Team begleiten und alle Einzelheiten der Mission so notieren, dass für mich keine Probleme daraus entstehen könnten? So, dass selbst vor dem mir am feindlichsten gestimmten Richter kein Körnchen Zweifel bestünde, dass meine Leute ehrliche und saubere Arbeit leisten und wir nichts zu verbergen haben? Trauen Sie sich das zu?"

Mir lief ein kalter Schauer den Rücken hinunter. Wenn sie bereit war, jemandem wie mir diesen Job zu geben, dann musste er wirklich das Allerletzte sein. Aber was blieb mir schon anderes übrig? Das war meine letzte Chance, bevor meine Lieferanten mir für immer den Hahn zudrehen würden.

Entschlossen ballte ich meine Hände zu Fäusten und presste zwischen den Lippen hervor: „Ja, ich kann das!"

Ein gefährliches Raubtierlächeln umspielte ihre Lippen.

„Gut. Sie fangen gleich morgen an. Ihnen wird eine Firmenunterkunft zugeteilt. Aber Sie werden ohnehin viel unterwegs sein. Die Firma übernimmt Kost und Logis sowie alle nötigen Versicherungen und Unfall- oder Krankheitskosten. Melden Sie sich gleich bei Emma im zweiten Stock. Sie wird Ihnen Ihren Schlüssel und alle nötigen weiteren Unterlagen aushändigen. Haben Sie noch Fragen?"

Mir schwirrte der Kopf. Das klang eigentlich alles ganz gut. Ach was, traumhaft. Ich würde mir keine Sorgen mehr machen müssen, bei wem ich die nächsten Nächte zubringen und Essen schnorren konnte. Aber …

„Gibt es auch einen Lohn?", fragte ich schüchtern.

„Wenn ich mit Ihrer Arbeit zufrieden bin. Hier ist der Vertrag."

Sie legte ein handgeschriebenes Dokument auf den Zettelstapel vor mir, das eher aussah wie ein Teufelspakt als ein Arbeitsvertrag.

Sie hielt mir ihren goldenen Füller hin.

„Damit wir uns richtig verstehen: Dies ist eine unbefristete Stelle", sagte sie drohend.

Mir rann der Angstschweiß hinunter. Dieser Job war allerdings ein Traum. Ein Albtraum! Sie würde mich nur aus diesem Vertrag entlassen, wenn ich zehn Meter unter der Erde begraben lag. Aber wie schon gesagt, ich hatte keine Wahl.

Mit zitternder Hand nahm ich den Füller entgegen und setzte meinen Namen auf das Papier. Sie nahm den Füller und den Vertrag wieder zu sich.

„Schön. Dann sind wir also im Geschäft."

DAS ERSTE ZUSAMMENTREFFEN

Unser ganzer Körper ist fähig, zu atmen. Unsere Nase atmet natürlich, ebenso unser Mund, aber auch unsere Haut mit ihren Poren, sogar unsere Augen. Die ganze Fläche unseres Körpers atmet. Und trotzdem wachte ich an diesem Morgen nach Luft ringend auf.

Die halbe Nacht hindurch hatte mich ein Albtraum geplagt. Immer wieder saß ich in einem über und über mit Qualm gefülltem, engen Zimmer. Eine Uhr tickte so langsam, als würde sie für jede Sekunde eine volle Minute brauchen. Tick, … tick, … tick, …

In demselben Takt tropfte mir der Schweiß von der Stirn. Ich konnte keine Worte hören, aber ich sprach mit jemandem. Mit demjenigen, der mir gegenübersaß. Er saß auf einem riesigen Thron, der niemals in den kleinen Raum hineingepasst hätte. Und auf dem Thron saß der gehörnte Teufel höchstpersönlich. Aus seinem Mund quollen gelbe Schwefelschwaden.

Was er zu mir sagte, konnte ich nicht verstehen. Meine Antworten auf seine Fragen ebenso wenig.

Aber am Ende des Traums wusste ich mit Gewissheit, dass ich mit ihm einen Pakt geschlossen hatte. Ich hatte ihm meine Seele verkauft. In dem Moment, als wir das Abkommen mit meinem blutigen Fingerabdruck auf seinem Pergament besiegelten, klingelte das Telefon.

Ich erwachte, wie schon gesagt, nach Atem ringend und schweißgebadet.

Das Telefon auf dem Nachttisch klingelte weiter. Einmal, zweimal, dreimal, … beim fünften Mal nahm ich endlich den Hörer ab.

„Guten Morgen!", trällerte eine gut gelaunte Stimme in mein Ohr. Zu gut gelaunt für meinen Geschmack.

„Ich sollte Sie um halb sieben wecken. Dies ist schließlich Ihr erster Arbeitstag hier bei uns", sprach die freundliche Sekretärinnenstimme weiter. „Frühstück wird Ihnen in der Kantine serviert. Sie werden um acht bei der Arbeit erwartet. Ich wünsche Ihnen einen guten Start und herzlich **willkommen**."

Damit endete das frühmorgendliche Gespräch, ohne dass ich auch nur einen Piep von mir gegeben hätte.

Bilder des vergangenen Tages stiegen wieder in mir auf. Ja, ich hatte in einem kleinen, rauchigen Zimmer gesessen. Ja, ich hatte ein Gespräch mit dem Teufel geführt. Und ja, ich hatte mit ihr einen Pakt geschlossen.

Nur, dass **sie**, die Realität, weitaus angsteinflössender war, als der Ziegenmenschriese in meinem Traum.

Als ich beim Frühstück saß, war ich ganz froh darüber, dass mich das Telefon so früh geweckt hatte. Schon seit Tagen hatte ich nichts Anständiges mehr zwischen die Zähne gekriegt. Nun genoss ich mein ausgedehntes Frühstück in allen Zügen. Und das beanspruchte viel Zeit.

Ich war nicht wie andere Hungernde, die beim ersten Kontakt mit richtigem Essen alles in sich hineinstopften. Nein, ich war ein Genießer.

Schon um eine Auswahl am Buffet zu treffen und diese schön auf meinem Teller zu drapieren, benötigte ich einige Minuten.

Ich genoss den Duft des aufbrühenden Tees und des frisch gepressten Orangensaftes. Das Essen schmeckte vorzüglich. Hier hätte ich gerne jeden Tag für den Rest meines Lebens gefrühstückt. Aber ich sollte ja in den Außendienst. Ein friedliches Dasein als einfacher Büroangestellter war mir offenbar nicht vergönnt.

Um acht Uhr sollte ich zum ersten Mal meinen beiden Teamkollegen begegnen. Das hieß, nein, eigentlich bildeten nur die beiden das Team. Ich war lediglich das Anhängsel, das notwendigerweise mitmusste. Ich war nur der Schreiberling.

Der vorgesehene Treffpunkt für das Team war der große Springbrunnen. Das fand ich heraus, nachdem ich mit meinem Quartiermeister gesprochen hatte, ein alter, Vanillepfeife rauchender Mann mit vollem grauem Haar und grauem Schnauzer. Das Gelände der Hauptzentrale der Vermittlung war etwa so groß wie eine eigene kleine Stadt. Nur gab es hier keine Läden, keine Essensbuden, nicht einmal einen Kiosk. Hier war alles streng kontrolliert. Essen gab es in der Kantine. Und an dem hatte ich wirklich nichts zu meckern. Ständer für die Morgenzeitung fanden sich an jeder Ecke und waren immer gut gefüllt.

Geraucht wurde in separaten Rauch-Lounges. Da gab es die Erdbeer-Lounge, die Pfefferminz-Lounge, die Vanille-Lounge, die Roiboos-Pfeffer-Lounge, die Whiskey-Lounge, die Kaffee-Lounge und auch die mir unbeliebte Tabak-Lounge. Ich selbst war Nichtraucher. Aber ich genoss es trotzdem, ab und zu durch den erfrischenden Rauch einer Pfefferminz-Zigarette zu laufen oder durch den besonders am Morgen genüsslichen Duft der Kaffee-Zigaretten. Der übersüße Geruch der Erdbeer-Zigarren war schon weniger mein Fall. Und die stinkenden Tabak-Zigaretten und -Zigarren konnte ich auf den Tod nicht ausstehen. Wie konnte man nur an diesem Geruch hängen, wo doch so viele wohltuende Düfte geraucht werden konnten? Die meisten anderen gefielen mir, vorausgesetzt sie mischten sich nicht alle wild durcheinander. Diese Gefahr bestand hier auf dem Gelände der Hauptzentrale aber nicht.

An diesem Morgen hatte ich gar keine Zeit mehr, noch all die anderen Dinge zu entdecken, die den Mitarbeitern hier geboten wurden. Der Quartiermeister wies mir den Weg zur nächstgelegenen Station der Ringbahn. Es gab zwar auch eine eigene Tief-Bahn sowie die gemütliche Wasser-Bahn, aber die wichtigsten Stationen erreichte man am einfachsten und schnellsten mit der Ringbahn. Die hatte ich am Tag zuvor zum ersten Mal benutzt und war sowohl fasziniert als auch ein wenig abgeschreckt von ihr. Aber da ich nicht mehr allzu viel Zeit hatte und dies der schnellste Weg war, ging ich gezwungenermaßen auf die Station zu.

Der deutlich mit einem Kreiszeichen markierte Eingang zur Ringbahn führte zuerst hinab in das unterirdische Level. Als ich die Treppe hinunterstieg, hörte ich schon in der Ferne das kontinuierliche Rauschen der Ringbahn. Am unteren Ende der Treppe kam ich zu der kleinen, hell erleuchteten Halle, in der die Kabinen warteten. Bei ihrem Anblick erinnerte ich mich wieder an die Worte des Quartiermeisters, als er mir den Weg gewiesen hatte: „Da geht's runter zu den Särgen", hatte er gesagt und auf den Eingang zur Ringbahn gedeutet.

Die Kabinen der Ringbahn sahen tatsächlich wie Särge aus. Es waren geschlossene Einzelkabinen. Nicht nur ihre weiss polierten, leicht gerundeten Oberflächen erinnerten an stehende Särge. Auch der Innenraum war samtig ausgepolstert, wie ich mich noch von meiner gestrigen Fahrt erinnerte.

Gestern. Bei der Erinnerung an gestern krampfte sich mir der Magen zusammen. Ich konnte nur hoffen, dass ich nicht schon gleich bei der ersten Mission in einem richtigen Sarg landete. Trotz all der angeblichen Versicherungen würde dieses Teufelsweib wohl kaum allzu viel Rücksicht auf das Leben eines kleinen Schreiberlings wie mir nehmen.

Ich ging auf eine der Kabinen rechts von mir zu. Als ich mich vor eine Kabine gestellt hatte, leuchtete ein grüner Punkt auf der weißen Oberfläche auf. Ich drückte drauf und sagte laut „Springbrunnen". Die Kabine öffnete sich automatisch, ich stieg ein und versank für einen Moment genüsslich in dem dunkelgrünen Samtpolster. Sofort schloss sich die Kabine. Nun konnte man nichts mehr sehen. Ein warmes Licht leuchtete den kleinen Innenraum der Kabine aus.

Die Bewegung der Kabine war kaum zu spüren. Hätte ich nicht gestern die Anleitungstafel studiert, wäre ich nun wahrscheinlich ganz schön beunruhigt. Die Ringbahn war, wie der Name sagte, eine Bahn, die sich im Kreis bewegte. Aber sie war nicht einfach eine Bahn, die ständig dieselbe Strecke im Kreis fuhr. Die Ringbahn war so lang wie die Strecke selbst. Diese riesige Bahn war ständig in Bewegung, um die vielen Mitarbeiter der Vermittlung schnell von einem Ort zum nächsten zu bringen. Sie verlief unterhalb des gesamten Hauptquartiers.

Die losen Kabinen konnten mittels riesiger Roboterarme an die Bahn angehängt und später wieder abgehängt werden. So musste die Bahn niemals anhalten, wenn man ein- oder ausstieg. Und man war wahnsinnig schnell am Ziel. Ein feines Glockengeräusch in der Kabine machte die Fahrgäste darauf aufmerksam, dass sie in einigen Sekunden aussteigen mussten.

An dieser Stelle sollte ich mich vielleicht für meine endlosen Erklärungen entschuldigen. Als Schreiberling kann ich manchmal gar nicht mehr aufhören, meine Umgebung zu beschreiben. Ich habe diese Kunst so weit perfektioniert, dass ich selbst manchmal völlig darin versinke und erst nach einigen Stunden merke, dass ich ja der arme Tropf bin, der in dem eisigen Nordwind unter dem kristallisierten Geäst eines Baumes sitze und mir in der friedlich verträumten Schneelandschaft den Arsch abfriere.

Kurz gesagt: ich kam also zum Springbrunnen.

Der Springbrunnen erstreckte sich über einen langgezogenen Platz. Rundherum ragten die aus weißem Marmor und dunkelblauem Tiefseeglas erbauten Hochhäuser der Vermittlung empor. Durch die sich spiegelnden Sonnenstrahlen sahen die Gebäude noch imposanter aus. Das Wetter war heute schön und verheißungsvoll.

Ich seufzte. Na gut, so schlimm, wie ich es mir ausgemalt hatte, war dieser Job vielleicht ja doch nicht. Die Unterkunft und das Essen waren auf jeden Fall hervorragend. Vor allem für jemanden wie mich, der schon seit Jahren nicht mehr regelmäßig ein Dach über dem Kopf und etwas zu essen gehabt hatte.

Nur das mit dem Lohn war enttäuschend. Den gab es nur, wenn ich zufriedenstellende Arbeit leisten würde. Tja. Blieb zu hoffen, dass ich das hinkriegen würde. Denn sonst würde ich meine Schulden nicht abzahlen können und dann … Das wollte ich mir gar nicht erst ausmalen.

Zuerst musste ich mich jetzt aber mal auf die Suche nach meinem Team machen. Gut, dass um diese Zeit noch nicht so viele Leute am Springbrunnen waren. Nur einige Mütter saßen bereits auf der Randmauer und sahen ihren kleinen Kindern zu, die vergnügt auf dem Springbrunnen herumhüpften.

Ich überlegte, wie ich am besten vorgehen sollte. Über den Springbrunnen laufen oder rundherum? Über den Springbrunnen ging bestimmt schneller. Andererseits ... sah das bei einem Erwachsenen nicht ein wenig lächerlich aus? Obwohl, ... so alt sah ich ja gar nicht aus. Die meisten würden mich wohl so auf Anfang zwanzig schätzen.

Ich entschied mich, den direkten Weg über den Springbrunnen zu nehmen. Ich stieg auf die kleine Mauer, die rund um den Springbrunnen verlief. Nach kurzem Zögern setzte ich beherzt einen Fuss auf die rote Matte vor mir. Ich schaukelte leicht auf und ab. Unter mir hörte ich das Wasser leise gluckern.

Ein bisschen mulmig war mir schon zumute. Aber gut, ich hatte mich nun mal so entschieden. Ich drückte mein Gewicht in die Knie und stieß mich mit beiden Beinen ab. Die elastische rote Matte schleuderte mich in die Luft und auf die nächste gelbe Matte zu. Ich landete dort nur auf einem Fuß und stieß mich gleich wieder ab und sprang so zu der nächsten Matte. Von dort ging es wieder weiter.

Ich sprang möglichst geradeaus, damit es wenigstens so aussah, als würde ich dies nur tun, weil es der schnellste Weg war. Tatsächlich machte das Springen auf dem Springbrunnen unheimlich viel Spaß. Ich hätte beinahe aufgejauchzt, als ich mich wieder abstieß und dann für eine fantastische Sekunde lang durch die Luft flog, um schließlich wieder weich auf der nächsten Matte zu landen und gleich wieder weiterzuspringen.

Die ganze Zeit über hörte ich das Wasser unter mir gluckern. Es sah aber so aus, als sollte ich Glück haben und trocken auf der anderen Seite ankommen. Viel zu schnell war ich am Ende des Springbrunnens angelangt. Ich schaukelte noch ein wenig auf der letzten Matte auf und ab, bevor ich wieder über die kleine Mauer auf den normalen Weg hinunterstieg.

Auf dem kleinen Platz vor mir stand eine kunstvolle weiße Marmorsäule, auf der eine große Uhr befestigt war. Die Uhr zeigte zwei Minuten vor acht. Puh, ich war also noch pünktlich. Aber wo war denn nun der Rest des Teams? Ich blickte mich kurz um und entdeckte nicht allzu weit entfernt eine zierliche junge Frau, die ein wenig zögernd auf einen großgewachsenen jungen

Mann zuging, der an die Springbrunnenmauer gelehnt dastand und auf jemanden zu warten schien. Etwa auf mich?

Ich ging auf die beiden zu und beobachtete sie weiter. Sie schienen sich zu mustern und begrüßten sich zögerlich. Es sah nicht so aus, als ob sich die beiden bereits kennen würden. Zudem waren ansonsten nur noch Mütter mit kleinen Kindern am Springbrunnen unterwegs. Das mussten sie sein. Das musste mein Team sein!

Als ich näherkam, sahen die beiden zu mir herüber. Ihre Mienen schienen Neugierde aber, zumindest auf Seiten der Frau, auch eine gewisse Nervosität auszudrücken. Ich blieb direkt vor ihnen stehen und überlegte, was ich sagen sollte. Sie schwiegen beide.

„Ähm, ...", fing ich an und wurde dann sogleich von dem großgewachsenen, sportlich aussehenden Mann unterbrochen.

„Dann wären wir wohl komplett", verkündete er und ein vergnügtes Lächeln breitete sich auf seinem Gesicht aus.

Er sah eigentlich nicht allzu besonders aus. Helle Haut, leicht von der Sonne gebräunt. Offenbar jemand, der sich öfter im Freien aufhielt. Braune Haare, ein paar erkennbare Bartstoppeln, die er wohl heute nicht abrasiert hatte. Dazu passte auch die Optik seiner Kleidung. Normale Hose, T-Shirt und Turnschuhe. Einzig speziell waren die dunkelgrünen Augen, die nun erwartungsvoll leuchteten.

Von der Frau kam ein resigniertes Seufzen. Ich sah zu ihr hinüber und verspürte sofort Sympathie. Ihr war auf Anhieb anzusehen, dass es ihr ähnlich erging wie mir: sprich, dass sie diesem Job nicht gerade mit allzu viel Enthusiasmus entgegensah.

Im Gegensatz zu ihm war sie eine eher auffällige Erscheinung. Sie hatte langes schwarzes Haar, in das einige Goldkettchen und rote Steine eingeflochten waren. Ihre Haut besaß einen bronzenen Ton und ihr rotes Kleid war mit lauter goldenen, orientalischen Mustern bestickt. Dazu hatte sie ... kaum zu glauben! Mir stockte der Atem. Sie hatte violette Augen. Dann war sie womöglich ...

„Also, ich bin Shai", sagte sie.

„Matt", antwortete der Mann und die beiden schüttelten sich die Hand. Dann sahen sie zu mir rüber.

„Dann musst du wohl der Schreiberling sein. Hab' ich recht?", fragte Matt.

„Ähm, ja", stotterte ich.

„Haha, gut." Sein zufriedenes tiefes Lachen erklang.

„Dann sollten wir uns vielleicht einmal besser kennenlernen. Schließlich sollen wir ja ein Team sein", fing Matt an. „Sag mal, was haben diese violetten Augen zu bedeuten?", fragte er an Shai gewandt.

Sie seufzte. „Die hab' ich von Geburt an. Das ist bei uns so üblich", antwortete sie.

„Bei uns?", hakte Matt interessiert nach.

Shai wirkte resigniert: „Na gut, ihr erfahrt es ja sowieso. Ich stamme aus einer Familie von Dschinn."

Ich wusste es! Na ja, nicht genau das mit den Dschinn. Aber, dass sie kein normaler Mensch war. Das machten die violetten Augen wohl überdeutlich. Die hatte ich schon ein paarmal bei einigen magischen Wesen gesehen. Einmal auch bei einer grusligen, schwarzen Riesenschlange. Wann und wo war das noch gleich gewesen?

„Dschinn! Im Ernst?", fragte Matt und wirkte begeistert. „Du bist also eine Dschinni[1], oder wie sagt man? So ein magisches Wesen, das Wünsche erfüllen kann? Das ist ja klasse!"

„Von wegen klasse!", brach es aus Shai heraus. „Die Dschinn werden ständig versklavt und von irgendwelchen Menschen zur Erfüllung ihrer Wünsche missbraucht. Die verdammten Hexenjäger spüren uns überall auf. Und mich wollte dieser elende Mistkerl auch einfach vermitteln! Dabei bin ich noch nicht mal eine richtige Dschinniya. Ich stamme lediglich aus einer Familie von

---

[1] Nach heutiger Transkription wird Dschinni eigentlich ǧinnī geschrieben. Da aber die Schreibweise Dschinn im Deutsch eine gewisse Tradition hat, habe ich es so beibehalten, allerdings mit den korrekten grammatikalischen Anpassungen: ein männlicher ǧinnī/Dschinni, eine weibliche ǧinniyya/Dschinniya, Plural: ǧinn/Dschinn. Matt kannte die korrekte Form auch noch nicht.

Dschinn ab. Kräfte habe ich so gut wie keine. Ich kann mich auch nicht einfach in Rauch auflösen oder meine Gestalt ändern. Eigentlich bin ich nicht viel mehr als ein normaler Mensch. Und trotzdem wollten sie mich verschleppen."

Shai wirkte jetzt ungeheuer zornig und atmete schwer, während sie ihre Wutrede fortsetzte:

„Und jetzt zwingt mich diese …, diese … für sie zu arbeiten."

Offenbar fehlten ihr die passenden Worte. Aber mir war natürlich sofort klar, wen sie meinte. Die Chefin!

Shai verschränkte die Arme vor der Brust und blickte wütend und zugleich machtlos zu Boden. Mehr hatte sie offenbar nicht zu sagen.

Für einen Moment herrschte betretenes Schweigen.

Dann sagte Matt: „Aber dann hattest du doch Glück, oder? Ich meine, sie hätten dich auch einfach vermitteln können, so wie die anderen. Sicher ist es besser, einfach normal für sie zu arbeiten?"

Er wollte offenbar die Situation entschärfen, aber der Versuch ging nach hinten los.

„Besser?", zischte Shai und ihre Stimme bebte vor Zorn. „Der einzige Grund, warum sie mich nicht vermittelt und in irgendeine andere Dimension verschleppt haben, ist, weil ich von hier stamme. Ich bin Bürgerin dieser Dimension und daher habe ich den Schutz des Rechts, an das auch sie sich halten müssen. Und trotzdem hat **sie** mich gezwungen, mein Studium abzubrechen, um hier für **sie** die Drecksarbeit zu machen."

„Wie sollten sie dich denn zwingen, wenn du doch die freien Bürgerrechte hast?", fragte Matt verwundert.

Mich überraschte dies jedoch gar nicht. Ich konnte mir den Grund gut vorstellen. Wer **ihr** einmal zwischen die Krallen geraten war, konnte ihren Fängen nicht mehr entfliehen.

Das sagte auch Shais Blick, die offenbar zu dem Thema nichts mehr zu sagen hatte. Bestimmt wurde sie auf die eine oder andere Weise erpresst. Vielleicht mit ihren Eltern. Ob die wohl richtige Dschinn waren?

Sollte ich vielleicht? Behutsam streckte ich einen Arm aus und tätschelte Shai zweimal mitfühlend auf den Rücken, bevor ich meinen Arm schnell wieder zurückzog. Kurz blickte sie zu mir hinüber. Dann straffte sie sich und der Zorn verschwand aus ihrem Gesicht. Zurück blieb Stolz. Sie würde sich nicht unterkriegen lassen. Ihr Anblick erfüllte mich mit Zuversicht. Wenn jemand wie sie im Team war, dann waren die Chancen vielleicht doch nicht so schlecht, dass es ganz gut laufen würde.

Sie blickte Matt herausfordernd an: „Also, genug von mir. Was ist mit dir? Warum machst du den Job?"

Zuerst wirkte Matt noch ein wenig unschlüssig, ob Shais Stimmung nun wirklich wieder normal war oder ob noch ein weiterer Wutausbruch folgen würde.

Dann aber grinste er breit und sagte lässig: „Ich möchte ein Held werden."

Mir kippte die Kinnlade nach unten. Shai schien nicht minder geschockt von dieser Offenbarung. Wir starrten ihn ungläubig an.

„Ein Held?", fragte Shai nach.

„Ihr wisst schon, so einer, der die gefangenen Kinder aus den Fängen der bösen Hexe befreit", sagte er.

„Hexen halten keine Kinder gefangen, sondern sammeln verlorene oder zurückgelassene Kinder auf. Eigentlich ist es mehr eine Art Waisenhaus, das sie betreiben. Ein weit verbreitetes Missverständnis", wandte Shai ein.

„Na gut, dann eben einer, der die Prinzessin vor dem blutrünstigen Drachen rettet", entgegnete Matt schulterzuckend.

„Drachen sind göttliche Tiere und kommen ausgesprochen selten vor. Im Gegensatz zu Prinzessinnen, die es wie Sand am Meer gibt. Viele Völker opfern absichtlich Menschen, um von dem Drachen etwas zu erbitten, wie die Beeinflussung des Wetters. Du würdest dir keine Freunde unter ihnen machen, wenn du die Prinzessin rettest, aber dafür das ganze Königreich verdursten oder verhungern muss, weil kein Regen mehr fällt. Abgesehen davon stehen sie dimensionsübergreifend unter Artenschutz. Die Drachen meine ich, nicht die Prinzessinnen", erklärte Shai in sachlichem Ton.

„Was genau hast du nochmal studiert?", fragte Matt.

„Interdimensionales Recht. Zumindest so lang, bis ich das Studium abbrechen musste", antwortete Shai.

Matt nickte: „Aha. Nun, aber ihr wisst, was ich meine."

„Dir ist aber schon klar, was dieser Job bedeutet, oder? Im Moment wirst du eher jemand sein, der hinter den Helden aufräumen darf", sagte Shai, die von Matts Einstellung ebenso verwundert zu sein schien, wie er zuvor von ihrem Wutausbruch.

„Jeder muss mal klein anfangen", entgegnete Matt gelassen.

Ich konnte nicht umhin, eine gewisse Bewunderung für ihn zu empfinden. Zwar war er offensichtlich dämlich und hing naiven Zielen nach, aber seine Art, sich nicht einschüchtern oder beirren zu lassen, hatte dennoch etwas für sich. Aber würde das denn gutgehen? Shai und Matt schienen komplett gegensätzlich zu sein. Matt schien zwar sehr selbstbewusst und konnte sich daher sicher problemlos mit Shais Stolz messen. Aber darüber hinaus?

Sie könnten sich wohl ganz gut ergänzen. Vorausgesetzt, sie würden sich einig werden. Denn sonst würde dieser Job die Hölle. Und für mich wahrscheinlich am meisten. Sowas wie eine Teamleitung gab es nämlich nicht. Keiner der beiden war höhergestellt als der andere. Nur ich armer Tropf lag eine Stufe darunter. Weil ich nur der Schreiberling war. Also hatte ich automatisch die Arschkarte gezogen. Wenn also etwas schiefging, weil die beiden in gegensätzliche Richtungen strebten, würde ich derjenige sein, der das Ganze ausbaden musste.

Na, das konnte ja mal heiter werden.

Als ich zum Springbrunnen blickte, sah ich gerade, wie ein kleiner Junge auf einer blauen Matte hüpfte und dann plötzlich eine Wasserfontäne zwischen den Rillen nach oben schoss.

„Den hat's erwischt", dachte ich und war mir doch nicht sicher, ob ich nicht lieber mit ihm getauscht hätte.

„Und du?", fragte Matt und beide sahen mich erwartungsvoll an. „Wie ich gehört habe, hast du dich erst gestern für den Job gemeldet. Offenbar war es schwierig, jemand geeigneten zu finden und du wurdest gleich genommen. Ist doch toll, oder?"

Ich sah zu Boden und scharrte verlegen mit meinen Füßen.

„Nun ja, ich … ich kann gut schreiben, also …", sagte ich und wusste dann nicht mehr weiter. Sollte ich ihnen sagen, dass ich eigentlich nicht unbedingt scharf darauf war, für die Teufelin zu arbeiten? Shai würde das sofort verstehen. Aber mit einer solchen Einstellung sollte man ja eigentlich nicht eine neue Arbeit beginnen. Und trotz allem Widerwillen war das für mich eine neue Chance.

Außerdem war es nicht eigentlich der Job an sich, der mich ängstigte. Na gut, ein wenig. Aber vor allem hatte ich Angst, darin zu versagen. Dann wäre es aus mit mir. Im Moment ließ ich mich aber von Matts Zuversicht anstecken. Was sollte schon passieren? War ja nicht so, als würden sie uns gleich in völlig unbekannte Dimensionen schicken. Wir sollten lediglich bei ein paar reklamierenden Kunden vorbeischauen und den Schaden beheben. Wie schwer konnte das schon sein?

Ich musste ja selbst nicht mal irgendwas machen. Ich musste lediglich notieren, was die anderen beiden machten. Plötzlich kam mir meine Aufgabe doch ganz gut vor. Als Schreiberling war ich fein aus der Sache raus. Ich konnte mich aus der Gefahrenzone herausziehen und im Hintergrund halten. Diese Einstellung passte eh am besten zu der meines Volkes.

Shai holte mich wieder aus meinen Gedanken zurück.

„Du bist ein Schreiberling, oder?", fragte sie und sah mich mitfühlend an.

„Das hatten wir doch schon geklärt", bemerkte Matt irritiert.

„Nein, so meinte ich das nicht", wehrte Shai ab und wandte sich wieder zu mir. „Du bist vom Volk der Schreiberlinge, hab' ich recht?"

Ich nickte beeindruckt. Wow! Sie wusste also sogar über uns Schreiberlinge Bescheid. Das war wirklich selten.

„Volk der Schreiberlinge, was soll das denn sein?", fragte Matt und sah abwechselnd zu mir und Shai, nicht sicher, wer von uns darauf antworten sollte.

„Das Volk der Schreiberlinge hat sich lange im Verborgenen gehalten. Früher haben sie für Herrscher und Priester Schriften verfasst. Später gingen sie unter die Wissenschaftler und dann unter die Entdecker und verfassten Reise- und Forschungsberichte. Dann, als die breite Bevölkerung lesen und schreiben lernte, verloren sie ihren Vorteil und versuchten sich als Dichter. Seither hat man nicht mehr viele von ihnen gesehen", erklärte Shai sehr treffend, wie ich fand.

Ja, die alten Glanzzeiten waren vorbei. Leider hatte ich diese nie erlebt. Als experimentelle Dichter konnten nur die wenigsten Schreiberlinge überleben. Viele verhungerten oder starben an irgendwelchen Krankheiten. Ich selbst hatte mich als Kind zu dieser Zeit auf einer entlegenen Insel niedergelassen und verfasste die einsamen Memoiren meines Freundes Pliki, der Schildkröte. Leider starb Pliki irgendwann und da ich nichts mehr zu schreiben hatte, ließ ich mich von einer Gruppe Seeleute mitnehmen, die irrtümlicherweise auf der Insel gelandet waren.

Sie nahmen mich mit in ihre Stammkneipe und eine Weile konnte ich noch Seemannsgeschichten aufschreiben, da die Seeleute noch immer an ihrer mündlichen Überlieferung festhielten und selbst kein Interesse daran zeigten, ihre Geschichten aufzuschreiben. Dummerweise machte ich dort auch mit jemandem Bekanntschaft, den ich besser nicht getroffen hätte. Das war der Anfang meines Unterganges gewesen.

„Aber warum redest du von einem Volk? Das ist doch einfach ein normaler Beruf?", wandte Matt ein.

„Nein. Die Schreiberlinge bildeten ein eigenes Volk. Man sagt, sie wären unsterblich, müssten aber schreiben, um zu überleben. Wenn sie ihre Funktion verloren, verloren sie auch ihr Leben. So erzählt man es sich zumindest unter den Dschinn", sagte Shai und sah mich nach Bestätigung suchend an.

„Unsterblich, ja? Na dann mal raus damit: Wie alt bist du?", wollte Matt von mir wissen.

„Naja, ich bin noch nicht so alt", wand ich mich.

„Nun sag schon. Das ist doch nicht so schlimm. Wie alt bist du?", redete Matt auf mich ein.

„Also ... am Anfang habe ich nicht so genau gezählt, aber ... ich glaube etwa ... etwa ... 450 Jahre", stieß ich schließlich hervor.

Beide starrten mich an.

„450!", rief Matt aus, „Du scherzt!"

„Nein, eigentlich bin ich mir ziemlich sicher. Pliki wurde etwa 200 und dann ...", fing ich an.

„Ist das alt für einen Schreiberling?", fragte Shai und ignorierte Matts gemurmelte Worte: „Wer ist denn Pliki?"

Ich schüttelte den Kopf.

„Nein, gar nicht. Die bekannteren wurden etwa 5000 Jahre alt oder gar noch älter. Aber irgendwann hatten alle eine Schaffenskrise oder wurden von einer Krankheit, Hungersnot oder Ähnlichem heimgesucht", erklärte ich.

„Verstehe", sagte Shai und nickte.

Matt sah sie kopfschüttelnd an: „Na, du als Dschinniya magst das vielleicht verstehen. Du bist bestimmt auch schon …"

„Ich bin 23", unterbrach ihn Shai scharf, „und ich werde nicht noch einmal wiederholen, dass ich keine Dschinniya bin, sondern lediglich von ihnen abstamme. Ich bin ein normaler Mensch."

Matt öffnete den Mund, als wollte er noch mehr sagen, überlegte es sich dann aber offenbar anders. Gut so. Frauen und ihr Alter war ein heikles Thema. Das hätte er besser nicht anschneiden sollen. Und ich wollte lieber auch nicht mehr dazu sagen. Es war schon erstaunlich, bisweilen sogar peinlich, wenn man merkte, wie wenig man mit seinen 450 Jahren bisher gemacht hatte.

Aber das würde sich ja nun ändern. Bei diesem Job kam man sicher weit rum.

„Ach ja. Das hätte ich ja fast vergessen. Und wie heißt du?", fragte mich Shai.

Oh je. Ich hatte gehofft, diesen Teil überspringen zu können. Ob sie etwas ahnen würden, wenn ich … Aber einen Namen musste ich ihnen ja sagen, sonst würden sie mich die ganze Zeit nur Schreiberling nennen. Und ich hatte mich auch schon langsam an ihn gewöhnt.

Shai lächelte mich aufmunternd an.

Na schön.

„Einen richtigen Namen hab' ich nicht. Aber die anderen nennen mich Ruby", sagte ich schließlich.

Shai wirkte nur für einen kurzen Moment irritiert, strahlte mich dann aber an und reichte mir die Hand: „Freut mich, dich kennenzulernen, Ruby."

Auf Matts Gesicht war die Belustigung deutlich zu erkennen und noch nicht ganz wieder verschwunden, als er mir die Hand reichte. Obwohl er sich sichtlich bemühte.

„Freut mich ebenfalls", sagte er.

Das Morgenprogramm war ganz einfach. Einige Minuten nachdem wir uns am Brunnen getroffen hatten, kam eine freundliche Brünette Anfang 40 zu uns und stellte sich als unsere Führerin vor. Es war eine Tour durch die Anlagen der Vermittlung vorgesehen. Natürlich nicht durch alle. Dafür war die Vermittlung viel zu groß. Aber einige der wichtigeren Abteilungen sollten wir kurz besichtigen. Vor allem jene, die für unsere Arbeit wichtig sein könnten.

Die erste Abteilung, die wir uns ansahen, war die Nachrichtenzentrale. Da die Vermittlung so riesig war, veröffentlichte sie eigene Zeitungen und hatte einen eigenen, internen Nachrichtensender, der ausschließlich über vermittlungsrelevante Themen berichtete. Diese Abteilung hatte ein ganzes, zentral gelegenes Gebäude für sich allein. Und mit Gebäude meine ich ein etwa 100 Stockwerke hohes Hochhaus.

Die Nachrichtenzentrale war auch für die externen Pressemeldungen und Stellungnahmen der Vermittlung zuständig. Deshalb lag sie auch gleich neben der Personalabteilung, in deren Keller angesiedelt das kleine, unordentliche, verrauchte, beängstigende Chefinnenbüro lag. Zu meiner Erleichterung gingen wir aber an dieser Abteilung vorbei. Unsere Führerin war der Meinung, dass wir schließlich alle schon bei unserer Anstellung mit dem Personalbüro Bekanntschaft gemacht hätten. Mir fiel ein Stein vom Herzen.

Damit wir den Charakter der Vermittlung, unseres neuen Arbeitgebers, besser kennenlernen konnten, sollten wir auch einige Highlights davon zu sehen bekommen. Eines dieser Highlights erwartete uns gleich als nächstes. Als wir durch eine riesige, gläserne Eingangstür schritten, gelangten wir in eine gigantische Halle. Durch ein sich ständig bewegendes Gitter vor den riesigen, dunkelblauen Glaswänden bewegte sich das Sonnenlicht in der Halle, als würde es durch Wasser hindurch scheinen.

Das Beobachten des Lichtes auf den sandfarbenen, glänzenden Steinböden lullte einen sofort ein. Tatsächlich sah ich hunderte Reihen von Bänken, auf denen Menschen saßen und warteten, und viele davon dösten vor sich hin. Wir gingen an einer solchen Bankreihe vorbei und standen dann vor einer langen Schalterreihe.

„Willkommen in der Partnervermittlung", sagte unsere Führerin und streckte die Arme aus, als wollte sie die ganze Halle umfassen.

Der Anblick der Menge an Schaltern mit unzähligen wartenden Menschen versetzte mich in Erstaunen. Wie ich sah, ging es auch Shai nicht anders. Mit weit aufgerissenen Augen sah sie sich um. Matt hingegen ließ der Anblick kalt und er zuckte nur leicht mit den Schultern, als würde ihn das nicht überraschen.

Die gewaltige Anzahl an Schaltern und Menschen in dieser Halle war sowohl beeindruckend als auch erschreckend.

„Hierhin kommen alle möglichen Menschen, um sich einen Partner vermitteln zu lassen oder sich selbst zu vermitteln", erklärte unsere Führerin. „Dabei geht es nicht nur um Lebenspartner und um Liebesbeziehungen. Es werden auch allerhand andere Partner gesucht. Mögliche Geschäftspartner, Schachgegner, Ferienbegleiter, und und und … Diese Abteilung ist, rein von der Masse ihrer Anfragen her, eine der größten in der ganzen Vermittlung. Und das, obwohl es zu Beginn der Vermittlung eher ein Randangebot war. Da mittlerweile so viele Menschen sie nutzen, trägt diese Dienstleistung ungemein zu der Bekanntheit der Vermittlung bei. Daher ist sie auch in dieser prestigeträchtigen Halle angesiedelt, obwohl sie rein finanziell nicht allzu viel Gewinn für die Firma abwirft."

Shai und ich nickten stumm und Matt sah immer noch wenig interessiert aus.

„Wollen wir uns einmal ein Beispiel anhören?", fragte unsere Führerin begeistert und ging mit uns nahe an einen Schalter heran, an den gerade eine Frau mittleren Alters in einem geblümten, jedoch leicht schäbig wirkenden Kleid herantrat.

„Was kann ich für sie tun?", fragte die, wie mir schien, gekünstelt lächelnde Frau hinter dem Tresen.

Nach einem zögernden Blick auf uns, wie wir dastanden und sie beobachteten, wandte sich die Frau an die Dame hinter dem Schalter und trug ihren Wunsch vor: „Ich, ich … ich möchte gerne, also … Sie werden mich bestimmt für verrückt halten, aber mein ganzes Leben schon hatte ich immer gehofft, … aber dann, … Mit den Männern in meinem Leben ging es immer schief und …"

Das gekünstelte Lächeln ihres Gegenübers blieb bestehen, wenn auch eine leichte Verärgerung in ihrem Tonfall zu hören war: „Also, was kann ich nun für Sie tun?"

Die Frau in dem geblümten Kleid seufzte und sagte schließlich: „Ich suche nach, … das heißt, ich wünsche mir einen Prinzen."

„Diese Anfrage gibt es hier sehr häufig", raunte uns unsere Führerin ins Ohr.

Mir fiel auf, dass Shai ein wenig unruhig von einem Fuss auf den anderen trat.

Die Frau hinter der Theke indes verzog keine Miene.

„Sehr wohl. Das ist kein Problem. Solange es kein Prinz aus dieser Dimension sein muss", antwortete sie freundlich.

Die Frau vor dem Schalter schüttelte den Kopf.

„Sehr gut", sagte die Dame hinter dem Schalter und zog ein Papier hervor, dass sie der Frau mit den Worten reichte: „Bitte füllen Sie zuerst folgendes Formular aus. Hier noch ein Stift. Und geben Sie dieses dann an einem der Schalter 620 bis 650 ab. Der Nächste!"

Die Frau sah etwas verdutzt aus, nahm aber Papier und Stift entgegen und entfernte sich dann, als sich auch schon der nächste hinter ihr vor den Schalter stellte.

Als sie bereits einige Schritte hinter uns war, drehte sich Shai plötzlich um, holte zu ihr auf und packte sie leicht am Arm. Die Frau sah sie verwirrt an.

„Sie sollten dieses Formular nicht einreichen", sagte Shai mit Nachdruck und sah ihr dabei fest in die Augen.

Unsere Führerin machte bereits einen Schritt vorwärts und wollte protestieren, als Matt ihr mit seinem Arm den Weg versperrte. Er sah erst sie scharf an und dann wieder zu Shai und der Frau in dem geblümten Kleid hinüber. Die Gelassenheit und Gleichgültigkeit, die er zuvor ausgestrahlt hatte, waren mit einem Mal verschwunden. Er wirkte leicht angespannt. Aber vor allem neugierig darauf, was als nächstes geschehen würde.

Unsere Führerin war genügend eingeschüchtert, um sich nicht weiter einzumischen. Ich sah gerade wieder in dem Moment zu ihnen hinüber, als die Frau, die zuvor verdutzt geschwiegen hatte, Shai leicht empört entgegnete: „Warum denn nicht? Glauben Sie, nur weil ich nicht mehr so jung und schön bin wie Sie, habe ich keinen Prinzen verdient?"

Sie wollte bereits weitergehen, als Shai den Griff um ihren Arm leicht verstärkte und sie festhielt. Die Frau wollte laut protestieren, aber Shai fiel ihr sofort ins Wort: „Nein, hören Sie! Ich kenne Sie nicht und ich maße mir auch kein Urteil darüber an, was Sie verdient oder nicht verdient haben. Aber ich kenne viele Fälle von Frauen wie Ihnen, die sich ihre Kindheitsfantasie eines Prinzen verwirklichen wollten."

„Und!?", fragte die Frau scharf.

„Sie mögen dabei an die ritterlichen, wohlerzogenen Prinzen aus ihren Kindermärchen denken. Aber das ist ein Irrtum. Das, was Sie erhalten werden, wird nur dem Namen nach ein Prinz sein, und er wird keine der Eigenschaften haben, die Sie von einem Prinzen erwarten", erwiderte Shai.

Die Frau musterte sie kritisch: „Woher wollen ausgerechnet Sie das wissen?"

„Es sind etliche solcher Fälle bei den Juristen bekannt. Sie werden nur immer unter den Teppich gekehrt und gelangen deshalb nicht an die Öffentlichkeit. Hören Sie …", sagte Shai in verschwörerischem Flüsterton und zog die Frau etwas näher zu sich heran, „alle, die bisher einen Prinzen aus einer anderen Dimension vermittelt bekommen haben, waren nur nach wenigen Wochen bankrott. Denn sie werden keinen reichen Prinzen erhalten, sondern einen mit hunderten von Brüdern, der kein eigenes Geld besitzt, in seinem Leben noch nie gearbeitet hat und nur weiß, wie man Geld ausgibt. Er wird sie nach Strich und Faden ausnutzen und Schulden anhäufen, die Sie niemals mehr bezahlen können. Aber das Schlimmste kommt erst noch: Weil Ihre Beziehung als eine Beziehung über die Dimensionsgrenze hinweg gelten wird, werden sie nach interdimensionalem Recht dazu verurteilt, selbst in diese andere Dimension vermittelt zu werden, um so ihre Schulden abzuarbeiten. Dies war bei allen bisher bekannten Fällen möglich, da die Frauen darin aus freien Stücken mit jemandem aus einer anderen Dimension eine Partnerschaft eingegangen sind. Ihr Prinz wird Sie mit sich mitnehmen und wie eine Sklavin halten! So erhalten sich einige Herrscherhäuser anderer Dimensionen ihren Reichtum."

Ich sah Shai erstaunt an. Sie wusste wirklich viel über diese Dinge. Ob das alles wirklich stimmte, was sie der Frau gerade gesagt hatte?

Ein Blick auf unsere Führerin schien mir das zu bestätigen, denn diese sah äußerst wütend zu Shai hinüber und zischte irgendetwas Unverständliches vor sich hin. Man konnte wohl annehmen, dass die Vermittlung durch das von Shai beschriebene Geschäft ein hübsches Sümmchen einkassierte, sich dann aber nicht weiter um die Konsequenzen scherte, die eine solche Vermittlung für ihre Kunden hatte.

Die Frau in dem geblümten Kleid sah Shai verschreckt an. Offenbar hatte sie diese Information geschockt. Sie sah betreten zu Boden und dann wieder zu Shai. Schließlich nickte sie.

„Sie haben recht. Es war eine Schnapsidee. Ich hätte nicht hierherkommen sollen", sagte die Frau resigniert.

„Es war keine Schnapsidee", sagte Shai und sah die Frau aufmunternd an. „Unsere Kindheitsträume, so unrealistisch sie auch sein mögen, begleiten uns ein Leben lang. Sie sind immer irgendwo in uns verborgen und kommen wieder hervor, wenn wir nicht mehr weiterwissen. Sie verwirklichen zu wollen, ist ganz natürlich."

Wie schön sie das gesagt hatte. Auch die Frau schien ganz gerührt. Gerührt, aber auch traurig und niedergeschlagen.

„Aber mein Traum wird sich dann wohl nicht erfüllen", sagte sie.

„Woher wollen sie das wissen?", fragte Shai. „Sie sollten es bloß anders angehen. Anstelle, dass sie einen Prinzen zu sich holen, wieso gehen sie nicht zu einem hin? Lassen sie sich als Putzkraft oder Köchin oder dergleichen an einen Prinzen vermitteln. An einen normalen Prinzen, der Geld und Manieren besitzt. Vielleicht haben sie ja Glück, und er verliebt sich in sie. Man kann ja nie wissen."

Shai lächelte ihr zu und die Frau lächelte zaghaft zurück.

Darauf kam Shai zu uns zurück. Unsere Führerin sah sie erst wütend an, zuckte dann aber mit den Schultern und ging uns, dem Anschein nach leicht gekränkt, weiter voraus.

Matt und ich sagten gar nichts. Ich für meinen Teil blickte bewundernd zu Shai hinüber. Sie war wirklich ein guter Mensch. Die Vermittlung anzuschwärzen und das in den Hallen der Vermittlung selbst, um einer völlig Fremden zu helfen … Ich war aufs Neue froh darüber, dass sie Teil des Teams war, mit dem ich arbeiten sollte. Mit ihr konnte ich mich sicher gut anfreunden.

Matts Blick hingegen konnte ich nicht deuten. Er wirkte noch einige Augenblicke lang angespannt. Nachdem wir aber der Führerin weiter durch die Halle folgten und sie weitere Erklärungen dazu abgab, kam wieder sein desinteressierter, gelangweilter Ausdruck hervor.

Wir besichtigten noch ein paar weitere Stockwerke des Vermittlungsgebäudes, in dem nebst Partnern auch alle anderen Vermittlungsanfragen eingingen. Ob uns die Führerin absichtlich durch das Stockwerk führte, in dem die Vermittlung von magischen Wesen beantragt wurde, war schwer zu beurteilen. Jedenfalls hielt ich es nicht für unwahrscheinlich, da ihr bestimmt nicht entgangen war, dass Shai selbst ein magisches Wesen war. Ihre violetten Augen waren eben sehr auffällig.

Vielleicht wollte sich die Führerin damit dafür rächen, dass Shai vorher eine Frau davor bewahrt hatte, auf einen ziemlich miesen Vermittlungstrick, wie ich selbst fand, hereinzufallen. Natürlich würde das Shai bei ihrem Arbeitgeber nun nicht gerade beliebt machen. Aber Shai schien ja auch nicht darauf erpicht, sich mit der Vermittlung gut zu stellen. Im Gegenteil: Vielleicht war das auch eine beabsichtigte Kampfansage gewesen. Sie konnten sie zwar zwingen, für sie zu arbeiten – wie genau, wusste ich zwar nicht, aber ich war mir ganz sicher, dass sie, genau wie ich, keine Wahl hatte – aber Shai würde sich auf andere Art zur Wehr setzen und ihnen in die Suppe spucken.

Gut, zugegeben, ich hatte aus ganz anderen Gründen keine Wahl. Und zwar, weil ich andernfalls nicht meine Schulden zurückzahlen konnte. Niemand sonst würde mich auf die Schnelle anstellen, falls überhaupt. Schreiberlinge waren nicht mehr sonderlich gefragt.

Unsere Mittagspause verbrachten wir in einem der Vermittlungsrestaurants. Wir waren bereits als Mitarbeiter registriert und konnten daher nebst Frühstück auch kostenlos Mittag- und Abendessen auf dem Vermittlungscampus beziehen. Das leckere Essen schien meine zuvor kritische Gesinnung der Vermittlung gegenüber wie wegzublasen. Schwärmerisch dachte ich an all die leckeren Mahlzeiten, die ich hier würde zu mir nehmen können. Ich war eben ein einfach gestrickter Schreiberling. Was war da schon dabei.

Das Gespräch am Mittagstisch verlief ganz normal. Wir unterhielten uns über die derzeit angesagten Freizeitaktivitäten, unsere momentanen Wohnsituationen und so weiter. Dabei erfuhr ich, dass Matt, genau wie ich, eine Vermittlungswohnung hatte, während Shai ein wenig außerhalb wohnte. Wieder ein Hinweis darauf, dass sie nicht sonderlich gut mit der Vermittlung auskam.

Gegen unser Team schien sie aber nichts zu haben. Da ich ihre Situation sehr gut nachvollziehen konnte, kam ich auf Anhieb gut mit ihr aus.

Matt und Shai schienen noch etwas vorsichtig miteinander umzugehen. Aber das wunderte mich nicht. Wir kannten uns alle schließlich erst seit einigen Stunden.

Nach dem Mittagessen kam uns wieder eine Führerin abholen, diesmal aber eine andere. Ob das nun daran lag, dass Shai sie verärgert hatte, wollte ich lieber nicht weiter hinterfragen. Unsere neue Führerin war wesentlich älter, um nicht zu sagen greisenhaft, und würde bestimmt nicht so schnell gekränkt sein. Das Alter machte einen viel verständnisvoller oder eben auch abgestumpfter gegenüber gewissen Ärgernissen. Das sollte ich schließlich wissen, da ich mit meinen 450 Jahren mehr Erfahrung darin hatte als die meisten.

AUFTRAG NR. 1

Wenn ich geglaubt hatte, jeder Morgen würde so gemütlich anfangen wie am gestrigen Tag, dann wurde ich sehr schnell eines Besseren belehrt. Um halb fünf Uhr morgens klingelte mein Telefon mich aus dem Schlaf, sodass ich das blöde Ding am liebsten an die Wand geknallt hätte. Ich konnte mich jedoch noch beherrschen und nahm den Hörer ab.

„Sie haben einen Auftrag", sagte die Stimme am anderen Ende des Apparats knapp, „bitte finden Sie sich unverzüglich in Büro Nr. 5 der Schadensabteilung ein."

Damit war das Gespräch, oder wohl doch eher die Durchsage, beendet und ich konnte nicht einmal mehr zurückfragen, wo denn die Schadensabteilung eigentlich zu finden war.

Nun gut. Am Tag zuvor hatten wir noch den Info-Pavillon besucht, der rund um die Uhr geöffnet hatte und der Informationen zu den Standorten der verschiedenen Abteilungen, zu den unterschiedlichen Gebäuden und vielem mehr geben konnte. Ich beschloss also, als erstes dorthin zu gehen.

Es war noch dunkel und ziemlich frisch draußen, als ich mich auf den Weg machte. Zum Info-Pavillon war es nicht allzu weit und da es eilig zu sein schien, ging ich auf direktem Weg dorthin. Das Frühstück musste ich leider auslassen.

Glücklicherweise waren um diese Zeit kaum andere Menschen im Info-Pavillon, abgesehen von einem betrunkenen Alten, der mir kopfschüttelnd gestand, dass er den Weg zu seiner Wohnung nicht mehr fand. Ich bezweifelte, dass ihm jemand von der Information dabei helfen konnte oder wollte. In ein paar Stunden würde sein Rausch bestimmt nachlassen und sich das Problem ganz von allein lösen.

Meins hingegen erlaubte keinen Aufschub. Darum ging ich sofort an den einzigen besetzten, jedoch freien Schalter und fragte den in einem grässlichen grellgelben Anzug steckenden Angestellten, wo denn die Schadensabteilung sei.

Anscheinend war diese in keinem der Bereiche, die wir uns gestern angesehen hatten. Wahrscheinlich wurde diese Abteilung bei Führungen grundsätzlich nicht gezeigt. Warum sollte die Vermittlung auch darauf aufmerksam machen wollen, dass so etwas wie Schäden vorkommen konnten?

Ganz dieser Philosophie entsprechend schien die Schadensabteilung in den hinterletzten Winkel verbannt worden zu sein. Sie befand sich ganz am Rande des Campus und stellte den Übergang zum auf der mir ausgehändigten Karte als „Lager" bezeichneten Bereich dar.

Das bedeutete für mich, dass ich noch eine ganze Weile brauchen würde, um dort anzukommen.

Zwei Stunden später hatte ich es dann endlich geschafft und war, nach ein paar kleinen Irrwegen, doch noch in der Schadensabteilung angekommen. Da es mittlerweile sieben Uhr war und ich noch immer keine Zeit für ein Frühstück gehabt hatte, knurrte mir der Magen hundserbärmlich, als ich das Gebäude betrat.

Die Schadensabteilung war auch für Reklamationen zuständig. Eine wie sonst übliche Rezeption fehlte in diesem Gebäude aber gänzlich. Wahrscheinlich um unangenehme Reklamationen zu vermeiden. Es gab nicht mal eine richtige Eingangshalle. Ich betrat das Gebäude und fand mich sofort in einem langen Korridor wieder.

Dem Anschein nach musste ich also das Büro Nr. 5 selbst finden. Ich ging aufs Geratewohl den Korridor rechts von mir hinunter. Nach einigen passierten Türen musste ich entsetzt feststellen, dass die Büronummern zwar schön groß an den Räumen angegeben waren, aber keinesfalls einer mir bekannten Zahlenreihe folgten. Nach Büro Nr. 45 kam die Nr. 93, dann die Nr. 37 und so weiter.

Als wäre das nicht schon schlimm genug, da ich damit rechnen musste, durch das ganze 20-stöckige Gebäude laufen zu müssen, um Büro Nr. 5 zu finden, gab es da noch eine weitere Schwierigkeit. Nämlich die, dass die Nummern nicht immer in der gleichen Schrift angegeben waren.

Ich ging bereits nervös im Laufschritt an etlichen Türen vorbei, auf denen groß etwas geschrieben stand, was ich einfach nicht lesen konnte. Ich! Als Schreiberling! Mein hungriger Magen grummelte ganz ungemütlich ob der Aussicht, dass ich womöglich einfach an Büro Nr. 5 vorbeilaufen könnte, ohne es als solches zu erkennen!

Da mir eigentlich alle Schriften bekannt sein müssten, mussten dies wohl Schriften aus anderen Dimensionen sein. Diese Erkenntnis half mir nun aber auch nicht weiter. Nach vier durchsuchten Stockwerken plus Erdgeschoss und fast 20 Minuten später kam ich im fünften Stock an. Und der fünfte Stock hatte nur eine einzige Tür weit und breit: Tür Nr. 5.

Keuchend öffnete ich sie und fand mich sogleich in einem riesigen Großraumbüro wieder. War mir vorher auf dem Korridor niemand begegnet, den ich hätte nach dem Weg fragen können, so wimmelte es hier förmlich vor Menschen. Und nicht nur das! An mir schwebte ein seltsam durchschimmernder, gefiederter Frosch vorbei und machte dabei Bewegungen, als würde er durch die Luft schwimmen.

Eine golfballgroße Staubhummel flog auf den gefiederten Frosch zu, musste dann aber so kräftig niesen, dass sie aus der Bahn geworfen wurde. Sie blieb kurz benommen in der Luft hängen und flog dann weiter über die Köpfe der Mitarbeiter hinweg. Alle paar Sekunden musste sie wieder niesen und flog daher in mühseligem Zickzack durch den Raum.

Mir blieb aber keine Zeit, um zu beobachten, ob sie ihr Ziel noch erreichte. Aus den Augenwinkeln sah ich in der Ferne einen roten Schimmer. Und tatsächlich, als ich den Kopf nach links drehte, sah ich im Inneren des Raumes Shais rotes Kleid. Wie auf ein Leuchtsignal ging ich durch die Massen von Mitarbeitern darauf zu.

Als ich schon fast vor ihnen stand, drehten sich Matt, den ich nun ebenfalls erkannte, und Shai zu mir um.

„Da bist du ja endlich!", rief Matt mir vergnügt zu und klopfte mir freundschaftlich auf die Schulter.

Meine Beine gaben fast unter mir nach. Der Stress dieses Morgens und auch mein leerer Magen machten sich nun deutlich bemerkbar.

„Du hast ja ganz schön lange gebraucht", kommentierte Matt gut gelaunt.

Bevor ich darauf etwas erwidern konnte, reichte er mir ein wundervoll nach Vanille duftendes Brötchen.

Sofort vergaß ich die ganze Mühsal der letzten Stunden und biss herzhaft hinein. Wie aus weiter Ferne hörte ich Matt erklären, dass er die Brötchen vom Pausentisch des Büros hatte mitgehen lassen. Aber das war mir herzlich egal. Köstliches Essen zog schon immer meine ganze Aufmerksamkeit auf sich. Ich schwebte also praktisch in anderen Sphären, als ich das noch leicht warme Brötchen genüsslich verschlang.

„Was für ein Glück, dass der Chef noch keine Zeit für uns hatte", sagte Matt unterdessen an Shai gewandt, „sonst hätten wir schon an unserem ersten Arbeitstag einen schlechten Eindruck hinterlassen."

„Fragt sich, wer hier bei wem einen schlechten Eindruck hinterlässt", entgegnete Shai.

„Ah, ich weiß, was du meinst! Frühmorgens aus dem Bett geklingelt zu werden ist auch nicht etwas, was ich regelmäßig erleben möchte", sagte Matt verständnisvoll.

„Nein, das meine ich gar nicht. Oder nicht nur", erwiderte Shai. „Wir warten hier schon seit bald einer Stunde und noch hat sich keiner die Mühe gemacht, ..."

„Seit einer Stunde!?", platzte ich ihr ins Wort. Noch dazu mit vollem Mund. „Wie habt ihr das so schnell hierhin geschafft?"

Natürlich fiel mir ein, dass ich ein paar mühselige Umwege genommen hatte und zuletzt noch im Gebäude selbst umhergeirrt war, aber dennoch!

„Mit dem Warenexpress natürlich!", erklärte Matt, als wäre es das Selbstverständlichste auf der Welt.

„Dem was?", fragte ich überrascht nach.

„Der Warenexpress fährt direkt vom Lager in die Zentrale und umgekehrt. Er ist auch auf anderen Strecken extrem schnell, da er kaum Zwischenstopps machen muss. Für Passagiere ist er eigentlich verboten. Aber bei Mitarbeitern drücken die Zugführer ein Auge zu", führte Matt aus.

„Und wie ... ich meine, woher habt ihr davon gewusst?", fragte ich irritiert.

Shai verzog das Gesicht, sagte aber weiter nichts. Sie wollte offenbar nicht darüber reden.

Hoffnungsvoll blickte ich zu Matt, aber der zuckte nur mit den Schultern und grinste spitzbübisch vor sich hin. Gerade fühlte ich mich von den beiden ein wenig ausgeschlossen. Wir kannten uns kaum einen Tag und sie hatten bereits Geheimnisse vor mir?

Nein! Eigentlich musste ich das anders sehen. Wir kannten uns erst seit einem Tag und es würde noch lange dauern, bis ich die beiden richtig kennengelernt hatte. Also musste ich mich wohl vorerst damit begnügen, dass ich noch nicht auf alle Fragen eine Antwort erhalten sollte. Ich konnte ihre Haltung sogar gut verstehen. Wussten sie doch auch nicht alles über mich und über mein Problem.

Meine Gedanken wurden unterbrochen, als mich jemand von hinten anrempelte. Der Fremde sagte ein kurzes „Hups, sorry" und ging an mir vorbei zu dem Schreibtisch, vor dem Shai und Matt nach ihren eigenen Angaben schon seit einer Stunde warteten. Sprachlos starrte ich ihn an, als er sich zu der Sekretärin hinunterbeugte, die ich erst jetzt bemerkt hatte, und sagte: „Tut mir leid wegen der Verspätung. Diese blöden frühmorgendlichen Pressekonferenzen! Heute gab es wieder einen Aufstand der Klempner in Sago-sogo. Die Stadt ist wirklich das hinterletzte Drecksloch. So ein verlauster Sumpf voller Verbrecher. Das stinkt wirklich zum Himmel. Aber sie liefern die beste Ware. Wenn sie denn einmal liefern, nachdem sie die Preise um das Dreifache erhöht haben. Aber genug davon. Die Arbeit ruft. Wo ist denn das mir versprochene Team?"

Die Sekretärin deutete mit einem Kopfnicken in unsere Richtung. Mir stockte der Atem, als sich der Fremde zu uns umdrehte.

Er musterte uns drei kritisch, machte ein eher abschätzig klingendes „So, so" und ging dann, ohne ein weiteres Wort zu sagen, an dem Schreibtisch der Sekretärin vorbei in das einzige geschlossene Büro in diesem riesigen Großraumbüro.

Die Tür ließ er offen, setzte sich hinter seinen eigenen Schreibtisch und winkte uns zu sich. Wir betraten den Raum und Shai und ich setzten uns auf die beiden vorhandenen Stühle. Matt lehnte sich währenddessen lässig an die Wand. Der Fremde hob vorsichtig seine Brille vom Schreibtisch auf und setzte sie sich ganz behutsam auf. Ich war noch immer wie erstarrt, als er nach draußen rief: „Bring uns doch einen Tee, Jeanette."

Die Sekretärin kam mit einem säuerlichen Gesichtsausdruck hinein und goss jedem von uns eine Tasse kräftigen schwarzen Tee ein. Die zähflüssige Brühe blubberte unappetitlich weiter, verströmte aber einen angenehmen Geruch nach Eukalyptus und Lakritz. Das beruhigte mich ein wenig. Aber ich sah immer noch nervös zu dem Fremden.

„Mein Name ist Jane", sagte die Sekretärin, als sie einen großen Stapel Papier auf den Schreibtisch ihres Chefs plumpsen ließ. Ah, natürlich! Das erklärte ihre säuerliche Miene.

„Heute ist er Jane, morgen Jeanette. Wer kennt sich da schon aus", gab der Chef als Antwort.

„Nein, er ist immer Jane. Du sagst ihn nur jeden Tag aufs Neue falsch", erklärte sie und verließ beleidigt das Büro.

Davon unbeeindruckt widmete sich der Fremde nun dem Aktenstapel vor sich.

„Mal sehen, was wir hier haben", murmelte er.

Nach kurzem Durchblättern sah er uns drei an.

„Ihr seid also das Team, das sich um die Beschwerden kümmern soll", stellte er fest.

„Und Sie, Sie sind eine Schildkröte", platzte Matt heraus, der sich nicht mehr länger beherrschen konnte.

Tatsächlich saß vor uns eine riesige Schildkröte, die fast so groß war wie ein Mensch und auf deren runder, schuppiger Nase die Brille langsam nach unten rutschte.

„Ich heiße Siegfried", stellte sich die Schildkröte vor.

„Ich dachte, Schildkröten hätten ein gutes Gedächtnis", bemerkte Matt.

„Nein, das sind Elefanten", berichtigte ihn Siegfried.

„Aber das tut jetzt nichts zur Sache. Ihr seid also Matt, Shai und … hier steht nur – der Schreiberling", las er von einem Blatt vor sich ab.

„Man … man nennt mich Ruby", stotterte ich verlegen.

„Ruby?", fragte Siegfried interessiert und sah mich eine Weile nachdenklich an. Plötzlich schien es ihm einzufallen. „Doch nicht etwa der Ruby, der die *Memoiren von Pliki dem Langsamen* geschrieben hat?"

Ich nickte stumm. Gerade weil Siegfried Pliki zum Verwechseln ähnlich sah, war ich so außer Fassung geraten. Und nun kannte er meine Arbeit sogar!

„Oh, wie ich diese Bücher geliebt habe", sagte Siegfried entzückt.

Ich fühlte, wie meine Wangen ganz warm wurden und sich ein scheues Lächeln auf meine Lippen stahl.

„Dass ich einmal dem Autor selbst begegnen würde!", freute sich Siegfried. „Dabei ist der letzte Band doch schon vor … wann war das noch, dass der erschienen ist?"

Während er nachdachte, wechselten Shai und Matt einen fragenden Blick und sahen mich dann neugierig an, was mich nur noch verlegener machte.

Siegfried dachte noch immer über das Erscheinungsjahr meines letzten Buches nach. Und er dachte nach und nach und … nach zwei Minuten wollte ich schon helfend einspringen, aber Shai hatte mittlerweile die Geduld verloren und fragte: „Sollten wir nicht langsam mal zu unserem Auftrag kommen?"

„Ach, ja", sagte Siegfried, der aus seinen Gedanken gerissen wurde. Er rückte nochmals die Brille auf seiner Nase zurecht und sah dann auf ein weiteres Dokument vor sich.

„Hmmm …, mhm … mhm", machte er, während er einige Blätter überflog, „es scheint ein Fall zu sein, der noch unter unserer Garantie läuft. Ich will euch nun nicht mit Einzelheiten dazu langweilen. Jedenfalls haben wir etwas vermittelt und das scheint nicht mehr wie gewünscht seinen Zweck zu erfüllen."

Er händigte mir und Shai je einen identischen Papierbogen aus. Ich wusste nicht recht, was ich damit anfangen sollte. Schließlich war ich doch nur der Schreiberling. Shai begann sofort damit, das Dokument zu überfliegen und Matt beugte sich von hinten über ihre Schulter und las mit.

„Es geht also um eine Schlange", stellte Matt fest. „Warum betrifft das uns? Kann man die nicht einfach durch eine Neue ersetzen?"

„Nein, es ist eine heilige Schutzschlange", erklärte Shai und machte dabei ein ernstes Gesicht. „Die sind äußerst selten und stehen unter Artenschutz."

„Ah, du meinst so wie deine prinzessinnenfressenden Drachen?", fragte Matt grinsend.

„Ja, so in der Art", erwiderte Shai, ohne auf Matts belustigten Unterton einzugehen, „weswegen ich dies allerdings auch nicht ganz verstehe. Diese Schlangenart ist praktisch unsterblich. Ich kann mir nur schwer vorstellen, warum sie ihre Aufgabe nicht mehr ordnungsgemäß erfüllen sollte."

„Und genau da liegt das Problem", sagte Siegfried ernst. „Wäre es ein Wesen, das ‚einfach ersetzt' werden könnte, wie du es so schön ausgedrückt hast …", sagte er an Matt gewandt, „oder etwas, das wir einfach reparieren könnten, würde ich eins meiner normalen Handwerker-Teams hinschicken oder eine Ersatzvermittlung beantragen. In diesem besonderen Fall aber fühlt sich keine Abteilung zuständig. Zuständigkeiten sind sowieso immer der reinste Horror, das kann ich euch gleich sagen. Außerdem bezweifle ich, dass es ein Team gibt, das die nötigen Kompetenzen zur Behebung dieses Problems hat."

„Aha, und da kommen wir dann ins Spiel", schlussfolgerte Matt.

„Richtig! Da die Chefin euch persönlich ausgewählt hat, nehme ich doch an, dass ihr dafür die Richtigen seid. Zumindest sehen eure Portfolios nicht schlecht aus", sagte Siegfried und blätterte durch ein paar Mappen, die er vor sich liegen hatte.

Bestimmt waren das unsere Beschreibungen. Ich erblasste bei der Vorstellung, was wohl dort über mich geschrieben stand.

„Aber selbst, wenn nicht, ihr wärt trotzdem die Einzigen, die ich zur Verfügung hätte. So ein Team wie eures gab es hier bisher nicht", erklärte Siegfried.

Er erhob sich mühsam von seinem Sessel – als Schildkröte schien man es da nicht so einfach zu haben – und sah uns drei nochmals aufmerksam an.

„Gut. Falls ihr Hilfe benötigt, könnt ihr euch an die verschiedenen Abteilungen im Haus wenden. Ich würde aber nach Möglichkeit davon abraten. Das verursacht immer einen riesigen bürokratischen Aufwand. Und der Aufwand sollte ohnehin möglichst geringgehalten werden", schärfte er uns ein und zeigte mit seinem Schildkrötenfinger auf jeden von uns.

„Meine Leute aus der Schadensabteilung könnt ihr aber immer gerne fragen. Die kennen sich mit allem möglichen Mist aus, dem man so begegnen kann. Und natürlich gilt auch das Motto: Zeit ist Geld. Je schneller ihr also damit fertig seid, desto besser. Besonders, da dies ein externer Fall ist und wir dem Kunden Rechenschaft schulden. Ich hoffe sehr, ihr kriegt das hin."

Er kam um den Schreibtisch herum und reichte jedem von uns seine dicke Schildkrötenhand.

„Alles Weitere hat meine Sekretärin für euch vorbereitet. Lasst euch von Jeanette die nötigen Formulare und alles weitere geben."

„Jane!", erwiderten wir drei wie aus einem Munde.

„Wie auch immer. Also dann. Viel Glück", sagte Siegfried und setzte sich wieder hinter seinen Schreibtisch.

Als wir Siegfrieds Büro verließen, blickte Jane auf und lächelte uns freundlich an.

„So. Nun habt ihr also euren ersten Auftrag. Da ihr wahrscheinlich die meisten Fälle von der Schadensabteilung erhalten werdet, werden wir noch öfter miteinander zu tun haben. Ihr könnt mich also gerne als Ansprechperson ansehen und euch bei Fragen an mich wenden", sagte Jane und kramte dann auf ihrem Tisch nach drei weiteren Papierbögen, die sie uns aushändigte.

„Hier. Ich habe schon einmal ein wenig herumtelefoniert. Hier stehen alle Ansprechpartner der verschiedenen Abteilungen, die ihr für diesen Auftrag wahrscheinlich brauchen werdet. Da dieser Vermittlungsfall in einer anderen Dimension ist, wird ein Dimensionswechsel nötig sein. Dafür müsst ihr euch erst registrieren lassen. Die genaue Adresse habe ich euch da auf den Zettel geschrieben. Gebt dort das violette Formular ab, das ich schon einmal für euch ausgefüllt habe. Dimensionswechsel werden sehr restriktiv gehalten. Besonders bei den Neuen tun sich die Wächter immer ein wenig schwer. Am besten besorgt ihr euch also noch vor dem Aufbruch alles, was ihr möglicherweise brauchen werdet. Ihr könnt Material aus dem Lager beziehen. Fragt dort einfach nach Jimmy. Der weiß schon Bescheid."

Während Jane sprach, blätterten wir durch die Unterlagen, die sie uns gegeben hatte. Mir wurde etwas mulmig zumute, als ich die vielen Formulare sah. Das schien hier wirklich alles hochoffiziell gehandhabt zu werden.

„Was ist mit der Informationsabteilung? Hier steht, wir können bei ihnen jegliche Informationen beziehen, die für unseren Auftrag relevant sind", las Shai von einem der Papiere ab.

„Ja", antwortete Jane etwas zögerlich, „das ist im Prinzip richtig. Nur … wie soll ich das sagen?"

Jane seufzte.

„Es ist ein gottverdammter Albtraum", sagte sie schließlich. „Die Informationsabteilung ist der am besten gesicherte Bereich von allen Abteilungen. Und sie hassen es, irgendwelche Informationen rauszugeben. Um überhaupt etwas von ihnen zu erfahren, muss man meist beweisen können, dass diese Informationen wirklich relevant sind."

„Was man in den meisten Fällen nicht weiß, solange man die Informationen nicht kennt", ergänzte Shai und nickte verstehend.

Jane überlegte kurz und schrieb dann einen Namen und eine Nummer auf einen kleinen Handzettel. Sie sah erst prüfend nach rechts und links, ob wir nicht beobachtet wurden. Als sie der Meinung war, dass niemand es sah, reichte sie Shai den Zettel.

Sie beugte sich ein wenig vor und sagte im Flüsterton: „Ich kenne eine Informationsagentin persönlich. Ihr Name ist Mei. Hier ist ihre Nummer. Offiziell kann sie euch zwar nicht weiterhelfen, aber es gibt immer noch einen anderen Weg – den inoffiziellen. Sie kann euch bestimmt ein paar Tipps geben. Aber lasst euch dabei nicht erwischen. Die Aufsichtsbehörde sieht das gar nicht gerne, wenn der ordentliche Weg von den Mitarbeitern umschifft wird."

Zum Zeichen, dass sie verstand, ließ Shai den geheimnisvollen Zettel gleich in einem Falt ihres roten Rockes verschwinden.

„Gut", sagte Jane laut und richtete sich wieder auf, „das ist momentan alles, was ich für euch tun kann. Ich wünsche euch viel Erfolg!"

Als wir das Gebäude verlassen hatten, sagte Matt laut: „So, jetzt wissen wir alles. Ich kann es kaum erwarten, die Dimension zu wechseln. Das wird bestimmt klasse! Wann denkst du, sind wir soweit?"

Er sah fragend zu Shai.

„Ich möchte die Akte noch ein wenig studieren", gab diese zurück. „Aber wo das Problem liegt, werden wir wohl erst wissen, wenn wir tatsächlich da sind und es uns selbst angesehen haben. Am besten kümmern wir uns erst mal um den ganzen Formularkram und melden uns überall an, wo wir es müssen. Dann können wir von mir aus auch schon heute Nachmittag los. Wie steht es mit euch? Was müsst ihr noch vorbereiten?"

Matt zuckte lässig mit den Schultern: „Ach, ich hab' da so meine Standardausrüstung. Die wird schon reichen. Und du, Ruby?"

Ich war ganz gerührt, dass sie sich Gedanken um mich machten. Wo ich doch so eine unwichtige Rolle für die ganze Unternehmung spielte.

„Nun. Ich brauche eigentlich nichts", sagte ich ganz bescheiden.

„Na dann", sagte Matt und klatschte zufrieden in die Hände, „auf geht's!"

So schnell wie erhofft, ließ sich der „Formularkram", wie Shai ihn genannt hatte, leider doch nicht bewältigen. Wir mussten bei jeglicher nur erdenklicher Abteilung vorstellig werden und uns jedes Mal wieder von neuem anmelden. Das sei nur beim ersten Mal so, versicherten uns die Leute dort. Um zu verhindern, dass nicht autorisierte Personen unsere Identität missbrauchen würden, um an die Sachen dort ranzukommen.

Mir wurde auch sofort klar, dass die Vermittlung auf das bewährteste Sicherheitssystem zurückgriff, das es überhaupt nur gab. Nämlich, jeden einzelnen Angestellten persönlich zu kennen.

In den für die Öffentlichkeit unzugänglichen Bereichen der Vermittlung gab es keine einzige Tür, keine Rezeption, eben überhaupt nichts, an dem man vorbeigekommen wäre, ohne den dort zuständigen Wächter oder das Auskunftspersonal zu kennen. Deswegen war es auch mit einem kurzen Einreichen der Formulare nicht getan. Schließlich wollten uns die Leute kennenlernen. Damit sie sich ein Bild von uns machen konnten, mussten wir bei jeder Stelle von neuem an einem Teekränzchen oder einer Kaffeepause teilnehmen.

Hatte mir an diesem Morgen mein Hunger noch Sorgen bereitet, so war ich spätestens nach der vierten Portion Kuchen pappsatt. Immerhin hatte ich den Vorteil, ein ausgesprochen gutes Namensgedächtnis zu haben. Ich konnte mir mühelos all die Personen merken, die wir kennenlernten. Das war sehr wichtig, da die meisten internen Angelegenheiten zwischen einzelnen Mitarbeitern geregelt wurden. Dabei wurde meist absichtlich nicht der mühsame und langsame Weg über offizielle Anträge gewählt. Kurz einen guten Kollegen zu fragen, führte schneller und vor allem unkomplizierter zum Ziel.

Für den Dimensionswechsel würde dies allerdings nicht reichen. Wir mussten uns bei der Dimensionszentrale registrieren lassen: ein großer, kalter, unpersönlicher Betonklotz, passend zum Personal darin, das genauso abweisend wirkte. Alle trugen denselben hellgrauen Anzug und eine grellgelbe Krawatte. Dort wurden unsere biometrischen Werte ausgemessen und mit einem Dimensionsscanner wurde jedem von uns individuell ein Code in den Körper gescannt, der als eine Art Passierschein für die gewünschte Dimension funktionierte. Damit sollte verhindert werden, dass wir in eine Dimension wechselten, in der wir eigentlich nichts zu suchen hatten. Da wir noch Anfänger waren, erhielten wir nur eine einmalige Dimensionsreise-Erlaubnis. Für jeden weiteren Wechsel würden wir wieder hier antraben und erneut genehmigte Formulare vorweisen müssen.

Und so verging die Zeit. Da wir uns auf einem Gelände bewegten, das so groß war wie eine eigene Stadt, war es schon fünf Uhr, als wir uns trennten, damit jeder seinen nötigen Kram zusammenpacken konnte. So etwas wie feste Arbeitszeiten und ein geregelter Feierabend war bei unserer Arbeit nicht vorgesehen. Wir sollten dann Pause machen, wenn wir eine brauchten. Das hatte die Chefin zwar nicht mir aber dafür Matt und Shai eingebläut.

Matt störte dies allerdings nicht. Der konnte es kaum abwarten, auf sein erstes Abenteuer zu gehen. Er wollte sich als Held beweisen. Mir persönlich wäre allerdings ein Auftrag lieber gewesen, der nicht allzu viel Heldenhaftigkeit erfordern würde. Es schien mir, als sei auch Shai nicht sonderlich erpicht auf ein Abenteuer. Aber die Sache mit der heiligen Schutzschlange schien sie zu interessieren.

Eine Stunde später trafen wir uns wieder und machten uns auf den Weg zum Dimensionsportal. Es gab verschiedene Dimensionsportale. Dasjenige, das wir benutzen sollten, war in der Mitte des Lagers C. Diesmal war auch ich mit den anderen beiden auf dem Warenexpress unterwegs. Das ging zwar wesentlich schneller, war aber dafür in höchstem Maße unbequem. Man konnte nur eingequetscht zwischen großen Holzkisten auf dem harten Bretterboden sitzen. Aus einigen Kisten kamen seltsame Geräusche und ich wollte lieber gar nicht wissen, was sich darin befand.

In dem Zug herrschte völlige Finsternis. Shai hatte jedoch eine Taschenlampe mitgebracht, um während der Fahrt nochmals die Akten durchzusehen. Dadurch gab es wenigstens ein bisschen Licht.

Das Aussteigen war auch nicht gerade nach meinem Geschmack. Der Zugführer verlangsamte den Zug an der gewünschten Stelle etwas, hielt jedoch keineswegs an. Wir mussten also abspringen. Shai kam dabei ihre angeborene Dschinn-Fähigkeit zugute, die sie leicht wie eine Feder landen ließ. Matt machte eine gekonnte Rolle, um den Sprung abzufedern. Nur ich stolperte ungeschickt aus dem Wagen und landete schmerzhaft auf allen vieren.

Matt schüttelte darüber nur den Kopf, während Shai mir aufhalf.

Das Dimensionsportal befand sich in einem mit rostigem Wellblech ummantelten Gebäude. Die Türe war nicht gesichert. Im Innern sah das Gebäude dann aber gar nicht mehr schäbig aus. Es war voll ausgeleuchtet und die Wände glitzerten wie in einer Kristallhöhle. In der Mitte des Raumes war ein kleines, weißes Podest. Auf dem Podest hüpfte ein kleiner Ball auf und ab. Der Ball änderte bei jedem Aufprall auf dem Boden die Farbe. Das weiße Podest schimmerte regenbogenfarbig, sobald der Ball es berührte.

„Was ist das?", fragte ich naiv.

„Der Begleiter", erklärte Shai, „der Begleiter kommt mit in die andere Dimension. Er ist eine Art Versicherung. Er hält einen feinen Kontakt mit dieser Dimension aufrecht und stellt dadurch sicher, dass man auch wieder zurückkehren kann. Man kann zwar auch ohne ihn die Dimensionen wechseln, aber es wird nicht empfohlen. In der Vermittlung ist er Standard."

„Ah ja", sagte ich, nicht ganz sicher, ob ich wirklich alles verstanden hatte.

„Du kannst ihn auch als Kindermädchen betrachten", meinte Matt, „das aufpasst, dass wir schön in der uns zugewiesenen Dimension bleiben."

„Aha", sagte ich, „aber ist dieser Begleiter eigentlich etwas Lebendiges? Ich meine, kann es denken oder ist es nur ein Ding?"

„Da gehen die Meinungen auseinander", antwortete Matt, „jedenfalls musst du bestimmt nicht extra Rücksicht auf ihn nehmen."

„Ach so", sagte ich und war etwa genauso schlau wie zuvor.

Woher wussten die beiden eigentlich so viel? Wir hatten schließlich alle zusammen an der Führung teilgenommen. Aber offenbar hatten die beiden schon vorher Erfahrung mit einer Dimensionsreise gemacht. Ich nahm mir vor, sie bei nächster Gelegenheit einmal danach zu fragen. Momentan hatte ich allerdings andere Sorgen.

Wir gingen näher auf das Podest zu. Nun erkannte ich in dessen Mitte ein schwarzes Loch. Das musste also das Dimensionsloch sein. Und da mussten wir reinspringen, um in die andere Dimension zu wechseln. Mir wurde langsam sichtlich unwohl.

„Keine Angst, Ruby. Wird schon schiefgehen", versuchte Matt, mich aufzumuntern und gab mir einen heftigen Klaps auf den Rücken, der mich kurz straucheln ließ.

Er ging voraus und blieb kurz vor dem Podest stehen. Der Begleiter hörte auf, zu hüpfen und blieb mitten in der Luft schweben. Dann scannte er Matt mit einem weißen Lichtstrahl. Er schien mit dem Ergebnis zufrieden zu sein. Schlagartig flitzte er auf Matts Arm zu und schlang sich dann als weiche Masse um sein Handgelenk. Als er es umschlossen hatte, verhärtete sich der Begleiter wieder und sah nun wie ein schimmernder Armreif aus. Dann schien er plötzlich unter Matts Haut zu verschwinden, bis nur noch ein erhöhtes, weißes Karo hervorlugte.

Das war mir echt zu gruslig. Matt schien es aber nicht wirklich zu kümmern. Als der Begleiter sich nicht mehr veränderte, stieg Matt auf das Podest.

„Also dann", sagte er an Shai und mich gewandt, „wir sehn uns dann auf der anderen Seite."

Und mit diesen Worten stieß er sich ab und sprang direkt in das schwarze Loch vor ihm. Dann war er verschwunden. Es wurde ganz still in dem Raum. Mir wurde ein wenig flau im Magen. Ich wollte am liebsten umkehren.

Zu meinem Leidwesen löste sich aus der glitzernden Kristallwand eine neue Kugel. Ein weiterer Begleiter schwebte auf das Podest zu. Shai schien meine Nervosität zu bemerken. Sie sah mir fest in die Augen und sagte: „Ich denke, du solltest als nächstes gehen, Ruby. Dann gehe ich als Letzte."

Sicher war ihr klar, dass ich, wenn ich als Letzter zurückgeblieben wäre, bestimmt nicht mehr den Mut dazu aufgebracht hätte, in das Dimensionsportal zu springen.

„Du brauchst keine Angst zu haben", sagte sie mit Nachdruck.

Ich machte mir innerlich Vorwürfe: Himmel, wie stellst du dich denn an? Was sollen die von dir denken, wenn du an deinem ersten Arbeitstag schon einen Rückzieher machst. Sollen die dich etwa für immer für einen Feigling halten? Ein anderer Teil von mir hielt dagegen: Aber ich bin doch ein Feigling! Besser, sie wissen gleich, woran sie sind.

Du bist schon 450 Jahre alt! Der junge Schnösel vor dir hatte auch keine Angst.

Eben, ich bin so alt, weil ich bisher nicht einfach in dunkle Löcher im Boden gesprungen bin!

Bestimmt wäre dieser innere Zwist noch weitergegangen, wenn nicht Shai besorgt meinen Namen gesagt hätte.

„Ruby? Ist alles in Ordnung?", fragte sie und ihr mitfühlender Ton machte mir ein schlechtes Gewissen.

„J … ja", stotterte ich. Nach ein paar weiteren Sekunden, in denen ich mich sammelte, ging ich zögernd auf das Podest zu.

Von Nahem betrachtet sah der Begleiter wirklich ganz harmlos aus. Es tat auch gar nicht weh, als er, nachdem er mich gescannt hatte, sich um mein Handgelenk wand. Gut … es zwickte leicht, als er mir unter die Haut fuhr. Ich rief mir ins Gedächtnis, wie Shai ihn genannt hatte. Eine Versicherung. Also sollte ich mich sicherer fühlen, da ich ihn nun bei mir hatte. Da ich mich selbst nur allzu gut kannte, sah ich mir das Dimensionsloch gar nicht erst genauer an. Ich stieg auf das Podest und maß möglichst aus dem Augenwinkel die Entfernung zu dem Loch ab, ohne direkt hinzusehen. Dann machte ich beherzt zwei Schritte darauf zu und ließ mich mit dem dritten Schritt in das Loch fallen.

VOM SCHEIN UND SEIN

Wie ich bereits erwähnt hatte, zählten Landungen nicht gerade zu meinen Stärken. Demnach wunderte ich mich auch nicht, als ich mich ausgestreckt auf dem Boden wiederfand. Interessanterweise merkte ich keinerlei Nachwirkungen des Dimensionswechsels. Ich hatte auch den eigentlichen Wechsel gar nicht wahrgenommen. In einem Moment ging ich auf das Loch zu und im nächsten lag ich auf dem Boden.

Das Einzige, das sich verändert hatte, war meine Umgebung. Das merkte ich schon in der ersten Sekunde, als meine Hände kalten und feuchten Schlamm ertasteten. Derselbe Schlamm, in dem übrigens auch mein Gesicht steckte. Freundlicherweise war Matt diesmal gewillt, mir zu helfen. Schon eine Sekunde später stand er neben mir und zog mich auf die Füße.

„Das müssen wir echt noch üben", meinte er kopfschüttelnd.

Mir fiel gleich als erstes auf, dass es hier viel dunkler war, als in dem hell erleuchteten Raum vorher. Dunkle Wolken schienen den Himmel zu bedecken und ein dichter Nieselregen machte es unmöglich, die Umgebung genauer zu betrachten. Alles sah grau oder eben braun und aufgeweicht aus.

Trotz Matts Hilfe hatte der Schlamm meine Kleidung vorne durchnässt. Ich fing an, zu frösteln.

Ein Blick auf Matt bestätigte meine Vermutung: er hatte nicht einmal einen Schlammspritzer abbekommen. Nun kramte er in seinem großen Rucksack und förderte kurz darauf seine Regenkleidung zu Tage. Ich kam mir unendlich dumm vor, während ich ihm zusah, wie er zuerst in seine dunkelgrüne Regenjacke und dann in die schwarze Regenhose schlüpfte.

Warum hatte ich nicht auch Regenkleider mitgenommen? Nun ja, ich selbst besaß keine. Aber bestimmt hätte mir die Vermittlung welche für die Mission geborgt. In meiner Naivität hatte ich natürlich nur an zwei Dinge gedacht, die ich eingepackt hatte. Mein Schreibzeug, das für mich lebenswichtig war, und jede Menge Essen, das ich aus der Kantine stibitzt hatte.

Als Matt mit dem Anziehen fertig war, sah er sich um. Wir standen auf einem schlammigen Pfad, der sich durch eine durchnässte Wiese pflügte. Weit und breit waren weder Tier noch Mensch oder ein Haus zu sehen.

„Was meinst du? Sollen wir dem Weg nach unten folgen oder in die andere Richtung den Hügel hinauf gehen?", fragte Matt.

Woher sollte ich das denn wissen? Überhaupt, wo waren wir hier eigentlich? Man sollte doch annehmen, dass ein Dimensionszugang besser ausgebaut beziehungsweise in irgendeiner Form bewacht wurde. Hier gab es nichts! Nur mich und …

„Wo steckt eigentlich Shai?", fragte ich irritiert.

Gerade war mir aufgefallen, dass sie noch immer nicht da war. Dabei war inzwischen sicher genug Zeit vergangen, dass auch sie nun in dieser Dimension gelandet sein müsste.

„Manchmal verschieben sich die Dimensionslöcher ein wenig. Dieses hier scheint durch den Regen aufgeschwemmt worden zu sein", antwortete Matt mir fachmännisch und versetzte mich einmal mehr in Staunen.

„Wahrscheinlich ist sie daher ein wenig abseits gelandet. Wir sind, glaub ich, auch nicht an der originalen Stelle", ergänzte er.

Ja, das war mir schon aufgefallen!

„Bestimmt stoßen wir gleich auf sie. Sonst müssen wir sie suchen gehen", entschied Matt.

„Und wie?!", fragte ich aufgebracht. „Wir sind in einer völlig fremden Dimension. Wie sollten wir sie da finden?"

„Mit dem Begleiter natürlich", sagte Matt und tippte auf sein Handgelenk.

Das leuchtete mir ein. Shai hatte ihn ja als Versicherung bezeichnet. Bestimmt konnte dieses komische Ding mehr, als nur farbig leuchten, weiße Strahlen aussenden und seine Form verändern.

So betrachtet, konnte es eigentlich jetzt schon sehr viel mehr als andere. Zum Beispiel ich.

„Ich schlage vor, wir gehen erst mal den Hügel hoch", entschied Matt und zog mich die ersten paar Schritte mit sich.

Danach gingen wir nebeneinander auf dem rutschigen Pfad. Schon nach wenigen Schritten wäre ich fast ausgerutscht und wieder hingefallen, hätte Matt nicht sofort seinen Arm nach mir ausgestreckt und mich gehalten. Das Ganze wiederholte sich noch etwa dreimal, bis wir endlich am höchsten Punkt des Pfades angelangt waren. Dort wurde der schlammige Pfad zu einem Kiesweg.

Wieder legte Matt die Richtung fest und ich schritt gehorsam neben ihm her. Der Weg ging eine Weile lang flach und fiel dann leicht ab. Er schien sich am Hang des Hügels entlang zu schlängeln. Als wir gerade in ein kleines Wäldchen eingebogen waren, hörten wir ein krachendes Geräusch. Obwohl ich das Geräusch als solches nicht erkannte, war mir sofort klar, dass es ein menschliches Geräusch war. Solch lautes Krachen kam in der Natur nicht vor, außer bei Erdbeben oder starken Gewittern und anderen Katastrophen. Ich hoffte stark, dass dies hier nicht der Fall war.

Matt schien aber meine Meinung zu teilen. Er beschleunigte seine Schritte. Als wir kurz darauf aus dem Wald herauskamen, sahen wir endlich hinter einem Feld aus kleinen Sträuchern vor uns die ersten Häuser. Und vor dem ersten Haus stand ein Mensch in einem langen roten Regenmantel mit gelben Gummistiefeln. Shai!

Sie bemerkte uns sofort und drehte sich zu uns um. Dann winkte sie uns zu. Ich hatte mich also nicht geirrt. Es musste Shai sein!

Sie hatte sich ungewollt passend in Szene gesetzt. Ihr rot-gelbes Erscheinen harmonierte mit den roten und gelben Sträuchern, an denen wir vorbeigingen. Nur leuchtete ihre Kleidung wesentlich stärker durch das matte Regengrau hindurch.

Shai kam uns ein paar Schritte entgegen.

„Da seid ihr ja!", begrüßte sie uns, als wir schließlich bei ihr angekommen waren.

„Ich hatte schon angefangen, mir Sorgen zu machen. Es dunkelt schon. Und wenn ihr bis zum Einbruch der Nacht noch nicht hier gewesen wärt, hätte ich einen Suchtrupp zusammentrommeln müssen."

Wie wohlig sich das anfühlte. Zu wissen, dass es jemandem nicht egal war, dass man eine Nacht lang draußen fror. Das hatte ich auch schon anders erlebt. Daran wollte ich jetzt aber nicht zurückdenken.

„Hey", sagte Matt knapp.

Es krachte erneut. Diesmal sahen wir auch die Ursache. Etwas weiter unten, im eigentlichen Dorf, standen viele Männer vor einer kleinen aus Baumstämmen geschaffenen Wand. Der Krach rührte offenbar daher, dass einige Metallstangen, die sie gegen die Wand stemmten, umgekippt waren.

„Was ist denn da unten los?", fragte Matt nach.

„Seht ihr die massive Holzmauer dort unten? Das ist ein kleiner Damm. Er soll das Dorf in Notfällen vor dem Bach dahinter schützen. Offenbar scheint sich in den letzten Tagen zu viel Wasser angesammelt zu haben. Was merkwürdig ist, denn es ist nur ein kleiner Bach, der Wasser aus dem dahinter liegenden Moor abtransportiert", klärte uns Shai auf.

Sie deutete mit ihrem Arm in die Ferne. Sehen konnte man allerdings nichts. Es war schon zu dunkel. Außerdem stieg ein immer dichter werdender Nebel auf. Die Gegend war mir nicht gerade sympathisch. Und ich fror immer noch.

„Die Leute versuchen nun, den Damm zu stabilisieren", schloss Shai ihre Ausführungen.

Kurz nachdem sie das gesagt hatte, kam ein älterer und dicklicher Mann auf uns zugeeilt. Erst als er bei uns war, sah ich seinen schütteren grauen Bart und die dicke Brille, die er auf der Nase trug.

„Der Dorfvorsteher", murmelte ich.

Matt und Shai sahen mich erstaunt an.

„Was denn?", entgegnete ich entrüstet. „Ich mag vielleicht nicht so viel Erfahrung mit Dimensionsreisen haben wie ihr, aber ich erkenne einen Dorfvorsteher, wenn ich ihn sehe."

Das war eine der wenigen Fähigkeiten, auf die ich stolz war. 450 Jahre Erfahrung waren doch zu etwas gut. Ich war sehr begabt darin, zwischen verschiedenen Menschenschlägen zu unterscheiden. Dorfvorsteher waren da nicht die einzigen, die ich sofort als solche erkannte. In diesem Augenblick kehrten meine Gedanken an die zwielichtigen Orte zurück, an denen ich schon gewesen war.

Bei der Erinnerung daran fröstelte ich. Glücklicherweise verstand Shai mein Frösteln falsch.

„Du Ärmster", sagte sie mitfühlend, „du bist ja patschnass!"

Das stimmte nach der zwanzigminütigen Wanderung durch den Nieselregen auch.

Der Dorfvorsteher räusperte sich und sah Matt und mich an: „Sie sind also der Rest des Teams, das uns die Vermittlung geschickt hat?"

Wir nickten nur.

Der ältere Herr nickte zufrieden: „Sehr schön, sehr schön. Wir haben eine Unterkunft für Sie vorbereitet. Wenn Sie sich getrocknet und etwas aufgewärmt haben, besprechen wir den Auftrag. Kein besonders schöner Tag heute. Bitte folgen Sie mir."

„Brauchen die keine Hilfe?", fragte Matt mit Blick auf die Männer vor dem Staudamm weiter unten.

„Ach. Das ist noch so etwas, das nicht wie gewünscht läuft. Aber wir sind schon froh, wenn Sie sich um Ihren Auftrag kümmern. Lassen Sie alles andere unsere Sorge sein", meinte der Dorfvorsteher.

Auf dem kurzen Weg zu einem Gasthaus weiter unten im Dorf erklärte uns Shai, dass sie bereits mit dem Dorfvorsteher gesprochen hatte. Daraufhin hatte der für unsere Unterkunft und Verpflegung gesorgt. Wir waren zwar eigentlich die Dienstleister, aber es schien für das Dorf eine wichtige Angelegenheit zu sein. Darum waren sie bereit, uns ein wenig entgegenzukommen.

Im Gegensatz zu uns hatte Shai das Glück gehabt, direkt im Dorf gelandet zu sein. Das war aber offenbar auch nicht der eigentliche Standort des Dimensionslochs. Matt lag also aller Wahrscheinlichkeit nach mit seiner Vermutung richtig, dass das

Dimensionsloch aufgeschwemmt war. Ich versuchte, den Gedanken zu verdrängen, wie wir später durch ein „aufgeschwemmtes" Dimensionsloch zurückkehren sollten.

Wie immer wirkten bei mir zuerst ein angenehm warmes Bad und dann ein duftendes Abendessen Wunder. Ich teilte mir ein Zimmer mit Matt. Shai bekam ein Zimmer nebenan. Die Leute im Dorf schienen da traditionsbewusst zu sein. Außerdem waren die Zimmer nicht gerade riesig. Kleinere Räume ließen sich besser heizen.

Als ich aus dem Bad kam, war Matt gerade dabei, meine nassen Kleider auf einen langen Stab vor dem Kaminfeuer aufzureihen und diesen an seinem Rucksack so abzustützen, dass er nahe am Feuer in der Luft hing. Es sah ein wenig so aus, als würde er meine Kleider braten wollen. Ich schlüpfte derweil in die Kleidung, die mir der Wirt mit einem Blick auf meine triefenden Sachen gleich zu Beginn aufs Zimmer gebracht hatte.

Unser Gasthaus war wirklich nicht zu verachten. Abgesehen von uns gab es kaum Gäste und so hatten die Wirtsleute genügend Zeit, uns mit ihren Köstlichkeiten aufzuwarten. Zuerst gab es eine Suppe mit Fleisch und Gemüsestückchen. Die Brühe roch herrlich und ich tauchte genüsslich das dunkle Brot hinein, das uns die Wirtin dazu serviert hatte.

Nach der Suppe kam eine Platte mit Kartoffeln auf den Tisch und dazu gab es drei goldig gebratene Fische vom Grill. Also einen für jeden von uns. So gefräßig, dass ich gleich drei Fische essen würde, war ich nun auch wieder nicht.

Wie immer war ich voll auf mein Essen konzentriert und bekam kaum etwas um mich herum mit. Matt und Shai unterhielten sich auch nur sehr wenig. Sie schienen aber die Leute um uns herum zu beobachten. Als es draußen wirklich stockdunkel geworden war, kamen auch einige der Dorfleute in das Gasthaus, um etwas miteinander zu trinken und gesellig beisammen zu sitzen. Oder kamen sie nur, um uns Neuankömmlinge zu begutachten?

Ich spürte, wie sich Blicke in meinen Rücken bohrten. Ich sah zu Matt und Shai hinüber, aber die ließen sich dadurch nicht aus der Ruhe bringen.

So richtig voll wurde das Gasthaus nicht. Es schien auch nicht die Dorfkneipe zu sein, sondern eher ein Ort für die etwas besser betuchten Einwohner hier.

Als wir mit unserem Abendessen fertig waren, setzte sich der Dorfvorsteher zu uns an den Tisch. Zuvor hatte er mit einigen Dorfleuten am Tresen gesessen und dort geplaudert. Mir war auch aufgefallen, dass die Stimmung ziemlich gedrückt war. Was war hier wohl passiert?

„Darf ich mich zu Ihnen setzten?", fragte er höflich.

Wir nickten alle drei und er setzte sich auf den Stuhl an der Schmalseite des Tisches, sodass er uns alle gut im Blick hatte.

„Wie Sie sehen können, ist unser Dorf nicht gerade reich. Es fehlt uns an Ressourcen, um hier einmal modernisieren zu können. Wir müssen noch immer mit Holz heizen. Die meisten Häuser sind undicht und ziehen und der Damm … ja, der Damm sollte auch dringen einmal ersetzt werden. Allerdings war auch der Wasserpegel noch nie so hoch wie jetzt", begann er, zu erzählen.

„Hatten Sie ungewöhnlich starke Regenfälle hier?", fragte Shai nach.

„Nein, kaum außergewöhnlich. Es regnet hier ständig. An feuchtes Wetter sind wir gewohnt", entgegnete er.

„Es scheint hier aber kaum Touristen zu geben", bemerkte Shai.

„Vielleicht ist es dafür die falsche Jahreszeit", wandte Matt ein.

Der Dorfvorsteher lief leicht rot an.

„Es gab da einige Zwischenfälle. Daher kommen kaum noch Touristen her", sagte er. „Wir leben hier direkt am Rande eines riesigen Moores. Das Moor war immer schon gefährlich. Es ist aber auch praktisch unsere einzige Einnahmequelle. Touristen kommen her, um die einzigartige Flora und Fauna zu bestaunen."

„Gräser und Mücken?", fragte Matt zynisch und kassierte dafür einen bösen Blick von Shai.

„In unserem Moor wachsen über 100 verschiedene Pflanzenarten, die nur in Moorgebieten vorkommen. Außerdem gibt es einige einzigartige Tiere hier, die es exklusiv nur in unserem Moor gibt. Der gelbgetupfte Smaragd-Frosch ist zum Beispiel ein Markenzeichen für unsere Gegend und wird auch gerne von

Forscherteams untersucht", gab der Dorfvorsteher wohl die auswendig gelernte Touristenbroschüre zum Besten.

„Aha", sagte Matt nur, wieder mal völlig unbeeindruckt.

Nun gut, ich musste zugeben: Frösche waren auch nicht gerade etwas, wofür ich extra angereist wäre.

„Also haben Sie zum Schutz der Touristen eine heilige Schutzschlange erworben?", fragte Shai.

„Ganz recht. Das ganze Dorf hat gespart, damit wir uns etwas vermitteln lassen konnten, das die Menschen schützt. Das Moor ist tückisch. Jedes Jahr kommen Menschen darin um, sowohl Touristen als auch Einheimische. Ein Fehltritt und … tja, tragisch. Aber die Vermittlung hat uns garantiert, dass die heilige Schutzschlange Menschen vor dem Versinken im Moor schützen würde. Und da das Moor, wie ich bereits sagte, unsere wichtigste Einnahmequelle ist, haben wir uns in Unkosten gestürzt, um uns für die Zukunft abzusichern", erklärte der Dorfvorsteher.

Er hatte immer schneller gesprochen. Offenbar lag ihm das Thema besonders am Herzen. Ob nun wegen der Menschen oder wegen des Geldes, konnte ich nicht sagen.

Shai zückte den Papierbogen zu unserem Auftrag und bemerkte: „Sie beanstanden also, dass die heilige Schutzschlange ihre Aufgabe nicht erfüllt. Hier steht etwas von: ‚worauf mehrere Vorfälle schliessen lassen'. Welche Fälle sind das? Können Sie uns darüber etwas sagen?"

Der Dorfvorsteher lehnte sich näher zu uns über den Tisch. Fast schon im Flüsterton sagte er: „Es sind leider einige Menschen ins Moor gegangen und nicht mehr zurückgekehrt. Würde die Schutzschlange ihre Aufgabe erfüllen, so sollte dies doch nicht möglich sein! Daher …"

„Welche Menschen sind verschwunden?", fragte Matt laut nach und der Dorfvorsteher zuckte bei seinen Worten zusammen.

Seine Äußerung blieb nicht unbemerkt. Vom Tresen kam ein stämmiger Mann in mittleren Jahren auf unseren Tisch zu. Er nahm einen kräftigen Schluck aus seinem Bierkrug und stützte sich dann mit der freien Hand neben Matt auf den Tisch. Er sah Matt tief in die Augen und sagte: „Touristen. Alles Touristen.

Sie gingen ins Moor und kamen nicht mehr wieder. Arme Hunde! Wer sich da nicht auskennt, hat keine Chance. Ich habe den Einwohnerrat schon mehrmals darauf aufmerksam gemacht, dass die Wege besser gewartet werden müssten. Aber keiner wollte auf mich hören. Und nun …" Er nahm noch einen Schluck aus seinem Krug und wischte sich anschließend mit dem Ellbogen den Mund.

„Nun sind so viele gestorben. So viele! Es werden bald keine Touristen mehr kommen", sagte der Fremde düster.

„Wie viele sind denn gestorben?", fragte ich beunruhigt nach.

„Es ist überhaupt niemand gestorben!", wandte der Dorfvorsteher vehement ein. „Vorerst gelten alle verschwundenen Personen noch als vermisst!"

„Erzähl keinen Unsinn!", brauste der Fremde auf. „Jeder hier weiß, dass sie tot sind! Alleine im Moor überlebt keiner! Ich hatte es euch gesagt! Ich hatte es doch gesagt! Die Wege müssen ausgebessert werden!"

„Aber genau dafür haben wir ja die Schutzschlange!", protestierte der Dorfvorsteher wütend. „Touristen glauben sowieso immer, sie müssten nicht auf den ausgeschilderten Wegen bleiben! Sie sagen sowas wie: ‚Sieh Schatz, da ist eine Abkürzung!' und sofort gehen sie quer über das Moor und versinken bei nächster Gelegenheit! Genau das sollte die Schlange verhindern!"

Da stimmte ich dem Dorfvorsteher sogar zu. Gegen Dummheit war eben kein Kraut gewachsen. Trotzdem war ich der Meinung, dass sie die Wege hätten ausbessern sollen. Mit oder ohne Schutzschlange.

„Pah!", schnaubte der Fremde.

„Wurde nach den Vermissten gesucht?", fragte Matt und unterbrach damit den Streit.

„Selbstverständlich haben wir nach den Vermissten gesucht", versicherte der Dorfvorsteher.

„Wenn Sie sagen ‚haben', dann heißt das, sie suchen nicht mehr nach ihnen?", hakte Shai nach.

„Nun, …", wand sich der Dorfvorsteher, „wir haben mehrere Tage nach Ihnen gesucht. Aber dann hat sich das Wetter verschlechtert. Bei schlechtem Wetter kann man nicht auf die Suche gehen. Daher ..."

„Wie lange werden diese Touristen schon vermisst?", fragte Shai hartnäckig weiter. „Ihre Beschwerde reichten Sie erst vor wenigen Tagen ein. Wann sind also die ersten Touristen verschwunden?"

„Vor einem Monat", antwortete der Fremde anstelle des Dorfvorstehers.

„Vor einem Monat?!", rief Matt aus. „Und sie nennen das noch vermisst?"

„Ich sag's ja. Die sind tot. Alle tot. Gut zwanzig Mann. Für immer vom Moor verschlungen", sagte der Fremde niedergeschlagen und trottete zurück zum Tresen, um sich noch ein Bier ausschenken zu lassen.

Der Dorfvorsteher sah aus, als könnte er jeden Moment in Tränen ausbrechen.

„Bitte helfen Sie uns!", sagte er flehentlich. „Ich weiß sonst nicht, was wir noch tun sollen! Die Sache mit den Vermissten hat sich bereits herumgesprochen. Es kommen kaum noch Touristen hierher. Bitte, bitte!"

„Wir werden uns die Sache gleich morgen ansehen", versprach Matt.

„Aber ja", sagte der Dorfvorsteher wieder etwas munterer, „ruhen Sie sich heute Nacht aus. Und dann ... dann ... denken Sie, dass Sie das wieder hinkriegen?"

„Das werden wir ja dann sehen", meinte Matt.

„Wir werden unser Bestes tun", sagte Shai mit Nachdruck, um Matts wenig vielversprechende Aussage zu übertönen.

„Ich danke Ihnen. Vielen, vielen Dank!", sagte der Dorfvorsteher.

Danach verließ er uns und auch gleich darauf das Gasthaus. Es war auch schon langsam spät. Ich merkte, wie sich Müdigkeit in mir breitmachte, obwohl mich die gerade erhaltenen Informationen mehr als beunruhigten.

Das wurde auch nicht besser, als Shai, kurz bevor wir uns zurückzogen, noch den Wirt fragte: „Als der Mann vorher, ich meine den großen Kerl ..."

„Sie meinen Karl. Er ist einer der Vorarbeiter im Moor, die für den Torfabbau zuständig sind", erklärte der Wirt.

„Verstehe", antwortete Shai. „Also als Karl von zwanzig Mann gesprochen hat, die verschwunden sind, meinte er da wirklich …?"

„Interessant, dass Sie das ansprechen", sagte der Wirt. „Tatsächlich sind nur Männer verschwunden. Und nur solche, die alleine oder in reinen Männergruppen unterwegs waren. Keine Frau ist in dieser Zeit verschwunden. Und kein Mann in Begleitung einer Frau. Seltsam, nicht wahr?"

„Allerdings … seltsam", murmelte Shai.

Als wir die Treppe zu unseren Zimmern hochstiegen, fragte Matt sie leise: „Denkst du, die Schutzschlange mag keine Männer und schützt sie daher nicht?"

„Ich weiß es nicht. Von so was habe ich noch nie gehört", meinte Shai nachdenklich.

„Außerdem scheinen doch recht viele Männer verschwunden zu sein. Mindestens zwanzig in nur einem Monat. Das scheint mir doch ziemlich viel. Und ich kann kaum glauben, dass das nur aufgrund des schlechten Wetters passiert sein soll. Nein, vielmehr denke ich …"

„… dass da draußen noch etwas ist", beendete Matt Shais angefangenen Gedanken.

„Ja. Genau das", bestätigte Shai.

Wir waren bei unseren Zimmern angekommen. Matt und Shai betraten die beiden Zimmer, ohne sich gute Nacht zu wünschen. Beide waren in Gedanken vertieft. Mir fiel dies nur auf, weil mich ein freundliches ‚Gute Nacht!' von Shai vielleicht noch etwas aufgemuntert hätte. Ich fühlte mich schlecht. Und das lag bestimmt nicht an dem Essen. Ich war mir jetzt schon sicher, dass ich nicht gut würde schlafen können.

An diesem Ort fühlte ich mich unbehaglich. Dabei hatte ich das eigentliche Moor noch gar nicht gesehen. Aber so viele Tote oder Verschwundene … Das konnte nichts Gutes bedeuten.

Ich hatte mich geirrt. In zweierlei Hinsicht.

Erstens hatte ich tief und fest geschlafen wie ein Baby. Zumindest bevor Matt mich noch vor dem Morgengrauen wachrüttelte.

Wir brachen sehr früh auf, ließen uns zuvor aber noch Zeit für ein ausgiebiges Frühstück. Nun ja, vor allem ich. Während ich also noch mit Frühstücken beschäftigt gewesen war, hatte uns Shai eine Wanderkarte für das Moor besorgt. Matt hatte unterdessen ein wenig mit der Wirtin geplaudert.

Dann machten wir uns zum Gehen fertig. Der Regen hatte noch in der Nacht aufgehört. Trotzdem schlüpfte ich diesmal sicherheitshalber noch vor unserem Aufbruch in meine Regenkleidung. Die Wirtsleute hatten mir freundlicherweise welche geliehen. Darunter trug ich aber nun wieder meine eigenen Kleider, die über Nacht am Feuer getrocknet waren.

Matt packte allerhand Utensilien aus seinem Rucksack und legte sie im Zimmer aus, bevor er alles wieder zurück in den Rucksack packte. Mir kam dieses Verhalten seltsam vor. Auf meine Frage hin antwortete er aber nur: „Regel Nummer eins: vor einem Einsatz immer die Ausrüstung checken."

Zu seiner Ausrüstung hatte später auch Shai etwas zu sagen, als wir schon Richtung Moor unterwegs waren.

„Ich will mich ja nicht einmischen, aber … warum hast du ein Buschmesser dabei? Wir sind auf dem Weg in ein Moor", fragte Shai leicht irritiert.

Tatsächlich baumelte ein riesiges, gefährlich scharf aussehendes Buschmesser an Matts Gürtel. Wozu er das wohl brauchte?

„Das gehört zur Standardausrüstung", war Matts ganze Antwort.

Ich sah förmlich, wie Shai auf der Zunge lag, dass doch sicher auch eine Standardausrüstung an die jeweiligen Umstände angepasst wurde. Sie sagte aber nichts, also platzte es aus mir heraus.

Seine Antwort war nicht sonderlich zufriedenstellend.

„Wenn ich die Ausrüstung immer wieder ändern würde, dann könnte man wohl kaum von Standard sprechen, oder?", belehrte Matt mich.

Wahrscheinlich hatte sich Shai eine solche Antwort von Matt ausgemalt. Darum hatte sie auch gar nicht erst so blöd gefragt wie ich.

Nun aber zum zweiten Punkt, in dem ich mich geirrt hatte: Das Moor war noch viel grusliger, als ich es mir vorgestellt hatte.

Wir erreichten dessen Grenze schon nach etwa zwanzig Minuten Fußmarsch. Es hatte in dieser Zeit nicht geregnet, aber ein seltsamer Nebel hing über der ganzen Gegend. Hier im Moor schien der Nebel besonders dicht zu sein. Er sah aus wie eine riesige Milchsuppe. Und darunter nur karge Moorlandschaft.

So wirkte sie zumindest auf mich. Shai belehrte mich allerdings eines Besseren, als sie aus dem ebenfalls erstandenen Reiseführer vorlas, welch vielfältige Tierarten und Pflanzen es hier gab. Trotzdem fand ich das Moor merkwürdig. Ich konnte mir nicht erklären, wie eine Landschaft so trocken aussehen konnte, die im Untergrund doch so feucht war. Das dürre Gras und das gelbe Moos, was den größten Teil des Bodens bedeckte, sah alles andere als frisch und saftig aus.

Bald mussten wir den erdigen Pfad verlassen und über den auf Pflöcken befestigten Brettern weitergehen. Der Weg war abenteuerlich. Nach einer halben Stunde des Balancierens auf schiefen Holzbrettern konnte ich sehr gut nachvollziehen, warum der Vorarbeiter Karl der Meinung war, die Wege müssten ausgebessert werden.

Klar, den Weg verlieren und sich verirren konnte man so eigentlich nicht. Aber auf den schiefen und nassen Brettern ausrutschen und ins Moor fallen wäre ziemlich einfach gewesen. Das erklärte aber nicht das Verschwinden so vieler Personen.

Ich war ja selbst ein sehr ungeübter Wanderer, aber sogar ich vermochte es, mich auf den schmalen Brettern zu halten.

Die Zeit verstrich. Shai dirigierte uns stumm durch das Moor. Ihre Wanderkarte war dabei ungemein hilfreich, denn nicht an allen Abzweigungen waren auch Wegweiser angebracht.

Nach knapp einer Stunde begann es wieder leicht zu regnen. Shais roter Regenmantel leuchtete durch den Regen und den Nebel hindurch, sodass wir sie nie aus den Augen verloren. Die gelben Gummistiefel des Vortags hatte sie aber gegen solide Wanderschuhe ausgetauscht.

Apropos solide: Nach etwa zwei Stunden erreichten wir wieder festen Boden unter den Füssen. Fest war zwar ein wenig übertrieben. Mit einem beherzten Schritt von dem letzten Brett auf den

Pfad rutschte ich sofort aus und machte sogleich einen schmerzlich ziehenden Spagat. Der Boden war eben extrem matschig.

Matt zog mich kommentarlos wieder auf die Füße, während Shai schon mal vorausging und den weiteren Weg auskundschaftete. Nach kurzer Zeit kam sie wieder zurück und verkündete: „Gleich da drüben ist der in der Karte angegebene Unterstand. Vielleicht sollten wir dort eine kleine Pause einlegen und uns dann überlegen, in welche Richtung wir weitergehen wollen."

„Sind wir denn jetzt durch das Moor durch?", fragte ich mit hoffnungsvoller Stimme.

Matt ließ seine Hand auf meine Schulter fallen und meinte: „Nein, Kumpel. Dieses Moor hier ist weit größer, als dass man es an einem Tag ablaufen könnte."

„Aber wir sind doch wieder auf festem Boden?", wandte ich kleinlaut ein.

„Das Moor hat zwischendurch auch begehbare Stellen. Wäre dem nicht so, dann wäre wohl auch niemand je auf die Idee gekommen, es überhaupt durchqueren zu wollen", entgegnete Matt.

Die Aussicht auf etliche weitere Stunden Marsch durch die karge Moorlandschaft, die man durch den Nebel hindurch nicht einmal richtig sehen konnte, löste nicht gerade Glücksgefühle in mir aus. Dafür war ich über die angekündigte Pause dankbar.

Der einige Meter entfernte Unterstand war wirklich genau das. Ein auf vier dünnen Holzpfeilern befestigtes Dach, das direkt über einem großen, relativ flachen und glatten Stein lag. Somit mussten wir uns zumindest nicht in den Matsch setzen, sondern konnten uns auf dem etwas kühlen und leicht feuchten Stein niederlassen.

Meine Beinmuskeln pochten aufgrund der ungewohnten Anstrengung. Ich war nicht gerade sonderlich sportlich. War es noch nie gewesen. Wer so alt wird wie ich, weiß, dass dies vor allem durch Ruhe und einen entspannt-gemächlichen Lebensstil gelingt. Mein Freund Pliki hatte das auch immer so gehalten. Schildkröten sind ja auch nicht gerade für irgendwelche sportlichen Höchstleistungen bekannt.

Leider nahmen die beiden Jungspunde diesbezüglich nicht allzu viel Rücksicht auf mich. Ich sah ja zugegebenermaßen auch nicht älter aus als sie. Körperlich hätte ich also eigentlich mithalten sollen. Aber Matt als angehender Held hatte keine Probleme bei Märschen, die für mich anstrengend waren. Und Shai schien trotz ihrer Beteuerung, ein normaler Mensch zu sein, leichter über die Bretter zu hüpfen, als es für einen Menschen üblich war. Aber vielleicht kam mir das auch nur so vor. Was wusste ich denn schon davon, was normal war …

Nach einer, wie ich fand, viel zu kurzen Pause erhob sich Matt wieder und wollte weitergehen.

Shai stimmte dem leider zu und so musste ich gezwungenermaßen auch mit. Um keinen Preis hätte ich in dem gruseligen Moor alleine zurückbleiben wollen. Besonders nicht, wenn darin schon so viele Männer verschwunden waren.

„Wohin gehen wir denn eigentlich genau?", fragte ich nach einer weiteren Stunde über matschige Wege und durch anhaltenden Regen.

Vor uns lag eine weitere Weggabelung. Zwar stand außer Frage, dass ich Shais Urteil blind vertraut hätte, … aber dennoch wollte ich einmal wissen, wonach sie eigentlich unsere Richtung festlegte. Überhaupt wunderte ich mich, dass Matt sich so kommentarlos von ihr führen ließ und keine eigene Meinung dazu äußerte.

„Naja, …", antwortete Shai auf meine Frage, „es gibt zwei Möglichkeiten, wohin wir gehen können. Erstens: wir gehen in das Gebiet, das von Touristen häufig aufgesucht wurde und in dem sie wahrscheinlich auch verschwunden sind. Wo genau das ist, weiß natürlich niemand, weil es ja niemand je beobachtet hat. Die Leute sind einfach nicht zurückgekehrt."

„Männer", korrigierte Matt.

„Männer", verbesserte Shai. „Es gibt aber Vermutungen, in welchem Gebiet dies ungefähr geschehen sein könnte. Das Gebiet ist aber ziemlich groß. Und wir sind eigentlich nicht wegen der verschwundenen Männer hier. Nicht nur", ergänzte Shai mit einem Seitenblick auf Matts kritischen Gesichtsausdruck. Und damit kommen wir zu der zweiten Möglichkeit: wir suchen die heilige Schutzschlange. Dazu könnten wir zu der Stelle gehen, an der sie ausgesetzt wurde. Diese Stelle ist uns zumindest bekannt. Aber auch da ist es unsicher, ob sie sich überhaupt noch in der Nähe dieser Stelle aufhält oder ob wir dort irgendwelche Spuren finden."

„Und das heißt …?", fragte ich, da ich noch nicht ganz durchblickte.

„Das heißt, wir durchkämmen die Gegend auf gut Glück", erklärte Matt gelassen.

Schockiert sah ich zu Shai hinüber, aber die lächelte nur verlegen und zuckte wie zur Bestätigung mit den Schultern.

„Was?!", entfuhr es mir in zutiefst ungläubigem Tonfall.

„Tja, es bleibt uns gar nichts anderes übrig", gestand Shai ein.

„Und du hast zum bisherigen Weg nichts gesagt, weil …?", wandte ich mich an Matt.

„Weil es eh keine Rolle spielt", bestätigte Matt meine Vermutung. „Hier was zu finden, ist wie ein Glücksspiel. Man kann vorher nicht wissen, ob man richtig liegt oder falsch."

„Und wann hattet ihr vor, mir das zu sagen?!", polterte ich wütend los.

Hier will ich kurz anmerken, dass ich normalerweise nicht zu Wutausbrüchen neige. Ich bin eher eine stille Natur. Aber die körperliche Anstrengung, der andauernde Regen und die ungemütliche Umgebung zehrten ganz schön an meinen Nerven. Aber zurück zu meiner Frage, wann sie mir unser planloses Umherirren gestehen wollten.

„Gar nicht", antworteten beide unisono.

Das machte mich für einen kurzen Moment sprachlos vor Entrüstung.

„Und wann habt ihr das miteinander abgesprochen?", wollte ich nun gekränkt wissen.

„Gar nicht", sagten wieder beide gleichzeitig und sahen sich belustigt an.

Offenbar klappte das Teamwork der beiden bei ihrem ersten Fall auf Anhieb so gut, dass sie zu denselben Schlüssen gelangten, ohne darüber reden zu müssen.

Das hätte ich in einer anderen Situation bewundert. In dieser aber fühlte ich mich nur noch ausgeschlossener und sagte daher trotzig: „Wenn ihr euch da so einig seid, warum zieht dann nicht nur ihr beide los und ich bleibe in dem Gasthaus und warte auf eure Rückkehr?"

„Weil du zum Team gehörst. Du bist der Schreiberling", kam prompt die Antwort von Shai.

„Ich habe aber überhaupt keine Lust darauf, hier zu sein!", sagte ich halb wütend, halb wehleidig.

„Glaubst du etwa, wir haben uns das als netten Wochenendtrip ausgesucht?", fragte Matt erstaunt.

„Aber ...", setzte ich wieder an, wenn auch längst nicht mehr so überzeugt wie vorher.

Mein Protest wurde sofort von Shai im Keim erstickt.

„Wir haben hier einen Auftrag. Und wir können erst wieder zurück, wenn wir den Auftrag erledigt haben. Wenn du dich dagegen sträubst, wird es nicht leichter, sondern dauert nur länger", sagte sie entschlossen.

„Außerdem brauchen diese Leute wirklich Hilfe. Ich finde die Situation hier sehr bedenklich", ergänzte sie noch in besorgtem Ton.

„Wegen der Schlange oder wegen der Menschen?", stichelte Matt.

„Ich gebe gerne zu, dass mir an den magischen Wesen weit mehr liegt als an den Menschen! Sie werden fast immer diskriminiert, ausgenutzt, erhalten kaum Schutz und sind dabei vielfältiger und interessanter, als es Menschen je sein könnten! Und ich verstehe sie besser. Aber das heißt nicht, dass mir das Los der verschwundenen Männer egal ist!", brauste Shai auf und ihr Gesicht lief dabei rot an.

Sie starrte Matt wütend an und er sah ihr lange konzentriert in die Augen, als suchte oder erwarte er noch etwas.

Doch anstatt der von mir erwarteten Auseinandersetzung kam von Matts Seite nur ein: „Dann hätten wir diesen Punkt ja geklärt."

Daraufhin überholte er Shai und mich und ging nun vorweg. Shai atmete ein paarmal heftig ein und aus, drehte sich dann um und folgte Matt ruhig weiter. Ich ging als Schlusslicht hinterher.

Dass Menschen Shai nicht egal waren, war für mich ja von vornherein klar gewesen. Spätestens seit wir in der Vermittlungshalle beobachtet hatten, wie sie der Frau half, die sich einen Prinzen vermitteln lassen wollte. Daher war mir auch nicht ganz klar, welchen Zweck nun diese Provokation genau erfüllt hatte. Vielleicht wollte Matt nur sichergehen, dass sie uns damals nicht Mitgefühl vorgespielt hatte. Es war schon wichtig, seine Teamkollegen richtig zu kennen.

Shai sprach nach ein paar Minuten wieder in ruhiger Stimme zu Matt: „Woher hast du das gewusst?"

Nun war ich vollends verwirrt. Woher hatte er was gewusst?

Matt blieb stehen und drehte sich zu uns um. Dann sagte er: „Vorher, als Ruby anfing, eine Szene zu machen, da wusste ich es schon."

Eine Szene machen?! Also ich muss doch sehr bitten!

„Ah", sagte Shai, als wäre ihr alles klar.

Mir war allerdings überhaupt nichts klar. Wovon redeten die zwei jetzt schon wieder?

„Ähem", räusperte ich mich laut vernehmlich.

„Es geht um den Nebel", erklärte Shai, ohne dass ich überhaupt eine Frage zu stellen brauchte. „Der Nebel hier scheint irgendwie ... ich weiß nicht genau, wie ich das beschreiben soll ... er scheint unsere Stimmung zu beeinflussen. Genauer gesagt ... Gereiztheit hervorzurufen."

„Der Nebel?", wiederholte ich verdattert.

Nebel war doch den meisten Menschen unangenehm. Wieso betonte Shai also, dass der Nebel uns gereizt machen sollte? Es sei denn ...

„Stimmt denn etwas nicht mit diesem Nebel hier?", fragte ich besorgt.

„Davon gehe ich zumindest aus", antwortete Matt auf meine Frage, „daher habe ich auch getestet, ob meine Vermutung stimmen könnte."

„Indem du Shai provoziert hast?", fragte ich nach.

„Ja. Entschuldige übrigens", sagte er erst an mich und dann an Shai gewandt.

Shai nickte bloß. Ob das nun heißen sollte, dass sie die Entschuldigung akzeptierte oder dass sie sie lediglich zur Kenntnis nahm, blieb unklar. Daher ergriff Matt nach einem langen Moment der Stille wieder das Wort: „Was sagst du also dazu? Ich gehe doch richtig in der Annahme, dass du für diesen Fall eine Art Expertin bist? Sonst wärst du …"

„Sonst wäre ich nicht in diesem Team. Ja, schon klar", unterbrach ihn Shai. „Ich habe da schon eine Vermutung. Aber es gibt mehrere Möglichkeiten und ich will keine voreiligen Schlüsse ziehen."

„Du wirst uns aber schon noch rechtzeitig Bescheid geben, wenn es gefährlich ist?", wollte ich sicherheitshalber von ihr wissen.

„Keine Sorge, Ruby. Du weißt doch noch, was uns der Gastwirt gesagt hat. Es sind nur Männer verschwunden. Und nur solche, die ohne Frauen unterwegs waren. Also wird nichts passieren", redete Shai beruhigend auf mich ein.

Ich hoffte inständig, dass sie damit recht behalten würde.

Shai verfolgte unsere Route weiterhin auf der Karte, während Matt nun die Richtung vorgab. Gegen Mittag waren wir in dem Gebiet angekommen, das laut Karte viele seltene Tiere und vor allem Pflanzen beherbergte. Ergo dort, wo wahrscheinlich die meisten Touristen auf ihren Ausflügen hinwollten.

Nun hatten wir aber auch schon einen halben Tag Wegstrecke zurückgelegt. Folglich kam eine Diskussion darüber auf, ob wir bald umkehren mussten oder zu der auf der Karte eingezeichneten Hütte weitergehen sollten. Die Hütte war auf jeden Fall praktischer, aber dafür wären wir länger diesem unangenehmen Nebel ausgesetzt. Die Diskussion verlief daher auch ziemlich merkwürdig, weil alle versuchten, ihre gereizte Stimmung zu unterdrücken und ganz sachlich nach pro und kontra Argumenten zu entscheiden.

Für die Hütte sprach, wie gesagt, die Lage. Dagegen sprach der eher knappe Proviant, den Matt und Shai eingepackt hatten. Das wurde aber wieder dadurch wettgemacht, dass ich mehr als genug Verpflegung eingepackt hatte. (Zur Erinnerung: das war der Hauptbestandteil meines Gepäcks, als wir aus unserer eigenen Dimension hierher aufgebrochen waren.)

Gegen die Hütte sprach der bereits erwähnte Nebel. Shai konnte leider nicht mit Sicherheit sagen, ob dessen bösartiger Einfluss sich innerhalb der Hütte verflüchtigen würde. An das „Wenn-nicht" wollte ich gar nicht denken. Tat ich aber trotzdem und so wurde die Diskussion ziemlich hitzig.

Das Mittagessen wurde im Gegenteil dazu zu einer sehr stillen Angelegenheit. Wir sprachen eigentlich nicht miteinander, weil ein jeder nach dem Streit irgendeinen Groll auf den anderen hegte. Übrigens hatten wir uns am Schluss der Diskussion sogar einstimmig für die Hütte entschieden. Das vor allem daher, weil dann die ganze Mission hoffentlich nicht so lange dauern würde.

Zu der Hütte würden wir noch einige Stunden brauchen und so wurde die Mittagspause ziemlich kurz. Matt ließ Shai wieder mit der Karte vorausgehen. Nach zwei weiteren Stunden fing die Sicht langsam, aber stetig an, sich zu verschlechtern. Der Nebel wurde dichter und drückender. Bald fühlte sich jeder Schritt so an, als müsste man sein doppeltes Körpergewicht stemmen, weil eine seltsame Kraft einen nach unten zog.

Matt bemerkte irgendwann: „Falls der Nebel mit dem Verschwinden der Männer zu tun hat, ist mir schon klar, warum nur Männer verschwunden sind."

„Und warum?", fragte ich nach.

Matt schien einen Moment zu zögern, als überlegte er, ob er Shai beleidigen würde, wenn er das sagte, was er dachte.

Er sagte es dann trotzdem: „Weil kein Mann es solange durchgehalten hätte, mit einer zu diesem Zeitpunkt bestimmt klagenden und nörgelnden Frau herumzulaufen. Ich meine, es fühlt sich an, als müsste man Gewichte am Körper herumtragen."

„Hab' ich etwa rumgenörgelt?", entgegnete Shai spitz.

„Nein, eigentlich nicht", musste Matt eingestehen.

„Ich habe auch nicht genörgelt", fand ich aus irgendeinem Grund wichtig, festzustellen.

Meiner Bemerkung schenkte aber niemand Beachtung.

Der Weg durch das Moor war wirklich vor allem ein Kämpfen und Ringen mit sich selbst. Der Nebel zehrte an unserer Kraft und an unserem Verstand. Dann wurde die Sicht noch schlechter, als die Dämmerung, aufgrund des über dem Nebel bestimmt wolkenverhangenen Himmels, recht früh eintrat.

Zu der Hütte war es noch fast eine Stunde Weg. Wenigstens hatte es seit einer guten Stunde aufgehört, zu regnen. Dafür wurde der Nebel immer dichter. Shai zückte eine Taschenlampe, um den Weg und die Karte besser sehen zu können. Matt und ich folgten dem weißen Licht. Shai selbst war in dem dicken Nebel nur noch als dunkler Umriss zu sehen. Und dies auch immer weniger, je weiter die Dämmerung voranschritt. Schließlich einigten wir uns sogar darauf, regelmäßig etwas von uns hören zu lassen. Nicht, dass ich als Schlusslicht irgendwo im Moor steckenblieb und die anderen nicht mal merken würden, dass ich zurückgeblieben war.

Die endlos erscheinenden Bretterpfade hatten einen Vorteil: man konnte schlecht vom Weg abkommen. Ein Fehltritt und man würde direkt im Moor landen und ein schmatzendes Geräusch verursachen, mal abgesehen von dem braun-roten Moorwasser, das dann in die Schuhe dringen würde. Na gut, wem wollte ich schon etwas vormachen. Natürlich hatte ich einen solchen Fehltritt gemacht. Und nachdem ich einen Moment schwankend dagestanden und fast ganz ins Moor gekippt wäre, hatte mich Matt wieder zurück auf die Bretter gezogen.

Deshalb war ich nicht unglücklich darüber, als wir wieder den festen, wenn auch etwas matschigen Boden unter den Füssen hatten. Shai erklärte uns, dass es nun nicht mehr weit bis zur Hütte war. Das fand ich logisch, denn die Hütte würde ja bestimmt auf festem Boden und nicht auf Pfählen gebaut worden sein. Zumindest hoffte ich das. Ich schauderte ob der Vorstellung, dass später beim Schlafen direkt unter dem Boden das Moor liegen würde. Shai hätte meine Unsicherheit bestimmt mit einem Blick auf die Karte sofort aus der Welt schaffen können, aber ich traute mich nicht, sie zu fragen.

Nach einigen weiteren Minuten hatte ich mich doch dazu durchgerungen und setzte gerade zu meiner Frage an. Weiter als: „Du, Shai, ich hätte da mal …" kam ich aber nicht.

Shai unterbrach mich mit einem „Schhhh!"

Da das normalerweise ein Zeichen dafür war, dass man besonders gut hinhören sollte, spitzte ich – wenn auch leicht verärgert über die Unterbrechung – meine Ohren. Tatsächlich konnte ich etwas hören. Es klang, wenn auch sehr undeutlich, nach einer Stimme. Einer weiblichen Stimme.

„Habt ihr das gehört?", fragte Shai uns.

„Ich hab' was gehört", antwortete ich sofort, „es klang nach einer Frauenstimme."

„Einer ziemlich hilflos klingenden Frauenstimme", ergänzte Matt.

Erneut hörten wir das ferne, zögerliche Rufen. Die Worte konnte ich allerdings nicht deutlich genug hören, um sie zu verstehen. Mir lief ein Schauer über den Rücken. War das vielleicht …

„Das ist doch kein Geist, oder?", fragte ich und fing unwillkürlich an, zu zittern.

„Du meinst wegen des Moores? Ja, hier würde ein Geist schon gut reinpassen", bestätigte Matt.

Die Antwort gefiel mir gar nicht. Vielleicht hauste der Geist ja in unserer Hütte. Wenn dem so war, würde ich lieber draußen schlafen, als … uahhh.

Vielleicht hatte Shai ja eine angenehmere Erklärung. Neuen Mut schöpfend fragte ich sie: „Und was glaubst du, Shai? Meinst du, es ist …"

„Kein Ahnung, Ruby. Ich denke, wir müssen es uns ansehen gehen. Vorher kann ich nichts Genaues dazu sagen."

Von wegen besser. Das klang ja noch viel schlimmer als Matts Antwort! Ansehen gehen? Als ob ich den Geist würde sehen wollen.

„Bleibt uns wohl nichts anderes übrig", stimmte Matt Shai zu meinem Leidwesen zu.

Er klang allerdings auch nicht gerade begeistert ob der Aussicht.

„Na gut", sagte Shai, „ich glaube, wir müssen da entlang."

Sie leuchtete mit ihrer Taschenlampe in die ungefähre Richtung, aus der die unbekannte Frauenstimme zu kommen schien.

„Können wir das nicht erst morgen machen?", fragte ich in einem letzten Versuch, doch noch in den Schutz der Hütte und endlich zum Ende des heutigen Marsches zu kommen.

„Wenn es ein Geist ist, spielt es keine Rolle. Aber wenn nicht …", entgegnete Shai und ging, ohne auf weitere Einwände zu warten, wieder mit ihrer Taschenlampe voraus.

„Ich würde auch lieber Feierabend machen, Ruby. Tja, was soll man da machen", sagte Matt und ergab sich seinem Schicksal.

Shai navigierte uns nicht schlecht durch die Dunkelheit. Die Frauenstimme wurde langsam deutlicher. Bald hörte ich ein eindeutiges „Hallo" heraus und dann auch noch ein „Jemand". Den Rest konnte ich mir zusammenreimen. Als wir über einen kleinen Hügel gestiegen waren, hörte ich es nun ganz deutlich. Die Stimme kam von etwas weiter vorne, vom unteren Rand des Hügels her.

Matt hatte es schon von Anfang an ganz richtig gesagt. Die Frau klang so hilflos und verletzlich, als sie mit zitternder Stimme in die Dunkelheit rief: „Hallo, ist hier jemand? Kann mir jemand helfen? Bitte. Ist denn niemand hier?"

„Da unten", sagte Shai und ging weiter auf die Stimme zu.

Ich wunderte mich, warum wir ihr nicht entgegenriefen. Aber wahrscheinlich wäre das eher dumm gewesen. Ich wollte ja auch nicht etwas anlocken, von dem ich nicht wusste, was es war.

Die unbekannte Frauenstimme schien aber endlich den Lichtstrahl von Shais Taschenlampe gesehen zu haben. Für einen kurzen Moment war es ganz still und dann schrie sie aufgeregt: „Hallo! Hier, hier! Hallo! Wer ist da? Hallo!"

Shai schwieg noch immer, ebenso wie Matt und ich. Als wir endlich unten angekommen waren, erschien in einiger Entfernung im Lichtstrahl von Shais Taschenlampe eine Frauengestalt.

Mir blieb vor Schreck das Herz stehen. Nicht, weil sie besonders beängstigend, gruselig oder so aussah. Nein. Diese Frau hier war besonders liebreizend.

Es war eine junge Frau. Sie stand zitternd inmitten des Moores, schon bis zur Hüfte in dem weichen Untergrund versunken. Sie war wunderschön, ihre langen goldenen Haare fielen nass über ihre Schulter und bedeckten ihre rechte Brust. Sie war nur sehr spärlich bekleidet. Die Arme und ein sehr großzügiges Dekolleté waren gänzlich unbedeckt, weswegen ihre weiße Haut das Taschenlampenlicht besonders deutlich zurückwarf. Darunter trug sie nur ein dünnes Leibchen, vielleicht ein Nachthemd, das völlig durchnässt an ihrem Körper klebte.

Sie hob einen Arm, um die Augen vor dem grellen Licht abzuschirmen. Ich wusste in dem Moment wirklich nicht, ob vor uns ein Geist stand oder ein echter Mensch. Aber eins wusste ich mit Sicherheit: diese hilflose Schönheit vor uns hätte jedes Männerherz schneller zum Schlagen gebracht.

„Hallo!", rief ihr da Matt auch schon zu.

Die Unbekannte zog langsam ihren Arm wieder hinunter. Shai gab sich Mühe, ihr mit der Taschenlampe nicht direkt in die Augen zu leuchten. Dann sah uns die Fremde ängstlich an.

„Wer seid ihr?", fragte sie zaghaft.

„Wir sind nur einfache Durchreisende", sagte Shai ganz nüchtern und offenbar völlig ungerührt von dem Zustand, in dem sich die junge Frau befand.

Ich nahm an, dass sie abzuschätzen versuchte, ob von der Unbekannten Gefahr ausging. Tatsächlich fand auch ich auf den zweiten Blick die ganze Szene ein bisschen unglaubwürdig. Ich meine, wer würde schon im Nachthemd allein draußen im Moor spazieren gehen?

Die Fremde beantwortete mir diese Frage: „Bitte, helft mir. Ich … eine … eine gemeine alte Hexe hat mich hierher ins Moor verschleppt und hier …", nun kamen ihr die Tränen und sie fuhr schluchzend fort, „und hier ins Moor gesteckt und jetzt komme ich nicht mehr raus."

Ihr ganzer Oberkörper bebte nun und ein herzzerreißendes Schluchzen ging von ihr aus.

„Helft mir, bitte", flehte sie.

Dann weinte sie weiter, während wir alle drei eine ganze Weile schweigend dastanden. Schließlich fragte Matt die Unbekannte: „Warum hat dich die Hexe hierhergebracht?"

Die Unglückliche schüttelte nur den Kopf.

„Ich weiß es nicht. Und niemand hilft mir. So geht es schon seit Tagen. Keiner der Männer, die hier vorbeigekommen sind, hat mir geholfen", antwortete sie.

„Seit Tagen?", stutzte Matt. „Du willst also behaupten, dass du schon seit Tagen hier feststeckst?"

Es war nicht zu überhören, dass er das für höchst unwahrscheinlich, wenn nicht gar unmöglich, hielt. Und da gab ich ihm auch Recht. Säße sie tatsächlich schon seit Tagen in diesem Moor fest, dann wäre sie mittlerweile entweder ganz versunken, erfroren oder verhungert. Auf jeden Fall nicht mehr lebendig. War sie also doch ein Geist?

Die Fremde schüttelte auf Matts Frage hin den Kopf und schluchzte dann nur umso heftiger.

Matt wollte noch etwas sagen, aber Shai signalisierte ihm, zu schweigen und fragte stattdessen selbst: „Wie heißt du?"

Diese Frage schien Wunder zu wirken. Das Schluchzen nahm mit fast sofortiger Wirkung ab und die Frau hob wieder den Kopf, den sie zuvor traurig nach unten gerichtet hatte.

Dann antwortete sie zwar mit immer noch zitternder, aber nicht mehr gar so hilflos klingender Stimme: „Mina. Ich heiße Mina."

„Also gut, Mina. Ich heiße Shai. Das hier sind Matt und Ruby. Wir werden dich jetzt hier rausholen", sagte Shai in mehr befehlendem als beruhigendem Tonfall.

Matt protestierte auch sogleich: „Bist du dir sicher? Ich habe schon von Wesen gehört, die Männer mit einer hübschen Gestalt anlocken und dann in ein Gewässer hinabziehen und ertränken. Was, wenn sie so ein Wesen ist?"

„Hast du etwa Angst?", fragte Shai verwundert.

„Angst? Ich finde nur, wir sollten keine unnötigen Risiken eingehen", entgegnete Matt.

„Aha. Du willst also eine hilflose, frierende Frau hier alleine ihrem Schicksal überlassen?", fragte Shai mit eisiger Stimme.

„Nein. Aber ich will nicht blindlings Kopf und Kragen riskieren", antwortete Matt gereizt.

„Weißt du eigentlich, dass unterlassene Hilfeleistung nach interdimensionalem Recht strafbar ist? Das kann einige Monate bis zu einem Jahr Haft geben", brachte Shai ihr Rechtswissen ein.

„Tatsächlich?", fragte ich erstaunt nach.

Ich malte mir gerade aus, wie oft ich als Angsthase mich dann wohl schon strafbar gemacht hatte. Die anderen beiden gingen aber wieder einmal nicht auf meine Frage ein.

„Wenn das hier aber eine Falle ist, was dann?", meinte Matt noch immer nicht überzeugt.

„Entschuldige mal, wer ist hier der Experte für magische Wesen?", konterte Shai.

„Hmpf", machte Matt.

„So ist es. Und wer ist der angehende Held?", fragte Shai weiter.

Diesmal gab Matt überhaupt keine Antwort und kein Geräusch von sich.

„Dann dürfte wohl auch klar sein, wer das Vergnügen hat, sie da rauszuholen", beendete Shai in süßlichem Ton ihre Argumentation.

Uns allen war klar, dass sie diese Diskussion gewonnen hatte.

Matt konnte natürlich nicht blindlings ins Moor hinauswaten und die hilflose Fremde dort auflesen. Es benötigte zuerst einiges an Vorbereitung für dieses Unterfangen.

Als erstes kramte er ein langes Seil aus seinem Rucksack – offenbar Teil der Standard-Ausrüstung – und befestigte es an einem ziemlich kleinen und dünnen Baum in der Nähe. Da ich dabei keine Hilfe war, wandte ich mich währenddessen an Shai: „Warum bist du dir eigentlich so sicher, dass von der Frau da draußen keine Gefahr droht?" Ich sprach leise genug, sodass die Fremde mich nicht hören konnte.

„Dafür kann ich dir einen guten Grund nennen, Ruby", antwortete Shai. „Vorhin hat sie davon gesprochen, dass hier Männer vorbeigekommen sein sollen, die ihr aber nicht aus dem Sumpf geholfen haben."

„Ja und?", fragte ich leicht verwirrt.

„Das heißt, die Männer sind von hier weggekommen, also wohl nicht hier verschwunden", erklärte Shai.

„Es sei denn, sie hat uns angelogen", widersprach ich, „und tatsächlich die ganzen Männer in den sicheren Tod gezerrt."

Mir schauderte bei der Vorstellung.

„So ist es", raunte Matt mir schlecht gelaunt zu.

Er war gerade damit fertig geworden, das Seil an dem Baum festzuknoten und kam nun wieder neben uns zum Stehen. Nun machte er sich daran, das Seil um seine Hüfte zu binden, damit wir ihn notfalls aus dem Sumpf rausziehen könnten. Wobei ich mir da bei mir nicht so sicher war. Dafür besaß ich nicht genug Muskelkraft. Ich hoffte, dass ihm das klar war.

„Sie hat aber nicht gelogen", sagte Shai gelassen.

Ihre Zuversicht verblüffte mich. War sie wirklich so leichtgläubig? Oder einfach nur gutherzig und wollte nicht glauben, dass eine so unschuldige Kreatur uns anlügen könnte? Ah, nein. Fast hätte ich vergessen, dass Shai ja nicht von dem umwerfenden Äußeren der Frau beeindruckt gewesen war. Also sollte ihr gesunder Menschenverstand auch nicht davon beeinträchtigt worden sein.

„Was macht dich da so sicher?", fragte ich sie neugierig.

Sie deutete mit ihrer Taschenlampe auf den schlammigen Pfad, der von hier weiterführte.

„Das da", sagte sie. „Es führen jede Menge Fußspuren von hier weg. Männerfußabdrücke, von der Größe der Abdrücke her zu urteilen. Mindestens zwanzig Stück."

Bei den letzten Worten blickte sie uns vielsagend an.

„Das hättest du auch gleich sagen können", brummte Matt leicht verärgert, schien aber gleichzeitig auch beruhigt.

„Entschuldige mal, Herr Held. Ich nahm an, jemand mit deinen Zukunftsplänen wäre ein guter Spurenleser", neckte ihn Shai.

„Wäre ich schon, wenn ich die Taschenlampe gehabt und die Spuren überhaupt gesehen hätte", konterte Matt.

„Aber warum ist das ein Beweis?", fragte ich. „Die Spuren könnten ja schon Wochen alt sein."

Matt schüttelte den Kopf: „Nein, könnten sie nicht. Du hast ja selbst gesehen, wie es den ganzen Tag geregnet hat. Gestern war der Regen sogar noch stärker. Die Spuren hier müssten alle bis zum Rand mit Wasser gefüllt sein. Sind sie aber nicht. Also können sie erst kurz bevor oder nachdem der Regen aufgehört hat, entstanden sein."

„Aber, das … das wäre ja noch gar nicht lange her?", sagte ich erstaunt.

„Nein, allerdings nicht", bestätigte Matt. „Fragt sich nur, warum sie der Frau nicht aus dem Moor geholfen haben."

„Tatsächlich? Ich kenne da zwei Herren, die sich auch nicht gerade um diese Aufgabe gerissen haben", spottete Shai.

„Apropos. Sie steht immer noch zitternd da und wartet", ergänzte sie mit auffordernder Stimme.

„Wenn du vielleicht so freundlich wärst, und den Weg beleuchten würdest", entgegnete Matt und sah Shai mürrisch an. Sobald Shai die Taschenlampe auf die richtige Stelle vor ihm gerichtet hatte, machte er sich mit einem Seufzer daran, in das Moor hinauszuwaten.

„Seien Sie vorsichtig!", mahnte ihn die Fremde, die so lange geduldig gewartet hatte.

Ob sie einfach nur schicksalsergeben oder zu erschöpft gewesen war, um uns während unserer kleinen Diskussion zu unterbrechen, wusste ich nicht.

„Aber was haben die Männer hier gemacht? Und warum haben sie ihr nicht geholfen?", fragte ich an Shai gewandt.

„Tja", antwortete sie, „vielleicht kann uns die Dame aus dem Moor mehr dazu sagen."

WASSER UND STEIN

Endlich waren wir in der Hütte im Moor angekommen. Die Wolken, die den Himmel den ganzen Tag über bedeckt hatten, verzogen sich und der Mond wurde sichtbar. Das half Matt und mir, als wir draußen Feuerholz zusammentrugen, um in der Hütte ein wärmendes Feuer im Kamin und im Herd anzuzünden. Auch einen Brunnen gab es draußen, aus dem wir frisches, trinkbares Wasser schöpfen konnten.

Shai setzte gleich einen Kessel Wasser auf. Der war aber nicht zum Trinken gedacht, sondern erstmal dafür, dass Mina sich damit waschen konnte. Die Hütte hatte zwei separate Räume mit je vier Betten, eine kleine Küche und eine Wohnstube. Sie war nicht gerade komfortabel eingerichtet, aber das störte nun wirklich niemanden. Hauptsache, wir hatten ein Dach über dem Kopf.

Die Hütte lag auf einer kleinen Anhöhe und zu unser aller Glück blieb der Nebel, der negative Gefühle entfachte, weiter unten liegen. Somit waren wir endlich von dem bedrückenden Gefühl und von der schweren Last befreit, die uns fast den ganzen Tag lang gequält hatte.

Während Shai Mina im Nebenzimmer aus ihrem nassen Nachthemd half, blieb ich mit Matt in der Wohnstube zurück. Matt wies mich an, einige meiner Vorräte auszupacken. Währenddessen schlüpfte er aus seiner völlig mit braunem Wasser durchnässten Hose. Er war bei der Rettungsaktion von Mina selbst bis zur Hüfte im Moor versunken. Da half dann auch die Regenhose nicht mehr gegen das Wasser. Zu meiner Erleichterung hatte er es aber aus eigener Kraft wieder herausgeschafft, ohne dass Shai und ich ihn hätten herausziehen müssen. Nun drapierte er seine

Hose wie am Abend zuvor meine nassen Sachen vor dem Kaminfeuer zum Trocknen.

Wir hörten von nebenan, wie Shai und Mina sich leise unterhielten. Dem Geräusch des immer wieder auswringenden Lappens nach zu schließen, würde die Reinigung noch einige Minuten dauern. Deshalb schickte mich Matt in die Küche, um nochmals Wasser aufzusetzen und suchte sich währenddessen einen flachen Kübel. Als Shai endlich wiederauftauchte, war ich gerade dabei, das heiße Wasser in den Kübel zu gießen. Matt saß daneben auf einem Stuhl, mittlerweile in neuen, trockenen Hosen, die er hochgekrempelt hatte.

„Du musst noch etwas kaltes Wasser nachgießen", mahnte mich Shai, „sonst verbrüht er sich noch die Füße."

Bald darauf war das Fußbad fertig und ich beneidete Matt darum. Meine Füße froren auch, weil ich so ungeschickt gewesen und versehentlich ins Moor getrampelt war. Allerdings war ich ja nicht ins Moor hinausgewatet, um jemanden daraus zu retten. Also war mir schon klar, wer sich das Fußbad verdient hatte. Die großzügige Shai aber wärmte nochmals etwas Wasser auf und wickelte zwei warme, fast schon dampfende, feuchte Lappen um meine Füße. Was für eine Wohltat! Ein anderer über 400 Jahre alter Mann hätte sich vielleicht geschämt, sich von Shai bemuttern zu lassen, aber ich ganz bestimmt nicht!

Während Matt und ich wohlig auf unseren Stühlen saßen und die Wärme von den Füßen aufstieg, richtete Shai aus meinen ausgepackten Vorräten etwas zu essen her. Sie war als einzige nicht nass geworden und musste sich daher um uns zwei, nein eigentlich drei frierende Gestalten kümmern.

Wenig später tauchte Mina wieder aus dem Nebenzimmer auf. Shai hatte ihr eines ihrer Kleider ausgeborgt. Es war ein rotes Kleid, das mit feinen schwarzen Stickereien verziert war. Es stand ihr umwerfend, obwohl sie darin ziemlich blass wirkte. Shai zog einen noch freien Stuhl für sie nach vorne und holte sich selbst auch einen dazu. So saßen wir im Halbkreis um das warme Kaminfeuer.

Für eine ganze Weile starrten wir nur schweigend in das Feuer. Dann wurden meine Lappen langsam kalt, ebenso wie Matts

Fußbad. Also standen wir beide auf, entfernten die feuchten Lappen beziehungsweise den Kübel und schlüpften wieder in ein Paar trockene Socken. Durch die so entstandene Bewegung war auch Shai wieder aktiv geworden und machte sich daran, die Essensvorräte auf einige Teller zu verteilen. Sie reichte einem jeden von uns einen Teller und setzte sich wieder.

Mina hatte sich in der ganzen Zeit nicht gerührt und betroffen auf den Boden gestarrt. Nun begutachtete sie das Essen vor sich. Sie hatte wie wir alle Maiskräcker, Käse, ein paar eingelegte Eier und ein paar Pfefferkekse auf dem Teller. Sie hob den Teller zu ihrer Nase und beschnüffelte das Essen.

Etwas zögerlich nahm Mina einen Pfefferkeks und führte ihn zum Mund. Ich starrte sie gebannt an, wie sie langsam ihren schönen Mund öffnete, den Kräcker sorgsam auf die Zunge legte und dann den Mund vorsichtig wieder schloss. Dann öffnete sie den Mund wieder und hauchte.

„Die sind ja total scharf", sagte sie hustend.

„Ja, ganz recht", erklärte Shai und ein Lächeln umspielte ihre Lippen. „Iss ein Stück Käse dazu, das mildert die Schärfe."

Mina tat, wie ihr geheißen, und ihr Gesicht entspannte sich wieder. Sie schien trotz allem auf den Genuss der leckeren Pfefferkekse gekommen zu sein, denn nun legte sie ein Stück Käse direkt auf einen Keks und schob beides zusammen in den Mund. Zuerst verzerrte sie nochmals leicht das Gesicht, doch dann kaute sie genüsslich weiter.

„Euer Essen schmeckt komisch, aber gar nicht mal so schlecht", bemerkte sie.

Seltsamerweise erfüllte mich das mit Stolz, obwohl ich keine dieser Esswaren selbst hergestellt hatte oder in irgendeiner Form daran beteiligt gewesen war, dass die so schmecken, wie sie schmeckten. Ich hatte sie lediglich aus einer anderen Dimension hierher transportiert.

Shai hingegen seufzte erleichtert auf: „Bin ich froh, dass du die gegessen hast."

Wir anderen sahen sie erstaunt an.

„Ich war mir nicht sicher, ob sie vielleicht eine Víla ist", erklärte Shai.

„Eine Vi… was?", fragte Matt irritiert.

„Eine Víla. Víly sind Wasserwesen. Sie passen vom Aussehen her genau auf Mina, allerdings hätten sie niemals diese Pfefferkekse gegessen, sondern wären schreiend davongerannt und hätten sich in das nächste Wasser gestürzt", führte Shai aus.

„Dann waren die Kekse ein Test?", fragte ich.

Shai nickte.

„Ich dachte, du sagtest, sie sei nicht gefährlich. Aber dann warst du dir also gar nicht sicher", sagte Matt schlecht gelaunt.

„Nun ja …", Shai zuckte mit den Schultern.

„Und wenn sie so eine Víla gewesen wäre, hätte sie mich dann im Moor ertränkt?", hakte Matt säuerlich nach.

„Schon möglich. Ich meine, es gibt viele gutartige Víly und wir haben nichts getan, um sie zu verärgern, aber … nun ja, ausgeschlossen wäre das nicht gewesen", gestand Shai. „Allerdings habe ich nicht wirklich damit gerechnet, dass sie eine Víla ist. Die leben lieber in klaren Quellen und nicht im Moor. Und dann waren da noch die Fußabdrücke. Das sprach eigentlich alles dagegen."

„Und wozu dann die Kekse?", wollte ich wissen.

„Ich gehe eben gerne auf Nummer sicher", antwortete Shai.

„Ja, im Nachhinein …", murmelte Matt etwas verstimmt.

Shai ignorierte ihn und wandte sich an Mina, die während des eben entstandenen Gesprächs nochmals etwas bleicher geworden war.

„Und jetzt erzähl. Was ist passiert? Wie bist du hierhergekommen?"

Zögerlich begann Mina, ihre Geschichte zu erzählen.

Sie stammte aus einem Dorf auf der anderen Seite des Moores, nahe einem Berg. Normalerweise hielten sich die Bewohner ihres Dorfes von dem Moor fern. Sie hatten einige höher gelegene Felder am Berghang, auf denen sie Schafe und Ziegen weiden ließen. Nach Minas Beschreibung schien ihr Dorf ziemlich arm zu sein. Die meisten Häuser wurden nur noch von den Alten bewohnt. Die jungen Leute waren so schnell als möglich weggezogen und versuchten ihr Glück in der Stadt. Ein paar waren natürlich geblieben, darunter auch Mina.

Sie hatte das kleine Haus, eigentlich eher eine Hütte, ihrer Großmutter übernommen, nachdem diese in das Haus der Familie gezogen war, weil sie nicht mehr allein dort wohnen konnte. Die Hütte lag ein wenig abseits am Berghang in Richtung der Bergweiden und sah, Minas Beschreibung nach zu urteilen, derjenigen nicht unähnlich, in der wir uns gerade befanden. Darum war sie nun wirklich nicht zu beneiden.

Doch nun folgte der gruslige Teil ihrer Erzählung. An einem Abend hatte es an ihrer Tür geklopft. Als Mina geöffnet hatte, stand dahinter die Hexe, wie Mina sie nannte. Der Beschreibung nach war es eine ältere Frau mit langen grauen Haaren und runzligem Gesicht. Die Alte hatte Mina ein paar Fragen gestellt, die sie sehr verwirrten. Unter anderem hatte sie vorwurfsvoll wissen wollen, wo ihre geliebten Steine seien. Darauf hatte Mina natürlich keine Antwort gewusst. Dann war die Alte wieder verschwunden. Mina hatte sich nichts weiter dabei gedacht, sondern war davon ausgegangen, dass es sich einfach um eine arme, verwirrte alte Frau handelte.

Da hatte sie sich aber getäuscht. In der nächsten Nacht kam die Alte wieder. Sie tat nun auch wirklich ganz verwirrt und bat Mina, ihr zu helfen. Sie blickte ganz hilflos drein und so hatte sich Mina erweichen lassen, mit der Alten mitzugehen und ihr zu helfen. Weil sie davon ausging, dass sie die Frau nur schnell zurück zu ihren Verwandten bringen musste, zog sich Mina nur schnell Stiefel und einen Mantel über ihr Nachthemd an. Zu Fuß konnte die alte Frau schließlich nicht allzu weit gegangen sein, also war es für Mina naheliegend, dass sie aus dem Nachbardorf kommen musste.

Die alte Frau führte Mina allerdings nicht, wie sie erwartet hatte, ins Dorf, sondern daran vorbei an den Rand des Moores. Spätestens dort waren Mina Zweifel gekommen, doch dann war es zu spät. Als sie die Alte zur Rede stellte, lachte diese nur höhnisch und gab Mina grinsend zu verstehen, dass sie ihr sehr nützlich sein würde.

Ab da bezeichnete Mina die Alte nur noch mit „die Hexe". Eine Nacht lang war sie mit der Hexe in einer halb verfallenen

Hütte im Moor eingesperrt gewesen. Die Hexe bot Mina Essen an, das diese aber ablehnte. In dieser Nacht tat Mina kein Auge zu.

Am nächsten Morgen schleifte die Hexe Mina wieder hinaus ins Moor. Sie mussten ziemlich weit gehen, bis die Hexe innehielt und Mina beorderte, ins Moor zu steigen – und zwar ohne ihre Stiefel und den Mantel. Weil sie fürchterliche Angst vor der Alten hatte, gehorchte Mina und stieg nur in ihrem Nachthemd in das vom Nebel bedeckte Moor hinein. Seltsamerweise fühlte sich das Moorwasser für sie nicht kalt an. Etwas schien das Wasser um sie herum zu wärmen. Als sie weit genug im Moor war, sprach die Hexe irgendeinen Zauber und Mina wurde wie von Gewichten an Ort und Stelle gehalten. Und da hatte sie seither jeden Tag gestanden. Zuerst war die Hexe noch regelmäßig vorbeigekommen, um nach ihr zu sehen. In der Nacht hatte sie Mina aus dem Moor herausgelassen, um ihr in der verfallenen Hütte Essen und Trinken zu geben, was die hungrige Mina gierig annahm.

Mina versuchte, die Hexe zu fragen, was sie mit ihr vorhatte, doch darauf erhielt sie keine Antwort. Seltsamerweise sah die verfallene Hütte, in die die Hexe sie des Nachts brachte, plötzlich repariert aus.

Doch nach einer Weile kam die Hexe nicht mehr so regelmäßig und Mina musste manchmal zwei Tage am Stück im Moor ausharren. Minas anfängliche Angabe, dass sie sich schon seit Tagen im Moor aufhielt, war demnach auch untertrieben. Tatsächlich waren es wohl eher Wochen.

An dieser Stelle von Minas Erzählung kam Shai auf unseren eigentlichen Auftrag zu sprechen.

„Mina, wir sind hier, weil angeblich zwanzig Männer in diesem Moor verschwunden sind. Wir haben Fussabdrücke gesehen, die nahe bei dir vorbeiführten. Weißt du etwas über diese Männer? Vorhin, als wir dich aus dem Moor gerettet haben, hast du doch von Männern gesprochen, die dir aber nicht geholfen hätten. War es nicht so?", fragte Shai behutsam.

Mina nickte.

„Ja, die Männer sind an mir vorbeigekommen. Es waren zu Anfang nur einzelne oder in kleinen Gruppen. Jedes Mal, wenn ich Vorbeireisende bat, mir zu helfen, hielten sie mich für ein Gespenst oder ein böses Moorwesen und liefen schnell weg. Wenn sie mir doch helfen wollten, kam schlagartig die Hexe vorbei und sagte ihnen, ich wäre eine böse magische Kreatur und wolle sie nur mit meiner Gestalt anlocken. Dabei sah sie selbst nicht mehr alt aus, sondern so, als wäre sie etwa im gleichen Alter wie ich. Daraufhin folgten ihr die Männer", schilderte Mina.

„Wie gemein ist das denn!", rief ich aufgebracht aus. „Da behauptet die Hexe doch tatsächlich, dass ihr Opfer die Böse ist!"

Shai nickte: „Das ist nicht nur gemein, es ist auch berechnend. Denn natürlich schien Mina im Moor verdächtig zu sein. Das Auftauchen der freundlichen jungen Frau, die die Reisenden vor der Hexe warnt, führte dann dazu, dass sie der falschen Person vertrauten."

Mina nickte zustimmend.

„Was ich nicht ganz verstehe", fuhr Shai fort, „ist, was du vorhin geschildert hast. Du hast gesagt, du wärst von Gewichten an Ort und Stelle gehalten worden, richtig?"

„Ja", bestätigte Mina, „es war, als ob mich etwas Schweres nach unten ziehen würde. Viel weiter als bis zur Hüfte bin ich aber nie versunken. Aber ich hatte allein auch nicht die Kraft, mich gegen diese Gewichte zu stemmen. Sobald die Hexe wiederkam, verschwand das Gewicht wie von Zauberhand."

„Aha, aber dann ... dann müssten diese Gewichte, oder sagen wir besser dieser Widerstand, doch auch Matt aufgefallen sein. Denn die alte Frau war nicht hier, als wir dich herausgeholt haben", sagte Shai und blickte dann fragend zu Matt.

Der zuckte mit den Schultern: „Ja, kann schon sein."

„Was soll das denn nun wieder heißen? Hast du nun einen Widerstand gespürt oder nicht?", fragte ihn Shai forsch. „Sowas fällt einem doch auf. Du hast aber kein Wort gesagt."

„Ich habe gelernt, Frauen nicht auf ihr Gewicht anzusprechen", gab Matt zur Antwort.

Shai sah ihn völlig verdutzt an und war für einen Moment sprachlos.

„Aber wie hast du es so lange im Moor ausgehalten?", wollte ich von Mina wissen und so die peinliche Stille unterbrechen.

„Nun ja, wie ich schon sagte. Das Wasser schien irgendwie um mich herum warm zu werden. Aber die kalte Luft und der Regen haben mich dann doch ganz schön zum Zittern gebracht", antwortete Mina.

„Dann hat die Hexe das Wasser verzaubert", meinte Matt, „was allerdings nicht erklärt, warum nur Männer verschwunden sind. Es sei denn, die Hexe mag keine Frauen und hat sie irgendwie ferngehalten."

„Nein, es sind schon Frauen vorbeigekommen", widersprach Mina, „aber die haben mich sehr misstrauisch beäugt und wollten mir nicht helfen. Zumindest nicht direkt. Sie versprachen, mir Hilfe aus dem Dorf zu holen, kamen dann aber nicht wieder."

„Seltsam ... dabei sind sie doch wieder wohlbehalten ins Dorf zurückgekehrt. Es werden schließlich keine Frauen vermisst", überlegte ich laut.

„Vielleicht hat das ja etwas mit dem Nebel zu tun", sagte Shai, „Nebel täuscht bekanntlich die Sinne. Vielleicht konnte dieser magische Nebel auch bewirken, dass sie ihr Vorhaben, Hilfe zu holen, wieder vergaßen."

„Und warum war das dann bei den Männern nicht auch so?", fragte Matt.

„Tja, vielleicht hast du ja recht mit dem, was du vorhin gesagt hast", erklärte Shai. „Vielleicht hat die alte Frau aus irgendeinem Grund absichtlich nur Männer mitgenommen."

Mina nickte ganz aufgeregt: „Ja, bestimmt! Sie ist immer nur dann aufgetaucht, wenn nur Männer hier waren und sich überlegten, ob sie mich befreien sollten."

„Wie schwer waren denn diese Gewichte, die Mina im Moor festhielten?", wollte Shai von Matt wissen.

„Na ja, so genau kann ich das nicht sagen, aber es war schon ganz schön schwer. Allerdings bin ich auch davon ausgegangen, dass sie fast zur Hälfte in tiefem Schlamm feststeckte", gab Matt zur Antwort.

„Die Wärme im Wasser habe ich übrigens auch gespürt", ergänzte er. „Es wurde gleich warm, als ich ins Moor gestiegen bin."

„Hmmm", machte Shai.

Sie ging mittlerweile nachdenklich im Zimmer auf und ab und wir anderen sahen ihr nervös dabei zu.

Da keiner mehr etwas sagte und ich Shai nicht beim Hin- und Hergehen zusehen wollte, stand ich auf und sah kurz aus dem Fenster. Mir entfuhr ein Schrei und ich plumpste rückwärts auf den Boden. Meine Haare standen mir zu Berge. Ich zitterte und merkte wohl erst nach mehrmaligem Rütteln, dass Shai und Matt neben mir knieten und Mina hinter ihnen stand und mich besorgt ansah.

„Ruby, was hast du denn?", wollte Shai von mir wissen.

„Da ... da draußen", stammelte ich und versuchte, mit meinem Arm zum Fenster hin zu deuten. Die Angst schnürte mir die Kehle zu.

„Was ist da draußen, Ruby?", fragte mich Matt mit ruhiger Stimme.

Noch bevor ich antworten konnte, schlug Mina die Hände vors Gesicht und sagte weinerlich: „Die Hexe. Es ist die Hexe, nicht wahr? Sie ist gekommen, um mich wieder mitzunehmen."

Ich war noch wie benommen, nahm aber trotzdem am Rande war, dass Shai aufstand und Mina tröstend einen Arm um die Schulter legte. Sie flüsterte beruhigend auf Mina ein. Matt wiederholte währenddessen nochmals seine Frage an mich. Ich wies mit zitterndem Arm zum Fenster hin. Obwohl es schon Nacht war, konnte man draußen dank des hellen Mondlichts alles erkennen.

„Die Bäume", brachte ich endlich mit zitternder Stimme hervor, „die Bäume haben sich bew...w...wegt."

„Wie meinst du das, die Bäume haben sich bewegt?", hakte Matt nach.

„I...ihre Äste, sie haben sich bewegt!", stieß ich hervor.

„Du meinst durch den Wind?", fragte Matt irritiert.

Ich schüttelte vehement den Kopf. „Nein, es geht kein Wind", sagte ich nun leicht pikiert, „es war bestimmt die Hexe. Oder Geister oder …"

Mir fielen gerade keine weiteren Möglichkeiten ein. Aber wofür hielt er mich eigentlich? Glaubte er etwa, ich würde nicht erkennen, wenn Äste sich im Wind bogen. Was ich aber gesehen hatte, war ganz unnatürlich. Die Äste hatten sich langsam nach oben zum Himmel gereckt, als wollten sie den Mond anbeten. Ob wir mit einem Angriff der Hexe rechnen mussten?

Durch den Ärger hatte ich meine Angst schon fast vergessen.

Matt ging nun auch ans Fenster und sah hinaus. Dann fing er lauthals an, zu lachen. Das brachte mich nun vollends aus der Fassung.

„Was ist denn daran so komisch?", wollte ich gereizt wissen.

„Das war nichts Ungewöhnliches", tat Matt meine Schreckminute gelassen ab. „Wir sind hier in einem Moor, Ruby. Das ist ein ganz natürliches Phänomen. Wenn es in der Nacht im Moor abkühlt, dann biegen sich die dürren Äste nach oben."

„Ah", sagte nun auch Shai, „davon habe ich auch schon gehört. Das war einer der Gründe, weshalb die Moore lange Zeit von den Menschen gemieden und als unheimliche Orte abgetan wurden."

„Aber … aber die Hexe", wandte Mina ein.

„Damit hat die bestimmt nichts zu tun", winkte Matt ab.

„Außerdem solltet ihr nicht immer von einer Hexe reden", sagte Shai. „Nach allem, was Mina uns erzählt hat, ist es nämlich höchst unwahrscheinlich, dass wir es mit einer Hexe zu tun haben. Leider werden die meisten weiblichen magischen Wesen als Hexe abgestempelt, auch wenn es eigentlich unzählige verschiedene Arten gibt."

„Und womit haben wir es dann zu tun?", fragte Matt interessiert.

„Nun …", überlegte Shai laut, „was hat die alte Frau noch gleich zuerst zu Mina gesagt? Sie suche ihre Steine? Und dann wissen wir auch, dass sie diesen merkwürdigen Nebel hier erschaffen konnte und dass Sie Mina im Moor festhalten konnte.

Doch aus irgendeinem Grund benötigt sie eine große Anzahl an Männern. Und offensichtlich nicht, um sie zu essen, denn wie die Fussabdrücke verraten haben und auch Mina es bestätigt hat, leben die alle noch. Wahrscheinlich haben sie auch die verfallene Hütte repariert, in der Mina mit der Hexe war."

Shai runzelte die Stirn und dachte angestrengt nach.

„Dazu kommt noch das merkwürdige Hochwasser im Dorf, das eigentlich keinen Sinn macht, da das Moor ja Unmengen an Wasser speichern kann. Sag mal, Mina, gab es vielleicht einen starken Sturm oder ein Erdbeben, kurz bevor die Alte zu dir gekommen ist?", fragte Shai an Mina gewandt.

Die antwortete überrascht: „Nein, keinen Sturm, aber einen Felssturz gab es schon. Etwas weiter den Berg hinauf. Ich habe einige Leute aus dem Dorf davon reden hören. Woher wusstest du das?"

„Wenn ihr etwas suchen würdet, wo würdet ihr anfangen?", fragte Shai in die Runde. „Doch wohl am ehesten in der Nähe, nicht wahr? Die alte Frau kommt also aus der Nähe von Minas Wohnort ... vermutlich von dem Berg."

„Und auf einem Berg gibt es jede Menge Steine", ergänzte Matt.

„Die durch den Felssturz ins Tal gerollt sind!", rief ich aufgeregt.

Mich packte plötzlich eine unerklärliche Begeisterung. Das war wie Rätselraten. Nur leider stellte sich im nächsten Moment heraus, dass ich darin nicht so gut war wie Matt.

„Ja, aber dann hätte das Moor doch nichts damit zu tun, oder?", warf Matt ein.

„Richtig", bestätigte Shai, „dennoch hat der Felssturz etwas damit zu tun. Meine Vermutung ist, dass es mehr als nur den von außen sichtbaren Felssturz gegeben hat. Wahrscheinlich wurde eine bis dahin geschlossene Höhle aufgebrochen. Darin müssen sich wertvolle Steine befunden haben, wie Kristalle und dergleichen. Aufgrund von gewöhnlichen Steinen hätte die Alte bestimmt keinen so großen Aufstand gemacht. Außerdem neigen viele Naturwesen dazu, solche glitzernden Dinge zu sammeln."

„Du meinst also, ihr wurden die Steine aus der Höhle gestohlen?", fragte Matt.

„Nun, zumindest hat sie selbst das wohl zuerst gedacht, ja", stimmte Shai ihm zu. „Darum suchte sie im Dorf danach. Dort fand sie aber offenbar nichts. Aber sie fand wohl etwas im Moor, weshalb sie Mina dort platziert hat, um neugierige Besucher fernzuhalten!"

„Und warum hat sie dann die Männer nicht auch verjagt?", wandte ich ein.

„Zuerst hat sie das auch", sagte Mina plötzlich, die sich nun auch für dieses Rätselspiel zu begeistern schien, „doch nach zwei oder drei Tagen hat sie dann begonnen, die Männer wegzulocken. Danach sah ich immer wieder dieselben Männer vorbeikommen. Doch sie nahmen mich nicht mehr wahr. Sie schienen völlig unter ihrem Bann zu stehen."

„Sie muss wohl erkannt haben, dass sie allein nicht an ihre Steine herankommt", vermutete Shai. „Wahrscheinlich sind die Steine irgendwo im Moor versunken. Aber wie kamen die da hin? Vielleicht wurde irgendein unterirdischer Wasserweg im Berg durch den Felssturz umgeleitet und hat so die Steine ins Moor gespült. Ja, so muss es gewesen sein. Dann wäre … Ich denke, ich weiß nun, was die alte Frau ist. Sie ist eine Bergnymphe."

Ich versuchte, das Bild der von Mina als hässliche Hexe beschriebenen Frau mit meiner Vorstellung einer Nymphe in Einklang zu bringen. Das gelang mir ehrlich gesagt nicht. Allerdings wusste ich, dass magische Wesen meist viele Gesichter zeigen konnten. Und Mina hatte selbst gesagt, dass die Hexe, Verzeihung, ich meine, die Nymphe sich auch in eine junge Frau verwandelt hatte, um das Vertrauen und die Aufmerksamkeit der vorbeireisenden Männer zu gewinnen. Außerdem vertraute ich Shais Urteilsvermögen vollkommen. Wenn Shai sagte, dass es eine Bergnymphe war, dann war es wohl eine. Nur …

„Und was bedeutet das jetzt für uns?", hakte ich nach.

„Tja", antwortete Shai achselzuckend, „ich denke, wir werden sie morgen früh aufsuchen müssen. Schließlich wollen wir ja, dass die Reisenden wieder freigelassen werden. Außerdem müssen wir immer noch herausfinden, was mit der Schutzschlange passiert ist. Die Männer sind zwar nicht wirklich im Moor versunken, von daher ist mit ihr vielleicht alles in Ordnung, aber andererseits zweifle ich daran, dass sie die Anwesenheit einer Bergnymphe so lange in ihrem Schutzgebiet geduldet hätte."

Matt seufzte schwer: „Und wie, meinst du, wird das Zusammentreffen mit dieser Bergnymphe ablaufen? Sie hat immerhin, einschließlich Mina, über zwanzig Menschen entführt. Wird sie die auf unser höfliches Bitten einfach wieder freilassen?"

Der Sarkasmus, der in seiner Stimme mitschwang, war unüberhörbar.

„Keine Ahnung", gab Shai zu, „in einer solchen Lage bin ich zum ersten Mal. Ich musste noch nie mit einer Bergnymphe über etwas verhandeln. Aber etwas weiß ich: Nymphen sind Wasserwesen und Wasserwesen sind recht launisch."

Meine Schultern sackten mutlos nach unten. In meinem Kopf wiederholte ich immer wieder die Worte: „Oje oje oje, das ist nicht gut …"

Shais ernstem Gesicht nach zu urteilen, schien auch sie nicht gerade begeistert.

„Alles klar", sagte Matt, „dann sollten wir besser gut vorbereitet sein."

Und mit diesen Worten nahm er sein an den Stuhl angelegtes Buschmesser auf und prüfte eingehend die Schärfe von dessen Klinge.

Na, das konnte ja heiter werden.

Ich weiß nicht mehr, wie ich es geschafft habe, einzuschlafen. Wahrscheinlich durch die pure Erschöpfung, die ich nach unserer Tageswanderung durch das Moor verspürte. Jedenfalls war es wieder einmal keine angenehme Nacht für mich. Gruselige, sprechende Bäume vollführten einen komischen Tanz vor mir. Plötzlich aber packten sie mich mit ihren dürren Ästen und zogen mich immer näher an den Rand des Moores. Im Moor lauerte eine runzlige Alte, die mir gierig ihre Arme entgegenstreckte und deren glitzernde weiße Augen mich mit einem irren Blick anstarrten.

Dann sah ich ein weißes Nachthemd auf dem Wasser treiben und von tief unter dem Moor drang vorwurfsvoll Minas Stimme zu mir und hauchte immer wieder: „Ruby, Ruby, Ruby."

Ich hockte plötzlich kerzengerade in meinem Bett. Mina stand vor mir und schüttelte den Kopf.

„Ich habe mehrmals versucht, dich zu wecken. Du hast einen ziemlich festen Schlaf", sagte nun die echte Mina zu mir. Und sie klang genauso vorwurfsvoll wie die Mina in meinem Traum.

Weil ich vermutlich einen etwas gehetzten Gesichtsausdruck hatte, fügte sie dann doch etwas besorgt hinzu: „Alles okay bei dir?"

Und so hatte wieder ein Tag in Diensten der Vermittlung für mich begonnen. Obwohl eigentlich noch nicht von Tag die Rede sein konnte. Draußen war es noch immer dunkel. Aber Matt und Shai hatten sich irgendwann, während ich schlief, einen Plan ausgedacht. Offenbar hatten sie beide sogar noch schlechter geschlafen als ich. Also schlechter vielleicht nicht unbedingt, aber immerhin weniger lange. Wahrscheinlich waren auch sie aufgeregt. Schließlich war dies unsere erste Mission.

Der Plan sah vor, dass Matt und ich uns noch vor Sonnenaufgang davonschleichen und die Bergnymphe aufspüren sollten. Dann würden wir uns unauffällig unter die restlichen Männer mischen, in der Hoffnung, dass die Bergnymphe nicht so genau zählen würde. Mina hätte sie sicher sofort erkannt und Shai wollte sie nicht allein lassen. Die beiden würden also in der Hütte auf uns warten.

Weiter ging der Plan nicht. Weder Matt noch Shai hatten irgendeine Erfahrung mit Bergnymphen und wollten sie daher lieber erst unauffällig ausspionieren, bevor sie einen endgültigen Plan zur Freilassung der entführten Männer ausarbeiten würden.

Rein logisch betrachtet fand ich den Plan gut. Leider war das kein Trost, als ich mich noch im Dunkeln allein mit Matt auf den Weg machen musste. Es war kalt und feucht, wie schon am Tag zuvor. Und der unangenehme Nebel war auch immer noch da. Muskelkater hatte ich ebenfalls. Meine Stimmung war also ziemlich im Keller und ich war gerade kurz davor, trotzig wie ein Kind stehen zu bleiben und meinem Unmut Luft zu machen, als Matt mich mit einem „Scht" zur Vorsicht mahnte und mir ein Zeichen gab, mich zu ducken.

Das tat ich dann auch gleich. Wir kauerten beide hinter ein paar kleinen Bäumchen, die etwas verloren inmitten des Moores standen. Dann hörte ich Geräusche. Es klang wie ein tiefes Brummen. Obwohl keine Worte zu hören waren, war mir sofort klar, dass es Männerstimmen waren, die wir da hörten.

„Denkst du, sie sind irgendwie … verhext?", fragte ich Matt, als noch immer nur seltsame Laute zu hören waren, die mit keiner menschlichen Sprache Ähnlichkeit hatten.

„Falls ja, dann frage ich mich, wie wir verhindern wollen, dass uns das Gleiche passiert", gab Matt als Antwort zurück.

Ich schluckte hörbar.

„Und jetzt?", fragte ich aufgeregt. „Kehren wir um?"

Matt schüttelte den Kopf.

„Siehst du die Nymphe irgendwo?", wollte er dann von mir wissen.

„Ich sehe hier gar nichts. Der Nebel ist so dicht, dass ich kaum fünf Meter weit sehen kann", erwiderte ich genervt.

„Ist ja schon gut, Ruby. Mach mir jetzt hier bloß nicht wieder so eine Szene wie gestern", schärfte mir Matt ein.

Ich spürte schon wieder Ärger in mir aufsteigen, wusste aber, dass er Recht hatte. Ich durfte mich jetzt nicht von diesem Nebel unterkriegen lassen. Nicht, dass meine Laune ohne den Nebel erheblich besser gewesen wäre, aber wenn wir jetzt aufflogen, dann wäre keiner da, um uns zu helfen.

„Gehen wir ein bisschen näher ran", entschied Matt und winkte mir, ihm zu folgen.

Wir schlichen in gebückter Haltung weiter in die Richtung des menschlichen Brummens. Als wir näherkamen, war es tatsächlich auch als Sprache zu verstehen. Allerdings hörte ich keine logischen Sätze heraus. Die Männer murmelten offenbar völlig zusammenhanglose und recht undeutlich ausgesprochene Worte vor sich her.

Endlich schälten sich die ersten von ihnen aus dem Nebel. Sie starrten geistesabwesend ins Leere und sprachen offenbar miteinander, ohne aber direkt auf die Worte der anderen zu reagieren.

Es erinnerte mich irgendwie an eine Szene in einer mir bekannten Bar. Irgendwann, in den späten Abend- oder frühen Morgenstunden, genau weiß ich es nicht mehr, lungerten die Gäste dort nur noch ins Leere stierend herum. Sie redeten ohne Unterlass und machten immer wieder Pausen, aber niemand reagierte, weil keiner etwas verstanden hatte. Und dann brüllten sie beleidigt auf, um schon im nächsten Moment wieder in unverständliches Lallen zu verfallen.

„Was machen wir denn jetzt?", flüsterte ich Matt zu.

„Wir warten noch ein paar Minuten ab, ob nicht die Nymphe hier irgendwo auftaucht. Wenn wir sicher sind, dass sie uns nicht bemerkt, dann mischen wir uns unauffällig unter die Gruppe", antwortete er ebenfalls leise flüsternd.

„Und wenn die uns verraten?", fragte ich besorgt.

„Sehen die etwa so aus? Es würde mich wundern, wenn die überhaupt einen Unterschied merken", entgegnete Matt.

Da hatte er wohl nicht ganz Unrecht.

„Wir müssen versuchen, uns so zu verhalten wie sie, damit wir der Nymphe nicht auffallen", ergänzte er.

Die Situation war mir in höchstem Maße unangenehm, als wir plötzlich inmitten der zwanzig geistesabwesenden Männer standen, die sich offenbar zum Aufbruch bereitmachten. Aufgeflogen waren wir nicht. Die Bergnymphe war nirgendwo zu sehen. Obwohl ich mich zurück in die Hütte zu Shai und Mina wünschte, war es nicht so schlimm, wie ich es befürchtet hatte. Schauspielern konnte ich.

Für die Künste aller Art hatte ich schon immer eine Vorliebe gehabt. Seltsam eigentlich, denn meine langen Jahre mit Pliki der Schildkröte waren nicht gerade von kulturellen Ereignissen geprägt gewesen. Auch mein Leben nach Plikis Tod hatte sich an völlig anderen Orten abgespielt. Vielleicht gerade weil die Orte, an denen ich mich den größten Teil meines Lebens aufgehalten hatte, das genaue Gegenteil von allem Schönen und Inspirierenden waren, stürzte ich mich auf jeden noch so kleinen und amateurhaften Happen, den ich von dieser mir fremden Welt der Künste finden konnte.

Wahrscheinlicher aber war die Erklärung, dass es mir als Schreiberling einfach im Blut lag. Schreiben ohne Inspiration ging nun einmal nicht. So spielte ich also hier einen schon fast zombieähnlichen Mann, der, wie ich mit Stolz sagen konnte, perfekt in der Masse der echten *Zombies* aufging.

Falls Matt meine hohe Theaterkunst auffiel, so sagte er nichts dazu. Er nahm das offenbar auch nicht so ernst, denn er selbst fügte sich keinesfalls so unauffällig in die Gruppe ein wie ich. Er war viel zu sehr damit beschäftigt, sich einen Reim auf das ganze Verhalten der Männer zu machen, mit denen wir mittlerweile einen schmalen Pfad durchs Moor gingen.

Wir beide schreckten auf, als wir eine Frauenstimme hörten. Nicht wie erwartet die einer alten Frau, sondern die einer jungen. Wir waren offenbar bei der Bergnymphe angelangt. Der schmale Bretterpfad, dem wir gefolgt waren, endete plötzlich und vor uns lag eine riesige Grabungsstätte.

„Alle Achtung, die haben ganz schöne Arbeit geleistet", flüsterte Matt mir ins Ohr.

Vor uns hatten die Männer Bretter in den Moorboden gerammt, um trittsichere Wege zu schaffen. Dann hatten sie offenbar damit begonnen, Gräben auszuheben. Das Ganze erstreckte sich über ein ganz schön ansehnliches Gebiet.

„Die wollen das Moor trockenlegen", sagte Matt mit ernster Stimme.

„Aber wozu?", fragte ich verständnislos. „Und wo haben sie das ganze Baumaterial her?"

Inzwischen standen wir am Rand eines Grabens. Die Bergnymphe spornte die Männer gerade mit zuckersüßer Stimme an: „Bitte helft mir, das schlechte Moor hier verschwinden zu lassen. Das Moor ist gefährlich. Es wird hier viel sicherer sein, wenn es weg ist."

Ich folgte Matts Beispiel und packte mir ein Brett. Dann gingen wir unbemerkt an den Rand der ganzen Baustelle und taten so, als würden wir die Anlage erweitern wollen.

„Sie will das Moor verschwinden lassen", flüsterte ich aufgeregt Matt zu.

„Ja, das bedeutet, sie will es trockenlegen. Vermutlich ist auch daher das Dorf von einer Überschwemmung bedroht. Das ganze Wasser, das sie durch die Gräben ableiten, wird wohl in den Bach geleitet, der zum Dorf führt. Aber was bezweckt sie damit? Was hat sie davon, das Moor trockenzulegen?", entgegnete Matt.

In genau diesem Moment beobachteten wir, wie ein Mann auf die Bergnymphe zuging. Er schritt sehr selbstsicher auf sie zu und sah überhaupt nicht so aus, als wäre er wie die anderen Männer in diesem seltsamen Trancezustand. Er fing an, mit ihr zu reden.

Matt stupste mich an: „Ich versuche, herauszufinden, was da vor sich geht. Warte hier."

Und mit diesen Worten stand er auf und ging auf einen Bretterhaufen zu, der sich ganz in der Nähe der Bergnymphe befand. Er war meiner Ansicht nach viel zu auffällig. Er bewegte sich überhaupt nicht so wie die anderen Arbeiter. Als er ganz nah bei der Bergnymphe und dem seltsamen Fremden angekommen war, hielt ich den Atem an.

Zu Matts Glück schienen weder der Fremde noch die Bergnymphe ihn zu bemerken. Selbst auf die Distanz konnte ich erkennen, dass sie sich offenbar wegen irgendetwas zankten. Dann kehrte Matt wieder um, kurz bevor die Bergnymphe und der Fremde mit ihrer Unterredung fertig waren und der Fremde wieder in die andere Richtung davonmarschierte. Sie hatten nichts bemerkt.

Matt kauerte sich wieder neben mich auf den Boden und tat so, als würde er das neue Brett zurechtlegen.

„Was war denn da los?", fragte ich aufgeregt.

Matt schien noch einen Moment lang das Gehörte in seinem Kopf zu ordnen, dann antwortete er: „Die Bergnymphe arbeitet nicht allein. Der Mann, der mit ihr gesprochen hat, hat ihr das ganze Material besorgt. Er will wohl durch den Torfabbau Gewinn machen. Die Nymphe aber hat das Ziel, so an ihren verlorenen Schatz zu kommen. Sie sagte etwas davon, dass sie nicht an ihren Schatz kommt, solange die dämliche Schlange noch da ist. Aber die sei ja momentan eingesperrt. Sie meinte etwas von einem Glücksfall. Und dann haben sie sich gestritten. Ich glaube, der Fremde ist nervös, weil er fürchtet, aufzufliegen. Die Bergnymphe hat ihn beschimpft, dass er keinen Mumm in den Knochen hätte und dass er einer Nymphe keine Befehle erteilen könne. Er solle gefälligst seinen Teil der Abmachung einhalten. Danach bin ich zurückgekommen. Wovon sie dann noch gesprochen haben, weiß ich nicht. Aber ich denke, das war auch so genug."

„Das ist ja ein Ding", sagte ich. „Da läuft ja eine richtige Verschwörung. Was sollen wir jetzt tun?"

„Am besten kehrst du um und berichtest Shai alles, was ich dir gerade erzählt habe. Und ich versuche, die Spur von diesem Mitverschwörer zu verfolgen", entschied Matt.

„Ist das nicht gefährlich? Der könnte doch …", begann ich, einzuwenden, wurde aber von Matt unterbrochen.

„Ruby, hast du schon vergessen? Ich will ein Held werden. Und vor einem Menschen, der jetzt schon die Hosen voll zu haben scheint, fürchte ich mich nun wirklich nicht. Ich bin mir sicher, dass es ganz leicht für mich wird, ihn zum Sprechen zu bewegen", sagte Matt und zwinkerte mir verschlagen zu.

Nun war jeder von uns auf sich allein gestellt. Es war fast schon erschreckend, wie einfach es war, sich vor der Nase der Bergnymphe davonzuschleichen. Ein bedrückendes Gefühl verspürte ich dennoch. Ich machte mir Sorgen um Matt. Während ich in Richtung der sicheren Hütte zu Shai unterwegs war, machte er sich ganz allein auf, um einen völlig Unbekannten zu verfolgen. Hoffentlich passierte ihm nichts.

Vierzig Minuten später erkannte ich, dass ich mir nicht um Matt hätte Sorgen machen müssen, sondern um mich selbst. Während der letzten Minuten hatte ich versucht, es zu verdrängen, musste nun aber einsehen, dass ich mich verirrt hatte.

Ich wusste, dass es eigentlich ganz einfach für mich gewesen wäre, wenn ich nur den gleichen Weg zurückgegangen wäre, den wir hergekommen waren. Aber der Weg sah auf dem Rückweg einfach nicht mehr gleich aus! Und einen guten Orientierungssinn hatte ich noch nie besessen.

Hilfe zu rufen, traute ich mich nicht. Was, wenn die Bergnymphe oder ein weiterer Verschwörer mich hörte und mich als Mitwisser kurzerhand hier im Moor beseitigte?

So ging ich immer weiter, wohlwissend, dass sich meine Situation wahrscheinlich dadurch verschlechterte und ich mich immer weiter verirrte. In mir wurde die Verzweiflung mit jeder Minute größer. Ich wünschte mir sehnlichst, an einem anderen Ort zu sein. Nur raus aus diesem vermaledeiten Moor. Aber es gab für mich offenbar kein Entrinnen.

Manchmal schien mir ein Stück des Pfades bekannt vorzukommen. Aber dann kam ich wieder an eine Weggabelung, die ich noch nie gesehen hatte. Ich hätte heulen können. Aber das hätte ja auch nichts genutzt.

Und dann geschah es. Meine Verzweiflung schien genauso auf meinen Kopf zu wirken, als wäre ich betrunken. Ich konnte nicht mehr klar denken. Ich achtete nicht mehr genau darauf, was meine Füße taten. Und plötzlich stolperte ich und fiel ins Moor.

Es war eine tümpelartige Stelle, an der ich hineingefallen war und Kopf voran abtauchte. Das Wasser versetzte mich in einen Schockzustand und meine Instinkte waren sofort hellwach und übernahmen es, mich wieder an die Oberfläche zu befördern.

Dieser kurze, aber erschreckende Moment hatte meinen Kopf wieder wie leergefegt. Die Verzweiflung war weg. Stattdessen fühlte ich mich hellwach. Ich sah auf den Bretterpfad neben mir, von dem aus ich gestolpert war. Und dann bemerkte ich etwas Merkwürdiges. Das Wasser um mich herum wurde warm.

Mir schossen wieder Matts und Minas Aussagen durch den Kopf. Sie hatten beide berichtet, dass sich das Moorwasser um sie herum warm angefühlt hatte. Aber warum? Ich war zwar kein Experte, was Moore anbelangte, aber das schien mir nicht normal.

Ich drehte mich im Wasser einmal um mich selbst, um die Ursache des warmen Wassers zu finden. Da! An einer Stelle im Wasser schien es mir, als würde ich darunter etwas leuchten sehen. Was ja eigentlich unmöglich war, denn die dunkelbraune, fast schon schwarze Brühe um mich herum ließ keinerlei Licht hindurch. Wie sollte da also etwas unterhalb der Wasseroberfläche schimmern? Und dennoch ...

Meine Gedanken wurden von einem lauten Aufschrei unterbrochen.

„Ruby! Ruby! Gottseidank habe ich dich gefunden. Was ist passiert?"

Die besorgte Stimme gehörte, zu meiner großen Überraschung, zu Shai. Ich drehte mich um und sah sie auf dem Pfad entlanglaufen, auf dem auch ich noch vor Kurzem gestanden hatte. Dicht hinter ihr folgte Mina. Beide eilten auf die Stelle zu, an der ich ins Moor gefallen war.

„Wie kommt ihr denn hierher? Was macht ihr hier?", fragte ich überrascht.

„Ich hatte schon befürchtet, dir wäre etwas passiert", sagte Shai und ergänzte dann noch. „Zu Recht, wie ich jetzt sehe."

„Ja, ähm. Schon klar. Das meine ich nicht. Wie habt ihr mich gefunden? Ich dachte, ihr wolltet in der Hütte warten."

„Wollten wir ja auch", bestätigte Mina, „aber dann haben wir die Nachricht von Matt bekommen und ..."

„Nachricht? Welche Nachricht?", unterbrach ich sie. „Ich dachte, ich sollte euch die Nachricht überbringen."

„Ja ... und das war auch vollkommen daneben von ihm. Na, der wird nachher noch was von mir zu hören kriegen, das kann ich dir sagen", entgegnete Shai verstimmt. „Aber jetzt holen wir dich erst mal wieder auf festen Boden. Komm, wir ziehen dich da raus."

Ich war selbst genauso überrascht wie Shai und Mina, als ich mich selbst sagen hörte: „Nein, wartet noch einen Moment."

Beide starrten mich verwundert an.

„Da ist etwas Leuchtendes im Moor. Ich habe es gesehen", sagte ich etwas schwach zur Erklärung. So richtig überzeugend klang ich dabei nicht.

„Etwas Leuchtendes?", hakte Shai irritiert nach.

„Ja. Da drüben."

Ich schwang einen Arm in die Richtung hinter mir und drehte mich gleich danach um. Ich konnte das Leuchten immer noch sehen. Aber jetzt sah ich nicht mehr nur einen Flecken, sondern mehrere. Eigentlich war es sogar ein ganzer Kreis aus im regelmäßigen Abstand von etwa einem Meter liegenden Leuchtpunkten.

„Ich sehe es", hörte ich Shai hinter mir sagen.

„Was ist das?", flüsterte Mina besorgt.

Ich war zwar von Natur aus auch ängstlich, aber aus irgendeinem Grund waren mir die Leuchtpunkte sympathisch. Ich konnte nichts Furchterregendes an ihnen erkennen.

„Das muss es sein. Das muss das Gefängnis der Schutzschlange sein, von dem Matt gesprochen hat", meinte Shai.

„Gesprochen? Moment mal, woher weißt du …?", wollte ich Shai fragen, aber sie winkte ab und sagte: „Das erklär ich dir später. Hör mal, Ruby. Denkst du, du kannst zu einem der Leuchtpunkte hinabtauchen und ihn entfernen?"

„Entfernen? Wie soll das denn gehen?" Ich hatte noch nie davon gehört, dass man Licht entfernen konnte.

„Ich nehme an, es handelt sich um Kristalle, die so leuchten", erklärte Shai.

„Kristalle? Willst du mich auf den Arm nehmen?", fragte ich ungläubig. Niemals hätte ein Kristall in dem Moorwasser so leuchten können.

„Vertrau mir einfach, Ruby", war aber alles, was Shai noch dazu sagte, bevor sie mich auffordernd ansah.

„Hmm", grummelte ich vor mich hin.

Aber ein Versuch konnte ja nicht schaden. Normalerweise hätte sich wahrscheinlich alles in mir gesträubt, in dunkles Moorwasser hinabzutauchen. Aber da ich ja auf Licht zuschwimmen konnte und das Wasser auch noch so angenehm warm war, konnte ich keine Einwände dagegen finden.

Ich schwamm also auf den nur wenige Meter von mir entfernten Leuchtkreis zu. Ich blickte nochmals unsicher zu Shai hinüber, aber die nickte mir aufmunternd zu. Dann holte ich tief Luft und tauchte ab. Diese Stelle im Moor schien ganz schön tief zu sein. Beim ersten Versuch schaffte ich es nicht und musste nochmals auftauchen. Nun wusste ich aber, was mich erwartete und holte nochmals etwas mehr Luft.

Luft anhalten konnte ich auch ganz passabel. Ich will jetzt hier aber lieber nicht darauf eingehen, weshalb.

Interessanterweise wurde der Leuchtpunkt nicht kleiner, als ich ihm näherkam, dafür aber schärfer umrissen. Als ich ihn fast erreicht hatte, sah ich, dass Shai Recht gehabt hatte. Es war ein kleiner Kristall. Ich streckte meine Hand nach ihm aus und hob ihn vom Teichboden auf. Dann schwamm ich wieder in Richtung Oberfläche.

„Und?", riefen mir die beiden Frauen sofort gespannt entgegen, kaum dass mein Kopf wieder über Wasser erschienen war.

„Du hattest recht. Es war ein Kristall", sagte ich und hob meinen Arm, um ihnen den Kristall zu zeigen.

Ich schrie erschrocken auf. Um meinen Arm hatte sich eine kleine, braun-rote Schlange geschlungen.

„Großartig, Ruby!", rief mir Shai zu, „du hast die Schutzschlange befreit. Keine Sorge, sie tut dir nichts."

„Was? Das Ding da ist die heilige Schutzschlange?", fragte ich fassungslos.

„Aber ja, was denn sonst?", entgegnete Shai. „Jetzt komm schon her, damit wir dich aus dem Wasser ziehen können", forderte sie mich auf.

Ich schwamm auf Shai zu. Die Schlange blieb um meinen Arm geschlungen und schien mich, ich konnte es selbst kaum glauben, dankbar anzusehen.

Shai und Mina streckten mir helfend ihre Hände entgegen und zogen mich mit einem gemeinsamen Ruck aus dem Wasser. Ich setzte mich auf den Bretterweg und betrachtete die sich liebevoll schlängelnde Schutzschlange an meinem Arm.

„Die ist ja süß", fand Mina.

„Ich ... ich muss gestehen, dass ich sie mir größer vorgestellt hatte", erwiderte ich.

„Größer? Wie meinst du?", fragte Shai.

„Na, als du von einer heiligen Schutzschlange gesprochen hast ... ich weiß auch nicht. Ich glaube, ich habe mir so etwas wie eine hundert Meter lange Schlange vorgestellt oder so. Einfach größer eben", gestand ich.

„Es ist nicht die Größe, die entscheidend ist", belehrte mich Shai.

Ich nickte.

„Sie scheint dir dankbar zu sein, weil du sie befreit hast", sagte Mina.

„Ja. Wie eigentlich? Ich meine, wie habe ich sie denn befreit?", fragte ich und sah Shai erwartungsvoll an.

„Du hast den Bannkreis aufgelöst", antwortete sie schlicht.

„Den Bannkreis? Du meinst, diesen leuchtenden Kreis, den ich im Wasser gesehen habe? Aber es war doch nur ein kleiner Kristall."

Ich zeigte ihr den Kristall, den ich immer noch in meiner Hand hielt.

„Ja, so gesehen, ist es einfach nur ein Kristall. Aber Kristalle sind energiereiche Steine. Und ein Kreis von Kristallen hat genug Macht, um eine Schutzschlange wie diese hier gefangen zu halten. Sie konnte nicht mehr aus dem Kreis hinausschwimmen. Darum konnte sie auch nichts gegen die Bergnymphe unternehmen", erklärte Shai.

„Und wie kam der Kreis dann dahin?", wollte Mina wissen.

„Wenn das stimmt, was Matt belauscht hat, dann war es wohl purer Zufall. Die Nymphe hatte wohl von einem Glücksfall gesprochen. Ich denke, die Kristalle stammen aus ihrer Höhle. Genauso wie alle übrigen Steine, die sie als ihren Schatz sucht. Und sie wurden vom Wasser hierhergetragen und haben die Schlange gebannt. Ich weiß, es klingt sehr unwahrscheinlich. Aber es scheint mir die logischste Erklärung zu sein", führte Shai aus.

Mir fiel wieder ein, dass ich noch immer nicht wusste, wie sie mich eigentlich gefunden hatten. Und nun sprach sie schon wieder davon, was Matt gesagt hatte. Dabei war er doch nicht hier und er hatte mir ja auch gesagt, er würde den fremden Mann verfolgen. Er konnte doch nicht so schnell wieder zurück sein? Oder hatte ich bei meinem Irrweg durch das Moor jegliches Zeitgefühl verloren? Ich musste das jetzt wissen.

„Also … wie habt ihr nochmals das alles von Matt erfahren?", fragte ich die beiden.

Minas Miene hellte sich sofort auf.

„Durch dieses komische Ding, das Shai am Handgelenk hat", erklärte sie begeistert.

„Welches Ding?", hakte ich nach.

„Sie meint den Begleiter", klärte mich Shai auf.

Ich muss gestehen, bis zu diesem Moment hatte ich das Ding, dem wir noch in unserer Dimension in Form eines hüpfenden Balles begegnet waren und das sich dann um mein Handgelenk geschlungen hatte, schon wieder ganz vergessen. Was hatte Shai noch gleich darüber gesagt? Es sei eine Art Versicherung. Und Matt hatte es als Kindermädchen bezeichnet.

„Und damit kann man auch kommunizieren?", fragte ich überrascht.

„Ja, aber beschränkt", räumte Shai ein. „Jede Form der räumlich getrennten Kommunikation basiert auf irgendwelchen Wellen, Schwingungen, Strahlen oder dergleichen. Da diese die normalen Schwingungen der Umwelt stören, werden sie nach Möglichkeit auf ein Minimum reduziert. Früher hatten die Menschen ja Mobiltelefone und kleine Computer, mit denen sie ständig und überall kommunizieren, sich Informationen ansehen und noch viele andere Dinge erledigen konnten. Aber dann hat man herausgefunden, dass diese Geräte die Schwingungen der Erde dermaßen durcheinanderbrachten, dass die meisten magischen Wesen dadurch zugrunde gingen. Zuvor hatten sich die Menschen noch kein Bild davon gemacht, wieviel in ihrer Welt tatsächlich von der Arbeit anderer Wesen abhing. Als dann aber das Wetter immer unkontrollierter wurde und sich sogar ganze Erdteile plötzlich verschoben und veränderten, wurde es ihnen schlagartig bewusst. Deshalb hat man dann umgesattelt und vermehrt auf die Hilfe dieser Wesen gesetzt, welche sich als viel umweltfreundlicher herausstellten und die natürliche Balance erhalten konnten.

Es soll wohl noch immer einige Nostalgiker geben, die an diesen alten Geräten festhalten. Aber an den meisten Orten sind sie ja jetzt verboten. Und in der Hauptstadt und der Zentrale der Vermittlung sowieso. Das Risiko eines unvorhersehbaren

Einflusses auf die so schon sehr sensiblen Dimensionslöcher ist einfach zu groß."

Mina sah ganz perplex aus. Wahrscheinlich hatte sie kein Wort von dem verstanden, was Shai gerade erklärt hatte. Mir war ja auch schon aufgefallen, dass Minas Dimension ganz anders entwickelt war als unsere.

„Aber wenn Matt euch alles über den Begleiter erzählen konnte, warum hat er mich dann als Boten losgeschickt?"

Shais Blick verfinsterte sich: „Das wird er allerdings noch erklären müssen."

Als ich ihren finsteren Ausdruck sah, musste ich schlucken. Dann sah ich zu dem mich liebevoll anstarrenden Gesicht der Schlange hinab, die sich noch immer nicht von meinem Arm getrennt hatte.

„Und was machen wir jetzt mit ihr?", fragte ich in die Runde.

Shai lächelte. „Das, Ruby, wird dir gefallen", sagte sie in verschwörerischem Ton.

SCHLANGE VORAUS!

„Hier entlang", flüsterte ich Shai zu.

Sie folgte mir und war bedacht, dicht hinter mir zu bleiben. Ja, wirklich. Sie folgte mir! Zum ersten Mal ging ich voraus. Nicht, dass sich mein Orientierungssinn auf wundersame Weise plötzlich verbessert hätte. Vielmehr war ich diesmal besser ausgerüstet. Und zwar mit einer magischen Schutzschlange.

Wie eine Wünschelrute hielt sie ihren Kopf hoch und zeigte damit die Richtung an, in die wir gehen sollten. Noch immer wand sich das kleine, braun-rote Tier um mein Handgelenk. Da wir uns hier in ihrem Wirkungsbereich befanden und sie nun nicht länger in dem Kristallkreis gefangen war, konnte sie uns mühelos durch das Moor lotsen.

Wir waren auf dem Weg zur Bergnymphe. Shai und ich waren nur noch zu zweit, da Mina mit einem eigenen Auftrag unterwegs war, den ihr Shai zuvor erteilt hatte. Auf Matt waren wir bisher auch nicht gestoßen. Der war höchstwahrscheinlich noch mit der Verfolgung des Mitverschwörers der Bergnymphe beschäftigt. Shai war zwar äußerst verärgert über ihn, hielt es aber dennoch für das Beste, ihn erst einmal nicht zu kontaktieren. Falls er sich versteckt halten musste, konnten das Signal des Begleiters oder unsere Stimmen ihn verraten.

Ich vermutete, dass wir jeden Moment bei der Bergnymphe ankommen würden, weshalb ich Shai zuflüsterte: „Aber wenn wir da sind, was machen wir dann? Wie verhindern wir, dass sie uns verhext und ebenso zu ihren Sklaven macht wie all die anderen Männer?"

„Verrat mir eines, Ruby. Als du dich vorhin mit Matt unter die Männergruppe geschlichen hast, wurdet ihr da etwa verzaubert?", fragte Shai.

Ich dachte nach. Nein, eigentlich hatte sie recht. Wir waren vorhin mitten unter den anderen Männern gewesen. Auch mitten in diesem Nebel, aber es war uns nichts passiert. Nur wie konnte das sein?

„Nein, da ist uns nichts passiert", gestand ich.

„Siehst du. Es besteht also kein Grund zur Sorge", versuchte mich Shai zu beruhigen.

„Ja, aber der Nebel, der verursacht doch dieses unangenehme Gefühl. Und ... und was ist mit dem Wasser? Das wurde plötzlich warm! Sie kann also durchaus zaubern", wandte ich ein.

„Mit dem Nebel hast du recht. Aber wenn der Nebel allein mächtig genug wäre, dann hätte sie Mina doch nicht zum Abschrecken der unliebsamen Besucher gebraucht. So mächtig scheint sie also nicht zu sein. Und was das Wasser angeht: hast du das noch immer nicht kapiert? Es war nicht die Bergnymphe, die das Wasser gewärmt hat. Sie kann nicht in das Moorwasser steigen, sonst hätte sie ihre Steine schon längst selbst da rausgeholt. Und wenn sie es nicht berühren kann, so hat sie auch keine Macht darüber. Es war von Anfang an die Schutzschlange, die das Wasser gewärmt und so diejenigen vor der Kälte geschützt hat, die ins Moor gefallen sind."

Ich sah staunend zu der kleinen Schlange an meinem Arm herunter.

„Meinst du wirklich? Aber die kleine Schlange war doch gefangen?", hakte ich noch immer nicht ganz überzeugt nach.

„Fang nicht wieder damit an, Ruby. Ja, die Schlange mag zwar klein sein, aber sie ist mächtig. Sie konnte sich zwar nicht aus ihrem Käfig befreien und daher auch nicht verhindern, dass die Menschen das Moorwasser abzuleiten begannen, aber sie hatte auf jeden Fall genug Einfluss, um die Menschen im Moor auch von ihrem Gefängnis aus zu schützen. Zwar konnte sie Mina nicht von sich aus befreien, aber zumindest dafür sorgen, dass sie nicht auskühlte."

„Erstaunlich", sagte ich.

Die heilige Schutzschlange wurde mir langsam immer sympathischer. Dabei war ich sonst nicht gerade ein Schlangen-Fan.

„Allerdings", bestätigte Shai, „und darum müssen wir uns jetzt keine Sorgen machen. Denn hier haben wir mit der Schutzschlange an unserer Seite so was wie einen Heimvorteil. Verstehst du?"

„Ja, ich denke, so langsam verstehe ich es."

Eine halbe Stunde später hörten wir die Geräusche der arbeitenden Männer. Wie zuvor mit Matt versteckte ich mich nun mit Shai hinter ein paar Büschen.

„Und jetzt?", wollte ich von ihr wissen.

„Siehst du die Bergnymphe irgendwo?", fragte mich Shai anstelle einer Antwort.

Ich spähte durch das Geäst der nicht allzu dicht belaubten Büsche. Und wie ich die Bergnymphe sehen konnte! Sie stand genau vor uns. Ein Arm schnellte durch das Gebüsch und ich wurde an den Haaren gepackt und hervorgezerrt.

„So, so, wen haben wir denn da?", sagte die Bergnymphe böse grinsend. „Einen kleinen Spion etwa?"

Noch bevor ich irgendetwas tun oder sagen konnte, sprang die Bergnymphe mit einem Aufschrei zurück.

„Wie, wie?!", schrie sie mit vor Wut bebender Stimme. „Unmöglich! Wie konntest du Wicht die Schlange finden?!"

Die Schutzschlange an meinem Arm wand sich leicht und zischte die Bergnymphe böse an, welche noch einen Schritt weiter zurückwich. Nun tauchte auch Shai aus dem Gebüsch auf.

„Aha, so sieht also eine Bergnymphe aus", stellte sie gelassen fest.

Die Bergnymphe sah zu ihr und ihre Augen verengten sich zu zwei bösartigen Schlitzen.

„Du! Was macht so eine wie du hier?", zischte sie hasserfüllt.

„Ist das dein Werk?", fragte die Bergnymphe Shai weiter und deutete auf die Schutzschlange.

„Nein, eigentlich hat Ruby hier die Schlange gefunden. Aber zu deiner ersten Frage: Ich oder besser gesagt wir sind hier, weil wir von der Vermittlung geschickt wurden, die diese Schutzschlange in dieses Moor vermittelt hat", erklärte Shai ruhig.

Die Bergnymphe betrachtete uns verwirrt. Ob sie überhaupt wusste, was die Vermittlung war und dass wir aus einer anderen Dimension hierhergekommen waren? Anderseits schien sie auch zu ahnen, dass Shai kein normaler Mensch war. Zumindest hatte sie das vorhin angedeutet. Vielleicht gab es eine Art des Nachrichtenaustausches zwischen magischen Wesen, den ich nicht verstand. Schreiberlinge besaßen eigentlich keine großartigen Fähigkeiten. Eben nur die eine: zu Schreiben. Na gut, wir hatten auch eine etwas längere Lebenserwartung als andere Menschen, aber ansonsten … ansonsten waren wir eigentlich ganz normal.

„Du siehst also, die Schlange gehört nun hierher. Was man von dir nicht behaupten kann", fuhr Shai fort.

Die Bergnymphe zitterte, ob vor Angst oder Zorn oder beidem war schwer zu erkennen.

Als ich mich umsah, bemerkte ich, dass die Männer ringsum aufhörten, zu arbeiten. Stattdessen starrten sie uns mit ihren geistesabwesenden Blicken an. Dann fingen sie langsam an, näher zu rücken.

„Ähm, Shai", raunte ich ihr beunruhigt zu, „ich glaube, wir haben hier ein Problem."

Shai sah sich nun ebenfalls um. Dann sah sie herausfordernd zur Bergnymphe.

„Ruf deine Männer zurück", forderte sie, ohne die geringste Spur von Angst erkennen zu lassen. Wahrscheinlich hatte sie auch keine Angst, was ich von mir leider nicht behaupten konnte.

„Sonst was?", höhnte die Bergnymphe.

Die Schlange an meinem Handgelenk zischte nun noch bedrohlicher als zuvor. Die Bergnymphe zuckte erschrocken zusammen.

„Du elendes Viech!", zischte sie ebenso wie die Schlange.

„Weißt du, wir sind bereit, hier vernünftig mit dir zu verhandeln. Aber wir können dich auch gleich davonjagen. Deine Entscheidung", sagte Shai fachmännisch und ich konnte die angehende Anwältin aus ihr sprechen hören.

„Verhandeln?", fragte die Bergnymphe kritisch.

„Ja, ganz recht", antwortete Shai, „aber zuvor lässt du die Männer frei. Was hast du ihnen verabreicht? Irgendwelche Drogen, die sie dir gefügig gemacht haben?"

„Hmpf", machte die Bergnymphe, was ich als „ja" wertete.

Deshalb war also Matt und mir zuvor nichts passiert. Sie hatte zuerst die Männer mit ihrem Täuschungsmanöver von Mina weggelockt, indem sie sich als die Gute ausgegeben hatte, die sie vor einer bösen Moorhexe bewahrte. Dadurch hatte sie wohl das Vertrauen der Männer gewonnen. Vielleicht war dabei auch nicht unwesentlich, dass sie die Gestalt einer äußert attraktiven jungen Frau angenommen hatte.

Und dann musste sie ihnen etwas eingeflößt haben, das sie in diesen trunkenen Zustand versetzt hatte. Wahrscheinlich irgendein Getränk, das die Männer nach einem anstrengenden Tag im feuchten Moor aufwärmen sollte. Das hätten diese natürlich dankbar angenommen.

„Ihr habt nichts gegen mich in der Hand", verteidigte sich die Bergnymphe. „Sie sind alle freiwillig mit mir mitgekommen. Und sie helfen mir auch jetzt aus freien Stücken. Oder seht ihr mich irgendwelche Befehle erteilen?"

„In ihrem Zustand kann man wohl kaum von freiwillig sprechen", entgegnete Shai.

Die Bergnymphe zuckte mit den Schultern: „Ich habe sie nie gezwungen, meinen Bergkräuterschnaps zu trinken. Auch das haben sie aus freien Stücken getan."

Ich begann mich zu fragen, ob wohl alle magischen Wesen einen Hang zum Rechtswesen hatten. Sie waren ja auch für ihre wortgetreuen Pakte bekannt, vor denen man sich hüten musste. Die Bergnymphe schien jedenfalls kein Problem damit zu haben, sich hier zu rechtfertigen und alles so darzustellen, dass es für sie gut aussah. Aber da hatte sie in Shai eine würdige Gegenspielerin.

„Bitte, wie du willst", erwiderte Shai. „Gehen wir einmal davon aus, dass dich für das Verschwinden der Männer keine Schuld trifft. Aber du hast immer noch Mina aus dem Dorf entführt und sie kam ganz gewiss nicht freiwillig mit dir mit."

Die Bergnymphe blickte Shai für einen Moment verstört an. Dann fing sie scheinbar grundlos an, zu lachen.

„Ha ha ha, Mina, die Kleine aus diesem Bergnest. Ha ha, die hatte ich ja schon völlig vergessen", sagte die Bergnymphe und lachte dabei krampfhaft.

„Das ist uns auch aufgefallen", meinte Shai. „Du hast sie nämlich im Moor sitzen gelassen. Wenn wir nicht zufällig da vorbeigekommen wären, hätte das noch böse für sie enden können."

„Zu dumm. An sie hatte ich nicht mehr gedacht", sagte die Bergnymphe kopfschüttelnd.

Shai fuhr unbeirrt fort: „Verrat uns jetzt, wie die Männer wieder normal werden. Wann klingt die Wirkung deines Bergkräuterschnapses ab?"

„In ein paar Stunden", gab die Bergnymphe bereitwillig Auskunft.

Dann lachte sie wieder und sagte: „Das gibt mir also noch Zeit genug, um euch lästige Störenfriede hier loszuwerden."

Die Männer kamen nun bedrohlich nahe an uns heran. Ich duckte mich instinktiv, bemerkte aber, dass Shai immer noch regungslos dastand. Sie strotzte nur so vor Selbstvertrauen, was auch der Bergnymphe auffiel.

„Du hast wohl noch nicht erkannt, in was für einer Lage ihr euch befindet", sagte sie kopfschüttelnd zu Shai.

Shai lächelte: „Ich habe lediglich gehofft, dies auch auf andere Weise lösen zu können. Aber da du unbedingt die Konfrontation suchst ..."

Dann nickte mir Shai zu. Ich verstand nicht. Sollte ich irgendetwas tun? Es sah aus wie ein verabredetes Geheimzeichen. Nur hatten wir kein solches vereinbart. Ich war für einen kurzen Moment völlig ratlos. Dann schreckte mich ein markerschütternder Schrei auf.

Verwirrt sah ich mich um und entdeckte gleich, dass da, wo die schöne, junge Bergnymphe zuvor gestanden hatte, nun eine hässliche Alte halb im Moor versunken umherzappelte und krächzte: „Du verfluchte Schlange! Lass mich sofort gehen! Nein, nein! Ich kann dieses saure Wasser hier nicht ertragen! Ahhh!!!"

Vorher war sie noch auf mehr oder weniger festem Grund gestanden. Doch nun hatte sich dieser plötzlich in ein sumpfiges Loch verwandelt, angefüllt mit dem dunkelbraunen Wasser des Moores.

Die Männer, die noch Sekunden zuvor auf uns zugegangen waren, standen plötzlich wie versteinert da. Einige Augenblicke lang rührte sich niemand, abgesehen von der hilflos zappelnden und schreienden Alten. Dann sahen sich die Männer verwirrt um. Sie wirkten nun nicht mehr volltrunken wie zuvor, sondern so, als wären sie langsam wieder am Ausnüchtern und als versuchten sie, zu verstehen, woran sie sich alles nicht erinnern konnten. Sie waren wohl aus der Trance erwacht, in die die Bergnymphe sie versetzt hatte, um sie zu kontrollieren.

Shai hatte völlig recht gehabt. Die Bergnymphe konnte das Moor nicht betreten. Es raubte ihr ganz offensichtlich die Kräfte.

„Halt du sie mal in Schach, Ruby. Ich versuche derweil, den armen Tröpfen hier zu helfen", wies mich Shai an.

Da ich bisher nichts gemacht hatte, und die Bergnymphe dennoch im Moor feststeckte, nahm ich an, dass ich auch jetzt eigentlich nichts tun musste. Ich richtete mich wieder auf und ging noch ein paar Schritte auf die nun wirklich nicht mehr ansehnliche Bergnymphe zu. Dann ging ich vor ihr in die Hocke und hielt ihr mehr oder weniger die Schutzschlange an meinem Arm unter die Nase.

Die Alte schrie noch heftiger als zuvor und fluchte laut. Aber sie schien für mich nun keine Bedrohung mehr darzustellen. Denn, da war ich mir ganz sicher, wenn auch noch die kleinste Möglichkeit bestanden hätte, dass sie mir gefährlich werden könnte, hätte mir Shai nicht den Auftrag gegeben, sie zu bewachen. Ich war mir vollkommen sicher, dass Shai mich richtig einschätzen konnte. Dass sie also wusste, dass ich absolut zu gar nichts Heldenhaftem fähig war und nur Dinge erledigen konnte, die man auch einem kleinen Kind hätte zumuten können.

Während ich also vor der hilflosen Alten kauerte, sammelte Shai die verwirrten männlichen Touristen ein und redete behutsam auf sie ein. Sie versuchte wohl, zu erklären, was sie hier machten, ohne sie gleich in Panik zu versetzen. Keine einfache Aufgabe, wie ich fand.

Einige der Männer taumelten noch ein wenig trunken. Gerade stützte Shai ein ziemlich großes Exemplar, als der Mann das

Gleichgewicht verlor und Shai mit sich zu Boden riss und unter sich begrub. Ich wollte schon aufspringen und zu Hilfe eilen, als plötzlich wie aus dem Nichts Matt hervorsprang und den massigen Körper des Mannes wegzog. Er wirkte sauer und trat dem Mann vor das Schienbein.

Als er sich zu Shai umdrehte, war diese verständlicherweise verstimmt: „Was machst du denn da?! Warum trittst du den armen Mann!"

„Er hat dich angegriffen!", protestierte Matt. „Und ich lasse nicht zu, dass meine Teamkollegen ..."

Shai schnitt ihm ins Wort: „Er ist gestürzt, nichts weiter! Hätten wir deine Hilfe wirklich gebraucht, dann wäre sie ohnehin zu spät gekommen. Aber die Schlange hat schon alles für uns geregelt."

Sie deutete zu mir rüber und ich wurde völlig unpassend rot im Gesicht. Matt starrte mich einen Moment lang verwirrt an. Dann sah er wieder zu Shai herüber, die immer noch auf mich zeigte. Er blickte wieder zurück zu mir. Ich hob und senkte ganz behutsam meinen schlangenumwundenen Arm. Ich wollte auf sie aufmerksam machen, ohne sie gleich durchzuschütteln. Matts Gesichtsausdruck konnte ich entnehmen, dass er nun offenbar verstand. Er grummelte irgendetwas Unverständliches vor sich hin und half dann Shai wieder auf die Beine.

Er streckte auch seinem Opfer eine helfende Hand entgegen und schloss mit einem halbherzigen: „Sorry, Kumpel."

„Was habt ihr denn eigentlich mit der Bergnymphe gemacht?", fragte Matt als nächstes.

„Da ist sie doch", antwortete Shai und zeigte zu mir und der Alten herüber. Matt schien sie erst jetzt aufzufallen.

„Die sieht aber ganz anders aus als vorher", bemerkte er.

„Ja, weil sie die Gestalt einer jungen Frau im Moorwasser nicht mehr aufrechterhalten konnte", erklärte Shai.

Matt nickte verstehend: „So ist sie also Mina begegnet. Apropos. Wo steckt sie eigentlich?"

„Mina ist gerade mit einem Auftrag unterwegs. Sie soll die Dorfleute herbringen. Das ist auch ganz gut so, denn allein könnten wir diesen ganzen Trupp hier wohl kaum ins Dorf zurückbringen", antwortete Shai.

„Hm. Eigentlich ist mir nicht ganz wohl dabei, Unbeteiligte in die Sache mit hineinzuziehen. Es war ja schließlich unser Auftrag, uns hier um alles zu kümmern", gab Matt zu bedenken.

„Streng genommen, galt unser Auftrag nur der Schutzschlange. Und die haben wir, das heißt, genau genommen Ruby, gefunden und befreit. Damit wäre unsere Schuldigkeit getan", widersprach Shai.

„Ja, schon. Aber wir können ja dieses Chaos hier wohl kaum so lassen, oder?" Matt deutete auf die umhertorkelnden Männer um sich herum.

„Ja, eben. Der Meinung bin ich auch. Darum habe ich Mina ja losgeschickt. Aber nun sag endlich mal: Wie ist es bei dir gelaufen?", wollte Shai von Matt wissen.

Auf einmal grinste Matt uns zufrieden an: „Kommt selbst und seht", sagte er und führte uns zu dem Gebüsch, aus dem er zuvor gesprungen war.

Einen Augenblick später zerrte er einen gefesselten Mann aus dem Gebüsch. Es war der Fremde, der mit der Bergnymphe gesprochen hatte. Matt hatte ihn also eingeholt und …

„Warum hast du ihn gefesselt?", fragte ich ihn verwundert.

„Taj, der Gute hier wollte schon Leine ziehen, als ich ihn zur Rede gestellt hatte. Da musste ich leider zu etwas gröberen Mitteln greifen", erklärte Matt in höchst zufriedenem Tonfall.

Shai sandte ihm einen kritischen Blick zu.

„Was denn? Ich habe bloß einen Verdächtigen für das Verhör aufgegriffen und an der Flucht gehindert. Das wird ja wohl noch erlaubt sein", verteidigte sich Matt.

„Nur, dass du eigentlich keine Befugnis …", murmelte Shai, zuckte dann aber mit den Schultern, „… was soll's. Und wie hast du dir das Verhör mit ihm vorgestellt?"

Matt deutete eine gekünstelte Verbeugung vor Shai an: „Das überlasse ich gerne unserer Spezialistin in Sachen Rechtsfragen."

Es war überraschend einfach, den Mann zum Sprechen zu bringen. Shai musste nur einige gut gewählte Strafartikel aufzählen und schon sprudelte der Fremde los wie ein Wasserfall. Ich verfolgte fasziniert das Verhör. Keiner ließ sich von der Bergnymphe stören, die im Hintergrund immer noch weiter jammerte, kreischte und fluchte. Einige der entführten Touristen, die bereits wieder nüchtern waren, gingen sogar zu ihr hin und stupsten sie ungläubig an oder zogen ihr ein wenig an den Haaren.

Diese kleinen Racheakte übersahen wir geflissentlich.

Derweil erzählte der Fremde, wie er mit der Bergnymphe einen Pakt geschlossen hatte. Er war ihr damals noch in Minas Dorf begegnet, aus dem er übrigens auch stammte. Zu diesem Zeitpunkt hatte die Alte noch nach ihrem Schatz gesucht. Als die Bergnymphe erkannt hatte, dass ihre kostbaren Steine im Moor feststeckten, bat sie den Fremden um Hilfe. Dieser sah erst nicht, was für ihn dabei rausspringen sollte. Als die Bergnymphe aber in einem Anfall von Wut das Moor verfluchte und sich wünschte, jemand würde es trockenlegen, kam ihm ein Einfall.

Sein Dorf war ziemlich verarmt. Die meisten jungen Leute zogen von dort weg. Die wenigen Bergbauern hatten kaum genug Ertrag für sich selbst. Das passte mit Minas Beschreibung ihres Dorfes überein. Gleichzeitig ging es dem andern Dorf, das uns losgeschickt hatte, gar nicht mal so schlecht. Sie hatten Erträge aus dem Torfabbau im Moor, zu dem sie allein berechtigt waren – und durch die Touristen.

Er hatte sich also gedacht, wenn er der Bergnymphe bei ihrem Vorhaben half, könnte er den bei der Trockenlegung gewonnenen Torf für sich beanspruchen und verhökern. Dabei wäre ein hübsches Sümmchen für ihn herausgesprungen. Die Bergnymphe sorgte dafür, dass keiner sie behelligte und beschaffte die nötigen Arbeitskräfte.

Natürlich hatte er nicht vorgehabt, das ganze Moor trockenzulegen. Er hätte gewartet, bis er genug Gewinn eingestrichen hätte und dann hätte er sich aus dem Staub gemacht und die Bergnymphe mit ihrem Problem sitzen gelassen.

So schön hatte er das natürlich nicht alles erzählt. Schließlich belastete seine Geschichte ihn viel mehr als die Bergnymphe. Er versuchte zuerst auch, die Schuld auf diese abzuwälzen. Aber Shai brachte mit gezielten Fragen die Wahrheit ans Licht. Schlussendlich hatten wir ein umfangreiches Geständnis des Mannes, das ich übrigens zu Protokoll nahm und ihn unterzeichnen ließ. Für solche Fälle waren Schreiberlinge ja schließlich da.

Es vergingen noch einige Stunden, bis die Männer, die unter dem Einfluss von Bergkräuterschnaps gestanden hatten, wieder einigermaßen fit waren. Zum Glück kam dann Mina mit einer ganzen Gruppe von Arbeitern aus dem Dorf zu uns. Sie war glücklicherweise auf die Männer gestoßen, die im Moor arbeiteten und den Torf abbauten. So hatte sie nicht ganz bis ins Dorf zurückgehen müssen. Dadurch blieben ihr einige Stunden Weg erspart.

Die Arbeiter waren gerne zur Hilfe bereit gewesen. Unter ihnen war auch der Vorarbeiter Karl, der sich besonders freute, zu hören, dass die verschwundenen Touristen allesamt noch am Leben waren. Er trommelte sofort seine Leute zusammen und dann machten sie sich gleich auf den Weg zu uns.

Die Arbeiter halfen nun, die noch leicht benommenen Touristen zu stützen und in die Hütte zurückzubringen, in der sie mit der Bergnymphe Unterschlupf gefunden hatten. Diese wurde, zusammen mit dem Gefesselten, unter lautem Protest ebenfalls mitgeschleift.

Am nächsten Morgen beschlossen die Arbeiter, die Gräben, die die Touristen ausgehoben hatten, wieder zuzuschütten und damit den Wasserabfluss zu stoppen. Karl hatte uns noch am Abend zuvor berichtet, dass die Lage im Dorf schon ziemlich prekär war, da der Dorfbach so stark angeschwollen war, dass selbst der in aller Eile errichtete Damm nicht mehr lange halten würde.

Die restlichen Arbeiter begleiteten uns und die nun wieder munteren Männer zurück ins Dorf.

Der Dorfvorsteher weinte beinahe schon Tränen der Freude, als er uns mit den verschwundenen Touristen zurückkehren sah. Die Schutzschlange hatte ich schon am Abend vorher wieder in die Freiheit entlassen. Glücklich war sie über das feuchte Moos davongeschlängelt und dann in einem trockenen Gesträuch verschwunden.

Blieben nur noch die Bergnymphe und der hinterlistige Mann aus Minas Dorf, um die wir uns kümmern mussten.

„Wir sind wirklich froh, dass Sie diesen Verbrecher aufgegriffen haben", verkündete der Dorfvorsteher am Abend in der angenehm warmen Stube des Gasthauses.

Wir waren schon am späten Nachmittag des Vortages mit den Touristen zurückgekehrt. Die armen Männer waren von der ganzen, für sie ungewohnten, Plackerei im Moor völlig entkräftet. So ruhten wir uns erst alle eine Nacht aus.

Den Tag hatte ich dann damit zugebracht, die Aussagen der Touristen aufzunehmen, welche übrigens alle sehr ähnlich klangen – im Stil von: „Ab dem Zeitpunkt, an dem diese junge Frau uns in ihre sichere Hütte gebracht hatte, kann ich mich an nichts mehr erinnern." Nun, das konnte man ihnen auch nicht verdenken. Wir hatten die verbliebenen Flaschen Bergkräuterschnaps sichergestellt und die hatten es in sich!

Während ich so beschäftigt war, begutachteten Matt und Shai die Lage des Dorfbaches, und – für uns noch viel wichtiger – die Situation des Dimensionsloches. Der Dorfbach war offenbar noch immer stark angeschwollen, aber der Wasserpegel schien nicht mehr höher zu werden. Außerdem hatte es hier seit zwei Tagen nicht mehr stark geregnet, was uns hoffen ließ, dass auch das Dimensionsloch bald wieder gefahrenfrei benutzt werden konnte.

Die Touristen sollten alle am nächsten Tag in die Stadt gebracht werden und konnten von dort dann wieder nach Hause reisen. Der Vorfall würde bestimmt noch Schlagzeilen machen. Schließlich hatten wir 20 Totgeglaubte lebendig und mehr oder weniger unversehrt gefunden.

Nun blieb noch eine Sache zu erledigen.

„Wie wir unseresgleichen bestrafen können, ist für uns einfach, aber was sollen wir mit dieser, dieser Berghexe da anfangen?", teilte uns der Dorfvorsteher seine Sorge mit.

„Bergnymphe", korrigierten wir alle wie aus einem Mund.

„Ich denke nicht, dass das allein eine Angelegenheit ihres Dorfes ist. Schließlich hatten unter ihrem Einfluss auch die Bewohner des Bergdorfes zu leiden", gab Shai zu bedenken und blickte dabei zu Mina, die gemütlich mit uns auf einem bequemen Sessel am Kamin saß.

Mina war die ganze Zeit über hiergeblieben, hatte sich mit um die Touristen gekümmert und, was mich besonders zum Staunen brachte, auch um unsere Gefangenen. Sie schien nun, da sie eingesperrt war, doch Mitleid mit der Bergnymphe zu haben. Außerdem hatte sie erkannt, dass die Bergnymphe nicht allein so böse gewesen war, sondern dass sie, wie sie selbst, auf einen hinterlistigen Plan eines andern hereingefallen war.

„Ja, ja, sicher", entgegnete der Dorfvorsteher ungeduldig, „ich habe den Dorfältesten aus Minas Dorf bereits informiert. Er wird morgen hier eintreffen und sich selbst ein Bild von der Situation machen."

„Dann schlage ich vor, wir warten am besten bis morgen, bevor wir irgendwelche Entscheidungen treffen", verkündete Matt.

Wieder nickte der Dorfvorsteher zustimmend: „Das ist sicher richtig so. Aber mir ist unwohl bei dieser Berg… Berg…"

„Nymphe", ergänzte ich.

„Sie ist mir unheimlich. Ich habe mir gedacht, vielleicht wäre es für alle am besten, wenn sie mit Ihnen in Ihre Dimension gehen könnte", erklärte der Dorfvorsteher.

„Das ist ausgeschlossen", sagte Shai prompt, „es werden bei der Vermittlung keine Dinge, nun zumindest keine lebendigen Wesen, auf Vorrat gestapelt für den Fall, dass sie einmal vermittelt werden könnten. Erst muss ein Vermittlungsauftrag bestehen und erst dann darf ein Wesen die Dimension wechseln. Dimensionsreisen sind für alle anderen strikt untersagt. Nur Mitarbeitern der Vermittlung, und auch dort nur einigen wenigen, ist dies gestattet – mit Ausnahme von gelegentlichen Studienreisen."

„Kein Wunder. Stellen Sie sich nur mal vor, alle Dimensionen könnten jene Leute, mit denen sie unzufrieden sind, bei uns abladen. Dann würde bei uns ja das reinste Chaos herrschen", sagte Matt.

Der Dorfvorsteher seufzte schwer.

„Verstehe. Aber wie sollen wir denn nun mit ihr umgehen? Was soll mit ihr passieren?", fragte er schon fast verzweifelt.

Shai musterte ihn kurz und blickte dann ins warme, prasselnde Feuer.

„Auch das können wir morgen entscheiden", sagte sie.

„Wird wohl so am besten sein", bestätigte Matt.

Der Dorfvorsteher verabschiedete sich sogleich von uns. Er schien mir ein wenig erregt, als er die Gaststube verließ. Shai wandte sich nun Mina zu.

„Und was willst du jetzt eigentlich machen, Mina?", fragte sie in nachdenklichem Ton.

„Ich bin mir nicht ganz sicher", gestand Mina.

„Das Leben im Bergdorf scheint wirklich perspektivlos zu sein. Andererseits liebe ich mein Dorf und die Berge dort. Mittlerweile vertrage ich mich auch wieder ganz gut mit der Bergnymphe. Vielleicht könnte man aus ihr ja auch eine Touristenattraktion machen und dann würde es unserem Dorf auch wieder ein wenig besser gehen", sagte sie hoffnungsvoll.

„Das würde die Bergnymphe wohl kaum mit sich machen lassen. Die meisten magischen Wesen sind scheu und mögen keine Menschen oder zumindest keine größeren Menschenmassen", warf Shai ein.

„Hmm, schade. Dann weiß ich auch nicht so recht", sagte Mina niedergeschlagen.

Plötzlich sprang ich von meinem Sessel auf. Mir war gerade eine Idee gekommen, die ich dringend überprüfen musste.

„Was hast du denn, Ruby?", wunderte sich Matt.

„Ich habe da vielleicht eine Idee. Ich muss nochmal kurz die Protokolle meiner Vernehmungen durchsehen", antwortete ich schon auf dem Sprung.

„Aha", sagte Matt.

Dann hörte ich ihn noch etwas zu den anderen beiden murmeln, aber ich war praktisch schon aus der Tür und gleich darauf auf der Treppe zu meinem und Matts Zimmer.

„Wir können das dann morgen besprechen!", rief ich durch das Haus.

Kaum zurück im Zimmer schmiss ich alle Protokolle auf den Boden, kniete mich hin und breitete sie aus. Als ich meine Unterlagen nun so vor mir liegen hatte und durchblätterte, grinste ich zufrieden in mich hinein. Ja, das könnte funktionieren.

Kurz vor Mittag traf der Dorfälteste aus Minas Dorf ein. Der Name kam nicht von ungefähr. Dieser Mann war wirklich steinalt. Kein Wunder, dachte ich, dass in Minas Dorf so viele der jüngeren Generation wegzogen. Der alte Mann sah nicht so aus, als ob er innovative, neue Vorschläge schätzen würde. Auf mich wirkte er brummig und schlecht gelaunt. Vielleicht lag das aber auch an dem feuchten Nebel, der ihn seine alten Knochen spüren ließ.

Mit ihm kamen auch die Arbeiter aus dem Moor zurück. Sie berichteten uns, dass sie alle Gräben wieder aufgefüllt hatten. Shai und Matt nahmen dann noch Karl beiseite und sprachen im Geheimen mit dem Vorarbeiter. Leider stand ich zu weit weg, als dass ich den kurzen Wortwechsel gehört hätte. Ich nahm aber an, dass die andern mir schon noch erzählen würden, worum es dabei gegangen war.

Eine Art Verhandlung sollte kurz nach Mittag stattfinden. Obwohl mich der Gedanke daran nervös machte, war ich auch schon voller Vorfreude. Denn ich hatte am vorigen Abend eine geniale Idee gehabt, die ich bisher noch niemandem mitgeteilt hatte. Ich wollte sie gleich nach der Verhandlung Mina eröffnen, welche die Hauptprofiteurin meines Plans sein würde. Daher konnte ich diesen Moment kaum abwarten.

Derweil besprachen sich Matt und Shai darüber, wie sie aussagen sollten. Es war kein wirkliches Gericht, das abgehalten werden würde. Vielmehr war die Hoffnung, dass man zu einer einvernehmlichen Lösung kommen würde. Ich hatte Matt danach gefragt, auf welcher Seite wir eigentlich standen und er hatte mir erklärt, dass wir eigentlich für keine der Seiten Partei ergreifen sollten. Vielmehr war es unsere Aufgabe, so neutral wie nur möglich auszusagen, wo dies doch nicht mal unsere Dimension war, um die es hier ging.

„Allerdings", fügte er dann noch hinzu, „ist Shai der Ansicht, dass sie auf die Bergnymphe speziell Rücksicht nehmen muss, da diese als einziges nicht-menschliches Wesen sonst leicht einen Nachteil haben könnte."

Mir war nicht ganz klar, wie die Bergnymphe keinen Nachteil haben sollte. Schließlich war sie ja die Hauptschuldige in dem ganzen Schlamassel. Dass Shai als gebürtige Dschinniya mit ihr sympathisierte, hätte ich zwar verstanden, aber so richtig freundschaftlich waren sich die beiden bislang nicht begegnet.

Außerdem war ich der Meinung, dass dies schon lange nicht mehr zu unserem Auftrag gehörte. Am besten sollten wir uns überhaupt nicht einmischen. Es hatte uns schließlich niemand darum gebeten und dafür waren wir auch nicht von der Vermittlung losgeschickt worden. Mir war ein wenig unwohl bei der ganzen Sache. Mit klareren Vorgaben von Seiten unseres Arbeitgebers hätte ich mich wesentlich sicherer gefühlt. Ich nahm mir fest vor, dies in meinem Bericht zu erwähnen, den ich über unsere Unternehmung schreiben musste. Schließlich hatte uns niemand so richtig auf unsere Aufgabe vorbereitet oder uns klare Richtlinien vorgegeben, wie wir die Dinge handhaben sollten.

Nun wurden wir in einen großen Saal im Haus des Dorfvorstehers geführt. Dunkle, aber schön verzierte Holztafeln zierten die Decke, welche von kleinen, mit Schnitzereien verzierten Holzsäulen getragen wurde. Das Fensterglas war dick und teilweise farbig und in sehr kleine Vierecke unterteilt, sodass der ganze Saal nicht allzu viel Licht von draußen abbekam. Bei den hiesigen Wetterverhältnissen spielte das wohl ohnehin keine Rolle. Dafür hatte der Saal zwei Kamine – der eine direkt neben der schweren Türe mit Messinggriff, der andere am gegenüberliegenden Ende des Saales. In beiden prasselte ein großes, wärmendes Feuer.

Auf einer Bank an der Innenmauer des Saales saßen bereits die beiden Gefangenen. In der Mitte des Raumes standen einige Stuhlreihen, auf denen sich verschiedene ehrenwerte Dorfbewohner und einige der Arbeiter niederließen. Für die Touristen war bereits eine Fahrgelegenheit in die Stadt organisiert worden, welche in Kürze aufbrechen würde. Daher wurden meine Protokolle anstelle einer erneuten mündlichen Aussage genutzt. Ich hatte diese auch sehr präzise angefertigt. Daran gab es sicherlich nichts zu bemängeln.

Shai wies uns nun an, in der vordersten Reihe Platz zu nehmen. Ich setzte mich direkt neben Mina, die den Platz wählte, der der Bergnymphe am nächsten war. Matt setzte sich direkt neben mich. Zu meinem Erstaunen folgte als nächstes nicht Shai, sondern Karl, der Vorarbeiter, und erst danach Shai auf dem letzten Platz in der Reihe.

Vor uns standen, in einigem Abstand und uns zugewandt, zwei größere und bequemer aussehende Stühle für den Dorfvorsteher und den Dorfältesten aus Minas Dorf. Diese kamen als letzte in den Saal, dessen Tür danach geschlossen wurde.

Die Verhandlung begann sofort. Zuerst wurde nochmals im Detail erzählt, was genau passiert war. Dafür wurden meine Protokolle verwendet, die die Aussagen der Touristen, aber auch das Geständnis des Mannes aus Minas Dorf, dessen Namen ich nun zum ersten Mal hörte, enthielten. Zudem hatte ich nachträglich auch aufgeschrieben, wie die Bergnymphe Shai und mich bedroht hatte. Und Minas Geschichte durfte natürlich auch nicht fehlen. Diese erzählte sie aber nochmals selbst und wirkte dabei erstaunlich gelassen. Sie hatte ihre Geschichte wohl in den letzten Tagen so oft Neugierigen erzählen müssen, dass es sie nun keine Überwindung mehr kostete.

Nach Minas Erzählung übernahm der Dorfvorsteher das Wort: „Wir haben also alle gehört, was sich zugetragen hat. Nun ist die Frage, wie wir mit den beiden Verbrechern hier", dabei deutete er auf die Bank, auf der die beiden Gefangenen saßen, „verfahren sollten. Sie haben beide ihre Schuld eingestanden."

Shai erhob sich von ihrem Stuhl.

„Die gekidnappten Touristen und Mina waren die Leidtragenden in dieser ganzen Sache. Jedoch haben sich die Touristen alle einstimmig entschlossen, keine Anklage zu erheben. Demnach muss nur der verursachte Schaden wieder behoben werden", sagte Shai und ließ sich wieder nieder.

Gleich darauf erhob sich Karl: „Der Schaden im Moor wurde von meinen Arbeitern und mir bereits behoben. Ich bitte lediglich um Bezahlung für ihre Arbeitszeit."

Der Dorfvorsteher nickte: „Dann sollten die beiden Schuldigen für diese Bezahlung aufkommen. Schließlich haben sie den Schaden angerichtet."

Von der Bank her drang ein winselndes Geräusch an meine Ohren. Als ich hinüber blickte, sah ich, dass die beiden ihre Gesichter schmerzlich verzerrt hatten. Ich verstand sie sofort. Mir musste niemand erzählen, wie das Gesicht einer Person aussah, die viele Schulden hatte, aber kein Geld besaß, um diese zu bezahlen. Das kannte ich aus eigener Erfahrung nur zu gut.

„Außerdem mussten wir deswegen auch den Damm im Dorf verstärken. Auch diese Arbeit und das Material sollten sie bezahlen!", rief jemand hinter uns.

Zustimmendes Gemurmel erfüllte den Saal.

„Und was ist mit den ausgefallenen Einkünften?! Schließlich kamen wegen dieser ganzen Sache keine neuen Touristen mehr!", schrie der Gastwirt.

Der Dorfvorsteher winkte ab: „Die Arbeiter haben mir mitgeteilt, dass sie jede Menge schöner Edelsteine im Moor gefunden haben. Sie haben noch nicht alle davon geborgen, aber diese sollten mehr als genug wert sein, um die entstandenen Schäden zu bezahlen."

Als er dies sagte, kam jemand von der Tür her nach vorne und zeigte uns einen braunen Sack. Er öffnete ihn vor uns und darin glitzerte es in den prächtigsten Farben, die ich je gesehen hatte. Es befanden sich wunderschöne Edelsteine darin, auch wenn die meisten noch ungeschliffen zu sein schienen und nur aus kleinen Ritzen im grauen Stein heraus funkelten.

„Moment mal!", sprang die Bergnymphe wütend auf. „Das sind meine Steine! Die gehören mir! Ihr habt kein Recht, sie euch einfach zu nehmen."

„Sie sind nun aber in unserem Moor", sagte der Dorfvorsteher kühl und wenn ich mich nicht täuschte, sah ich auch ein geldgieriges Glitzern in seinen Augen. „Also gehören sie uns."

Die Bergnymphe wollte schon auf ihn zuspringen, wurde aber von einem kräftigen Mann wieder auf die Bank gedrückt.

Dafür erhob sich Shai: „Mir scheint es nicht ganz fair, die ganzen Kosten auf die Bergnymphe abzuwälzen. Schließlich stammte der Plan zum Kidnapping und zum Trockenlegen des Moores nicht von ihr. Außerdem finde ich, sollten die Edelsteine in erster Linie an die Touristen und Mina verteilt werden, welche am eigenen Leib unter dieser Sache zu leiden hatten."

Der Dorfvorsteher schien nicht ganz überzeugt: „Ohne diese Berg... Berg...nymphe wäre nie so etwas passiert. Ein rein von einem Menschen begangenes Verbrechen hätte nicht so einfach ein solches Ausmaß angenommen. Darum ist sie die Hauptschuldige, egal, ob es ihr Plan war oder nicht."

Nun mischte sich aber der Dorfälteste ein: „Nein, das junge Fräulein hat recht. Dieser Mann hier trägt ebensolche Schuld wie die Bergnymphe. Doch ich weiß aus eigener Erfahrung, dass er kaum ausreichend Geld aufbringen wird, um etwas bezahlen zu können. Unser Dorf und seine Bewohner sind arm. Darum kann ich auch seine Beweggründe verstehen, die zu diesem unglücklichen Vorfall geführt haben. Einige Bewohner unseres Dorfes haben schon länger mit Neid auf dieses Dorf hier geblickt, das sich an den Reichtümern des Moores bedienen darf, während uns nur der felsige, karge Berg bleibt."

„Dennoch", fuhr er fort, bevor ihn der Dorfvorsteher unterbrechen konnte, „bin ich der Meinung, dass er eine Art der Bezahlung leisten muss und kann. Ich schlage als Bezahlung seiner Schuld und gleichzeitig auch als Buße vor, dass er gemeinnützige Arbeit in eurem Dorf verrichten soll. Dafür hoffe ich, dass ihr ihn danach laufen lasst und nicht auf einer gerichtlichen Verurteilung besteht."

Karl nickte zufrieden: „Von mir aus kann er gleich morgen mit der Arbeit anfangen. Es gibt bei uns genug zu tun."

Auch die anderen aus dem Dorf nickten und murmelten ihre Zustimmung.

„Nun gut", meinte der Dorfvorsteher, „wenn ihr euch da alle einig seid. Aber auch die Bergnymphe muss bestraft werden und sie wird wohl kaum solche Arbeit verrichten wollen. Deshalb schlage ich vor, dass wir sie zur Strafe aus ihrer Berghöhle verbannen und ihre Edelsteine daraus beschlagnahmen."

„Moment mal", sprang Shai nun aufgebracht auf, „das geht nun doch etwas zu weit. Über eine Verbannung zu entscheiden, steht diesem Dorf hier wohl kaum zu, wo ihre Höhle doch auf dem Land des Bergdorfes liegt."

„Ich bin mir sicher, mein werter Kollege hier wird mir zustimmen", erwiderte der Dorfvorsteher selbstsicher.

Der Dorfälteste wirkte einen Moment lang verwirrt: „Nun ich …"

Nun sprang Mina ebenfalls auf: „Ich möchte, dass die Bergnymphe bleiben kann. Ich habe mich in den letzten Tagen mehrmals mit ihr unterhalten. Diese Höhle in den Bergen ist ihr Zuhause und zwar schon länger, als das Dorf am Fuße des Berges existiert. Außerdem hat sie niemandem etwas Böses tun wollen. Ihre Steine sind ihr eben sehr wichtig! Wenn wir also dafür sorgen, dass keine weiteren Steine mehr aus ihrer Höhle hinausgeschwemmt werden, bin ich mir sicher, dass sie …"

„Wenn wir dafür sorgen?", echote der Dorfvorsteher. „Das klingt für mich nach einer teuren Arbeit, die sich euer Dorf wohl kaum wird leisten können."

„Da hat er recht, mein Kind", sagte der Dorfälteste schwerfällig. „Das wird wohl unsere Mittel übersteigen. Allein das nötige Werkzeug zu beschaffen. Nein. Das geht nicht."

„Und wenn wir dabei helfen? Kostenlos, meine ich. Um unsere nachbarschaftlichen Beziehungen ein wenig zu stärken", fragte Karl.

Der Dorfvorsteher sah ihn ungläubig an: „Hast du den Verstand verloren, Karl? Warum sollten wir …", er räusperte sich. „Ich meine, mir tut es natürlich auch leid, dass es dem Bergdorf finanziell nicht so gut geht, aber …"

Das war er also. Der typische Dorfvorsteher. Sich seinen Bürgern besorgt und mitfühlend präsentierend, während es ihm doch eigentlich nur um das eigene Geld ging. Ja, ich hatte in meinem Leben schon ausreichend Erfahrung mit Leuten dieses Schlags gemacht.

Doch der hilfsbereite Karl hatte die passende Antwort bereit: „Nun, als wir so im Moor die Edelsteine gefunden haben, da fragte ich mich eben, ob es nicht auf Dauer dem Moor schaden würde, wenn dieses Bergwasser weiterhin ins Moor fließt. Der Bach wurde durch den Felssturz umgeleitet. Das könnte noch für Probleme sorgen. Schließlich ist das Bergwasser sehr kalkhaltig und das Moorwasser bekanntlich nicht und darum …"

„Du meinst also, wir würden damit das Moor schützen, was ja schließlich unsere Haupteinnahmequelle hier ist", fasste ein anderer Arbeiter für Karl zusammen.

„Für Ihren Tourismus ja auch", gab Matt zu bedenken, „welcher ohne Moor wohl kaum zustande käme."

Der Dorfvorsteher schien angestrengt darüber nachzudenken, wie er das Blatt noch wenden konnte und keine Fronarbeit verrichten musste. Die Zustimmung im Saal wurde aber immer größer, bis er sich schließlich widerwillig dazu bereit erklären musste, bei dieser Arbeit Männer und Material aus seinem Dorf zu Hilfe zu schicken.

„Aber selbst wenn wir diesen Wasserfluss wieder verschließen, so ist dies doch noch kein Grund, weshalb es dieser Bergnymphe weiterhin erlaubt sein sollte, dort oben zu bleiben."

Shai räusperte sich: „Ich hätte diesbezüglich einen Vorschlag. Die Bergnymphe kann allein schon durch eine clevere Vermarktung und durch die Tatsache, dass sie in dieser Höhle wohnt, Touristen anlocken, die dann vielleicht auch die Berglandschaft genießen und somit Einkünfte für das arme Bergdorf bringen. Somit könnte dieses auch einen Nutzen aus der Bergnymphe ziehen. Der Profit könnte sogar noch gesteigert werden, wenn sie ihren Bergkräuterschnaps, der wirklich nicht übel schmeckt, verkaufen dürfte. Und als Buße für ihre Tat sollte sie Mina mit dem Verkauf beauftragen und sie so als Partnerin an dem Gewinn teilhaben lassen."

Mir fiel die Kinnlade runter. Aber das war doch meine Idee! Sie war mir gestern Abend gekommen, als ich an all die Aussagen der Touristen gedacht hatte. Sie waren einstimmig der Meinung, dass der Bergkräuterschnaps so gut geschmeckt hatte, dass sie dann eben ein wenig zu viel davon getrunken hatten. Erst dadurch hatten sie sich selbst in diese missliche Lage gebracht, in der es der Bergnymphe ein Leichtes war, sie zu manipulieren. Aber wie hatte Shai davon erfahren? Ich hatte es niemandem verraten. Ich wollte diese Idee Mina verkünden, damit sie sich ihr Leben im Dorf sichern konnte. Ich dachte mir, dass die Bergnymphe es wohl nicht würde ablehnen können, nachdem, was sie Mina angetan hatte. Und nun … nun klaute mir Shai einfach meinen großen Auftritt als Retter in der Not!

Während ich mich empörte, schien der Dorfälteste über Shais Vorschlag nachgedacht zu haben: „Ja, das klingt ganz vernünftig. Schnaps ist auch etwas Robustes und nicht so ein neumodischer Unsinn. Das ist eine gute Idee."

Pah! Vor allem würde das auch keine unnötigen und kostspieligen Modernisierungen voraussetzen, die der Alte sicher sehr fürchtete. Aber das würde sich ja noch zeigen, wenn dann erst einmal Touristen kämen und vielleicht mehr als eine verfallene Hütte als Übernachtungsmöglichkeit erwarteten.

„Was?", brauste der Dorfvorsteher auf. „Die Bergnymphe soll also ungeschoren davonkommen?!"

„Davon war nie die Rede. Aber bedenken Sie nur: Sie haben es hier mit einer sehr alten Kreatur zu tun, die hier schon alteingesessen ist und kaum freiwillig von hier weggehen will", begann Shai.

„Was soll das heißen? Freiwillig! Sie hat sich als Bedrohung für uns Menschen herausgestellt! Ich werde meine Bewohner nicht weiterhin einer solchen Gefahr aussetzen!", rief der Dorfvorsteher aus.

„Ihre Dorfbewohner waren doch nie in Gefahr. Die Schutzschlange, die sie vermittelt bekommen haben, sorgt nun, da sie sich wieder frei bewegen kann, einwandfrei für den Schutz des Moores und aller, die sich darin befinden. Sorgen machen müssten sich nur die Bewohner des Bergdorfes. Doch es wäre für diese wohl viel fataler, den Ärger der Bergnymphe auf sich zu ziehen, falls man sie verjagen wollte. Ihnen ist das wahrscheinlich nicht klar, aber die Bergnymphe hat nebst dem Sammeln der Edelsteine im Berg auch noch andere Funktionen, welche die Stabilität und das Gleichgewicht des Ortes und somit des ganzen Berges und auch des Dorfes am Fuße des Berges gewährleisten. Wofür sie im Übrigen noch nie irgendeinen Lohn eingefordert hat. Deshalb wäre es auch nicht richtig, ihre gesamten Reichtümer einzubehalten", erklärte Shai sachlich.

Der Dorfvorsteher schien sprachlos zu sein.

„Aber … aber …", stammelte er, als er merkte, dass ihm die erhofften Reichtümer entglitten.

„Sie wollen doch nicht etwa behaupten, dass Ihnen die Edelsteine wichtiger sind als die Sicherheit der Menschen in der Gegend, nicht wahr?", setzte Shai nach.

Für den Dorfvorsteher schien das wie ein Schlag in die Magengrube. Schweißtropfen machten sich auf seinem schmerzlich verzerrten Gesicht bemerkbar.

„Natürlich nicht", sagte er, „selbstverständlich stehen die Bewohner für mich an erster Stelle."

Besonders glaubwürdig klangen diese hervorgepressten Worte allerdings nicht.

„Dann sind wir uns ja alle einig", brummte der Dorfälteste und stand auf, um Karl, Shai und Mina zufrieden die Hand zu schütteln.

„Die Sache ist hiermit beschlossen, nicht wahr?", fragte er in Richtung des Dorfvorstehers, der sich auf seinen großen Sessel hatte fallen lassen.

Dieser nickte nur knapp. Es schien ihm nicht allzu gut zu bekommen, dass er von Shai ausmanövriert worden war.

„Gratuliere, Shai", flüsterte ihr Matt zu, „du hast gut gespielt."

Da fiel mir plötzlich wieder ein, dass Shai ja meine Idee gestohlen hatte. Als sich der Saal langsam geleert hatte, schlich ich zu ihr und stellte sie zur Rede.

„Ach das. Matt hat mir davon erzählt", gestand sie.

„Was? Aber woher hat er es denn gewusst?", fragte ich irritiert.

„Nun, er hat mir erzählt, dass er diese Protokolle am Boden auf dem Zimmer hat rumliegen sehen. Dann hat er einige davon überflogen und ihm ist dabei aufgefallen, dass der Bergkräuterschnaps durchweg positiv erwähnt wurde."

Ja, das war mir auch aufgefallen! Aber mir zuerst!

„Aber ich wollte Mina damit überraschen!", protestierte ich.

„Anwälte mögen keine Überraschungen, Ruby. Sie haben lieber von Anfang an alle Karten in der Hand", erklärte Shai und dies schien die einzige Antwort, die ich dazu bekommen würde.

Nun war mein herbeigesehnter, heroischer Moment dahin. Mein Leben war echt ungerecht. Aber trotzdem freute ich mich für Mina. Sie hatte bereits begonnen, mit der Bergnymphe zu verhandeln. Diese schien, wenn auch nicht gerade begeistert, immerhin damit einverstanden zu sein.

Und dann kam der Moment, an dem wir uns verabschieden mussten. Mir tat es nicht so sehr um die Dorfbewohner leid, nicht einmal um Mina, obwohl ich sie sehr ins Herz geschlossen hatte. Nein, in diesem Moment tat nur einer mir leid: ich selbst!

„Nun mach schon, Ruby, geh endlich durch!", sagte Matt genervt.

Wir standen vor dem Dimensionsloch, das eigentlich nichts weiter als ein Fleck grüner Wiese war, der seltsam schimmerte und flimmerte, als wäre er eine Fata Morgana. Markiert wurde das Dimensionsloch von vier Felsen, die die Eckpunkte eines Quadrates bildeten. Auf meine Frage hin meinte Matt, dass es bestimmt auch irgendeinen Mechanismus oder dergleichen gab, der Unbefugte daran hinderte, das Dimensionsloch zu betreten. Wie genau dies funktionierte, wusste er jedoch nicht. Aber mit unseren Begleitern war das für uns kein Problem – zumindest in der Theorie.

„Warum muss ich denn als erster gehen?", fragte ich bestimmt schon zum zehnten Mal.

„Weil ich dich sicher nicht als Letzten hier zurücklasse und Shai nachkommt, weil sie noch etwas mit der Bergnymphe zu besprechen hat", sagte Matt bestimmt.

„Aber wir können doch hier auf sie warten", flehte ich.

„Was ändert das? Du musst am Ende ja doch hindurch gehen. Wir beide haben hier nichts mehr zu tun, also sollten wir zurückgehen. Außerdem hast du doch selbst gesagt, dass du dich über ein warmes Bad zu Hause freuen würdest", erinnerte er mich.

„Ja, schon, aber ...", stammelte ich.

Matt blickte mich böse an. Ich schluckte schwer und versuchte, an mein heißes Bad zu denken. Ich machte einen Schritt auf das schimmernde Feld zu. Dann noch einen. Dann sah ich es von nahem und wich unwillkürlich wieder zurück.

„Oh, so wird das nichts", stöhnte Matt.

„Es tut mir ja leid, dass ich so ein Hasenfuß bin", erwiderte ich.

„Aber beim letzten Mal ist dir doch auch nichts passiert", versuchte Matt, mich zu beruhigen.

Doch ich blieb stocksteif stehen. So verging die Zeit. Matt hatte inzwischen aufgegeben und war bereit, auf Shai zu warten. Diese kam dann auch eine halbe Stunde später. Sie wunderte sich, weshalb wir noch hier waren, doch ich wich ihrer Frage aus, indem ich sie meinerseits fragte: „Was hattest du denn noch mit der Bergnymphe zu besprechen?"

„Oh", gab Shai zur Antwort, „ich wollte ihr nur nochmals klarmachen, dass es sich für sie auszahlen wird, wenn sie den Bergbewohnern hilfreich ist. Denn sonst müsste sie vielleicht doch noch befürchten, vermittelt zu werden. Aber wenn die hiesige Bevölkerung hinter ihr steht, ist die Gefahr weit geringer. Die Vermittlung will ja keine negative Publicity."

Das verstand ich. Allerdings wunderte ich mich: „Aber sie ist doch schon hilfreich. Du hast selbst gesagt, dass sie das Gleichgewicht des Berges stabilisiert. Deshalb ..."

„Ach, komm schon, Ruby. Das war eine maßlose Übertreibung von mir. Sie konnte ja nicht einmal ihre eigene Höhle gut genug stabilisieren, um zu verhindern, dass ein herabstürzender Felsen das Wasser umgeleitet hat", winkte Shai ab.

„Dann hast du vorhin im Saal also gelogen?", fragte ich ungläubig.

„Hey, ich wurde schließlich nicht vereidigt oder so", sagte sie schulterzuckend. „Wenn sie mir das abgekauft haben, dann sind sie selbst schuld."

Ich war vollkommen verdattert. Irgendwie hatte Shai für mich gerade einen Teil ihres ehrlichen und unschuldigen Wesens eingebüßt. Doch sie hatte ja Recht studieren wollen und für Anwälte war ein solches Verhalten wahrscheinlich normal.

Ich tröstete mich damit, dass Shai trotzdem etwas Gutes getan und für einen fairen Ausgang der Geschichte gesorgt hatte. Mir wäre es ja auch nicht lieber gewesen, wenn der Dorfvorsteher die ganzen Edelsteine an sich gerissen hätte. Genau! Sie war immer noch die Gute.

Shai lächelte uns an: „Jetzt kommt, Jungs, wir wollen hier doch keine Wurzeln schlagen. Ab nach Hause!"

KATZENJAMMER

Ich hatte erwartet, dass wir nach dem erledigten Auftrag so etwas wie ein paar freie Tage erhalten würden oder zumindest eine Pause machen könnten. Tatsächlich mussten wir noch am selben Abend, bevor ich mein ersehntes Bad nehmen konnte, wieder bei Herrn Schildkröte antraben.

Wir hatten zuvor unseren Auftrag bei seiner Sekretärin Jane als erledigt gemeldet, die mir auch gleich mitteilte, dass ich meinen Bericht auf besonderen Wunsch hin direkt der Chefin abzugeben hatte. Diese Nachricht stieß bei mir nicht gerade auf Begeisterung. Umso mehr hätte ich mich auf einen entspannenden Abend gefreut, als es plötzlich an meiner Tür klopfte. Vor mir stand Matt, der mir mitteilte, dass wir bereits wieder einen neuen Auftrag erhalten hätten.

Widerstrebend verließ ich die kleine Wohnung und ging zusammen mit ihm ins Büro Nr. 5. Dort traf kurz nach uns auch Shai ein, die ebenfalls nicht gerade erfreut schien, schon wieder hier sein zu müssen. Obwohl es schon Abend wurde, waren noch etliche Leute in dem Büro am Arbeiten. So etwas wie Feierabend gab es hier wohl nicht. Reklamationen kamen eben rund um die Uhr herein.

Wenigstens Siegfried schien nun Feierabend machen zu wollen. Als Jane uns in sein Büro führte, verschloss die große Schildkröte gerade eine tragbare Aktentasche.

„Ah, da seid ihr ja", sagte er und suchte gleich ein paar Papiere auf seinem Schreibtisch zusammen, was mit seinen Schildkrötenhänden etwas umständlich war.

„Gerade ist ein neuer Auftrag reingekommen. Von einer hohen Persönlichkeit, darum ist der Auftrag auch als dringend eingestuft worden. Ich habe hier leider noch nicht alle Unterlagen zusammen. Geht bitte selbst zur Veterinärabteilung und holt euch dort noch den nötigen Bericht ab. Zeigt dort einfach dieses Auftragsformular."

Er schob uns die Papiere hinüber. In einer Mappe lagen diverse Zettel zu unserem Auftrag. Dazu reichte er uns noch das separate Formular für die Veterinärabteilung.

„Es geht um eine vermittelte Katze, die offenbar Probleme bereitet. Der zuständige Tierarzt hat dazu schon einen Bericht verfasst. Ich muss jetzt aber los, sonst verpasse ich noch meinen Zug. Ihr müsst euch in zwei Tagen um spätestens neun Uhr morgens bei dem Auftraggeber einfinden. Die Reisedokumente hat Jeanette schon zu den Unterlagen hinzugefügt. Also dann …"

Und damit verließ er eiligst das Büro und ließ uns ein wenig ratlos stehen. Jane blickte zur Tür herein.

„Falls ihr nicht wisst, wo die Veterinärabteilung liegt, hab' ich hier noch eine Karte für euch", sagte sie freundlich.

„Oh Mann", stöhnte Shai, „habt ihr gesehen, wo das liegt?"

„Die Veterinärabteilung?", fragte ich.

„Nein, ich meine die Adresse des Auftraggebers", erwiderte Shai. „Das liegt mitten in der Pampa. Wir werden jede Stunde der zwei Tage brauchen, um da hinzukommen."

„Müssen wir denn nicht in eine andere Dimension?", fragte ich überrascht.

„Wie's aussieht, diesmal nicht", antwortete Matt. „Aber meine Ausrüstung nehme ich trotzdem mit. Man kann ja nie wissen."

Was am Eingang als Veterinärabteilung ausgeschildert war, schien mir in Wirklichkeit eher eine obskure Mischung aus Zoo und Tierversuchsanstalt. Ein mürrisch dreinblickender Wächter ließ uns durch das hohe Gittertor hinein. Dahinter war ein großer Garten mit vereinzelten Laternen, die den Weg beleuchteten. Ein Plan hinter dem Eingang ließ erkennen, dass das Areal riesig war. Kein Wunder, dass wir wieder einmal eine ganz schöne Strecke hatten zurücklegen müssen, um hier hinzukommen. Im dicht bebauten Zentrum der Vermittlung hätte solch eine Anlage keinen Platz gehabt.

Ein Empfangsgebäude kam ziemlich bald in Sicht. Allerdings teilte uns der in dem üblichen gelben Anzug gekleidete Angestellte dort mit, dass der entsprechende Tierarzt die Unterlagen noch bei sich habe. Er gab uns einen tragbaren Plan mit und erklärte uns den Weg zu dessen Büro, das offenbar in einem völlig anderen Gebäude lag.

Und wieder mussten wir mitten durch den Park gehen. Wenigstens regnete es hier nicht. Die Geräusche aus den Tiergehegen, an denen wir vorbeigingen, reichten aus, damit ich mich unwohl fühlte.

„Hier muss es sein", meinte Matt und stieß die schwere, aber unverschlossene Türe zu einem großen Gebäude auf. Von außen hatte alles dunkel und verlassen gewirkt. Innen herrschte aber ein schwaches Licht und eine Geräuschkulisse aus Kratzen, Atmen, Knabbern und diversen weiteren Lauten, gegen welche die Gehege im Park mir direkt wieder sympathisch wurden. Ich erkannte in dem fahlen Licht, dass hier, in einer großen Halle mit zahlreichen Gängen, hunderte von Käfigen nebeneinander gereiht waren. Wegen der vergitterten Käfigtüren und der ganzen Atmosphäre musste ich sofort an ein Gefängnis denken. Für die Tiere hier war es das vermutlich auch.

„Sieht nicht gerade sonderlich artgerecht aus", sprach Shai das aus, was ich ebenfalls schon gedacht hatte.

„Das hier ist eine Krankenstation für schwere Fälle", meldete sich eine männliche Stimme aus dem dunklen Gang links von uns. „Die meisten dieser Tiere hätten nichts davon, ein großes Gehege mit viel Ausgang zu bewohnen, da sie gar nicht die Kraft hätten, sich so viel zu bewegen."

Ein freundlich dreinblickender Mann, der mich von seiner bärenhaften Statur her stark an den Vorarbeiter Karl erinnerte, im Gegensatz zu diesem aber einen weißen Arztkittel trug, kam auf uns zu. Er hatte ganz buschige, dunkle Augenbrauen und einen Bart und wirkte selbst ein wenig tierhaft. Die Ärmel seines Arztkittels waren zurückgeschlagen und entblößten zwei gebräunte, mit Tattoos übersäte Arme.

Er legte einen Schreibblock auf einem nahegelegenen Tisch ab, den ich zuvor in der Dunkelheit gar nicht gesehen hatte.

„Sobald es den Tieren besser geht, werden sie auf eine andere Station verlegt, wo alles für ihre Bedürfnisse eingerichtet ist. Die meisten Krankenzimmer sehen ja auch nicht gerade besonders gemütlich aus, nicht wahr?", fuhr der große Mann fort und lächelte uns zu.

„Das ist ein gutes Argument", stimmte Shai ihm zu.

Matt ergriff das Wort: „Wir sind vom Schadensbüro geschickt worden. Wir suchen einen gewissen Doktor …"

„Ah ja, ich habe euch bereits erwartet", unterbrach ihn der Tierarzt und streckte uns die Hand hin. „Nennt mich einfach Tāne."

„Tāne? Wie der Gott des Waldes?", fragte Shai interessiert.

Der Tierarzt lachte.

„Haha, ja, meine Eltern haben mir meine Verbundenheit mit den Geschöpfen dieser Natur praktisch in die Wiege gelegt."

Er schüttelte uns allen die Hand. Nun, da er nah genug stand und das Licht ihn ein bisschen deutlicher aus der Dunkelheit schälte, erkannte ich, dass das, was ich zuvor für einen Bart gehalten hatte, in Wirklichkeit ein Tattoo war.

„Ihr kommt also wegen der Unterlagen. Ich hatte sie leider verlegt, sonst hätte ich sie schon vorher per Kurier geschickt."

Er lachte wieder und sah ein wenig verlegen drein.

„Papierkram ist nicht so meine Stärke. Der direkte Kontakt mit meinen Patienten hier liegt mir viel mehr."

Diese Äußerung machte mir Tāne gleich sehr sympathisch, auch wenn ich als Schreiberling in gewisser Weise dem „Papierkram" näherstand als der oftmals brutalen Realität. So war zumindest meine Auffassung. Und meine bisherigen Erfahrungen hatten dies auch bestätigt.

„Um ehrlich zu sein, habe ich die Unterlagen noch immer nicht gefunden. Aber ich habe schon an mehreren Orten gesucht und glaube nun zu wissen, wo sie noch sein könnten", gestand Tāne schuldbewusst.

„Kann man denn die Unterlagen nicht einfach neu aus den Patientendaten im System erstellen?", fragte Shai.

„Nun, die Antwort darauf wäre ja und nein. Wir haben hier immer so viel zu tun und da bleibt der Papierkram oft liegen", er deutete auf die riesige Halle voller Tierkäfige. „Daher sind einige Notizen erst mal nur von Hand auf dem Patientenblatt vermerkt und sollten später dann ins System übertragen werden. Aber wie gesagt ... dafür fehlt oft die Zeit."

„Verstehe", sagte Shai ein wenig enttäuscht.

„Aber die gute Nachricht ist: die meisten unserer tierischen Patienten hier können kerngesund wieder entlassen werden und kommen nur in ganz seltenen Fällen wieder zu uns zurück", erklärte Tāne stolz.

„Das ist doch gut zu hören", entgegnete Matt.

Ich übernahm es, die Aufmerksamkeit wieder auf unseren Auftrag zu lenken. Ehrlich gesagt war ich ziemlich müde und Matt hatte mir versprochen, dass ich unterwegs zu unserem Zielort schlafen könnte. Dafür müssten wir uns allerdings erst mal auf den Weg machen.

„Wo sind denn nun die Unterlagen?", fragte ich daher etwas ungeduldig.

„Ach ja, genau. Folgt mir!", antwortete der Tierarzt und führte uns mitten in die große Halle.

Wir gingen an vielen Reihen voller Käfige verschiedenster Größen vorbei. Da das Licht ganz schwach eingestellt war, sah ich bei den meisten nur die Gitterstäbe und vielleicht ab und zu noch eine Pfote oder einen Schwanz. Die Tiere selbst waren im Dunkeln nicht erkennbar. Ab und zu blitzten auch ein paar leuchtende Augen auf. Ich erschrak ein wenig, zumal von einigen sehr aktiven Tieren noch immer unheimliche Geräusche verursacht wurden.

Vor einem eher kleinen Käfig auf Augenhöhe blieb Tāne stehen und öffnete ihn.

„Na, mein Kumpel. Tut mir leid, dass ich dich nochmals wecken muss, aber ich glaube, dass ich vorhin etwas bei dir habe liegen lassen", sagte er zu dem Tier, das irgendwo in der Finsternis des Käfigs stecken musste.

Er streckte seine muskulösen Arme durch die geöffnete Tür und zog ein rundes Fellknäuel heraus. Bei näherer Betrachtung fiel mir auf, dass dieses Tier nicht nur Fell, sondern auch einen schuppigen Panzer besaß. Und zwar streifenweise abwechselnd.

So etwas hatte ich noch nie gesehen. Das Fell hatte zuerst schwarz ausgesehen, glänzte nun aber selbst in dem schwachen Licht dunkelviolett. Die Schuppen schienen eine undefinierbare Farbe zwischen Grau und Olivgrün zu haben. Bisher hatte ich weder Beine noch einen Kopf ausmachen können.

„Hier, halt das mal", sagte Tāne und reichte mir das Tier.

Das Fell fühlte sich ganz weich an. Es verströmte aber keine Wärme. War es vielleicht ein Kaltblüter?

„Was ist das? Mit diesem Fell und den Schuppen?", fragte ich neugierig.

„Das", sagte Tāne, der bereits wieder die Arme in den Käfig streckte, „ist ein Kissen. Meinen kleinen Freund hier muss ich erst noch herausholen."

Matt versuchte, sein Lachen zu verkneifen, was allerdings einen mindestens genauso auffälligen Grunz-Laut hervorbrachte. Mir war das oberpeinlich, aber der Tierarzt achtete glücklicherweise nicht weiter auf mich. Und Shai warf Matt einen tadelnden Blick zu.

„Da haben wir ihn ja", sagte Tāne zufrieden und zog einen kleinen, ganz weißen Affen aus dem Käfig.

„Der ist ja niedlich", freute sich Shai.

„Ja, aber Vorsicht!", mahnte Tāne. „Der versteckt unter seinem schönen Fell ein paar giftige Klauen. Ein Streicheltier ist der Kleine hier nicht."

„Was fehlt ihm denn?", interessierte sich Shai.

„Ach, er hat einen Geburtsfehler. Der rechte Lungenflügel ist nicht vollständig ausgewachsen. Daher hat er ein wenig Atemprobleme. Das hat er dann zu spüren gekriegt, als er sich mit einem Konkurrenten um ein Weibchen gestritten hat. Aber er wird schon wieder. Der Kleine ist zäh. Sonst hätte er gar nicht so lange überlebt. Außerdem habe ich mir noch ein kleines Spezialtraining für ihn ausgedacht. Mit dem wird er dann seine Konkurrenten locker in den Schatten stellen. Erst einmal muss er sich aber von seinen Verletzungen erholen", erzählte der Tierarzt.

„Ich sehe gar keine Verletzungen", sagte Shai und musterte den Kleinen neugierig, der sich auf den beiden großen Händen des Tierarztes zusammengerollt hatte.

„Das kommt daher, dass die meisten seiner Verletzungen mittlerweile schon verheilt sind. Er hat hier hinten einen verstauchten Fuß. Vor allem wurde aber sein Stolz verletzt. Und sein Selbstvertrauen wurde erschüttert. Das braucht deutlich mehr Zeit, um zu heilen", erklärte Tāne.

„Verstehe", murmelte Shai.

„Wo sind denn nun die Unterlagen?", fragte zu meiner Erleichterung diesmal Matt.

Ich wollte hier schließlich nicht nur als unwissender Nörgler in Erinnerung bleiben.

Tāne wirkte für einen Moment verwirrt, so als hätte Matt ihn aus seinen Gedanken gerissen.

„Ah ja, die Unterlagen", sagte er endlich. „Um das Selbstvertrauen des Kleinen zu heilen, haben wir ihn zusammen mit einem Partner in den Käfig getan. Damit er sich nicht ganz so allein fühlt und sich nicht nur in seinem Unglück suhlt", führte der Tierarzt aus.

„Also ist da noch ein Tier im Käfig?", fragte Matt.

„Genau! Und wenn mich nicht alles täuscht, müsste sie meine Unterlagen haben", antwortete Tāne.

„Sie?", fragte ich überrascht. „Dann hat er jetzt doch ein Weibchen?"

„Oh, sie ist etwas ganz Besonderes", schmunzelte Tāne. „Sie ist sowas wie ein tierischer Seelendoktor. Vollkommen friedliebend, geduldig und gütig."

Ich wusste nicht genau, was mich nach dieser Beschreibung erwarten würde, aber nachdem Tāne das Tier aus dem Käfig gezogen hatte, fiel mir die Kinnlade herunter.

„Das ist ja ein Wurm!", rief ich überrascht aus.

„Aber ich muss doch sehr bitten! Das ist kein Wurm, sondern die liebe Betty", entgegnete der Tierarzt und fuhr dem völlig durchscheinenden Tier liebevoll über den Rücken, was ein paar leuchtende, farbige Blitze durch dessen Körper strömen ließ.

Den kleinen Affen hatte er kurzzeitig Shai in die Arme gedrückt, die zwar überrascht, aber auch erfreut wirkte.

„Es hat Saugnäpfe", stellte Matt nüchtern fest.

„Ja, und dazu noch ein paar Raupenbeine. Betty ist nämlich eine Raupe. Eine ganz einzigartige Raupe!", erklärte Tāne stolz.

Ja, einzigartig groß war sie auf jeden Fall. Sie war etwa doppelt so groß wie der kleine, niedliche Affe, den der Tierarzt aus dem Käfig geholt hatte.

„Und was wird dann einmal aus ihr?", fragte Shai nach. „Ich meine, wenn es eine Raupe ist, dann verpuppt sie sich doch irgendwann und wird zu … einem Schmetterling?"

„Normalerweise wäre das so. Aber Betty hier ist ein fehlgeschlagenes Genexperiment. Nicht von uns! So etwas machen wir hier nicht. Das würde gegen unsere Tierethik verstoßen. Aber sie wurde bei uns abgegeben, da sie ein gescheitertes Experiment war und sich ihre sogenannten „Laborväter" nicht länger für sie interessierten. Betty kann sich nämlich nicht verpuppen. Ihr fehlen die notwendigen Hormone für eine Metamorphose. Und darum kann auch nie ein Schmetterling oder ein anderer Falter aus ihr werden", erzählte uns der Tierarzt.

„Hmmm", machte Shai, „Dann bleibt sie also bis zum Schluss eine Raupe."

„Ja, genau das ist der eigentlich faszinierende Punkt!", sagte Tāne heiter. „Nachdem sich Raupen verpuppt haben, ist ihre Lebenserwartung als Schmetterling meist sehr kurz. Aber Betty kann sich nicht verpuppen. Das führt erstaunlicherweise dazu, dass Betty sozusagen für immer jung bleibt."

„Sie ist also unsterblich?", fragte Matt bewundernd.

Der Tierarzt nickte: „Ja, so könnte man es sagen. Sie ist sowas wie ein ewiges Kind und kann daher auch nicht an ihrem Alter sterben."

„Ist ja ganz schön abgefahren!", meinte Matt.

„Und dann ist sie auch noch so groß", ergänzte ich.

„Haha, ja, das ist überhaupt das Beste!", führte der Tierarzt lachend aus. „Betty kann ihre Größe beliebig variieren. Sie häutet sich einfach ab und zu. Wenn wir ihr mehr zu Fressen geben, wird sie größer. Wenn wir sie auf Diät setzen, wird sie kleiner. Aber da sie sehr genügsam ist, stört sie das nicht. Sie frisst einfach gerade so viel, wie wir ihr vorsetzen. Darum können wir sie zu jedem x-beliebigen Tier in den Käfig stecken. Denn die anderen Tiere fühlen sich durch sie nicht bedroht, wenn sie eine ideale Größe annimmt."

„Und was genau frisst sie?", fragte ich neugierig.

„Sie hat eine Vorliebe für Sojabohnen", antwortete Tāne lächelnd.

„Sojabohnen! Wie ausgefallen", fand Shai.

„Ach!", stieß der Tierarzt plötzlich aus. „Ich hätte fast die Unterlagen vergessen. Deswegen seid ihr ja eigentlich hier. Kann jemand vielleicht kurz Betty halten?"

Da nur noch Matts Hände frei waren, musste er, wenn auch etwas widerstrebend, die leuchtende Betty entgegennehmen.

„Gut, jetzt schön stillhalten, Betty", schärfte Tāne der Raupe ein.

Ich sah nun, dass an ein paar ihrer saugnapfartigen Füße ein Papierbogen klebte. Der Tierarzt zog diesen nun behutsam ab.

„Ich Schussel!", seufzte er. „Ich hatte vorhin, als ich nach den beiden sah, zu wenig Hände frei. Darum habe ich Betty die Papiere kurz zum Halten gegeben. Danach habe ich sie aber hier vergessen."

„Aha", sagten wir alle drei monoton.

Die Vorstellung einer unsterblichen Riesenraupe war ja schon seltsam genug. Nun fragten wir uns alle, wie man ihr Dinge zur Verwahrung anvertrauen konnte. Ein äußerst abstruses Bild.

„So, das hätten wir", sagte der Tierarzt zufrieden.

Er klemmte Matt die Papiere unter den Arm, nahm dann erst von mir das Kissen, danach Betty und zuletzt den kleinen Affen von Shai entgegen und verstaute alles nacheinander wieder in dem kleinen Käfig.

„In den Unterlagen steht alles drin. Ich kann jetzt schon sagen, dass ich leider keine Ahnung habe, was dem Tier fehlt. Vielleicht hat es auch einfach eine sonderbare Macke. Ihr könnt mich aber jederzeit gerne nochmal besuchen, falls ihr Fragen habt", sagte Tāne.

Damit hatten wir endlich die nötigen Unterlagen beisammen. Wir verabschiedeten uns von Tāne und gingen noch einmal kurz nach Hause, um unsere Sachen zu packen. Diesmal wollte ich besser vorbereitet sein. Ich hatte mir schon vorher angesehen, wo wir hingehen mussten, und mir überlegt, welche Kleidung ich dann am besten mitnehmen sollte.

Etwa drei Stunden später trafen wir uns am U-Hafen. Ich war ziemlich nervös, wie immer vor einer Reise. Zudem war ich hundemüde. Es ging schon auf Mitternacht zu und ich fühlte mich noch immer von unserem letzten Auftrag erschöpft. Glücklicherweise war der Unterwasser-Hafen ja rund um die Uhr in Betrieb. Die Unterwasser-Reise schätzte ich allerdings nicht besonders. Mir war nicht sonderlich wohl bei der Vorstellung, in einer großen Kapsel eingeschlossen durch eine lange Röhre geschossen zu werden, die am Meeresgrund unter abertausenden Tonnen Wasser lag.

Dennoch war es der schnellste Weg. Auch wenn mir diese Art des Reisens nicht sympathischer war als die früher verwendeten Flugzeuge, mit denen man einfach kilometerweit über dem Boden in der Luft umherjagte, so waren die Unterwasser-Reisen immerhin umweltfreundlicher. Das System funktionierte allein mit Wasserdruck. Eine Röhre konnte alle zehn Minuten neu durchgespült werden. Die Kapseln waren heutzutage auch sicherer als früher, da sie nun mit einer Schutzschicht überzogen wurden, die aus einer anderen Dimension gewonnen wurde.

Mir war trotz allem klar, dass ich während dieser Reise im U-Tunnel kein Auge würde zumachen können. Allerdings gab es bei unserem Check-in eine Überraschung.

„Hier entlang", erklärte Matt uns, als wir bereits hinter einer Gruppe Menschen Schlange stehen wollten, die auf die nächste oder – der Menge nach zu urteilen – wohl eher übernächste und über-übernächste Kapsel warteten.

„Wo gehen wir hin?", fragte Shai.

„Tja, ein paar Dinge weiß ich eben, von denen ihr noch keine Ahnung habt", antwortete Matt stolz.

„Und die wären?", gab Shai etwas zynisch zurück.

Wir bogen um eine Ecke und sahen einen kleinen Schalter. Der Schalter sah im Grunde genau wie jener andere aus, an dem wir hatten anstehen wollen. Doch etwas stach sofort ins Auge. Eine grellgelbe Uniform.

„Es gibt einen Extra-Schalter für die Vermittlung?!", rief ich erstaunt aus.

„Aber sicher! Schließlich haben die vermittelten Materialien und Techniken der Vermittlung das Geschäft mit den Unterwasser-Reisen doch erst so richtig zum Boomen gebracht. Allerdings sind nur Geschäftsreisen auf diese Weise erlaubt. Keine Vergnügungsfahrten!", ermahnte uns Matt.

„Und woher weißt du das?", fragte Shai irritiert.

Matt zuckte mit den Schultern.

„Ich habe eben meine Quellen", antwortete er und zwinkerte uns verschwörerisch zu.

Wir meldeten uns am Schalter an und wurden sofort in einen Warteraum geführt. Dort mussten wir allerdings nur zwei Minuten lang ausharren, bis eine Kapsel für uns bereitstand. Und was für eine!

„Ist das die Erste Klasse?", fragte ich und pfiff anerkennend.

„Ach was, das ist die Business-Class, wie es sich für eine Arbeitsreise gehört", gab Matt zur Antwort.

„So viel Platz", staunte auch Shai.

Die Kapsel war von oben bis unten mit marineblauem Samt ausgekleidet. Die ansonsten strengen und vor allem engen Sitzreihen waren hier durch eine lange Sofagerade in der Mitte und gemütliche Viererabteils am Rand der Kapsel ersetzt worden. Alles in demselben Marineblau gehalten. Dazwischen standen perlmuttfarbige Tischchen und Stühle. Es gab auch einen Getränke- und Essensautomaten, auf den ich mich sogleich stürzte.

Fasziniert sah ich mir das Angebot an. Es gab sogar so etwas wie „Tagessuppe" und „Gute-Reise-Tee". Den wollte ich gleich einmal probieren.

Ich nahm nur noch am Rande wahr, wie sich hinter uns der Eingang zur Kapsel schloss.

„Fährt denn sonst niemand mit?", fragte Shai überrascht.

„Die Kapsel ist ausschließlich für Mitarbeiter der Vermittlung. Offenbar sind wir um diese Zeit gerade die einzigen, die rüber müssen. Also ... genießen wir die Reise", sagte Matt gelassen und fläzte sich zufrieden auf das Sofa in der Mitte.

„Na schön", meinte Shai ein wenig unsicher und setzte sich an einen der Perlmutttische.

„Bei dir alles klar, Ruby?", fragte Matt gut gelaunt.

„Oh ja", antwortete ich, als ich strahlend einen ganzen Haufen Esswaren auf den Tisch fallen ließ, die ich auch noch kostenlos aus dem Automaten herausgelassen hatte. „Mir geht es prima."

Mir ging es fürchterlich. Ich fühlte mich hundeelend. Vier Mal hatten wir umsteigen müssen. Von einer Kapsel in die nächste. Dazwischen blieb keine Zeit für eine kurze Rast. Nicht, dass die Kapseln nicht alle sehr bequem, wenn nicht gar luxuriös eingerichtet waren. Aber ein Spaziergang an der frischen Luft hätte mir trotzdem gutgetan. Wenigstens die Toiletten in unseren Kapseln waren ordentlich. Und ich musste sie auch nicht mit allzu vielen Leuten teilen.

Zuerst waren wir nur zu dritt gewesen. In der nächsten Kapsel sah es aber schon ganz anders aus. Wir kamen mitten in den morgendlichen Pendlerverkehr. Neben mir saß ein Mann mit einer langen, gespaltenen Zunge, der beim Umblättern in einem dicken Buch jedes Mal ein zischendes Geräusch machte.

Auf dem Tisch neben uns rannten ein paar Zwergmäuse um die Wette. Als Zielgerade diente ein langes Lineal, das von einer Dame mit rotem, in riesige Stacheln geformtem Haar dazu benötigt wurde, Linien auf irgendeinem Bauplan oder Ähnlichem zu machen. Knapp neben dem Bauplan krümelte ein Teenager mit einem Zuckergebäck und hatte Ringe unter den Augen. Wahrscheinlich ein Praktikant.

Es herrschte zwar eigentlich kein großer Lärm, doch die stetigen Geräusche verursachten bei mir trotzdem eine steigende Gereiztheit. Der Schlafentzug tat sein Übriges. In der letzten Kapsel lag ich nur noch wie tot da. Es war kurz vor Mittag und wir waren schon über einen halben Tag unterwegs.

Endlich kamen wir an unserer Endstation an. Fürs Erste war Schluss mit den Kapseln! Doch dafür kam das nächste Übel, um mich zu quälen.

„Es ist so heiß!", jammerte ich mit ganz erschöpfter Stimme. „Dabei habe ich mich extra vorher informiert und lange Kleider angezogen, weil man das in der Wüste so machen soll."

„Das ist auch gut so, Ruby. Aber die Kleider helfen eben nur gegen die Sonnenstrahlen, nicht gegen die Hitze", entgegnete Shai.

„Wir müssen hier sowieso nur kurz umsteigen. Keine Sorge", versuchte Matt, mich zu beschwichtigen.

Die beiden hatten zwar nicht so gejammert wie ich, aber es war auch ihnen anzusehen, dass sie die lange Reise anstrengend fanden.

„Ist es denn noch weit?", fragte ich wie ein nörgelndes Kind.

Mir war schon bewusst, dass ich jetzt in einer kaum erträglichen Laune war, aber ich konnte oder wollte dies nicht ändern.

„Leider, ja. Wir haben noch mindestens einen ganzen Tag Reise vor uns, wahrscheinlich sogar mehr", antwortete Shai mit einem Seufzer.

„Wer wohnt auch mitten in der Sahara!?", schimpfte ich drauf los.

„Unser Auftraggeber. Und weil es sich um eine wichtige Persönlichkeit handelt, dürfen wir ihn nicht warten lassen", erklärte Shai und unterstrich besonders die Worte „wichtige Persönlichkeit" und „dürfen" mit einem missfälligen Ton.

„Seht es doch mal so: eine Reise in die Wüste ist immer ein Abenteuer!", versuchte Matt, uns aufzumuntern.

„Vor allem ist es heiß!", sagte ich.

„Oder kalt", ergänzte Shai.

Meine gereizte Stimmung wich bald einer bleiernen Müdigkeit. Ich bekam kaum mehr etwas von der Umgebung mit, durch die ich von Shai und Matt bugsiert wurde. Wir mussten vom U-Hafen ans andere Ende der Stadt, um weiterfahren zu können.

Drei Mal stiegen wir mit der Stadtbahn um. Ich fühlte mich, als hätte man mich in einen Ofen geschoben und schnappte nach Atem. Die Luft schien einfach stehenzubleiben und sich langsam mit nicht sehr angenehmen Gerüchen und immer mehr Wärme anzureichern.

40 Minuten, eine gefühlte Ewigkeit, dauerte es, bis wir an die Ausläufer der Stadt und zur Wüstenstation gelangten. Dort wartete schon der Fahrer eines privaten Solarjeeps auf uns. Eine kleine Aufmerksamkeit unseres Auftraggebers.

„Mein Herr hat mich geschickt, um Sie abzuholen. Bitte, steigen Sie ein", sagte er in unterwürfigem Ton, während er die Wagentüre für uns offenhielt.

„Wie lange hat er wohl hier auf uns gewartet?", fragte Matt beeindruckt.

„Keine Ahnung", entgegnete Shai, „aber ich finde das ein wenig beunruhigend. Es stand ja schon in unseren Unterlagen, dass unser Auftraggeber ein Exzentriker ist. Das könnte noch mühsam werden."

Mir war das völlig egal, denn ich hoffte, nun endlich während der Fahrt im Wagen ein wenig Schlaf zu finden. Schließlich war ich schon dermaßen müde, dass es eigentlich gar nicht anders ging, als dass ich sofort einschlafen müsste. Die Fahrt war allerdings noch schlimmer für mich als die vorherige mit der Stadtbahn. Es war eine einzige Tortur.

Der Wagen flog förmlich über die Sanddünen hinweg. So etwas wie eine Straße gab es hier offenbar nicht. Und jedes Mal, wenn er wieder auf den Boden aufschlug, knallte ich zurück auf meinen Sitz. So schlief ich immer für zwei, drei Sekunden ein, bevor ich wieder höchst unsanft wachgerüttelt wurde. Nach vier Stunden Fahrt war ich kurz davor, den Verstand zu verlieren.

Der Fahrer bremste abrupt ab und verkündete: „Wir werden hier bis morgen früh übernachten. Im Dunkeln findet man den Weg schlecht."

Mir war zwar schleierhaft, von welchem „Weg" er da sprach, aber Hauptsache, ich bekam endlich ein wenig Ruhe.

Doch nun wurde ich von meinem eigenen Körper im Stich gelassen. Endlich wäre alles ruhig, die Temperaturen einigermaßen angenehm und ich hätte einfach im Jeep liegenbleiben können, um dort selig zu schlafen. Aber nein! Jetzt war auf einmal meine Müdigkeit wie verflogen. Ich hatte den richtigen Moment verpasst.

Unruhig wälzte ich mich auf den Sitzen hin und her. Ich versuchte, mit purer Willenskraft einzuschlafen, aber es ging einfach nicht. Aber weil ich so entschlossen war, wollte ich auf keinen Fall aussteigen und mich zu den anderen nach draußen an ihr Lagerfeuer gesellen. Erst kurz vor dem Morgen schlief ich endlich ein. Lange nachdem es draußen schon ruhig geworden war und die anderen längst zufrieden dösten.

Zwei Stunden später wurde ich durch die zuknallende Wagentür wieder aufgeweckt.

„Tut mir leid, Ruby, es ging nicht leiser", entschuldigte sich Matt, der meinen entsetzten Gesichtsausdruck wohl richtig gedeutet hatte.

„Hast du gut geschlafen?", fragte Shai, die mich offenbar noch nicht genau angesehen hatte. Sonst hätte sich diese Frage nämlich erübrigt.

Ich stöhnte nur missmutig.

„Gut, wir fahren dann gleich weiter", sagte der Chauffeur vergnügt, als er vorne im Wagen Platz nahm.

Ich sah aus dem Fenster.

„Aber die Sonne ist doch gerade erst aufgegangen. Müssen wir wirklich jetzt schon los?", protestierte ich.

„Mein Herr möchte Sie so früh wie möglich sehen", antwortete der Fahrer freundlich, aber bestimmt.

„Ist das kein Problem wegen den Solarpanels?", fragte Matt.

„Keine Sorge. Die Batterie dieses Solarjeeps reicht die ganze Nacht hindurch. Bis sie leer ist, werden die Panels auch wieder genug Sonnenenergie gewonnen haben", erklärte der Fahrer und startete den Wagen.

Nun folgte wieder die gleiche holprige Reise wie schon am Tag zuvor. Ich merkte, wie die Müdigkeit noch in meinem Körper steckte, auch wenn ich jetzt für den Moment wach war. Mein Körper war schwer und ließ sich völlig willenlos umherschleudern, ohne mit den Muskeln zu versuchen, die Bewegungen des Jeeps abzufangen.

Endlich kam unser Ziel in Sicht. Lange, lehmige Mauern waren sichtbar und in der Mitte ragte ein hohes Eingangstor mit zwei

Türmen hervor. Als wir näherkamen, sahen wir auf beiden Seiten des Tores zwei Wachposten, ebenso je einen auf jedem Turm.

„Was ist das hier? Wird hier irgendwas Wichtiges gelagert?", fragte ich gerade in dem Moment, als der Solarjeep zum Stehen kam.

„Dies ist das Anwesen meines Herrn. Bitte steigen Sie nun aus", sagte der Fahrer und klang nun ungeduldig, da er das Ende seines Arbeitstages kaum abwarten konnte. Das konnte man ihm auch nicht verübeln.

Wir stiegen aus. Da uns niemand weiter entgegenkam, machten wir uns von allein auf zum Tor. Ich bewegte mich wie in Trance, träge und doch irgendwie seltsam leicht. Besonders meine Beine fühlten sich an wie aus Gummi. Die Wachposten sahen uns grimmig an.

„Ähm, dürfen wir rein?", fragte Matt ein wenig unsicher.

Die Wachen standen völlig regungslos da. Nur ihre Augen beobachteten uns scharf.

„Okay", sagte Matt nach einer Weile, „ich werte das Schweigen mal als ein Ja."

Wir schritten durch das Tor unter den dicken Türmen hindurch.

Dann blieben wir alle ehrfurchtsvoll stehen.

„Wow!", sagte ich. „Das ist ja ein Palast!"

Vor uns ragte ein wenn auch nicht besonders hohes, so doch sehr weitläufiges Gebäude empor. Es war zwar auch nur aus getrocknetem Lehm, doch die vielen eingeschnittenen und geritzten Muster verrieten die Detailarbeit, die dahintersteckte.

Wir mussten noch einige Schritte mühsam durch den Sand waten, bevor wir auf einen festen Untergrund stießen. Hier war ein steinerner Platz errichtet worden, wobei die Platten durch den darüber hinweggewehten Sand kaum mehr erkennbar waren.

Vor dem Haupteingang des Gebäudes standen zwei weitere Wachen. Keiner von uns zweifelte an der Tatsache, dass wir hier nicht einfach so hineinspazieren durften. Sie standen uns breitbeinig im Weg. Matt versuchte es wieder mit seiner Frage, wurde aber wie zuvor komplett ignoriert.

Nun standen wir da. Sollten wir zurück? Aber was dann? Es schien sich hierbei definitv um den Haupteingang zu handeln.

Während wir so in der prallen Sonne warten mussten, musterte ich die Wachen neugierig. Sie hoben sich mit ihren sandfarbenen Uniformen kaum von der Mauer des Gebäudes hinter ihnen ab. Dann wagte ich es, ihre Gesichter zu inspizieren. Ich stellte überrascht fest, dass sie dunkle Ringe unter den Augen hatten. Auch ihr Blick wirkte kaum fokussiert. Falls das überhaupt möglich war, sahen die Wachen noch müder aus, als ich mich fühlte.

Bevor ich mich weiter wundern konnte, weshalb das wohl so war, kam uns endlich jemand aus dem Anwesen entgegen.

Vor uns stand ein kleiner Mann mit einem gekräuselten Schnurrbart und einer Sonnenbrille mit dicken blauen Gläsern. Sie erinnerten mich sofort an die Fassade der Vermittlung und ich fragte mich, ob es wohl dasselbe Glas war. Wenn ja, dann war es eine verdammt teure Sonnenbrille. Und ihr Träger musste dementsprechend reich sein.

„Ich heiße Sie hier herzlich willkommen! Ich bin Chalifa", sprach der kleine Mann uns höflich an.

„Sie sind der Chalifa?", platzte ich überrascht heraus.

„Nein. An dieses Missverständnis bin ich aber schon gewöhnt. Obwohl ich es eigentlich für allgemein bekannt halte, dass dieses Land schon seit langem keinen Chalifa mehr hat. Aber die Leute scheinen das immer wieder zu vergessen, sobald sie diesen Namen hören. Es handelt sich dabei nämlich wirklich nur um meinen Namen. Mein Großvater soll ihn ausgewählt haben, so sagte man mir", erklärte der kleine Mann und zupfte an dem einen Ende seines Schnurrbarts.

„Dann sind sie also gar kein so mächtiger Mann", sagte ich enttäuscht und merkte erst, als ich es schon gesagt hatte, dass dies ziemlich unhöflich von mir war.

„Haha", lachte der schnurrbärtige Mann. „Das wäre dann wohl das zweite Missverständnis. Ich mag zwar kein Chalifa sein, aber schließlich ist das, was Sie hier sehen, mein bescheidenes Anwesen."

„Sie sind kein Pförtner?", fragte ich erneut unüberlegt.

Die Müdigkeit hatte meine Denkfähigkeit schon erheblich beeinträchtigt. Sonst hätte ich mich gleich daran erinnert, dass die teure Sonnenbrille wohl kaum nur einem einfachen Pförtner gehören konnte.

Bevor Chalifa aber auf diese unpassende Frage antworten musste, brachte sich Matt geschickt in das Gespräch mit ein.

„Wir sind sehr froh darüber, nun in Ihrem schönen Anwesen angekommen zu sein. Viele Nachbarn haben Sie hier draußen ja nicht gerade", sagte Matt in seinem typisch lockeren Ton.

„Das kann man wohl so sagen", stimmte Chalifa ihm zu. „Von der Schönheit meines Anwesens haben Sie aber noch gar nichts gesehen. Diese fahlen Außenmauern hier sind nun wirklich nicht der Rede wert. Bitte, kommen Sie hinein. Dann kann ich mit Ihnen auch gleich über meine Sorge sprechen."

Chalifa machte eine einladende Geste und wartete, bis wir drei durch die Eingangstüre hineingetreten waren.

Drinnen verschlug es mir den Atem. Er hatte völlig recht gehabt. Die Außenmauern ließen nicht einmal ansatzweise erahnen, was sich im Inneren verbarg.

Durch die geöffneten Durchgänge, die wie kleine, spitze Tore geformt waren, konnte ich in drei verschiedene Räume blicken, nebst jenem, in dem wir uns gerade befanden. Sie alle waren mit glänzenden Seidenteppichen ausgekleidet. Wunderschöne Muster zierten die im ersten Raum gold, in dem rechten Raum grün, in dem linken blau und in dem Raum geradeaus rot schimmernden Teppiche. An den Wänden standen ein paar wenige Möbel, die in dem jeweiligen Farbton der Teppiche gehalten waren und auf deren polierten Oberflächen ausgewählte Vasen standen, aus denen anstelle von Blumen riesige bunte Federn ragten.

„Bitte hier entlang", unterbrach Chalifas Stimme mein Staunen und ich musste mich von dem Anblick losreißen, um den anderen zu folgen.

„Wir befinden uns hier im Eingangsbereich. Es ist aber notwendig, dass Sie mir in den Harem folgen", erklärte Chalifa.

Wir durchschritten etliche Zimmer, jedes davon kunstvoll gestaltet. In einem Raum mit eleganten Sofas und Sesseln vor kleinen runden Kaffeetischchen blieb unser Führer stehen und wandte sich abrupt zu uns um.

„Es tut mir leid, Ihnen sagen zu müssen, dass Frauen der Zutritt zu meinem Harem nicht gestattet ist", sagte Chalifa und obwohl ich es durch seine dunklen Brillengläser nicht sah, wusste ich, dass er zu Shai hinüberschielte.

„Sie können aber gerne hier warten. Einer meiner Leute wird Ihnen etwas zu trinken bringen", sagte er und versuchte dabei, großzügig zu klingen.

Ich zuckte unwillkürlich zusammen. Schon sah ich vor meinem geistigen Auge, wie neben mir ein Vulkan zu brodeln begann. Ich rechnete jeden Augenblick mit einem wütenden Ausbruch, aber nicht mit dem, was nun folgte.

„Das ist kein Problem. Ich bin eigentlich eine Dschinniya, also kein richtiger Mensch, und insofern auch keine Frau", entgegnete Shai mit einem perfekten falschen Lächeln, das mir einen Schauder über den Rücken jagte.

„Es sollte also keine Schwierigkeiten bereiten, wenn ich Sie weiter begleite", erklärte Shai und klang dabei sehr sicher und bestimmt.

Der kleine Mann schien einen Moment lang zu überlegen. Schließlich nickte er.

„Wie Sie meinen. Bitte, folgen Sie mir."

Matt und ich sahen verstohlen zu Shai.

„Wenn ich so etwas gesagt hätte, hättest du mir eine geknallt, oder?", flüsterte Matt Shai zu.

„Worauf du wetten kannst", erwiderte Shai noch immer lächelnd, doch ihre Augen blitzten gefährlich auf.

„Aber warum hast du das gesagt?", fragte ich. Es irritierte mich, dass die prinzipientreue Shai sich gerade selbst verleugnet hatte. Oder hatte ich etwas nicht richtig verstanden, als sie uns damals am Springbrunnen erklärt hatte, sie wäre eigentlich ganz normal?

„Glaubst du etwa, ich reise den ganzen weiten Weg hierher, nur um dann vor der Tür warten zu müssen?!", erwiderte sie und klang nun ehrlich genervt. „Als ob man uns das nicht vorher hätte sagen können. Dann hätte ich mir den Stress, an diesen Ort hier im Nirgendwo zu kommen, erspart."

Wir waren einige Schritte hinter Chalifa zurückgeblieben. Die Teppiche dämpften zusätzlich die Geräusche, sodass er unser kleines Gespräch wohl nicht gehört hatte.

Wir durchschritten noch viele prunkvolle Räume. Unglaublich, wie riesig dieses Anwesen war. Dann kamen wir in einen kleinen Innenhof, der mit Tüchern überspannt war. Dadurch war es schattig und die Temperaturen einigermaßen angenehm. In der Mitte des Innenhofs lag ein großes, wenn auch nicht tiefes Wasserbecken.

„Wir verlassen jetzt den Bereich für Gäste. Hier müssen Sie die Schuhe ausziehen und sich bitte die Füße und Hände waschen", erklärte unser Auftraggeber.

Wir taten, wie uns geheißen wurde. Unglaublich, wie viel Sand sich in meinen Schuhen angesammelt hatte. Besonders zwischen meinen Zehen fühlte sich das ganz unangenehm an. Ich betrat die glatten, blauen Fliesen des Wasserbeckens und stellte einen Fuß in das Wasser. Es war lauwarm, aber immerhin nicht heiß. Während ich mit einem Lappen, den mir ein Bediensteter gereicht hatte, meine Füße schrubbte, stellte ich fest, dass Shai offenbar gar keinen Sand abbekommen hatte. Sie stieg nur kurz in das Wasser, fuhr ein paarmal mit der Hand über die Füße und die Hände und war auch schon fertig.

Chalifa nickte Shai kurz zu. Offenbar war er zufrieden damit, zu sehen, dass sie wohl wirklich keine normale Frau war.

„Irgendwann wird sie uns mal erklären müssen, was genau eine ‚ganz normale' Dschinniya eigentlich so kann", sagte Matt, der neben mir im Wasserbecken stand.

Ich nickte stumm.

„Und was kann ein Held so?", flüsterte Shai uns zu, die ihren Oberkörper plötzlich zwischen Matt und mich gebeugt hatte. Offenbar hatte sie Matts Bemerkung gehört.

Ich zuckte ertappt zusammen, aber Matt zuckte nur mit den Schultern.

„Na, das ist ja wohl klar. Ein Held kann einfach alles!", sagte er und klang dabei vollkommen von sich überzeugt.

„Soso", sagte Shai und lächelte spöttisch.

Als wir mit dem Waschen fertig waren, führte uns Chalifa eine Treppe hinauf zu einem kleinen Säulengang im ersten Stock.

„Ich führe Sie nun in den Harem. Das ist ein geschlossener Bereich, der nur selten von Besuchern betreten werden darf", erklärte der kleine Mann.

„Dann lebt die Katze, um die es geht, also im Harem?", fragte ich nach.

Chalifa nickte: „Natürlich. Mein Harem ist einzig für meine Lieblinge da."

Was er damit meinte, zeigte sich uns, als er am Ende des Ganges die Tür zwischen zwei grimmig dreinblickenden Wachen aufstieß und wir den Raum, oder besser das Haus, dahinter betraten.

Wir standen auf einem offenen Gang. Links davon gab es kleine, durch offene Rundbögen betretbare Zimmer. Rechts war ein riesiger Innenhof, gegen den der vorherige mit dem Wasserbecken direkt winzig wirkte. Tücher hingen von der Decke. Bunte Kissen lagen überall herum und meine nun nackten Füße wurden von weichen Fellen gekitzelt, die auf diesem balkonartigen Korridor lagen. Einige hohe Stämme waren im Innenhof aufgestellt, um die herum schmale Bretterpfade nach oben zu kleinen Baumhäusern führten.

Mehr noch als von dem Raum selbst war ich aber von dessen Bewohnern verblüfft. Es waren ausschließlich Katzen. Bestimmt hunderte davon. Dort wälzte sich eine rote Katze zufrieden auf einem Fell hin und her, in einer anderen Ecke wetzte ein grauer Fettwanst gerade seine Krallen an einem dort aufgestellten Baumstumpf. Eine andere zerbiss gerade knackend den Kopf einer Maus, die nun wohl als ihr Mittagsmahl endete.

Die meisten Katzen lagen faul auf irgendeinem Kissen oder mitten in unserem Weg, sodass wir vorsichtig darübersteigen mussten. Scheu schienen die Tiere hier in ihrem eigenen Revier nicht zu sein. Was allerdings ganz fehlte, war, was ich in einem Harem eigentlich erwartet hatte: Frauen!

„Ähm, das ist also ein Katzenharem?", fragte ich vorsichtig.

„Ja, diese Räume sind nur für meine Katzen. Ich habe eine der wertvollsten Katzensammlungen der Welt. Einige besonders seltene Rassen befinden sich unter meinen Tieren. Sehen Sie sich nur diese prachtvollen, edlen Tiere an", sagte Chalifa fasziniert und deutete auf die Umgebung.

Die meisten Katzen waren ganz hübsch, ja. Aber die schiere Menge löste bei mir doch ein wenig Unbehagen aus. Wir kamen an einigen ganz dunklen Räumen vorbei, aus denen sowohl zufriedenes Schnurren als auch teilweise ein sehr gereiztes Fauchen erklang. Zudem miaute es überall, so als wären dauernd einige Katzen in ein Gespräch vertieft. Dennoch schien mir der Katzenharem erstaunlich friedlich, was ich bei so vielen als egozentrisch verschrienen Tieren eigentlich nicht erwartet hätte.

Es gab aber auch Wachen, die an diversen Ecken in diesem großen Katzenhaus postiert waren. Die Männer sahen nicht minder streng aus als ihre Kumpane draußen vor dem Haus, nur dass ihnen manchmal eine Katze um die Beine strich oder schlimmer noch, sich an ihre Hosen krallte und so das Bild eines brutalen Rausschmeißers zerstörte.

„Ich habe ja schon öfter gehört, dass Haustiere als Ersatz für eigene Kinder oder eine Beziehung herhalten müssen, aber anstelle eines Harems voller Frauen einen Harem voller Katzen zu haben, das ist nun wirklich erbärmlich", flüsterte uns Matt zu.

„Naja", entgegnete Shai, „du hast ja gehört: er ist ein Katzensammler. Sammler sind oft ein wenig obsessiv. Ob nun eine Truhe voller alter Münzen oder ein Haus voller Katzen, das eine ist wohl nicht besser oder schlimmer als das andere."

„Trotzdem ist es ein wenig enttäuschend, in einen Harem geführt zu werden und dann anstelle von atemberaubenden Schönheiten nur … na ihr wisst schon. Eben nur diese Katzen hier zu sehen", fand Matt.

Shai verdrehte die Augen und schnaubte verächtlich.

„Ich will jetzt gar nicht wissen, woher deine Idee von einem Harem voller ‚atemberaubender Schönheiten' kommt. Andererseits scheint mir dein Weltbild auch sonst nicht sonderlich realistisch zu sein, du angehender Held", sagte Shai, wobei sie besonders den Schluss nur noch vor sich her murmelte.

„Das habe ich gehört", sagte Matt pikiert.

Weil ich dieses kleine Wortgefecht sofort beenden wollte, bevor es tatsächlich zu einem richtigen Streit eskalieren würde, wandte ich mich an Chalifa: „Warum dürfen hier eigentlich keine Frauen rein?"

Chalifa, der noch immer vorneweg ging, drehte sich zu uns um.

„Ich bin kein Frauenfeind, wenn Sie das meinen. Meine prachtvolle Sammlung darf von mir aus auch von Frauen bestaunt werden. Aber es hat sich gezeigt, dass weiblicher Besuch, nun ja, wie soll ich sagen, … Frauenbesuch lenkt die Wachen ab", antwortete er.

„Wir sind hier eben mitten in der Wüste und Besuch empfange ich nicht allzu häufig. Bei großen Soireen spielt das keine solche Rolle, da habe ich auch zusätzliches Personal. Aber hier lasse ich natürlich nur ausgewählte Gäste rein. Was, wenn ein weiblicher Gast meine Wachen absichtlich ablenken würde, um so eine meiner Liebsten hinauszuschmuggeln? Undenkbar!"

Das schien mir kaum vorstellbar, so bewegungslos wie die Wachen dastanden, trotz der um sie herumtollenden und – für meine Ohren auch höchst nervig – jammernden Katzen.

„Warum stellen Sie dann keine weiblichen Wachen ein?", fragte Shai.

Chalifas Gesicht spiegelte Erstaunen, auch wenn wir seine Augen noch immer nicht sehen konnten.

„Daran hatte ich noch nie gedacht", gab er zu. „Das ist eigentlich gar keine schlechte Idee! Ich werde der Vermittlung gleich einen entsprechenden Auftrag erteilen", sagte er und klang von Shais Idee begeistert.

„Gut, dass er dich doch hier reingelassen hat, was?", spottete Matt, als sich Chalifa weiter vorne wieder in Bewegung gesetzt hatte. „Und die Wachen scheinst du ja wirklich nicht abzulenken."

Kaum hatte Matt das gesagt, sprang ihn eine Katze spielerisch an und schlug die Krallen aller vier Pfoten und ihre spitzen Zähne in sein Bein.

„Ah! Du verdammtes Mistvieh!", fluchte er.

Chalifa eilte sofort auf uns zu.

„Oh, das tut mir leid. Der gute Lancelot ist manchmal ein wenig verspielt. Er scheint sie aber zu mögen", erklärte Chalifa beschwichtigend.

„Ach, wirklich", presste Matt in bemüht freundlichem Ton hervor.

Eine der vorher so bewegungslosen Wachen kam nun auf uns zu und packte den eher kleinen, schwarz-weißen Kater am Nacken. Dieser lockerte daraufhin seinen Klammergriff um Matts Bein und der Wächter konnte die Katze wegheben und ein paar Meter weiter wieder absetzen.

„Ich hoffe, Sie entschuldigen diesen kleinen Zwischenfall", sagte Chalifa.

Matt nickte nur und Chalifa ging wieder vorneweg.

„Das geschieht dir recht", flüsterte Shai Matt schadenfroh zu.

„Tja. Scheint, der gute Lancelot hat deine Ehre verteidigt", meinte Matt.

Nachdem er das gesagt hatte, fragte ich mich einen Moment lang wirklich, ob nicht Shai irgendetwas getan hatte, um den kleinen Kater absichtlich auf Matt zu hetzen. Aber das war absurd! Außerdem lag Matt mit seiner Einschätzung auch daneben. Ich hatte den Blick gesehen, den die Wache Shai zugeworfen hatte, als er die Katze von Matts Bein weggezerrt hatte. Shai hätte also durchaus die Wachen ablenken können. Außer mir war dies aber niemandem aufgefallen und ich behielt es darum lieber für mich.

„Wir sind nun fast da. Einige meiner besonders kostbaren Tiere haben einzelne Quartiere, getrennt von all den übrigen Katzen. Die Katzen fühlen sich zwar hier sehr wohl und streiten nur selten, aber ich will nicht riskieren, dass sie eine hässliche Narbe davontragen. Einige von ihnen sind wahre Schönheiten, die bei Wettbewerben schon den ersten Preis gewonnen haben", erklärte Chalifa.

„Siehst du, es gibt hier also doch atemberaubende Schönheiten", flüsterte Shai Matt zu.

Matt entgegnete nichts. Sein Blick schien aber zu sagen: „Lass gut sein, ich gebe mich vorerst geschlagen." Zumindest kam mir das so vor.

Wir traten nun in einen Gang, der von dem großen Innenhof wegführte und wieder in ein Nebengebäude zu führen schien.

„Das Tier, um das es geht, ist in einem der nächsten Räume. Wir werden zuerst Hände und Füße desinfizieren, bevor wir sein Quartier betreten. Laut dem Bericht des Tierarztes scheint der Katze zwar gesundheitlich nichts zu fehlen, aber ich möchte lieber auf Nummer sicher gehen", wies uns Chalifa an.

Nun hörte ich auch ein leises Jammern, das lauter wurde, je näher wir unserem Ziel kamen.

Wir bogen erst noch zweimal um eine Ecke, bis wir vor der Tür zum Quartier der Katze standen, die offenbar Probleme bereitete.

Das Jammern war nun schon ziemlich laut geworden, obwohl es noch durch eine dicke Türe gedämpft wurde, vor der wieder zwei Wachen standen.

Als ich die Wachen sah, erschrak ich. Sie sahen nicht streng und steif aus wie die anderen. Sie wirkten eher mitleiderregend. Ihre Augen sahen gehetzt aus, ihre Gesichter verzerrten sich zu einer gequälten Grimasse und ihre Körper wirkten vor Erschöpfung leicht eingesunken.

„Was ist denn hier passiert?!", rief ich aus.

Shai blickte mich tadelnd an, zuckte dann aber mit den Schultern, als wollte sie sagen, dass sie es aufgab, mir heute noch gute Manieren beibringen zu wollen.

Chalifa sah mich erstaunt an.

„Wie? Was meinen Sie?"

Dann folgte er meinem Blick.

„Ach so, die Wachen. Der Wachdienst hier ist leider ein wenig anstrengend geworden, seit die Katze Probleme macht", lautete seine nüchterne Erklärung. „Ich habe deshalb veranlasst, dass die Wächter ihre Schichten abwechseln und nicht gleich wieder hier stehen müssen, nachdem sie schon eine Arbeitsschicht an dieser Tür zugebracht haben."

Sofort fielen mir die Wachen vor dem Hauseingang wieder ein. Jene mit den dunklen Ringen unter den Augen. Ob die wohl vorher hier gestanden hatten? Als ich Chalifa danach fragte, erwiderte er erstaunt: „Ja, soweit ich mich erinnere, waren sie gestern hier postiert. Aber woher wussten Sie das?"

Ich verkniff mir diesmal eine Antwort. Langsam verstand ich nämlich auch das Problem. Die Katze hatte, seit ich sie vor einigen Minuten das erste Mal gehört hatte, unaufhörlich gejammert.

„Und wie lange geht das schon so?", fragte Matt nun, den das Katzengejammer auch langsam zu nerven schien.

Auf einmal wirkte Chalifa niedergeschlagen.

„Ich hoffe wirklich, dass sie dem armen Tier helfen können. Ich habe schon verschiedene Tierärzte, darunter auch Katzenspezialisten, kommen lassen, aber keiner konnte mir sagen, was der Katze fehlt. Aber ihr Verhalten ist einfach nicht normal. Sie jammert praktisch ununterbrochen, Tag und Nacht, und das nun schon seit zwei Wochen."

„Zwei Wochen! Das ist wirklich ziemlich lange", staunte Matt.

Als ich das hörte, taten mir sofort die armen Wachen leid, die sich seit Tagen diesen Katzenjammer anhören mussten.

„Sie denken nun also, dass die Vermittlung helfen kann, da es sich laut unseren Unterlagen um ein Tier aus einer anderen Dimension handelt", stellte Shai fest.

Chalifa nickte.

„Ja, genau. Das hoffe ich. Ich habe mir diese Katze aus einer anderen Dimension vermitteln lassen. Es ist ein wirkliches Prachtexemplar und die Krönung meiner Sammlung. Ich darf wohl behaupten, dass außer mir niemand in dieser Dimension eine solche Katze besitzt. Sie hat natürlich ein kleines Vermögen gekostet, aber das war sie auch allemal wert."

Mit diesen Worten stieß Chalifa die Tür zu dem Quartier auf und wir traten ein. Wir befanden uns in einem eher kleinen, kreisrunden Raum, der fast gänzlich von einem runden Sofa ausgefüllt war. Der Boden war mit einem grauen Teppich bedeckt und in der Mitte stand ein runder, hellblauer Hocker ohne Lehne. Und auf diesem Hocker thronte die Katze, die den aus unmittelbarer Nähe unerträglichen Lärm verursachte.

„Wenn ich vorstellen darf: Das ist Optica", präsentierte uns Chalifa mit vor Stolz bebender Stimme seine wertvollste Katze.

Die Katze war schön, aber auch merkwürdig anzusehen. Eine solche Katze hatte ich wirklich noch nie in meinem Leben gesehen.

Größe und Statur waren die einer normalen Katze. Aber ihr Fell hatte die Farbe von Bronze und glänzte auch ebenso wie Metall. Das an sich war schon außergewöhnlich. Dazu kam aber, dass ihr Fell einen eigenartigen Schimmer verbreitete. Sobald ich meine Position nur leicht veränderte, schimmerten die Haarspitzen der Katze regenbogenfarben.

Doch diesen schönen Anblick konnte man wirklich nicht genießen. Denn Optica miaute ununterbrochen in einem hohen, fast schon schrillen Ton.

Chalifa näherte sich der Katze vorsichtig und fuhr ein paar Mal mit der Hand über ihr Fell.

„Sehen Sie", versuchte er, das Gejammer der Katze zu übertönen, „selbst wenn ich sie streichle, reagiert sie nicht. Kein Schnurren, nichts. Sie streift zwar immer wieder durch den Raum, frisst eigentlich auch ordentlich, aber mit diesem Jammern will sie einfach nicht mehr aufhören. Ich habe schon alles versucht, um sie abzulenken. Ich habe sie auch versuchsweise zu den anderen Katzen hinausgelassen, aber auch das hat nichts geholfen. Ich verstehe das nicht."

„Wie lange ist denn Optica nun schon bei Ihnen? Könnte sie Heimweh haben?", fragte Shai nach.

„Sie ist schon fast ein halbes Jahr hier. Und bis vor zwei Wochen hat sie keinerlei Probleme bereitet und sich hier sehr wohl gefühlt", versicherte uns Chalifa.

„Und sie hört wirklich nie mit dem Gejammer auf? Zu keiner Tageszeit?", wollte Matt wissen.

„Nein, nie! Sogar im Schlaf jammert sie noch leise vor sich hin", erklärte uns Chalifa und sah dabei sehr traurig aus.

„Das klingt ziemlich hartnäckig. Shai! Kannst du als Dschinniya nicht einfach machen, dass die Katze damit aufhört?", fragte Matt.

Shai sah ihn kurz irritiert an und ihre Miene wurde streng.

„Wie? Du meinst, indem ich mit dem Finger schnippe, oder so? Das wäre völlig sinnlos. Damit würde man nicht das eigentliche Problem lösen, sondern nur die Anzeichen dafür verschwinden lassen. Das wäre in etwa so, als würde man bei einem Kranken dafür sorgen, dass er die Symptome nicht mehr bemerkt. Die Krankheit wäre aber dennoch weiter da. Solange nicht klar ist, wo das Problem liegt, würde man mit jeglicher Art von magischer Einmischung das Problem nur noch verschlimmern", entgegnete Shai gereizt.

„Verstehe", sagte Matt. Er klang überhaupt nicht überrascht.

Chalifa aber wirkte niedergeschlagen. Dann sah er uns flehend an: „Bitte, sehen Sie sich hier in Ruhe um. Vielleicht fällt Ihnen ja irgendetwas auf, das mir bisher entgangen ist. Etwas, das dieses Verhalten erklärt."

Wir folgten seiner Aufforderung und durchstreiften das Quartier der Katze. Dieses bestand durchaus nicht nur aus diesem ersten runden Raum. Dahinter gab es noch einen Durchgang, von dem aus man in einen Zwischenraum gelangte, der wiederum zu zwei Zimmern führte. In einem gab es noch einen Ausgang, der auf eine kleine Wiese führte, die von den Mauern des Gebäudes eingegrenzt war. Die Wiese war ziemlich vertrocknet. Dennoch fand ich es schön, dass die Katze trotz Einzelquartier auch noch ein wenig nach draußen durfte.

„Wonach suchen wir?", fragte ich Matt.

„Keine Ahnung, Ruby. Merk dir einfach alles, was dir irgendwie besonders auffällt", meinte Matt schulterzuckend.

Er klang aber nicht ganz so gelassen wie sonst. Auch Shai konnte ich ansehen, dass ihr das stetige Katzengejammer langsam auf die Nerven ging. Mir selbst dröhnte schon nach wenigen Minuten der Schädel, nicht zuletzt, da meine Müdigkeit auch mit voller Wucht wieder zurückgekehrt war. Am liebsten hätte ich mich sofort auf eines der weichen Felle geworfen und einfach nur noch geschlafen. Aber bei dem unaufhörlichen Gejammer hätte ich sowieso kein Auge zutun können.

So war ich aber nicht wirklich nützlich für die anderen und durchschritt mehr mechanisch die Räume, ohne groß etwas um mich herum wahrzunehmen. Als wir uns nach einer gefühlten Ewigkeit, die tatsächlich etwa eine Viertelstunde betrug, wieder in dem runden Raum vor der jammernden Optica versammelten, stand ich schon kurz vor einem Zusammenbruch. Ich fühlte, wie mir der Schweiß ausbrach und dass ich kurz vor einer Ohnmacht stand. Shai sah mich entsetzt an und drückte mich auf das runde Sofa nieder.

„Hältst du noch durch?", fragte sie mich und klang ernsthaft besorgt.

Ich atmete schwer und brachte keinen Ton heraus, nickte aber schwach.

Dann schien ich für eine Minute wie weggetreten. Ich kam erst wieder zu vollem Bewusstsein, als mich Matt am Arm packte, hochzog und zur Tür hinaus bugsierte. Dann ließ ich mich durch das Haus führen. Ich spürte noch vage meine Schritte, aber alles andere war verschwommen. In meinen Ohren erklang ein hoher Ton, der alle anderen Geräusche überlagerte. Dann wurde ich wieder auf ein Sofa niedergedrückt. Meine Atmung beruhigte sich langsam und auch der Pfeifton in meinen Ohren wurde wieder schwächer. Etwas Kaltes berührte meine Stirn. Ich sah auf und merkte, dass Shai mir ein Glas, das mit einer kalten Flüssigkeit gefüllt war, an die Stirn hielt.

„Bleib noch einen Moment so liegen und dann trink das", sagte sie fürsorglich.

Ich schloss abermals die Augen und blieb ein paar Minuten regungslos liegen.

Matt und Shai stritten sich leise.

„Warum hast du eigentlich vorhin gefragt, ob ich das Problem nicht lösen könnte? Ich dachte, ich hätte bei unserem ersten Zusammentreffen klipp und klar gesagt, dass ich keinerlei solcher Kräfte besitze", sagte Shai zornig.

„Das habe ich auch verstanden. Ich bin ja nicht blöd", erwiderte Matt. „Aber, wenn ich nicht gefragt hätte, dann hätte unser Auftraggeber das ganz sicher getan. Ich fand es irgendwie richtig, das vorwegzunehmen."

Shai schnaubte kurz auf.

„Du hast dich übrigens sehr geschickt aus der Affäre gezogen. Deine Argumentation wirkte sehr überzeugend", lobte Matt sie.

„Das war mein voller Ernst", sagte Shai, „auch wenn ich es mir notgedrungen aus den Fingern saugen musste. Es ist trotzdem wahr. Es kann wirklich ein großer Schaden angerichtet werden, wenn man etwas mit Magie zu lösen versucht, von dem man eigentlich nichts weiß."

„Schon klar", meinte Matt.

Shai schwieg eine Weile. Dann schien sie sich wieder beruhigt zu haben.

„Na schön. Es wäre wirklich ziemlich peinlich gewesen, wenn Chalifa mich gefragt hätte, ob ich als Dschinniya das nicht kann. Wo ich doch schon behauptet habe, eine waschechte Dschinniya zu sein, nur damit ich hier hereingelassen wurde", stimmte sie Matt schließlich zu.

„Gern geschehen", sagte Matt und obwohl ich es nicht sah, war ich mir sicher, dass er wieder sein typisches Lächeln aufgesetzt hatte.

„Apropos peinlich. Das der uns wirklich zusammenklappen würde", hörte ich Matt sagen.

„Ich habe dir doch schon beim letzten Mal gesagt, dass wir auf ihn aufpassen müssen", erwiderte Shai.

„Ja, ja, schon klar. Unser Schreiberling ist eben sensibel", sagte Matt.

„Du meinst wohl: ein Schwächling", murmelte ich und öffnete wieder meine Augen.

„Ruby!", rief Shai besorgt. „Geht es dir jetzt besser? Hier! Versuch, einen Schluck von dem Saft zu nehmen. Er wird dir helfen."

Ich richtete mich leicht auf dem Sofa auf und sie hielt das immer noch kalte Glas an meine Lippen. Vorsichtig nahm ich einen Schluck. Das Getränk schmeckte sowohl süß als auch sauer und mein Kopf fühlte sich schon nach ein paar Schlucken wieder klarer an. Mein Körper war aber immer noch müde und erschöpft.

„Wo ist Chalifa?", fragte ich, da ich mit Matt und Shai allein in dem kleinen Salon war.

„Der hat sich diskret zurückgezogen", antwortete Matt. „Er hat uns aber gesagt, dass wir gerne noch als seine Gäste hierbleiben können, bis du wieder reisetauglich bist. Wir verdanken dir also eine luxuriöse Übernachtung in einem Palast."

Er grinste zufrieden.

„Soll mich das jetzt trösten?", erwiderte ich.

„Naja, vielleicht", gab Matt zu.

Mir fiel wieder unser Auftrag ein: „Und habt ihr was herausgefunden? Ist euch etwas aufgefallen?"

„Du meinst, abgesehen davon, dass diese Katze eine schönere Wohnungseinrichtung hat als ich? Nein, nicht wirklich", antwortete Matt.

Shai schüttelte ebenfalls den Kopf.

„Mach dir jetzt darum keine Sorgen, Ruby. Ruh dich erst einmal aus. Vor der Tür wartet schon jemand, der dich in dein Zimmer bringt. Dann kannst du erst einmal in Ruhe schlafen", sprach mir Shai gut zu.

Ich nickte. Ich war auch definitiv zu müde, um mir noch mehr Gedanken über unseren Fall zu machen. Aber trotzdem beschlich mich ein ungutes Gefühl. Eine Art böse Vorahnung. Aber ich versuchte, mich wieder zu beruhigen. Es ging ja eigentlich nur um eine Katze. So schlimm konnte das ja wohl nicht werden.

TRAUBENWETTER

Wie schön es war, wieder zu Hause zu sein! Zwar war diese von der Vermittlung bereitgestellte Wohnung noch nicht lange mein Quartier, aber für jemanden wie mich, der schon seit Ewigkeiten keine feste Bleibe mehr hatte, war es wunderbar. Ein großartiges Gefühl, einen Ort zu haben, an den man zurückkehren konnte und aus dem man in absehbarer Zeit nicht rausgeschmissen wurde.

Während unserer Rückfahrt hatten mir Matt und Shai von der fürstlichen Bewirtung bei Chalifa vorgeschwärmt. Diese hatte ich leider vollkommen verschlafen. Mit einem Schauder erinnerte ich mich wieder an meinen Traum in jener Nacht. Darin wurde ich von miauenden Katzen angefallen, die sich an mich krallten und mich bissen und als ich am Boden lag, unaufhörlich in meine Ohren jammerten.

Kein Wunder also, dass ich bis nach Mittag geschlafen hatte, da mein Schlaf nicht gerade ruhig war und dadurch meine benötigte Erholungszeit verlängert wurde. Wenigstens hatte mir niemand deswegen einen Vorwurf gemacht. Wir brachen bald darauf auf, übernachteten wieder in der Wüste und kamen dann am nächsten Tag in der Stadt an, wo wir uns diesmal gemächlicher auf den langen Rückweg im U-Tunnel machten.

Und nun waren wir endlich wieder hier! In der Zentrale der Vermittlung. Und mir stand mindestens ein freier Tag bevor!

Als wir unterwegs waren, hatte ich Matt und Shai gefragt: „Und? Wie gehen wir nun weiter vor?"

Daraufhin hatte Matt geantwortet: „Wir müssen wohl in die Dimension, aus der die Katze stammt. Vielleicht finden wir dort einen Anhaltspunkt, der uns weiterhilft."

Diese Aussage schockierte mich, da ich sehnlichst auf mein entspannendes Bad zu Hause hoffte.

„Etwa jetzt gleich?", fragte ich daher entsetzt.

Aber Shai beruhigte mich: „Nein, selbst wenn wir wollten, ginge das nicht. Bei unserem ersten Fall war es unumgänglich, vor Ort die Schutzschlange zu suchen. Aber ab jetzt müssen wir jedes Mal, wenn wir in eine andere Dimension wollen, einen Reiseantrag stellen."

Ich sah sie ein wenig ungläubig an, aber sie erklärte weiter, dass es unbedingt immer eine Bewilligung brauchte, um die Dimension zu wechseln und die Vermittlung diese Regelung sehr ernst nahm und streng überwachte. Ohne Bewilligung konnte niemand Dimensionsreisen unternehmen. Damit sollte offenbar verhindert werden, dass Mitarbeiter der Vermittlung solche Reisen zu eigenen Zwecken missbrauchten.

Shai klang bei dieser Erklärung sowohl zum ersten Mal mit der Handhabung der Vermittlung zufrieden als auch von dem cleveren Geschäftsmodell angewidert, dass der Vermittlung exklusiven Zugang zu den anderen Dimensionen verschaffte. Darum war die Vermittlung ja auch mit weitem Abstand an der absoluten Spitze aller weltweiten Firmen. Denn egal, was die Leute schon besaßen, sie wollten immer noch mehr. Und die Vermittlung vermittelte einfach alles und mehr als man sich vorstellen konnte.

Zu meinem großen Glück wurde aus dem ersehnten freien Tag nicht nur einer, es waren gleich mehrere. Das gab mir erst mal genügend Zeit, um mich von den zwei kurz aufeinanderfolgenden Reisen zu erholen und mich dann meinem noch fälligen Bericht von unserem ersten Auftrag zu widmen. Da ich mir immer schön Notizen gemacht hatte und ja in Sachen Schreiben durchaus begabt war, fiel mir das nicht weiter schwer.

Ich traf Matt und Shai täglich, obwohl wir zurzeit nicht gemeinsam arbeiteten. Da wir in Zukunft noch viel und vor allem noch enger miteinander zusammenarbeiten würden, hatten wir uns einstimmig dazu entschieden, uns etwas besser kennenzulernen. Dazu trafen wir uns an verschiedenen Orten, meist draußen, da das Wetter gerade herrlich sonnig war – jedoch nicht so heiß wie bei Chalifa in der Wüste.

Auch die beiden blieben in dieser Zeit nicht ganz untätig. Ich feilte noch an meinem Bericht. Shai gestand uns, dass sie, obwohl sie ihr Studium hatte abbrechen müssen, noch immer nebenher dafür lernte und die Hoffnung noch nicht ganz aufgegeben hatte, irgendwann doch noch die Prüfung ablegen zu können. Selbst wenn sie niemals die Gelegenheit haben würde, in ihrem Traumberuf arbeiten zu können, wollte sie dennoch alles über das interdimensionale Recht lernen. So würde sie zwar nicht als Anwältin, aber immerhin als Beraterin trotzdem Bekannten helfen können. Dschinn pflegten offenbar Kontakt zu den verschiedensten Wesen aus den unterschiedlichsten Ländern oder eben Dimensionen. Und in dieser großen Bekanntschaft kamen natürlich auch vielfältige Probleme und Streitereien vor, bei denen Shai zu einer Lösung verhelfen wollte.

Während Shai fleißig lernte, trainierte Matt täglich. Er meinte, ein Held müsse in Topform sein und nicht nur körperlich fit, sondern auch geschickt im Umgang mit allen möglichen Geräten und Waffen sein. Ich selbst war so gar kein sportlicher Typ und so etwas wie Geschicklichkeit existierte bei mir nicht. Daher war es wenig verwunderlich, dass ich keine allzu große Begeisterung aufbringen konnte, als Matt mir vorschlug, ihn doch mal zum Training zu begleiten. Aber die Gespräche, welche wir an diesen Tagen führten, gefielen mir.

Solche Tage bezeichnete ich gerne als Traubenwetter. Ein immer gleicher Tag reihte sich an den anderen und in der Erinnerung verschmolzen sie zu einem einzigen Knäuel, sodass man nicht mehr recht wusste, was nun genau an welchem Tag passiert war.

Doch wie gemütlich diese Tage auch waren: alles ging einmal zu Ende. Und so fanden wir uns einige Tage später in einem Gebäude in der Hauptzentrale der Vermittlung ein. Genauer gesagt in der Abteilung für Dimensionsforschung. Bei diesem Namen stellte ich mir brillentragende Wissenschaftler in Laborkitteln vor, die gedankenversunken durch die Gänge huschten. Tatsächlich stand vor uns an der Theke aber ein Typ, der mich vom Aussehen und Gebaren her mehr an Matt erinnerte.

„Ah, ihr seid also das neue Team aus der Schadensabteilung. Freut mich, euch kennenzulernen. Ich bin Kenan."

Er schüttelte uns allen voller Begeisterung die Hände. Ich wusste gar nicht, was ich auf so eine Begrüßung erwidern sollte. Wie immer, wenn ich nicht recht wusste, was ich sagen sollte, kam eine blöde Frage heraus.

„Bist du ein Dimensionsforscher? So ein richtiger Wissenschaftler?", fragte ich und hoffte im nächsten Moment, dass er meinen ungläubigen Tonfall nicht als kränkend empfand.

Aber Kenan grinste nur.

„Ach so, ja. Der Name ist ein bisschen verwirrend. Wir betreiben hier zwar schon so etwas wie Dimensionsforschung, aber eigentlich müsste man es doch eher Dimensionserforschung nennen. Wir gehen meistens auf Expeditionen. Dazu braucht es keine Wissenschaftler, wie ihr es euch wahrscheinlich vorstellt. Das Ganze gleicht meist mehr einem Abenteuer und darum sind auch so Typen wie ich für den Job geeignet", erklärte er.

„Und so Typen wie du sind …?", hakte ich nach.

„Unerschrockene und zuweilen auch etwas verrückte Abenteurer natürlich!", antwortete Kenan stolz.

„Natürlich", murmelte Shai und warf einen Seitenblick auf Matt, der sich als zukünftiger Held wohl auch in etwa so definieren würde.

„Das führt uns auch gleich zu eurem Anliegen. Ihr habt einen Antrag auf einen Dimensionswechsel eingereicht", fuhr Kenan nun etwas ernster fort.

„Ich muss euch leider sagen …"

„Er wurde abgelehnt?", fragte ich hoffnungsvoll.

Ehrlich gesagt war ich nicht unbedingt so scharf darauf, gleich wieder auf Reisen zu gehen. Ich konnte mich durchaus mit einem gemütlichen Leben als Stubenhocker anfreunden. Als Schreiberling war das eher mein Ding.

Aber leider wurde meine Hoffnung enttäuscht.

„Nein, das nicht", erklärte Kenan. „Der Antrag wurde gestern Abend genehmigt. Aber man hat mich beauftragt, euch ein wenig darauf vorzubereiten oder zumindest vorzuwarnen. Die Dimension, die ihr bereisen wollt, gilt nicht gerade als sicher. Ehrlich gesagt sogar eher das Gegenteil davon."

Er sah meinen entsetzten Gesichtsausdruck und beeilte sich, zu sagen: „Das ist jetzt nicht gar so schlimm, wie es klingt. Es gibt weitaus gefährlichere Dimensionen. Das Problem ist eher euer Anliegen. Das ist … nun, wie soll ich sagen … in jener Dimension etwas … hmm, sagen wir, heikel."

„Heikel inwiefern?", hakte Matt nach.

„Nun, … na gut, es liegt mir nicht besonders, um den heißen Brei herumzureden. Die Dimension befindet sich sozusagen in einer Art Ausnahmezustand", antwortete Kenan.

„Er redet ja doch um den heißen Brei herum", flüsterte mir Shai missbilligend zu.

„Und das heißt?", wollte Matt auch prompt genauer wissen.

Da ertönte lauthals Kenans Name in dem Gang.

„Kenan! Kenan! Wir haben ein Problem mit der Kuntali-Dimension! Wir brauchen dich dringend!!", schrie jemand verzweifelt und hektisches Getrampel war in der Ferne zu hören.

„Oh, sorry. Klingt, als müsste ich los", entschuldigte sich Kenan bei uns. „Hier!"

Er reichte uns ein paar Dokumente. Daran waren wir ja mittlerweile gewöhnt.

„Das habe ich für euch zusammengestellt. Darin steht alles, was ihr wissen müsst. Ich wollte es euch zwar selbst erklären, aber …"

„Kenan!!", brüllte die Stimme nun ganz schrill.

„Ist ja gut, ich komme ja!", schrie Kenan zurück.

Er lächelte uns entschuldigend an. Nachdem er sich einige Schritte von uns entfernt hatte, drehte er sich nochmals zu uns um: „Eins noch. Ein guter Rat von mir. Ihr solltet euren Aufenthalt in dieser Dimension möglichst kurz halten."

„Und, bist du bereit?", fragte Matt, als wir zusammen vor dem Dimensionsloch standen.

Diesmal war Shai vorgegangen. Mein Begleiter hatte sich schon um mein Handgelenk geschmiegt und ich war eigentlich startklar.

„Glaubst du wirklich, dass ich alles Wichtige dabeihabe?", fragte ich Matt bestimmt zum zehnten Mal. „Vielleicht habe ich ja noch etwas vergessen. Jetzt könnte ich es noch besorgen, aber wenn ich erst mal drüben bin …"

„Wir sind den Inhalt deines Gepäcks auf dem Weg hierher bestimmt fünfmal durchgegangen. Und sowohl ich als auch Shai mussten deinen Rucksack einmal ganz durchwühlen. Du hast alles, was du brauchst. Nun mach nicht wieder so ein Drama, Ruby. Spring einfach in das Loch", entgegnete Matt genervt.

Eigentlich wusste ich ja, dass er recht hatte. Ich hatte ihn und Shai schon auf dem ganzen Hinweg mit meinen Sorgen genervt. Die Anreise zu dem Dimensionsloch hatte diesmal deutlich länger gedauert. Zwar lag die Zentrale der Vermittlung genau an jenem Ort, an dem sich die meisten Dimensionslöcher befanden, aber es gab noch viele weitere, die über die ganze Welt verstreut lagen. Das Dimensionsloch, vor dem ich derzeit unbeweglich wie ein Fels stand, lag eine knappe Tagesreise von der Zentrale entfernt. Ich hatte also wirklich genug Zeit gehabt, um mich mit dem Gedanken an den bevorstehenden Dimensionswechsel anzufreunden. Aber dennoch …

„Mir geht nur die ganze Zeit durch den Kopf, was in dem Dossier stand, das uns Kenan gegeben hat", entschuldigte ich mich bei Matt.

Das war zwar nur die halbe Wahrheit, aber es stimmte. Kenans Bericht und Ratschläge wirkten nicht gerade erbauend. Er hatte darin geschrieben, dass das Gebiet, in das wir reisten, unter einer strengen Herrschaft stand. Es wurde eigentlich von einem Chalifa, das heißt dem Nachfolger von dem Mann, der dort vorher der Herrscher gewesen war, regiert. Offenbar interessierte sich aber dieser nicht wirklich für sein Volk, weshalb der wahre Machthaber sein Stellvertreter, der Wesir, war.

Vor diesem, so warnten uns Kenans Dokumente, sollte man auf keinen Fall ein loses Mundwerk haben, sondern sehr diplomatisch auftreten. Was für mich hieß, dass ich mir vornahm, am besten gar nichts zu sagen und die Angelegenheit den anderen beiden zu überlassen. Das war ja im Grunde auch ihre Aufgabe. Ich war ja nur der Schreiberling, der Bericht erstatten musste.

Meinen letzten Bericht hatte ich noch kurz vor unserer Abreise abgegeben. Damit war zumindest unser erster Fall nun abgeschlossen.

„Ruby, wie lange willst du noch so dastehen?", unterbrach Matt meine Gedanken. „Du machst dir echt zu viele Sorgen. Schließlich bist du ja nicht allein. Shai und ich sind ja auch noch da. Falls du tatsächlich etwas vergessen haben solltest, werden wir das schon irgendwie kompensieren können."

Matts Zusicherung beruhigte mich ein wenig. Ich atmete ein paar Mal tief durch. Es war eben unumgänglich. Ich ging die drei verbleibenden Schritte zum Dimensionsloch, kniff die Augen zu und ließ mich nach vorne fallen.

Diesmal landete ich ganz ordentlich auf den Füßen. Vor mir stand Shai und lächelte mich an. Verrückt! Gerade eben hatte ich noch in einer ganz anderen Dimension gestanden. Ich blinzelte, um sicher zu gehen, dass dies kein Trugbild war. Aber es veränderte sich nichts. Ich war von einem Moment auf den anderen in eine andere Dimension gewechselt.

Shai streckte ihre Hand nach mir aus. Ich stand auf einem Felsen mitten in einem schwach beleuchteten Stollen. Es war aber kein feuchter Bergstollen. Dieser war ganz trocken und staubig und die stützenden Holzbalken sahen total vertrocknet und brüchig aus. Der Felsen, auf dem ich stand, war wohl von der Decke heruntergefallen. Shai half mir davon hinunter.

Als ich mich umdrehte, merkte ich, dass der Tunnel hinter dem Felsen verschüttet war. Es gab also nur einen Weg, den wir nehmen konnten. „Immerhin", dachte ich, „so kann man sich nicht verlaufen."

Kurz nach mir landete auch Matt auf dem Felsen. Zum ersten Mal sah ich, wie jemand durch das Dimensionsloch fiel. Oder sprang. Oder ... wie sollte man dies am besten bezeichnen? Es sah so aus, als wäre Matt von einer hinter ihm liegenden Felsspalte ausgespuckt worden. Die Spalte war gerade breit und hoch genug für einen Menschen.

Ein wenig Staub rieselte von der Decke herab und Matt und ich fuhren uns durch die Haare, um ihn wieder loszuwerden. Shai sah uns nur ruhig zu. Sie hatte irgendwie nichts davon abgekriegt. Ihre Haare waren noch so perfekt schwarz wie vorher und die goldene Kette mit den dunkelgrünen Steinen, die sie darin verflochten hatte, glänzte sogar in dem spärlichen Licht wie ein funkelnder Schatz. Passend dazu trug sie ein grün-violettes Kleid, was perfekt mit ihrer faszinierenden Augenfarbe harmonierte.

Einen Moment lang war ich von dem schönen Anblick wie gebannt. Zu meinem Glück merkte Shai das aber nicht, da sie gerade erwartungsvoll zu Matt sah.

„Sind wir dann alle bereit?", fragte sie in die Runde und ich schaute verlegen zur Decke.

„Klar, von mir aus kann's losgehen", erklärte Matt und kam nun ebenfalls von dem Felsen runter zu uns.

Wir gingen durch den Stollen. Noch immer fühlte sich die ganze Umgebung für mich fremd an. Als würde ich traumwandeln und nicht wirklich auf festem Boden gehen. Die grau-roten Felswände wurden bald von erdigen Wänden in etwa derselben Farbe abgelöst. Wir hörten nun auch aus der Ferne gedämpften Lärm. Schnell wurde klar, dass es Geräusche waren, die von einer belebten Straße kommen mussten. Unvermittelt kamen wir nach einer Biegung des Ganges an sein jähes Ende. Eine schmale, hölzerne Leiter führte zu einer Falltür hinauf.

Shai und ich sahen fragend zu Matt, der in dem immer schmaler zulaufenden Stollen das Schlusslicht bildete.

„Was seht ihr mich so an? Es ist ein offizieller Weg der Vermittlung. Der wird ja wohl sicher sein. Aber wenn ihr wollt, kann ich schon vorgehen", antwortete Matt auf unsere ungestellte Frage.

Wortlos ließen Shai und ich ihn passieren und als ersten die Leiter hinaufsteigen. Oben angekommen, versuchte Matt, die Falltür anzuheben. Das gelang ihm aber offenbar nicht, also klopfte er an.

Wir hörten aufgeregte Stimmen durch die Tür hindurch, die auf einmal geöffnet wurde. Ein vielleicht etwa zwölfjähriges Mädchen lugte durch die Öffnung und lächelte uns an.

„Sieh nur, Großvater, wir haben Besucher", sagte sie vergnügt.

Plötzlich schnellte ein kräftiger Arm hervor, packte Matt am Rucksack und zog ihn durch die Öffnung nach oben.

Mich überlief ein Schauer, aber gleich darauf erschien wieder das freundliche Gesicht des Mädchens.

„Jetzt der nächste", drängte sie.

Shai stieg auf die Leiter. Sie reichte dem fremden Mädchen ihren Rucksack hinauf, welche ihn mit sichtlicher Anstrengung nach oben hievte. Dann reichte sie Shai eine helfende Hand und diese verschwand ebenfalls durch die Öffnung. Nun war ich an der Reihe. Ich wollte es so machen wie Shai. Ich stieg auf die Leiter und wollte meinen Rucksack nach oben reichen, aber noch ehe ich aus einem der Träger schlüpfen konnte, spürte ich einen Ruck und wurde mitsamt Rucksack nach oben gezogen.

Ich drehte mich gleich als erstes zu dem massigen Arm um, der mich nach oben gehoben hatte und merkte erstaunt, dass der Arm, entgegen meiner Vermutung, nicht zu einem kräftigen Mann, sondern zu einer wahrlich starken Frau gehörte, die uns pausbäckig und mit gutmütigen Augen anlächelte. Ihr Arm verschwand wieder unter ihrem langen, beigen Gewand, aber nicht schnell genug, als dass ich die starke Behaarung desselben nicht bemerkt hätte. Endlich hatte ich eine lebhafte Vorstellung von dem für mich bisher bedeutungslosen Begriff Mannsweib. Allerdings war der Begriff nun schon lange veraltet und ich war mir ziemlich sicher, dass Matt und Shai ihn noch nie gehört hatten. Und ich würde ihn ihnen bestimmt nicht beibringen.

Als ich mich den anderen im Raum zuwandte, sah ich gerade noch, wie die nun wieder geschlossene Falltür unter einem schön gearbeiteten Teppich verschwand, auf den das fremde Mädchen und Matt nun noch einen niedrigen Tisch stellten. Ich wunderte mich darüber. Musste der Eingang etwa vor irgendjemandem versteckt werden?

Das Mädchen sah zu mir herüber und fing meinen fragenden Blick auf.

„Es ist kein Geheimnis, dass hier ein Dimensionsdurchgang liegt. Aber wir haben sonst zu wenig Platz", erklärte sie lächelnd.

Tatsächlich war der Raum sehr klein. Die nackten Lehmwände unterschieden sich in ihrer Farbe kaum von den braun-roten Wänden des erdigen Stollens, durch den wir gerade gekommen waren. Den kleinen Tisch hatten die Frau und das Mädchen wohl zuvor an die Wand gelehnt, um die Falltür freizulegen.

„Wie heißt du denn?", fragte Shai interessiert.

Das Mädchen strahlte sie erfreut an.

„Ich bin Isma. Und das da drüben ist Basma. Sie ist unsere Haushälterin. Sie kocht das beste Essen in ganz Kupal", stellte das Mädchen sich und die große Frau begeistert vor.

„Wir kriegen hier nicht oft Besuch", erzählte sie weiter, was auch ihre fast schon übertriebene Freude über unser Erscheinen erklärte.

„Und das da ist mein Opa", sagte Isma stolz und deutete auf den Durchgang zu einem anderen Raum, in dem gerade jemand mit einem Tablett erschien, auf dem ein geschlossener, silberner Krug und kleine Gläser standen.

Der alte Mann hatte einen langen weißen Bart und trug auf dem Kopf einen Turban. Allerdings bewegte er sich komisch vorwärts und erst, als er den Raum ganz betreten hatte, erkannte ich, dass unter seinem langen Gewand keine Beine waren, sondern ein langer, dicker Schlangenschwanz.

Ob es nun daran lag, dass ich erst kürzlich mit einer Schlange zu tun gehabt hatte oder dass in der Vermittlung lauter sonderbare Gestalten arbeiteten – immerhin war unser direkter Vorgesetzter eine riesige Schildkröte – erschreckte mich sein eigentümliches Aussehen nicht.

„Seid willkommen, Reisende", sagte er freundlich und stellte das Tablett auf dem kleinen Tisch ab.

„Wo sind denn die Kissen?", fragte er verwirrt.

„Die sind hier!", rief Isma freudig und sprang durch den Raum auf eine Wand zu, an der verschiedenfarbige Kissen auf einem großen Haufen lagen.

„Ah ja", sagte der Alte und begann, eine dunkle und aromatisch duftende Flüssigkeit aus dem silbernen Krug in die Gläser einzuschenken.

Währenddessen tollte Isma durch den kleinen Raum und warf die Kissen geschickt rund um den Tisch. Das letzte umschlang sie mit ihren Armen und ließ sich vor dem kleinen Tisch auf den Bauch fallen. Ihre Beine wippten aufgeregt in der Luft, während uns ihr Großvater bat, auf den Kissen Platz zu nehmen.

„Mein Name ist Alim. Ich bin der Wächter dieses Dimensionsüberganges. Nicht viele kommen hierher. Und wenn doch Leute aus eurer Dimension kommen, so seid ihr immer in Eile. Aber hier brauchen die Dinge Zeit", sagte der Schlangenmann und reichte jedem von uns ein Glas der süßlich duftenden Flüssigkeit.

„Bitte sehr", sagte er, rollte seinen Schlangenschwanz ein, was für ihn wohl sich hinsetzen bedeutete, und trank einen Schluck aus seinem Glas.

Wir taten es ihm gleich, also zumindest, was das Trinken anbelangte. Ich schloss genüsslich die Augen und als ich sie wieder öffnete, stellte Basma gerade einen Teller mit Gebäck vor uns auf den Tisch.

Sofort schnellte Ismas Hand unter dem Tisch hervor und schnappte sich das größte Gebäckstück.

„Aber Isma, lass doch erst unsere Gäste sich etwas nehmen", tadelte sie ihr Großvater.

Isma tat aber so, als hörte sie ihn nicht und biss demonstrativ lustvoll in ihre Beute. Ich langte nun ebenfalls zu. Gutem Essen konnte ich einfach nicht widerstehen.

Isma hatte ihr erstes Gebäckstück bereits verschlungen und fragte nun neugierig: „Und wer seid ihr? Warum seid ihr hierhergekommen?"

„Das geht dich wirklich gar nichts an, Isma", sagte Alim streng.

„Wieso nicht?", protestierte Isma. „Vielleicht kann ich ihnen helfen. Wenn sie etwas suchen …"

„Wir suchen eine Antwort. Und Antworten sind immer am schwersten zu finden", erklärte Shai und Isma horchte interessiert auf. „Danke, dass du uns deine Hilfe anbietest."

Matt stellte uns dem Alten und Isma vor und erklärte ihm, dass wir wegen der Katze hier waren, die von dieser Dimension in unsere vermittelt worden war.

„Oh ja, ich erinnere mich an das Tier", sagte Alim. „Ein Mitarbeiter der Vermittlung hat es eines Tages vom Palast hierhergebracht und dann mit in eure Dimension genommen."

„Optica war im Palast?", fragte ich erstaunt.

„Nun ja, dafür müsst ihr erst einmal verstehen, wie die Dinge hier so stehen. Ohnehin solltet ihr zuallererst um eine Audienz beim Chalifa bitten. Das gehört sich hier so und nur mit seiner Genehmigung dürft ihr sein Land frei bereisen. Ihr könnt solange unsere Gäste sein, bis ihr beim Chalifa vorgeladen werdet", bot uns Alim höflich an.

„Vielen Dank, Alim, aber wie du schon richtig vermutet hast: wir sind eher in Eile. Wir werden daher lieber gleich zum Palast gehen", erklärte Matt.

„Ach ja?", fragte ich enttäuscht.

Mir gefiel Alims Gastfreundschaft außerordentlich gut. Vor allem wegen der Aussicht, von der besten Köchin im Ort bewirtet zu werden.

Matt sah mich streng an. Ich hatte eine schwache Hoffnung, von Shais Seite Unterstützung zu bekommen, aber sie war offenbar mit den Gedanken gerade woanders. Ich betrachtete wieder ihren schönen Haarschmuck und dabei fiel mir etwas ein: „Aber Moment mal. Du sagst, wir müssen zum Chalifa? Aber ich denke, der Wesir hat hier das Sagen."

Alim nickte: „Das ist schon ganz richtig. Aber offiziell muss man trotzdem um eine Audienz beim Chalifa bitten. Zu Gesicht bekommt man schlussendlich aber immer den Wesir. Es heißt, der Herrscher verbringt die meiste Zeit in einem Palast außerhalb von Kupal. Die Regierungsgeschäfte überlässt er stets anderen und vertreibt sich lieber mit allerlei unnützen Spielereien die Zeit."

Alim schüttelte traurig seinen Kopf.

„Warum melden wir uns dann aber nicht gleich beim Wesir an? Würde sich dieser nicht geschmeichelt fühlen?", fragte ich.

Alim überlegte kurz: „Das würde er bestimmt. Er ist ein sehr stolzer und eingebildeter Mann. Aber wenn der Chalifa aus irgendeinem Grund doch zugegen sein sollte, wäre er zutiefst gekränkt und würde befehlen, dass denjenigen, die ihn beleidigt haben, die Köpfe abgeschlagen werden. Und der Wesir würde diesen Befehl bestimmt nicht verweigern. Er ist, was dies anbelangt, wie sagt man noch gleich, … ach ja, nicht gerade zimperlich."

„Dann sollten wir uns vielleicht doch an das hier geltende Protokoll halten", schlug Shai vor und sah Matt dabei forschend in die Augen.

„Na schön", gab dieser nach einem kurzen Moment mit einem Seufzer nach.

Ich jubelte innerlich. Eigentlich wollte ich zwar auch so schnell wie möglich wieder in meine eigene Dimension zurück. Aber dieser kleine Raum hier mit Isma und Alim wirkte höchst behaglich – und das obwohl ich mich noch immer mehr in einem Traum als in der Wirklichkeit fühlte. Diesmal brauchte ich offenbar deutlich länger, um mich an die neue Dimension zu gewöhnen.

„Dann schicke ich gleich einen Boten zum Palast, der euch dort ankündigt", erklärte Alim und Isma strahlte uns freudig an.

Alim rief nach Basma, die kurz darauf verschwand. Sie hatte wohl das Haus verlassen, denn für kurze Zeit war der vorhin schon im Tunnel wahrnehmbare Lärm wieder ganz deutlich zu hören. Auch nachdem die Tür wieder geschlossen war, drangen durch die Wände weiterhin die Geräusche der Straße hindurch. Vorher hatte ich diese offenbar ausgeblendet, zu abgelenkt von dem herrlich duftenden Getränk und dem köstlichen Essen.

Alim schien meine nun erwachte Neugierde zu bemerken. „Wir befinden uns hier direkt in der Nähe einer Marktstraße. Wenn ihr wollt, könnt ihr euch dort ruhig umsehen. Geht nur nicht zu weit. Wie gesagt, ohne Erlaubnis solltet ihr hier nicht umherwandern. Isma wird euch aber sicher gern begleiten", schlug er vor.

Isma sprang sofort hoch erfreut auf die Beine. Shai und Matt nickten sich zu und so machten wir uns auf. Bevor wir das Haus verließen, setzte Alim Matt und mir einen Turban auf und Isma reichte Shai einen beigefarbenen Schleier.

Als wir zur Haustür hinaus waren, kamen mir tausend Gerüche entgegen: nicht alle davon gut, aber auf jeden Fall sehr interessant. Isma zerrte an meiner Hand, um uns weiterzuführen. Wir befanden uns in einer schmalen, schattigen Seitengasse. Vor und hinter uns ragten lehmige Wände empor. Sie waren jedoch nicht so schön verziert wie die von Chalifas Anwesen in unserer Dimension.

Das Ende der Gasse war nur etwa zehn Meter entfernt. Kaum hatten wir die schmale Straße verlassen, schlug uns schon der Lärm von vielen Hunderten von Menschen nur so um die Ohren. Marktschreier priesen ihre Waren an. Es herrschte ein ziemlich dichtes Gedränge. Plötzlich stach mir die Sonne in die Augen. Ich kniff sie zusammen, machte einen Schritt nach vorn, stolperte über irgendetwas, das ein metallenes Geräusch verursachte. Als ich mich danach umsehen wollte, stieß ich mir den Kopf an einem Balken über mir an. Darauf machte ich benommen einen Schritt zurück und stolperte plötzlich über ein paar weitere – dem Geräusch nach metallene – Gegenstände. Ich drehte mich in der Luft, in der Hoffnung, mich noch fangen zu können. Es gelang mir aber nicht mehr, mein Gleichgewicht wieder zu finden. Meine Beine hatten sich zu sehr in den Gegenständen am Boden verheddert, sodass ich vollends meinen Halt verlor und schließlich mit dem Gesicht nach unten und mit hilflos in der Luft rudernden Armen laut krachend in einem ganzen Haufen von Pfannen, Krügen und anderem metallenem Geschirr landete.

Auf einmal schmerzten mich tausend Stellen an meinem Körper und ich hatte eine Mischung aus Sand und Wollfäden in meinem Mund, die wohl von einem Teppich stammten, der unter dem ganzen Geschirr begraben lag. Nun fühlte ich mich auf einen Schlag nicht mehr wie in einer Traumwelt. Der Schmerz, das Gefühl des Bodens unter mir und die laut schimpfende Stimme des Händlers, in dessen Waren ich gerade gefallen war, waren dafür einfach viel zu real.

Eine Hand packte meinen unter Krügen begrabenen Arm und zog mich hoch.

„Sehr gut gemacht, Ruby. Das nenne ich mal diskret", sagte Matt, während er mich auf die Beine zog.

Von Shai sah ich nur die Augen, die mich mit einer Mischung aus Mitleid und Überraschung ansahen. Aber sie würde bald aufhören, über meine himmelschreiende Tollpatschigkeit überrascht zu sein. Denn so viel war klar: auch nach 450 Jahren hatte sich daran nichts geändert.

Nach meinem ungeschickten Betragen auf dem Markt traute ich mich nicht wieder auf die Straße. Wir beendeten zwar noch unseren kurzen und sehr interessanten Ausflug, danach verspürte ich aber keine Lust mehr, weitere Stadtbesichtigungen zu unternehmen. Auch Matt und Shai blieben in Alims Haus.

Basma teilte uns mit, dass der Bote seine Nachricht beim Chalifa abgegeben hatte. Nun mussten wir nur noch auf eine Reaktion warten. Und dies konnte laut Alim sehr, sehr lange dauern.

Am nächsten Morgen wollten Matt und Shai Basma nochmals kurz auf ihrem Rundgang über den Markt begleiten. Diese stimmte dem Vorschlag zu und so verließen sie zu dritt das kleine Haus.

Ich blieb sicherheitshalber zurück und diente schon bald als Ablenkung für Isma, die sehr unwillig an einer Schreibarbeit saß, die ihr Großvater ihr aufgetragen hatte.

„Was willst du denn später einmal werden?", fragte ich Isma.

Ismas Miene hellte sich auf und sie antwortete voller Begeisterung: „Wenn ich groß bin, will ich für die Vermittlung arbeiten und viele fremde Orte und Länder bereisen!"

Ich verzog das Gesicht. Warum nur waren so viele Menschen von der Vermittlung begeistert? Das konnte ich einfach nicht verstehen. Ich versuchte, mir das dadurch zu erklären, dass sie der Chefin noch nie begegnet waren. Oder lag es einfach daran, dass sie sich ihre Arbeit aussuchen konnten? Mir selbst blieb ja keine große Wahl. Nicht, wenn ich mein überdimensional großes Schuldenproblem lösen wollte. Und abgesehen von der Chefin gab es niemanden mehr, der ausreichend Einfluss, Geld oder überhaupt den Willen hatte, mir aus diesem Sumpf herauszuhelfen, in den ich durch mein eigenes Verschulden gesunken war. Bisweilen gelang es mir aber recht gut, die Gedanken an meine Probleme zu verdrängen.

Ich erinnerte mich nun wieder an mein letztes Gespräch mit jemandem, den ich als Freund betrachtete. Folgendes hatte er damals zu mir gesagt: „Es tut mir leid, Ruby, aber wenn du deine Schulden nicht zahlst, kann ich dir nichts mehr liefern. Geschäft ist eben Geschäft. Außerdem hab' ich gehört, dass du auch noch anderen Geld schuldest. Ich habe wirklich lange ein Auge zugedrückt. Du musst das wieder in den Griff kriegen. Sag schon … stimmt das, was ich über dich gehört habe? Du hast schon seit längerem keine eigene Wohnung mehr? Nehmen dich deine Bekannten noch auf? Wo soll das noch enden, Ruby? Du siehst jetzt schon mager und schwächlich aus. Mehr als sonst, meine ich. Ich rate dir, … nein, ich bitte dich inständig: finde eine gute Arbeit mit einem regelmäßigen Einkommen. Und wenn du wieder genug zu Essen und eine eigene Bleibe hast, dann kannst du damit anfangen, deine Schulden zurückzuzahlen. Und tu dies möglichst bald. Es werden nicht alle so geduldig warten wie ich."

Dieses Gespräch war kurz vor meinem Vorstellungsgespräch bei der Chefin gewesen. Ich hatte die Mahnung meines Freundes durchaus ernst genommen und war bestrebt, seinem Rat zu folgen. Durch den Job bei der Vermittlung bekam ich ja immerhin Kost und Logis. Blieb nur noch das Problem des Zurückzahlens meiner Schulden.

„Ist alles mit dir in Ordnung?", fragte Isma beunruhigt, als sie merkte, dass ich völlig gedankenversunken dasaß.

„Aber ja", schreckte ich auf. „Alles bestens! Ich habe mich nur gerade an etwas erinnert."

„Hmmm", machte Isma nachdenklich.

Fast im selben Moment stürzte Basma in den kleinen Raum.

„Unglaublich! Unglaublich! Das ist einfach unglaublich!", rief sie hysterisch, fuchtelte mit einem Papier in der Luft herum, rannte einmal quer durch den Raum und dann wieder hinaus.

Ich hörte sie aufgeregt nach Alim rufen. Der alte Mann schlängelte sofort herbei und Matt und Shai folgten ihm. Sie waren ja mit Basma zusammen unterwegs gewesen.

Isma sprang auf die Füße und sah ihrem Großvater aufgeregt entgegen. Er hielt ein Schreiben in seinen Händen, das ihm wohl Basma gerade erst überreicht hatte.

Ich sah fragend zu Matt und Shai hinüber, aber die zuckten nur mit den Schultern. Matt setzte sich neben mich und als ich ihn flüsternd fragte, was denn los sei, meinte er, er und Shai hätten nur gesehen, wie ein Bote Basma vor der Haustüre dieses Schreiben überreicht hätte. Mehr wüssten sie nicht.

Alim musterte derweil den Zettel in seiner Hand und machte große Augen.

„Das ist wirklich unglaublich!", sagte nun auch er und unsere Neugierde steigerte sich ins Unermessliche.

Er sah uns an, dann blickte er nochmals auf das Schreiben und dann sah er wieder zu uns.

„Das ist eine Nachricht aus dem Palast", verkündete er und klang dabei sichtlich überrascht. „Normalerweise dauert es Tage, wenn nicht sogar Wochen, bis eine Antwort auf eine Anfrage aus dem Palast kommt. Aber hier! Eindeutig! Es ist das Siegel des Wesirs."

Er schien ganz aufgeregt zu sein und auch Basma und Isma zitterten vor Ungeduld.

„Was steht denn da?", fragte Matt eher gelassen, aber interessiert.

Alim räusperte sich.

„Es ist eine Einladung. Ihr werdet noch heute im Palast des Chalifa erwartet", erklärte der Schlangenmann.

„Das klingt doch großartig!", meinte Matt. „Wir hatten es ohnehin eilig. Das kommt uns sehr gelegen."

Alim sah sprachlos auf das Schreiben. Er sah leicht beunruhigt aus. Ich wollte ihn schon fragen, ob es ein Problem gab, als Isma ihm das Papier aus der Hand entriss und laut vorlas:

„Es ist uns zu Ohren gekommen, dass sich unter den Dimensionsreisenden eine Frau mit einer sehr speziellen Augenfarbe befinden soll. Wir sind sehr gespannt darauf, ihre Bekanntschaft zu machen und laden die Reisenden ein, noch heute in unseren Palast zu kommen und unser Wohlwollen entgegenzunehmen."

Das hatte ich nun wirklich nicht erwartet. Es klang eigentlich ganz nett. Aber Alims eher gequälter Gesichtsausdruck machte mich misstrauisch.

Matt hingegen schien meine Sorge nicht zu teilen.

„Interessant", sagte er und sah zu Shai. „Der eine Chalifa wollte dich fast nicht in sein Haus hineinlassen und von dem andern kriegst du nun eine persönliche Einladung."

„Die Einladung ist nicht vom Chalifa, sondern vom Wesir", erwiderte Shai.

„Was macht das schon für einen Unterschied", meinte Matt schulterzuckend.

„Einen großen", sagte Alim. „Für euren Auftrag wäre es das Beste gewesen, wenn der Wesir euch möglichst nicht beachtet hätte. Da nun sein Interesse an euch aber schon einmal geweckt ist, rate ich euch, äußerst vorsichtig und diplomatisch vorzugehen. Ihr dürft es euch auf keinen Fall mit ihm verscherzen", ermahnte er uns.

„Das kriegen wir schon hin", meinte Matt selbstsicher. Dann schien er kurz nachzudenken und schaute zu mir herüber. „Du weisst, was das für dich heißt, Ruby?", fragte er.

„Ja", antwortete ich. „Ich werde mir alle Mühe geben und den Mund halten."

Der Weg zum Palast des Chalifa verlief steil bergauf, da der Palast am höchsten Punkt der Stadt errichtet worden war. Die Hitze des Tages machte sich bereits bemerkbar und ich schleppte mich mühsam durch die engen Gassen, die laut Isma eine Abkürzung waren.

Isma hatte Alim dazu überreden können, uns bis zum Palast führen zu dürfen. Ihn mit uns zu betreten, hatte der besorgte Großvater ihr aber strengstens untersagt. Momentan war Ismas Stimmung durch dieses Verbot aber nicht getrübt und sie hüpfte fröhlich vorneweg und deutete auf dieses interessante Geschäft und jenes Haus eines Freundes und so weiter. Matt hörte ihr aufmerksam zu, während Shai in Gedanken versunken war. Sie versuchte wohl, sich auf unser bevorstehendes Treffen mit dem Wesir vorzubereiten.

Da ich sowieso mehr Mitläufer als etwas anderes war, musste ich mir keine Sorgen darüber machen, was ich sagen sollte. Obwohl Matts beinahe schon übertriebene Zuversicht mich etwas nervös machte. Aber etwas ganz anderes beschäftigte mich. Meine Sorge galt der Frage, ob ich noch halbwegs präsentabel aussehen würde, wenn wir endlich beim Palast oben angekommen wären. Der Schweiß rann nur so in Strömen an mir herab und immer wieder lehnte ich mich keuchend gegen eine Hausmauer, um wieder zu Atem zu kommen.

Shai machte der Aufstieg offenbar keine Probleme und auch der durchtrainierte Matt schien nicht sonderlich außer Atem zu kommen. Für einen Augenblick überlegte ich mir, ob ich nicht vielleicht doch einmal an einem seiner Trainings teilnehmen sollte.

Als wir den Palast endlich erreicht hatten, war ich von dem Anblick eher enttäuscht. Natürlich, er war groß und hatte ein schönes, fast schon filigranes Muster an seinen Außenwänden. Diese kamen aber kaum zur Geltung, ebenso wenig wie die großen zugespitzten Torbögen, die in die rötlichen Mauern eingelassen waren. Dem Palast fehlte einfach der nötige Platz, damit der Betrachter seine Größe hätte voll auskosten können. Die Häuser der Stadt hatten sich bis auf die Spitze des Hügels gedrängt und engten den Palast nun von allen Seiten ein.

Isma sah nun nicht mehr so fröhlich aus wie noch zuvor. Offenbar schüchterte sie die Nähe zum Sitz des Chalifa nun doch ein. Sie hielt sich an eine Häuserecke gedrückt und deutete mit ausgestrecktem Arm auf den mit Wachposten besetzten Eingang des Palastes. Dann schlich sie in geduckter Haltung einige Schritte zurück, sprang schnell die Gasse hinunter und war auch schon im nächsten Augenblick verschwunden.

Ich wischte mir mit einem Tuch den Schweiß von der Stirn. Matt, Shai und ich sahen uns an. Wir verständigten uns, ohne ein Wort zu wechseln, nur mit einem Kopfnicken. Wir waren bereit. Ich holte tief Luft, als wir auf das Tor des Palastes zugingen.

Das erste Tor zu passieren, war nicht weiter schwer. Doch bei jedem nächsten Durchgang, an den wir gelangten, sahen die Wachen strenger aus und musterten uns länger und kritischer. Das wäre ganz schön einschüchternd gewesen, wenn nicht in demselben Maße, wie die Wachposten strenger wurden, ihre Uniformen immer lächerlicher aussahen. Schon die ersten Wachposten trugen seltsame bunte Kostüme und schwarze Turbane. Wenigstens passte Schwarz ja zu jeder Farbe. Dann veränderte sich aber der Schnitt und einige Wachen trugen abstruse Karo-Muster in regenbogenfarbenen Tönen und sahen darin aus, als wären sie direkt einem magischen Einhorn-Bilderbuch für Kinder entstiegen.

Dass sich meine Verblüffung auf meinem Gesicht widerspiegelte, konnte ich nicht verhindern. Aber ich hielt mich an mein Vorhaben und gab keinen Mucks von mir.

Der Palast wirkte innen viel größer als von außen. Die Räume waren hoch und mit glattem Stein ausgekleidet. Die Böden glänzten fast schon wie Spiegel und zudem waren die Räume von hellem Sonnenlicht durchflutet, auch wenn ich nicht feststellen konnte, wo genau das eigentlich herkam. Vielleicht lag dahinter ein architektonischer Trick.

Der schlichte, aber freundliche Eindruck des Palastes änderte sich jedoch schlagartig, als wir in den Flügel des Wesirs geführt wurden. Auf einmal schienen die Gänge enger zu werden, vollgestopft mit allem möglichem Prunk, vor allem solchem, der goldig glitzerte. Die Wachen waren in dunkelviolette Uniformen gekleidet, die zusammen mit ihren glänzenden Säbeln und den finster dreinblickenden Augen sehr furchteinflößend wirkten. An den Wänden hingen ausgestopfte Tierschädel, die mich aus ihren schwarzen Augen anzustarren schienen. Da hatte mir doch das Haus von Chalifa in unserer Dimension eindeutig besser gefallen. Vor allem, weil die Katzen dort lebendig waren und nicht körperlos an den Wänden hingen.

„Das mit der ‚Auseinandersetzung zwischen den Menschen und den Katzen hier', wie es in Kenans Bericht stand, scheint wohl etwas untertrieben zu sein", kommentierte Matt leise flüsternd.

Da konnte ich ihm nur zustimmen. Ich tat es aber nicht, da ich mir selbst nicht traute. Wenn ich einmal den Mund hier aufmachen würde, dann könnte ich ihn vielleicht nicht wieder verschließen.

Am Ende des Ganges wartete ein herausgeputzter Lakai bereits ungeduldig. Er schob uns praktisch durch den Durchgang und durch die schweren Vorhänge, die anstelle einer Wand den Raum so umschlossen, dass die Dienerschaft ungesehen dahinter passieren konnte.

So fanden wir uns plötzlich in einem Raum wieder, der halb privat, halb offiziell aussah – wohl eine Art Audienzzimmer – und wurden mit lauter Stimme angekündigt.

Der Raum schien einigermaßen bescheiden eingerichtet zu sein. Wahrscheinlich damit der Chalifa nicht noch auf seinen Wesir eifersüchtig wurde. Die Schlichtheit der Einrichtung in diesem Zimmer wurde natürlich durch all den Prunk in den Gängen, durch die wir eben gekommen waren, in den Schatten gestellt. Und es gab auch in diesem Audienzraum einige ausgewählte und ohne Zweifel sehr wertvolle Objekte, die verrieten, dass man hier auf eine bedeutende Persönlichkeit traf. Besonders ein aus weißem Stein geschaffenes Modell einer hochentwickelten Bewässerungsanlage, das tatsächlich auch Wasser führte, erregte mit seinem feinen Rauschen und Plätschern meine Aufmerksamkeit. Wäre es nur ein einfacher Brunnen gewesen, hätte er kaum Beachtung erhalten. Aber so erfüllte dieses Gesteinskonstrukt nicht nur die Aufgabe eines Brunnens, sondern zeigte gleichzeitig auf, wie weit entwickelte und ausgeklügelte Systeme es in diesem Land gab.

Es gab daneben noch einige andere Dinge in dem Raum zu bestaunen, doch der Wesir zog fast augenblicklich meinen Blick auf sich. Er stand allein in dem Raum auf einem leicht erhöhten Boden. Seine Pose verriet, dass er nicht still gewartet hatte, sondern wohl zuvor auf und abgegangen war. Ich starrte ihn erstaunt an. Er sah so überhaupt nicht aus, wie ich mir einen Wesir vorgestellt hatte. Ich hatte mir einen kleinen, dicken, schlecht gelaunten Mann vorgestellt, der schimpfend auf einem Kissen saß und seine Diener herumscheuchte.

Zu seinem Benehmen konnte ich natürlich noch nichts sagen, aber vor mir stand ein ganz anderer Typ Mann. Zum einen war er viel jünger, als ich gedacht hätte, vielleicht Mitte Dreißig. Er war auch nicht klein und dick, sondern hatte eine sportliche und hochgewachsene Statur. Auch seine Körperhaltung vermittelte den Eindruck, dass man hier keinem stubenhockenden Richter oder Beamten gegenüberstand, sondern vielmehr einem geübten Krieger oder Jäger. Darauf schloss ich zumindest anhand der ganzen ausgestopften Tiere, die er als Trophäen aufgehängt hatte.

Und dann war da noch sein Gesicht. Weder konnte der Bartwuchs es verbergen, noch konnte sein mit funkelnden Edelsteinen besetzter Turban davon ablenken, dass er ein unheimlich gutaussehender Mann war.

Das sollte nicht bedeuten, dass der Wesir auf mich sympathisch wirkte. Im Gegenteil – ich war schon nach einem kurzen Blick in seine Augen überzeugt davon, dass hier ein sehr gefährlicher Mann vor uns stand. Trotzdem überlief mich ein nicht ganz unangenehmer Schauer, als wir ihm nun gegenüberstanden.

Zu meinem Bedauern, aber wohl auch zu meinem Glück, war der Wesir kaum an mir interessiert. Sein Blick streifte mich nur kurz, blieb dann aber umso intensiver auf Shai haften, von der man wegen des Schleiers nur die violetten Augen sah, die dafür umso offensichtlicher einzigartig wirkten. Und auch Matt musterte er eingehend, der in keiner Weise eingeschüchtert oder auch nur beeindruckt von seinem Gegenüber oder seiner Umgebung schien. Er sah lässig und zuversichtlich aus und strahlte mindestens genau so viel Selbstvertrauen aus wie der Wesir.

Wie es sich gehörte, warteten Shai und Matt geduldig ab, bis sie von dem Wesir angesprochen wurden. Als dieser endlich das Wort ergriff, füllte seine kräftige Stimme den ganzen Raum: „Ihr seid also diese Leute aus der anderen Dimension. Von dieser Vermittlung, die sich allein das Recht herausnimmt, hierher zu kommen, aber umgekehrt niemanden in ihre eigene Dimension lässt."

Es war eine Provokation. Glücklicherweise reagierte Shai ganz gelassen darauf: „Unsere Dimension hat wohl kaum etwas zu bieten, das für Euch von Interesse sein könnte. Ihr scheint hier doch die schöneren und wertvolleren Schätze zu besitzen. So jedenfalls kommt es uns vor, nachdem wir Euren wundervollen

Palast betreten und Eure Sammlung mit eigenen Augen bestaunen durftet."

Shai versuchte es offenkundig mit Schmeicheleien. Der Wesir ließ nun auch von seiner Provokation ab, entgegnete jedoch nachdenklich: „Ja, so dachte ich bisher auch."

Er starrte Shai intensiv in die Augen. Er kam doch nicht etwa auf den Gedanken, dass Shai …

Ich traute mich nicht, den Gedanken fertig zu denken und atmete beruhigt aus, als der Wesir seinen Blick abwandte. Er nahm sich einen goldenen Kelch von einem Tablett, das ein Diener ihm hinhielt, der wie aus dem Nichts erschienen war. Dann trank er einen kräftigen Schluck und kurz darauf waren sowohl der Kelch als auch der Diener mit dem Tablett wieder verschwunden.

„Man hat mir von euch berichtet. Ihr wurdet auf dem Markt gesehen. Das hat mich neugierig gemacht. In der Stadt wird viel erzählt. Darum wollte ich mich selbst davon überzeugen, ob die Gerüchte wahr sind", erklärte der Wesir.

Das war wahrscheinlich mir zu verdanken, dachte ich beschämt. Ich hatte mit meinem krachenden Auftritt auf dem Markt bestimmt so einige Blicke auf unser Team gelenkt.

„Bei uns erzählt man sich, dass Wesen mit einer solchen Augenfarbe großes Glück oder großes Unheil bringen können", fuhr der Wesir fort.

Wessen Augenfarbe er meinte, war allen klar.

„Was davon bringt ihr mir?", fragte er und sah Shai herausfordernd an.

Shai schien kurz zu überlegen und antwortete dann: „Es liegt nicht in meinen bescheidenen Fähigkeiten, dem hochehrwürdigen Wesir weder das eine noch das andere zu bringen. Wir sind nur wegen des Auftrages eines anderen Herrn hier."

Der Wesir schmunzelte über diese Antwort.

„Dann wollen wir hoffen, dass ihr wenigstens ihm Glück bringt", sagte er.

Er nahm eine etwas entspanntere Haltung ein und stand nicht mehr ganz so steif und bedrohlich vor uns.

„Also, warum seid ihr hier?", fragte er ruhig.

Diesmal antwortete Matt: „Wir sind hier wegen einer Katze namens Optica, die aus dieser Dimension stammt. Genauer gesagt aus diesem Reich. Sie verhält sich in letzter Zeit etwas merkwürdig und ihr Besitzer hat uns deshalb beauftragt, herauszufinden, woran das liegen könnte. Wir hoffen, hier einige Antworten auf diese Frage zu finden."

Der Wesir schnaubte verächtlich.

„Optica … ihr gebt diesen Viechern also sogar Namen, als wären sie gleichbedeutend mit uns Menschen. Ja, ich erinnere mich an dieses Tier. Einer eurer Leute hat mich um es gebeten. Einer von der Vermittlung. Es hätte sonst eine schöne Trophäe abgegeben. Aber das Tier war nichts Besonderes. Keines der hohen Tiere, die ich mir sonst vorknöpfe."

Seine Augen glitzerten nun mordlustig und verursachten bei mir ein unbehagliches, kribbelndes Gefühl.

„Ich verstehe zwar nicht, warum, doch wenn ihr Katzen so sehr mögt, kann ich euch gerne hunderte neuer Katzen schenken. Denn im Reich des Chalifa sind diese teuflischen Ausgeburten nicht willkommen", sagte er und klang dabei freundlich und bedrohlich zugleich.

Shai versuchte, dieses Angebot möglichst höflich abzulehnen.

„Wir danken Euch für Euer großzügiges Angebot. Aber ich fürchte, unser Auftraggeber wäre damit nicht einverstanden", sagte sie.

Der Wesir blickte finster drein.

„So. Und was wollt ihr dann?", fragte er und klang dabei sehr misstrauisch.

„Wenn Ihr es uns erlaubt, so würden wir gerne Opticas Schritte zurückverfolgen. Uns den genauen Ort ansehen, von dem sie stammt", erklärte Matt.

Der Wesir wirkte auf einmal desinteressiert.

„Meinetwegen. Einer meiner Generäle kann euch hinführen", sagte er.

„Und dürfen wir uns dort dann umsehen? Ich meine, gestattet Ihr uns, dass wir uns frei bewegen können?", fragte Shai nach.

Der Wesir wechselte augenblicklich wieder von seinem desinteressierten Gesichtsausdruck zu einem bedrohlichen. Unglaublich, wie schnell seine Stimmung umschlagen konnte.

„Nur unter einer Bedingung", entgegnete er. „Ihr dürft euch nicht in unsere Angelegenheiten einmischen. Wenn ihr dabei erwischt werden solltet, wie ihr diesen Biestern helft, so werdet ihr unverzüglich aus diesem Reich verbannt. Und nicht unbedingt zurück in eure Dimension."

Seine Drohung erschreckte mich. Das würde für uns ja bedeuten, dass wir in dieser fremden Dimension feststeckten, ohne wieder zu unserem Dimensionsloch zurückkehren zu können!

„Wir geben Euch unser Wort, dass wir uns nicht in Eure Belange einmischen werden", erklärte Shai ernst.

„Nun gut", meinte der Wesir darauf, „dann werde ich euch diese Freiheit gewähren."

Warum ausgerechnet ein General uns führen sollte, war mir schleierhaft. Meiner Meinung nach hätte es doch sicher auch ein einfacher Diener getan. Nachdem wir von der Audienz beim Wesir entlassen wurden, warteten wir über eine Stunde in einem der Warteräume des Palastes. Nicht, dass es hier unbequem gewesen wäre, aber die Nähe zum Wesir machte mich irgendwie nervös. Ich hätte es bevorzugt, den Palast so bald wie möglich zu verlassen.

Wir sprachen in der ganzen Zeit kein Wort miteinander. Uns war allen bewusst, dass in einem Palast die Wände Ohren hatten. Eine falsche Äußerung unsererseits hätte uns ganz schnell das Privileg kosten können, das uns der Wesir eingeräumt hatte. Auch deshalb fühlte ich mich, als säße ich auf Nägeln. Denn mir brannte so einiges auf der Zunge.

Schließlich führte uns einer dieser stillen Diener hinaus, der völlig geräuschlos wie aus dem Nichts aufgetaucht war. Als wir aus dem Palast traten, standen wir nicht vor dem Haupttor, durch das wir vorhin gekommen waren. Wir befanden uns in einem kleinen, steinernen Hof, hinter dem direkt die dicke Befestigungsmauer aufragte. In dem Innenhof wartete bereits der General auf uns. Diesmal trafen meine Erwartungen zu. Er war ein älterer Mann mit unnachgiebigem Gesicht, der wohl dank seiner Erfahrung diesen hohen Posten erhalten hatte.

Und er war sich seines hohen Ranges wohl auch bewusst, denn er würdigte uns kaum eines Blickes. Nach einer kurzen Musterung befahl er uns, ihm zu folgen, was im Grunde hieß, dass er mit seinem Pferd und zwei weiteren, mit Pferden ausgestatteten Soldaten vorausritt und wir mit drei anderen, unbedeutenderen Soldaten zu Fuß folgten. Natürlich hatten wir ihn schon nach wenigen Sekunden aus den Augen verloren. Die Häuser der Stadt kreisten uns in dem Moment ein, als wir durch das Tor der Palastmauer traten. Ohne die drei Soldaten hätten wir nie den Weg durch das Häuserwirrwarr gefunden.

Unsere Führer oder Bewacher – ich war mir nicht sicher, was eher zutraf – redeten kein Wort mit uns. Sie hätten auch fast schreien müssen, denn der Lärm der Straßen dröhnte uns schon nach kurzer Zeit wieder in den Ohren. Wir merkten erst an dem abflauenden Lärm, dass wir uns langsam in Richtung der Aussenquartiere der Stadt bewegten. Einer der Soldaten lief voraus und zwei liefen uns hinterher, damit wir auch ja nicht verloren gingen oder sonst etwas anstellen konnten. Sie hielten aber genug Abstand, sodass wir uns nun wieder leise unterhalten konnten.

„Gut gemacht, Ruby. Du hast wirklich nicht dazwischengeredet", lobte mich Matt für meine Zurückhaltung vor dem Wesir.

„Das war nicht weiter schwer. Ich war so eingeschüchtert, dass ich sowieso keinen Ton herausgebracht hätte", erwiderte ich.

Matt lachte. „Eingeschüchtert? So schlimm war der Kerl doch nicht. Nur eben jemand, der sich unheimlich wichtig nimmt."

Ich wunderte mich, dass der imposant wirkende, gutaussehende und strenge Wesir so gar keinen Eindruck auf Matt gemacht hatte. Bei mir war ja das Gegenteil der Fall. Mir zitterten noch immer leicht die Knie, wenn ich an ihn dachte. Ob aus Furcht oder doch, weil er so wahnsinnig anziehend auf mich wirkte, wusste ich nicht genau.

„Vielleicht", sagte Shai auf Matts Bemerkung hin. „Trotzdem glaube ich, dass wir gut daran tun, ihn uns nicht zum Feind zu machen."

Kaum hatte sie das gesagt, öffnete sich vor uns die Häuserwand und wir konnten von einem hohen Plateau aus, auf dem die Stadt offenbar errichtet worden war, in die weite Ferne blicken. Wir sahen auf eine endlose Wüste hinab. Sand soweit das Auge reichte. Eine trostlose, trockene Ebene. Ich dachte wieder an die Möglichkeit, dass der Wesir uns womöglich aus seinem Reich verbannen konnte. Auch wenn er uns nur aus der Stadt hinauswerfen würde, wusste ich nicht, ob wir das überleben konnten. Zumal wir hier nicht einen Solarjeep zur Verfügung hatten, um die Wüste zu durchqueren.

KAMPFGEBIET

So trostlos wie sie auf den ersten Augenblick ausgesehen hatte, war die Wüste dann doch nicht. Wir folgten einem steilen Pfad hinab. Tief unter uns konnte ich weitere Häuser entdecken. Es gab wohl auch eine Unterstadt.

Der Weg presste sich eng an das Plateau und als wir um eine Kurve bogen, konnte ich erkennen, dass gegenüber noch ein solcher Berg aus rotem Gestein lag. Der Palast des Chalifa war wohl auch aus Steinen dieser Berge erbaut worden. Unten im Tal konnte ich in der Ferne einen breiten Fluss ausmachen, der in der hellen Sonne glitzernd durch die Ebene floss.

Als wir noch tiefer gelangten und noch weiter auf die andere Seite des Plateaus kamen, erkannte ich auch einige Palmen und Felder, die vor uns lagen. Bestimmt wurde dort auch das Bewässerungssystem benutzt, das so elegant im Audienzzimmer des Wesirs zur Schau gestellt wurde.

Wir waren schon über eine Stunde unterwegs. Es war nun unerträglich heiß und unsere drei Begleiter bedeuteten uns bald, in ein an die Felswand geschmiegtes Gasthaus einzukehren. Dort warteten wir zusammen mit einigen anderen Reisenden, bis die schlimmste Hitze vorbei war. Shai erregte mit ihren violetten Augen Aufmerksamkeit, weshalb wir uns still in eine abgelegene Ecke zurückzogen, um dort möglichst unauffällig auszuharren.

Als wir endlich das Lager erreichten, in welchem uns der General erwartete, stand die Sonne bereits tief und die Schatten der Zelte waren lang. Hier sah es vollkommen anders aus als oben in der dicht bebauten Stadt. Wir befanden uns nun in einem Bezirk, der praktisch nur noch aus Gärten und vereinzelten Häusern bestand. Die Häuser befanden sich in einem ärmlichen Zustand und die sich um die Gärten ziehenden Mauern waren größtenteils verfallen und boten kaum mehr Schutz.

Im Lager wimmelte es von Soldaten. Wir wurden gleich bei unserer Ankunft an den Zeltreihen vorbeigeschoben und vor den General gebracht. Dieser schien nicht sonderlich begeistert, uns zu sehen. Ich würde sogar so weit gehen und behaupten, dass er enttäuscht darüber war, dass wir nicht unterwegs an einem Hitzeschlag zugrunde gegangen waren. Wie immer seine Befehle gelautet hatten, er schien uns nicht besonders wohl gesinnt zu sein.

Mit einigen knappen Worten kommandierte er barsch einem der Soldaten, er solle uns etwas zu Essen bringen und dafür sorgen, dass wir niemandem im Weg standen. Zu unserem Glück war der junge Soldat längst nicht so streng oder wortkarg wie seine Kollegen, die uns hergebracht hatten. Er führte uns zu einem gemütlichen Plätzchen nicht unweit eines Lagerfeuers. Dort konnten wir auf den Überresten einer Mauer sitzen und ungestört essen. Die anderen Soldaten beachteten uns nicht.

Der junge Soldat sah uns neugierig an. Er wusste natürlich nicht, warum wir hier waren. Für ihn waren wir einfach ein paar interessante Fremde, die es aus unerfindlichen Gründen genau in sein Lager verschlagen hatte. Shai klärte ihn schließlich über den Grund auf, weswegen wir hierhergekommen waren.

„Wegen einer Katze, ja? So was hör ich zum ersten Mal", sagte der junge Mann, der sich uns als Nasir vorgestellt hatte. „Aber ich nehme an, hier ist der richtige Ort, um sich umzusehen. Hier ist sozusagen das Kampfgebiet. Obwohl die schlimmsten Kämpfe meistens in der Wüste ausgetragen werden. Da würde ich niemandem empfehlen, allein hinzugehen."

„Was genau meinst du denn mit Kampf?", fragte Matt. „Ich meine, es geht hier um Katzen, oder? Wie schlimm können diese Auseinandersetzungen schon sein?"

„Sehr schlimm. Es ist ein richtiger Krieg", erklärte Nasir. „Die Katzen haben sich zu gefährlichen Banden zusammengeschlossen. Sie greifen meist aus dem Hinterhalt an. Es sind schon viele Soldaten bei ihren Angriffen ums Leben gekommen."

„Was?!", rief ich verdutzt. „Menschen sind gestorben? Was sind denn das für Katzen? Das ist doch nicht normal."

Shai stimmte mir zu: „Es ist auch höchst ungewöhnlich für Katzen, dass sie sich zusammenschließen. Eigentlich sind es Einzelgänger. Zumindest ist das in unserer Dimension so."

„Hier war es auch so" erklärte Nasir, „aber für den Kampf haben sie sich schließlich in Gruppen formiert. Der Wesir sagt allen, es seien teuflische Geschöpfe. Ich bin mir nicht sicher, ob das stimmt, aber sie können wirklich wie Dämonen kämpfen. Sie greifen immer nur nachts an. Und sie lernen schnell, sich vor unseren Attacken zu schützen. Ich habe schon beobachtet, wie sie bestimmte bittere Pflanzen fressen, die bakteriellen Infekten vorbeugen sollen. Dadurch heilen ihre Verletzungen im Kampf besser."

„Das klingt ja interessant", meinte Matt. „Fast so, als hätten sie eine Strategie."

„Allerdings!", pflichtete ihm Nasir bei. „Wir haben schon die Mäuse vergiftet, um die Katzen so zu töten, aber sie haben gelernt, Kohle zu essen, um das Gift zu neutralisieren."

„Hm", machte Shai nachdenklich, „vielleicht ist das wirklich die Spur, nach der wir gesucht haben. Vielleicht hat Optica ja eine Art Kriegstrauma oder so."

„Möglich wär's", stimmte Matt zu.

„Heißt das jetzt, wir sehen uns einen solchen Kampf an?", fragte ich verängstigt.

Optica hatte ich als sehr schöne Katze in Erinnerung, auch wenn sie nervtötend war mit ihrem Miauen. Dennoch: zwischen ihre mörderischen Artgenossen wollte ich nicht gelangen.

„Das dürfte dem General wohl kaum gefallen", erklärte Nasir und klang nun selbst etwas unsicher. Der General war bestimmt ein strenger Befehlshaber, den er nicht verärgern wollte.

„Aber du hast doch vorhin gesagt, hier wäre ein guter Platz, um sich umzusehen", erinnerte ich ihn.

„Dabei dachte ich eigentlich mehr an die Häuser. Die Leute, die hier in den Außenbezirken wohnen, stehen zum größten Teil auf der Seite der Katzen. Sie sind dem General und dem Wesir ein

Dorn im Auge, aber der Chalifa hat strikte Anweisung gegeben, dass keine Bewohner seiner Stadt dafür bestraft werden dürfen, dass sie den Katzen helfen. In der Oberstadt traut sich das zwar mit einigen wenigen Ausnahmen niemand, aber hier unten sind die Leute stur und lassen sich von dem Wesir nicht einschüchtern."

„Du meinst also, wir sollten mit ihnen reden?", fragte Matt.

„Nun ja, ihr steht ja offenbar auch auf der Seite der Katzen. Zumindest wollt ihr einer Katze helfen, richtig?", sagte Nasir und wir nickten zustimmend. „Hier im Lager können euch die Soldaten nur sagen, wie sie die Katzen bekämpfen, aber wie man ihnen hilft, werden euch eher die Anwohner sagen können."

„Du scheinst ja nicht allzu viel von diesem Krieg zu halten. Sehe ich das richtig?", fragte Matt den jungen Soldaten.

Nasir blickte verlegen zu Boden. Dann kam er mit seinem Gesicht etwas näher und flüsterte uns verschwörerisch zu: „Man hört hier so Einiges. Gerüchten zufolge soll der Wesir mit Schuld daran tragen, dass die Katzen überhaupt so aggressiv und gefährlich geworden sind. Tagsüber schleichen manchmal einige ruhig durch die Gärten und interessieren sich gar nicht für uns. Sie sehen dann richtig friedlich und unschuldig aus. Ich habe sie nie als wilde Bestien im Kampf gesehen. Ich selbst war immer nur für das Lager zuständig und bin daher nie mit auf einem richtigen Kriegszug gewesen. Die Kämpfe, die sie in der Wüste austragen, sollen sehr schlimm sein und einige Soldaten werden danach ständig von Albträumen geplagt."

Das würde ich wahrscheinlich auch, dachte ich schaudernd.

„Der Wesir sagt, sie wurden von den Katzen verflucht. Aber dann wundere ich mich doch, warum nur Soldaten von ihnen verflucht werden. Den Bewohnern gegenüber scheinen sie keinen Groll zu hegen", flüsterte Nasir.

„Na schön", sagte Matt und klopfte sich auf die Schenkel, „worauf warten wir dann noch? Fangen wir doch gleich mit der Arbeit an."

Nasir schüttelte den Kopf: „Um diese Zeit wird euch wohl niemand mehr die Tür öffnen. Es wird hier sehr schnell dunkel. Am besten, ihr beginnt morgen mit eurer Suche."

Matt zuckte mit den Schultern.

„Na schön, wenn du meinst", gab er nach.

Die Schlafstätte in dem Zeltlager war nicht gerade besonders bequem. Außerdem hatten die Männer am Abend noch von giftigen Schlangen und anderem kriechenden Getier gesprochen, das zuweilen in die Zelte kroch. Das hatte zur Folge, dass mir die halbe Nacht hindurch alle möglichen Körperstellen juckten, als würden kleine Tierfüßchen darüber krabbeln, obwohl da gar keine waren. Rein meine Vorstellung reichte aus, um die Nachtruhe zumindest für mich gründlich zu stören.

Am Morgen war ich also heilfroh, das unselige Zeltlager so rasch wie möglich hinter mir zu lassen. Wir machten uns früh genug auf den Weg. Nasir riet uns, nicht gerade die Häuser in unmittelbarer Nähe zum Militärlager aufzusuchen, da die Leute dort besonders verschlossen und auf Störenfriede schlecht zu sprechen waren. Das wunderte mich eigentlich nicht. Ich fände es auch nicht besonders gemütlich, direkt neben einem Militärlager zu wohnen.

Also gingen wir behutsam durch die Felder und folgten schmalen Trampelpfaden. Irgendwann beschloss Matt, dass wir nun weit genug vom Lager entfernt waren. Wir gingen auf die nächstgelegenen Häuser zu, um deren Bewohner, die nun mit Feldarbeit beschäftigt waren, nach den Katzen zu fragen.

Wir hatten kein Glück. Wir wurden nur misstrauisch beäugt und dann mit fuchtelnden Armbewegungen fortgescheucht. Bei den nächsten Häusern erging es uns ebenso. Und auch bei den übernächsten. Wir probierten aus, ob es einen Unterschied machte, wenn sich nur einer von uns näherte. Das schien aber auch keinen freundlicheren Umgang in den Bewohnern wachzurufen, und zwar egal, ob Shai, Matt oder ich gerade mit ihnen sprachen. Dass ich gelegentlich aus Versehen ein paar Pflanzen auf den Feldern zertrampelte, brachte uns auch nicht gerade mehr Sympathien ein.

Einmal sah ich einen Schatten vorbeihuschen. Es ging ganz schnell und doch war ich mir sicher, dass es eine Katze gewesen war. Nasir hatte also recht. Die Katzen griffen tagsüber nicht an.

Unser erfolgloser Ausflug wurde langsam zur Qual. Zwar stieg die Hitze hier in den Gärten nicht so rasant an wie oben in der Stadt, aber dennoch wurde das ewige Weiterlaufen langsam anstrengend und vor allem frustrierend. Wir waren noch nicht besonders weit gekommen, da wir ständig im Zickzack zwischen den einzelnen Hütten und kleinen Häusern hin und her gingen und uns immer behutsam näherten, um den Leuten keine Angst einzujagen. Aber keiner von uns schien bereit, so schnell schon aufzugeben. Wir beschlossen, es einfach weiter zu versuchen.

Erst einmal machten wir aber eine ausgedehnte Mittagsrast. Wir verkrochen uns unter ein paar Palmen und hofften, dass die Hitze dort auszuhalten sein würde. Für ein Mittagessen hatten wir genug Proviant von Nasir mitbekommen. Aber ein Abendessen hatte er nicht mit eingeplant. Diesmal hatte ich auch keine riesigen Essensvorräte von zu Hause mitgeschleppt. Was Matt und Shai alles mit sich trugen, wusste ich nicht so genau. Da es aber so heiß war, waren wir auch nicht sehr hungrig und sparten uns deshalb den größten Teil unseres Proviants für später auf.

Nur trinken mussten wir fast ununterbrochen. Aber hier in den Gärten gab es überall kleine Bächlein und Bewässerungskanäle, wo wir unsere Trinkbeutel wieder auffüllen konnten.

Es vergingen Stunden, bis wir uns endlich wieder auf den Weg machten. Doch auch der Nachmittag verlief nicht besser als der Morgen. Irgendwann hatte ich die Hoffnung ganz aufgegeben und achtete gar nicht mehr auf die Leute, sondern musterte die Gärten und das Bewässerungssystem. Es gediehen hier einige interessante Pflanzen, die ich noch nie zuvor gesehen hatte.

Als üppig hätte ich die Gärten trotzdem nicht bezeichnet. Auch wenn es hier grün war, haftete dem Ganzen trotzdem ein trockenes Aussehen an. Vielleicht lag dies an dem speziellen Grün der Pflanzen oder an dem immer wieder sichtbaren Sand, der einfach trockener aussah als ein Feld mit schöner, brauner Erde.

Als die Dämmerung nicht mehr weit entfernt war, fingen auch Matt und Shai an, sich Sorgen zu machen. Tatsächlich hatten nur die Menschen mit uns gesprochen, die selbst die Ansicht des Wesirs zu teilen schienen und nichts von den Katzen hielten.

Vielleicht taten sie aber auch nur so, weil sie uns für Spitzel des Wesirs hielten und dessen Zorn fürchteten. Ihr Vertrauen darauf, dass sich der Wesir an die Anweisung des Chalifas hielt, war womöglich nicht groß genug und sie fürchteten trotzdem eine Strafe.

Wir hofften nur noch, dass wir jemanden finden würden, der uns für die Nacht beherbergen würde. Aber wer wollte schon vermeintliche Spitzel bei sich aufnehmen? Schließlich kamen wir zu einem kleinen Haus, das von einem besonders schäbigen und vertrockneten Garten umgeben war. Viel wuchs hier nicht. Ob das nur an dem mangelnden Wasser lag, bezweifelte ich. Vielmehr ließen auch der Zustand des Hauses und einige verfallene Grundstücksmauern darauf schließen, dass das Anwesen nicht gut genug gepflegt wurde.

Ein alter Mann saß auf einem großen Stein. Als er uns kommen sah, herrschte er uns sofort an: „Geht weg! Verschwindet! Das ist mein Grundstück! Hier haben Fremde nichts zu suchen! Macht, dass ihr fortkommt!"

Shai schien aber offenbar nicht mehr gewillt zu sein, weiter zu marschieren. Sie ging langsam auf den alten Mann zu und sagte: „Wir suchen nur ein Lager für die Nacht. Bitte! Wir wollen euch keinen Ärger bereiten. Lasst uns nur in dem Schuppen übernachten. Wir werden euch nicht weiter belästigen."

Zuerst dachte ich, mit dem Schuppen meine sie das Haus. Aber dann sah ich, dass fast gänzlich von dem Haus verdeckt, ein kleiner Schuppen daran grenzte. Erleichtert atmete ich auf. Dann bestand ja vielleicht doch noch Hoffnung. Dass der alte Griesgram uns nämlich in sein Haus gelassen hätte, hätte ich in hundert Jahren nicht geglaubt.

„Was geht mich das an!", blaffte der Alte und zerstörte damit meine Hoffnung. „Das ist kein Gasthaus! Und nun schert euch fort!"

Shai verblüffte mich mit ihrer Reaktion. Sie setzte sich einfach demonstrativ vor ihm auf den Boden.

„Nein!", sagte sie bestimmt. „Wir haben uns heute lange genug herumscheuchen lassen. Es ist wirklich kaum zu glauben, wie unfreundlich ihr Leute hier seid."

Kaum hatte sie das gesagt, da sprang ein Schatten aus dem Gebüsch hinter ihr und plötzlich stand eine Katze neben ihr und schmiegte ihren Kopf an Shais Arm.

Der Alte, der gerade noch so ausgesehen hatte, als würde er Shai gleich an die Gurgel springen, sah nun entsetzt auf die Katze. Er stöhnte. Shai achtete aber nicht weiter auf ihn, sondern begann, die Katze zu streicheln, die sich das zufrieden schnurrend gefallen ließ. Es war eine sehr schöne Katze. Vielleicht nicht ganz so schön, wie Optica, aber auch ihr Fell glitzerte rot und grün, wenn Shai mit der Hand darüberstrich. Und vor allem war sie größer und kräftiger gebaut als Optica.

Matt und ich kamen nun ebenfalls näher und die Katze streifte zur Begrüßung durch unsere Beine.

Da wir kein bisschen feindselig auf diese Begegnung reagierten, schien der alte Mann nun doch langsam aufzutauen.

„Ihr greift die Katze nicht an? Und ihr habt keine Angst vor ihr? Was für Leute seid ihr und woher kommt ihr?", fragte er.

„Wir kommen aus einer anderen Dimension", antwortete Shai, „in der die Katzen friedlich sind und als Haustiere gehalten werden."

Der Alte wirkte überrascht.

„Hat der Wesir euch geschickt?", fragte er weiterhin misstrauisch.

Shai schüttelte den Kopf: „Nein. Mit dem Wesir haben wir eigentlich nichts zu tun. Außer dass wir seine Erlaubnis brauchten, um uns hier frei bewegen zu können."

„Und nun habe ich eine Gegenfrage", sagte Matt herausfordernd. „Warum hast du selbst eigentlich keine Angst vor der Katze?"

Der Alte zuckte erschrocken zusammen. Dann musterte er uns nochmals der Reihe nach. Er sah uns direkt in die Augen, als versuchte er, darin abzulesen oder zumindest zu erahnen, was wir vorhatten. Dann blickte er auf die Katze zu unseren Füßen hinunter und kratzte sich nachdenklich über den weißen Bart.

Die Katze starrte zurück und für eine Weile standen alle ganz reglos da, bis auf Shai natürlich, die noch immer auf dem Boden saß.

„Na schön", sagte der alte Mann schließlich, „Hameez scheint euch zu mögen. Meinetwegen könnt ihr hier über Nacht bleiben."

Und plötzlich, als erinnerte er sich, dass er vorher viel strenger gewesen war und nun viel zu gutmütig reagierte, fügte er hinzu: „Aber ihr bleibt im Schuppen! Ins Haus kommt ihr mir nicht."

„So, du heißt also Hameez", sagte Shai zu der Katze, die sich nun ausgiebig von Matt streicheln ließ.

Wir saßen in dem kleinen Schuppen neben dem Haus. Der Alte hatte uns zuerst hier eingesperrt und dann plötzlich ganz freundlich durch die Tür gerufen, er werde uns etwas zu essen zubereiten. So ganz schien er sich nicht entscheiden zu können, ob er uns nun als Feinde oder als Gäste betrachtete.

Die Lücken zwischen den Brettern des Schuppens hatten es aber Hameez problemlos ermöglicht, zu uns hinein zu gelangen. Und dort saßen wir nun und warteten geduldig.

Dabei fiel mir wieder Shais stures Verhalten von vorhin ein und ich sprach sie darauf an: „Shai, ich hatte gar nicht gewusst, dass du schon so müde bist. Jedenfalls hätte ich nicht von dir erwartet, dass du dich einfach ... hm, nun ja, so ..."

„So stur auf den Boden setzen würdest, meinst du?", entgegnete Shai. „Ich habe mich schließlich mit Recht befasst und im Zuge dessen auch mit Protestbewegungen. Da dachte ich, ich probier' das mal für meine Zwecke aus."

Diese Antwort verblüffte mich. Aber sie klang irgendwie auch ganz logisch. Obwohl ...

„Aber er hätte dich treten können oder sonst wie angreifen", warf ich ein.

Shai sagte hierauf gelassen: „Hunde, die bellen, beißen nicht."

Damit mochte sie sogar Recht haben. Dennoch blieb mir noch eine Frage offen: „Aber warum dann gerade bei diesem Haus und nicht schon vor einer Stunde?", fragte ich nach.

Diesmal antwortete Matt: „Weil uns die Katze hier, Verzeihung, der Kater, schon seit dem letzten Haus gefolgt ist. Und da er nicht weitergezogen ist, dachte Shai sicher, dass er hierhin gehört."

Shai nickte zustimmend. „Genau so war's. Schließlich haben wir ja einen Auftrag. Also schien mir diese Katze die beste Chance, um etwas herauszufinden."

„Der Kater ist uns gefolgt?", fragte ich nun noch überraschter. Das war mir überhaupt nicht aufgefallen. Na, so würde ich auch keinen guten Bericht über unser Vorgehen schreiben können, wenn mir solche wichtigen Dinge völlig entgingen.

Matt und Shai nickten.

„Vielleicht hat er versucht, abzuschätzen, ob wir für ihn eine Bedrohung darstellen", mutmasste Matt.

„Falls ja, dann sind wir wohl nicht als Bedrohung eingestuft worden", meinte Shai.

Kaum hatte sie das gesagt, schloss der Alte die Schuppentür wieder auf und stellte einen dampfenden Topf vor uns auf den Boden, aus dem angenehme Gerüche emporstiegen. Nun war ich wieder in meinem Element und konzentriere mich die nächste Viertelstunde ganz und gar aufs Essen. Es war zwar nicht so köstlich wie das Essen von Basma, Alims Haushälterin, aber es schmeckte besser als das, was wir im Militärlager vorgesetzt bekommen hatten.

Ich schleckte gerade die letzten köstlichen Reste von meinen Fingern, als Matt sich an unseren Gastgeber wandte.

„Also", begann er, „da du der Katze einen Namen gegeben hast, nehme ich an, du bist ein Freund dieser Tiere."

Der Alte musterte uns nochmals eingehend, bevor er schließlich antwortete: „Diese Katzenjagd, die der Wesir veranstaltet, ist mir zuwider. Es waren friedliche, zutrauliche Tiere, bis der Wesir ihnen den Krieg erklärt hat. Sogar da haben sie noch eine ganze Weile nicht reagiert. Erst als schon viele Katzen gestorben sind, haben sie sich zusammengeschlossen und angefangen, ihre Angreifer ebenfalls zu bekämpfen."

„Aber euch gewöhnlichen Bewohnern hier scheinen sie immer noch zu vertrauen", stellte Matt fest.

„Ja, viele von uns füttern die Tiere auch und geben ihnen ein Obdach. Dem Wesir wurde verboten, mit seinen Soldaten hier Jagd auf die Katzen zu machen. Der Chalifa fürchtete wohl, die

Armee würde sonst auf ihrem Weg alle Gärten zertrampeln", erklärte Weißbart, wie ich ihn im Stillen für mich nun nannte, da er uns noch immer nicht seinen Namen verraten hatte.

„Und ich dachte, das wäre aus Gutmütigkeit", sagte Shai.

„Pah", machte Weißbart, „der Chalifa interessiert sich nicht für seine Untertanen. Aber seinen Wohlstand und Lebensstandard will er natürlich nicht gefährdet sehen. Und die Versorgung der Stadt mit frischen Lebensmitteln war ihm schon allein deshalb wichtig, damit seine Bewohner nicht etwa noch auf die Idee kämen, einen Aufstand anzuzetteln."

„Ja, das wäre für ihn bestimmt unangenehm", stimmte Matt zu.

„Der Chalifa würde ohnehin keinen Finger rühren. Er würde sich dann einfach in seinen anderen Palast zurückziehen, in dem er sowieso die meiste Zeit verbringt", begann Weißbart nun, über den Chalifa zu schimpfen.

Ich konnte den Chalifa allerdings gut verstehen. Der Palast in der Stadt war zwar schön, aber wenn man sah, wie gedrängt er zu den anderen Häusern der Stadt stand, dann hätte ich an seiner Stelle einen Palast außerhalb ebenfalls bevorzugt. Einen Palast, der nicht von lauten Straßen eingekesselt war.

„Praktisch alle Regierungsentscheide werden vom Wesir getroffen", fuhr Weißbart fort. „Genau das macht ihn ja so gefährlich. Aber dennoch würde er es nicht wagen, einen direkten Befehl des Chalifa zu missachten. Er ist zwar ein eigensinniger und ehrgeiziger Mann, aber er ist kein Verräter und er würde den Chalifa nicht hintergehen. Er hat ja auch so schon Macht genug."

„Er behält also ein reines Gewissen", sagte Shai.

„Aus seiner Sicht auf jeden Fall. Aber dass er diesen unseligen Krieg mit den Katzen begonnen hat, hat sein Ansehen bei den Bewohnern geschädigt. Doch im Palast hat sich niemand getraut, Kritik daran zu äußern. Und auch in der Stadt wird nur leise darüber gemunkelt. Die Menschen fürchten sich vor seiner Armee. Und er ist dafür bekannt, Menschen ohne großen Prozess erstmal einzusperren und erst Jahre später vor Gericht zu stellen und dann wieder freizulassen. Aber dann lässt sich das Unrecht an ihnen auch nicht wiedergutmachen", sagte Weißbart zornig.

„Das ist wirklich nicht recht", sagte Shai bestimmt.

Dieses Thema interessierte sie persönlich natürlich sehr.

„Du weißt aber ganz schön viel für einen einfachen Bauern", fand Matt.

„Nun, ich ... tatsächlich habe ich selbst einmal als Berater im Palast des Chalifa gearbeitet. Das ist schon viele Jahre her. Aber ich habe den Palast aus Protest verlassen, als der Wesir seinen Feldzug gegen die Katzen begonnen hat", gab Weißbart zu.

„Und das hat er einfach so zugelassen?", fragte Matt verwundert.

„Na ja, ich habe meinen Protest wohl nicht gerade laut geäußert", gestand Weißbart. „Und hier unten in den Gärten hat niemand mehr nach mir gesucht."

„Ach, deshalb sieht der Garten hier so schlecht aus!? Du bist kein geübter Gärtner", stellte ich fest. Unpassenderweise, wie mir gleich darauf Matts und Shais Blicke zu verstehen gaben.

„Wenn du im Palast warst, dann weißt du wahrscheinlich, warum der Wesir die Katzen so sehr hasst", sagte Shai, bevor Weißbart sich über meinen Kommentar aufregen konnte.

„Ja. Sein Groll gegen diese Tiere liegt schon lange zurück", antwortete er.

„Was ist denn geschehen?", fragte Shai interessiert.

„Es war vor vielen Jahren", begann Weißbart, „als eine schreckliche Krankheit umging. Viele Menschen starben daran. Die Krankheit verbreitete sich durch die Mäuse. Doch die Katzen jagten die Mäuse und vertrieben dadurch die gefährliche Krankheit."

„Das klingt eigentlich so, als ob man den Katzen eher dankbar sein müsste", fand Matt.

„In der Tat. Aber es ging noch weiter. Der Wesir hatte gerade erst das Mannsalter erreicht. Es schien so, dass die Katzen gegen diese Krankheit immun waren. Doch eine Katze, die eine kranke Maus gefressen hatte, erkrankte ebenfalls und stecke den Diener des Wesirs an. Der Diener starb kurz darauf. Und seit diesem Vorfall hasst der Wesir Katzen. Dabei waren die Katzen eigentlich die großen Retter."

„Dieser Diener muss dem Wesir sehr nahegestanden haben", sagte ich mitfühlend.

Weißbart schüttelte den Kopf: „Nein, ganz im Gegenteil. Sein Tod erweckte in dem Wesir nur Angst, weil seine Diener so nah an ihn selbst herankommen. Er war plötzlich nicht mehr unantastbar. Dabei war der Palast stets von der Krankheit verschont geblieben. Im Palast hausten zu dieser Zeit auch einige Katzen. Aber eine von ihnen hatte den Tod mit über die Schwelle getragen und dieser Gedanke war für den Wesir unerträglich. Der Tod des armen Mannes hingegen war ihm völlig egal."

„Und in Folge dessen hat er den Katzen den Krieg erklärt. Aber warum hat er sie nicht einfach verjagt?", fragte Matt.

„Zuerst hat er das. Er hat sie nur aus dem Palast gejagt. Aber die Katzen kehrten immer wieder zurück, bis er schließlich keinen anderen Ausweg mehr sah, als sie töten zu lassen", antwortete Weißbart.

„Katzen bleiben gerne an einem ihnen bekannten Ort. Sie haben gewöhnlich eigene Reviere, die sie auch gegen andere Katzen verteidigen", erklärte Shai, „deshalb wollten sie wohl auch in den Palast zurück."

Weißbart nickte.

„Als der Wesir aber einmal die Grenze des Tötens überschritten hatte, konnte er sich nicht mehr zügeln. Jede Katze, die er sah, auch draußen in der Stadt, war für ihn nun unerträglich anzusehen", erzählte Weißbart weiter.

„Vielleicht hatte er ein schlechtes Gewissen. Katzen können einen auch ganz schön vorwurfsvoll ansehen. Kommt mir zumindest manchmal so vor", sagte Matt.

„Und um sein schlechtes Gewissen zu beruhigen, tötet er einfach noch mehr Katzen?", fragte ich entsetzt.

„Tja", sagte Matt schulterzuckend, „ich habe nicht gesagt, dass ich das sonderlich logisch finde. Aber trotzdem wäre das eine Möglichkeit. Er wäre nicht der Erste, der diese verdrehte Art von Logik anwendet."

„Das stimmt allerdings", sagte Shai ernst.

Ich wunderte mich, an was für Beispiele sie wohl gerade dachte. Bestimmt kannte sie so einige. Wenn man sich nämlich mit Recht und mit Straftätern befasste, stieß man früher oder später bestimmt auf solche Fälle.

„Wenn das wirklich wahr ist, dann bräuchte der Wesir dringend eine Therapie", stellte ich fest.

Matt lachte höhnisch auf: „Wozu denn eine Therapie, wenn ein ganzes Land nach seiner Pfeife tanzt!?"

Dann wandte er sich an Weißbart.

„Zumindest die Stadtbevölkerung scheint dem ja nachgegeben zu haben. Warum nicht die Menschen hier unten?", fragte Matt nach.

„Ganz einfach: die Menschen hier brauchen die Katzen. Wir haben hier draußen Felder. Ohne Katzen würden uns die Mäuse alles wegfressen. Und Menschen können Mäuse nicht mal halb so gut jagen, wie die Katzen es können. Nehmen wir mal Hameez hier. Er bringt täglich drei bis vier Mäuse mit nach Hause. Und wer weiß, wie viele er noch auf dem Feld direkt gefangen und gefressen hat", sagte Weißbart.

„Sieh mal einer an. Du bist ja ein richtig guter Jäger", sagte Shai anerkennend und Hameez schmiegte sich noch zufriedener an ihre Beine und schnurrte laut, so als hätte er ihr Kompliment verstanden.

„Wetten, dass sie das nie zu einem menschlichen Jäger gesagt hätte", flüsterte mir Matt ins Ohr.

Wahrscheinlich war er noch immer beleidigt, weil Shai nicht viel von seinen Ambitionen als Held hielt.

Weißbart ergriff die Gesprächspause, um nun seinerseits Fragen zu stellen: „Und nun erzählt mir, weswegen ihr eigentlich hergekommen seid."

Shai erzählte dem alten Mann von unserem Auftrag. Sie beschrieb ihm, wie merkwürdig sich Optica verhielt und dass wir hier waren, um den Grund dafür zu finden.

Als Shai ihm Opticas Aussehen näher schilderte, meinte Weißbart, die Katze schon einmal gesehen zu haben. Aber nicht hier in den Gärten, sondern draußen in der Wüste. Die Katzen hatten dort offenbar geheime Verstecke in den Felsmassiven der umliegenden Berge. Als er davon erzählte, miaute Hameez eindringlich, so als wollte er dem Gesagten zustimmen. Vielleicht war es aber auch bloß Zufall, dass der Kater gerade in diesem Moment

Lust verspürte, die Aufmerksamkeit der Anwesenden wieder auf sich zu lenken.

Scheinbar war Optica wirklich eine der schönsten Katzen, die es hier gab. Dass ihr Fell in allen Regenbogenfarben glänzte, war selbst in dieser Dimension nicht üblich. Die meisten Katzen hier schimmerten in einer oder zwei Farben, erklärte uns Weißbart. Deshalb sei ihm seine Begegnung mit Optica auch noch in Erinnerung. Und besonders in der kargen Wüstenlandschaft war ihr schönes Fell umso mehr hervorgestochen.

„Dann sollten wir wohl dort weiter auf die Suche gehen. Vielleicht findet sich da ja etwas. Du denkst also, dass Optica eine wilde Katze war?", fragte Matt nochmals nach.

„Wenn es die Katze ist, an die ich denke, so hat sie bestimmt niemandem gehört. Aber als wilde Katze würde ich sie vielleicht trotzdem nicht bezeichnen. Nehmt einmal Hameez hier. Ich habe schon einige Geschichten gehört, dass er sich auch an Kämpfen der Katzen gegen die Soldaten beteiligt haben soll. Immer wenn er hier ist, ist er aber vollkommen friedlich, wie eine gewöhnliche Hauskatze. Er kommt auch immer wieder brav nach Hause", antwortete Weißbart.

„Die typischen zwei Gesichter der Katzen: verschmuste Mitbewohner und grausame Jäger", meinte Shai.

Weißbart nickte: „Ja, nur dass es da draußen noch Katzen gibt, die nicht mehr annähernd so zahm sind wie Hameez. Oder auch eure Optica. Sie sind beide noch Katzen, wie sie immer schon waren. Aber falls ihr wirklich in die Wüste gehen wollt, dann muss ich euch warnen. Viele Katzen haben sich den neuen Begebenheiten angepasst. Sie sind nicht mehr so, wie ihr Katzen kennt. Einige, die dort draußen in der Wüste leben, sind wahre Bestien. Sie greifen jeden Menschen an, der ihnen unter die Augen kommt."

„Hm", machte Matt, „dann sollten wir uns vielleicht darauf vorbereiten. Einer der Soldaten des Wesirs hat uns erzählt, die Katzen hätten auch so etwas wie eine Strategie", sagte Matt, der sich nun offenbar schon Gedanken um unsere Sicherheit machte.

„Ja, so könnte man das sagen", begann Weißbart. „Die Katzen haben angefangen, Karawanen zu überfallen. Gerade so, als wollten sie dem Wesir dadurch absichtlich schaden. Man könnte fast behaupten, sie seien berechnend."

„Gut", meinte Matt, „dann wollen wir mal hoffen, dass sie uns nicht als Bedrohung einschätzen. So wie Hameez hier."

Der Kater schnurrte zufrieden, als er seinen Namen hörte und verließ dann mit erhobenem Schwanz den kleinen Schuppen, um sich auf seinen nächtlichen Jagdrundgang zu begeben.

Zu meinem größten Bedauern wurde uns leider kein Frühstück gebracht. Vielleicht schlief der Alte auch noch. Aber Matt und Shai wollten möglichst früh aufbrechen. Also mussten nun doch noch unsere Vorräte herhalten.

Weißbart hatte uns am Abend noch erklärt, wie wir von seinem Haus aus am besten zu der nächstgelegenen Straße gelangten. Diese würde uns direkt in die Wüste führen.

Eigentlich hätten wir uns ja im Lager melden sollen. Aber dem General war wahrscheinlich ohnehin egal, ob wir noch am Leben waren oder nicht. Also konnten wir ebenso gut einen anderen Weg einschlagen. Dann konnte uns zumindest niemand verbieten, auf eigene Faust die Gegend zu erkunden. Wenn wir auf eine Militäreskorte hätten warten müssen, hätten wir wahrscheinlich noch wochenlang in dem Lager festgesessen. So jedenfalls argumentierte Matt.

Shai stimmte ihm zu, da auch sie das Gefühl gehabt hatte, dass der Wesir nicht unbedingt erpicht darauf gewesen war, uns völlig frei hier herumlaufen zu lassen. Auf meinen Einwand hin, dass er uns aber trotzdem bestrafen konnte, wenn er uns erwischte, erinnerten mich beide daran, dass er uns dies unter der Bedingung gestattet hatte, dass wir uns nicht in seine Angelegenheiten einmischten.

Dennoch fühlte ich mich ein wenig unbehaglich, als wir uns auf den schmalen Gartenpfaden weiter vom Lager entfernten.

Obwohl es anscheinend nicht so weit war, waren wir noch fast zwei Stunden unterwegs, bis wir uns auf der sandigen, von kleinen Mauern eingegrenzten Strasse befanden. Sie verlief schon fast auf der anderen Seite der Stadt.

Wir hatten das Felsplateau, auf dem die Stadt errichtet war, nun beinahe gänzlich umrundet. Zumindest soweit, wie das rötliche Felsmassiv dies erlaubte, aus dem das Plateau wie ein halbkreisförmiger Zylinder hervorragte.

Die Straße führte auf der rechten Seite steil bergauf und in jenen Teil der Stadt, den wir bisher noch nicht gesehen hatten. In die andere Richtung führte sie noch ein paar Kilometer weit durch Felder und sollte uns schließlich in die Wüste führen.

Wir konnten zu unserer Linken einen der Berge ausmachen, in dem Weißbart zufolge die Katzen geheime Unterschlüpfe hatten. Zumindest wollte er Optica dort in der Nähe gesehen haben. Wie verlässlich seine Erinnerung diesbezüglich war, konnten wir allerdings schwer abschätzen. Der Mann war schließlich schon alt. Und sich an eine einzige Begegnung mit einer fremden Katze zu erinnern … Aber das war nun mal die einzige Spur, die wir hatten.

Von hier aus schien der Berg sehr nahe zu sein, aber Matt schätzte mit seinem offenbar in diesen Dingen geübten Auge, dass wir noch fast den ganzen Tag brauchen würden, um dort anzukommen. Daher stellte sich die Frage, wie wir dies anstellen sollten, wollten wir nicht in der schlimmsten Mittagshitze irgendwo mitten in der Sandwüste unterwegs sein.

Erst einmal blieb uns aber nicht viel anderes übrig, als der Straße zu folgen. Matt rechnete damit, dass wir noch auf andere Reisende stoßen würden, die uns vielleicht nützliche Tipps geben konnten. Die Einheimischen kannten sich immerhin besser aus als wir.

Nach mindestens einer weiteren Stunde erreichten wir endlich die rote Steinbrücke, die über den Fluss führte. Hier waren tatsächlich einige andere Reisende unterwegs, so wie Matt es vermutet hatte. Jemand, vermutlich einer der Bauern, hatte einen Stand mit Essen am Straßenrand aufgebaut, um den eine kleine Gruppe von Menschen plaudernd herumstand. Sie hielten in ihren Gesprächen abrupt inne, als sie das Geräusch von herannahenden Reitern vernahmen. Auch wir hörten die Pferde schnauben und wiehern und gingen wie alle anderen ganz an den Rand der Straße, um nicht von den Reitern überrannt beziehungsweise überritten zu werden.

Als der erste Reiter um die Kurve preschte, erkannte ich zu meinem Leidwesen sofort, um wen es sich handelte. Eine kleine Soldatenschar folgte ebenfalls zu Pferd nach. Ich hoffte inständig, er würde uns nicht bemerken und einfach vorbeireiten.

Meine Hoffnung zerschlug sich fast augenblicklich, als der vorderste Reiter nur wenige Meter von uns entfernt sein Pferd zum Stehen brachte und seinen Arm hob, um auch die nachfolgende Schar zum Anhalten aufzufordern. Er führte das Pferd langsam direkt auf uns zu und blickte dann zufrieden lächelnd auf uns herab. Bei diesem Lächeln liefen mir Schauer über den Rücken. Uns gegenüber auf dem Pferd saß niemand anderes als der Wesir höchstpersönlich. Und er wirkte noch immer genauso bedrohlich wie in seinem Audienzzimmer. Er machte auf seinem Pferd eine gute Figur.

„Ich habe schon vernommen, dass ihr nicht mehr ins Lager zurückgekehrt seid. Ihr habt wohl noch nicht gefunden, was ihr sucht. Also werdet ihr noch eine Weile bleiben?", vermutete er.

„Wir sind tatsächlich noch auf der Suche", sagte Matt und bevor er etwas anderes hinzufügen konnte, riss der Wesir das Wort wieder an sich.

„Schön!", sagte er und klang dabei wirklich erfreut, was mich sehr verwunderte. „Dann habt ihr also noch Zeit. Ich wollte heute einen kleinen Jagdausflug machen."

Mir war nicht klar, warum er uns das erzählte. Ich hatte bisher nicht den Eindruck gehabt, dass er uns besonders freundschaftlich gegenüberstand.

„Ich hatte gehofft", fuhr der Wesir fort, „eure Begleiterin hier würde mir die Ehre erweisen und mich auf diesen kleinen Ausflug begleiten."

Ich wurde ganz steif vor Schreck und fühlte mich wie versteinert. „Nein", dachte ich nur, „er will uns Shai wegnehmen."

Dass er ein Auge auf sie geworfen hatte, war mir ja schon klar gewesen. Aber dass er nun seine Macht voll ausspielte, damit hatte ich nicht gerechnet. Ich blickte hilfesuchend zu Shai und Matt hinüber. Von Shai sah ich nur die Augen, da sie sich in Gegenwart der anderen Menschen auf der Straße wieder verschleiert hatte, wie es hier Sitte war. Ihre Augen hatten sich zu Schlitzen verengt.

Matts Gesicht war hart und wirkte genauso versteinert, wie ich mich selbst fühlte. Aber keiner der beiden erwiderte etwas.

„Nun?", fragte der Wesir und streckte Shai auffordernd seine Hand entgegen. „Was meint ihr?"

Es war eine rein rhetorische Frage, das wussten wir alle. Ein Nein als Antwort hätte er bestimmt nicht akzeptiert. Denn dann hätte er sein Gesicht vor all seinen Männern hier verloren. Shai schien noch einen Augenblick zu überlegen, ob es nicht irgendeine Möglichkeit gab, wie sie sich aus dieser Sache herauswinden konnte. Offenbar fiel ihr aber nichts ein, denn sie nickte schließlich ergeben und sagte: „Es wäre mir eine große Ehre."

Sie ergriff die Hand des Wesirs, der sie vor sich auf sein Pferd zog. Dabei lächelte er zufrieden.

„Nun dann, auf bald", sagte er und ritt mit Shai und seinen Männern davon.

Die übrigen Leute auf der Straße sahen uns erstaunt an, während Matt und ich beide wie verloren dastanden.

Ich war ein paar Minuten lang so schockiert, dass ich gar nicht sprechen konnte. Als ich endlich wieder meine Worte fand, schrie ich Matt wütend an.

„Wie konntest du das nur zulassen!? Er hat noch nicht mal gesagt, wann er Shai wieder zurückbringt! Falls er sie wieder zurückbringt! Was machen wir denn jetzt?!", schrie ich meinen Frust und meine Verzweiflung hinaus. „Ich dachte, du willst ein Held sein und Prinzessinnen vor Drachen retten und so! Warum hast du dann jetzt nichts unternommen?!"

Matt versuchte, mich zu beruhigen: „Nun komm mal wieder runter, Ruby. Was hätte ich denn deiner Meinung nach machen sollen? Das gefällt mir genauso wenig wie dir. Zumal der Wesir zweifellos ein Auge auf sie geworfen hat. Und ja, du hast recht: Helden helfen Menschen in Not. Das heißt aber nicht, dass sie von vornherein schon alle Gefahren ausschließen können. Außerdem hatte ich mir das eher so vorgestellt, dass ich Aussenstehende retten muss und nicht meine eigenen Teamkollegen."

Als er meinen enttäuschten Blick sah, ergänzte er: „Bei dir mach ich natürlich eine Ausnahme, Ruby."

„Darum geht es doch gar nicht!", rief ich aus, obwohl ich gleichzeitig eine gewisse Erleichterung verspürte. Meine eigene Sicherheit bereitete mir des Öfteren Sorgen.

„Momentan jedenfalls bin ich nicht in Gefahr", fügte ich leise hinzu.

„Naja", sagte Matt, „Shai würde das sicher anders sehen. Sie hat mir ganz schön die Hölle heiß gemacht, nachdem ich dich das letzte Mal im Moor allein gelassen habe. Wir haben besprochen, dass wir dich nicht mehr allein irgendwo hinschicken. Es hat ihr einen ganz schönen Schreck eingejagt, als sie dich im Moor schwimmend entdeckt hat."

„Wie? Ich meine, das freut mich zwar zu hören, aber wann habt ihr denn sowas besprochen?", fragte ich überrascht.

Matt lächelte mich wissend an.

„Wir waren eben sehr diskret", antwortete er.

Diskret? Nun fühlte ich mich wie ein kleines Kind, dessen Eltern nicht vor ihm streiten wollten.

Matt verstand meine unglückliche Miene falsch und sagte: „Tut mir wirklich leid, Ruby. Ich wollte dich damals nicht mitnehmen, weil ich sonst vielleicht einen Nachteil bei der Befragung dieses Komplizen der Bergnymphe gehabt hätte. Er hätte dich zum Beispiel angreifen können. Das wäre sehr hinderlich gewesen. Darum habe ich dich zurückgeschickt. Ich konnte ja nicht ahnen, dass du dich dermaßen verlaufen würdest."

Bei der Erinnerung daran lief ich rot an. Ich war wirklich zu nichts zu gebrauchen. Shai und Mina hatten mich dann im Moor gefunden, nachdem sie von Matt durch den Begleiter über alles informiert worden waren. Natürlich, der Begleiter!

„Shai hat einen Begleiter, genau wie wir, oder?", sagte ich aufgeregt.

„Ja", sagte Matt, „natürlich, warum?"

„Dann kann sie uns alarmieren, falls sie in der Klemme steckt, oder?", fragte ich nun ganz aus dem Häuschen, weil mir dies erst jetzt wieder eingefallen war.

„Sicher", sagte Matt, „aber an deiner Stelle würde ich mir sowieso nicht allzu viele Sorgen um Shai machen. Das letzte Mal, als ich ihr helfen wollte, hat sie mich ziemlich zusammengestaucht."

Als er dies sagte, erinnerte ich mich wieder lebhaft an die Szene im Moor, als Matt einen benommenen Arbeiter, der mit Shai zu Boden gestürzt war, für einen Angreifer gehalten hatte. Shai war wirklich sehr verstimmt gewesen, als Matt den Mann aus Wut getreten hatte.

„Außerdem vertraue ich ihr als Mitglied dieses Teams", erklärte Matt und klang dabei recht stolz. Ob auf das Team, sich selbst oder auf Shai, wusste ich nicht so recht.

Aber war es wirklich in Ordnung, Shai mit dem Wesir allein zu lassen? Ich sah Matt ein wenig kritisch an.

Matt seufzte: „Wirklich, Ruby, selbst wenn der Wesir Shai nicht mehr herausrücken wollte und eine ganze Armee gegen uns stellen würde, ist sie – wie wir alle – immer noch Mitarbeiter der Vermittlung. Die Vermittlung kümmert sich um ihre Angestellten und würde nie jemanden im Stich lassen. Und niemand, der noch alle Sinne beisammenhat, würde sich mit der Vermittlung anlegen."

Schon bei der bloßen Vorstellung, die Chefin als Gegnerin zu haben, erbleichte ich. Diese Worte schafften es endlich, mich etwas zu beruhigen.

„Also", sagte Matt, „dann sollten wir machen, dass wir weiterkommen. Shai würde sicher wollen, dass wir an unserem Fall weiterarbeiten. Und, wie du richtig gesagt hast, sie kann uns jederzeit durch den Begleiter erreichen. Falls sie überhaupt Hilfe nötig haben sollte."

Plötzlich lachte Matt laut auf.

„Was ist denn jetzt?", fragte ich erschrocken.

Matt antwortete noch immer lachend: „Ich musste nur gerade an Shais zorniges Gesicht denken. Der arme Wesir tut mir jetzt schon leid, falls er sich mit ihr anlegt."

„Das findest du komisch?", fragte ich perplex.

„Oh ja. Ich selbst finde es ja äußerst amüsant, mit Shai zu streiten. Ich bin ein Einzelkind und konnte daher nie mit irgendwelchen Geschwistern streiten. Vor meiner Begegnung mit Shai hatte ich ja keine Ahnung, wieviel Spaß das machen kann. Shai zum Beispiel sprüht gleich Funken, wenn man sie ärgert."

„Und das gefällt dir?", entgegnete ich.

Mir persönlich gefiel es ja besser, wenn Shai sich liebevoll um mich kümmerte. Richtig zornig war sie bisher nie auf mich gewesen und ich hoffte eigentlich, dass das auch so blieb. Dass Matt immer öfter die Auseinandersetzung mit ihr suchte, war mir allerdings auch schon aufgefallen.

„Und wenn dem Wesir das auch gefällt?", kam mir plötzlich der Gedanke.

Matt überlegte kurz.

„Hm. Ja, das wäre allerdings ein Problem", gestand er.

Nun waren Matt und ich zu zweit unterwegs. Wir fragten einige der Passanten, wie wir am besten zu den Bergen in der Wüste gelangen konnten, ohne in der Mittagshitze zu vergehen. Zuerst wirkten die Angesprochenen etwas misstrauisch, da wir zuvor mit dem Wesir gesprochen hatten. Seine Soldaten schienen ihm zwar treu ergeben zu sein, aber im Volk selbst genoss er offenbar nicht gerade viele Sympathien. Ein wandernder Händler hatte schließlich Erbarmen mit uns und riet uns, uns auf der anderen Seite der Brücke am Fluss zu halten, bis wir zu einer seichten Stelle gelangten. So konnten wir uns wenigstens nicht verirren.

Als wir die Brücke überquerten, staunte ich nicht schlecht. Der Fluss, den ich zwei Tage zuvor von dem Plateau aus hatte glitzern sehen, war ganz schwarz. Schwarzes Wasser floss in einem breiten Bett unter der Brücke hindurch. Es sah aus wie ein Fluss aus Tinte. Seltsamerweise glitzerte das Wasser auf der einen Seite der Brücke silbern. Auf der anderen Seite jedoch schimmerte das Wasser golden. Als ich Matt darauf ansprach, vermutete er, dass das nicht mit der Brücke, sondern vielmehr mit der Richtung zu tun hatte, in welche man auf das fließende Wasser sah.

Das bestätigte sich auch, als wir am Fluss entlang weitergingen und ich nochmals einen Blick zurückwarf. Offenbar schimmerte das Wasser silbrig, wenn man in die Richtung blickte, in die es floss, und golden, wenn man zurückblickte, woher es kam. Ich fragte mich, ob das seltsame bunte Schimmern der hiesigen Katzen damit zu tun hatte, dass sie dieses Wasser tranken. Überhaupt fragte ich mich, ob das schwarze Wasser eigentlich giftig war. Und warum war es überhaupt schwarz?

Ich wendete mich mit meiner Neugier an Matt und er antwortete: „Ich nehme an, das liegt an bestimmten Bakterien, die das Wasser so aussehen lassen."

„Und weißt du, ob man dieses Wasser trinken kann?", fragte ich weiter.

„Sehe ich etwa so aus, als wüsste ich sowas?", erwiderte Matt. „Ich weiß ja nicht mal, wie die Typen heißen, die sowas wissen."

Das war eine eher enttäuschende Antwort. Gerne hätte ich Shai danach gefragt, aber die war ja mittlerweile wer weiß wo. Ich hatte keine Ahnung, ob wir in dieselbe Richtung gingen, die der Wesir mit ihr genommen hatte.

Der Weg, den wir nun entlang gingen, war eher ein Trampelpfad und bestimmt nicht der Weg, den der Wesir mit seiner berittenen Eskorte genommen hatte. Die Straße war eher für Reiter gedacht, die schnell vorankamen. Wir waren aber zu Fuß unterwegs und deshalb froh, uns so lange wie möglich unter den Palmen halten zu können, die am Fluss entlang wuchsen. Zumindest diese Pflanzen schienen das schwarze Wasser also zu vertragen.

Da wir nicht wie am Tag zuvor ständig Bauern ansprechen mussten und der Weg ziemlich eintönig war, wurde mir bald langweilig. Ich beschloss also, den Gesprächsfaden von vorhin wieder aufzugreifen.

„Du bist also Einzelkind?", fing ich das Gespräch mit Matt wieder an, das während Shais Abwesenheit ins Stocken geraten war.

Vielleicht sorgte er sich ja doch und war deshalb so schweigsam geworden. Dann war es sicher gut, ihn ein wenig abzulenken.

„Ja?", gab Matt zögernd zur Antwort. Er wunderte sich wohl, worauf ich hinauswollte.

„Ich meine nur: machen sich deine Eltern keine Sorgen um dich? Wenn du schon ihr einziges Kind bist?", fragte ich neugierig.

Matt seufzte: „Ich lebe allein mit meiner Mutter. Das heißt, bis vor kurzem jedenfalls. Ich wollte aber selbständig werden. Und ein Held zu werden, war schon immer mein Traum."

Bei den letzten Worten bekam seine Stimme einen schwärmerischen Ton. Ganz offensichtlich war dies wirklich etwas, das er gerne wollte.

„Und deine Mutter weiß, dass du auf gefährliche Missionen gehst?", hakte ich nach.

„Na klar, schließlich hat sie mir den Job vermittelt. Sie arbeitet selbst bei der Vermittlung", antwortete Matt gewohnt lässig.

Ich war erstaunt: „Echt jetzt? Deine Mutter arbeitet auch bei der Vermittlung?"

Jetzt wurde mir klar, warum er gewisse Dinge über die Vermittlung wusste, von denen ich selbst keine Ahnung hatte. Zum Beispiel über den Begleiter.

„Und sie findet das gut? Dass du ein Held werden willst?", ließ ich nicht locker.

Matt seufzte: „Nein, gar nicht. Deshalb wollte sie ja unbedingt, dass ich diesen Job hier mache. Damit ich mir diesen Wunsch danach aus dem Kopf schlage. Es war sozusagen ihre Bedingung. Hätte ich wählen dürfen, wäre ich ja eher in Kenans Abteilung der Abenteurer gegangen. Und nicht in die Schadensabteilung. Aber ich lass mich nicht so leicht unterkriegen. Wenn sie glaubt, dass es mich abschrecken würde, mich mit Schadensfällen zu befassen, dann täuscht sie sich. Ich werde den Job hier so gut machen, dass sie es irgendwann einsehen muss, dass ich ein guter Held sein kann. Außerdem sind wir ja das erste und einzige Team für all die Fälle, die sonst keiner lösen konnte. Das macht doch auch einen gewissen Reiz aus. Meinst du nicht?"

Ich murmelte ein paar Laute, die sowohl als Ja, aber auch als Nein hätten gedeutet werden können. Mir war es lieber, dazu keine klare Meinung zu äußern.

Matt, der auf dem schmalen Pfad vor mir her ging, hielt plötzlich an. „Ich glaube, da vorne ist unser schattiger Weg zu Ende", sagte er. „Sieht so aus, als würde die Strömung stärker. Der Fluss scheint sich dort vorne schon zu tief in die Erde gegraben zu haben, sodass die Pflanzenwurzeln das Wasser nicht mehr erreichen können. Es ist zwar noch nicht Mittag, aber vielleicht sollten wir trotzdem hier unsere Rast machen."

„Na schön", sagte ich. Hinter Matt sah ich nicht gut, was er geschildert hatte und so lehnte ich mich ein wenig zur Seite, um den Fluss besser im Blick zu haben. Das hätte ich mal lieber nicht getan!

Plötzlich war um mich herum alles nass. Mein Absturz ging so schnell, dass ich ihn fast nicht mitbekommen hatte. Ich war so ungeschickt wie immer in den Fluss gefallen. Matt hatte recht behalten. Es war wirklich Wasser und nicht etwa Öl oder eine andere schwarze Flüssigkeit. Das spürte ich an der Masse um mich herum und ich hatte es auch unfreiwillig geschmeckt, als ich vor Schreck ein wenig Wasser geschluckt hatte.

Und mit noch etwas anderem hatte Matt recht: die Strömung war hier wirklich stärker. Sie riss mich sogleich mit und schon nach wenigen Sekunden waren zwischen mir und der Stelle, an der ich in den Fluss gestürzt war, zehn Meter Abstand.

Ich sah, wie Matt mir nachsprang, genau wie ich mit voller Ausrüstung. „Hoffentlich ertrinkt er nicht!", dachte ich plötzlich. Das war eines der wenigen Dinge, um die ich mich bei mir nicht sorgte. Schwimmen konnte ich gut! Schließlich hatte ich mehr als ein Jahrhundert lang allein mit einer Schildkröte auf einer Insel gelebt. Mit Pliki! Dann hatte mich eines Tages ein vom Kurs abgekommenes Schiff aufgegabelt. Die Matrosen waren ein ganz schön rauer Haufen, bei denen ich mich eigentlich nicht sonderlich wohlfühlte. Sie nahmen mich unter ihre Fittiche. Ob es mir lieb war oder nicht. Dadurch hatte ich auch schon mit so manchem zwielichtigen Fleckchen Erde Bekanntschaft gemacht, worauf ich gerne verzichtet hätte. Nicht zuletzt war das auch Auslöser für mein größtes Laster gewesen, welches ich noch immer nicht überwunden hatte und welches meine gesamten Ersparnisse aufgezehrt hatte. Aber genug davon!

Die Matrosen hatten mir auch ein paar nützliche Dinge beigebracht. Und beim Schwimmen waren sie besonders streng gewesen und hatten mir alle möglichen Techniken bis zur Perfektion beigebracht.

Zu meiner großen Erleichterung schien Matt es aber auch ganz ordentlich zu können. Mit ein paar wenigen, kräftigen Zügen, hatte er zu mir aufgeschlossen.

„Bei dir alles klar, Ruby?", fragte er, obwohl er offenbar schon sah, dass es mir nicht wirklich schlecht ging. Ich war hier schließlich in meinem Element.

„Ja. Du hättest mir nicht nachspringen müssen. Ich kann eigentlich ganz ordentlich schwimmen, weißt du", entgegnete ich.

Matt schnaubte: „Mag ja sein, aber immerhin befinden wir uns hier in einer fremden Dimension. Wer weiß, was für Tiere womöglich in dieser dunklen Brühe hier hausen. Und Shai würde mir den Kopf abreißen, wenn ich dich aus den Augen verliere."

Ich verkniff mir meinen Kommentar, dass Shai ja nicht hier war. Der Gedanke allein löste bei mir schon wieder ein beklemmendes Gefühl aus.

„Eigentlich müsste ich ja mit dir schimpfen", fuhr Matt fort, „aber es scheint, dass wir so viel schneller vorankommen. Vorausgesetzt, wir finden eine passende Stelle, um wieder aus dem Wasser rauszukommen."

Mittlerweile waren wir in einer kleinen Schlucht, die der Fluss gegraben hatte. Sie war nicht sonderlich hoch, nur zwei, drei Meter. Aber die steilen, fast schon überhängenden Wände boten keinen Halt für uns, um wieder aus dem Wasser rauszukommen.

Wie sich herausstellte, gab es in der Schlucht einige kleine Strudel. Diese waren zwar für einen guten Schwimmer nicht gerade lebensgefährlich, aber wir schluckten beide einiges mehr an Wasser, als uns lieb war. Außerdem behinderte uns unser Gepäck beim Schwimmen und wir mussten höllisch aufpassen, um nicht an einen der durch aufschäumendes Wasser gekennzeichneten Felsen unterhalb der Wasseroberfläche zu stoßen.

Nach einigen Minuten öffnete sich die kleine Schlucht wieder und wir gelangten an eine flache Stelle, an der wir gut an Land gehen konnten.

Mir wäre es lieber gewesen, unsere kleine Reise im Fluss fortzusetzen. Aber besonders praktisch war das vermutlich nicht.

„Jetzt sind meine Klamotten schon wieder durchnässt, weil ich jemanden aus dem Wasser ziehen musste", schimpfte Matt. „Ich hoffe, das wird nicht zur Gewohnheit."

„Das hoffe ich auch", entgegnete ich. Wobei ich damit eher meine eigene Tendenz dazu, ins Wasser zu fallen, meinte.

„Jetzt sind wir ja doch mitten am Tag in der prallen Sonne", stellte Matt fest.

Ich sah mich um. Der rote Berg war schon um einiges näher gerückt, es lag aber immer noch ein recht weiter Weg vor uns.

Matt seufzte: „Uns bleibt wohl nichts anderes übrig, als weiterzulaufen. Ob wir hier oder unterwegs in der Hitze braten, macht wohl keinen Unterschied."

„Wie lange, denkst du denn, werden wir noch bis dahin brauchen?", fragte ich.

„Schwer abzuschätzen. Berge haben so eine Angewohnheit, dass sie immer so aussehen, als seien sie einem näher, als sie es tatsächlich sind. Ich denke, eine Stunde werden wir wohl noch benötigen. Kommt auch ein wenig auf den Untergrund an. Wenn der Boden hier zu weich ist, werden wir wohl länger brauchen", schätzte er.

Ich grummelte vor mich hin. Die Wüste zählte eher nicht zu den Orten, an denen ich mich gerne freiwillig aufhielt.

Wir hatten Glück. Der Boden, auf dem wir marschierten, war ziemlich fest. Nur darüber lag eine Sandschicht, die uns bei aufkommendem Wind höchst unangenehm ins Gesicht peitschte. Wir waren froh, dass wir nach Landessitte lange Tücher mitgenommen hatten, die wir uns nun um den Kopf und vor das Gesicht wickeln konnten. So waren wir weitgehend gegen die harten Sandkörner geschützt.

Mit Matts Einschätzung lag er über eine halbe Stunde daneben. Wir brauchten annähernd zwei Stunden, bevor wir uns endlich im Schatten des Berges ausruhen konnten. Man musste sich allerdings ziemlich nah an die Felswand drücken, um noch Schatten abzubekommen. Die Sonne stand fast horizontal über uns und der Berg warf nur einen schmalen Streifen Schatten. Aber der genügte erstmal.

In diesem Moment fragte ich mich nicht, wie unsere nächsten Schritte aussehen sollten. Ich war zu erschöpft. Hunger und Müdigkeit machten mir zu schaffen. Beides trat stets auf, nachdem ich schwimmen gewesen war. Daran war mein kleiner Fluss-Unfall schuld.

Unsere Pause war so ausgedehnt wie auch die letzten Tage und so stand die Sonne schon erheblich tiefer, als wir uns wieder auf die Beine rafften.

„Und wo lang jetzt?", fragte ich Matt.

„Keine Ahnung", gab Matt zu. „Wir suchen erstmal das Versteck dieser Katzen. Ob uns das in Bezug auf Optica hilft oder nicht, werden wir dann schon erfahren. Ich schlage vor, wir gehen einfach an dieser Felswand entlang weiter. Notfalls müssen wir eben den ganzen Berg umrunden."

Wir machten uns also auf. Ich starrte auf die rote Felswand, bis ich vor lauter Rot gar nicht mehr klar denken konnte. Dann schüttelte ich den Kopf und versuchte, meine Augen wieder scharfzustellen, da in den letzten Minuten alles sehr verschwommen ausgesehen hatte.

„Ich sehe hier tausend Ritzen und Felsspalten. Woran erkennen wir, ob es sich dabei um das Versteck der Katzen handelt?", fragte ich genervt.

„Wenn du dazu noch eine Katze siehst, dann weißt du's", gab Matt zur Antwort.

Haha! Wie witzig. Darauf wäre ich auch selbst gekommen. Ich stellte mir gerade vor, wie die Katzen in all diesen kleinen Spalten versteckt saßen und uns beobachteten. Die mussten sich über uns dumme Menschen schlapplachen, die dachten, sie könnten ihr Versteck ohne Spürhunde finden.

Ich verlor mein Zeitgefühl. Ich wusste nicht, ob wir erst eine Viertelstunde oder schon drei Stunden unterwegs waren. Der

Sonnenstand deutete allerdings eher auf letzteres hin. Wir kamen gerade zu einer Stelle, an der die Felswand eine kleine Einbuchtung aufwies. Ich ging hoffnungsvoll darauf zu. Als ich endlich in diese Einbuchtung hineinsah, blieb ich vor Angst erstarrt stehen. Matt, der seit einiger Zeit hinter mir statt vor mir gegangen war, kam gleich herbeigeeilt.

Er wollte mich gerade ansprechen, doch mein entsetzter Blick ließ ihn innehalten. Dann sah er sie auch. Vor uns, keine zehn Schritte entfernt, lagen ein paar Löwen. Ja, richtig, sie lagen. Und zwar völlig entspannt auf dem Rücken schlafend, die Beine in die Luft gestreckt. Hätte ich nicht so eine Angst vor ihnen gehabt, hätte ich den Anblick bestimmt lustig gefunden.

Matt lachte: „Ich sehe das Problem nicht, Ruby. Die sind doch total friedlich."

Als er so laut sprach, öffnete der große Löwe mit prachtvoller dunkler Mähne seine Augen. Er lag als einziger nicht auf dem Rücken, sondern auf dem Bauch. Er hob aber kaum den Kopf, um uns zu mustern. Der Löwe blickte uns nur kurz an und schloss dann wieder zufrieden seine Augen.

Matt hatte recht. Die Löwen sahen wirklich nicht so aus, als ob sie uns gefährlich werden könnten. Oder besser gesagt wollten. Aber mir schien ihr Verhalten nicht sehr natürlich.

„Findest du das normal? Sollten sie uns nicht angreifen?", fragte ich Matt.

„Nun", antwortete er gewohnt lässig, „hungrig scheinen sie nicht zu sein. Sonst würden sie wohl kaum so ruhig daliegen. Außerdem stehen Menschen, soweit ich weiß, eher selten auf ihrem Speiseplan. Man müsste eher damit rechnen, dass sie vor uns Angst hätten. Die meisten Tiere greifen Menschen dann an, wenn sie sich von ihnen bedroht fühlen."

„Wieso sollte ein ganzes Rudel Löwen vor uns zweien Angst haben?", erwiderte ich. „Also vor mir hätte ich an ihrer Stelle auf jeden Fall keine Angst."

„Siehst du! Da hast du's. Und weil sie vor dir keine Angst haben, müssen auch wir sie nicht fürchten. Ist doch prima so", fand Matt. „Allerdings sind sie auch für meinen Geschmack ein wenig zu entspannt. Vielleicht kommt das daher, dass die Menschen hier nicht auf Löwen, sondern auf Katzen Jagd machen."

Diese Erklärung fand ich logisch. So ganz behaglich fühlte ich mich in der Nähe dieser großen Raubtiere aber trotzdem nicht.

„Wollen wir dann mal weiter?", sagte Matt auffordernd.

Ich war mir unschlüssig. Obwohl ich Angst hatte, schien mir diese Versammlung von Löwen doch sehr verdächtig.

„Und wenn sie nun den Eingang zum Katzenversteck bewachen?", fragte ich.

„Glaub ich nicht", entgegnete Matt. „Löwen haben mit Katzen ja eigentlich nichts zu tun."

Ich zog spöttisch meine Augenbrauen hoch: „Du meinst, abgesehen von ihrer offensichtlichen Verwandtschaft."

Matt lachte nur und schlug mir aufmunternd auf die Schulter. Ich verkniff mir einen Schmerzenslaut. Was Männer daran fanden, sich gegenseitig freundschaftlich zu schlagen, hatte ich noch nie verstanden. Besonders nicht, wenn es zur Beendigung einer Diskussion diente. Als wären dadurch alle offenen Fragen plötzlich geklärt worden. Aber Matt kannte ich nun schon zur Genüge, um die Antwort auch so zu verstehen.

Wir ließen die Löwen also links liegen und gingen weiter. Nun warfen auch kleinste Sandhäufchen schon sichtbare Schatten. Unsere Kopfbedeckung konnten wir wieder abnehmen, da weder Sonne noch Sand sie mehr nötig machte. Die Wüste lag ganz still da, kaum ein Lüftchen wehte. Die Nacht würde wohl bald einbrechen. Und wir hatten noch immer nichts gefunden. Abgesehen von den Löwen, die für Matt nicht der Rede wert waren.

Genervt wandte ich mich an ihn: „Wie lange sollen wir denn noch weitersuchen?"

„Bis wir was finden", antwortete er prompt. „Wie schon gesagt: Notfalls müssen wir den ganzen Berg umrunden."

„Dir ist schon klar, dass dieser Berg eher sowas wie eine kleine Gebirgskette ist? Da sind wir ja noch wochenlang unterwegs, wenn wir das alles absuchen müssen!", warf ich ein.

Matt zuckte mit den Schultern. „Es hilft nichts, Ruby. Da müssen wir wohl oder übel durch", sagte er.

„Und was wird solange aus Shai?!", protestierte ich.

Matt hielt plötzlich inne und hob die Hand, um mich zum Schweigen zu bringen. Ich hasste es, mitten in meinem Protest gestört zu werden, aber mir fiel schnell auf, dass es dafür einen guten Grund gab. Katzen!

Sie hatten sich wie aus dem Nichts angeschlichen. Waren plötzlich überall um uns aufgetaucht. Ganz offensichtlich hatten sie uns eingekreist. Und sie sahen bei weitem nicht so friedlich aus wie die Löwen, die wir vorher getroffen hatten. Offenbar hatten wir endlich ihr Versteck gefunden.

Ich wollte Matt fragen, was wir nun tun sollten. Tatsächlich sagte ich aber keinen Pieps. Ich war ja bestimmt kein Genie im Umgang mit Tieren, aber der Gesichtsausdruck dieser Katzen war unmissverständlich. Dazu folgte kurz darauf ein bösartiges Fauchen. Es klang fast wie ein tiefes Grollen, das aus den bestialischen Untiefen dieser Tiere stammte.

Wäre ich nicht so gelähmt gewesen, hätte ich bestimmt vor Angst gezittert. Das Fauchen hörte für kurze Zeit auf. Erst da wurde mir bewusst, wie schrecklich still es in der Wüste war. Hier war nichts. Niemand. Nichts und niemand, der uns gehört hätte. Der uns helfen könnte.

Nicht einmal Matt ließ jetzt noch lockere Sprüche, wie: „Es sind ja nur Katzen, was kann da schon passieren?", von sich hören. Als ich kurz zu ihm herüberschielte, sah ich, wie er die Augen zusammenkniff und wie seine Hände zuckten. Offenbar machte er sich auf das Schlimmste gefasst.

Erneutes Fauchen lenkte meine Aufmerksamkeit wieder auf die Tiere. Genauer gesagt auf das Tier genau vor mir, das mich mit seinen funkelnden Augen anstarrte. Die Katze war braun getigert, mit einem blau-gelben Schimmern, das ich registrierte, obwohl das momentan überhaupt nicht von Belang war. Viel entscheidender war ihre Größe. Es war ein enorm großes Tier mit einem dicken Schwanz. Außerdem hatte es breite Beine, dicke Pfoten und einen massigen, aber nicht schwerfällig wirkenden Körper.

Die Katze schien überhaupt nicht blinzeln zu müssen, so unverwandt, wie sie mich anstarrte. Dann wackelte sie zu meiner größten Bestürzung mit ihrem Hintern. Ich kannte Katzen immerhin gut genug, um zu wissen, was nun folgen würde.

Innerhalb von Sekundenbruchteilen war die Katze bei mir. Oder besser gesagt auf mir. Ich hatte gerade noch genug Zeit gehabt, um meine Arme schützend vor mein Gesicht zu halten. Nun hing eine bestimmt sieben oder acht Kilo schwere Katze an mir. Sie schlug sämtliche Krallen in meinen Arm, ebenso wie ihre spitzen Zähne.

Das wäre ja noch nicht so schlimm gewesen – schließlich hatte ich wegen der Sonne extra lange Kleidung angezogen – aber dann benutzte sie ihre Hinterbeine, als würde sie sich von mir abstoßen wollen. Zeitgleich hielt sie jedoch an ihrem Klammergriff mit Zähnen und Vorderpfoten fest. Das Ergebnis war, dass der Stoff aufriss und kurz darauf mein ganzer Arm wie Feuer brannte. Die Krallen der Hinterpfoten mussten tiefe, blutige Rinnen in meinen Unterarm geritzt haben. Doch ich hatte keine Zeit, um den Schaden zu begutachten, denn plötzlich griffen zwei andere Katzen meine Beine an. Eine schlug höchst schmerzhaft ihre scharfen Zähne in meine Kniekehle, sodass ich aus Reflex fast eingeknickt wäre.

Ich wand und schüttelte mich und versuchte, die Angreifer irgendwie loszuwerden. Sie ließen auch kurz locker, nur um an anderen Stellen wieder von neuem zuzupacken. Ich schrie vor Schmerz und trat, wo immer möglich, nach den um mich schleichenden Biestern. Doch sie wichen geschickt aus oder schienen, auch wenn ich einmal traf, nicht sonderlich beeindruckt davon und kamen gleich wieder auf mich zu gerannt.

Eine Katze versuchte, sich in meinen Rücken zu krallen. Sie rutschte aber ab und zog eine lange, schmerzende Krallenspur beginnend an meinem Rückenansatz über meinen Hintern.

Meine Situation schien ausweglos.

Erneut machte sich eine Katze bereit zum Sprung auf meinen Kopf, als plötzlich ein Bein hervorschnellte und sie, geschickter als ich es je gekonnt hätte, mehrere Meter weit wegschleuderte. Mit ein paar gezielten Handschlägen wurden auch die restlichen Katzen, die noch an mir hingen, entfernt. Meine vor Schmerzen tränenden, aber trotzdem dankbaren Augen richteten sich auf meinen Retter. Es war Matt!

Natürlich! Sonst war ja keiner hier. Und Matt war schließlich ein Held. Naja, ein angehender Held. Aber für mich allemal gut genug! Sein tägliches Training zeigte nun Wirkung. Er war zwar auch verletzt, wie ich mit einem Blick auf meinen Teamkollegen schnell feststellen konnte, denn überall hingen Stofffetzen von seiner Kleidung runter, aber allzu stark zu bluten schien er nicht.

Gerade wollte ich ihm danken, als mich völlig unerwartet erneuter Schmerz und Schreck durchfuhr. Mein Ohr! Eine Katze musste sich hinterrücks angeschlichen haben und hatte einen solchen Sprung geschafft, um genau mein rechtes Ohr zu erwischen. Kurz nachdem ich es bemerkte, war die Katze zwar wieder auf dem Boden, aber der Schaden war schon angerichtet. Ich sah das verletzte Ohr zwar nicht, aber als ich mit der Hand darüberfuhr, wurde die Hand ganz nass vor Blut.

Ich wollte weinen. Wirklich. Nur noch aus Verzweiflung weinen. Aber mein Körper schien in eine Art Schockstarre versetzt worden zu sein. Ich konnte gar nichts tun. Ich stand nur da, blutete und hatte überall brennende Schmerzen. Alles, was ich sah, waren die dämonisch funkelnden Augen vor mir.

WIEDER VON VORN

Ein Miauen oder eher fast ein Heulen erklang. Das Geräusch ging mir durch Mark und Bein. Ich erwartete bereits einen erneuten Angriff, als das Miauen noch einmal, diesmal lauter ertönte. Offenbar kam es von keiner der Katzen unmittelbar um uns herum. Es hatte auf diese aber eine höchst sonderbare Wirkung. Anstatt uns weiter zu belauern und anzufauchen, saßen die Katzen plötzlich auf ihren Hinterbeinen und einige, ich konnte meinen Augen kaum trauen, fingen in aller Seelenruhe an, sich zu putzen. Gerade so, als wäre zuvor nichts geschehen.

Es war nun schon sehr dunkel geworden und man konnte nur noch Umrisse erkennen. Deshalb sahen Matt und ich auch nicht, was diesen plötzlichen Sinneswandel in den Katzen ausgelöst hatte. Wir bemerkten aber, dass sich uns jemand näherte. Jemand menschliches. Jemand, der offenbar rannte, denn ein feines Keuchen war zu hören. Und plötzlich ertönte der wunderbarste Klang, den ich mir in dieser trostlosen Gegend hätte vorstellen können.

„Ruby, Matt!"

Es war Shai! Ohne jeden Zweifel. Die Angst fiel sofort von mir ab.

Ich nahm am Rande war, wie Matt in seiner Tasche herumkramte und eine Taschenlampe herausholte. Er hielt sie in die Richtung, in der er Shai vermutete. Und tatsächlich! Da war sie. Sie stützte sich auf die Knie und hielt sich mit einer Hand die Seite. Offenbar war sie wie verrückt gerannt. Und entgegen meiner Annahme war sie nicht allein.

„Da seid ihr ja. Ich dachte mir schon sowas, als Hameez gekommen ist und mich weggeführt hat", sagte sie noch immer leicht keuchend.

Der uns vertraute Kater war wirklich da. Er sah uns an und miaute zufrieden.

„Geht es euch gut?", fragte Shai besorgt.

Irgendwie war ich erleichtert, dass sie keine Taschenlampe dabeihatte und meinen Zustand nicht sehen konnte. Zwar hätte ich gegen ihr Mitleid nichts einzuwenden gehabt, aber ich wollte nicht, dass sie sich allzu große Sorgen machte.

„Wir hatten gerade einen kleinen Zusammenstoß mit ein paar Katzen hier", erklärte Matt. „Den armen Ruby hat es ziemlich böse erwischt. Ich wollte ihm ja helfen, aber ich war selbst ganz schön in Bedrängnis. Aber wie kommst du denn hierher? Wir dachten, du wärst beim Wesir."

„Ja, sein Lager ist nicht allzu weit weg von hier. Er ist jetzt auf der Jagd. Offenbar jagt man die Katzen am besten nachts. Oder zumindest sieht er das so", erzählte Shai.

„Ich dachte, er wollte dich auf der Jagd dabeihaben?", entgegnete Matt irritiert.

Shai lachte: „Wohl kaum. Frauen auf einer Jagd? Das wäre ihm wohl nicht im Traum eingefallen. Er hat sich das eher so vorgestellt, dass ich ehrfürchtig im Lager auf seine glorreiche Rückkehr warte. Pfff ... Jedenfalls bin ich dann etwas gelangweilt in der Umgebung herumspaziert und da ist mir auf einmal Hameez begegnet."

„Und er hat dich zu uns geführt, sagst du?", fragte Matt nochmals nach.

„Ja. Genau. Er hat auch vorhin ganz laut miaut. Habt ihr ihn nicht gehört?"

„Doch. Ich denke schon", antwortete Matt. „Die Katzen haben dann sofort aufgehört, uns anzugreifen. Jetzt, wo ich so darüber nachdenke, ... könnte es sein, dass ... dass er den Katzen gesagt hat, sie sollen aufhören?"

Wie um seine Worte zu bestätigen, schritt Hameez stolz auf die anderen Katzen zu, die vor ihm zurückwichen und ihm Platz machten.

„Ich werd verrückt! Es scheint fast so, als wäre er ihr Anführer", rief Matt aus.

„Wahnsinn! Ein Katzenfürst!", entfuhr es mir.

„Wohl eher General", berichtigte Shai. „Aber ich bringe euch jetzt besser schnell ins Lager. Nicht, dass der Wesir noch die ganzen Katzen hier findet."

„Was!? Jetzt haben wir endlich ihr Versteck gefunden und du willst uns sagen, dass wir wieder gehen sollen?", protestierte Matt.

„Im Moment sehe ich keine andere Möglichkeit. Außerdem kann ich euch dort erstmal verarzten. Und dann sehen wir weiter."

Es gab keine weiteren Proteste. Von mir sowieso nicht. Das Lager war wirklich gar nicht so weit von unserem jetzigen Standort entfernt. In einer knappen Viertelstunde hatten wir es erreicht. Die Fackeln, die rund um die Zelte in den Sand gesteckt worden waren, konnten wir schon von weitem sehen. Keine der Katzen folgte uns. Und darüber war ich froh. Denn ich hatte erstmal die Nase gestrichen voll von diesen Tieren. So süß sie auch sein konnten, wenn sie wollten.

Shai führte uns direkt in ihr Zelt. Wir brauchten uns gar nicht großartig an den Soldaten vorbei zu schleichen. Die schienen sich nicht für uns zu interessieren. Es waren ohnehin nur zwei, drei gelangweilte Wachposten zurückgeblieben. Alle übrigen hatten den Wesir wohl auf seine nächtliche Katzenjagd begleitet.

Matt und ich ließen uns schwerfällig auf den mit Teppichen ausgelegten Boden fallen. Shai kramte in ihrer Tasche und kam bald darauf mit Verbandszeug und einem Wasserschlauch zurück. Sie wies uns ziemlich herrisch an, unsere zerrissene Kleidung auszuziehen. Ich endete dabei in meinen Shorts. Matt hatte seine Hose lediglich hochgekrempelt. Auch auf seinem nun nackten Oberkörper sah ich, dass er nicht allzu viel abbekommen hatte. Er hatte sich eben gut verteidigen können.

Als Shai uns nun so im Licht der Lampe sah, entfuhr es ihr: „Wie seht ihr denn aus?"

„Du hast doch gesagt, wir sollen die Kleider ausziehen", sagte ich.

„Nein, das mein ich doch nicht. Ich meine … ihr seht echt schrecklich aus. Wie ist das nur passiert?", entgegnete sie.

„Das habe ich dir doch vorhin erzählt", meinte Matt leicht gereizt. „Die Katzen haben uns angegriffen."

Shai sah uns etwas entgeistert an, weshalb ich ergänzte: „Matt hat sie mit einem Super-Kick weggetreten."

„Die armen Katzen", entfuhr es Shai.

Matt explodierte: „Wie bitte?! Mit ihnen hast du also Mitleid?! Sie hätten uns ja nicht angreifen müssen."

„Habt ihr sie etwa gereizt?", fragte Shai kritisch.

„Oh, jetzt ist es also unsere Schuld, dass wir angegriffen wurden?", entgegnete Matt wütend.

„Nein, natürlich nicht", erwiderte Shai. „Aber vorhin waren sie wieder ganz friedlich."

„Ja, weil du mit ihrem Anführer aufgetaucht bist", erklärte Matt und wie als Nachgedanke fügte er noch hinzu: „Wahrscheinlich mag er dich. Katzen gehören schließlich zu den *Vertrauten* Deinesgleichen, oder?"

„Das sagt man von Hexen, nicht von Dschinn", berichtigte Shai ihn nüchtern. „Außerdem mögen viele Menschen Katzen."

„Außer der Wesir", sagte ich und schaffte es damit, das Streitgespräch zwischen den beiden zu beenden.

Tatsächlich fragte ich mich, ob Matt trotz seines gereizten Tonfalls vielleicht nicht sogar ganz zufrieden damit gewesen war, mit Shai zu streiten. Schließlich hatte er mir ja gestanden, dass er das mochte. Vielleicht war seine Gereiztheit auch eine Art Ventil, um seiner Erleichterung darüber, dass ihr nichts passiert war, Luft zu machen. Ich wollte Shai fragen, was eigentlich passiert war.

Erst einmal reichte sie uns beiden aber einen angefeuchteten Lappen, damit wir die Wunden ein wenig waschen konnten. An meinem Rücken, an den ich nicht gut herankam, übernahm sie das Waschen. Es war mir höchst peinlich, wo ich doch wusste, dass eine Krallenspur bis hinunter über meine Pobacke verlief. Ich litt noch immer sehr unter meinen Schmerzen. Aber nicht genug, um keine Scham mehr zu verspüren. Sie fragte dann auch schüchtern, ob ich mich dort lieber selbst waschen wollte, oder ob es okay wäre, wenn sie es machen würde.

Ich grummelte eine unverständliche Antwort, welche niemand zu deuten vermochte. Shai sah ratlos zu Matt, der mit den Schultern zuckte. Sie entschloss sich schließlich, es doch selbst zu machen. Meine Shorts konnte ich aber anbehalten. Sie zog sie nur auf der einen Seite leicht schräg hinunter und tupfte ganz behutsam mit dem Lappen über die Krallenspuren.

Entsetzt war Shai vom Anblick meiner Arme. Besonders von dem Unterarm, der von der braun-getigerten Katze malträtiert worden war. Um sie ein wenig davon abzulenken – weil ich ihren fast schon schmerzlich besorgten Blick nicht mehr mit ansehen konnte – fragte ich sie nun nach dem Wesir. Ich wollte wissen, was geschehen war, seit wir von ihr getrennt worden waren. Hatte der Wesir ihr auch nichts angetan?

Sie antwortete gerührt: „Oh Ruby, das ist wirklich süß von dir, dass du dir Sorgen um mich gemacht hast. Aber weißt du, die meisten Männer sehen in mir nicht eine Frau, sondern nur eine Dschinniya, die ihre Wünsche erfüllen kann."

„Das eine schließt das andere nicht unbedingt aus", dachte ich bei mir.

„Was wollte er dann?", fragte ich laut.

„Mich abwerben, natürlich. Was ich rundheraus abgelehnt habe. Erstens würde ich nie für diesen arroganten Kerl arbeiten wollen. Und zweitens will ich nicht als Dschinniya arbeiten."

„Du könntest also doch ein richtiger Flaschengeist sein?", fragte Matt neugierig.

„Ja, aber ich will es nicht!", antwortete Shai bestimmt.

Ich witterte schon den nächsten Streit, als mir die rettende Zwischenfrage einfiel.

„Shai, weißt du, wie diejenigen heißen, die wissen, ob man ein bestimmtes Wasser trinken kann oder nicht?" Dafür musste ich nicht mal Interesse heucheln. Ich wollte das wirklich wissen.

„Ob man Wasser trinken kann?", fragte Shai verdattert. „Nun, ich nehme an, das wären am ehesten die Undinen oder Nymphen. Obwohl, jemand wie die Bergnymphe, die wir getroffen haben, weiß das wahrscheinlich eher nicht, da sie sehr auf ihren

Berg fixiert ist. Aber auch andere Wassergeister könnten da Auskunft geben. Wieso willst du das wissen?"

Wir sahen Shai verwundert an.

Matt räusperte sich. „Das war jetzt nicht gerade die erwartete Antwort", sagte er.

„Ach nein?", sagte Shai und ein leicht gereizter Unterton klang mit.

„Nun, ich ...", stammelte ich, „ich dachte eher an sowas wie ..."

„Einen Wissenschaftler", half Matt aus.

„Meint ihr sowas wie einen Mikrobiologen?", fragte Shai und klang etwas ungläubig.

„Genau! Das ist es!", rief Matt freudig aus. Dann sagte er zu mir: „Ich hab' dir ja gesagt, dass ich sowas nicht weiß."

„Sagt mal: versucht ihr zwei, mich hier grade zu verschaukeln?", fragte Shai verärgert.

„Nein", antworteten Matt und ich unisono.

Shai verarztete uns daraufhin schweigend weiter. Als sie fertig war, meinte sie aber noch immer leicht verstimmt: „Die Wunden sehen schlimmer aus, als sie sind. Das hinterlässt wahrscheinlich nicht einmal Narben."

Damit war jede Hoffnung meinerseits auf ein bisschen mehr Mitleid und ein paar tröstende Worte dahin. Dieser ganze Tag hatte mich ziemlich fertig gemacht. An Essen dachte ich ausnahmsweise nicht. Ich war so erschöpft, dass ich schon bald einschlief.

In dieser Nacht träumte ich nichts, wofür ich ziemlich dankbar war. Ich sank einfach in ein schwarzes Nichts.

Das nächste, das ich wieder wahrnahm, war ein leises Flüstern.

„Denkst du, wir sollten ihn mal langsam aufwecken?"

„Ja. Besser, wir machen, dass wir fortkommen. Bevor er es sich noch anders überlegt."

Ich schlug die Augen auf. Ich erwartete Tageslicht, doch das Zelt war noch immer durch die Lampe erleuchtet.

„Wie spät ist es?", fragte ich und rieb mir müde die Augen, während ich mich aufsetzte.

„Damit hätte sich das dann wohl geklärt", sagte Matt, anstelle einer Antwort auf meine Frage.

Shai hockte sich neben mich auf den Boden. „Wie fühlst du dich?", fragte sie leise.

Die Frage konnte ich ehrlich gesagt noch gar nicht beantworten. Ich begann erst jetzt, meine Gliedmaßen leicht zu bewegen. Der brennende Schmerz war an einigen Stellen noch da. Aber nicht mehr so konstant wie zuvor. Sobald ich aufhörte, den verletzten Arm oder das verletzte Knie zu bewegen, klang der Schmerz schnell wieder ab.

„Geht so", sagte ich darum.

„Gut", erklärte Matt, der nun durch das Zelt schlich und unsere Sachen zusammensammelte. „Dann können wir ja los."

„Los. Wohin?", fragte ich verängstigt. Ich wollte auf keinen Fall wieder zu dem Katzenversteck zurückgehen.

„Pst", machte Shai. „Bitte sei leise. Wir schleichen uns von hier weg." Und als sie meinen verwirrten Gesichtsausdruck sah, ergänzte sie noch: „Der Wesir ist vorhin zurückgekehrt."

„Und er war nicht gerade begeistert, dich und mich zu sehen", fügte Matt hinzu.

„Der Wesir war hier?", fragte ich erstaunt. Diesmal ebenfalls im Flüsterton.

„Ja, hier in diesem Zelt. Ein Wunder, dass du nicht aufgewacht bist. Er war nämlich ziemlich ungehalten. Er hat einige Wachposten angeschrien, weshalb sie einfach zwei Fremde in sein Lager eingelassen haben. Und dann hat er Matt ganz abschätzig befragt, ob ihr nun etwas herausgefunden habt", erzählte Shai.

„Freundlich war er allerdings nicht gerade", stimmte Matt zu. „Er hat unsere Verletzungen gesehen, na ja, deine vor allem, und vermutet nun offenbar, dass wir etwas wissen. Ich habe ihm aber erzählt, wir hätten bedauerlicherweise nichts gefunden."

„Woraufhin er euch sehr misstrauisch beäugt und dann wütend das Zelt verlassen hat. Seine Jagd ist wohl nicht gut verlaufen", meinte Shai.

„Und wir schleichen uns nun davon, weil …?", wollte ich wissen.

„Weil die Zeit der Gastfreundschaft des Wesirs, falls es so eine überhaupt mal gab, abgelaufen ist", erklärte Matt.

„Oh", sagte ich nur.

„Es hat allem Anschein nach einige seiner Männer übel erwischt. Ich bin noch immer überrascht, dass du ihre Schreie nicht gehört hast", sagte Shai.

Bei diesen Worten erbleichte ich.

„Wie übel?", fragte ich und schluckte schwer.

„Wir konnten nicht viel davon sehen", meinte Matt. „Wir haben nur hier durch den Zelteingang geschielt. Ein paar wurden auf Baren ins Lager getragen. Einem musste offenbar ein Bein amputiert werden. Zwei haben sich gar nicht mehr bewegt. Ich glaube aber, sie kommen durch. Es muss wohl eine Giftattacke gewesen sein."

„Giftattacke!?", rief ich schockiert, aber dennoch leise aus.

„Ja, irgendein lähmendes Gift oder so. Einige Katzen hatten das offenbar an ihren Krallen", fuhr Matt fort.

Mir wurde schwindlig.

„Vier Katzen haben sie aber offenbar erlegt", erklärte Shai in bedauerndem Ton.

Ich selbst war mir gar nicht mehr so sicher, ob ich mit diesen Tieren wirklich noch Mitleid haben konnte.

„Aber keines der hohen Tiere, auf die es der Wesir abgesehen hatte", ergänzte Matt.

„Und darum ist er jetzt schlecht gelaunt", folgerte ich.

„Wahrscheinlich. Und Shais Abfuhr von gestern hat bestimmt auch noch einiges dazu beigetragen", sagte Matt.

„Verstehe", sagte ich langsam. Dann dachte ich kurz nach und fragte noch: „Aber warum haben die Wachposten dich und mich eigentlich hier reingelassen?"

„Sie hatten wohl Angst vor mir", erklärte Shai.

„Angst?", sagte ich fassungslos.

„Ja, der Wesir scheint nicht der einzige hier zu sein, der diese Legende mit den violetten Augen kennt", flüsterte Matt. „Und deshalb machen wir uns auch lieber heimlich aus dem Staub. Bevor sie noch uns die Schuld an ihrer missglückten Jagd in die Schuhe schieben und Shai als Hexe verbrennen oder so. Du weißt ja: wenn etwas schief geht, sind immer die Fremden schuld."

Das leuchtete mir ein. Aber …

„Aber unser Auftrag? Wir haben noch immer nichts herausgefunden!", warf ich ein.

„Erstmal geht unsere eigene Sicherheit vor", sagte Matt bestimmt.

Wir waren bereits eine halbe Stunde unterwegs, als es anfing, zu dämmern. Ich fragte mich, wann dem Wesir wohl unser Verschwinden auffallen würde und ob wir dann schon weit genug gekommen sein würden, um nicht gleich von seinen Männern gefunden und zurückgeschleift zu werden.

Viel Deckung gab es hier mitten auf der sandigen Ebene nicht – um ehrlich zu sein, gab es gar keine. Wir gingen deshalb auch nicht gemütlich, sondern joggten eher über die sandige Straße. Aber wir hatten Glück. Kurz nach Sonnenaufgang schlossen wir zu einem Händler auf, der eine hölzerne Karre mit wunderschönen Stoffballen nach Kupal zum Verkauf bringen wollte. Sein Wagen wurde von einem robusten Ochsen gezogen, bei dem ich mich wunderte, wie der es durch die Wüste geschafft hatte, ohne mit seinem Gewicht im Sand zu versinken.

Jeder andere Händler hätte uns wahrscheinlich sofort abgewiesen. Dieser aber war begeistert, als er Shai sah. Er schloss sie freudig in die Arme und erklärte ihr, er hätte einmal großes Glück durch ein Wesen wie sie erfahren, welches ihm Gesundheit und Wohlstand gebracht hätte. Um sich dafür erkenntlich zu zeigen, obwohl Shai damit natürlich im Grunde überhaupt nichts zu tun hatte, wollte er uns nun behilflich sein.

Das kam uns wie gerufen! Wir baten ihn, uns auf seinem Karren zu verstecken und ungesehen in die Stadt zu schmuggeln. Keine fünf Minuten, nachdem wir uns in seinem Wagen versteckt hatten, hörten wir schon, wie wütend schreiende Soldaten an uns vorbeiritten. Einer befragte auch den Kaufmann, ob er uns gesehen hätte, was er zu unserem Glück verneinte.

Es kam mir wie eine Ewigkeit vor, bis wir endlich in der Stadt angekommen waren und unsere in der Zwischenzeit eingeschlafenen Glieder wieder strecken konnten. Er stellte den Wagen so ab, dass wir ungesehen in eine Nebengasse abspringen konnten. Wir bedankten uns herzlich bei ihm, obwohl wir keine Sicht auf ihn hatten, da der Karren den ganzen Weg versperrte.

Wie durch ein Wunder waren wir genau in der Gasse gelandet, in der Alims Haus stand. Wir klopften aufgeregt an seiner Tür, die von seiner Haushälterin Basma geöffnet wurde. Sie scheuchte uns ins Haus und verschloss die Tür sofort wieder hinter uns.

Als hätte sie uns gewittert, kam Isma herbeigeeilt. Sie sprang freudig um uns herum. „Endlich seid ihr zurück! Es gibt schon Gerede in der Stadt! Was habt ihr angestellt?", fragte sie aufgeregt.

„Still, Isma!", schärfte ihr Großvater ihr ein, der nun ebenfalls herbeigeschlängelt war. „Unsere Nachbarn hören sonst jedes Wort."

Schuldbewusst schlug sie die Hände vor den Mund. Alim drängte uns in das nächste Zimmer. Er sah uns forschend an.

Shai räusperte sich: „Ähm, wir denken, wir sollten diesen Ort hier besser verlassen. Es gab eine gewisse Unstimmigkeit mit dem Wesir und ... es könnte sein, dass ..."

„Dass er nun sauer auf uns ist", sprach Matt Klartext.

„Aha. Verstehe." Alim nickte verständnisvoll. „Ein sehr unberechenbarer Mann, der Wesir."

„Geradezu sprunghaft", stimmte Matt zu.

„Nun gut. Dann solltet ihr am besten gleich in eure Dimension zurückkreisen", empfahl der Schlangenmann.

Wir nickten. Matt und ich wollten uns gerade daran machen, den Tisch zur Seite zu schieben, als Alim uns aufhielt.

„Nein, nein. Nicht da lang. Da befindet sich nur der Eingang", erklärte er.

Wir sahen ihn verwundert an.

„Denkt ihr etwa, ein so schlecht versteckter Eingang wäre geheim? Jeder in der Stadt weiß genau, wo er ist. Es ist der Ausgang, über den ich wirklich wache. Diese Aufgabe wurde mir von eurer Vermittlung übertragen. Damit niemand unerlaubterweise in eure Dimension gelangt. Sie haben mir dafür versprochen, ihrerseits den Eingang in diese Dimension zu bewachen und nur Leute mit Genehmigung durchzulassen. So lautete unser Abkommen."

„Aha, und wo befindet sich der Ausgang?", fragte Matt verwundert.

„Kommt mit", sagte Alim nur.

Wir folgten der vor uns her schlängelnden Figur zu einem klitzekleinen Zimmer mit ganz niedriger Decke. Eher eine Art Höhle als ein wirklicher Raum. Wir gingen in stark gebückter Haltung hinter Alim her, der seinerseits problemlos weiter voran schlängelte. An einer Seitenwand war eine runde Öffnung. Alim bewegte das spitze Ende seines Schlangenkörpers in diese Öffnung und schien darin etwas zu ertasten. Die Wand vor uns sprang plötzlich auf und enthüllte eine steile Treppe, die in den Untergrund führte.

„Den Mechanismus kann nur ich betätigen", sagte Alim stolz. „Mit einem normalen Arm oder Bein oder dergleichen wäre er nicht zu erreichen, da er um mehrere Kurven herum versteckt liegt."

Matt nickte anerkennend: „Gut durchdacht."

„Geht nun schnell hinunter. Isma führt euch zum Ausgang", sagte Alim.

„Wirklich?", fragte Isma, die uns gefolgt war, aufgeregt. „Sonst machst du das doch immer, Großvater."

„Ich möchte lieber hier im Haus sein, falls die Männer des Wesirs hier nach euch suchen sollten. Ein kleines Mädchen werden sie aber wohl kaum im Haus vermissen", sagte Alim.

„Verstehe", sagte Shai. „Es tut uns leid, dass wir so überstürzt aufbrechen müssen. Jedenfalls vielen Dank für alles."

„Schon gut, schon gut", sagte Alim. „Nun geht."

Wir schlüpften alle durch die Wand hindurch, die sich hinter uns wieder verschloss.

„Wie kommst du denn zurück?", fragte ich Isma besorgt.

„Keine Sorge", sagte sie strahlend. „Großvater lässt mich wieder durch, sobald die Lage sicher ist. Außerdem gibt es noch ein paar geheime Notausgänge. Durch die passt aber nur ein Kind."

Sie lächelte mir verschwörerisch zu.

„Verstehe", sagte ich. „Dann bitten wir jetzt wohl dich, als unsere Führerin vorauszugehen."

Isma jauchzte vergnügt und sprang vorneweg. Wir mussten auch fast rennen, um mit ihr mitzuhalten. Der Stollen, durch den wir gingen, war erst sehr schmal, wurde dann aber immer breiter. Es gab ein paar Verzweigungen. Isma bog jedoch zielsicher ab und schon nach kurzer Zeit kamen wir wieder zum Stehen.

„Wirklich schade, dass ihr schon gehen müsst", sagte Isma bedauernd und deutete auf ein kreisrundes Loch vor uns.

„Das hier ist das Dimensionsloch?", fragte ich verwundert.

Isma schüttelte den Kopf. „Eigentlich ist das ein alter Brunnen. Großvater sagt, dass die Stadt früher tiefer gelegen habe und dann einfach neue Häuser auf die alten gebaut worden seien. Hier war einmal die Oberfläche des früheren Kupal."

„Interessant", meinte Matt.

„Und nun?", fragte ich weiter.

„Ihr müsst in den Brunnen springen. Auf dessen Boden befindet sich das Dimensionsloch", erklärte das Mädchen.

„Wir sollen da einfach runterspringen?", dachte ich entsetzt. Ich hatte ja schon immer Probleme damit, mich in die Dimensionslöcher reinzutrauen. Aber das hier …

Ich schielte über den Brunnenrand hinweg und sah nur bodenlose Schwärze vor mir. Schnell zog ich den Kopf wieder zurück.

„Also, ich …", fing ich an.

Doch dann hörte ich ein lautes, klares Miauen hinter mir. Der Schreck, der mich durchfuhr, war so groß, dass ich das Gleichgewicht verlor und Kopfüber in den alten Brunnenschacht fiel. Ich erwartete schon einen Aufprall, der aber nicht kam. Stattdessen schien mich etwas zurück nach oben zu schleudern und als ich die vor Angst zusammengepressten Augenlieder wieder öffnete, sah ich gerade noch, wie ich auf einer einladenden, pinken Matte vor mir landete. Ich sank sogleich in dem dicken, weichen Untergrund ein und musste mich ganz schön anstrengen, um wieder hinunter und auf festen Boden zu gelangen.

Ich blickte zurück und sah neben mir ein Geländer. Dahinter befand sich eine weite Vertiefung, in der ein elastisches Auffangnetz gespannt war. Ich blickte zur Decke und sah dort das vertraute schwarze Loch. Doch weder Matt noch Shai erschienen. Ich begann, mir bereits Sorgen zu machen, ob ihnen etwas passiert war, als plötzlich wie aus dem Nichts Matt von der Decke fiel. Er landete im Auffangnetz, wurde dann wieder hochgeschleudert und landete auf der pinken Matte neben mir.

„Na, das war ja mal ein Abgang", meinte er zufrieden, als er sich ebenfalls von der Matte gerollt hatte. Kurz drauf erschien auch Shai, die mit flatterndem Kleid durch den Raum flog. Zu meinem und Matts Erstaunen federte sie aber nicht wieder vom Netz nach oben. Es schien eher so, als hätte sich ihr Fall in den letzten Metern auf mysteriöse Weise verlangsamt und sie kam ganz langsam auf dem Netz auf.

Dieses schaukelte ein wenig, als sie sich aufrichtete und darüber zur Wand hinbewegte. Sie war nun ein gutes Stück unter uns. Sie öffnete ein Gatter weiter unten und kam eine kleine Treppe zu uns hoch. Wir sahen sie beide sprachlos an.

„Was ist denn?", fragte sie schulterzuckend und wandte sich zum Gehen.

Das weckte mich wieder aus meiner Starre.

„Was ist denn vorhin eigentlich passiert?", fragte ich die beiden.

„Hameez hat uns verabschiedet", sagte Matt, der noch immer erstaunt Shai hinterherstarrte.

„Hameez?!", rief ich verwundert aus. „Wie ist der denn dort hingekommen?"

„Du hast Isma doch gehört: es gibt offenbar noch andere Aus- beziehungsweise Eingänge. Und wenn da ein Kind durchpasst, dann eine Katze doch wohl erst recht", antwortete Shai.

„Ein bisschen komisch war sein Erscheinen schon", meinte Matt. „Man hatte fast den Eindruck, er wollte uns etwas mitteilen."

„Vielleicht sorgt er sich um Optica", schlug ich vor. „Ich meine, wenn er schon ein Anführer ist, dann wird er sich doch auch um die anderen Katzen sorgen."

„Da hast du vermutlich recht", stimmte Shai mir zu. „Ich glaube, er wollte uns sagen, dass er uns vertraut. Und wohl auch, dass er darauf vertraut, dass wir eine Lösung finden werden."

„Wie kommst du denn darauf?", fragte Matt.

„Weil er seinen Schwanz erhoben hatte, als er ging. Das ist bei Katzen ein Zeichen des Vertrauens."

„Klingt mir ein bisschen weit hergeholt", flüsterte ich Matt zu.

Matt grinste: „Verbuchen wir das einfach unter weiblicher Intuition. Das wird uns beiden eine Menge Ärger ersparen, glaub mir."

Dem konnte ich nicht widersprechen.

„Schade, dass ich mich nicht mehr richtig von Isma verabschieden konnte", seufzte ich.

Matt und ich gingen auf Geheiß von Shai gleich als erstes zu einer Krankenstation der Vermittlung, wo wir uns nochmals durchchecken ließen. Der Pfleger, der meinen von Shai angebrachten Verband löste und die Wunde darunter begutachtete, schüttelte verwundert den Kopf.

„Verrückt", murmelte er, „man sieht hier, dass es eine ziemlich tiefe Wunde gewesen sein muss, aber sie ist schon fast wieder ganz verheilt. Und es hat sich noch nicht einmal eine dicke Kruste gebildet, die vernarben könnte. Es sieht eher so aus, als ob die Haut einfach wieder nahtlos zusammenwachsen würde. Was stand hier noch gleich?"

Er warf nochmals einen Blick auf meine Krankenakte, die, wie auch immer, bereits bei der Vermittlung hinterlegt worden war. Das musste man ihnen echt lassen. Sie waren wirklich gut organisiert.

„Soso, ein Schreiberling", murmelte er und musterte mich nochmals.

Er fragte sich offenbar, ob solch eine Wundheilung bei Schreiberlingen normal war. Ich konnte ihm nicht wirklich eine Antwort darauf geben. Nach Möglichkeit vermieden es Schreiberlinge, gefahrenvolle Arbeiten zu übernehmen. Wir waren eher, nun ja, Stubenhocker. Und dabei war die Verletzungsgefahr eher gering.

Ich persönlich vermutete aber, dass auch eine gewisse Kraft von Shai bei dieser Heilung mitspielte. Eine Kraft, die sie ja angeblich nicht besaß oder zumindest nicht anwenden wollte. Aber auch darüber schwieg ich gegenüber dem Pfleger, der mich kopfschüttelnd wieder entließ.

Zusammen mit Matt ging ich nach draußen. Vor dem Eingang der Station wartete bereits Shai.

„Schlechte Nachrichten", fing sie gleich an und winkte mit einem Papier in ihrer Hand. „Wir sind unverzüglich zu Chalifa beordert worden. Wir müssen gleich aufbrechen. Geht es euch soweit gut?"

Wir nickten. Obwohl wir nicht gerade begeistert waren, gab es zumindest keinen gesundheitlichen Vorwand, weshalb wir nicht gleich zu Chalifa aufbrechen konnten.

„Ist etwas passiert?", wollte ich natürlich wissen.

„Ich weiß nicht genau", sagte Shai, „aber hier steht, dass Tāne bereits hingeschickt worden ist. Das kann eigentlich nichts Gutes bedeuten."

Ich freute mich darauf, den freundlichen Tierarzt wiederzusehen. Mittlerweile waren meine Schmerzen fast gänzlich verschwunden. Während unserer Reise hatte es eine kleine Panne im U-Tunnel gegeben. Wasser war irgendwie stecken geblieben und nicht mehr richtig weitergeflossen. Wie genau das Problem behoben wurde, wusste ich nicht. Shai meinte aber, dass es bestimmt keine Menschen waren, die das konnten. Ihr zufolge wurden für fast alle Unterwasserarbeiten Wasserwesen hinzugezogen. Darüber klang sie sowohl stolz als auch ein wenig gekränkt, weil die Menschen diese mächtigen Wesen so schamlos für ihre eigenen Zwecke ausnutzten.

Auf einem kleinen Bildschirm im Innern der Kapsel erschien ein weißer, leicht eckig wirkender Krake mit einer Kopfbinde, der zufrieden mit einem Schraubenschlüssel winkte. Darunter erschien die Meldung, dass das Problem nun behoben sei und unsere Fahrt in Kürze wieder aufgenommen werden konnte. Ich fragte mich, ob wirklich ein Krake das Wasser abgelassen hatte. Und wenn ja, wie groß dieser dann sein musste.

Die Reise durch die Wüste verlief dagegen problemlos und schon fanden wir uns vor Chalifas großem Anwesen wieder. Wir staunten nicht schlecht, als wir merkten, dass Chalifa in der kurzen Zeit seit unserer letzten Begegnung offenbar sein gesamtes

Personal ausgewechselt hatte – abgesehen von seinem Fahrer, der uns erneut abgeholt hatte. Überall standen nun weibliche Wachen. Sie waren aber nicht minder furchteinflößend als ihre männlichen Vorgänger. Sie blickten uns streng an.

Ihre Größe war beeindruckend. Die meisten schienen an die zwei Meter groß zu sein. Und ihre lange und weit geschnittene Uniform täuschte keinen Moment darüber hinweg, dass sich darunter stahlharte Muskeln verbargen. Vielleicht vermittelten auch die riesenhaften Hände, die unter den Ärmeln hervorlugten, dieses Bild. Kurz: mit ihnen hätte ich mich auf keinen Fall anlegen wollen.

Chalifa eilte uns mit ausgebreiteten Armen entgegen.

„Wie schön, dass Sie kommen konnten!", rief er erfreut.

Ich empfand das als eine etwas merkwürdige Art, uns zu begrüssen, wo er uns doch dringend herbeordert hatte.

„Bitte, folgen Sie mir hier entlang", sagte er und führte uns wieder durch sein Anwesen.

Nach ein paar durchquerten Räumen stellten wir fest, dass wir nicht in dieselbe Richtung gingen wie bei unserem ersten Besuch.

„Gehen wir nicht zum Harem?" Ich konnte mir die Frage nicht verkneifen.

„Ähm, nein", antwortete Chalifa und wirkte kurz angebunden. „Ich bringe sie lieber hinaus in meinen schönen Garten. Dort können wir ungestört miteinander reden. Ihr Kollege ist ebenfalls bereits dort und erwartet Sie."

Ich fragte mich, wie so ein Garten mitten in der Wüste wohl aussehen konnte. Und was sollten wir Tāne sagen, wenn wir ihn sahen. Besonders erfolgreich war unser Ausflug nicht gerade gewesen. Und was hatte Tāne seinerseits wohl zu berichten?

Diese Gedanken wurden verscheucht, als ich sah, wohin uns Chalifa führte.

„Willkommen in meinem Garten! Dies ist neben dem Katzenharem mein ganzer Stolz!", sagte unser Auftraggeber und deutete auf den vor uns liegenden Garten.

„Das da ist ihr Garten?", fragte ich wenig begeistert.

Ich hatte einen üppigen Garten erwartet, mit Palmen und Brunnen, auf denen riesige Blätter schwammen. Vielleicht auch

Rosen oder dergleichen. Dieser Garten hier war zwar auf seine Art bestimmt auch üppig und beeindruckend. Aber mein Fall war er eher nicht.

„Boah! Nicht schlecht! Alle Achtung", sagte Matt, der offenbar gerade das Gegenteil von mir empfand.

„Ja, wirklich beeindruckend", fand auch Shai.

„Es sind Kakteen. Stachelige Kakteen", versuchte ich, ihre Begeisterung zu bremsen.

„Ich habe noch nie eine solche Vielfalt davon an einem Ort gesehen", sagte Shai beeindruckt und Matt pfiff anerkennend.

Chalifa fühlte sich geschmeichelt. „Bezaubernd, nicht wahr? Ich halte nichts von den ganzen Prunkgärten, die einige andere Reiche glauben, zur Demonstration ihres Reichtums zur Schau stellen zu müssen. Ich selbst bin ein leidenschaftlicher Sammler. Und ich sammle nichts, das nicht auch seine Berechtigung beziehungsweise seinen Ursprung in der Wüste hat. Ich bin stolz auf mein Land. Warum sollte ich es also mit wasservergeudenden Pflanzen und künstlich angelegten Teichen schmücken, wo doch gerade die Wüstenpflanzen in ihrer grandiosen Beschaffenheit so einzigartig sind."

Mir persönlich hätten die wasservergeudenden Pflanzen und künstlichen Teiche besser gefallen. Aber ich verstand seinen Standpunkt.

„Zugegeben", fuhr er fort, „ich sammle nicht nur einheimische Wüstenpflanzen, sondern Kakteen aus aller Welt. Aber sehen Sie nur, was für einen prächtigen Garten man anlegen kann! Nur unter der Verwendung von solchen, für mancherlei Banausen karg wirkenden Pflanzen. Dabei haben doch auch die Kakteen schöne Farben. Sehen Sie nur: diese Blüten!"

Nun gut, ich musste ihm hierbei zumindest recht geben. Entgegen meiner Erwartung leuchteten uns von vielen dieser Pflanzen grelle Farben entgegen. Weiße, gelbe, rote, sogar knallpinke Blüten zierten einige dieser sonst farblich eher schal wirkenden Pflanzen. Aber dennoch. Sie hatten Stacheln! Für mich war das ein eindeutiges Zeichen, das sagte: komm mir nicht zu nahe! Und nun sollten wir durch ein ganzes Dickicht solcher stachelbesetzter Kakteen hindurch.

Die Größe der Pflanzen war auch recht beeindruckend, obwohl mich persönlich dies eher abschreckte, während sich Matt und Shai staunend umsahen.

Einige Kakteen waren so groß wie kleine Bäume. Mit vielen verzweigten, fleischigen Ästen, die mit tausenden und abertausenden von Stacheln bespickt waren. Einige Kakteen hielten sich eher am Boden auf, bildeten kleine, fast wie Gras aussehende Büschel. Nur dass kein Weidetier dieses Gras hätte essen wollen. Andere sahen wie grüne, stachlige Pilze aus. Wieder andere wie aufrechtstehende Gurken, teilweise mit Stacheln an klar definierten Rillen, teilweise rundum weiß behaart. Dazwischen lagen nur Steine und trockener Sand.

Der gesamte Garten schien so groß wie ein Fußballstadion zu sein. Vielleicht sogar größer. Ein vor der Sonne schützendes Blätterdach gab es leider nicht. Dafür hingen von einigen großen Kakteen Flechten wie Stofffetzen herunter. Und die dicken Stämme spendeten einen, wenn auch nicht kühlenden, so doch erträglichen Schatten.

Ich versuchte, die Begeisterung der anderen mitzuempfinden. Aber es fiel mir ganz schön schwer. Ein baumgroßer Kaktus direkt vor mir sah aus wie ein riesenhaftes, grünes Geschwür.

Ein anderer, mich ebenfalls um mindestens einen Meter überragender Kaktus schien rote Pickel zu haben, die aus seinem weißen Stachelgeflecht hervorschossen. Als ich Shai darauf ansprach, sagte sie: „Das ist ein Silberkerzenkaktus. Und das rote sind keine Pickel, sondern seine Blüten. Normalerweise wächst der auf etwa 2000 Metern Höhe. Wirklich erstaunlich, dass der hier so gut gedeiht."

„Oh. Sie kennen sich also auch mit Kakteen aus", freute sich Chalifa.

„Nein, nur sehr wenig. Aber ich finde, es sind wirklich beeindruckende Pflanzen", sagte Shai.

„Und so pflegeleicht. Die gehen einem nicht gleich ein, wenn man mal vergisst, sie zu gießen", ergänzte Matt.

Vielleicht sollte ich das auch mal probieren. Ich war zwar nicht so der Pflanzen-Typ, aber bisher hatte ich auch keine eigene Bleibe gehabt, in der ich welche hätte halten können. Ein Kaktus zum Anfang wäre vielleicht eine gute Idee. Wenn mir der nicht einging, dann könnte ich es danach noch mit weiteren, mir sympathischeren Pflanzen probieren.

Gerade stellte ich mir vor, wie meine neue Wohnung, an die ich bisher kaum Zeit gehabt hatte, mich zu gewöhnen, aussehen würde, wenn ich sie mit allerlei Pflanzen dekorieren würde. Doch dann fiel mein Blick auf einen Kaktus, der ganz anders aussah als all die vielen Kakteen ringsum. Er schien mir förmlich zuzurufen: Berühr mich! Die Pflanze leuchtete in einer Mischung aus Gelb, Orange und Rot. Bei näherer Betrachtung schienen auch dies nur die Blüten zu sein, die an dicken, dunkelgrünen Stängeln herabhingen. Weiter oben verzweigten sich die Äste der Pflanze, deren Stamm, falls sie so etwas hatte, irgendwo im Dickicht vor mir liegen musste.

Durch die vielen anderen Kakteen, die hier ganz dicht beieinander wuchsen, konnte ich den Ursprung dieser Pflanze nicht erkennen. Ich konnte aber auch keine Stacheln entdecken. Deshalb streckte ich meine Hand aus, um wenigstens diese harmlose, wunderschön leuchtende Pflanze zu berühren. Als die Finger meiner ausgestreckten Hand die freundlich anmutende und auch süßlich duftende Blüte schon fast berührten, schrie Chalifa auf und schlug mir auf die Hand.

„Sind Sie wahnsinnig!? Diese Pflanze darf man auf keinen Fall berühren! Ihr Gift würde Ihnen die Hand wegätzen!", rief Chalifa aus.

„Wegätzen?!", fragte ich entsetzt.

„Ja. Es ist eine fleischfressende Pflanze. Sie lockt Ungeziefer und andere Kleintiere mit ihrem süßlichen Duft und ihren schönen Farben an. Doch wenn man die Blüte berührt, öffnet sich diese und packt die Beute. Und das geht blitzschnell. Ich habe dem Gärtner schon zigmal gesagt, er soll sie nicht so nah an den Pfad heranwachsen lassen. Aber der hört einfach nicht auf mich. Er mag diesen Kaktus sehr und will ihn darum nicht verletzen. Doch für meine Gäste ist das wirklich gefährlich. Ich werde nochmal ein ernstes Wörtchen mit ihm reden müssen."

Chalifa schien weniger über mich verärgert als über seinen Gärtner. Während er vor sich hin wetterte, rieb ich liebevoll meine gerettete Hand, die mir fast abhandengekommen wäre. Und ich fragte mich, in was für ein Monstrum von Garten wir hier hineingeraten waren.

Wenige Kurven des sich durch den Kaktuspark windenden Pfades später erblickten wir endlich Tāne. Er saß auf einer gemütlich aussehenden Lounge, die sich unter einem riesigen Sonnenschirm befand. Als ich zum Schirm hochsah, merkte ich, dass es gar kein Sonnenschirm war, sondern ein Pflanzengewebe, das sich wie eine feine Haut über diesen kleinen Platz spannte. Und offenbar bestand dieser Sonnenschutz sogar aus mehreren Pflanzen, denn die fast kreisrunden Flächen hatten verschiedene Farben, anhand derer man sie unterscheiden konnte.

Eine Fläche war pink, eine andere gelb, wieder eine andere türkis. Und dann gab es noch ein paar Abstufungen dazwischen. Die Äste, an denen die Pflanzenhautschirme wuchsen, konnte man in Form von dunklen Linien erkennen, die diese Schirme wie dicke Adern durchzogen.

„So einen Kaktus habe ich noch nie gesehen", sagte Shai staunend.

„Das wundert mich nicht. Diese Kakteenart stammt aus einer anderen Dimension und ist, soweit mir bekannt ist, in dieser Dimension ganz und gar einzigartig und nur hier in diesem Garten anzutreffen", erklärte Chalifa und sein Sammlerstolz machte sich wieder bemerkbar.

Der Platz war groß genug, dass ich keine Angst hatte, irgendeinem Kaktus zu nahe zu kommen, als wir es uns in der Lounge bequem machten. Zuvor aber begrüßten wir Tāne. Der Tierarzt war bei unserem Eintreffen höflich aufgestanden und nun setzten wir uns alle gemeinsam wieder hin.

„Ihr seid also von eurer Dimensionsreise wieder zurück", stellte Tāne fest. „Und, wie ist es gelaufen? Habt ihr etwas herausgefunden?"

„Nun ja", begann Shai, „wir haben nicht direkt etwas herausgefunden. Die Umstände waren ein wenig ..."

„Schwierig", ergänzte Matt.

„Ein paar Theorien haben wir aber schon", beeilte ich mich zu sagen. Ich wollte nicht, dass unsere ganze Dimensionsreise wie ein totaler Misserfolg wirkte.

Tāne und Chalifa sahen mich interessiert an. Ich schluckte und erklärte dann: „Also ... zum einen können wir Heimweh mit ziemlich großer Sicherheit ausschließen. Eher könnte es sich bei Opticas Verhalten um ein Kriegstrauma handeln. Ebenfalls denkbar wäre ihr Pflichtgefühl gegenüber ihren zurückgelassenen Kameraden, das sie zu diesem Verhalten veranlasst hat."

„Oder irgendein militärischer Drill", ergänzte Matt.

Die beiden Zuhörer sahen uns ziemlich entgeistert an.

„Wir sprechen hier aber schon von Katzen, oder?", fragte Tāne schließlich.

„Leider ja", seufzte Shai.

„Glaub mir, du kannst dir keine Vorstellung davon machen, was da abgeht", sagte Matt.

„Hm, ihr vermutet also eine Art psychologisches Trauma, verstehe ich das richtig?", wollte der Tierarzt wissen.

Wir nickten alle zustimmend.

„Tja, das ... wie soll ich sagen. Nach unseren neusten Erkenntnissen lässt sich dies wohl ausschließen", sagte Tāne.

„Wirklich? Wieso denn?", fragte ich.

„Weil sich dieses Verhalten mittlerweile verbreitet hat. Es betrifft nicht mehr nur Optica allein. Weitere Katzen aus dem Harem haben es übernommen", erklärte der Tierarzt.

„Wie bitte?!", rief ich aus. „Soll das etwa heißen, dass all unsere Theorien jetzt nutzlos sind?"

„Ich fürchte, so ist es", bestätigte Tāne.

„Handelt es sich also doch um eine Krankheit?", wollte Shai wissen.

„Wenn ja, dann keine, die ich kenne. Ich habe weder an Optica noch an den anderen Katzen irgendetwas Auffälliges gefunden, das auf eine Erkrankung schließen ließe. Auch die Bluttests haben diesbezüglich nichts ergeben. Und die plötzliche Verbreitung ist äußerst merkwürdig. Immerhin wurde Optica schon länger strengstens von den übrigen Katzen isoliert gehalten", erzählte Tāne.

„Aber falls Optica den Erreger dieser mysteriösen Krankheit aus ihrer Dimension mitgenommen hat, könnte sie dann erst so spät daran erkrankt sein? Sie war doch schon fast ein halbes Jahr hier, nicht wahr?", fragte Shai.

Tāne zuckte mit den Schultern. „Möglicherweise. Es ist zumindest nicht ganz auszuschließen. Seid ihr anderen, kranken Katzen in ihrer ursprünglichen Dimension begegnet?"

„Nein", sagten wir alle gleichzeitig und schüttelten zur Unterstreichung noch den Kopf.

„Die waren überaus munter", ergänzte Matt noch.

„Dann war das wohl nichts", seufzte Tāne.

„Was heißt das denn jetzt?", fragte ich etwas überfordert in die Runde.

„Das heißt, unser ganzer Ausflug war für die Katz", erklärte Matt.

Ich wurde ganz aufgeregt: „Aber, ich meine, wie geht es denn nun weiter?"

„Momentan befindet sich eine Katzenflüsterin im Harem", sagte Chalifa.

„Sie hat uns rausgeschmissen, damit sie sich in Ruhe mit den Katzen ‚unterhalten' kann", ergänzte Tāne.

„Wir hoffen, dass sie uns eine Erklärung geben kann", sagte unser Auftraggeber und fügte etwas besorgt hinzu: „Allerdings ist sie schon seit einigen Stunden im Harem. Vielleicht sollten wir einmal nachsehen gehen."

Da es sonst nichts mehr zu besprechen gab, waren wir nach einer kurzen Trinkpause, die ich bitter nötig hatte, wieder unterwegs zurück durch den Kakteenpark in Richtung Harem. In Chalifas Haus kamen wir an etlichen Wachen vorbei. Matt sagte daher: „Sie scheinen ja den Rat unserer Kollegin wirklich beherzigt zu haben."

„Hm? Wieso? Ach, Sie meinen die Wachen", erwiderte Chalifa und lief leicht rot an. „Ja, nun, ehrlich gesagt, hat sich dies als einen ziemlichen Glücksgriff für mich entpuppt."

„Sind denn die weiblichen Wachen besser? Lassen sie sich weniger ablenken?", fragte ich neugierig.

„Erstens das", bestätigte Chalifa, „sie leisten wirklich hervorragende Arbeit. Ich muss zwar gestehen, dass ich Ihren Rat erst befolgt habe, nachdem schon fast sämtliche meiner anderen Wachen gekündigt hatten." Das Letzte war an Shai gerichtet.

Diese nickte nur, als hätte sie nichts anderes erwartet.

„Mein neues Wachpersonal lässt sich von dem Katzengejammer nicht so leicht aus der Fassung bringen. Sie scheinen diesbezüglich mehr zu ertragen, als meine vorherigen Wachen."

„Darum also ein Glücksgriff?", fragte Matt.

„Nein, eigentlich … nicht deswegen", sagte Chalifa und klang etwas verlegen. „Ich habe … nun ja … ich habe dadurch meine Verlobte kennengelernt."

Wir sahen ihn alle überrascht an.

„Wirklich? Das freut mich!", sagte Shai.

„Ist sie eine der Wachen?", wollte ich wissen.

Chalifa nickte.

Matt grinste breit. Genau wie ich stellte er sich wohl gerade vor, wie eine dieser großen, muskulösen Frauen zu dem kleinen Chalifa passen würde. Nur dass mich die Vorstellung mehr irritierte als belustigte.

Kurz vor dem Harem kam uns eine Frau entgegen. Sie gehörte definitiv nicht zu den Wachen. Dabei war ich neugierig darauf gewesen, Chalifas Verlobte zu sehen.

Die Fremde trug ein langes, schwarzes Kleid mit silbernen Kettchen und Glöckchen daran. Darüber hatte sie einen breiten, dunkelvioletten Schal geworfen. Zahllose Armreife klimperten, während sie auf uns zukam. Ihr Kleidungsstil erinnerte mich irgendwie an Shai. Vielleicht lag das an den Kettchen an ihrem Kleid.

Auch vom Alter her war sie etwa gleichalt wie Matt und Shai. Bei sowas verließ ich mich allerdings nie auf das Äußere. Ich war ja selbst der beste Beweis dafür, dass man damit ziemlich daneben liegen konnte.

Als wir näherkamen, irritierte mich irgendwas an ihrem Aussehen. Erst nach einigen Sekunden merkte ich, dass es schwarze

Katzenohren waren, die aus ihren rabenschwarzen, kurz geschnittenen Haaren hervorlugten. Ob das zu ihrer Arbeitskleidung gehörte? Schließlich war sie Katzenflüsterin.

Mittlerweile hatte sie uns erreicht. Sie hatte ein wunderschönes, vielleicht etwas bleiches Gesicht. Ihr Anblick löste in mir leichtes Herzklopfen aus.

Ich konnte aber nicht weiter darüber nachdenken, denn Chalifa sprach sie sofort an: „Haben Sie etwas von den Katzen erfahren können?"

An uns gewandt sagte er schnell: „Dies ist die Katzenflüsterin, von denen ich Ihnen erzählt habe."

„Ist nicht Ihr Ernst", kam da plötzlich ein ziemlich ungläubiger Kommentar von Shai.

Ich musste mich zu ihr umdrehen, da sie sich, ich wusste nicht, wann, hinter dem Rest der Gruppe versteckt zu haben schien. Sie wirkte erschrocken. Ihren Gesichtsausdruck konnte ich genau deuten. Den hatte ich an mir selbst schon oft genug erlebt. Sie hatte eigentlich keinerlei Aufmerksamkeit auf sich ziehen wollen, sich aber offenbar nicht bremsen können und dann doch etwas laut gesagt. Das passierte mir andauernd.

Überraschter als von Shais plötzlich so sonderbar schüchternem Verhalten war ich aber von dem Aufschrei, der von vorne kam. Die Fremde hatte Shai entdeckt und rannte auf sie zu. Sie schlang ihre Arme um die verdatterte Shai, die stocksteif dastand. Sie wirkte, als ob sie in diesem Moment am liebsten im Boden versunken wäre.

„Wenn das nicht meine liebe Cousine Shai ist!? Wir haben uns schon so lange nicht mehr gesehen!!", rief die Fremde aus und überraschte uns damit alle.

Ihre Cousine! Darum also hatte sie mich an Shai erinnert.

„Zuletzt sah ich dich, wann war das noch gleich?", überlegte Shais Cousine laut.

„Vor zwei Monaten", antwortete Shai und wirkte nicht sonderlich erfreut.

„Ach ja, stimmt! Damals habe ich dir ja gesagt, dass … ah, verstehe", sagte die Katzenflüsterin und beäugte uns kritisch.

„Hm", machte sie nur, was ich nicht unbedingt als sonderlich schmeichelnd empfand.

„Dass du eine Katzenflüsterin als Cousine hast, hättest du uns ruhig sagen können", tadelte Matt. „Das wäre vielleicht schon etwas früher nützlich gewesen."

Shai sah finster drein: „Also erstens geht meine Familie euch nichts an und zweitens ..."

Sie blickte zu ihrer Cousine.

„Was zum Teufel machst du hier, Cheshire?!", fragte sie und klang höchst genervt.

„Ah ja, wir haben uns einander ja noch gar nicht vorgestellt", sagte ihre Cousine, als hätte sie Shais Frage überhört. „Ich bin Cheshire."

„Bist du auch eine Dschinniya?", fragte ich, bevor ich mich bremsen konnte.

Cheshire musterte mich kritisch.

„Sie wissen also über dich Bescheid", flüsterte sie an Shai gewandt. Allerdings laut genug, dass wir sie trotzdem hören konnten.

„Nein, ich gehöre nicht zu den Dschinn. Allerdings bin ich vielseitig begabt. Am ehesten träfe auf mich wahrscheinlich die Bezeichnung Zauberin zu. Meine Stärke liegt aber vor allem darin, die Zukunft vorauszusehen", sagte sie, als wollte sie für sich Werbung machen.

„Also doch keine Katzenflüsterin?", fragte Matt verwundert.

„Ja, eben. Vielleicht erklärst du uns mal, was du hier zu suchen hast", sagte Shai gereizt.

„Ach, Shai", seufzte Cheshire, „du weißt doch, dass ich alles Mögliche durch die Schwingungen in Erfahrung bringen kann. Natürlich war es für mich auch ein Leichtes, mich auf die Schwingungen der Katzen zu konzentrieren und so mit ihnen zu kommunizieren. Auch wenn es nicht mein Hauptgebiet ist. Du weißt ja, dass meine Stärke im Tarot liegt, dessen exakte Wissenschaft ich am besten beherrsche."

„Das ist keine Wissenschaft", protestierte Shai.

„Natürlich ist es das", erwiderte Cheshire gelassen. „Es befasst sich mit universalen Naturgesetzen. Etwa so wie die Physik. Und letztlich ist es genauso komplex wie jede andere Wissenschaft, die man an einer Universität studieren könnte. Jedes Legemuster verändert die möglichen Aussagen. Man muss genau wissen, wann welches anzuwenden ist. Genauso wie man auch mathematische Formeln korrekt auf eine Fragestellung anwenden muss."

„Dass du den Nerv hast, dein Tarot mit Physik oder Mathe zu vergleichen. Es ist auf keinen Fall eine *exakte* Wissenschaft. Das meiste hängt von der Interpretation ab. Allenfalls könnte man es als Geisteswissenschaft einstufen, wie Philosophie oder Literatur. Ganz bestimmt aber folgt es keinen natürlichen Gesetzen", belehrte sie Shai.

„Nun, dann haben wir ja etwas gemeinsam. Dein Studium des Rechts fällt ja wahrscheinlich auch in diese Kategorie. Schließlich sind die Gesetze wohl kaum *natürlich* oder universal gültig und auch deren Umsetzung hängt stark von der Einstellung der Betroffenen ab. Also auch eine Philosophie", konterte Cheshire.

Shai wusste darauf nichts zu erwidern, was Matt und mich wiederum erstaunte.

„Wow! Sie hat Shai bei einem Wortgefecht geschlagen", flüsterte mir Matt zu. Die Bewunderung, die in seiner Stimme mitschwang, war selbst in seinem Flüsterton zu hören.

Es entstand eine peinliche Stille. Chalifa räusperte sich und fragte Cheshire: „Darf ich fragen, was Sie denn nun in Erfahrung gebracht haben?"

Cheshire lächelte ihn freundlich an und antwortete: „Nichts. Die Katzen wollten offenbar nicht mit mir reden."

Wir sahen sie verdutzt an. Jeder andere hätte bei einer solchen Antwort entweder niedergeschlagen gewirkt oder sich zumindest etwas geschämt. Aber Cheshire strahlte nur so vor Selbstbewusstsein.

„Echt jetzt?", fragte Shai erstaunt. „Du hast nichts rausgefunden? Die *große* Cheshire hat ausnahmsweise mal nichts in Erfahrung gebracht?"

„An mir lag das nicht", sagte Cheshire. „Ich konnte ihre Schwingungen durchaus empfangen. Es schien nur so, dass sie beharrlich schwiegen. Fast wie in einer Art Protest."

„Protest? Aber wieso denn?", fragte Chalifa bestürzt. „Die Katzen haben hier doch alles! Ich habe doch dafür gesorgt, dass sie hier in einem richtigen Paradies wohnen. Haben sie gesagt, was sie sich wünschen? Ich werde ihnen gerne alles zur Verfügung stellen, was ich kann."

Er klang ziemlich verzweifelt, was nicht besser wurde, als Cheshire nur den Kopf schüttelte.

Tāne räusperte sich.

„Gab es denn aus Ihrer Sicht irgendwelche Anzeichen einer Erkrankung der Tiere?", fragte er höflich.

„Nein. Die Schwingungen waren sehr kraftvoll. Fast schon ausgelassen. Wirklich merkwürdig, wenn man bedenkt, dass die betroffenen Katzen nur dasaßen und miauten. Bei solchen Schwingungen hätte ich eher erwartet, dass sie wie wild umherrennen und herumtollen, wie kleine Kinder es tun", antwortete Cheshire.

„Ja. Das war auch meine Einschätzung. Sie sind körperlich topfit", stimmte Tāne ihr zu.

„Übrigens, wenn ich fragen darf...", begann er und erhielt ein aufmunterndes Nicken der Katzenflüsterin, „der Name Cheshire. Er ist sehr ... nun ... originell. Irgendwie kommt er mir allerdings bekannt vor. Kann es sein, dass ich schon mal etwas über Sie gelesen habe? In einer Fachzeitschrift vielleicht?"

Cheshire lachte. Ihr Lachen klang so angenehm, dass ich sie ganz verträumt ansah und ihre Antwort fast nicht mitbekommen hätte.

„Wie nett, dass Sie fragen. Cheshire ist mein Name als Zauberin. Jede Zauberin, die etwas auf sich hält, wählt sich einen besonderen Namen passend zu ihren Fähigkeiten aus. Weshalb sie den Namen aber vermutlich schon gehört haben, das ist ganz einfach. Aber vielleicht möchte meine liebe Cousine Shai Ihnen das erzählen", sagte sie vergnügt.

Shai wirkte überhaupt nicht vergnügt, als sie nüchtern sagte: „Der Name stammt von der *Cheshire Cat* in Alice im Wunderland. Cheshire, also meine Cousine, ist der Ansicht, dass sie genauso wie die Katze im Buch mysteriös in Erscheinung tritt oder verschwindet. Und dass sie auf Fragen, genau wie die Katze,

Antworten gibt, die die Fragen zwar beantworten, aber nicht die Entscheidungen für den Betroffenen fällen."

„Ach, daher! Ich dachte mir doch gleich, den Namen schon mal gehört zu haben", sagte Tāne.

„Eine gute Wahl", sagte Matt zu Cheshire.

Shai rollte nur mit den Augen.

„Aber ich habe euch zu lange von eurer Arbeit abgehalten", meinte Cheshire. „Sicher wolltet ihr doch zu den Katzen gehen, nicht wahr?"

Gerade dachte ich, dass sie eine gute Seherin sein musste, wenn sie das schon wusste, als mir klar wurde, dass wir ja schon fast vor der Tür zum Harem standen.

„Ja, ja!", sagte Chalifa, der sich an jede Hoffnung zu klammern schien. „Vielleicht fällt Ihnen ja etwas auf, was die anderen übersehen haben."

Er drängte uns in Richtung Harem, während Cheshire und Tāne zurückblieben und ein Gespräch begannen. Ich spürte aber noch einige Schritte lang Cheshires kritischen Blick auf mir. Mir schien, als versuchte sie, die Teammitglieder ihrer Cousine zu bewerten. Vermutlich hielt sie uns für unwürdig, mit ihrer lieben Cousine zusammenzuarbeiten. Zumindest was mich betraf, hatte sie damit wohl recht.

Ich musste gestehen, dass ich seit meiner wenig ruhmreichen letzten Begegnung mit Hameez keiner Katze mehr begegnet war. Über sie nachzudenken, war für mich nicht schlimm. Ihnen wieder in echt zu begegnen, hatte ich bis jetzt vermeiden können.

Als ich nun mit den anderen den Harem betrat, fand ich mich in einem Albtraum wieder.

Das Miauen kam von überall her. Alle Katzenaugen schienen sich sofort auf uns Neuankömmlinge zu richten. Und dann sprang etwas Schwarz-Weißes auf mich zu.

Das nächste, was ich wahrnahm, war ein kühles Glas, das an meine Stirn gehalten wurde. Schon wieder!

Diesmal wurde es nicht von Shai gehalten, sondern von ihrer Cousine. Und Tāne beugte sich besorgt über mich.

„Die anderen sind noch im Harem. Sie haben gesagt, wir sollen dich im Auge behalten. Offenbar hattest du ein schlimmes Erlebnis mit Katzen? Jedenfalls meinten sie, das könnte der Grund sein, weshalb du vorhin umgekippt bist", erklärte Tāne und fügte noch hinzu: „Der gute Lancelot ist aber auch wirklich sehr verspielt."

Bei dem Gedanken an den schwarz-weißen Schemen, der auf mich zugesprungen war, lief mir ein kalter Schauer über den Rücken. Das war also Lancelot gewesen. Der hatte beim letzten Mal ja schon Matt angefallen. Damals hatte ich das noch lustig gefunden. Jetzt, nach meiner Begegnung mit der Katzentruppe in Opticas Heimat, sah ich das anders.

„Weißt du, Betty ist gerade hier. Wir haben sie versuchsweise in den Harem gelassen. Aber nicht einmal sie hatte eine beruhigende Wirkung auf die Katzen. Ich wollte sie eigentlich wieder mit zurücknehmen, aber vielleicht könntest du das ja machen?", fragte Tāne. „Ich würde gerne noch etwas länger hierbleiben. Mir die Katzen nochmal ansehen. Nur um ganz sicher zu gehen. Wenn du sie stattdessen mitnehmen könntest, wäre mir das eine große Hilfe. Wir haben sie zwar immer nur zu anderen Tieren gelassen, aber vielleicht wird sie auch dir guttun. Um deine Nerven wieder etwas zu beruhigen."

Ich nickte schwach.

„Gut, dann geh ich sie gleich mal holen", meinte der Tierarzt und verließ den Raum.

Eine der Wachen kam auf uns zu.

„Das hier wird ihn wieder zu Kräften bringen", sagte sie an Cheshire gewandt und reichte ihr einen Teller mit Keksen.

Ich wunderte mich über diese freundliche Geste einer so strengen Wache. Sie war besonders groß und muskulös und hatte auch eine ziemlich böse aussehende Narbe im Gesicht. Als sie den Raum wieder verlassen hatte, flüsterte mir Cheshire zu: „Das war Chalifas Verlobte. Sie ist eine der ranghöchsten Wachen und hat Chalifa durch ihre kompromisslose Strenge, mit der sie die restlichen Wachen führt, schwer beindruckt."

Das war also Chalifas Verlobte gewesen! Obwohl ich gewusst hatte, dass sie eine der Wachen war, hatte ich sie mir doch nie so richtig vorstellen können.

Aber eine hilfsbereite Ader schien sie immerhin zu haben. Wenn diese auch nicht gerade von einem freundlichen Lächeln begleitet wurde.

Dann musste ich wieder an den Harem denken, zu dessen Bewachung diese Wächterinnen ja vor allem hier waren. Ich spürte wieder Angst in mir aufsteigen.

„Du bist gezeichnet", sagte Cheshire und sah mich mit ihren schwarzen Augen intensiv an.

Ich dachte an die Krallenspuren, die aber wahrscheinlich keine Narben hinterlassen würden. Das hatte der Arzt jedenfalls gesagt. Aber die hatte sie doch unmöglich sehen können. Schließlich trug ich lange Kleider.

„Ich meine kein körperliches Mal", fuhr Cheshire fort, als hätte sie meine Gedanken lesen können. „Es ist etwas an dir. Die Katzen sehen es. Du wirst eine große Entscheidung treffen müssen."

Was für eine Entscheidung, konnte sie mir allerdings nicht mehr sagen. In diesem Moment kamen Matt und Shai zurück.

Sie erkundigten sich, wie es mir ginge. Ich meinerseits traute mich nicht, sie zu fragen, wie es im Harem gewesen war. Ich wollte, wenn möglich, in nächster Zeit überhaupt nicht mehr an Katzen denken.

Wir saßen eine Weile schweigend da und aßen die leckeren Kekse, die Chalifas Verlobte gebracht hatte. Dann entschieden Matt und Shai, dass wir wieder zur Vermittlung zurückkehren sollten. Hier konnten wir im Moment nichts weiter tun.

Wir verabschiedeten uns von Chalifa. Dieser wirkte sehr unglücklich und wir versprachen ihm nochmals, dass wir alles tun würden, was wir konnten, damit es seinen Katzen bald wieder besser ginge. Den ratlosen Gesichtern der anderen konnte ich allerdings ansehen, dass wir selbst gerade keinen Schimmer hatten, wie wir das anstellen sollten.

Tāne brachte mir wie versprochen Betty. Die durchsichtige Raupe war im Moment gut einen Meter lang. Der Tierarzt hatte sie sich locker über die Schulter geworfen. Betty leuchtete farbig auf, als Tāne sie mir übergab und ich sie vorsichtig im Jeep auf die Rückbank legte. So ganz geheuer war mir diese Raupe irgendwie nicht. Ich versprach trotzdem, gut auf sie Acht zu geben, bis Tāne sie wieder bei mir abholen würde. Cheshire wollte, genau wie Tāne, noch etwas bleiben. Sie versicherte uns, dass sie Shai sofort Bescheid geben würde, falls ihr die Katzen doch noch etwas mitteilen würden.

Shai wirkte nicht besonders erfreut darüber. Cheshire ignorierte aber Shais abweisendes Verhalten ihr gegenüber und drückte ihre Cousine nochmals fest an sich.

Als sie sie wieder losließ, sagte sie mit sehr ernster Miene: „Übrigens, Shai. Du wirst bald mit einer Person zusammentreffen, die sehr starke Gefühle in dir auslöst."

Shai verzerrte das Gesicht, während wir Übrigen Cheshire erstaunt ansahen.

„Du solltest wirklich besser auf mich hören. Schließlich hatte ich dich auch davor gewarnt, an dieser Exkursion teilzunehmen. Und wir sehen ja jetzt, wozu das geführt hat", bemerkte Cheshire streng.

Sie warf Matt und mir wieder diesen kritischen Blick zu, bei dem ich mich jedes Mal wie ein getadeltes Kind fühlte. Dabei hatte ich überhaupt nichts Falsches getan, um einen solchen Blick zu verdienen.

Als wir mit dem Jeep über die Dünen rasten, dachte ich an Cheshire zurück. Obwohl sie wunderschön war, gruselte mir ein wenig vor ihr. Sie wirkte eigentlich sehr sympathisch, aber sie hatte auch etwas Mysteriöses an sich. Etwas, das in mir das Gefühl auslöste, als würde ein geheimer Kern tief in meinem Innern mit ihr kommunizieren, um mir so Geheimnisse zu entlocken, die mir selbst nicht bewusst waren.

Ich war so in meine Gedanken versunken, dass ich nicht am Gespräch teilnahm, das Matt und Shai mit dem Fahrer führten. Erst später, während der Fahrt im U-Tunnel, horchte ich auf, als Matt wieder auf Cheshire zu sprechen kam.

„Du scheinst deine Cousine nicht sonderlich zu mögen, oder?", fragte er Shai direkt.

„Das stimmt nicht!", entgegnete sie und seufzte. „Eigentlich mag ich sie sehr gern. Es ist nur ... sehr kompliziert."

„Habt ihr euch zerstritten?", fuhr Matt unbeirrt mit seinen Fragen fort.

Shai seufzte wieder. „Nein. Es ist nur so ... sie hat einfach immer recht. Und manchmal hasse ich sie dafür. Aber es ist nicht ihre Schuld. Verstehst du?"

Diese Antwort verwirrte mich etwas.

„Und ich dachte, du wärst diejenige, die immer recht hat", witzelte Matt.

Shai schien das aber nicht sonderlich komisch zu finden.

Matt räusperte sich und fragte dann: „Wenn sie mit ihren Vorhersagen immer recht hat, dann wäre ja alles gut. Es schien doch eine gute Nachricht zu sein, oder? Du lernst jemand Wichtigen kennen."

Er versuchte, sie aufzumuntern.

„Ich wünschte, du hättest damit recht. Aber so einfach, wie sie klingen, sind ihre Vorhersagen meist nicht zu deuten", sagte Shai niedergeschlagen.

„Was hatte es denn mit dieser Exkursion auf sich, von der sie gesprochen hat?", mischte ich mich nun in das Gespräch ein.

„Darüber will ich im Moment nicht reden", antwortete Shai prompt. „Überhaupt", sagte sie und klopfte sich auf die Schenkel, „wir haben wirklich anderes zu tun. Wir müssen uns überlegen, wie wir weiter vorgehen wollen."

„Du meinst wohl, wo wir anfangen sollen", korrigierte sie Matt. „Denn eins ist sicher: Wir stehen wieder ganz am Anfang."

KATZENWAHN!

Keine Ahnung, weshalb ich so viel Pech haben musste. Auf der Fahrt zurück in die Vermittlung begegnete ich andauernd Katzen. Sie waren einfach überall. Und sie alle starrten oder miauten mich an. Selbst, wenn ich die Augen schloss, konnte ich sie noch vor mir sehen.

Matt und Shai versuchten, mich zu beruhigen, aber das nützte nichts. Schließlich beschloss Shai, sie würde mich krankmelden und ich sollte mich ein paar Tage ausruhen. Ich konnte ihr nicht mal richtig dafür danken, so fertig wie ich war.

Zurück in meiner Wohnung war ich mit den Nerven am Ende. Ich klappte förmlich zusammen. Ruhe fand ich wenig. Am ersten Tag konnte ich kaum schlafen und wälzte mich unruhig hin und her. Am zweiten Tag merkte ich, dass in den Wohnungen um mich herum überall Katzen waren. Von oben, von unten, von rechts und von links konnte ich immer wieder ihr miauen hören. Am dritten Tag klopfte es an meiner Tür.

„Ruby, ich bin es. Shai. Kann ich reinkommen?", hörte ich dumpf eine Stimme durch die Tür dringen.

„Nur zu", sagte ich ganz entspannt.

Dann hörte ich Schritte und Shais Stimme, die nun näher war: „Du meine Güte, Ruby! Ist bei dir alles in Ordnung?"

„Mir geht es gut", sagte ich etwas zerquetscht. Kein Wunder. Schließlich lag eine 100 Kilo schwere Raupe auf mir.

Betty hatte in den letzten beiden Tagen bei mir unaufhörlich gefressen und war nun über zwei Meter groß. Und fett! Richtig fett! So fett, dass ich wie ein zerquetschtes Insekt unter ihr lag.

Ich lag auf dem Boden, alle Viere von mir gestreckt und wurde von der Raupe nach unten gedrückt. Ich kann nicht genau sagen, weshalb, aber irgendwie war das unheimlich entspannend. Ich fühlte mich wohl und geborgen. Und meine Sorgen wurden einfach aus mir rausgedrückt.

„Bist du sicher?", fragte Shai etwas skeptisch.

Ich seufzte nur zufrieden.

„Na schön", fuhr Shai zögerlich fort, „Tāne ist wieder hier und hat sich nach dir und Betty erkundigt."

Sie machte eine Pause, in der sie mich wohl besorgt musterte. Sie konnte mich durch die durchsichtige Betty hindurch sehen.

„Ich weiß, es waren nur zwei Tage, aber ... wir könnten deine Hilfe jetzt wirklich brauchen", sagte Shai und klang dabei ziemlich verzweifelt.

„Ausserdem möchte uns Siegfried in seinem Büro sprechen. Uns alle drei."

Bettys Therapie hatte bei mir wahre Wunder gewirkt. Ich fühlte mich wieder topfit und lauschte aufmerksam Shais Ausführungen. Sie erklärte mir, was sie und Matt in den letzten beiden Tagen so getrieben hatten. Sie hatten sich zu zweit über allerlei Katzenkrankheiten informiert, mehrmals mit Tāne gesprochen und waren dann dazu übergegangen, jedes klitzekleine Detail von Chalifas Katzenhaltung zu studieren. Was die Katzen frassen, womit die Katzen üblicherweise spielten. Einfach alles.

Ein weiterer Besuch in Opticas Dimension war zurzeit undenkbar, wie Shai mir erklärte. Außerdem hatte sich die Lage hier verschlechtert. Die mysteriöse Krankheit, oder was immer es war, breitete sich aus. Es waren längst nicht mehr nur Chalifas Katzen davon betroffen. Mittlerweile war in weiten Teilen Afrikas und Europas dasselbe Verhalten der Katzen zu beobachten.

Was die Frage aufwarf, wie um alles in der Welt sich diese Krankheit verbreiten konnte. Schließlich lebten Chalifas Katzen in völliger Isolation, mitten in der Wüste. Bessere Quarantänebedingungen hätte man fast nicht schaffen können. Und Tāne beteuerte uns, dass nichts auf eine Erkrankung der Katzen hinwies. Nichts, außer der Tatsache, dass sie sich nicht mehr wie sonst verhielten.

Nach diesem kurzen Briefing war ich nicht sonderlich überrascht, dass Siegfrieds Laune nicht gerade die beste war.

Jane brachte uns in sein Büro, wo ein mürrischer Herr Schildkröte hinter seinem Schreibtisch saß und eine Zeitung auf den Tisch knallte.

„Ich muss wohl kaum erwähnen, dass die Schadensabteilung den Auftrag hat, Schäden zu beheben. Sieht das für euch aus, als wäre der Schaden behoben?", sagte die Schildkröte und drehte die Zeitung so zu uns, dass wir die Schlagzeile lesen konnten. *Katzenwahn! Mysteriöse Krankheit breitet sich aus.* Den Text darunter konnte ich auf die Entfernung nicht lesen und Siegfried drehte die Zeitung bereits wieder zurück zu sich.

„Momentan ist die Sache noch harmlos. Obwohl sich schon einige Leute Sorgen machen, ob diese merkwürdige Krankheit wohl auch auf Menschen übertragbar ist. Viel wichtiger ist aber Folgendes: Zurzeit weiß noch niemand, dass diese ganze Sache möglicherweise auf die Vermittlung einer Katze zurückzuführen ist. Wenn das aber rauskommen sollte, dann gibt es hier ernsthafte Probleme. Wisst ihr, wie viele Katzen die Vermittlung jede Woche vermittelt? Stellt euch nur einmal vor, die würden alle wieder von ihren Besitzern zurückgebracht werden. Das wäre eine Katastrophe!"

Matt räusperte sich: „Ja, das verstehen wir durchaus. Aber wir sind nun mal auch keine Katzenexperten. Und der Tierarzt weiß leider auch nicht, wo das Problem liegen könnte."

„Das wird die Öffentlichkeit wohl kaum interessieren. Die wollen Lösungen und keine weiteren Fragen. Falls ihr die Sache nicht in den Griff kriegt, wird der Auslöser", er sah kurz in einer Akte auf seinem Schreibtisch nach, „diese Optica ... wieder zurück in ihre Dimension gebracht. Das sollte den Schaden wenigstens begrenzen."

„Nein!", rief Shai aufgebracht. „Das kann die Vermittlung doch nicht machen! Außerdem ist Chalifa nun der rechtmäßige Besitzer. Ohne sein Einverständnis ..."

„Belehr mich nicht über die Rechtslage, junge Dame!", unterbrach die Schildkröte Shai gereizt. „Die Vermittlung tut im Notfall das, was ihre eigenen Interessen schützt. Und das wäre in diesem Fall die Rückführung der vermittelten Katze an ihren Ursprungsort."

„Und wenn das das Problem nicht löst?", fragte Matt.

„Dann kann uns zumindest niemand die Schuld daran geben", sagte Siegfried und fuhr dann etwas nachdenklich fort: „Allerdings ist Chalifa ein wirklich guter Kunde von uns. Es wäre äußerst schade, wenn wir ihn als solchen verlieren würden. Kann ich mich also darauf verlassen, dass ihr alles tun werdet, damit es nicht soweit kommt?"

Er sah uns eindringlich an.

„Jawohl!", sagten wir alle drei.

„Nun gut. Ich habe euch gesagt, was ich zu sagen hatte. Ihr könnt nun zurück an eure Arbeit gehen. Falls es irgendwelche Neuigkeiten gibt, will ich darüber informiert werden, klar?!", schärfte uns Siegfried zum Abschluss ein und winkte uns dann aus seinem Büro.

„Na das war ja mal eine motivierende Ansprache", meinte Matt.

Es klang nicht sarkastisch gemeint, weshalb ich mich laut wunderte: „Motivierend? Ich habe nichts wirklich Aufbauendes gehört. Du etwa?"

Ich wandte mich an Shai, die aber nicht weiter auf meine Frage einging.

„Wir können auf keinen Fall zulassen, dass Optica zurück in ihre Dimension gebracht wird", sagte Shai bedrückt. „Das wäre ihr sicherer Tod."

„Seh ich auch so", sagte Matt.

Ich dachte zurück an die ausgestopften Tierschädel im Palast des Wesirs und nickte zustimmend.

„Aber was machen wir denn jetzt?", fragte ich die beiden.

„Wir weiten unsere Suche aus", entschied Shai. „Bisher haben wir uns nur mit Chalifas Katzen beschäftigt. Wir sollten nun versuchen, soviel wie möglich über die Katzen generell herauszufinden. Vielleicht gibt es irgendwo einen Hinweis, der uns weiterhelfen kann."

„Einverstanden", sagte Matt, „dann geht's also ab in die Bibliothek."

Matt hatte zwar voller Tatendrang geklungen, aber es wurde bald klar, dass in der Bibliothek herumzusitzen und sich ein Buch nach dem anderen vorzunehmen, nicht seiner Natur entsprach. Er stand immer wieder auf, ging ein paar Schritte auf und ab, nur um sich dann wieder hinzusetzen und unruhig auf seinem Stuhl hin und her zu wippen.

Nach gut zwei Stunden schickte Shai den Störenfried weg, indem sie ihn damit beauftragte, sich mal darüber zu informieren, wie viele Katzen denn tatsächlich von der Vermittlung an ihre Besitzer vermittelt worden waren. Vielleicht lag das Problem ja gar nicht an Optica, sondern an einer Krankheit, die sich im Tierzentrum der Vermittlung verbreitet hatte.

Es klang nach einer möglichen Ursache, aber so richtig glaubte niemand von uns daran. Aber Matt war froh, wegzukommen und Shai und ich hofften, dass wir nun ungestört weiterarbeiten konnten.

Endlich hatten wir unsere Ruhe und ich konnte meine Umgebung zum ersten Mal richtig genießen. Die Bibliothek der Vermittlung war wirklich gigantisch! Es gab hier alles! Von den klassischen hölzernen Schriftrollen, über Pergament- oder Papierbücher bis hin zu den modernen Iris-Rollen. Eine weitere fortschrittliche Entdeckung, die wir uns dank der Vermittlung aus einer anderen Dimension zu eigen machen konnten.

Eine dieser aus zartem Stoff bestehenden Rolle konnte bis zu 5000 Bücher aufnehmen. Die Iris-Rolle gab dann nicht einfach nur den Text oder die Bilder der gespeicherten Bücher wieder. Nein. Das Gewebe merkte sich deren Beschaffenheit. Es merkte sich, wie sich die Seiten anfühlten, wie das Papier roch oder sogar, wo fettige Fingerabdrücke von vorigen Lesern darauf geblieben waren.

Und genauso gab es die Seiten dann auch wieder. Verschütteter Kaffee und nasse Seiten konnten noch Jahre später wieder genauso zum Vorschein kommen. Allerdings wurde der Textinhalt so abgespeichert, dass er trotz zahlreicher Verwüstungen immer wieder sichtbar gemacht werden konnte.

Man konnte auch Inhalte von einer Rolle auf eine andere übertragen, sodass niemand allein 5000 Bücher besetzte, während er eigentlich nur eines davon wirklich brauchte.

Shai und ich waren also vorläufig noch gar nicht mit Lesen beschäftigt, sondern nur damit, möglicherweise wichtige Quellen von den Bibliotheks-Iris-Rollen auf unsere eigenen zu übertragen. Die Auswahl eines Textes konnte man anhand kleiner Tasten am Griff der Rolle treffen.

Die Iris-Rollen waren praktisch unzerstörbar. Weder Licht, Staub, Feuer, Wasser noch irgendein anderes Element konnte ihnen Schaden zufügen. Sie merkten sich einfach, welchen Schaden sie eigentlich hätten haben müssen. Wenn also jemand versuchte, ein Buch zu vernichten, dann gelang das zwar nicht, aber man konnte später noch sehen, dass es einmal versucht wurde.

Darum verwunderte es kaum, dass diese Schriftrollen ein wahres Vermögen kosteten. Hätte uns die Vermittlung nicht für unsere Arbeit solche Rollen zur Verfügung gestellt, hätten wohl weder Shai noch ich uns eine solche leisten können.

Die einzige Gefahr, die für die Iris-Rollen bestand, war, dass man sie stehlen konnte. Aber das war zumindest in der Bibliothek der Vermittlung völlig ausgeschlossen. Denn die Bibliothek wurde von mehr als nur von einfachen Bibliothekaren bewacht. Immerhin befanden sich auch einige der seltensten Werke in dieser Bibliothek. So zum Beispiel die einzige vollständige Ausgabe der Yongle-Enzyklopädie.

Durch minuziöse Recherchearbeit war es der Vermittlung gelungen, alle nicht verbrannten Bände dieses kolossalen Werkes aus dem 15. Jahrhundert zusammenzutragen. Diese waren auf der ganzen Welt verstreut, teilweise bei Privatsammlern, teilweise lagen sie auch in vergessenen und verschütteten Gebäuden. Die Regeln der Vermittlung verboten es, Gegenstände, die zerstört wurden, wiederzubeschaffen oder neu zu erschaffen. Einfach verschollene oder in Vergessenheit geratene Objekte durften hingegen wieder ans Licht gebracht werden.

Der Rest des Tages verlief ruhig, während Shai und ich ungestört durch die geräumigen Hallen der Bibliothek gingen, auf der Suche nach weiteren, möglicherweise wichtigen Texten.

Das in der Vermittlung häufig verwendete Tiefseeglas war hier sowohl für den Bau als auch für die Regale benutzt worden.

Allerdings waren die Böden nicht in dem üblichen blauen, sondern grünem Tiefseeglas gefertigt, ebenso die Tische.

Die verwendeten Gläser variierten ein wenig in Farbe und Helligkeit. Manche Bodenplatten waren eher türkisfarben als grün. Die Stühle und Sessel waren passend zu den Tischen samtig rot oder fast pink, je nachdem, was besser mit ihnen harmonierte. Und die Iris-Rollen schimmerten in geschlossener Form goldgelb. Das ganze vermittelte einem das Gefühl, als würde man sich durch ein buntes Korallenriff bewegen. Fehlten nur noch die Fische.

Trotz meiner Vorliebe für die Bibliothek verlief der Tag nicht sonderlich erfolgreich. Wir hatten zwar alle möglichen Quellen zusammengetragen, aber nun ging es ans Lesen. Und das konnte Stunden, Tage oder sogar Wochen dauern. Ich fragte mich, ob wir dafür überhaupt genügend Zeit hatten.

Zwei Tage waren vergangen, ohne dass wir irgendetwas Brauchbares gefunden hatten. In der Zwischenzeit hatte sich das von der Presse als „Katzenwahn" bezeichnete Verhalten weiter ausgebreitet und erste Fälle wurden nun auch aus unserer nächsten Umgebung gemeldet.

Währenddessen saßen wir zu dritt in der Bibliothek und durchforsteten alle möglichen Bücher nach irgendeinem Hinweis, ohne genau zu wissen, wie ein solcher aussehen sollte.

Es war mitten am Nachmittag, als Shai seufzend die Iris-Rolle von sich schob.

„Wieder nichts. Unter einiger meiner Texte war haarsträubender Unfug. Zum Beispiel Miss Peggys Katzenratgeber: *Wie man eine Katze richtig streichelt*. Das wollte ich ja unbedingt schon immer mal wissen", sagte Shai sarkastisch.

Matt lachte, sah aber nicht von seiner Rolle auf. Shai lehnte sich über den Tisch vor und spähte auf seine Rolle.

„Was zum …?!", sagte sie aufgebracht.

Matt sah auf und bemerkte augenblicklich Shais finsteren Blick, mit dem sie ihn taxierte.

„Was?", fragte er genervt.

„Findest du das etwa hilfreich?", fragte Shai spitz.

„Hey, du hast gesagt, alles, was mit Katzen zu tun hat", verteidigte sich Matt.

„Mag ja sein, aber Bilderbücher und Comics?", erwiderte Shai vorwurfsvoll.

„Es sind immerhin Comics über Katzen. Davon gibt es eine ganze Menge. Ich habe meine ganze Iris-Rolle voll davon", begann Matt begeistert, bemerkte dann aber Shais missgelaunte Miene und verstummte.

Eine Weile starrten sich die zwei so an, als würden sie einen Kampf nur mit ihren Blicken austragen. Dann seufzte Matt und stand auf.

„Na schön, ich werde mir noch etwas mehr zum Lesen suchen. Etwas anderes", betonte er.

Als er den Tisch verlassen hatte, sah ich wieder zurück auf meine eigene Rolle. So langweilige Bücher hatte ich wirklich selten gelesen. Vielleicht wären sie im Einzelnen auch gar nicht langweilig gewesen, aber bereits nach zwanzig oder dreißig Texten fingen die Inhalte an, sich zu wiederholen.

Ich wusste nun mehr über Katzen als über irgendein anderes Tier. Vielleicht mit Ausnahme von Pliki der Schildkröte. Über die wusste ich natürlich noch mehr, nicht umsonst hatte ich doch Plikis Memoiren verfasst.

Nach zehn Minuten war Matt immer noch nicht wieder am Tisch aufgetaucht. Wahrscheinlich irrte er durch die Regale und versuchte, weitere Bücher zu finden, die uns helfen konnten. Ich sah von meinem Text auf. Shai fasste sich mit beiden Händen an die Stirn und war in ihre eigene Iris-Rolle vertieft. Ich bog meinen Oberkörper leicht zur Seite und versuchte, Matts offen liegende Rolle anzusehen. Welche Comics mochten das wohl sein, die er sich da auf die Rolle geladen hatte?

Gerade in diesem Moment kam Matt zurück. Ich fühlte mich ertappt und beugte mich schuldbewusst wieder über meine eigene Rolle. Gerade begann ich wieder, in *Ich wünscht, ich wär eine Katze* zu lesen, als Shai plötzlich ihre Hände auf den Tisch knallte und mich dadurch aufschreckte.

„So, jetzt reicht's", sagte sie. „Ich kann nicht mehr. Wir müssen mal hier raus. Los, Leute, machen wir eine Pause!"

Matt und ich sahen sie erleichtert an.

Der Nachmittag war wunderschön. Das sonnige Wetter verführte uns dazu, Eis kaufen zu gehen. Matt hatte ein grelloranges Eis mit grünen und violetten Schokostreuseln darauf. Mein eigenes war schwarz-weiß gestreift und mit pinken Zuckerkugeln verziert. Shai wählte einfache Eisraspeln mit rotem Sirup.

Genüsslich schleckend stiegen wir in eins der runden Boote ein, die gemächlich auf dem Wasserweg durch die Stadt dahintrieben. Der Wasserweg war kaum breiter als die Boote selbst. Dadurch konnte man leicht einsteigen und sich einfach ein leeres Boot schnappen, wenn gerade eines vorbeikam. In der Mitte waren Sonnen- beziehungsweise Regenschirme angebracht, die man nach Bedarf öffnen konnte.

Nach der langen Zeit in der Bibliothek freuten wir uns aber, unsere Gesichter von der Sonne bestrahlen zu lassen, während wir gemütlich dahindümpelten.

Solange wir mit unserem Eis beschäftigt waren, herrschte genüssliches Schweigen. Danach begann Matt, einige lustige Szenen aus seinen Katzencomics zu schildern. Shai lachte sogar laut darüber. Und ich hatte schon befürchtet, sie würde ihn wieder dafür tadeln.

Wir stiegen nach einer knappen halben Stunde aus dem Boot aus und schlenderten eine breite Einkaufsstraße hinunter. Da kippte dann die Stimmung abrupt. Und daran war einzig die Person schuld, die plötzlich vor uns stand.

„Sieh einer an, wenn das nicht die kleine Dschinniya ist", hörten wir plötzlich jemanden sagen.

Shais Miene gefror augenblicklich und innerhalb von Sekundenbruchteilen schien alle Farbe aus ihrem Gesicht zu weichen.

„Du", spie sie förmlich hervor und heftete die zu Schlitzen verengten Augen auf die Gestalt vor uns. Offenbar hatte sie ihn schon an der Stimme erkannt.

Es war ein junger, großgewachsener und, wie ich gestehen musste, ziemlich gutaussehender Mann, der in einen langen schwarzen

Seidenmantel gekleidet war. Sein langes schwarzes Haar hatte er über seine rechte Schulter nach vorne geworfen. Es wurde von einem silbernen Draht zusammengehalten, der sich in großen Spiralen um die glatten Harre wand. Der Mantel war mit vielerlei silbernen Mustern bestickt. Oder Moment ... waren das nicht Runen?

Ich riss mich vom Anblick seiner Erscheinung los und musterte ihn nun als Ganzes. Sofort wirkte er unsympathisch, wie er so überheblich auf Shai hinabstarrte.

Dann sah er zu Matt und mir. Zum zweiten Mal binnen weniger Tage fühlte ich mich durch einen Blick bewertet. Und ich war auch bei dieser Prüfung offenbar durchgefallen. Sein Mund verzog sich zu einem selbstgefälligen Lächeln.

„Das sind also deine neuen Kameraden, wie?", sagte er höhnisch, wobei er besonders das Wort Kameraden betonte.

„Und du bist?", fragte Matt ihn kühl.

Ihm war die offenkundige Feindschaft zwischen dem Fremden und Shai nicht entgangen. Und er mochte den abschätzigen Blick des Fremden bestimmt genauso wenig wie ich.

Aber Matts Frage wurde gänzlich ignoriert.

„Ich habe gehört, ihr steckt ganz schön in der Klemme", sagte der Fremde und fixierte Shai mit seinen goldbraunen Augen.

„Was weißt du schon von unserem Fall", hisste Shai. „Spionierst du mir jetzt auch noch nach?"

Der Fremde lachte laut: „Das ist gar nicht nötig. Es geht schon durch alle Nachrichten. Die Sache scheint euch über den Kopf zu wachsen."

Er beugte sich vor und flüsterte Shai zu: „Hab' ich nicht recht?"

Shai sah aus, als würde sie ihm am liebsten ins Gesicht spucken. Und dann setzte er noch eins drauf: „Du weißt ja, falls du es nicht packen solltest, finden wir bestimmt einen neuen Job für dich. Dschinn sind ja bekanntlich Mangelware und daher immer gefragt."

Shai begann heftig zu zittern und ballte ihre Hände zu Fäusten. Dann explodierte sie: „Sei still!! Du ... du ..."

Ihre Stimme zitterte vor blankem Hass. Automatisch wich ich einen Schritt zurück, obwohl sich ihr Wutausbruch gar nicht auf mich richtete. So hatte ich sie wirklich noch nie gesehen. Sie sah auch Matt manchmal wütend an, aber das hier ... das war eine ganz andere Liga.

„Geh mir sofort aus den Augen, du widerlicher Abschaum!!", schrie sie dem Fremden entgegen, so laut sie nur konnte. Das war wahrscheinlich der einzige Weg, wie sie überhaupt noch Worte hervorbringen konnte. Die Leute auf der Straße blieben stehen und starrten verwundert zu uns hinüber.

Der Fremde aber lachte nur und verbeugte sich gespielt vor Shai.

„Wie du willst. Dann überlasse ich dich wieder deinen ... Kollegen", sagte er ganz ruhig.

Als er sich von uns wegdrehte, fügte er noch leise hinzu: „Vorerst." Dann verschwand er. Wirklich! Er ging zwei Schritte und dann sah ich ihn nicht mehr. Dabei war gar keine so große Menschenmenge hier. Aber er war einfach ... weg.

„Was war denn das für einer?", fragte Matt irritiert.

Die Frage war an Shai und mich gerichtet, aber Shai war noch zu aufgebracht, um zu antworten. Ich hatte selbst keine Ahnung und schüttelte nur den Kopf.

Matt und ich sahen besorgt auf Shai. Diese versuchte offenbar noch, um Fassung zu ringen. Sie atmete ein paarmal hörbar tief ein.

„Lasst uns wo hingehen, wo wir ungestört sind", sagte Shai, ohne uns dabei anzusehen.

Matt und ich nickten. Es war aber gar nicht so leicht, da wir uns gerade in einer belebten Einkaufsstraße befanden. Am Ende beschlossen wir, doch wieder in ein Boot zu steigen. Dort hatten wir unsere Ruhe und zudem wirkte das Wasser beruhigend. Das schien Shai gerade nötig zu haben.

„Also ...", Matt räusperte sich und fragte dann vorsichtig: „Wer war das vorhin?"

Shai nickte, um zu zeigen, dass sie die Frage beantworten würde. Es dauerte jedoch fast eine Minute, bis sie sich zum Sprechen überwand.

Sie atmete nochmals tief durch und sagte dann: „Sein Name ist Hu. Er ist derjenige, der mich entführt hat."

„Entführt?!", platzte es entsetzt aus mir heraus.

Shai nickte.

„Erinnert ihr euch, dass meine Cousine eine Exkursion erwähnt hat?", begann sie. „Ich habe euch doch davon erzählt, dass ich interdimensionales Recht studiert habe. Dimensionsreisen sind eigentlich nur Mitarbeitern der Vermittlung gestattet. Aber für das interdimensionale Recht war es unumgänglich, dass auch wir Rechtsstudenten andere Dimensionen sehen sollten. Wie sonst sollten wir später unsere Klienten fremder Dimensionen fair vertreten? Als Anwälte würden wir später auch das Recht erhalten, wenn nötig in andere Dimensionen zu reisen, um unsere Klienten oder deren Verwandte dort zu treffen.

„Deshalb hat mein Professor eine Exkursion geplant. Für ein erstes Kennenlernen mit dem Fremden, sozusagen. Cheshire hatte mich davor gewarnt, an der Exkursion teilzunehmen. Aber wie hätte ich mich davor drücken sollen? Schließlich würde ich auch später einmal solche Reisen machen müssen. Zudem fühlte ich mich im Beisein meiner Klasse und meines Professors sicher. Aber das war ein Fehler. Plötzlich ist er dort aufgetaucht. Ich meine Hu. Er hat mich sofort als das erkannt, was ich bin. Eine Dschinniya. Und in anderen Dimensionen sind magische Wesen kaum durch das Recht geschützt. Deshalb konnte er mich vor den Augen meiner gesamten Mitstudenten und meines Professors einfach mitnehmen. Er wollte mich zur Vermittlung bringen, für die er übrigens arbeitet. Mein Professor hat sofort Protest eingelegt. Aber es ist so, wie Siegfried es gesagt hat. An erster Stelle schützt die Vermittlung ihre eigenen Interessen. Und sie wollten wohl dringend einen Dschinni oder eine Dschinniya haben."

„Und er hat dich einfach mitgenommen?", fragte ich empört.

Matt schwieg betroffen.

„Ja, er hat mich zurück zur Vermittlung geschleift. Glücklicherweise ist es mir gelungen, mit der Chefin einen Deal auszuhandeln. Sie wollte mich eigentlich als Dschinniya einsetzen, aber ich habe mich standhaft geweigert. Ich bestand darauf, dass ich als Bürgerin dieser Dimension auch von denselben Rechten geschützt wurde. Egal, ob ich in einer fremden Dimension aufgegriffen worden war oder nicht. Und hier kann niemand dazu gezwungen werden, seine Gaben zu nutzen. Natürlich war mir aber klar, dass nun, da sie mich schon entdeckt hatten, auch meine Eltern in Gefahr waren. Sie hätten uns weiter unter Druck gesetzt, da war ich mir sicher. Irgendwann wäre einer von uns schwach geworden und hätte ihnen nachgegeben. Deshalb habe ich mich dazu bereit erklärt, für die Vermittlung zu arbeiten. Jedoch nicht als Dschinniya. Die Chefin ist auf diesen Vorschlag eingegangen. Aber sie hat mich in einem Arbeitsbereich eingeteilt, von dem sie sich bestimmt erhofft, dass ich früher oder später aufgeben werde oder dazu gezwungen bin, meine Gabe zu nutzen."

„Du könntest also eine vollwertige Dschinniya sein, wenn du wolltest?", fragte Matt.

Shai nickte: „Es ist eine Entscheidungsfrage. Momentan bin ich ein Mensch."

Sie bemerkte, wie Matt und ich sie leicht schräg ansahen.

„Na gut, mit ein paar besonderen Fähigkeiten", räumte sie ein. „Aber als Dschinniya hätte ich viel stärkere Kräfte. Dann hätte nicht mal Hei Hu mich so einfach mitnehmen können."

„Moment mal", unterbrach sie Matt. „Du meinst den Hei Hu?! Der dafür bekannt ist, dass er schon mächtige Monster bekämpft hat und noch nie besiegt wurde?! Von dem man sagt, er wäre der stärkste Zauberer überhaupt?! Der Hei Hu?!"

Matt klang schon fast ehrfürchtig.

Shai hingegen reagierte gereizt: „Sehe ich etwa wie ein Monster aus!?"

Matt bemerkte seinen Fehler und schüttelte sofort beschwichtigend den Kopf.

Shai fuhr fort: „Eigentlich heißt er nur Hu, aber er wird von allen Hei Hu, schwarzer Tiger, genannt. Als er mich entführt hat, hatte ich keine Chance gegen ihn. Ich kann den Typen echt nicht ausstehen. Er hat absolut keine Skrupel. Jedes Wesen, das schwächer ist als er, hält er für minderwertig und glaubt, das Recht zu haben, es seinem Willen zu unterwerfen."

„Aber vorhin hat er dir doch nichts getan", wandte ich ein.

„Natürlich nicht!", schnaubte Shai. „Schließlich arbeite ich ja jetzt für die Vermittlung. Nicht mal er würde die Entscheidungen der Chefin anzweifeln. Aber wann immer er kann, gibt er mir zu verstehen, dass ich ihm unterlegen bin."

Matt sah nachdenklich aus. „Du meintest doch aber, dass du als Dschinniya stark genug wärst, es mit ihm aufzunehmen. Warum tust du es dann nicht?"

Shai seufzte: „War ja klar, dass du als Held auf Konfrontation gehen würdest … Nein. Eigentlich würde ich das sogar auch. Aber wenn man sich dazu entscheidet, eine Dschinniya zu sein, ist man mehr Geist als Mensch. Und Geister können, genau wie Dämonen, leicht von Zauberern in Gegenstände gebannt werden. Einige der bekanntesten Dschinn wurden in Flaschen oder Ringe gesperrt und mit einem Zauberbann belegt, der sie zum Sklaven des Besitzers dieser Gegenstände machte. Selbst für all die Kräfte, wer würde sich schon gerne freiwillig versklaven lassen."

„Verstehe", sagte Matt und auch ich nickte verständnisvoll.

Jetzt endlich wussten wir auch, warum Shai die Vermittlung nicht leiden konnte und dennoch gezwungen war, für sie zu arbeiten.

„Cheshire hatte recht", seufzte Shai.

„Wegen der Exkursion?", fragte ich.

Shai schüttelte den Kopf: „Nein, das zwar auch. Aber ich meine ihre letzte Vorhersage."

Ich versuchte, mich zu erinnern, aber Matt war schneller: „Du meinst, dass du jemandem begegnen würdest, der starke Gefühle in dir auslöst."

Shai nickte. „Hei Hu", flüsterte sie.

„Bist du sicher, dass sie damit ihn gemeint hat?", fragte ich verwundert. Ich hatte nämlich geglaubt, Cheshire hätte ihr einen Liebhaber angekündigt.

„Ja", antwortete Shai, „wenn sich Cheshires Vorhersagen bewahrheiten, dann merkt man das."

Dann hatte sich Cheshires Vorhersage also auf Hei Hu bezogen. Jetzt war mir auch klar, weshalb sie gesagt hatte, Cheshires Vorhersagen wären nicht so einfach zu deuten. Aber wenn ich jetzt so darüber nachdachte, passte ihre Prophezeiung genau. Es war wirklich kaum vorstellbar, dass jemand in Shai stärkeren Hass auslösen konnte als er.

Shai runzelte die Stirn. Sie stand auf.

„Los, lasst uns in eine Bar gehen!", sagte sie plötzlich.

Matt und ich sahen uns verwirrt an. Aber Shai sprang bereits aus dem Boot und stürmte los, sodass Matt und ich fast rennen mussten, um ihr hinterher zu kommen.

Ich verstand ja, dass sie jetzt vielleicht einen Drink brauchte, aber ihr Verhalten schien mir dennoch etwas merkwürdig. Sie lief in die nächste Bar hinein und Matt und ich folgten ihr. Drinnen wandte sich Shai aber nicht zur Bar, wie ich es vermutet hatte, sondern zu den Sesseln daneben. Sie blieb stehen und sah gebannt auf den Bildschirm an der Wand dahinter, der gerade das Wetter anzeigte.

„Ähm, Shai …", begann Matt, doch sie unterbrach ihn sofort.

„Schhh, ich will die Nachrichten sehen", sagte sie flüsternd.

„Okay?", gab Matt zurück und klang nun völlig verwirrt.

Er sah mich hilfesuchend an, aber ich schüttelte wiederum nur den Kopf, um ihm zu verstehen zu geben, dass auch ich keine Ahnung hatte, was mit ihr los war.

Als hätte Shai diesen kleinen Gedankenaustausch erahnt, seufzte sie: „Ihr habt es doch gehört. Es ist bereits in allen Nachrichten. Das hat er doch vorhin gesagt."

„Oh, es geht um den Fall", sagte Matt, als wäre ihm plötzlich ein Licht aufgegangen.

„Natürlich, worum denn sonst", erwiderte Shai.

Dazu schwieg Matt lieber. Wir sahen nun alle neugierig auf den Bildschirm. Die Wettervorhersage war nun zu Ende und die Nachrichten begannen. Die erste Schlagzeile erschien: *Tierheime platzen aus allen Nähten. Über tausend Katzen wurden heute Morgen von genervten Besitzern abgegeben. Noch immer wurde keine Erklärung für den Katzenwahn gefunden.*

Dann erschien eine Reporterin, die vor einem großen Gittergehege stand.

„Hier hinter mir sehen sie ein von der Vermittlung provisorisch errichtetes Lager für Katzen. Die Vermittlung, die weltweit die meisten Katzen an neue Besitzer übergeben hat. Über zweitausend Tiere befinden sich bereits in diesem Lager. Und die hier zuständigen Tierärzte rechnen nochmals mit doppelt so vielen bis heute Abend."

Es folgten einige Ansichten der Katzen hinter Gittern, die ziemlich verstört dasaßen und miauten. So hätte ich wohl auch ausgesehen, wenn mein Besitzer mich plötzlich in ein gefängnisartiges Lager gesteckt hätte. Dann kam ein kurzes Interview mit einem der Tierärzte. Shai drehte sich besorgt zu Matt und mir um.

„Ich glaube, jetzt haben wir ernsthafte Probleme", meinte Matt. „Ich hab' euch doch gesagt, dass die Vermittlung eine Riesenmenge an Katzen vermittelt hat. Wenn die alle zurückgebracht werden, gibt das eine Katastrophe."

„Rechtlich gesehen ist die Vermittlung nicht verpflichtet, Katzen zurückzunehmen, deren Besitz bereits an eine andere Person übergegangen ist", sagte Shai, bevor sie sich bremsen konnte. Dann verzog sie jedoch das Gesicht. „Ich meine, ... du hast recht. So oder so. Das gibt eine Katastrophe."

Wir gingen sofort zurück an die Arbeit. Wir rechneten jeden Augenblick damit, zu Siegfried ins Büro zitiert zu werden. Aber das geschah nicht. Also vergruben wir uns wieder in unseren Schriftstücken.

Auch am nächsten Tag lasen wir unentwegt weiter. Und am Übernächsten. Doch unsere Motivation begann, immer mehr zu schwinden, je länger wir nichts Hilfreiches fanden. Und immer mehr Katzen sammelten sich in den mittlerweile als *Kittchen* bezeichneten Lagern. Eine Anspielung auf die englische Bezeichnung *Kitty Cat*.

Der Katzenwahn hatte sich mittlerweile über den ganzen Erdball verbreitet und war zu einem globalen Problem geworden. Die Straßen wurden zunehmend unsicherer. Einige Katzen wurden von ihren Besitzern oder von Passanten auf der Straße aus Wut über ihr Gejammer getreten. Daraufhin wehrten sich die Tiere natürlich.

Schon hingen erste „Gesucht"-Zettel an einigen Hausmauern. Sie sahen den Zetteln für arme, vermisste Kätzchen, die früher aufgehängt wurden, zum Verwechseln ähnlich. Nur diesmal wurden sie nicht von liebenden Besitzern vermisst, sondern von rachsüchtigen Opfern gesucht. Gerüchte über richtige Rowdy-Katzen machten die Runde.

Das alles erinnerte mich mehr und mehr an Opticas Dimension und den dort herrschenden Katzenkrieg. Ich betete, dass es nicht so weit kommen würde, dass auch hier ein Krieg gegen die Katzen ausbrach. Wenn die Leute nur eine Ahnung hätten, wie schlimm die Katzen wirklich werden konnten, hätten sie bestimmt mehr Geduld gezeigt. Dies dachte ich, obwohl ich selbst das Gefühl hatte, den Verstand zu verlieren, wenn ich dem Katzengejammer zu lange ausgesetzt war.

„Ihr werdet es nicht glauben", sagte Matt, der gerade zu mir und Shai in der Bibliothek stieß.

„Was denn?", fragte Shai.

„Ich habe gerade mit dem Bibliothekar vorne gesprochen", sagte Matt gewichtig. „Und der hat mir Folgendes anvertraut: Alle Kochbücher für Katzen wurden ausgeliehen!"

„Meinst du damit Kochbücher, die Rezepte für Katzen beinhalten oder jene, in denen Rezepte mit Katzen drinstehen?", fragte ich nach.

„Mit natürlich. Das heißt, ... ich weiß nicht ... vielleicht auch beides. Aber ist ja auch egal. Das wird jetzt langsam echt eine brenzlige Situation."

Ich wollte gerade noch etwas dazu sagen, als ein Räuspern mich innehalten ließ. Ich drehte mich zu der Person um, die gerade zu uns getreten war. Es war ein mir unbekannter Mitarbeiter der Vermittlung, der dank seiner grellgelben Uniform deutlich als ein solcher zu erkennen war.

Er räusperte sich erneut: „Schreiberling Ruby? Die Chefin möchte dich gerne unverzüglich in ihrem Büro sprechen. Es geht um den Bericht, den du ihr abgegeben hast. Mehr weiß ich nicht."

Diese Nachricht durchfuhr mich wie ein Blitz. Ich war schon von unserem jetzigen Fall mehr als genug gestresst. Betty, die mir glücklicherweise noch zur Verfügung stand, musste mich jeden Abend von meinen Schreckensbegegnungen mit Katzen auf der Straße kurieren. Tane hatte sie noch nicht zurückgefordert. Wahrscheinlich, weil er gerade genug andere Probleme um die Ohren hatte. Und nun musste auch ich mich einem noch viel schlimmeren Gegenüber als den Katzen stellen. Alles in mir sträubte sich bei dem Gedanken, zu ihr gehen zu müssen. Aber ich hatte keine andere Wahl.

Mir kam es vor wie ein Déjà-vu. Wieder saß ich nervös zitternd auf dem unbequemsten Stuhl seit Menschengedenken, während mir eine stinkende Rauchwolke ins Gesicht geblasen wurde.

„Ich habe Ihren Bericht gelesen", sagte die Chefin, ohne zu mir aufzusehen. Sie starrte noch auf das Papier vor sich. Mein Bericht von unserem ersten Auftrag, wie ich befürchten musste. Und ihr Gesichtsausdruck wirkte nicht sonderlich begeistert. Dann schwieg sie, als wollte sie mich mit all den nicht ausgesprochenen Vorwürfen zu Boden drücken. Ich fühlte mich hundeelend.

Sie legte das Papier sorgsam vor sich auf den Schreibtisch. Dabei hätte ich noch eine Sekunde zuvor gewettet, dass sie es in der Luft zerreißen würde. Aber die Chefin wendete keine Gewalt an. Ihre Art von Gewalt war subtiler und so viel schlimmer als ein einfacher Wutausbruch.

Ich hatte alle Gedanken an unseren ersten Fall schon weit hinter mir gelassen. Nun schien mir, als hinge mein Leben davon ab, dass ich mich wieder daran erinnerte.

Die Chefin sah mich kritisch an.

„Ich fürchte, ich habe mich bei Ihrem Einstellungsgespräch nicht klar genug ausgedrückt", sagte sie in ungeheuer sachlichem Ton.

Mir war unterdessen doch wieder eingefallen, was ich in dem Bericht geschrieben hatte. Also tat ich etwas unvorstellbar Dummes: Ich versuchte, mich zu rechtfertigen.

„Ja, sehen Sie. Das ist es ja gerade, was ich auch in meinem Bericht mehrfach erwähne. Die Aufgabe wäre deutlich einfacher zu lösen gewesen, wenn wir eine bessere Einführung erhalten hätten und …", sagte ich schwach und brach ab, als ich bemerkte, wie sich ihre Augenbrauen immer weiter nach unten zusammenzogen.

Wo war nur meine liebe Betty, wenn ich sie so dringend brauchte.

Ich räusperte mich.

„Ihnen genügte also die Vorbereitung nicht", konstatierte die Chefin.

Ich wagte es nicht einmal, zu nicken.

Offenbar war auch keine Reaktion meinerseits eingeplant, weshalb die Chefin fortfuhr: „Sie hatten also keine Ahnung, wie ein Begleiter funktioniert und bemängeln, dass sie von der Firma darüber nicht ausreichend informiert wurden. Ebenso fehlte Ihnen eine klare Anweisung dazu, was genau zu Ihrem Aufgabenbereich gehört und eine Möglichkeit, Ihr Vorgehen von der Zentrale absegnen zu lassen. So haben sie es zumindest in Ihrem Bericht dargelegt."

Sie sah mich erwartungsvoll an.

„Zweifeln Sie also daran, dass Ihr Team die richtigen Entscheidungen getroffen hat?", fragte sie mit einer Stimme so scharf wie Messerklingen.

Ich dachte an Shai und Matt und nahm meinen Mut zusammen: „Nein. Ich denke, die beiden haben gute Arbeit geleistet. Ich meine, das Team", ergänzte ich schnell, als die Chefin kritisch eine Augenbraue hob. „Und die Entscheidungen, die sie, ich meine, die wir getroffen haben, schienen mir auch durchaus sinnvoll."

„Aber", sagte die Chefin nur.

Wie ich mir wünschte, jetzt in der Bibliothek zu sein. Selbst das langweiligste Katzenbuch aller Zeiten wäre besser gewesen als diese Unterhaltung. Ich versuchte, mich zusammenzureißen und mich genauestens an den letzten Fall zu erinnern.

„Aber ... es schien mir nicht in ausreichendem Maße klar, wie weit unsere Kompetenzen eigentlich gehen und was genau uns gestattet ist, zu tun und was nicht. Sehen Sie, zum Beispiel die Sache mit der Verhandlung ..."

Die Chefin winkte ab.

„Ich fürchte, Sie gehen die Sache falsch an. Sie sind der Schreiberling. Und ihre Aufgabe, wie Sie sie genannt haben, ist wohl besser zu beschreiben als eine Art militärischer Mission. Und ich wünsche, in Ihrem Bericht nicht mit so vielen belanglosen Nebensächlichkeiten konfrontiert zu werden. Entscheidend ist einzig, ob die Mission erfüllt wurde oder nicht. Ob ein Schaden entstanden ist, der nachträglich noch Grund zu einer Klage geben könnte. Einer Klage gegen die Vermittlung, die, was ich nicht gedacht hätte, Ihnen erklären zu müssen, über allem steht."

Mir fiel wieder Shais Aussage einige Tage zuvor ein: „Die Vermittlung schützt in erster Linie ihre eigenen Interessen."

„Aber da Sie schon wissen wollten, was Ihnen zusteht und was nicht, dann sage ich es Ihnen eben ganz direkt: Kritik an der Vermittlung, an ihren internen Prozessen und Abläufen, ihren Mitarbeitern, ihrer Ausrüstung, an einfach allem hier", die Chefin machte mit ihren Armen eine Geste durch den Raum, womit wohl das ganze Gebäude gemeint war, „diese Kritik", flüsterte sie nun in bedrohlichem Ton, „behalten Sie besser für sich. Jedenfalls wünsche ich, so etwas nie wieder in einem Dokument zu finden, das in unser Archiv abgelegt werden soll. Sonst käme man direkt noch zu dem Schluss, wir wüssten hier nicht, was wir tun! Denken Sie das etwa?"

Ich fühlte mich, als wäre ich zu Eis erstarrt. Nicht einmal ein Kopfnicken brachte ich zustande. Dafür fühlte ich eine langsam aufkeimende Atemnot.

„Was Ihr Team nebst Ihrem Auftrag tut oder nicht tut, was Sie wissen oder nicht, was Sie sich wünschten oder nicht, ist mir egal und gehört nicht zu Ihrer Mission und deshalb auch nicht in Ihren offiziellen Bericht. Habe ich mich diesmal verständlich ausgedrückt?"

Sie lehnte sich bedrohlich in ihrem Sitz nach vorne, diese rot gekleidete Gestalt, die in dunkle Rauchschwaden gehüllt war. Wenn ich es nicht besser gewusst hätte, hätte ich bei nächster Gelegenheit erwartet, dass sie Feuer speien würde wie ein Drache.

„K... k... klar und d... deutlich", stammelte ich.

Sie griff nach dem Papier und reichte es mir.

„Überarbeiten Sie das nochmals. Ich will es noch heute wieder auf meinem Schreibtisch haben. Und diesmal archivtauglich. Haben Sie mich verstanden?", fragte sie drohend.

Ich nahm das Papier zitternd entgegen und nickte.

„Gut", sie lehnte sich zufrieden in ihrem Sessel zurück. „Dann wäre da noch etwas", sagte sie, als wäre es ihr eben noch eingefallen. „Ich habe kürzlich von Herrn Siegfried eine Meldung über Ihren aktuellen Fall erhalten. Wir sind übereinstimmend zu folgendem Schluss gekommen: Wenn es Ihnen nicht gelingen sollte, das Problem in den nächsten sieben Tagen zu lösen, dann wird diese Katze, diese Optica, wieder zurück in ihre Dimension geschickt."

Ihrer Stimme war keinerlei Gefühlsregung zu entnehmen. Es war nicht einmal eine Drohung. Vielmehr schien ihr die Sache im Grunde piep egal zu sein.

„Sie können jetzt gehen", sagte sie freundlich lächelnd, als ob es das einschüchternde Gespräch von gerade eben nie gegeben hätte.

Ich sprang von meinem Sitz auf, als hätte mich der Stuhl verbrannt, und stürmte aus dem verhassten Büro hinaus.

Am Abend traf ich mich mit Matt und Shai in einer Nudelsuppenbar. Ich kam vor den beiden an, da ich so schnell wie nur möglich vom Campus der Vermittlung verschwinden wollte. Meinen Bericht hatte ich in Rekordzeit überarbeitet, dann aber noch etwa 200-mal durchgelesen, ehe ich ihn der Chefin – in einem extra abgepassten Moment, in dem sie sich nicht im Büro befand – auf den Tisch legte.

Nun saß ich schon seit einer Weile an der Bar und wartete auf meine Teammitglieder.

„Ruby, wie geht's dir?", fragte Matt, der eben eingetroffen war. „Wie ist es gelaufen?"

Ich sah nicht zu ihm auf.

„Dein Bericht hat ihr wohl nicht gefallen", meinte Matt, als er sich neben mir auf dem Barhocker niederließ.

„Wie kommst du darauf?", fragte ich mürrisch.

„Tja, naja, weiß auch nicht. Vielleicht liegt es an deinem grauen Teint? Du bist entweder krank oder du hast 'nen mächtigen Zusammenschiss kassiert. Da du hier bist, nehme ich an, dass du nicht krank bist. Also …"

„Außerdem stehen schon drei leere Bubble-Tea-Gläser vor dir", kam plötzlich eine mir bekannte Stimme von rechts. Shai setzte sich auf den anderen Hocker neben mir.

„Du siehst wirklich nicht so gut aus. Bist du sicher, dass dir nicht schlecht ist?", fragte sie mit einem Blick auf die leeren Gläser vor mir.

„Bubble-Tea ist wirklich ein bisschen heftig. Mehr als ein Glas davon kriegt man normalerweise nicht runter. In solchen Mengen trinkt man den nur, wenn es einem so richtig mies geht", befand Matt.

Gerade in diesem Moment kam der Kellner wieder vorbei und stellte das vierte Glas davon vor mir ab. Ich hätte vor Scham im Boden versinken können.

„Ach, Kopf hoch, Ruby. Nimm dir das doch nicht so zu Herzen", sagte Matt und klopfte mir freundschaftlich auf die Schulter. „Die Chefin ist gar nicht so schlimm, wie du denkst."

Shai und ich starrten Matt fassungslos an, doch der wich unserem Blick gekonnt aus und hob rasch die Speisekarte. Nun tat er so, als wäre er in die Lektüre der verschiedenen Nudelsuppen vertieft.

Shai stöhnte genervt. Dann sah sie wieder besorgt auf das Glas vor mir.

„Willst du den wirklich noch trinken?", fragte sie mich alarmiert.

Ohne auf Shais Bedenken zu achten, leerte ich das Bubble-Tea-Glas fast in einem Zug.

Ich wusste nicht, ob es an dem Zuckerschub lag oder daran, dass mir nichts auf der Welt mehr Angst machen konnte als die Chefin, aber ich war wieder voller Elan. Ich hätte alles getan, um ein weiteres solches Gespräch mit der Chefin vermeiden zu können. Wenn das mal keine Motivation war!

Ich kam sofort wieder auf unseren Fall zu sprechen. Natürlich musste ich Matt und Shai noch von unserer Deadline erzählen. Erstaunlicherweise schienen sie darüber nicht sonderlich schockiert.

„Sowas haben wir doch schon seit Tagen erwartet", meinte Shai.

„Immerhin ... eine Woche. In der Zeit kann man schon noch einiges schaffen", fand Matt.

Von meinen vier Bubble-Tea-Gläsern ermutigt, wagte ich einen Vorstoß: „Wir brauchen einen neuen Ansatz. So wie bisher kommen wir nicht weiter. Oder?"

Zum Ende meiner Ansage hin wurde ich doch etwas unsicher.

Zu meiner Erleichterung nickten Matt und Shai zustimmend. Wir bestellten unsere Nudelsuppen und während wir diese genüsslich schlürften, brüteten wir weiter über dem Fall.

„Was ich nicht verstehe", begann Shai, „mal angenommen Cheshire hat recht und die Katzen befinden sich im Protest – worin liegt dann ihr Vorteil? Was nützt ihnen dieses Verhalten? Bisher brachte es doch nur Ärger. Und wir wissen ja, wozu es im schlimmsten Fall führen könnte, wenn die Feindschaft zu den Menschen weiterwächst."

Allerdings wussten wir das. Und ein Katzenkrieg würde niemandem etwas bringen.

Ich dachte zurück an Hameez und wie er seine Katzen zurückgerufen hatte, als diese uns angegriffen hatten. Es schien doch so, dass Katzen untereinander kommunizieren konnten. Dann müssten zumindest Chalifas Katzen doch von Optica wissen, wie es in einem Katzenkrieg war. Also müssten sie einen solchen doch um jeden Preis vermeiden wollen.

Es sei denn, Optica selbst wollte einen solchen Krieg anzetteln. Aber wozu? Dann wären wir wieder bei unserer Hauptverdächtigen. Ob es doch das Beste war, Optica zurückzuschicken? Allerdings kam das ihrem Todesurteil gleich.

„Wir sind uns doch einig, dass Optica mit der Sache nichts zu tun hat", sagte Shai und sah uns fragend an.

Ob sie gemerkt hatte, dass ich gerade über Opticas Schuld nachdachte? Aber jetzt, da sie die Frage laut gestellt hatte, schien mir die Antwort klar.

„Ja. Da bin ich mir ziemlich sicher", stimmte ich ihr zu.

„Unwahrscheinlich, dass eine einzelne Katze einen solchen Einfluss auf alle anderen haben sollte. Vor allem weltweit. Und Tāne schwört, dass es keine Krankheit sein kann", erklärte Matt.

„Gut", sagte Shai, „dann stehen wir wenigstens alle auf derselben Seite. Also ich habe mir Folgendes überlegt: Selbst wenn Optica nichts damit zu tun hat, könnte es doch sein, dass die Vermittlung etwas mit der Sache zu tun hat."

„Was meinst du damit?", hakte ich nach.

Shai beugte sich etwas näher zu mir. „Ich meine, dass vielleicht ein anderer Auftrag Auslöser für diesen ganzen Aufruhr hier ist."

„Hm, möglich wär's", fand Matt.

„Und wie sollen wir das rausfinden?", fragte ich voller Tatendrang.

„Da liegt das Problem", sagte Shai. „Eigentlich müsste uns die Informationsabteilung Auskunft geben. Aber ... das habe ich schon versucht. Die sind überhaupt nicht kooperativ. Die lassen uns niemals an ihre Akten ran. Zumindest nicht so generell. Dafür müssten wir als Mitarbeiter viel höher eingestuft werden und eine höhere Freigabe erhalten. Solange wir uns nicht irgendwie bewiesen haben, wird da aber nichts draus. Wenn wir wenigstens genau wüssten, was wir suchen, dann ..."

„Tja, genau das wissen wir aber nicht", unterbrach Matt sie. Shai seufzte. „Ja, so ist es."

„Selbst wenn, kämen wir doch aber nicht an die Akten ran", dachte ich laut. „Also kommen wir so oder so nicht mehr weiter."

Plötzlich kam mir ein Einfall.

„Was würde denn ein Anwalt tun, wenn er Optica vertreten müsste?", fragte ich Shai.

Shai wirkte vollkommen überrascht.

„Ich dachte, da du doch begonnen hast, interdimensionales Recht zu studieren ...", fing ich als Erklärung an.

Shais Gesicht erhellte sich plötzlich.

„Natürlich, Ruby. Das ist die Idee!", sagte sie strahlend.

„Ähm. Was genau?", wollte Matt wissen.

„Ich weiß jetzt, wie wir die Informationen kriegen, die wir brauchen", sagte Shai mit einem wissenden Lächeln.

„Ach ja?", fragte Matt verwundert.

„Ja, allerdings", sagte Shai und hielt uns triumphierend einen leicht verknitterten, kleinen Zettel mit einer Nummer unter die Nase.

DIE PARTY

An diesem Morgen ging ich fast schon sorgenfrei aus dem Haus. Und diesmal lag das nicht an der Raupe Betty. Shai hatte am Abend zuvor zuversichtlich gewirkt, dass sie endlich einer Lösung auf der Spur war. Ihre Begeisterung war auf mich übergesprungen und so war ich fest davon überzeugt, dass es nun wirklich mit unserem Fall vorangehen würde.

Ich war etwas zu früh an dem vereinbarten Treffpunkt. Dieser war heute mal nicht die Bibliothek. Es war der Heroenplatz, mitten im Stadtpark gelegen. Rund um den Platz waren Statuen von Helden aufgestellt, die für verschiedenste Verdienste geehrt worden waren.

Ich setzte mich auf den Sockel von Grisbald dem Steinhauer. Die Statue war nicht sehr groß, nicht einmal viel größer als ihr eigener Sockel, obwohl sie eine lebensgroße Nachbildung des Helden darstellte. Er war eben ein eher kleiner Gnom gewesen. Ich fragte mich, wie er überhaupt den schweren Hammer zu seiner Linken hatte schwingen können.

Da sah ich Matt näherkommen.

„Guten Morgen!", sagte er vergnügt.

Er sah sich suchend nach Shai um, aber die war noch nicht hier. Sie hatte ein wenig geheimniskrämerisch getan, als sie am Abend zuvor gegangen war. Nun warteten Matt und ich noch auf ihre Erklärung, was genau sie nun eigentlich vorhatte.

„Hach, ein schöner Platz hier", seufzte Matt zufrieden. „Als Kind bin ich oft hierhergekommen. Ich kenne die Geschichte jedes einzelnen Helden. Eines Tages werde ich mich auch hier neben ihnen einreihen."

Er sah verträumt über den Platz. Dann kniff er die Augen zusammen und ich folgte seinem Blick. In der Mitte des Heroenplatzes stellte sich ein Mann auf ein erhöhtes Steinpodium. Es war die sogenannte Arena für Herausforderer. Gewichtig deutete er auf seine Kleidung, auf der die Zeichen für Unbesiegbarkeit prangten. Laut schrie er über den Platz, dass er unbesiegbar sei und ein jeder, der es nicht glaubte, sich sogleich davon überzeugen könnte.

Trotz seines lauten Auftretens schenkte ihm so gut wie niemand Beachtung. Auch Matt hörte ihm nicht länger zu, da Shai gerade eingetroffen war. Sie winkte uns freudig zu und eilte über den Platz. Das sah nach guten Nachrichten aus.

„Hallo ihr beiden", sagte sie lächelnd, „gerade habe ich mit …"

Aber da wurde sie auch schon von einem lauten Brüllen unterbrochen. Nun drehten sich alle Leute auf dem Platz zu dem Verrückten auf dem Podest um, der vor sich hin schrie, er sei der absolut beste Kämpfer weit und breit.

„Vielleicht suchen wir uns doch ein anderes Plätzchen", meinte ich.

Das Gebrüll des Mannes machte mich ein wenig nervös. Shai nickte und sagte etwas von Hauptquartier und Arbeit. Genau verstand ich nicht alles, weil immer wieder das Geschrei des Mannes Shais Worte übertönte. Sie ging voraus und Matt und ich folgten ihr.

Dummerweise lag der schnellste Weg zum Hauptquartier in der Richtung, in der auch das Podest stand. Als wir daran vorbeigingen, rief der Mann gerade: „Ihr werdet schon sehen. Ich werde es allen zeigen. Ich habe vor nichts Angst! Ich werde auch diese Katzenplage aus der Welt schaffen! Hahaha!"

Sein angeberisches Lachen hallte in unseren Ohren wider. Matt war bei seinen letzten Worten stehengeblieben.

„Entschuldigt mich kurz", sagte er.

Im nächsten Moment war er mit einem Satz auf das Podest gesprungen und hatte den Mann mit nur drei gekonnten Hieben zu Boden geworfen. Der lag nun keuchend zu Matts Füßen. Matt grinste zufrieden und kam wieder zu uns zurück. Nicht ohne einen kleinen Applaus von einigen Passanten zu ernten, die sich darüber freuten, dass jetzt wieder Ruhe im Park herrschte.

Shai und ich starrten Matt an.

„Was denn?", fragte er. „Jemand musste dem Angeber doch mal das Maul stopfen. Außerdem … was er da über die Katzen gesagt hat …"

Ich selbst war sichtlich beeindruckt von Matts Fähigkeiten. Shai wahrscheinlich auch, aber das hätte sie ihm bestimmt nicht gesagt. Matt grinste auch so schon breit genug, weil er unsere Mienen wohl richtig deutete.

„Ihr könnt mir ruhig sagen, wenn euch meine kleine Vorstellung eben gefallen hat", sagte er.

Shai fing sich als erste wieder.

„Wenn du ein Lob möchtest, dann hilf mit, unseren Fall zu lösen", sagte sie streng und ging sogleich wieder zielstrebig voraus in Richtung Hauptquartier.

„Hm", antwortete Matt darauf nur, zuckte mit den Schultern und folgte ihr.

Unterwegs erklärte uns Shai, weshalb sie uns außerhalb der Vermittlung hatte treffen wollen. Offenbar waren wir im Begriff, ein paar Regeln zu umgehen, wie sie es nannte. Und da wollte sie lieber nicht inmitten von Vermittlungsangestellten darüber reden.

Shais Plan hatte zwei Komponenten. Eine davon hatte sie offenbar schon am Abend zuvor in die Wege geleitet. Ihr zufolge hatten wir heute Nacht eine Verabredung. Mit wem, wollte sie uns hier lieber nicht sagen. Falls doch jemand aus der Umgebung den Namen aufschnappen würde, bekäme die Person sicher Ärger. Also mussten Matt und ich uns wohl oder übel bis heute Nacht mit den wenigen, bisher erhaltenen Infos begnügen.

Den zweiten Teil des Plans würden wir aber jetzt gleich umsetzen. Wir sollten in der Informationsabteilung nach allen Reklamationen bezüglich der Katzen fragen. Dadurch wollte Shai herausfinden, ob so etwas wie ein geografisches Zentrum des Katzenwahns auszumachen war. Falls ja, dann war das vermittelte Etwas, das für den ganzen Ärger verantwortlich war, wahrscheinlich dort zu finden.

Zwar versprach sich Shai nicht allzu viel davon, aber sie meinte, ein Versuch könne nicht schaden. Deutlich mehr versprach sie sich aber von dem späteren Treffen mit Person X.

Erst einmal gingen wir aber zur Schadensabteilung. Dort herrschte wie immer ein reges Treiben. Während ich die herumeilenden Mitarbeiter beobachtete, prallte ich selbst in einen. Wir verloren beide das Gleichgewicht und stürzten um.

„Musst du eigentlich immer auf dem Boden landen?", fragte Matt, als er mir und dem Mitarbeiter hoch half.

„Tut mir leid", sagte ich zu dem anderen.

Der schüttelte nur den Kopf. „Nein, das war meine Schuld. Gerade hat jemand 300 offenbar fehlerhafte Gogang-Bälle zurückgebracht. Und der Hersteller aus der anderen Dimension will sie nicht zurücknehmen! Wo soll ich denn jetzt nur mit dem Zeug hin?"

Er klang echt verzweifelt, raufte sich die Haare und eilte weiter.

„Der arme Kerl", sagte Shai.

„Was sind Gogang-Bälle?", fragte Matt.

Darauf wusste niemand von uns eine Antwort.

In Siegfrieds Büro mussten wir uns eine offizielle Genehmigung einholen, ohne welche die Informationsabteilung keine Angaben herausrücken würde. Siegfried rief gerade vergnügt seiner Sekretärin nach, die soeben aus seinem Büro kam: „Ach und Jeanette, bringen Sie mir doch noch eines dieser leckeren Algensandwiches, bitte."

Die Sekretärin, die eigentlich Jane hieß, seufzte. Dann sah sie überrascht zu uns.

„Kann ich euch irgendwie helfen?", fragte sie.

„Ja, wir bräuchten eine Genehmigung von Siegfried."

Shai erklärte ihr kurz, worum es ging.

„Das sollte sich machen lassen", meinte Jane und ging eiligst zurück in das Büro von Herrn Schildkröte, natürlich nicht ohne das gewünschte Algensandwich mitzunehmen.

Siegfried schien gute Laune zu haben. Wir hörten ihn lachen. Nur wenige Minuten später kam Jane zurück und überreichte uns zufrieden die unterzeichnete Genehmigung.

„Warum hat er denn so gute Laune?", fragte Matt verwundert. „Ich denke, wegen dem Katzenproblem steht ihm das Wasser schon bis hier."

Matt machte eine Geste zu seinem Hals.

„Ach, wir sind hier in der Schadensabteilung. Wir werden täglich mit Problemen überhäuft", antwortete Jane.

Ich sah mir seine Unterschrift auf der Genehmigung an. Die Schrift war beschwingt und musste von einer höchst zufriedenen Person stammen. Sowas konnte ich als Schreiberling erkennen.

„Er hat gestern beim Mah-Jongg gewonnen", erklärte Jane. „Das spielt er jede Woche. Einmal habe ich ihn erlebt, als das Spiel unerwarteter Weise ausgefallen ist. Das war vielleicht die Hölle."

Wir hätten gerne noch ein wenig mit Jane geplaudert, aber wir hatten ja noch was vor. Schließlich wollten wir ja genau vermeiden, dass hier noch die Hölle losbrach. Und wenn wir das Problem mit den Katzen nicht bald in den Griff bekamen – Optica hin oder her – dann sah es wirklich übel aus.

Die Informationsabteilung war, genau wie die Schadensabteilung, nicht im Zentrum des Hauptquartiers. Eigentlich war die Informationsabteilung sowas wie ein eigener Berg. Und das war nicht auf die Berge an Informationen zurückzuführen, die dort gelagert wurden. Nein, sie war wirklich ein Berg. Glücklicherweise gab es aber eine Schnellverbindung vom Hauptquartier dorthin. Nicht so wie bei der Schadensabteilung, bei der man scheinbar alles dafür getan oder eben nicht getan hatte, damit die Leute sie bloß nicht fanden.

Von weitem sah man den hohen, spitzen Berg aufragen wie eine Nadel in der flachen Landschaft. Es gab außerhalb des Berges keine Zäune oder Mauern. Kletterer machten sich ab und an einen Spaß daraus, die hohen Felsmauern zu bezwingen. Eine Absperrung zur Sicherheit der Informationen war nicht nötig. Massive Felsschichten bildeten einen natürlichen Schutzwall.

Doch sobald man in den Berg hineinwollte, gab es strengste Sicherheitsmaßnahmen. Wir mussten durch drei Sicherheitsschleusen hindurch, bevor wir zu einem Schalter gelangten. Und der war keinesfalls einladend. Der Raum war nichts weiter als eine in den Felsen gehauene Höhle. Eine winzige Deckenleuchte spendete mattes, dunkles Licht. Und der Schalter selbst war ein Metalltisch. Kein Mensch war da. Dafür stand eine zierliche Kristallspirale auf dem Tisch. Das einzig schöne Objekt in dem ganzen Raum. Und daneben lag ein kleiner kristallener Stab, der aussah wie ein Eiszapfen.

Matt griff sich den kleinen Stab und schlug damit im inneren der Kristallspirale hin und her. Das darauffolgende Geläut war atemberaubend schön. Je nachdem, wo Matt auf die Spirale traf, gab es einen anderen Ton. Daraus entstand eine Melodie aus zart klirrenden Tönen, die in der kleinen, dunklen Höhle widerhallten.

Offenbar war es auch außerhalb der Höhle zu hören gewesen. Durch eine im Dämmerlicht kaum erkennbare Tür trat eine Gestalt ein. Es schien zwar ein Mensch zu sein, aber das war auch schon alles, was ich erkennen konnte. Er oder sie trug nämlich einen weiten dunklen Anzug, der sehr schwer aussah. Der Kopf steckte in einer Atemmaske.

Nachdem die fremde Person die Maske, die fast wie ein Taucherhelm aussah, abgenommen hatte, konnten wir erkennen, dass es sich um einen Mann handelte. Ein gelehrt wirkendes, glatt rasiertes Gesicht kam zum Vorschein, mit einer dicken Brille auf der Nase. Keine einzige Schweißperle war auf seiner Haut zu sehen, obwohl er in diesem dicken Anzug steckte. Der Mann war noch jung, hatte aber trotzdem weiße Haare mit einigen silbernen Strähnen. Hinter den dicken Brillengläsern sahen uns ein feuerrotes und ein giftgrünes Auge eindringlich an.

„Ja, bitte?", fragte er und klang dabei ziemlich desinteressiert.

Shai reichte ihm sofort unsere Genehmigung und erklärte nochmals, was schon auf dem Zettel stand. Die Informationen seien für unsere derzeitige Mission dringend erforderlich. Da es aber rein statistische Daten seien, wäre ihre Herausgabe eigentlich gar nicht heikel.

Der Mann sah kritisch auf die Genehmigung hinunter. Oder kniff er die Augen nur deshalb zusammen, weil er trotz seiner dicken Brillengläser schlecht sehen konnte?

„Na schön", sagte er endlich, klang aber nicht sonderlich begeistert. „Ihr könnt mitkommen."

„Ähm, mitkommen?", fragte Shai verwundert.

„Denkt bloß nicht, dass ich die Infos für euch herausfische. Anfänger wie ihr können so einen Service nicht erwarten", sagte er streng und ergänzte dies noch mit, „ich habe schließlich noch anderes zu tun."

„Brauchen wir dann auch so einen Anzug?", wollte Matt wissen.

„Ja, die hängen da im nächsten Raum. Kommt nur mit. Das heißt, wenn sich die Lady dafür nicht zu fein ist", sagte der Weißhaarige mit einem spöttischen Blick auf Shai.

Von dieser Rede angestachelt, stapfte sie wütend voraus. Wir kamen in eine ziemlich gewöhnlich wirkende Garderobe mit einfachen Holzbänken und einigen Spinden. In jedem Spind hing ein solcher Anzug, wie der unfreundliche Kerl ihn trug.

Matt griff sich sofort einen Anzug, während ich eher etwas zögerlich meine Hand danach ausstreckte.

„Mit dem Kleid wird das etwas schwieriger", hörte ich unseren Führer hinter meinem Rücken sagen. Das war offensichtlich an Shai gerichtet.

„Pah!", schnaubte diese nur und als ich mich umdrehte, sah ich zu meiner Verblüffung, dass Shai bereits in dem Anzug steckte. Wie sie das in der kurzen Zeit angestellt hatte, war mir allerdings ein Rätsel. Selbst Matt zerrte noch an einem klemmenden Reissverschluss herum.

Als wir alle drei fertig angezogen waren – bei mir dauerte es natürlich am längsten – und unsere Masken aufgesetzt hatten, ging es weiter.

Wir kamen in einen Gang, der links und rechts von Glasscheiben begrenzt war. Hinter diesen Scheiben leuchteten rotglühende, sich verformende Kugeln, die aussahen wie heißes, geschmolzenes Glas. Ich konnte an einer Stelle sogar einen dunklen Tisch und ein darauf aufgeschlagenes Buch ausmachen. Es wurde durch leuchtende Schriftzeichen aus seinem Innern heraus erhellt, welche auch einen schwachen Schein auf den Arbeiter, der vor dem Tisch saß warfen. Dieser steckte ebenfalls in einem dicken Anzug und goss vorsichtig mit einer Zange ein wenig mehr heißes Zeug auf die Seite, auf der dann noch weitere leuchtende Worte erschienen.

Unser Führer, der es nicht mal für nötig befunden hatte, uns seinen Namen zu nennen, stieß die Tür am Ende des Ganges auf. Nun kamen wir in völlige Finsternis.

Er wartete einen Moment, bis auch der Letzte – also ich – durch die Tür gekommen war und diese sich wieder hinter uns geschlossen hatte. Dann stieß er eine weitere Tür vor uns auf. Einen Moment schrie ich in Panik auf. Es sah aus, als würden Flammen direkt auf uns zu schießen. Dann merkte ich allerdings, dass es nur heiß flimmernde Luft war. Unser Führer ging unbeeindruckt weiter, gefolgt von Shai, die uns einen besorgten Blick zuwarf. Zumindest glaubte ich das. Durch die Maske konnte man ja nicht viel erkennen.

Matt nickte ihr zu und wartete, bis auch ich durch die Tür gegangen war. Ich fühlte mich wieder, als müssten die zwei für mich Babysitter spielen. Warum war ich auch immer so schreckhaft und ängstlich?

Als ich sah, was sich hinter der Tür befand, verschlug es mir fast den Atem. Wir waren mitten in einem aktiven Vulkan! So sah es zumindest aus. Die Luft in dem riesigen unterirdischen Gewölbe flimmerte vor Hitze. Überall leuchtete der warme, um nicht zu sagen heiße, Schein der glühenden Lava, die in seltsamen, kreisrunden Teichen zu rotieren schien. Da und dort züngelten Flammen, manche davon mehrere Meter hoch.

Es gab eine Hochebene und am Ende einer steilen Treppe noch eine tiefere Ebene. Als ich mich bis zum Rand der hier ziemlich schmalen Hochebene gewagt hatte, sah ich, dass unten noch viele weitere Ebenen folgten, die wie Reisterrassen stufenweise in die Tiefe des Berges führten. Von hier oben sah es fast so aus, als würden sie sich unendlich weit bis zum Zentrum der Erde erstrecken. Aber das war dann doch höchst unwahrscheinlich.

„Was ist das hier?", keuchte ich überrascht.

„Das?", sagte unser Führer und klang für einmal nicht schlecht gelaunt. „Das hier ist unser Archiv."

„Was?!", fragte ich ungläubig.

Und sofort war unser eben noch stolzer Führer wieder griesgrämig.

„Nun trödelt hier nicht rum. Euer Speicher ist gleich da drüben."

„Speicher?", fragte diesmal Matt neugierig.

„Hach", seufzte der Weißhaarige, der langsam von unseren Fragen genervt zu sein schien.

Er führte uns zu einem der Lavateiche hin. Seltsamerweise spürte ich die Hitze kein bisschen. Die Anzüge waren wirklich phänomenal!

An dem Teich hockte bereits ein anderer Mitarbeiter im Schneidersitz. Er hatte neben sich einen Kessel voller Zettel und warf sie in den Lavateich, ganz so, wie wenn er darin Fische mit Brotkrumen füttern würde.

„Hier, kümmere du dich um sie", sagte unser Führer laut zu dem anderen und noch ehe wir uns versahen, hatte er sich eiligen Schrittes davongemacht.

„Ähm, hallo", sagte eine unsicher klingende Stimme durch die Maske. „Ich bin Lupo. Freut mich. Also … ich bin hier eigentlich noch Lehrling. Aber gut. Wie kann ich euch weiterhelfen?"

Der Junge wirkte sofort sympathisch, auch wenn wir nur seine gedämpfte Stimme durch die Maske hören konnten.

„Hallo Lupo", sagte Matt vergnügt und stellte uns der Reihe nach vor. Dann schloss er mit: „Du wirst sicher mehr wissen als wir. Wir sind zum ersten Mal hier."

Begeistert, dass wir ihm so viel Vertrauen entgegenbrachten, begann Lupo, zu erklären: „Ist ganz schön abgefahren hier, oder? Das ist das Schriftarchiv. Ich weiß, es sieht nicht so aus, wie man sich das normalerweise vorstellt. Aber das System ist wirklich genial. Hier gehen absolut keine Informationen verloren. Und geklaut wird schon mal gleich gar nichts. Ich war gerade dabei, ein paar neue Daten einzuspeisen."

Er deutete auf den Kessel neben sich.

„Was ihr wissen wollt, muss wohl ziemlich aktuell sein. Denn sonst hätte euch Nino zu einem der tiefergelegenen Speicher geführt. Je älter die Informationen, desto tiefer werden sie gelagert", fuhr Lupo fort.

„Ist ja doch wie in einem richtigen Archiv", sagte Shai. „Zuoberst auf dem Stapel liegt immer das Neuste."

„Haha", lachte Lupo laut. „Nur dass hier garantiert nichts verstaubt. Wenn überhaupt könnte man von veraschen reden."

„Also, wie genau funktioniert das denn jetzt?", fragte Matt.

Lupo erklärte, dass durch das Verbrennen der Schriftstücke deren Inhalt in die Speicher überging. Die Speicher waren, wie ich mittlerweile bereits vermutet hatte, die runden Lavateiche, die hier überall lagen. Das eigentliche Kunststück bestand aber darin, die Informationen wieder aus den Speichern herauszufischen.

Das Ganze funktionierte natürlich nur, weil das keine herkömmliche Lava wie in richtigen Vulkanen war. Lupo erzählte uns, dass durch das Verbrennen Dinge in eine andere Dimension wechselten. So gelang es auch, durch das Verbrennen von Räucherstäbchen Götter gnädig zu stimmen, weil diese den Geruch in ihrer Dimension wahrnehmen konnten. Wenn man also eine Opfergabe verbrannte, dann wurde der Wunsch wahrscheinlicher erfüllt.

Hier ergänzte Shai, dass dies so bei den meisten Hexen und Zauberern funktionierte. Die eigentliche Kunst dabei lag aber nicht im Opfer selbst, sondern darin, den Wunsch so zu formulieren, dass er von den richtigen Gottheiten gehört und vor allem auch richtig gedeutet wurde. Das hatte sie bestimmt von Cheshire gelernt. Oder gehörte das zu dem Wissen der Dschinn?

Jedenfalls verdeutlichte uns Lupo, dass das Verbrennen nicht gleichbedeutend mit dem auf ewig Zerstören war. Man musste es nur wieder aus der richtigen Dimension zurückholen können. Und eben dies gelang durch die besondere Lava. Darin schienen verschiedenste Feuergeister zu leben, die zwischen allen möglichen Dimensionen hin und her wechseln konnten.

Auch hierzu hätte Shai wahrscheinlich etwas sagen können. Schließlich waren Dschinn ja auch dafür bekannt, dass sie zumindest in ihrer Geistform herumreisen konnten, wie sie wollten. Aber wie so üblich gab sie nichts über sich oder ihre besondere Herkunft preis.

„Das gilt demnach aber nur für schriftliche Aufzeichnungen", vermutete Shai.

„Ja, richtig!", antwortete Lupo. „Für schriftlich festgehaltene Informationen funktioniert dieses System. Das hier sind aber nicht die einzigen Speicher, die es in unserem Archiv gibt. Weiter oben im Berg gibt es auch das Klangarchiv. Das ist eine riesige Kristallhöhle, in der Klänge gespeichert werden können. Aber fragt mich nicht, wie genau das geht. Da war ich bisher nur einmal kurz zur Besichtigung."

„Welche Klänge werden dort denn gespeichert?", wollte ich wissen.

Lupo überlegte kurz: „Naja, Laute zum Beispiel. Damit man weiß, wie andere Sprachen klingen. Und ich meine damit nicht nur menschliche Sprachen. Das kann für die Vermittlung, die ja mit allen möglichen Wesen kommunizieren muss, sehr hilfreich sein."

„Hm, bestimmt", murmelte Matt zustimmend. Dann fiel ihm noch etwas ein.

„Wer war denn eigentlich dieser Typ vorhin?", fragte Matt.

„Ach das!", sagte Lupo und klang gleich nicht mehr so begeistert. „Das war mein großer Bruder Antonio. Er ist ziemlich angepisst, weil ich jetzt auch hier arbeite. Er glaubt, dass ich das nicht schaffe und damit auch ein schlechtes Licht auf ihn werfe. Um ehrlich zu sein, habe ich vorhin einen kleinen Tumult verursacht. Mein Bruder konnte es zwar wieder geradebiegen, aber er war mächtig sauer. Ich hoffe, er hat seine schlechte Laune nicht an euch ausgelassen?"

Darauf entgegneten wir lieber nichts. Wenigstens war das ruppige Benehmen von Lupos Bruder nun ein wenig verständlicher.

Aber nun kamen wir wieder auf den eigentlichen Grund unseres Besuches zurück.

„Also, Lupo", begann Matt, „was sollen wir jetzt tun? Dein Bruder hat etwas davon gesagt, dass wir uns die Informationen selbst herausfischen sollen."

„Ah ja", sagte Lupo, „ihr müsst einfach einen Feuerotter rausfischen, der euch dann die richtigen Daten zukommen lässt."

„Einen Feuerotter?", fragte ich erstaunt. Davon hatte ich ja noch nie gehört!

Aber Matt ließ Lupo keine Zeit für eine Erklärung, sondern fragte gleich: „Und wie fischt man den genau?"

Lupo reichte Matt eine aus schwarzem Metall geschaffene Angelrute.

Matt musterte die Angelrute kurz. Dann sah er zu Shai und mir und entschloss sich daraufhin offenbar, es doch lieber selbst zu machen.

Er warf die Angel aus und plötzlich hing ein hauchdünner Faden, der einem regenbogenfarbenen und glitzerndem Kristall ähnelte, zwischen der schwarzen Angelrute und dem glühenden Lavateich.

„Ähm, hätte man zum Angeln nicht noch einen Köder gebraucht?", warf ich ein.

Immerhin hatte ich auf einer Insel gelebt. Auch wenn es mir dort keiner beigebracht hatte, wusste ich schon etwas über die Grundlagen des Angelns.

Matt lachte laut: „Haha, das hab' ich ja völlig vergessen. Aber was kann man denn als Köder benutzen, wenn man in Lava angelt?"

Darauf wusste ich natürlich auch keine Antwort.

„Lass gut sein", meinte Shai. „Angle einfach so weiter."

Sie zog einen ihrer dicken Handschuhe aus und berührte die Angel mit ihrer bloßen Hand. Die Angel leuchtete kurz seltsam auf, als würde eine Energie durch sie hindurchfließen.

Lupo war schon drauf und dran gewesen, panisch aufzuspringen und Shai zurückzuhalten. Als er aber bemerkte, dass ihr nichts passierte und ihre Hand nicht wie erwartet in Flammen aufging, beruhigte er sich wieder.

„Du bräuchtest den Anzug gar nicht, oder?", flüsterte Matt ihr zu.

Shai kicherte. „Tja", sie räusperte sich, „ich versuche eben, mich anzupassen."

Weiter ging das Gespräch aber nicht, denn schon hatte etwas an der Angel angebissen. Der glitzernde Faden spannte sich plötzlich und ich erwartete nun einen heftigen Kampf. Doch ich hatte nicht mit Matt gerechnet. Der zog nur einmal lässig an der Rute und schon schnellte der Fang aus dem Lavateich nach oben, flog über unsere Köpfe hinweg und wurde dann mit einem Schwenker von Matt so zurückgeworfen, dass Matt die Schnur auffangen konnte und den Fang mit ausgestrecktem Arm vor sich baumeln ließ.

Ich sah nur eine zappelnde Flamme, etwa von der Größe einer Ratte. Dann konnte ich so etwas wie leuchtende Beinchen strampeln sehen.

„Wow!", sagte Lupo und pfiff anerkennend. „Die kleineren sind viel schwerer zu fangen. Echt klasse!"

Lupo reichte Matt einen Eimer aus demselben schwarzen Metall der Angelrute und Matt ließ seinen Fang daraufhin in diesen Kessel plumpsen.

Die Flamme züngelte einmal stark hoch, dann begann sie, zu schwinden. Dafür wurden die leuchtenden Konturen der Kreatur nun besser sichtbar. Neugierig beugten wir uns über den Eimer.

Es war in der Tat ein Otter. Ein wirklich sehr kleiner Otter. Sein Schwanz war eine lodernde Flamme mit einer blauen Spitze. Normalerweise war es bei einer Flamme umgekehrt und das Blaue befand sich im Innern. Vielleicht war ja seine Schwanzspitze besonders heiß. Er hatte auch leuchtend blaue Augen, deren Farbe aus dem ansonsten rot- und orangeleuchtenden Körper hervorstach.

Der Otter zog einen Schmollmund und verschränkte die Vorderpfoten.

„Eine Frechheit, mich aus meinem behaglichen Heim herauszufischen", sagte er mit einer piepsigen und verärgerten Stimme.

Dann schlug er ungeduldig mit seinem Fuß auf den Eimerboden. „Also, was wollt ihr denn nun? Ich will möglichst rasch wieder zurück."

Matt sah fragend zu Lupo. Der deutete auf unser Genehmigungsschreiben, das Shai in der Hand hielt.

Shai reichte es dem kleinen Feuerotter, woraufhin es in Flammen aufging.

„Die Unterschrift ist gültig", verkündete der. „Also schön. Du da!" Er deutete auf Matt. „Setz mich wieder zurück in den Teich.

Matt sah fragend zu Lupo, der zustimmend nickte. Also hob Matt den Eimer auf und kippte ihn über dem Teich aus. Der Feuerotter fiel mit einem leisen Platschen zurück in die Lava.

„Und jetzt?", fragte ich.

„Jetzt müsst ihr nur warten, bis er mit den Informationen wiederkommt", erklärte Lupo. „Und das wird bestimmt nicht lange dauern. Die kleinen Feuerotter sind viel schneller als die großen."

Kaum hatte er das gesagt, tauchte eine leuchtende Schnauze aus dem Teich auf und zwei kleine blaue Punkte sahen zu uns auf.

„Kommt er jetzt nochmals raus?", fragte ich.

„Nicht freiwillig", sagte Lupo. Er kramte in dem Werkzeugkasten zu seiner Linken und fand schließlich einen, langen, schwarzen Löffel. Den reichte er Matt.

Matt hielt den Löffel vor die erkennbare Nase des kleinen Feuerotters. Daraufhin ließ dieser eine kleine, leuchtende Kugel hineinfallen und tauchte sofort wieder ab.

„Und weg ist er", meinte Matt.

„Niedliches Kerlchen", sagte ich.

Dann begutachteten wir die leuchtende Masse auf dem Löffel, die genau so aussah, wie jene, die ich im vorherigen Raum hinter den Scheiben gesehen hatte.

„Und wie hilft uns das jetzt weiter?", fragte ich.

Aber Lupo streckte uns eine geschliffene schwarze, dünne Steinplatte hin. Shai nahm sie entgegen und Matt ließ daraufhin vorsichtig die leuchtende Masse von dem Löffel darauf fließen.

Sofort begann die Platte, zu leuchten. Überall tauchten Linien und Punkte auf. Dann verschwand alles wieder und die Platte wurde wieder schwarz.

Wir sahen fragend zu Lupo.

„Das ist eine Archivplatte", erklärte dieser ruhig. „Sie speichert die angeforderten Archivdaten so lange, wie eure Genehmigung beziehungsweise der Grund für diese anhält. Danach werden die Daten automatisch wieder von der Platte verschwinden."

„Und wie verschwinden sie?", fragte Matt.

„Sie werden zu Asche", erklärte Lupo. „Deshalb habe ich ja gesagt, dass dieses System so genial ist. Nun gut. Wenn ihr die Daten ansehen wollt, müsst ihr einfach mit eurer Hand über die Platte streichen. Dann tauchen die Daten wieder auf. Mit Handschuhen geht das aber nicht."

Er drehte sich zu Shai, wie um zu überprüfen, ob sie wieder ihren Handschuh hier mitten in der sengenden Hitze ausziehen würde, wo kein normaler Mensch das gekonnt hätte. Zu seiner großen Enttäuschung tat Shai aber nichts dergleichen.

Wir bedankten uns bei Lupo und gingen wieder aus dem Schriftarchiv hinaus. Erst als wir wieder in der Bahn zum Hauptquartier saßen, nahm Shai die schwarze Archivplatte wieder hervor.

„Dann wollen wir doch mal sehen, ob uns das weiterhilft", meinte sie und strich vorsichtig mit ihrer Hand über die glatte Oberfläche der Platte.

Sofort begann diese, zu leuchten und verschiedene, leuchtende Menüpunkte erschienen auf der rechten Seite. Shai fuhr mit ihrem Finger über das Feld Weltkarte.

Wieder erschienen mehrere Menüpunkte. Wahrscheinlich weil Mitarbeiter der Vermittlung mehr als nur eine Welt bereisten.

Es war allerdings nur eine Karte freigegeben, denn die restlichen Symbole leuchteten nur ganz matt.

Shai berührte also den leuchtenden Erdball und kurz darauf erschien ein mit leuchtenden Linien gezeichnetes Bild des Globus auf der Platte. Und überall verteilt erschienen darauf kleine rote Punkte.

„Das sind dann wohl die Orte, von denen die Reklamationen bezüglich der vermittelten Katzen stammen", meinte Matt.

Shai fuhr mit dem Finger über die Platte und der Globus drehte sich langsam.

„Die Reklamationen stammen wirklich von überall", sagte ich. „Allein dadurch lässt sich also nichts feststellen."

Shai nickte. „Ja, einen Moment noch."

Sie sah die Platte suchend an und entdeckte dann am linken, oberen Rand den Punkt „nach Datum sortieren". Sie drückte darauf und schon erschienen überall neben den Punkten winzig kleine Zahlen. Shai gelang es, mit ihren Fingern so über die Platte zu fahren, dass sie in den Globus hineinzoomte und wir einzelne Ausschnitte größer sahen. So sahen wir uns mehrere Stellen an. Tatsächlich schienen die Reklamationen einen Ursprung zu haben. Sie breiteten sich von Nordafrika fast regelmäßig auf den Rest der Welt aus.

Als wir uns die Karte von Nordafrika näher ansahen, stellten wir auch da immer kleinere, aber doch erkennbare Zeitunterschiede der Reklamationen fest. Schließlich gelang es uns, die Orte der allerersten Reklamationen zu finden. Sie schienen einen geometrisch perfekten Kreis zu bilden. Und in dessen Mitte war …

„Das ist doch nicht möglich", schimpfte Matt. „Das ist Chalifas Anwesen."

Ich sah es auch und meine Hoffnung schwand.

„Nein, das stimmt nicht", wandte Shai ein. „Chalifas Anwesen ist nur das einzige, das dem eigentlichen Zentrum am nächsten ist. Aber der genaue geografische Mittelpunkt dieses Kreises liegt hier."

Sie deutete mit ihrem Finger auf eine Stelle mitten in der ägyptischen Wüste.

„Aber da ist nichts!", sagte ich. „Nichts als Wüste und Sand."

„Ich weiß", gestand Shai. „Dennoch ist das hier der Ort des Ursprungs unseres Problems."

Wie Shai erwartet hatte, brachten uns die Daten aus dem Archiv nicht weiter. Zumindest nicht, wenn wir an unserer Theorie festhalten wollten, dass Optica unschuldig war. Also ruhten unsere Hoffnungen jetzt auf dem Gespräch mit der geheimnisvollen Person. Shai hatte ein Treffen in der Unterstadt organisiert.

Die Unterstadt! Erst ein paar Wochen war es jetzt her, seit ich versucht hatte, mich von diesem zwielichtigen Ort loszulösen. Zunächst war die Unterstadt einfach nur ein Tunnelsystem unter der Stadt gewesen, bewohnt von allerlei lichtscheuen Kreaturen. Doch dann hatten nach und nach auch die Menschen diese unterirdische Stadt für sich entdeckt. Vor allem jene, die ihre Machenschaften nicht so offen zeigen wollten.

Es war ein gesetzesfreier Ort. Obwohl es natürlich durchaus ungeschriebene Gesetzte gab. Und wenn man gegen diese verstieß, dann bezahlte man weit mehr als nur eine Buße.

Ich kannte mich hier gut aus. Vor allem wusste ich, um welche Gebiete man besser einen weiten Bogen machen sollte. Zu meiner Erleichterung brachte uns Shai an einen eher unbedenklichen Ort. Wir gingen auf der mit roten Laternen beleuchteten Straße in Richtung der Höhle des Drachen. Der Drachen selbst war natürlich schon längst ausgezogen. Nur verständlich, bei all dem Lärm, den die vielen Passanten hier veranstalteten.

Es war eines der eher harmlosen Vergnügungsviertel. Und da es immer gut besucht war, konnte man in der Masse gut seine Anonymität wahren. Ein geeigneter Treffpunkt also für jene mysteriöse Person, die wohl unerkannt bleiben wollte. Es war schon kurz vor Mitternacht, aber hier unten spielte die Zeit keine Rolle. Es war immer gleich hell oder gleich dunkel.

Wir setzten uns an einen kleinen Tisch in einer der Bars. Ich war noch immer mit der sehr langen Getränkekarte beschäftigt, obwohl ich nur jene Getränke ansah, die unter der Kategorie *für Menschen* standen, als sich eine junge Frau zu uns setzte. Sie hatte kurze, silbrige Haare und trug ein enganliegendes, knappes, hellgelbes Kleid.

„Seid ihr auch an dem Katzenfriedhof vorbeigekommen?", fragte sie gleich als erstes, ohne sich vorzustellen.

„Ja, allerdings. War kein schöner Anblick, die ganzen herumliegenden Leichen", bestätigte Matt.

Wir waren vorher tatsächlich an einem offenen Platz vorbeigekommen, auf dem bestimmt hunderte toter Katzen gelegen hatten. Viele davon grausig entstellt.

„Die Trolle finden es offenbar witzig, die Katzen in den Tunneln zu jagen. Das haben sie früher schon gemacht, aber jetzt stört sich die Allgemeinheit nicht mehr daran", erklärte Shai und klang dabei entmutigt und wütend zugleich.

„Dann hoffe ich, ihr bringt das wieder in Ordnung. Meine Oma hat nämlich auch eine Katze und sie wäre ganz schön traurig, wenn ihr etwas passieren würde. Oma ist stocktaub und deshalb stört sie auch das Katzengejammer nicht", sagte die Unbekannte und fügte noch hinzu: „Übrigens, ich bin Mei. Freut mich, euch kennenzulernen."

„Irgendwie kommt mir der Name bekannt vor", meinte Matt.

Shai nickte: „Das ist die Informationsagentin, von der uns Jane an unserem ersten Arbeitstag erzählt hat. Falls wir Hilfe benötigen, ... ihr wisst schon."

Oh! Daran hatte ich überhaupt nicht mehr gedacht. Waren ja auch viele neue Eindrücke an unserem ersten Tag gewesen. Aber ich erinnerte mich vage daran, dass Shai von Jane eine Kontaktnummer erhalten hatte.

„Ich habe Mei gestern Abend von unserem Fall berichtet und sie gebeten, nach etwas Spezifischem Ausschau zu halten", erklärte Shai.

„Ist es nicht etwas auffällig, das Gelb der Vermittlung zu tragen?", fragte Matt, der Meis auffälliges Kleid anstarrte. „Ich dachte, das Treffen sollte möglichst unauffällig sein?"

„Keine Sorge, das ist es", erwiderte Mei. „Keiner aus der Vermittlung würde in seiner Freizeit freiwillig nochmals so ein Gelb anziehen, wahrscheinlich nicht einmal hinsehen. Deshalb ist es für ein Geheimtreffen genau richtig!"

Diesem Argument konnte Matt nicht widersprechen. Er zuckte mit den Schultern und nahm einen Schluck seines Drinks.

„Du bist also eine Informationsagentin?", fragte ich neugierig. „Dann arbeitest du also auch wie Lupo im Berg? Mit so einem dicken Anzug?"

Wenn dem so war, dann wunderte ich mich, warum wir den Weg überhaupt auf uns genommen hatten, da selbständig hinzugehen.

„Nein, nein", Mei schüttelte entschieden den Kopf. „Ich bin Informationsagentin, keine Archivarin. Das ist ein himmelweiter Unterschied. Die Archivare bewahren die Informationen auf. Ich hingegen beschaffe sie."

„Dann bist du eine Spionin?!", platzte ich heraus.

„Das ist so ein hässliches Wort", meinte Mei und lächelte verführerisch.

„Eigentlich nicht, nein", warf ich ein. „Ein Wort erlangt nur durch einen allgemein gesellschaftlich anerkannten Gebrauch eine gute oder schlechte Konnotation. Die Ansicht über manche Worte ändert sich auch im Laufe der Jahre. So bedeutete zum Beispiel früher das Wort …"

Doch sie ließ mich nicht ausreden. „Ist ja schon gut. Kommen wir lieber zum Wesentlichen."

Sie machte eine bedeutsame Pause. „Ich habe etwas gefunden. Ich weiß allerdings nicht, ob es das ist, was ihr gesucht habt. Es scheint doch ein wenig weit hergeholt zu sein. Aber es war der einzige Auftrag, der zeitlich zu passen schien, entfernt mit einer Katze zu tun hat und mächtig viel Geld eingebracht hat."

„Wieso denn Geld?", fragte Matt.

„Ruby hat mich darauf gebracht", antwortete Shai. „Er hat mich gefragt, was ein Rechtsanwalt tun würde. Tja, und der würde der Spur des Geldes folgen. Das funktioniert bei den meisten Fällen. Also habe ich mir gedacht, je größer das Problem, desto mehr …"

„Geld ist dabei mit im Spiel", ergänzte Matt verstehend.

„Genau. Und das hier habe ich dabei gefunden", erklärte Mei und reichte uns ein Blatt.

„Das ist eine Sphinx!", erklärte Shai erstaunt. „Aber hier steht, dass es eine babylonische Sphinx ist. Unser Problem stammt aber aus Ägypten."

Sie klang etwas enttäuscht.

„Hey, die einzige andere Katze, die der Vermittlung viel Geld eingebracht hat, war diese Optica. Aber ich hab' ja gesagt, dass es etwas weit hergeholt ist. Jedenfalls stimmt aber die Zeit ungefähr überein. Meinen Nachforschungen zufolge wurde die Sphinx vor ein paar Wochen an den Käufer geliefert. Etwa zu derselben Zeit, als dieser Chalifa sich bei der Vermittlung gemeldet hat, weil seine Optica verrücktspielt."

„Ob es da einen Zusammenhang gibt?", fragte ich.

„Weißt du etwas darüber, in wessen Besitz die Sphinx vorher gewesen ist?", fragte Shai an Mei gewandt.

„Nein. Wie es aussieht, wurde sie extra für diese Käuferin beschafft. Ihr wisst ja: es ist der Vermittlung erlaubt, verschollene

Gegenstände wiederzubeschaffen, solange sie nicht zerstört worden sind und keinen anderen Besitzer haben."

„So ist das also", sagte Shai nachdenklich.

„Die jetzige Besitzerin ist also eine Sammlerin von frühen Objekten", stellte Matt mit einem Blick auf Meis Zettel fest.

„Ja, eine sehr passionierte Sammlerin, wenn ihr wisst, was ich meine. Die wäre ganz bestimmt nicht begeistert, wenn sie die Sphinx wieder hergeben müsste", sagte Mei ernst.

„Tja, aber kann denn diese Sphinx überhaupt etwas mit dem Benehmen der Katzen zu tun haben?", fragte Matt in die Runde.

Shai wirkte schon seit einiger Zeit sehr nachdenklich. Also fragte ich sie: „Was denkst du, Shai?"

„Es würde Sinn machen", murmelte sie.

„Was würde Sinn machen?", hakte Matt nach.

„Naja, es ist doch ein Problem, das alle Katzen betrifft und offenbar ist es keine Krankheit. Was also kann Einfluss auf alle Katzen nehmen, ohne irgendeine Spur zu hinterlassen? Mir fällt dazu nur eine naheliegende Antwort ein: ein Fluch", sagte Shai bestimmt.

„Ein Fluch? Du meinst, die Katzen wurden verflucht? Aber von wem und weshalb?", fragte ich entsetzt.

Ich malte mir schon einen bösen Hexenmeister aus, der in krankhafter Weise seinen Hass an den Katzen ausließ. Nicht unähnlich dem Wesir in Opticas Dimension, wenn ich so darüber nachdachte.

„Nein, es ist eher selten, dass Personen oder Lebewesen mit Flüchen belegt werden, geschweige denn eine ganze Spezies. Meistens ist der Sinn eines Fluches, jemanden von etwas fernzuhalten", erklärte Shai. „Außerdem glaube ich, dass Cheshire erkannt hätte, wenn die Katzen direkt verflucht worden wären."

„Was meinst du mit direkt?", fragte Matt.

„Ich meine: Flüche hängen meistens an einem Gegenstand. Einem Objekt."

„Einer Sphinx!", rief ich endlich verstehend aus.

„Ja, genau", bestätigte Shai. „Und folglich wäre der Fluch auch nur eindeutig an der Sphinx zu erkennen und nicht an den Katzen, auch wenn er sich offenbar auf sie auswirkt."

„Demnach leiden die Katzen unter den Symptomen, ohne die eigentliche Krankheit in sich zu tragen", überlegte Matt.

„Ich nehme an, so könnte man das ausdrücken, ja", stimmte Shai ihm zu.

„Na, das klingt doch schon mal vielversprechend", meinte Mei, deren Anwesenheit ich schon fast vergessen hatte, so war ich in den Fall vertieft gewesen.

„Jetzt müssen wir nur noch Siegfried dazu bringen, eine Untersuchung der Sphinx anzuordnen", sagte Shai.

Siegfried dazu zu bewegen, eine Untersuchung anzuordnen, stellte sich schon bald als unmögliches Unterfangen heraus. Wir waren gleich früh am nächsten Morgen in Siegfrieds Büro erschienen. Dieser zeigte weder eine besonders gute noch eine besonders schlechte Laune. Dennoch war seine Antwort unmissverständlich: „Nein, völlig ausgeschlossen. Besagte Sammlerin ist eine hoch angesehene Kundin. Auf gar keinen Fall werde ich auf diesen einen Zufall des ungefähren Zeitpunkts hin, an dem die Probleme angefangen haben, eine Untersuchung dieser Sphinx anordnen! Und überhaupt bin ich dafür gar nicht zuständig! Bei mir liegen nur Schadensfälle von vermittelten Tieren und tierähnlichen Wesen aus anderen Dimensionen."

Shai versuchte vergebens, auf ihn einzureden. Zu meiner Erleichterung fragte er nicht danach, woher wir überhaupt von dieser Sphinx wussten. Akteneinsicht hatten wir ja eigentlich keine gekriegt.

Ich machte ein paar Schritte rückwärts aus dem Büro heraus. Shai hatte zwar noch nicht aufgegeben, aber ich sah schon, dass dies ein aussichtsloser Kampf war.

Hinter mir hörte ich ein Räuspern. Als ich mich umdrehte, hielt mir Jane einen Zettel hin.

„Hier, die Adresse der Sammlerin", flüsterte sie. „Mei dachte, das könnte für euch noch wichtig sein. Aber ihr solltet euch vorher gut über sie informieren."

Ich nahm den Zettel entgegen und sie zwinkerte mir vertrauensvoll zu.

Kurz darauf kamen Matt und Shai wieder aus Herrn Schildkrötes Büro.

„Da geben sie einem einen Auftrag, ein Problem der Vermittlung zu lösen, aber die Vermittlung selbst hilft kein Stück!", entrüstete sich Shai.

Matt zuckte als Kommentar darauf nur mit den Schultern.

„Er lässt sich also nicht überreden?", fragte ich, obwohl mir das eigentlich längst klar war.

Shai seufzte: „Hach, nichts zu machen. Eigentlich versteh ich ihn ja. Wir haben keinerlei stichhaltige Beweise. Noch nicht einmal einen hinreichenden Verdacht. Man könnte das höchstens als vage Vermutung bezeichnen."

„Was hast du da, Ruby?", fragte mich Matt, als er den Zettel in meiner Hand bemerkte.

„Ähm, das hat mir Jane vorhin gegeben. Offenbar stammt es aber von Mei", stammelte ich und reichte ihm den Zettel.

Sobald er den Zettel gelesen hatte, begann Matt, zu grinsen.

„Dann müssen wir eben ran und die Sache selbst klären!", sagte er und klang dabei voller Vorfreude. „Wär' ja auch langweilig gewesen, wenn das andere für uns erledigt hätten."

Ich zupfte nervös an meinem Anzug.

„Glaubst du wirklich, dass wir nicht auffallen werden? Um ehrlich zu sein, fühl ich mich nicht besonders wohl, so aufgetakelt."

Ich sprach zu Matt, der gelassen neben mir herging. Auch er hatte sich in Schale geworfen. Das war auch nötig, denn anders würde man uns kaum auf die Party lassen. Aber er wirkte wesentlich geübter darin, sich in den Kreisen der Noblesse zu bewegen, als ich zitterndes Nervenbündel.

Mir war es noch immer ein Rätsel, wie Matt uns Einladungen hatte besorgen können. Und das auch noch so kurzfristig. Er hatte irgendwelche Kontakte spielen lassen, über die er Shai und mir aber nichts Genaueres erzählte. Nun waren er und ich als Gäste auf der Feier zur Einweihung der babylonischen Sphinx in der Sammlung von Stella Cartwright eingeladen. Die Sphinx sollte am heutigen Abend zum ersten Mal der Öffentlichkeit präsentiert werden. Wobei man unter Öffentlichkeit in diesem Falle lauter reiche Damen und Herren aus den angesehensten Familien verstand.

Eigentlich war die Einladung nur für Matt plus eine Begleitperson. Aber Matt und Shai waren sich wieder einmal einig gewesen, dass man mich ja schlecht allein lassen konnte. Also wurde ich zu Matts Begleitperson und Shai sollte sich auf andere Weise Zutritt zum Anwesen verschaffen. Shai hatte sich beim Catering für die heutige Party angemeldet. Matt und ich würden sie später auf der Feier treffen. Vorausgesetzt, die Wachen ließen uns wirklich rein.

Mir lief ein Schauer über den Rücken, als ich zu der hohen Schutzmauer hochsah, die das großzügige Anwesen umgab. Überall auf der Mauer waren mit Gewehren bewaffnete Männer postiert.

„Ein ziemlich ungewöhnliches Sicherheitsaufgebot, findest du nicht?", fragte Matt, dem die Männer ebenfalls aufgefallen waren.

Ich zuckte mit den Schultern. Ich kannte mich nicht wirklich damit aus, wie reiche Leute ihre Anwesen sicherten. Obwohl ich mir ziemlich sicher war, dass es dank der Vermittlung auch wesentlich unauffälligere Mittel gab. Aber Chalifa hatte schließlich auch seine Wächterinnen. Warum sollte das hier also anders sein? Allerdings fragte ich mich, was die Wachen wirklich schützen sollten. Die Sphinx würde ja niemand so einfach entwenden können. Immerhin wog das Ding bestimmt mehrere Tonnen. Damit konnte keiner unauffällig verschwinden. Das schloss uns natürlich mit ein.

Vorerst wollten wir die Sphinx ja auch nur begutachten und, wenn möglich, vor Ort kurz untersuchen, ob tatsächlich ein Fluch auf ihr lastete. Shai hatte uns versichert, dass sie sich von Cheshire dazu alles Nötige borgen würde.

Für die ganze Planung hatten wir aber nur sehr wenig Zeit gehabt. Es war erst zwei Tage her, seit wir vergebens in Siegfrieds Büro um die Untersuchung der Sphinx gebeten hatten. Matt hatte dann die Adresse von dieser Stella Cartwright, der Sammlerin, durch den Missions-Check bei der Abteilung für Dimensionsforschung laufen lassen. Offenbar war sich diese Abteilung, anders als die Informationsabteilung, nicht für ein bisschen Mithilfe zu schade, ob nun von oben genehmigt oder nicht. Das lag wahrscheinlich im Wesen der Abenteurer. Der offenherzige Kenan, der uns schon vor unserer Abreise in Opticas Dimension seine wenn auch spärlichen Unterlagen zur Verfügung gestellt hatte, war jedenfalls sofort dazu bereit gewesen, Matt zu helfen.

Der Missions-Check sollte feststellen, wie leicht oder schwer zugänglich ein Gebiet war, damit sich die Abenteurer richtig darauf vorbereiten konnten. Das ging natürlich nur bei Gebieten, über die man schon etwas wusste. Bei den meisten Dimensionsforschungen brachen die Abenteurer in noch völlig unbekannte Gebiete auf, wie uns Kenan stolz berichtete.

Das Gebiet rund um das Anwesen und auch das Anwesen von Stella Cartwright selbst waren der Vermittlung jedoch bekannt. Und leider zeigte sich schnell, dass es völlig unmöglich war, da ungesehen oder nur mit einer fadenscheinigen Begründung hineinzugelangen.

Aber zu unserem Glück war eine große Party mit vielen Gästen geplant: eine womöglich einmalige Gelegenheit, um sich unbemerkt der babylonischen Sphinx zu nähern. Da die Anreise für uns in Richtung Westen lag und wir mit der Sonne reisten, hatten wir es trotz des langen Weges noch rechtzeitig zu der Party geschafft.

Es begann bereits zu dämmern, als wir uns durch das Tor in Richtung Anwesen begaben. Die Mauer und vor allem die bewaffneten Männer darauf warfen unheimliche Schatten auf den grünen Rasen dahinter.

Ich schnappte nervös nach Luft. Nichts gegen Matt, aber ich glaube, ich hätte mich wesentlich wohler gefühlt, wenn Shai auch da gewesen wäre. Matts Selbstsicherheit färbte nicht auf mich ab, ganz im Gegenteil: sie ließ mich noch viel mehr an mir und meiner Eignung für eine solche verdeckte Mission zweifeln.

Der Anblick des Anwesens ließ mich erst einmal alle meine Sorgen vergessen. Hinter der großen Sicherheitsmauer kam nun das riesige Haus in Sicht. Der Eingang war von einem blauen Tor eingefasst. Doch das beeindruckte mich weit weniger als die seltsamen Lichtblasen, die nicht nur an der Fassade hochstiegen, sondern auch im freien Raum vor unseren Augen schwebten. Ich kam mir vor, als wäre ich unter Wasser.

Ich schien jedoch einer der wenigen zu sein, die das als etwas unglaublich Beeindruckendes wahrnahmen. Hinter mir hörte ich ein Pärchen reden: „Das wäre ideal für unsere Sommerparty. Meinst du nicht auch, Schatz?"

„Wenn es bei Tageslicht auch funktioniert, wäre das sogar noch besser. Dann hätte man einen wunderbaren Kontrast zwischen der Sonnenwärme und dem Gefühl von kühlendem Wasser."

Nachdem ich das mitgehört hatte, wurde mir sofort wieder bewusst, dass ich mich gerade in einer mir höchst befremdlichen Gesellschaft befand.

Sobald uns Matt mit seiner Einladung durch die Tür geschleust hatte, bot sich mir im Innern des Hauses ein ebenso fremdes Bild. Überall standen große Wassertanks mit verschiedenfarbigem Wasser darin. Und darin schwammen Wesen, die aussahen, wie Miniaturmenschen. Nackte Miniaturmenschen. Ich näherte mich einem gelben Tank in unserer Nähe und betrachtete die kleinen Wesen. Bei näherer Betrachtung sah ich, dass sie völlig ausdruckslose Gesichter hatten.

„Sind das auch magische Wesen?", fragte Matt neben mir und musterte die kleinen Menschen neugierig.

Was fragt er da mich? Schließlich war ich ja nicht der Experte für magische Wesen. Das war ...

„Das ist einfach nur widerlich und vulgär", hörte ich eine bekannte Stimme hinter mir.

Ich drehte mich um und stutzte überrascht.

Vor mir stand ohne Zweifel Shai. Zumindest war es ihre Stimme gewesen und es sah auch aus wie ihr Gesicht – aber es waren nicht ihre Augen. Zwei schon fast langweilige, braune Augen sahen mich an.

„Du bist also reingekommen", sagte Matt vergnügt. Dann fügte er noch nachdenklich hinzu: „Irgendwie siehst du heute anders aus."

„Was du nicht sagst", antwortete Shai sarkastisch.

Jetzt erst musterte ich den Rest von Shai. In einer Hand hielt sie ein Tablett mit, der Farbe nach zu urteilen, Gläsern, die mit CoCo-Drinks gefüllt waren. Ihre übliche Garderobe war einem ebenso rotleuchtendem, jedoch enganliegendem Kleid im chinesischen Schnitt gewichen. Ihre langen schwarzen Haare hatte sie nicht wie sonst mit Kettchen durchflochten, sondern mit einer Haarnadel hochgesteckt, von der drei rote, mit Gold verzierte Steinkugeln baumelten.

Als sie sich kurz umdrehte, um sich zu vergewissern, dass niemand weiter uns beobachtete, bemerkte ich noch vier symmetrische Schlitze an den Seiten ihres Kleides. Zwei davon zeigten die volle Länge ihrer Beine und die anderen zwei waren weiter oben und erlaubten einen Blick auf ihre Taille. Das Kleid wurde dort von einem goldenen Faden zusammengehalten. Mir wurde plötzlich ganz schön warm.

„Jetzt weiß ich es. Du hast etwas mit deinen Augen gemacht, oder?", fragte Matt unschuldig.

Unfassbar! Er hatte gar nicht das Kleid gemeint! Dabei war das ja nun wirklich auffällig! Aber offenbar hatte ich mich in Matt getäuscht. Dafür schämte ich mich jetzt umso mehr, weil ich Shais Kleid so unverhohlen angestarrt hatte.

Shai hatte scheinbar aber auch nicht mit dieser Bemerkung gerechnet, denn sie sah ihn erst etwas komisch an. Dann nickte sie.

„Ist ja klar, dass ich hier nicht ohne Kontaktlinsen rumlaufen kann. Das wäre wirklich viel zu auffällig", erklärte sie. „Obwohl ich es hasse, mich als etwas anderes auszugeben. Das kommt mir vor wie …"

„Betrug?", fragte Matt interessiert.

„Ja, so ähnlich", antwortete Shai nachdenklich.

„Und das da, sind das entfernte Verwandte von dir?", fragte Matt und deutete auf den gelben Wassertank. „Damit meine ich natürlich magische Wesen", sagte er schnell, als er Shais säuerlichen Blick bemerkte.

Shai schüttelte den Kopf. „Nein, das sind Seepferdchen."

„Was?!", fragten Matt und ich ungläubig.

„Sie wurden so gezüchtet, dass sie wie Menschen aussehen. Irgendjemand wollte sich damit wohl beweisen, dass der Mensch einfach alles nach Lust und Laune umgestalten kann und dass seine eigenen Schönheitsideale auch für den Rest der Welt gelten", erzählte Shai und ihre Stimme wurde dabei immer zorniger. „Ich finde das einfach krank!"

„Dabei sind Seepferdchen so niedlich", sagte ich bedauernd.

Dafür wurde mir jetzt klar, weshalb diese Wesen keinerlei Mimik beherrschten. Ihr Gesicht war genauso langweilig und ausdruckslos wie das eines Fisches.

Noch während ich das dachte, schalt ich mich. Denn genau das hatte Shai ja gerade kritisiert. Es musste ja nicht alles aus meiner Sicht interessant aussehen. Gerade die Vielfalt machte die Welt ja schlussendlich viel spannender. Und ein Fisch wäre von meiner Visage wahrscheinlich auch nicht gerade begeistert.

„Ich hab' hier spezielle Drinks für euch. Die vordersten beiden Gläser", unterbrach Shai meine Gedanken.

„Inwiefern denn speziell?", fragte Matt, als er sich eines der Gläser griff.

„Die sind alkoholfrei. Schließlich sind wir sozusagen im Dienst und sollten daher unsere Sinne beisammenhalten", erklärte Shai.

„Wie langweilig", murmelte Matt.

Shai warf ihm einen bösen Blick zu. Dann sah sie mich auffordernd an, sodass ich mir das andere Glas auf ihrem Tablett nahm.

„Heißt das, du läufst uns jetzt den ganzen Abend mit deinen Spezialdrinks hinterher?", fragte Matt kritisch. „Eigentlich wollte ich mich noch etwas amüsieren. Wo wir schon mal hier sind."

„Selbstverständlich nicht", sagte Shai säuerlich. „Das wäre viel zu auffällig. Deshalb schadet es nicht, wenn wenigstens euer erstes Glas noch ohne Alkohol ist."

„Hm", war Matts ganze Antwort darauf.

„Ich sollte jetzt weiter", stellte Shai fest. „Und ihr solltet euch vielleicht auch mit den anderen Gästen befassen."

Sie sah meinen nervösen Gesichtsausdruck.

„Keine Sorge. Ich behalte euch im Blick", sagte sie zu uns beiden, meinte aber vermutlich vor allem mich.

„Gut, dann mischen wir uns mal unauffällig unters Volk", sagte Matt und klang vergnügter denn eh und je.

Damit kehrte uns Shai den Rücken zu und war innerhalb weniger Sekunden hinter einer Gruppe Menschen verschwunden.

Als ich mich zu Matt umdrehte, ging der ebenfalls gerade auf eine Gruppe zu und ließ mich allein stehen. Einen kurzen Moment lang überlegte ich, ob ich ihm hinterhergehen sollte, entschied mich dann aber anders. Obwohl ich überhaupt nicht gerne allein in einem Haufen unbekannter Menschen war, wollte ich mich auch nicht wie eine nutzlose Klette an Matt heften. Ich nahm einen Schluck von Shais Getränk. Der Gedanke, dass sie es extra für uns gebracht hatte, beruhigte mich irgendwie. Dann sah ich mich im Raum um.

Irgendwo spielten Musiker auf altertümlichen Instrumenten ein mir unbekanntes Stück. Daneben verschmolzen die Gespräche der Gäste zu einem Summen, das den Raum erfüllte. Ich kannte niemanden hier und wusste nicht, wie ich mich unauffällig verhalten sollte. Wahrscheinlich wurde von mir erwartet, dass ich ein Gespräch mit irgendwelchen Leuten anfing. Aber was sollte ich denen sagen? Deren größte Sorge lag darin, welche Dekoration sie bei ihrer nächsten eigenen Party einplanen sollten.

Um nicht dumm rumzustehen, ging ich langsam durch den Raum und schlich dicht an den farbigen Wassertanks vorbei. Vor einem fast schon ultraviolett wirkenden Tank beugten sich eine alte Dame und ein junger Herr vor und beäugten die Seepferdchen-Menschlein.

„Hast du schon mal so etwas gesehen, Bradley?", fragte die alte Dame den jungen Mann.

„Nein, Grandma, ich glaube nicht", entgegnete Bradley und wirkte etwas verlegen.

„Hm, ich weiß nicht recht, was ich davon halten soll. Ein wenig geschmacklos, findest du nicht?", sprach die alte Frau weiter.

„Nun", begann Bradley, wurde aber gleich wieder von seiner Großmutter unterbrochen.

„Dass man eine Sammlung von Objekten präsentiert, dagegen habe ich ja nichts einzuwenden, aber bei lebenden Wesen finde ich das doch fragwürdig. Sie haben nichts als Wasser in diesen Tanks. Die armen Kreaturen da drin können sich nicht einmal zurückziehen, sondern müssen sich den ganzen Abend begaffen lassen. Da haben es ja sogar die Tiere im Zoo noch besser."

Bradley nickte zustimmend, was er sich aber hätte sparen können, denn die alte Frau schenkte ihm keinerlei Beachtung, sondern drückte ihr Gesicht noch näher an die Scheibe des Wassertanks.

„Was sollen das denn überhaupt sein? Ja wohl kaum geschrumpfte Menschen. Das wäre ja infam!"

„Es sind Seepferdchen", antwortete ich, ohne zu überlegen.

Erst als ich es gesagt hatte, wurde mir klar, dass ich gerade verraten hatte, ihr Gespräch belauscht zu haben.

„Seepferdchen? Sind Sie sich sicher?", fragte die Alte und drehte sich zu mir um.

Sie musterte mich und versuchte sich wohl, zu erinnern, ob sie mich kannte. Was natürlich nicht der Fall war. Schließlich gehörte ich eigentlich nicht zu diesen Kreisen der Gesellschaft.

Sie war sehr elegant gekleidet, in einem schwarzen Abendkleid und dazu passenden schwarzen Perlohrringen. Als Kontrast dazu trug sie eine Silberkette mit funkelnden Diamanten in Form von kleinen Sternen.

„Also?", fragte sie dann.

Mir fiel wieder ein, dass sie mich ja etwas gefragt hatte.

„Ja, es sind ganz bestimmt Seepferdchen. Sie wurden so gezüchtet, damit sie aussehen, wie ... wie ..."

„Wonach sie aussehen, das sehe ich selbst", stellte die Alte in etwas hochnäsigem Ton fest.

„Ähm, ja, natürlich", antwortete ich verlegen und wusste nicht, was ich noch sagen sollte.

„Ich habe dort drüben einen Bekannten gesehen", sagte die alte Dame plötzlich. „Du kannst dich ja mit dem jungen Herrn hier unterhalten", sagte sie an Bradley gewandt und verschwand dann ohne einen weiteren Kommentar.

Ich sah ihr noch einen Augenblick verblüfft nach.

„Entschuldige bitte. Meine Großmutter ist manchmal etwas eigen", sagte Bradley.

Eigentlich fand ich, dass ich hier ja derjenige war, auf den das Wort „eigen" am meisten zutraf. Da ich Bradleys Großmutter in punkto Alter wohl auch locker in die Tasche steckte, hätte ich mir so eine Bezeichnung auch verdient.

„Wobei … nicht so eigen wie diese Stella", sprach Bradley weiter. „Sind dir die Soldaten draußen aufgefallen? Angeblich sind die da postiert, um Katzen abzuschießen. Hast du schon mal sowas gehört? Das ist schon etwas heftig, oder? Ich meine, ein paar Kätzchen würden ihr wohl kaum die Bude einrennen."

„Vielleicht tun sie das ja doch?", dachte ich. „Und wenn dem so war", spann ich meinen Gedanken weiter, „dann war hier wahrscheinlich wirklich etwas faul."

Ich wollte Bradley noch etwas dazu fragen, aber der entschuldigte sich und ging auf der Suche nach seiner Großmutter davon. Ich nahm einen großen Schluck aus meinem Glas. Jetzt war ich wieder voll da. Ich würde durch den Raum spazieren und die Gäste belauschen. So konnte ich herausfinden, wer gerade über etwas sprach, das mit Katzen oder mit der Gastgeberin zu tun hatte. Und wenn ich so jemanden fand, würde ich ihm einige Fragen dazu stellen. Möglichst diskret, versteht sich. Es sollte ja unserer Gastgeberin nicht auffallen, dass sich jemand über sie erkundigte.

Kurz nachdem ich diesen Entschluss gefasst hatte, stieß ich unverhoffter Dinge auf Matt.

„Na, wie läuft's so, Ruby?", fragte dieser. „Scheint, ich hab' dich da vorhin aus den Augen verloren."

Er versuchte, lässig zu klingen, klang aber leicht besorgt. Ich fragte mich, warum. So unfähig, dass ich gleich eine Riesenkatastrophe anrichten würde, wenn man mir nur den Rücken zudrehte, war ich ja jetzt auch wieder nicht. Zumindest meistens nicht.

„Nein, alles gut", antwortete ich. Plötzlich fand ich noch nötig, zu ergänzen: „Shai ist ja auch hier und hat gesagt, dass sie ein Auge auf uns hat."

Damit wollte ich Matt daran erinnern, dass selbst wenn er nicht auf mich aufpasste, Shai ja noch hier war, um größere Katastrophen zu verhindern.

„Ja", sagte Matt mit einer sonderbaren Stimme und sah sich verstohlen um.

Erst jetzt wurde mir klar, warum er besorgt geklungen hatte. Mehr als um mich machte er sich Sorgen, dass Shai ihm wieder Vorhaltungen machen würde, wenn er mich mir selbst überließ.

Um ihn davon zu überzeugen, dass ich auch etwas zustande bringen konnte, erzählte ich ihm, was ich von Bradley erfahren hatte.

„Soso", sagte er daraufhin nachdenklich, „das ist ja mal interessant. Aber mehr darüber herauszufinden, könnte nicht ganz einfach werden. Die meisten Gespräche, die ich bisher mitbekommen habe, befassten sich damit, wer gerade mit wem ein Verhältnis hat."

Kaum hatte er das gesagt, sahen wir einige Meter von uns entfernt einen dicklichen, kleinen Herrn, der einer vorbeigehenden Kellnerin blitzschnell durch den Beinschlitz an ihrem Kleid auf den Oberschenkel klopfte. Die Serviererin quiekte kurz erschrocken und schielte dann zu dem kleinen Mann hinüber, der sie lüstern angrinste. Sie zog sich so schnell wie möglich zurück, um aus seiner Reichweite zu gelangen.

„Widerlicher Kerl", fand Matt.

Da war ich ganz seiner Meinung. Und die arme Serviererin hatte gar nichts gegen ihn tun können, weil er ja einer der hohen Gäste war. Plötzlich dachte ich an Shai.

„Ob Shai wohl in Ordnung ist?", fragte ich bestürzt. Schließlich sah sie in ihrem Kleid wirklich umwerfend aus und wenn da auch so ein Kerl kam und …

Matt lachte kurz auf. Eine komische Reaktion. Fand er den Gedanken so erheiternd, dass jemand auch Shai zu nahetreten könnte?

„Ob Shai in Ordnung ist?", wiederholte er meine Frage und klang amüsiert. „Oh, da bin ich mir ziemlich sicher. Ich glaube, wenn das einer bei ihr versucht, wird er sich gehörig die Finger verbrennen. Wahrscheinlich sogar im wahrsten Sinne des Wortes."

Ich dachte daran zurück, wie Shai ohne den Schutzanzug in der Lavahöhle die bestimmt glühend heiße Angelrute angefasst hatte. Es lag also nicht so fern, dass sie auch ihre eigene Haut zum Glühen bringen konnte. Dschinn waren ja Feuerwesen.

Da nun geklärt schien, dass wir uns um Shai keine Sorgen machen mussten, dachte ich wieder über unsere eigentliche Aufgabe nach. Ich schlug Matt vor, dass wir uns aufteilen sollten, um mehr Gäste belauschen zu können, die vielleicht etwas über die Sache mit den Soldaten und den Katzen wussten. Da der Vorschlag von mir kam, war Matt nach kurzem Zögern damit einverstanden. Vermutlich dachte er, dass er, falls ich doch eine Katastrophe anrichten sollte, Shai dann wenigstens erzählen konnte, dass es meine eigene Idee gewesen war, allein loszuziehen.

Ich streifte also wieder durch den großen Saal. Shais Spezialgetränk hatte ich schon ausgetrunken. Ich war durstig, traute mich aber nicht so recht, eines der anderen Gläser zu nehmen. Vielleicht war ich dann wirklich nicht mehr so klar im Kopf, wenn ich anfing, Alkohol zu trinken. Irgendwann siegte aber der Durst und ich schnappte mir eines der Gläser einer vorbeigehenden Kellnerin. Als nächstes sah ich mich um, ob es nicht irgendwo etwas zu essen gab. Dann würde der Alkohol wenigstens nicht ganz so stark wirken wie auf leeren Magen.

Ich entdeckte eine große Platte mit vielen kleinen Leckereien und ging darauf zu. Ich nahm ein undefinierbares, grünes Etwas in die Hand und biss vorsichtig hinein. Es schmeckte absolut köstlich und ich aß den Rest ganz verzückt auf. Im Hinterkopf wusste ich, dass ich mich jetzt eigentlich wieder um die Katzensache kümmern sollte, aber ich konnte der riesigen Essensplatte vor mir einfach nicht widerstehen.

Ich begann, alle Leckereien genau zu mustern und mir dann eine Reihenfolge auszudenken, in der ich sie probieren wollte. Als ich damit fertig war, nahm ich mir das erste Stück meiner mentalen Liste vor und biss wieder vorsichtig hinein. Meine Zunge wurde von einer wahren Gaumenfreude gekitzelt und ich schloss genüsslich die Augen, um mich ganz auf den Geschmack zu konzentrieren. Das gleiche machte ich mit dem nächsten Stück. Und so ging es dann weiter.

Ich wusste nicht, wie lange ich vor der Essensplatte gestanden hatte, als mich jemand von der Seite ansprach.

„Entschuldigung. Ich …"

Ich drehte mich um und sah mich einer kleinen Kellnerin gegenüber, die schüchtern zu mir aufsah.

„Ich, ähm", stammelte sie unsicher. „Ich will Sie wirklich nicht beim Essen stören. Es ist nur so: ich habe beobachtet, dass sie die Sachen hier sehr systematisch durchprobiert haben. Deshalb habe ich mich gefragt, ... also ... ob ..."

Ich nickte ihr aufmunternd zu.

„Ob Sie mir sagen können, ob da irgendwo Algen drin sind. Die vertrag ich nämlich nicht", platzte sie heraus.

„Ich meine ...", fuhr sie leicht errötend fort, „ich bin vorhin umgekippt und deshalb hat eine meiner Kolleginnen gemeint, ich soll doch etwas essen. Aber in der Küche stehe ich nur allen im Weg. Deshalb ..."

Sie wirkte etwas beschämt.

„Sie sahen mir nach einem Kenner aus", murmelte sie verlegen.

Nun blieben mir die Worte weg! Sie hatte mich einen Kenner genannt. Einen Kenner!

„Ich, also ...", stammelte ich nun meinerseits völlig verlegen, während ein wohlig warmes Gefühl von Stolz in mir aufstieg.

„Hier!", stieß ich schließlich hervor und drückte ihr eine der Köstlichkeiten in die Hand.

„Und da sind auch ganz sicher keine Algen drin?", fragte sie unsicher. „Ich meine, es ist so grün."

Ich schüttelte den Kopf: „Keine Algen, ganz sicher."

Ich lächelte sie aufmunternd an. Sie biss zögernd hinein und machte im nächsten Moment ein ganz verzücktes Gesicht.

„Oh, wie lecker", stieß sie hervor.

Jemanden das Essen ebenso genießen zu sehen wie ich, machte mich irgendwie total glücklich. Ich grinste sie an.

„Sind Sie ein Restaurantkritiker?", fragte sie plötzlich.

„Ähm, nein", sagte ich und überlegte gerade, dass ich besser „ja" gesagt hätte. Denn wenn ich ihr verriet, dass ich bei der Vermittlung arbeitete, könnte das noch zu Problemen führen.

„Hm", sagte sie und musterte wieder die Essensplatte, von der ich ihr ein neues, algenfreies Stück reichte, das sie begeistert entgegennahm.

Sie sah einfach süß aus. Wie ein vor Freude strahlendes Kind.

„Was machen Sie dann, wenn ich fragen darf?", setzte sie das Gespräch fort. „Wie einer der reichen Erben, die nicht arbeiten müssen, sehen Sie nicht aus."

Sie sah mich erschrocken an: „Oh, Verzeihung, das war jetzt unhöflich. Ich meinte, Sie sehen zu jung aus, um schon ... also ..."

Sie brach verlegen ab.

Ich grübelte angestrengt, was ich jetzt antworten sollte. Gerade als ich kurz davor war, eine hirnrissige Lügengeschichte zusammenzureimen, platzte es wie von selbst aus mir heraus: „Ich bin Schriftsteller."

„Ach ja?", fragte sie interessiert und sah mich mit großen Augen an.

Das war zwar nur die halbe Wahrheit, denn ein Schreiberling war schon nicht unbedingt dasselbe wie ein Schriftsteller, aber immerhin war es auch nicht ganz gelogen.

„Ein Schriftsteller, ja?", fragte plötzlich eine Männerstimme in meinem Rücken.

Ich drehte mich um und sah einen Herrn um die fünfzig, der gerade an die Essensplatte getreten war.

„Wie schön, einen Berufskollegen kennenzulernen", sagte dieser. „Also quasi. Ach, entschuldigen Sie, dass ich das Gespräch eben mitangehört habe. Ist wohl eine Berufskrankheit. Ich bin Journalist!"

Mir lief ein Schauer über den Rücken. Jetzt saß ich aber völlig in der Patsche. Wenn der Journalist erst einmal anfing, mich mit Fragen zu löchern, würde er bestimmt schnell herausfinden, dass an meiner Geschichte etwas faul war. Und ich wollte doch unsere Mission nicht gefährden. Doch dann schoss mir ein Gedanke durch den Kopf. Wenn ich es geschickt anstellte, konnte ich den Spieß umdrehen und im Gegenteil ihn ausquetschen. Als Journalist konnte er mir bestimmt viel erzählen.

DIE BABYLONISCHE SPHINX

Meine Idee, den Journalisten auszufragen, war bestimmt nicht so schlecht. Aber leider funktionierte das nicht so, wie ich es mir erhofft hatte. Ich wollte schon meine erste Frage stellen, als der Journalist mir zuvorkam: „Bestimmt kenne ich eines Ihrer Werke. Was haben Sie denn schon so veröffentlicht?"

Er bog ein Ende seines graublonden Schnauzers nach oben und verzog den Mund zu einem fast schon wölfischen Lächeln. Oje oje, was sollte ich jetzt antworten? Wenn ich ihm von Plikis Memoiren erzählte, wäre ich ihm womöglich bekannt. Und ich wollte doch unauffällig bleiben. Was, wenn er anschließend herausfand, dass ich nun ein Mitarbeiter der Vermittlung war?! Ich entschied mich, der Frage auszuweichen.

„Ach, wen interessiert schon das alte Zeug", versuchte ich, ganz beiläufig zu sagen. „Viel wichtiger ist doch, was im Moment gerade so passiert."

Nun wollte ich eigentlich zu einer Frage an den Journalisten überleiten, aber der war wieder schneller.

„Dann sind Sie also gerade mit einem neuen Projekt beschäftigt? Worüber schreiben Sie denn, wenn man fragen darf. Oder ist das noch geheim?", fragte er, während seine blauen Augen mich zu durchleuchten schienen.

„Ähm, nein, durchaus nicht", stotterte ich. „Es, ähm …"

Ich merkte, wie mein Versuch, unauffällig zu wirken, gerade voll in die Hose ging. Mein Hirn war wie blankgefegt.

Ich hätte eben doch nicht von dem Alkohol trinken sollen. Oder mich vom Essen ablenken lassen – das war noch viel schlimmer.

Was sollte ich denn jetzt antworten? Wenn ich sagte, es war geheim, dann würde er mich bestimmt über meine Vergangenheit ausfragen. Also musste ich etwas erfinden. Und zwar schnell!

„Mein Projekt, ja …", fing ich an. „Es geht um Katzen."

Mir war ein Geistesblitz gekommen. Wenn ich das Thema so auf die Katzen lenkte, dann könnte ich den Journalisten doch noch über die Sache mit den Soldaten ausfragen. Das Gesicht des Journalisten verdüsterte sich jedoch.

„Um Katzen, soso", sagte er und kniff die Augen zusammen. „Dann sind wir womöglich noch Konkurrenten."

Daran hatte ich überhaupt nicht gedacht! Aber jetzt, da er es sagte, schien es logisch. Wahrscheinlich ließ sich da eine gute Story draus machen. Dabei wusste der Journalist vermutlich nicht mal halb so viel über die ganzen Verwicklungen der Vermittlung mit der ganzen Katzenkrise wie ich. Und davon durfte er auch auf keinen Fall erfahren!

Er wirkte nachdenklich.

„Allerdings … unsere Gastgeberin weiß bestimmt nichts über ihr Projekt, sonst hätte sie Sie wohl kaum eingeladen", sagte er.

Ich horchte auf. Dann hatte diese Stella also wirklich ein Problem mit Katzen. Interessant.

Der Journalist unterbrach meine Gedanken und sagte: „Dann stellt sich also die Frage, wie Sie hier reingekommen sind, nicht wahr?"

Ich erstarrte augenblicklich.

„Wenn Sie nicht selbst eingeladen worden sind, dann sind Sie vermutlich als Begleiter eines anderen Gastes hierhergekommen", dachte er laut und rückte etwas näher an mich heran.

„Vermutlich", antwortete ich und nahm nervös einen Schluck von meinem Getränk. Ich hatte eigentlich gleichgültig klingen wollen, war aber in diesem Moment, da es darauf ankam, nicht gerade auf der Höhe meines schauspielerischen Talents und würde deshalb in Kürze so richtig in der Patsche sitzen.

Der Journalist grinste mich an. Bestimmt konnte er meine Angst förmlich riechen. Dass er mir jetzt nicht ansah, dass ich etwas zu verbergen hatte, war völlig undenkbar.

„Dann sollte ich mich wohl jetzt fragen, mit wem, nicht wahr?", flüsterte er mir ins Ohr, nachdem er sich ganz nah zu mir vorgebeugt hatte.

„Lionel! Da steckst du also!", rief plötzlich eine Frauenstimme hinter mir.

Der Journalist verzog fast unmerklich das Gesicht und setzte dann ein Lächeln auf.

Ich drehte mich nach der Stimme um und sah die alte Frau von vorhin auf mich zukommen. Besser gesagt kam sie winkend auf den Journalisten zu.

„Ich habe dich schon überall gesucht!", sagte die alte Frau. „Solche Partys sind öde ohne den neusten Klatsch und Tratsch. Und du weißt da bestimmt wieder einiges zu berichten. Schließlich hat dich deine Spürnase noch nie im Stich gelassen. Wie du die Sache mit dem Minister herausgefunden hast! Grandios! Verbissen wie ein Terrier, unser Lionel."

Das letzte sagte sie zu Bradley, der ihr schnaufend hinterhergeeilt war. Für ihr Alter hatte die alte Dame ein beachtliches Tempo drauf, während sie sich durch die Menge der Gäste drängte. Vielleicht lag das auch daran, dass sie rücksichtslos jeden zur Seite rempelte, der ihr im Weg stand.

Da schoss mir ein Gedanke durch den Kopf: „Moment mal, hatte sie eben Lionel gesagt? Oh Mann! Das war *der* Lionel!?" Von dem hatte sogar ich schon gehört. Ein unheimlich guter Journalist. Der deckte auch wirklich jeden Skandal auf und kam hinter jedes Geheimnis, sei es auch noch so gut verborgen. Höchste Zeit, dass ich mich aus dem Staub machte. Sonst war nicht nur unsere Mission in Gefahr, sondern auch mein eigenes Geheimnis, das ich bisher Matt und Shai verheimlicht hatte.

Ich wollte mich gerade umdrehen, als mich etwas am Arm zurückhielt. Als ich nachsah, entdeckte ich das gebogene Ende eines Gehstocks, das mir um den Arm gelegt worden war. Der Journalist hielt mich damit zurück.

„Einen Moment, wir sind noch nicht fertig", sagte er streng.

„Aber, Lionel! Was sind das denn für Manieren!", rief die alte Frau aus.

Lionel reagierte nicht darauf. Er schien zu ahnen, dass er hier etwas Wichtigem auf der Spur war. Die Gelegenheit wollte er sich nicht entgehen lassen.

„Nun lass doch den Jungen los", sagte die alte Dame und als sie mich näher betrachtete, schien sie sich wieder an mich zu erinnern.

„Ach! Wusstest du übrigens, dass die Geschöpfe hier in diesen Wassertanks Seepferdchen sind?", fragte sie den Journalisten, der von der Frage überrascht wurde.

In dem kurzen Moment, als er nicht aufpasste, packte Bradley meinen Arm und zog ihn aus der Klemme beziehungsweise aus dem Gehstock. Er ließ mich nicht los, sondern ging in schnellen Schritten mit mir davon.

Hinter mir hörte ich die alte Dame auf Lionel einreden: „Nun lass doch die jungen Leute ein wenig allein! Die sind ja noch grün hinter den Ohren. Die werden wohl kaum große Geheimnisse haben, die zu lüften sich lohnen würde. Glaub mir."

Bradley zerrte mich weiter durch die Menge. Erst als wir schon ziemlich weit von der Essensplatte weg waren, ließ er mich wieder los.

„Puh, das war ja knapp", sagte er.

Ich sah ihn verwirrt an. Warum hatte er mir geholfen? Er lächelte und beantwortete mir gleich die ungestellte Frage.

„Oh, ich kenne Lionel! Einige meiner Bekannten sind auch schon von ihm verhört worden. Die waren nachher völlig aufgelöst und wirkten Wochen danach noch verstört. Dabei wussten sie nicht mehr, als dass ein illegales Onosceli-Rennen auf Skyros stattfinden sollte. Kaum der Rede wert, wenn du mich fragst. Klar, folgen auf diese Rennen meistens wilde Orgien. Aber das müssen die, die dahin gehen, schon selbst wissen. In dieser Hinsicht sind diese Eselartigen mit den Zentauren wirklich nicht zu vergleichen."

Bradley zuckte mit den Schultern. Ich hatte überhaupt nicht verstanden, wovon er da eigentlich sprach, verspürte aber eine enorme Erleichterung, den Journalisten endlich los zu sein. Zudem schien es nicht so, als dass Bradley mir irgendwelche unangenehmen Fragen dazu stellen würde. Da hatte ich ja nochmal Glück gehabt.

Da er nun schon einmal angefangen hatte, erzählte Bradley munter weiter. Ich hörte ihm aufmerksam zu, obwohl ich wieder feststellen musste, dass er und ich offensichtlich in zwei komplett verschiedenen Welten lebten. Dennoch war er mir sympathisch und ich bedauerte sehr, als unser Gespräch von einem lauten, kristallenen Klirren unterbrochen wurde.

Alle Gäste sahen auf und suchten den Ursprung des Geräuschs. Erst als die allgemeine Richtung der Köpfe mir anzeigte, wohin ich sehen musste, erkannte ich fast am Ende des Raumes eine Person, die offenbar auf einer Erhöhung stand, um von allen im Raum gesehen zu werden.

Jetzt erst erinnerte ich mich, dass sich unsere Gastgeberin bisher noch überhaupt nicht hatte blicken lassen. Dabei hatte ich erwartet, dass sie schon zu Beginn die Gäste begrüßen würde. Ebenso erinnerte ich mich wieder daran, dass ich ja eigentlich eine Aufgabe hier hatte. Ich bekam sofort ein schlechtes Gewissen, weil ich mich schon wieder hatte ablenken lassen und zuletzt im Gespräch mit Bradley überhaupt nicht mehr an unseren Fall gedacht hatte.

Die ersten Worte der schwarz gekleideten Person bestätigten meine Vermutung, dass es sich dabei um unsere Gastgeberin handeln musste.

„Willkommen, liebe Gäste und Freunde! Ich begrüße euch herzlich und danke euch für euer Erscheinen zu diesem für mich so bedeutenden Anlass!"

Während sie weitersprach, rückten Bradley und ich näher. Jetzt konnte ich die Frau deutlicher sehen. Sie war wohl in ihren Vierzigern, hatte einen wilden Kurzhaarschnitt und trug einen enganliegenden, langen schwarzen Ledermantel, der durch etliche Schnitte einen wilden Biker-Look vermitteln sollte. Einige Schnitte waren an höchst aufregenden Stellen platziert, umso mehr, weil sie offenbar darunter nichts anhatte. Es war deutlich zu erkennen, dass sie eine sehr attraktive Frau war und dies auch wusste.

„Jetzt ist der große Augenblick gekommen, auf den ihr sicher schon alle gespannt wartet!", sagte sie und riss mich damit aus meinen Betrachtungen.

„Das neueste Glanzstück meiner Sammlung wartet schon gespannt darauf, vor euch enthüllt zu werden."

Ein selbstgefälliges Lächeln spielte um ihren Mund.

„Bitte begebt euch nun zum Pavillon, wo euch eine der seltenen Möglichkeiten zu Teil wird, meine teure Sammlung zu bestaunen."

Die große Masse an Leuten bewegte sich langsam zu den hinteren Glastüren des Saales, die auf einen großen Rasen hinausführten. Auch hier tauchten wieder die farbigen Lichtluftblasen aus dem Boden auf und stiegen in den Himmel empor, bis ich sie nicht mehr von den leuchtenden Sternen unterscheiden konnte. Dann fiel mir auf, dass im hinteren Bereich des Rasens die Menschen im Nichts zu verschwinden schienen.

„Das ist aufregend, nicht wahr?", sagte Bradley an meiner Seite. „Ich habe schon von Stellas unsichtbarem Palast gehört, sehe ihn heute aber zum ersten Mal. Es soll eine Konstruktion aus einem sehr speziellen Glas sein, das von außen her vorgaukelt, die Landschaft ginge einfach ganz normal weiter. Gibt einem ein bisschen das Gefühl, als würde man durch ein Dimensionsloch verschwinden, nicht wahr? So stell ich mir das zumindest vor. In einem Moment steht man da und im nächsten, zack, ist man gleich ganz woanders."

„Ich hoffe nicht", dachte ich. Obwohl ich nun schon mehrmals durch eines gesprungen oder vielmehr gefallen war, waren mir Dimensionslöcher noch immer unheimlich.

Aber mit seiner Beschreibung hatte Bradley durchaus recht. Wir kamen dem sogenannten Pavillon immer näher, was man nur daran erkennen konnte, dass immer mehr der vor uns gehenden Gäste verschwanden, als wären sie vom Erdboden verschluckt worden.

Nun waren auch wir an der Reihe. Bradley machte einen beherzten Schritt nach vorne, während ich kurz zögerte. Aber lange konnte ich nicht stehen bleiben, denn hinter mir drängte schon eine Schar weiterer Gäste darauf, in den geheimnisvollen Pavillon hineinzugelangen.

Ich atmete also tief durch und machte einen Schritt vorwärts. Ich war vollkommen überrascht, als ich nicht wie in einem

Dimensionsloch plötzlich irgendwo landete, sondern ganz normal weitergehen konnte. Auf demselben Grund und Boden wie vorhin. Nur der kühle Nachtwind hatte nachgelassen. Und die Szenerie sah auch plötzlich ganz anders aus!

Wenn es von außen ein unsichtbarer Pavillon war, dann war es von innen ein gewaltiger Spiegelsaal. Der Name Palast passte definitiv besser zu diesem Gebäude, das einem großen Gewächshaus ähnelte. Nur reflektierten die spiegelnden Wände keine Pflanzen, sondern Statuen und frei in der Luft schwebende Tontafeln. Ein warmes Licht wie von Fackelschein durchflutete die Halle und schuf das historisch passende Ambiente für all diese altehrwürdigen Gegenstände.

Diese Stella musste wirklich eine passionierte Sammlerin sein, denn die schiere Größe der Sammlung war beachtlich. Zum Alter und der Einzigartigkeit der Stücke konnte ich natürlich nichts sagen, aber dafür zerrissen sich andere Gäste das Maul darüber, wie sie es nur geschafft hatte, diese Statue oder jene Säule zu erwerben.

Diese Sammlerstücke schienen mir aber fast schon fade im Vergleich zu dem mindestens zwanzig Meter hohen Baum, der alles andere in diesem Saal weit überragte. Er stand fast ganz am Rande der rechten Hallenwand und war nicht zu übersehen. Vor allem deswegen, weil er den Blick mit seinem Funkeln anzog.

Der Baum war offenbar aus Stein. Allerdings kein grauer Stein. Sein brauner Stamm glänzte anmutig. Der Baum stellte eindeutig eine Zeder dar. Sein Stamm war aus Tigerauge gefertigt, wie mir schien. Die Äste waren aus einem schwarz-weiß gestreiften Stein, den ich nicht benennen konnte. Die Nadeln der steinernen Zeder sahen aus wie Korallen. Unter dem Baum verstärkte etwas, was man wohl als Kristallgestrüpp bezeichnen musste, den Glanz, den der ganze Baum ausstrahlte.

Ich fragte mich, ob dieser Baum auch ein babylonisches Artefakt war, wurde aber durch ein Gespräch neben mir belehrt, dass dies lediglich eine Nachbildung eines Baumes aus einer alten babylonischen Geschichte war und einen der Bäume eines paradiesischen Gartens darstellte, in den nur die Götter gelangen konnten. Aber selbst, wenn es nur eine Nachbildung war, fand ich dieses Kunstwerk doch sehr beeindruckend.

Da mich der Baum so in seinen Bann gezogen hatte, bemerkte ich erst jetzt, als wir näherkamen, dass wir auf ein Gebäude im Innern des Spiegelsaales zugingen. Ziemlich genau in der Mitte des Saales befand sich eine Konstruktion, die wirklich wie ein Pavillon aussah. Dieser Pavillon war extra für den heutigen Abend errichtet worden, wie ich durch ein weiteres belauschtes Gespräch von anderen Gästen erfuhr. Dort stand ebenfalls Personal bereit, das Getränke ausschenkte. Darüber hinaus lagen kleine Broschüren bereit, die einige Stücke aus Stellas Sammlung näher beschrieben. Ich schnappte mir auch eine solche Broschüre. Leider fand sich darin aber nichts über die babylonische Sphinx. Vermutlich, weil sie noch ein recht neues Stück der Sammlung darstellte.

Der Pavillon war leicht erhöht und zweistöckig. In seiner Mitte gab es einen runden, sandigen, freien Platz. Die Gäste drängten sich an die Balustrade, um einen Blick auf die sich zweifellos im Zentrum befindende Sphinx zu erhaschen.

Bradley war erst im letzten Moment wieder eingefallen, dass er sich ja um seine Großmutter kümmern musste. Zwar war diese bei dem Journalisten Lionel bestimmt gut aufgehoben, dennoch zwang ihn sein Gewissen, selbst noch nach dem Rechten zu sehen. Da ich natürlich keine Lust verspürte, dem Journalisten nochmals über den Weg zu laufen, blieb ich zurück und drückte mich hinter eine Säule des Pavillons. Hier würde er mich bestimmt nicht sehen. Zumindest hoffte ich das. Allerdings war nun meine Position nicht gerade ideal, um die Sphinx zu betrachten. Ich gab meine Deckung also auf und schlüpfte in eine noch freie Lücke am Geländer.

Es war mir, als hätte jemand an der Lautstärke gedreht. Plötzlich kamen mir alle Gespräche und Geräusche so merkwürdig gedämpft vor. Ich sah, nein, starrte die Sphinx an. Sie hatte das steinerne Gesicht einer Frau. Der Rest des Körpers war eindeutig der einer riesigen Löwin. Obwohl sie aus Stein war, schien sie mir nicht ausdruckslos. Sie zog mich magisch an. Gleichzeitig fürchtete ich mich vor ihr. Ich fühlte mich, als würde ich ganz allein nackt vor ihr stehen und sie würde mich mit ihrem harten Gesicht mustern – bereit zum Sprung, falls ihr nicht gefiel, was sie vor sich sah.

Von irgendwoher schien ein Wind zu wehen. Ich hörte den Wind, während alle anderen Geräusche kaum noch zu hören waren. Auch das Licht im Saal schien dunkler zu werden. Trotzdem sah ich die Sphinx noch genauso deutlich vor mir wie zuvor. Und dann hörte ich eine Stimme in meinem Kopf.

„Du wirst eine große Entscheidung treffen müssen."

Die Stimme kam mir bekannt vor, klang aber gleichzeitig seltsam fremd und verzerrt, als käme sie von weit her. Nein, als käme sie aus einer anderen Zeit.

„Die Katzen sehen es. Du wirst eine große Entscheidung treffen müssen."

Die beiden Sätze hallten in meinem Kopf wider. Irgendwoher kannte ich sie. Aber woher? Und wer sprach da in meinem Kopf?

Ich starrte auf die Sphinx, deren Anblick mich lähmte und die gleichzeitig etwas Unheimliches auszustrahlen schien, das drohte, mich zu verschlucken. Atmete ich überhaupt noch? War ich gerade gestorben?

Ich spürte eine Hand auf meiner Schulter und schreckte hoch. Plötzlich drangen all die Gespräche der Leute um mich herum wieder an meine Ohren. Sie waren tatsächlich leiser geworden und manche flüsterten ehrfurchtsvoll. Dennoch kam es mir wie ein unsäglicher Lärm vor. Mir wurde von diesem schlagartigen Wechsel schwindlig und ich kippte nach hinten um.

Bevor ich richtig fallen konnte, wurde ich aufgefangen und wieder auf die Beine gestellt. Es war Matt.

„Wow, Ruby, ist mit dir alles in Ordnung?"

Er hatte mich wahrscheinlich vorhin schon angesprochen, aber das hatte ich nicht gehört. Nun musterte er mich kritisch und lächelte dann, als er das fast leere Glas in meiner Hand sah.

„Ich glaube, da hatte jemand etwas zu viel, was?", sagte er schmunzelnd und nahm mir das Glas aus der Hand.

Ich war über diese Annahme empört. Gleichzeitig wollte ich ihm aber nicht verraten, warum ich wirklich umgekippt war.

Bei dem Gedanken daran lief mir ein Schauer über den Rücken. Matt würde das sowieso nicht verstehen. Shai konnte ich es vielleicht erzählen.

Doch noch während ich das dachte, wusste ich, dass ich auch Shai nichts davon sagen würde. Das war etwas, das nur mich allein betraf. Das spürte ich, auch wenn ich keinen logischen Grund dafür wusste. Ich würde allein damit fertig werden müssen.

Da ich jetzt wieder klar denken konnte, fiel mir jedoch ein, wo ich diese Worte schon mal gehört hatte. Es waren Cheshires Worte gewesen, die auch schon damals in Chalifas Anwesen mysteriös und fast schon prophetisch geklungen hatten.

Um mich herum wurde laut applaudiert, was mich wieder aus meinen Gedanken riss. Offenbar war Stella nochmals daran, eine kleine Ansprache zu halten. Sie stand auf dem leeren Platz neben der Sphinx. Diese sah mit einem Mal überhaupt nicht mehr bedrohlich aus, sondern wirkte einfach wie ein schön gemeißeltes Kunstwerk. Eine sehr alte Steinstatue, nichts weiter.

Matt packte mich am Arm und zerrte mich von der Balustrade weg durch die Menge. Offenbar hatte er ein bestimmtes Ziel. Und als wir dem Ziel näherkamen, wusste ich auch, welches. Shai stand an einem Getränkestand und lächelte uns zu. Sie übergab ihren Posten einer Kollegin und kam uns entgegen.

„Ich habe gerade eine kurze Pause. Sobald die Ansprache fertig ist, können wir die Sphinx näher untersuchen", sagte sie.

„Wie denn?", platzte ich heraus. „Bei all den Leuten hier! Ich dachte, das ganze sollte geheim bleiben."

Shai lächelte. „Keine Sorge, Ruby, das habe ich schon bedacht. Ich bin gut vorbereitet."

Sie hob beide Arme und nestelte an ihrer Frisur. Kurz darauf präsentierte sie uns die drei roten, mit Gold verzierten Kugeln, die zuvor an ihrer Haarnadel gebaumelt hatten.

„Das sind Zeitsteine", verkündete sie. „Zu erklären, wie die genau funktionieren, würde jetzt zu weit führen. Ich habe sie von Cheshire erhalten, damit wir bei der Untersuchung der Sphinx ungestört sind."

Matt und ich starrten Shai mit völligem Unverständnis an.

„Ach, nehmt einfach beide jeweils eine Kugel und verliert sie nicht", sagte Shai ungeduldig. „Steckt sie euch in die Hosentasche oder so. Ihr seht ja dann, wie es funktioniert."

Matt und ich nahmen je eine der roten Steinkugeln in die Hand. Der Stein fühlte sich nicht anders an als irgendein beliebiger, geschliffener Stein.

Ich hörte, wie Stella gerade zu den Gästen sagte: „Sie ist auch etwas Besonderes, da sie aus einer Zeit stammt, noch bevor Babylon durch Sanherib zerstört wurde."

Vielleicht hatte auch Matt gerade Stellas Rede zugehört, denn er fragte Shai: „Was weißt du eigentlich über Babylonien?"

„Nicht viel", gestand diese. „Aber ich weiß zum Beispiel, dass die schriftlich überlieferten Gesetze des Königs von Sumer und Akkad wahrscheinlich die ältesten der Menschheitsgeschichte sind. Sie waren auch eine Grundlage für den großen Gesetzeskodex des Hammurabi. Und den gab es immerhin etwa 1500 Jahre bevor Qin Shi Hung Di ein für ganz China geltendes geschriebenes Recht einführte. Und ihr?"

Matt antwortete: „Ich kenne nur diese Geschichte von dem Helden Ninurta. Aber dass die uns hier weiterhilft, wage ich zu bezweifeln."

„Ist das nicht dieser Comic, in dem einer gegen so einen geflügelten Löwen und einen Drachen kämpft?", fragte ich nach.

„Unter anderem, ja", bestätigte Matt grinsend.

Shai verdrehte nur die Augen. Vermutlich fand sie es etwas enttäuschend, dass sich Matts Wissen auf Helden zu beschränken schien. Und dann erst recht noch auf die Comicversion von deren Geschichten. Ich selbst wusste aber ebenfalls nichts über Babylonien und war daher in diesem Punkt auch keine große Hilfe.

Mein Interesse hatte fast immer ausschließlich meinem Essen gegolten. Vor allem, wenn ich vollkommen blank war, was die meiste Zeit meines bisherigen Daseins der Fall gewesen war. Dabei war ich so ein Feinschmecker. Hach. Wie einfach wäre es für mich gewesen, wenn ich, wie viele meiner Vorfahren, als Schreiber an einem Herrscherhof hätte dienen können. Das waren bedeutende Posten gewesen, die natürlich auch dementsprechend honoriert wurden. Den Schreiberlingen, die diese Tontafeln beschrieben hatten, die hier überall im Raum hingen, war es bestimmt auch gut gegangen.

„Schon beeindruckend, diese Sammlung hier", fand Matt, während wir weiter auf das Ende von Stellas Rede warteten.

„Beeindruckend", höhnte Shai. „Beeindruckend daran ist vor allem, dass sich in dieser Sammlung Objekte befinden, die sich eigentlich gar nicht in Privatbesitz befinden dürften. Ich frage mich, wie viele Leute diese Stella dafür bestochen hat."

„Unsinn!", fand Matt. „Sowas würde gegen die Ethik der Vermittlung verstoßen. Objekte, die bereits jemandem gehören, dürfen nicht …"

„Ja ja … dürfen nicht vermittelt werden, ich weiß", unterbrach ihn Shai. „Ich hab' ja auch nicht behauptet, dass die Vermittlung da ihre Finger mit im Spiel hat. Es gibt auch so genug Wesen in der Unterwelt, die für Geld alles machen würden."

„Wie ich gehört habe, sind die schlimmsten davon aber immer noch die Menschen", meinte Matt.

Über diese Bemerkung hätte sich Shai eigentlich freuen müssen. Doch sie hörte nicht mehr zu. „Schhh … ich glaube, die Rede ist gleich zu Ende", ermahnte sie uns.

„… und so war es schlussendlich meinen eigenen minuziösen und zuweilen abenteuerlichen Nachforschungen zu verdanken, dass es der Vermittlung letztlich gelang, diese Schönheit hier zu bergen, welche nun hoffentlich nie wieder im Strom der Geschichte verschwinden und in Vergessenheit geraten wird", schloss Stella ihre Rede.

Ihre Gäste applaudierten und jubelten ihr begeistert zu. Ich wunderte mich, was sie in ihrer Rede, der ich überhaupt keine Beachtung geschenkt hatte, so alles erzählt hatte.

„Ihre minuziösen Nachforschungen … so ein Quatsch", entfuhr es Shai. „Sie hat selbst bestimmt keinen Finger gekrümmt, sondern andere für sie die Arbeit machen lassen."

Shai versuchte, über die Köpfe der Menge hinweg zu sehen.

„Könnt ihr was erkennen? Sagt mir, wenn Stella nicht mehr auf der Sandfläche in der Mitte steht. Dann können wir anfangen", bat sie Matt und mich.

Ich stand auf den Zehenspitzen und streckte meinen Hals so weit nach oben, wie ich nur konnte. Da Matt größer war als ich, hatte er wohl die besseren Chancen, etwas sehen zu können.

Gerade als ich entschieden hatte, Matt diese Aufgabe zu überlassen und wieder normal auf meine Füße zurücksank, erklang eine Stimme hinter mir.

„Sieh mal einer an. Wenn das nicht mein Freund der Schriftsteller ist."

Eine Hand legte sich auf meine Schulter. Vor Schreck stieß ich einen leisen Schrei aus.

Damit erschreckte ich offenbar Shai, die kurz zusammenzuckte. Und plötzlich ... blieb die Zeit stehen. Alles um mich herum stand vollkommen still. Nicht, dass die Leute alle in den Hintergrund getreten wären wie vorher, als ich diesen seltsamen Moment mit der Sphinx gehabt hatte. Nein. Es war alles ganz normal an Ort und Stelle. Nur bewegte sich nichts mehr. Nichts, außer Matt und Shai.

„Wow", sagte Matt und pfiff anerkennend. „Aber du hättest uns schon vorwarnen können."

Dies war offenbar an Shai gerichtet, die auch gleich genervt antwortete: „Hätte ich ja auch! Aber Ruby hat mich erschreckt und da habe ich die Zeitsteine aus Versehen aktiviert."

„Sorry", sagte ich beschämt und drehte mich vorsichtig zu dem Grund um, der mich selbst erschrocken hatte.

Hinter mir stand der Journalist Lionel, mit einem selbstgefälligen Grinsen, das auf seinen bewegungslosen Zügen erstarrt war.

Matt und Shai folgten meinem Blick.

„Der Typ kommt mir irgendwie bekannt vor", meinte Matt.

Ich nickte betroffen. „Ja, das ist Lionel. Du weißt schon: *der* Lionel! Der berühmte Journalist."

Matt schien er ein Begriff zu sein. „Und der kennt dich?"

„Nein, eigentlich sind wir uns heute zum ersten Mal begegnet. Er ... ich ... ich glaube, er hat eine Story gewittert. Ich war nicht vorsichtig genug. Es tut mir leid."

„Oh Backe", kommentierte Matt.

Shai sagte ärgerlich: „Das fehlt ja gerade noch, dass sich ein neugieriger Journalist in unsere Sache einmischt und alles noch komplizierter macht. Wieviel er wohl mitgehört hat?"
Ich sah betroffen zu Boden.
„Bisher hat er höchstens mitgekriegt, dass wir, vor allem, dass du Stella gegenüber sehr misstrauisch bist", beschwichtigte sie Matt. „Und überhaupt ... was geschehen ist, ist geschehen."
Matt wirkte überhaupt nicht verärgert. Eher belustigt.
„Was mich zu der Frage zurückbringt: Was ist jetzt gerade eigentlich geschehen?", fragte er.
Shai seufzte. „Na schön. Die Zeitsteine enthalten einen Zauber. Einen Wahrnehmungszauber, um genau zu sein. Denn Zeit ist eine reine Frage der Wahrnehmung. Deshalb fühlt sich zum Beispiel für eine Eintagsfliege ihr Leben deutlich länger an, als wir einen Tag empfinden. Die Zeitsteine, die ich euch gegeben habe, dienen dazu, die Wahrnehmung zu beeinflussen. Ich nehme an, man könnte das Prinzip mit einer Hypnose vergleichen. Nur dass wir nicht ins Unterbewusste vordringen wollen, sondern einfach das Zeitbewusstsein verändern."
„Wow, klingt ganz schön abgefahren", fand Matt. „Und die Steine gehören deiner Cousine? Dann kann sie ja immer die Zeit anhalten, wenn sie Lust hat."
„Naja, nicht ganz. Der Zauber ist wirklich fortgeschritten und verbraucht viel Energie. Deshalb war das auch wirklich ein großer Gefallen ihrerseits, mir diese drei Zeitsteine zu borgen", erklärte Shai.
„Dann ist Cheshire also gut in diesem ... Magiezeugs, das sie so macht?", fragte Matt.
„Oh ja", Shai nickte zustimmend. „Sie stammt aus einer Familie, deren Mitglieder – soweit man ihren Stammbaum zurückverfolgen kann – alle Zauberer sind. Daher beherrschen sie auch solche alten Zauber wie das Erstellen von Zeitsteinen."
Ich sah Shai staunend an. Mich musste man spätestens nach Cheshires Vorhersage bezüglich Shai nicht mehr überzeugen, dass sie ihr Handwerk wirklich verstand. Außerdem hallten ihre Worte erneut in meinem Kopf wider, die ich bei dem merkwürdigen Moment mit der Sphinx gehört hatte.

„Der Zauber birgt aber auch gewisse Risiken", gestand Shai. „Deshalb habe ich zuvor einen Schutzkreis aus besonderem Sand rund um diesen Pavillon hier gestreut. Glücklicherweise kann man den auf dem restlichen sandigen Boden nicht erkennen. Andernfalls wäre das ganz schön auffällig gewesen."

Shai sah mit leicht zusammengekniffenen Augen zu mir herüber. Bestimmt erinnerte sie sich gerade wieder an den Journalisten, den ich unglücklicherweise auf mich aufmerksam gemacht hatte.

„Und diese Zeitsteine sind also schon lange bekannt?", fragte Matt. „Ich hör zum ersten Mal davon."

„Ja, sie wurden schon von Salomo verwendet. Oder wie glaubt ihr, hat Salomo so gerechte Urteile fällen können? Er hatte sich einfach viel Zeit beim Nachdenken gelassen. Was mit einem Zeitstein natürlich nicht so schwer ist", antwortete Shai mit einem zynischen Unterton.

Matt sah sie verwundert an: „Ähm, sollte mir dieser Salomo etwas sagen?"

„Und ob er das sollte", fuhr Shai ihn entrüstet an und fügte dann etwas spöttisch hinzu, „aber vermutlich gibt es eben keinen Comic über ihn."

„Mach dich nur über meine Comics lustig, das stört mich nicht im Geringsten", meinte Matt gelassen. „Ich weiß, dass sie klasse sind und man eine Menge aus ihnen lernen kann. Aber nochmals zurück zu dem Typ, den du erwähnt hast. Im Ernst jetzt, wer soll das sein?"

„Du hast wirklich noch nie was von König Salomo gehört?", fragte Shai fast schon ungläubig.

Matt zuckte mit den Schultern.

Shai schnaubte. „Er war als sehr gerechter und weiser König bekannt. Andererseits auch als großer Zauberer und Herr über die Dämonen."

„Du klingst nicht gerade begeistert darüber", erkannte Matt. „Dabei sollte ein gerechter König doch ganz nach deinem Geschmack sein, oder?"

„Pah!", entfuhr es Shai. „Gerecht! Von wegen! Gerecht war er nur zu Seinesgleichen. Die Dämonen hat er für sich schuften lassen und auch die Dschinn hat er skrupellos ausgenutzt und hin und her gescheucht, wie es ihm gerade beliebte."

„Aha", meinte Matt. „Dann also wohl doch kein Sympathieträger. Aber von Zaubern hat er demnach was verstanden."

„Ja, schon", gestand Shai und klang dabei beinahe widerwillig. „Es gibt auch Schriften dazu. Die wurden allerdings sehr spät verfasst. Über die Zeitsteine steht da zum Beispiel nichts drin. Das Wissen um deren Herstellung hat sich mündlich und nur in ausgewählten Kreisen verbreitet. Wie eigentlich das meiste mystische Wissen, das von der Mehrheit der Menschen nicht verstanden werden könnte."

„Ach ja", sagte Matt, „dann ist Cheshire also wirklich beeindruckend, oder? Wie steht es eigentlich mit euch? Seid ihr überhaupt wirklich verwandt oder ist sie vielmehr sowas wie die Herrin über euch Dschinn?"

Shai erbleichte.

Matt fuhr fort: „Ich meine nur, weil du gesagt hast, dass ihre Familie schon seit Generationen lauter Zauberer hervorbringt. Du hast nicht gesagt, dass ihre Familie von Dschinn abstammt. Also ..."

Shai musterte Matt einen Moment lang kritisch. Dann sagte sie leise: „Du bist nah dran. Aber ganz so, wie du glaubst, ist es nicht."

Bevor Matt darauf noch etwas erwidern konnte, sagte Shai laut: „Überhaupt, du lenkst gerade völlig vom Thema ab. Wir sind wegen der babylonischen Sphinx hier."

„Tu ich gar nicht", protestierte Matt. „Magie, Sphinx, Fluch. Ich schaffe nur eine Überleitung zu unserem eigentlichen Thema. Also, wie finden wir denn jetzt raus, ob die Sphinx verflucht ist?"

„Ja, dafür hat mir meine Cousine", Shai betonte das letzte Wort besonders, „noch etwas anderes mitgegeben."

Wir hatten uns nun vorsichtig durch die erstarrte Menge hindurchgeschlängelt. Ich passte besonders gut auf, da ich mich manchmal doch etwas ungeschickt anstellen konnte und niemanden anrempeln wollte. Würde beispielsweise das Glas eines Gastes zerbrechen, so wäre das auch in der normalen Zeitwahrnehmung zerbrochen und der Gast würde sich wundern, weshalb sein Glas plötzlich in Scherben lag.

Wir gelangten endlich auf den kreisrunden Sandboden in der Mitte des Pavillons und hatten nun freie Sicht auf die babylonische Sphinx. Matt und ich sahen Shai erwartungsvoll an, die sich leicht bückte und durch den Schlitz ihres engen Kleides an ihr Bein griff. Dort löste sie offenbar irgendeine Halterung und zog eine Handvoll Papierzettel hervor. Zufrieden präsentierte sie uns diese ausgefächert in ihren Händen.

„Erstaunlich, was man alles in so einem eigentlich doch unpraktischen Outfit verstecken kann", sagte Matt anerkennend. „Zuerst die Zeitsteine an der Haarnadel und das hier sind …?"

„Bannzettel!", antwortete Shai.

„Oh, du willst den Fluch also gleich bannen?", fragte ich überrascht.

Shai schüttelte den Kopf. „Nein, meine Annahme ist ja, dass der Fluch an dieser Sphinx haftet. Wenn ein Fluch einmal aktiviert ist, muss man ihn brechen. Das ist meistens nicht ganz so leicht. Würde es sich hingegen um ein dämonisches Geschöpf handeln, das sich aus der Sphinx befreit hat, dann könnte man es mithilfe der Bannzettel wieder einsperren. Aber das ist doch höchst unwahrscheinlich. Ich meine, wie sollte dann dieses Geschöpf alle Katzen auf der Welt beeinflussen?"

Matt und ich zuckten beide mit den Schultern.

„Eben", sagte Shai.

„Dann tun wir jetzt was genau mit den Bannzetteln deiner Cousine?", fragte Matt.

Shai lächelte. „Mit Hilfe dieser Zettel können wir zwar keinen Fluch brechen, aber wir können ihn feststellen", erklärte sie.

„Und die hat Cheshire dir gegeben? Bist du sicher, dass die funktionieren?", hakte Matt nach.

„Na klar funktionieren die!", antwortete Shai hitzig. „Cheshire kennt sich sehr gut damit aus."

„Du meinst, damit, Flüche zu erkennen, aber nicht zu brechen? Wozu soll das normalerweise gut sein?", sprach Matt genau das aus, was auch ich mich gerade im Stillen gefragt hatte.

„Naja", sagte Shai, „einer unserer Vorfahren fand es unheimlich witzig, der Familie jede Menge Flüche zu hinterlassen. Man könnte sagen, Flüche waren sein Hobby. Die meisten davon sind nicht gefährlich, aber zuweilen sehr nervig. Er hat so viele Flüche ausgesprochen, dass seither in der Regel jedes Jahr einer in Kraft tritt. Deshalb ist die Familie schon seit langem dabei, die verfluchten Gegenstände oder ähnliches ausfindig zu machen und nach Möglichkeit schon mal herauszufinden, mit welcher Art von Fluch sie belegt wurden. Die Wirkung der meisten Flüche hält nicht lange an. Einer hätte aber fast mal die Nachbarn in den Wahnsinn getrieben. Den hat sich allerdings vermutlich ihr eigener Vorfahr gewünscht, denn er sollte in Kraft treten, sobald sein Grab nicht mehr in gutem Zustand gehalten wurde."

„Was ist passiert?", wollte ich wissen.

„Tja. Das klingt jetzt etwas schwer vorstellbar, aber alle ihre Köpfe verwandelten sich in Kürbisse. Das sollte wohl eine Anspielung darauf sein, dass pflichtvergessene Nachfahren Hohlköpfe sind."

Ich schluckte, während Matt losprustete.

Mit vor Lachen tränenden Augen fragte er: „Und was geschah dann? Konntet ihr den Fluch brechen?"

„Ja", sagte Shai, „als wir endlich herausgefunden hatten, was die Ursache war, konnte man das Problem ziemlich schnell beheben. Das Grabmal wurde sogar noch zusätzlich ausgeschmückt und wird seither regelmäßig mit Opfergaben bedacht."

„Und ihre Köpfe wurden wieder ganz normal?", fragte ich, da ich die Vorstellung von Menschen mit Kürbissen als Köpfen doch sehr unangenehm empfand.

Shai nickte. „Sicher, aber wie ihr euch denken könnt, können sie seither keine Kürbisse mehr sehen."

Matt lachte laut. Shai schien dies nicht zu stören. Sie lächelte selbst und schien in Erinnerungen zu schwelgen. Dann fing sich Matt wieder und räusperte sich.

„So, genug der Ablenkung, nun aber wieder zurück zum Thema", sagte er ganz geschäftsmännisch. „Wie finden wir denn jetzt heraus, ob diese Sphinx hier verflucht ist? Leite uns bitte an, Meisterin."

Er grinste und spielte eine gekünstelte Verbeugung vor.

Shai räusperte sich ebenfalls: „Gut. Dann wollen wir mal!"

Sie erklärte uns, was zu tun war. Im Grunde war es wirklich simpel. Genau wie die Bannzettel zog sie noch eine lange Schnur unter ihrem Kleid hervor. An dieser befestigten wir die Bannzettel in regelmäßigen Abständen. Dann sollten wir um die Sphinx herumgehen und so einen Kreis bilden. Ich ging in der Mitte. Shai wartete auf das andere Ende der Schnur, das Matt ihr brachte und verknotete die Enden. Dann musste Matt sich wieder in einigem Abstand aufstellen und wir hoben die Schnur zu dritt hoch.

Wir standen nun fast in einem perfekten Dreieck um die Sphinx herum. Da ich nicht wusste, was wir nun tun sollten, rief ich Shai zu: „Und jetzt?"

„Einfach so stehen bleiben!", rief sie zurück. „Und achtet darauf, dass die Schnur nicht den Boden berührt. In der Luft können die Schwingungen besser wahrgenommen werden!"

Ich fragte mich, ob Shai noch irgendeine Zauberformel sagen musste, damit die Bannzettel funktionierten. Andererseits war ja der eigentliche Zauber schon auf die Zettel geschrieben. Und vorhin hatte Shai auch die Zeitsteine aktivieren können, ohne ein Wort zu sagen. Doch wie lange würden wir warten müssen? Hielt die Wirkung der Zeitsteine noch lange genug an?

Shai schien ruhig abzuwarten, also machte ich dasselbe. Obwohl von ruhig bei mir nicht die Rede sein konnte. Ich verlagerte mein Gewicht nervös von einem Fuß auf den andern. Dabei war bestimmt noch keine Minute vergangen. Oder zumindest keine gefühlte Minute, da sich ja eigentlich wegen der Zeitsteine in Wirklichkeit alles in weniger als einer Sekunde abspielte.

Ich sah nochmals zu Matt und Shai, die beide konzentriert, fast schon meditativ dastanden. Ich straffte mich und versuchte, ruhig dazustehen. Plötzlich streifte mich ein unerwarteter Windhauch. Ich sah direkt zu der Sphinx auf und hoffte, dort irgendetwas zu erkennen, was auf einen Fluch hindeuten würde.

Mit der Wucht eines Wirbelsturms riss es mich plötzlich von den Füßen und ich flog in hohem Bogen davon. Die Schnur hatte ich vor Schreck losgelassen. Es folgte ein Aufprall auf dem sandigen Boden, der allerdings nicht so hart war, wie ich befürchtet hatte. Mein Herz raste. Ich wollte nach Matt und Shai sehen, doch stattdessen sah ich zu den Bannzetteln, die auf mysteriöse Art und Weise mitsamt der Schnur noch immer in der Luft hingen, obwohl sie von niemandem mehr gehalten wurden. Ich sah farbige Punkte vor mir, als hätte mich die Sonne geblendet und im nächsten Augenblick gingen die Bannzettel in Flammen auf.

Ich war zuerst völlig unfähig, zu reagieren. Matt schien sich am schnellsten gefasst zu haben, denn er rannte zu mir herüber und rief mir zu: „Ruby, ist mit dir alles in Ordnung?"

Ich nickte. „Ja?", sagte ich, obwohl es mehr nach einer Frage klang, da ich mir nicht ganz sicher war, ob wirklich alles in Ordnung war. Zumindest körperlich schien mir nichts zu fehlen.

Matt rannte an mir vorbei zu Shai, die noch immer mit fassungslosem Gesichtsausdruck auf dem Sandboden hockte. Er half ihr hoch.

„Was zum Teufel war das denn?!", fragte er die offenbar erschütterte Shai.

Als Shai nicht reagierte, schüttelte er sie leicht.

„He, Shai, hörst du mich? Hallo!"

Shai schien sich wieder zu fassen. Sie schüttelte den Kopf, wohl um wieder klar denken zu können.

„Das sollte nicht passieren, oder?", fragte Matt nun etwas ruhiger.

Shai schüttelte den Kopf.

Ich war inzwischen auch zu den beiden gelangt.

„Geht es dir gut?", fragte ich Shai besorgt.

Shai nickte und stützte ihren Kopf auf die Hände, während Matt erleichtert seufzte.

„Also gut", sagte er, „die Statue hat offenbar auf die Bannzettel reagiert. Ist sie also wirklich verflucht?"

Shai schüttelte ihren Kopf, den sie noch immer zwischen ihren Händen hielt.

„Was? Nicht?!", rief ich aus.

Shai schüttelte nochmals den Kopf.

„Und was war denn das gerade?", fragte Matt ruhig.

Shai sah ihn einen Moment lang gequält an.

„Okay", sagte sie dann. „Es fällt euch jetzt vermutlich schwer, das zu glauben, aber ich versteh gerade kein Wort, von dem, was ihr sagt."

Ich starrte Shai fassungslos an. „Was soll das heißen?!", rief ich aus.

Shai sah mich nur mitleidig an. Sie schien kurz davor, in Tränen auszubrechen.

Hilfesuchend wandte ich mich an Matt: „Hat sie das Gedächtnis verloren oder so? Was meint sie damit, dass sie nicht weiß, wovon wir reden?"

Matt sah nicht minder schockiert aus.

„Na, wenn das mal keine schöne Bescherung ist", ertönte plötzlich eine Stimme in unserer Nähe.

Überrascht drehten wir uns alle zur Treppe des Pavillons um. Dort stand in voller Größe, und vor allem offenbar auch in unserer Zeitwahrnehmung, Hei Hu.

Die Fassungslosigkeit von Shai schien fast augenblicklich einem unglaublichen Zorn zu weichen.

„Du spionierst uns nach?!", explodierte sie.

„Warum sollte ich?", fragte Hei Hu gelassen zurück. „Ich war nur zufällig auch auf dieser Party eingeladen. Oder sollte ich sagen, ich bin als einziger von uns vieren hier tatsächlich auf der Party erwartet worden?"

„Nein, das …!", rief Shai aus und fügte dann zwischen zusammengebissenen Zähnen hinzu: „Das glaub ich einfach nicht."

„Was genau glaubst du nicht, Dschinniya. Dass die Person, die du auf der Welt am meisten hasst, die einzige Person ist, die dir im Augenblick helfen kann?", sagte er und lächelte spöttisch.

„Hast du etwa Informationen zu unserem Fall?", fragte Matt nun aufgebracht. „Dann spionierst du uns also tatsächlich nach!"

Hei Hu sah kurz belustigt zu Matt hinüber, während Shai unerwarteter Weise den Kopf hängen ließ. Ansonsten ignorierte Hei Hu völlig, was Matt gerade gesagt hatte, denn er wandte sich erneut an Shai: „Ich bin mir durchaus im Klaren darüber, wie sehr du mich hasst. Das musst du gar nicht verbergen. Umso mehr werde ich es auskosten, dass du mich nun wohl oder übel um Hilfe bitten musst."

Er lachte laut. „So viel Spaß hatte ich auf dieser Party gar nicht erwartet."

„Du bist verdammt unhöflich!", rief ich in einem Anflug von Heldenmut.

Als er mich daraufhin ansah und ebenso belustigt musterte wie zuvor Matt, verflog mein Mut aber gleich wieder.

„Soll ich es ihnen sagen, oder tust du's?", sagte er zu Shai.

Shai biss die Zähne zusammen und ballte die Hände zu Fäusten.

„Wir können das Ganze aber auch gleich beenden", meinte Hei Hu. „Falls ich mich entscheiden sollte, heute großzügig zu sein, schuldest du mir allerdings etwas. Falls!"

„Du hast hier nichts zu suchen!", rief Matt. „Wenn du uns nicht helfen willst, dann verschwinde wieder!"

Shai begann, zu zittern.

„Was willst du?", fragte sie Hei Hu so ruhig, wie sie es konnte.

„Du musst nicht auf ihn eingehen, Shai!", rief Matt.

Das fand ich auch. „Wir werden das auch ohne ihn schaffen, bestimmt!", fügte ich hinzu.

Aber unser Zurufen schien Shai überhaupt nicht zu ermutigen. Sie zitterte weiter und Hei Hu begann wieder, zu lachen.

„Im Moment will ich nur, dass du mich so höflich bittest, wie du kannst", sagte Hei Hu. „Und bedenke dabei, in welcher Lage sich deine Kameraden befinden."

„Was meint er denn damit?", fragte ich verwirrt.

Hei Hu fuhr unbeirrt fort: „Deine Schuld mir gegenüber werden wir bestimmt ein andermal begleichen können. Keine Sorge. Vergessen werde ich sie nicht."

Er sah genüsslich auf Shai hinunter, wie eine Spinne, der die Fliege ins Netz gegangen war.

„Wovon redet ihr zwei da eigentlich?", mischte sich nun Matt aufgebracht ein und stellte sich schützend vor Shai. „In was für einer Lage sollen wir uns befinden?"

Hei Hu reagierte nicht auf die Frage. Also drehte sich Matt zu Shai um.

„Shai, was …?", fragte er.

Doch Shai griff nach seinem Arm und gab ihm zu verstehen, dass er zur Seite treten sollte. Völlig verwirrt ging Matt tatsächlich aus dem Weg. Shai nutzte den Augenblick, sank auf ihre Knie und sagte laut: „Ich bitte dich, großer Zauberer, hilf mir in dieser schweren Notlage."

Fassungslos starrten Matt und ich auf Shai. Welche Notlage denn? War irgendetwas passiert, das wir nicht mitbekommen hatten? Etwa mit uns? Hei Hu hatte doch von Shais Kameraden gesprochen. Und darum …

Plötzlich wurde mir alles klar. Darum hatte Shai gesagt, sie könne uns nicht verstehen. Und darum hatten uns beide, sie und Hei Hu, ignoriert. Weil mit Matt und mir etwas passiert war. Und deswegen … deswegen erniedrigte sich Shai und ging vor Hei Hu auf die Knie, ihrem Erzfeind. Weil er ein Zauberer war. Weil er helfen konnte.

„Nun, das könntest du sicher noch besser", meinte Hei Hu zu Shai. „Aber da du mir ja jetzt sowieso etwas schuldig bist, will ich mal nicht so sein."

Er lächelte und murmelte dann unverständliche Worte vor sich her. Dann zog er etwas aus seinem Mantel hervor. Kurz blitzte etwas auf, dann war es auch schon wieder in seinem Mantel verschwunden, noch ehe ich einen klaren Blick drauf erhaschen konnte. Und dann sah er nochmals auf die noch immer vor ihm kniende Shai hinab. Ob es das jetzt wohl gewesen war? Ich traute mich gar nicht, zu fragen. Shai biss sich auf die Lippe und senkte nochmals unterwürfig den Kopf.

Hei Hu schnippte mit den Fingern. Ein erneuter Windhauch schien durch mich hindurchzufahren, legte sich aber augenblicklich wieder. Diesmal war ich aber nicht von den Füßen gerissen worden.

Matt verschränkte die Arme.

„Kann mir jetzt mal einer erklären, was hier gespielt wird?", sagte er und klang ziemlich gereizt.

Shai hob den Kopf und sah ihn an. Dann lächelte sie. Im nächsten Moment wurde sie nochmals ernst und sagte, obwohl es ihr sichtlich schwerfiel: „Danke, Hei Hu."

„Tja", sagte dieser und zuckte mit den Schultern, „dummerweise arbeitet ihr auch für die Vermittlung und da die Chefin alles herausfindet, hätte sie sofort gewusst, wenn ich euch nicht geholfen hätte, obwohl ich eure Lage mitbekommen haben musste."

„Was?!", rief Shai zornig und sprang auf. „Du hättest uns also sowieso geholfen? Und wofür musste ich dann ... wofür ..."

Ihre Stimme bebte vor Zorn und sie sah aus, als wäre sie kurz davor, Hei Hu an die Gurgel zu springen.

„Na gut. Dann bin ich eben einmal großzügig und verrate euch etwas: es lastet kein Fluch auf dieser Sphinx", sagte er bedeutungsvoll.

„Du ... du ... du weißt also, was mit ihr ist?", spie ihm Shai entgegen.

„Ich ...", begann Hei Hu, „ich würde sagen, dein widerwilliger Kniefall ist höchstens einen Tipp wert. Und den hab' ich euch jetzt gegeben, also dann ... noch viel Erfolg."

Hämisch grinsend kehrte er uns den Rücken zu und verschwand in der Menge der stillstehenden Gäste im Pavillon.

„Übrigens", rief er noch zurück, „eure Zeit ist demnächst um!"

Matt sah so aus, als wäre er kurz davor, Hei Hu nachzulaufen, entschied sich dann aber anders. Stattdessen sah er Shai ernst an.

Gerade, als er ansetzte, etwas zu sagen, begann Shai: „Ich weiß schon, was du sagen willst. Aber du hast es ja gerade gehört. Wir haben keine Zeit mehr. Wir müssen auf unsere Plätze in der Menge zurück."

Matt schnaubte in einer Mischung aus Zorn und Resignation.

„Und was ist jetzt mit der Sphinx?", fragte ich.

„Sie ist nicht verflucht", sagte Shai bestimmt. „Aber etwas ist hier definitiv nicht normal. Und ich bin mir jetzt sicher, dass diese Statue tatsächlich der Auslöser für das Benehmen der Katzen ist!"

Shai eilte voraus. Wir schlichen wieder vorsichtig durch die Gäste, darauf bedacht, niemanden anzurempeln.

„Wieso bist du dir da so sicher?", wollte ich wissen.

„Tja, das ... das erklär ich euch, wenn wir dann morgen unterwegs sind", antwortete sie.

„Unterwegs wohin?", fragte Matt.

„Wenn es ein einfacher Fluch gewesen wäre …", murmelte Shai, sagte dann aber laut, „egal! Was auch immer hier vorgeht, wir müssen der Sache auf den Grund gehen … und für was auch immer Beweise finden. Sonst werden wir nichts bewirken!"

Dann flüsterte sie nochmals: „Die Sache ist größer als angenommen."

„Und wie gehen wir der Sache auf den Grund?", fragte ich neugierig.

Noch immer traute ich mich nicht, sie danach zu fragen, was eben passiert war.

„Das hätten wir vielleicht von Anfang an tun sollen", murmelte Shai.

„Was hätten wir von Anfang an tun sollen?", fragte Matt laut.

„An den Ursprung des Ganzen zu gehen", sagte Shai.

„Ich dachte, das war der Plan von heute Abend, oder nicht?", sagte Matt, der immer noch zornig war, weil er, genau wie ich, nicht verstand, was eigentlich passiert war. Doch auch er schien gemerkt zu haben, dass mehr vorgefallen war, als wir beide wahrgenommen hatten.

„Ja!", antwortete Shai. „Die babylonische Sphinx mag zwar der Auslöser sein, aber sie ist nicht der Ursprung."

„Das ist ja jetzt total widersprüchlich, was du da von dir gibst", befand Matt.

„Nein, ist es nicht!", sagte Shai bestimmt. „Der Ursprung ist ein Ort. Ein Ort, den wir bereits kennen. Ein Ort, an dem wir die Antworten finden werden, die wir suchen."

„Welcher Ort denn?", fragte ich.

Wir waren zurück an unseren Plätzen, an denen wir gestanden hatten, als die Zeit für alle anderen sozusagen stehengeblieben war.

Zu meinem Schrecken sah ich wieder den Journalisten Lionel. Musste ich mich wirklich wieder vor ihn stellen? Bei dem Gedanken war mir gar nicht wohl. Andererseits würde es ihm von allen Leuten wohl am meisten auffallen, wenn ich in einer Sekunde vor ihm stand und in der nächsten verschwunden war. Wo er mich doch sowieso schon so genau zu beobachten schien.

Auch Matt und Shai fiel der Journalist auf.

„Am besten trennen wir uns gleich wieder, sobald die Zeit wieder normal läuft. Wir sollten so tun, als wären wir nur zufällig aufeinandergetroffen und hätten ein kleines Schwätzchen gehalten", meinte Shai.

„Von mir aus", sagte Matt und zuckte mit den Schultern.

Beide sahen mich an.

Ich nickte zögernd. Ich war durchaus nicht von der Aussicht begeistert, mich allein mit dem Journalisten rumschlagen zu müssen.

„Versuch, ihn irgendwie abzuwimmeln", ermahnte mich Shai. „Wir können es nicht gebrauchen, dass uns ein Journalist überall hin folgt."

„Wohin folgt?", fragte Matt. „Sagst du uns jetzt endlich, wo wir hingehen?"

„Wir gehen zu dem Ort des Ursprungs. Erinnert ihr euch an unsere geografische Datenauswertung der eingehenden Reklamationen bezüglich der Katzen?", fragte Shai.

„Warte mal", sagte Matt, dem die Antwort zu dämmern schien, „du meinst doch nicht etwa diesen Punkt da mitten in der Sahara? Da, wo außer Sand absolut nichts ist?"

„Doch", entgegnete Shai, „genau den meine ich!"

„Und warum bist du dir jetzt so sicher, dass wir da Antworten bekommen? Ich sehe absolut keinen Zusammenhang zu dem, was wir bisher in dem Fall unternommen haben", sagte Matt.

„Ganz einfach!", sagte Shai. „Ich bin mir sicher, weil Statistiken nicht lügen!"

DER GEIST DES SANDES

Ich rannte durch die große Halle. Shai und Matt würden bestimmt mächtig sauer sein. Ich hatte nämlich verschlafen. Und das ausgerechnet jetzt, da wir es so eilig hatten. Ganze zwei Stunden war ich zu spät.

Wir hatten uns am Abend zuvor für acht Uhr morgens am U-Hafen verabredet. Jetzt war es schon fast zehn. Und mein Magen knurrte, da ich absolut keine Zeit mehr gehabt hatte, etwas zu essen oder zu trinken. Außerdem wurde mir schon jetzt mulmig bei dem Gedanken, wenn ich Matt und Shai erklären musste, warum ich mich so verspätet hatte.

Am Abend zuvor hatten wir uns aus den Augen verloren. Es war ein sehr komischer Moment gewesen, als plötzlich wieder alles um uns herum zum Leben erwacht war. Es war so, als wäre nie etwas gewesen. Matt und Shai waren fast augenblicklich verschwunden und ließen mich mit dem hartnäckigen Lionel allein zurück.

Endlich konnte ich sie im Gedränge vor den Schaltern ausmachen. Da vorne standen sie. Sollte ich ihnen winken? Nein, es war besser, wenn ich versuchte, gleich so schnell wie möglich zu ihnen aufzuschließen.

Völlig aus der Puste kam ich vor ihnen zum Stehen. Sie musterten mich überrascht. Und ich war darüber verwundert, dass sie überhaupt nicht wütend aussahen.

„Ah, Ruby! Gerade zur rechten Zeit", meinte Matt und klopfte mir auf die Schulter.

„Hä?", sagte ich verdattert.

Wie konnte ich zur rechten Zeit sein, wo ich doch satte zwei Stunden zu spät war?

„Du hast wohl auch mitbekommen, dass es wieder eine Panne im U-Tunnel gab", sagte Shai freundlich.

„Ach ja?", fragte ich ungläubig.

Matt und Shai sahen sich kurz an und begannen dann, laut zu lachen.

„Herrje, Ruby, da hast du aber richtig Schwein gehabt", sagte Matt vergnügt. „Shai hätte dir sonst bestimmt eine gepfefferte Strafpredigt gehalten."

Ich lief vor Scham rot an. „Es tut mir leid", stammelte ich.

„Ja ja, schon okay", meinte Shai. „Lasst uns jetzt erst mal einsteigen. Sie haben das Problem endlich behoben."

Zu unserem Glück wollten nicht allzu viele Vermittlungsmitarbeiter zu dieser Zeit durch den U-Tunnel fahren. Trotzdem war die Kapsel rappelvoll. Aber das war nichts im Vergleich zu der Schlange, die wir links liegen gelassen hatten.

„Wenn wir die normale Kapsel nehmen müssten, würden wir wohl in einer Stunde immer noch anstehen", bemerkte Matt.

„Ja, ich gebe zu, für die Vermittlung zu arbeiten, hat durchaus seine Vorteile", sagte Shai.

Wir ergatterten einen Tisch ganz am Ende der Kapsel und ich begab mich als erstes zum Automaten, um mir etwas gegen meinen Heißhunger zu besorgen. An meinem ersten Bissen verschluckte ich mich aber fast, als Matt fragte: „Also, Ruby. Wo bist du denn nun eigentlich gewesen?"

„Wir dachten, dass wir dich vielleicht nach der Party noch irgendwo sehen, aber du warst bereits verschwunden", erzählte Shai.

Ich hustete, teils, weil ich mich verschluckt hatte, teils, weil ich so verlegen war.

„Nun?", fragte Matt.

Als ich nicht sofort antwortete, sagte Shai: „Ich hatte den Eindruck, dass dir die süße Kellnerin gefallen hat. Hat sie dir nicht noch ihre Nummer zugesteckt?"

„Wirklich?", fragte Matt erstaunt. „Ich dachte ja eher, dass du auf den Kerl stehst, mit dem du fast den ganzen Abend rumgehangen hast."

Er bezog sich natürlich auf Bradley. Der hatte mich am gestrigen Abend auch noch ein zweites Mal vor Lionel gerettet. Oder sollte ich besser sagen, seine Grossmutter, die er im Schlepptau gehabt hatte. Aber woher wusste Matt davon? Hatte er mich etwa doch heimlich weiter beobachtet?

Ich schluckte.

„Von dem habe ich die Nummer ebenfalls gekriegt", gestand ich. „Er wohnt nicht weit von hier."

„Oho!", sagte Matt. „Ich nehme an, eigentlich müsste mich mehr schockieren, dass deine Liebschaften nicht mal ein Zehntel so alt sind wie du."

„Ruby ist nicht alt", protestierte Shai, während ich puterrot anlief, „zumindest nicht für einen Schreiberling. Du siehst doch, dass er nicht älter aussieht als wir selbst."

Bevor sie mich über noch mehr Details ausquetschen konnten, fragte ich sie: „Und, was habt ihr gestern noch gemacht?"

Matt und Shai sahen sich kurz an. Dann begann Matt: „Ich habe wie ein echter Gentleman darauf gewartet, dass Shai mit ihrer Arbeit fertig wird."

„Red' doch keinen Quatsch", warf Shai ein. „Das war purer Zufall, dass wir uns beim Personalausgang getroffen haben. Eigentlich nur, weil du einem Gerücht nachgegangen bist. Einem sehr begründeten Gerücht. Übrigens", sagte sie an mich gewandt, „wir konnten beobachten, wie klammheimlich ganze Säcke voller Katzenleichen entsorgt wurden. Offenbar gab es eine von den Gästen unbemerkte Schießerei, während alle die Sphinx bewundert haben."

„Eben nicht alle", fuhr Matt fort. „Einer der Regenbogenraucher ist draußen zurückgeblieben. Du weißt schon, die, die jede mögliche Geschmacksrichtung nach einer festen Reihenfolge rauchen, oft auf die Tageszeit abgestimmt. Wenn sie einen Geschmack verpassen, werden sie fast wahnsinnig. Also ist er für seine ... ich glaub, es war die Blutorange-Zimt-Zigarette zurückgeblieben. Und dabei soll er gesehen haben, wie plötzlich viele Schüsse fielen. Er konnte die Mündungsfeuer auf der Grundstückmauer sehen. Außerdem glaubte er, einige wüste Ausrufe gehört zu haben. Und er hörte einen Schrei ‚wie von einem sterbenden Tier', nach seinen Worten. Und als ich der Sache nachgegangen bin, hat sich das bestätigt."

Ich hakte gleich nach: „Aber wie bist du an dieses Gerücht gekommen? Kanntest du diesen Regenbogenraucher?"

Matt zwinkerte mir verschmitzt zu: „Ich hab' mir gedacht, wenn dieser Lionel schon dich beobachtet, dann kann ich ja ihn beobachten. Der hat die Fährte schnell gefunden, als er sich mal von dir losgelöst hatte. Fast so, als könnte er Gerüchte und Skandale wittern. Er war auch dabei, als wir die Katzenleichen gefunden haben."

Ich sah Matt schockiert an.

„Keine Sorge", meinte Matt, „ich habe ihm gesagt, Shai und ich seien Tierschützer. Und dass du aus diesem Grund auf der Party mit uns geredet hättest: als Recherche für dein angebliches Buch. Dann habe ich ihm versichert, dass du von den Leichensäcken noch nichts weißt und dass, wenn er sich beeilt, die Story allein ihm gehört. Daraufhin ist er eiligst abgebraust."

Das klang aber gar nicht gut. Ich stellte mir gerade Säcke voller Katzenleichen vor, aus denen es noch unheimlich miaute und stöhnte.

Aber Moment Mal! „Aber das ist doch jetzt auf jeden Fall ein hinreichender Verdacht, dass das Problem bei der babylonischen Sphinx liegt!", rief ich aus. „Nicht wahr?", fragte ich an Shai gewandt, die sich ja in solchen Dingen besser auskannte.

Doch stattdessen antwortete mir Matt: „Nicht mehr."

Er hielt mir eine aufgeschlagene Zeitung hin. Darauf war ein Artikel über eine sogenannte Katzengang zu sehen. Eine flauschige, süß aussehende Katze war darauf abgebildet. Darunter stand die Schlagzeile „Killer-Gang". Ich las den kleinen Artikel durch. Offenbar hatte diese so harmlos aussehende Katze eine Gang um sich geschart. Es war beobachtet worden, dass diese Gang mehrere Tiere in der Umgebung umgebracht hatte. Und wilden Gerüchten zufolge sollten sie nun auch einen Obdachlosen aufgefressen haben.

„Und was heißt das jetzt?", fragte ich, als ich die Zeitung wieder weglegte.

Shai seufzte. „Siegfried wird argumentieren, dass auch andernorts Gewalt ausgebrochen ist. Deshalb bringt uns diese Argumentation mit den erschossenen Katzen leider kein Stück weiter", erklärte sie.

„Aber du bist dir doch sicher, dass die Statue die Schuld an allem hat", warf ich ein. „Dann können wir das ja melden und das Problem ist vom Tisch. Oder?"

Doch Shais ernste Miene sagte mir, dass dies wohl nicht ging.

„Wie stellst du dir das vor, Ruby?", sagte sie. „Wir beschuldigen ein unbezahlbares Sammlerstück einer superreichen und offenbar leidenschaftlichen Sammlerin und daraufhin soll die Vermittlung ihr die Statue wieder wegnehmen? Das wird nicht passieren, Ruby."

„Aber bei Chalifa ist es doch genau dasselbe", sagte ich entrüstet. „Er ist auch ein leidenschaftlicher Sammler, wenn auch von Katzen und Kakteen und nicht von historischen Objekten. Und auch Opticas Schuld ist nicht bewiesen! Und im Gegenzug zu dieser Sphinx ist Optica ein lebendes Wesen!"

„Naja", sagte Shai langsam, „da bin ich mir nicht so sicher. Ich meine, im Falle der Sphinx. Sie schien mir irgendwie auch lebendig. Ich kann nicht genau erklären, warum. Ich meine, ich weiß, dass sie sich nicht bewegt hat und so, aber … sie hat irgendetwas ausgestrahlt."

„Willst du damit behaupten, diese steinerne Sphinx lebt?", fragte Matt verwundert.

„So einfach ist das nicht", antwortete Shai. „Es gibt aber Lebewesen, die in Steinen leben können oder sich wie Trolle in Steine verwandeln."

„Also wie ein Troll sah die nicht gerade aus", meinte Matt.

„Das würde auch nicht zu dem passen, was gestern passiert ist", bemerkte Shai.

„Aha! Verrätst du uns also endlich, was gestern los war?", fragte Matt. „Sie hat mir noch nichts erzählt, weil sie warten wollte, bis du auch da bist", fügte er an mich gewandt hinzu.

Shai verzog das Gesicht. Aber ganz anders als gestern schien sie nicht mehr schockiert. Vielmehr schien es, als versuchte sie, ein Lachen zu unterdrücken.

„Also gut. Gestern wurden wir ja von einer Kraft zurückgeschleudert und die Bannzettel wurden zerstört", begann sie.

Wir nickten zustimmend.

„Und dann habt ihr ...", sie lachte kurz, fasste sich aber gleich wieder.

„Ich dachte erst, ich hätte eine Gehirnerschütterung oder so", fuhr sie fort. „Aber dann wurde mir klar, dass ihr wirklich ..."

„Was?", fragten Matt und ich aufgeregt.

„Ihr habt gemiaut", sagte sie und brach gleich darauf in Lachen aus.

Wir sahen sie fassungslos an.

„Und offenbar habt ihr euch gegenseitig verstanden", brachte sie zwischen ein paar Lachern hervor.

Ihr kamen ein paar Tränen und sie atmete tief ein, um sich wieder zu fassen.

„Tut mir leid. Es war eigentlich überhaupt nicht komisch. Gestern war ich sogar ziemlich verzweifelt. Aber jetzt im Nachhinein ..."

Sie lachte nochmals los. Ihr Lachen wirkte ansteckend. Zudem stellte ich mir auch gerade vor, wie das wohl für Shai gewesen sein muss, plötzlich ihre Teamkollegen nur noch miauen zu hören. Matt und ich lachten nun ebenfalls.

Nach ein paar Minuten, als wir uns wieder beruhigt hatten, sagte Matt plötzlich: „Moment mal! Du sagst also, Ruby und ich hätten gemiaut und uns gegenseitig verstanden?"

Shai nickte. „Ja, so war's."

„Aber dann hätten wir den Fall ja ganz einfach lösen können", sagte Matt aufgeregt. „Wir hätten nur rausgehen und mit einer Katze sprechen müssen und schon hätten wir gewusst, was Sache ist."

„Du vergisst dabei, dass die Katzen offenbar nicht reden wollen. Das hat Cheshire zumindest gesagt", warf Shai ein. „Und sie ist nicht bekannt dafür, wilde Märchen zu erfinden. Obwohl sie die Wahrheit manchmal ein bisschen dehnt. Das gehört mit zu ihrem mysteriösen Touch."

„Mir scheint, der hat bereits auf dich abgefärbt", kommentierte Matt, was Shai ein ärgerliches Schnauben entlockte.

Nachdem wir jetzt wussten, was am Abend zuvor passiert war, ging es nun darum, zu klären, was wir als nächstes tun würden. Eines war klar: wir hatten nur noch sehr wenig Zeit. Von unserer Frist blieben nur noch drei Tage übrig. Dann würde Optica zurückgeschickt, egal, ob ihre Schuld bewiesen war oder nicht. Und dies wäre höchstwahrscheinlich ihr Todesurteil. Besonders nachdem wir den Wesir noch zusätzlich erzürnt hatten.

An unserem Zwischenstopp erwartete uns eine Überraschung. Wir mussten an einem der größten U-Häfen umsteigen. Da sich hier praktisch alle atlantischen Unterwassertunnels kreuzten, war immer viel los. Heute schien nicht alles so reibungslos zu klappen, weshalb wir etwas über eine Stunde auf unseren nächsten Anschluss warten mussten. Matt hatte deshalb vorgeschlagen, dass wir uns noch ein wenig die Beine vertreten sollten und so schlenderten wir durch die Sonne, bevor es wieder ab in die Kapsel gehen würde. Es wäre ja nicht so, als würden wir später in der Wüste nicht genug Sonne abbekommen …

„Könnt ihr glauben, dass dies hier vor der Errichtung der U-Tunnel eine nur gering bewohnte, grüne Insel war?", fragte Matt, als wir auf die volle Straße außerhalb des U-Hafens traten.

„Nicht nur eine", korrigierte Shai, „es waren einmal mehrere Inseln. Doch weil nach dem Luftfreiheitsabkommen mit den Naturwesen Flugzeuge zum Transport von Menschen oder Waren verboten wurden und die U-Tunnel dermaßen an Bedeutung gewannen, wurde hier ein riesiges Zentrum errichtet, das besonders unterirdisch so sehr angewachsen ist, dass es nun so aussieht, als wäre es eine große Insel."

„Ich wusste nicht, dass du jetzt auch Spezialistin für Verkehrsgeschichte bist", meinte Matt.

„Ach Quatsch", warf Shai ein, „das bin ich doch nicht. Ich weiß das nur wegen dem Luftfreiheitsabkommen, das eines der bedeutendsten Abkommen zwischen Naturwesen und Menschen darstellt – und noch dazu einen klaren Sieg für die Naturwesen."

„Als ob die Menschen nach deren Aufständen eine Wahl gehabt hätten", meinte Matt sarkastisch.

Das provozierte Shai wieder zu einer ihrer Lehrpredigten: „Es war durchaus richtig, dass die Menschen mal lernen mussten, dass die Welt nicht nur ihnen gehört. Sie wussten auch nur, wie man die Luft verschmutzt, aber nicht, wie man sie wieder reinigt. Also …"

„Schon gut, schon gut, ist ja eh alles Schnee von gestern", beschwichtigte sie Matt. „Wir leben ja jetzt in neuen Zeiten und sind dankbar für die Vielfalt, die sich durch die kulturelle Vermischung mit den mystischen Wesen ergeben hat. Schöner Fußboden hier übrigens, ist euch der schon aufgefallen?"

Das war ein sehr auffälliger Themenwechsel gewesen, aber er funktionierte.

„Ja, die Muster aus diesen schwarzen und weißen Pflastersteinen sind wirklich sehr interessant", meinte ich. „Wie findest du sie?", fragte ich an Shai gewandt.

Doch Shai kniff die Augen zusammen und deutete zu einem kleinen Café. Ich kniff ebenfalls die Augen zusammen. Erst jetzt sah ich, wer unter dem Sonnenschirm saß und gemütlich einen Eisbecher löffelte. Cheshire!

„Na, so ein Zufall", ertönte es und Cheshire stand auf und kam mit ausgebreiteten Armen auf Shai zu.

„Es ist niemals ein Zufall, auf dich zu treffen", erklärte Shai seufzend, erwiderte aber die liebevolle Umarmung ihrer Cousine.

„Setzt euch doch zu mir", forderte uns Cheshire auf.

Ich wunderte mich darüber, wie Cheshire es geschafft hatte, in der überfüllten Straße ein Tischchen für sich allein mit drei leeren Stühlen zu ergattern. Andererseits war sie ja eine Zauberin. Und eine sehr gut aussehende Zauberin noch dazu. Wahrscheinlich hatte sie den Kellner einfach um den Finger gewickelt. Aber ihre offensichtlich wohl kalkulierte Planung war erschreckend.

„Was willst du, Cheshire?", fragte Shai ohne große Umschweife.

Cheshire lächelte uns unschuldig an: „Was ich will? Ich glaube, die Frage sollte eher lauten, was willst du?"

„Na schön", meinte Shai, „wieviel weißt du?"

„Ts, ts, ts", machte Cheshire in einem gespielt tadelnden Unterton. „Du kennst mich doch viel zu gut, um mir solch eine Frage zu stellen."

Irgendwie konnte ich dem Gespräch nicht ganz folgen. War Cheshire nun zufällig hier oder nicht?

„Hm", erwiderte Shai und zuckte mit den Schultern, „da du schon mal hier bist …"

„Möchtest du mich um einen Gefallen bitten", vervollständigte Cheshire ihren Satz. „Das hör ich in letzter Zeit ganz schön häufig von dir. Wie haben euch übrigens die Zeitsteine gefallen?", fragte sie an mich und Matt gewandt.

„Wir …", begannen Matt und ich, wurden aber gleich wieder von einem langen Seufzer von Shai unterbrochen.

„Wir stehen grad ein wenig unter Zeitdruck", sagte Shai. „Darum …"

„Darum soll ich nicht um den heißen Brei herumreden?", fragte Cheshire lässig. „Ja, ihr steht mehr unter Zeitdruck, als ihr ahnt", sagte sie dann mehr zu sich selbst.

„Ach ja?", fragten wir drei wie aus einem Munde.

Cheshire lächelte amüsiert. Dann zwinkerte sie uns zu.

„Also, hört gut zu, was ich euch jetzt zu sagen habe: der Geist des Sandes erhebt sich nur in einer mondlosen Nacht."

Ich erwartete, dass da noch mehr kam, aber das schien schon alles gewesen zu sein.

„Und das heißt?", fragte ich.

Doch ich erhielt keine Antwort. Shai kramte wie wild in ihrer Tasche, während Matt sich laut wunderte: „War das jetzt wieder eine deiner berühmten Vorhersagen?"

Dann holte Shai die Archivplatte aus der Tasche und tippte zielstrebig darauf herum.

„Was tust du da?", fragte Matt verwundert.

„Aha!", sagte Shai triumphierend. Sofort darauf nahm ihr Gesicht aber einen besorgten Ausdruck an.

„Würdest du uns bitte aufklären?", forderte Matt sie genervt auf.

„Ich habe gerade die allzeit verfügbaren Geodaten auf der Archivplatte abgerufen", erklärte Shai aufgeregt, „und ratet mal, was wir morgen Nacht haben."

„Leermond!", rief ich aus, als ich plötzlich begriffen hatte, worauf sie hinauswollte.

„Genau", bestätigte Shai.

„Du meinst also, dass wir morgen Nacht da sein müssen?", fragte ich nun ebenfalls besorgt.

„Ja, entweder das oder unsere nächste Chance wäre erst in einem Monat", sagte Shai ernst.

„Ist doch ganz gut so", fand Matt gelassen, „das passt doch in unseren Zeitplan. Wir haben ja eh nur noch drei Tage bis zum Ende unseres Ultimatums."

„Ja, schon, aber wir sind schlecht vorbereitet", wandte Shai ein.

„Mach dir darüber mal keinen Kopf!", sagte Matt. „Wo bliebe denn da der Spaß?"

Shai sah ihn zweifelnd an.

„Gibt es keinen weiteren Hinweis?", wandte ich mich flehend an Cheshire.

„Oh, der Hinweis kam nicht von mir", antwortete Shais Cousine. „Onkel Prakash macht häufiger mal einen Abstecher in die Wüste. Der treibt sich gern mit allen möglichen Geistern rum. Ich soll dir einen Gruß von ihm bestellen."

Letzteres sagte sie an Shai gewandt.

„Und dafür kommst du extra her?", fragte Shai verwundert. „Das hätte er mir doch auch selbst sagen können."

„Ja, aber dann hättest du mich nicht noch um einen Gefallen bitten können, oder?", entgegnete Cheshire lächelnd.

„Hm", sagte Shai nachdenklich.

„Was ist denn, traust du dich jetzt etwa nicht?", fragte ihre Cousine.

„Naja, es ist nur … Tante Ziyi hat uns doch eingeschärft, dass sich alles im Leben ausgleicht. Und weil ich von dir schon so viel Hilfe beansprucht habe …", sagte Shai unsicher.

„Jetzt redest du aber Unsinn, Cousine. Erstens gehörst du zur Familie! Die ist schließlich da, um einen zu unterstützen. Und zweitens wird ja erst dadurch, dass ich auf deiner Seite stehe, das ganze ausgeglichen."

„Wie meinst du das?", fragte Shai verwundert.

„Na, ein Zauberer ist dein Feind. Da ist es nur fair, wenn eine andere, nette, gutaussehende und kluge Zauberin deine Freundin ist", erklärte Cheshire.

„Da hat sie recht", stimmte Matt zu. „Ich meine mit dem Feind und Freund und so …", fügte er auf Shais kritischen Blick hin schnell hinzu.

Damit zog er dafür einen schrägen Blick von Cheshire auf sich. Bei Frauen musste man eben echt aufpassen, was man sagte.

Schließlich bat Shai Cheshire dann doch um einen Gefallen. Sie sollte zu Chalifa fahren, für den Fall, dass wir es nicht ganz rechtzeitig schaffen würden, das Problem mit dem Katzenjammer zu klären. Cheshire sollte ihm dann raten, darauf zu plädieren, dass keinerlei Beweise gegen seine Katze Optica vorlägen und dass sich keine einzige Reklamation direkt gegen sie richtete.

Mit etwas Glück war der Tierarzt, der von der Vermittlung geschickt wurde, um Optica abzuholen, Tāne. Und der würde hoffentlich Chalifas Äußerungen Gehör schenken und so Opticas Abreise verzögern, was uns wiederum etwas mehr Zeit verschaffte. So sah es Shais Plan zumindest vor.

Unsere Weiterreise verlief bis zu dem Punkt reibungslos, an dem wir in einer kleinen Wüstenstadt angelangt waren, von wo aus nun wirklich keine Kapsel, Bahn, Bus oder irgendwas mehr weiterfuhr.

Ich beneidete Cheshire, die vermutlich wieder in dem Solarjeep zu Chalifas Anwesen fahren durfte. Nicht, dass dies ein besonders bequemes Transportmittel war. Aber immerhin besser als gar keins.

Auf meine Frage hin, warum wir nicht auch über Chalifas Anwesen zu unserem Zielpunkt reisten, erläuterte Matt, dass diesmal kein Solarjeep auf uns wartete und es zu lange dauern würde, bis der am nächsten Tag eintraf. Zudem schien das Ziel laut Karte von der anderen Seite her leichter zu erreichen. Wie etwas in einer Wüste leichter oder schwerer zu erreichen sein konnte, konnte ich mir zwar nicht vorstellen, vertraute aber auf Matts und vor allem auch auf Shais Kartenlesefähigkeit.

Wir waren nun an einem kleinen Ort gestrandet, an dem es nicht allzu viel Interessantes gab. Matt und Shai wollten sich auf dem Markt nach etwas Passendem umsehen. Es gab hier ziemlich viele Tiere zum Verkauf. An einem ungewöhnlich hohen metallenen Gehege blieb ich interessiert stehen. Darin waren Tiere von der Größe einer Kuh. Sie hatten einen weißen Kopf mit nur einem Auge in der Mitte und einen ungeheuer dicken, runden Schwanz, den sie am Boden nachschleiften.

„Sowas hab' ich ja noch nie gesehen", sagte ich laut.

„Kein Wunder", sagte ein Einheimischer, der neben dem Käfig aufgetaucht war, „die gehören ja auch nicht hierher."

„Und warum sind sie dann hier? Sind sie irgendwie nützlich für eine Wüstendurquerung?", fragte Matt interessiert.

Mir sahen diese Tiere ja nicht danach aus, dass man auf ihnen reiten könnte.

„Nein, sie wurden in der Wüste ausgesetzt", sagte der Einheimische. „Wenn diese Tiere Wasser berühren, vertrocknet es auf der Stelle und Pflanzen, die sie berühren, sterben sofort ab. Darum sind ein paar Leute wohl auf die schlaue Idee gekommen, sie in die Wüste zu verfrachten, da sie hier keinen Schaden anrichten können."

Hinter uns ertönte Shais empörtes Schnauben, die wohl auch dazu getreten war.

„Das ist ja mal wieder typisch", schimpfte sie. „Da hat jemand die Sache nur halb durchdacht. Natürlich gibt es in der Wüste nicht viel Wasser, das vertrocknen kann. Es gibt sogar nur sehr wenig. Umso mehr Schaden würden diese Tiere anrichten, wenn sie das wenige vorhandene Wasser vertrocknen ließen."

„Genauso ist es", bestätigte der Einheimische, „deshalb sind ganze Suchtrupps damit beschäftigt, die Tiere in der Wüste aufzuspüren und einzufangen."

„Und was passiert dann mit ihnen?", fragte ich besorgt.

„Ich hoffe, sie gehen zurück an den Absender", sagte Shai.

„Eigentlich hoffen wir, sie über die Vermittlung loszuwerden", erklärte der Einheimische, „aber wir sind hier eher arme Leute und können uns deren Preise nicht leisten."

„Hm", machte Matt nachdenklich, „womit gehen die Suchtrupps denn in die Wüste? Vielleicht ließe sich da was machen."

Eine halbe Stunde später hatten wir drei gesattelte Kamele für unsere Expedition in die Wüste und mehr Proviant, als wir auf dem kurzen Ausflug essen konnten.

„Du traust dich aber was, einfach ein Versprechen für die Vermittlung zu geben, wo wir doch keinerlei Befugnis haben", sagte Shai an Matt gewandt.

„Ach, wir hätten ja sowieso irgendein Transportmittel kaufen müssen", antwortete Matt lässig wie immer, „also habe ich gleich zwei Fliegen mit einer Klappe geschlagen. Schließlich ist das für die Vermittlung doch ein Klacks, die Tiere zurück in ihre heimische Umgebung zu bringen."

„Dann hoffe ich für uns, dass wir auch wirklich finden, wonach wir suchen. Ansonsten können wir uns wohl auf ein gewaltiges Donnerwetter von Siegfried gefasst machen", meinte Shai.

Siegfried war dabei nicht der, der mich am meisten beunruhigte. Was würde erst die Chefin dazu sagen?

„Du bist echt viel zu pessimistisch eingestellt, Shai", entgegnete Matt. „Versuch doch mal, ein bisschen positiver zu denken."

Ich war mir nicht so sicher, ob das die passende Bemerkung an jemanden war, der von einem Zauberer gefangen worden war und praktisch genötigt wurde, einen Job zu machen, den er beziehungsweise sie eigentlich gar nicht wollte.

Zu meiner Erleichterung ließ es Shai aber nicht auf einen Streit ankommen, sondern beschränkte sich auf ein genervtes Grummeln. Diese Gesprächslücke nutzte ich, um ein wichtiges Problem anzusprechen.

„Diese Kamele stinken", sagte ich laut protestierend.

Das Kamel, auf dem ich saß, machte ein unschönes Geräusch, als hätte es genau verstanden, dass ich gerade schlecht über es gesprochen hatte.

Die Reise ging jedoch weiter, ohne dass mein Genörgel Gehör fand.

Die Sonne stand bereits tief, als ich bemerkte: „Wenn wir in dem Tempo weiterreiten, kommen wir ja nie an. Diese Kamele sind nicht gerade für schnelle Reisen gemacht."

„Ich habe unseren Weg auf der Archivplatte verfolgt", sagte Shai, „und ich glaube, wir sollten es rechtzeitig schaffen. Aber es wird schon ganz schön knapp."

Wir ritten noch eine Weile weiter, bevor wir ein Nachtlager aufschlugen. Ich beobachtete die Kamele misstrauisch, die die Köpfe zusammensteckten und über uns zu tratschen schienen. Ob sie wohl planten, uns hier sitzen zu lassen, sobald wir einschliefen?

Zu meiner Erleichterung waren die Kamele aber am Morgen noch da. Und ich nahm mir fest vor, an diesem Tag freundlicher zu meinem Reittier zu sein.

Die Reise erschien mir endlos lange. Und als es bereits dunkler wurde, waren wir noch immer nicht am Ziel angelangt.

„Jetzt müssen wir wohl oder übel die Nacht durchreiten", meinte Matt.

Doch auch er hatte wohl keine Ahnung, wie finster es würde, wenn weit und breit kein Mond schien.

Es musste schon fast Mitternacht sein, als ich ein merkwürdiges Geräusch hörte.

„Habt ihr das gesehen?", fragte Shai.

„Nein", antworteten Matt und ich im Chor. Schließlich war es um uns herum pechschwarze Nacht.

„Außer", sagte Matt, „du meinst mit ‚sehen' das vage Erahnen, dass sich da vorne gerade eine ganze Menge Sand bewegt hat."

Ach! Das war also das Geräusch gewesen!

„Der Geist des Sandes erhebt sich nur in einer mondlosen Nacht", wiederholte Shai Cheshires Botschaft.

„Du meinst doch jetzt nicht, dass der Sand sich einfach in die Lüfte erhoben hat und davongeschwebt ist, oder?", fragte ich.

„Wenn es ein Sandgeist war, doch", entgegnete Shai. „Dann ist das ziemlich genau, was ich meine."

Ich spürte, dass die Kamele sich eine Düne hochkämpfen mussten. Dann waren wir oben. Vor uns lag nichts als Schwärze.

„Und jetzt?", fragte ich in die Runde.

Sobald ich die Worte ausgesprochen hatte, ging Licht an. Offensichtlich waren es lauter kleine Feuer, die auf steinernen Säulen einen Weg zu beleuchten schienen. Mir lief ein Schauer über den Rücken.

„Warst du das?", fragte Matt an Shai gewandt.

„Nein", gab diese zurück, „wie kommst du denn auf so was?"

Matt verkniff sich offenbar die Antwort. Obwohl ich mir denken konnte, warum er die feuerfeste Dschinniya mit dem plötzlich aufflackernden Feuer in Verbindung brachte.

„Gut, wir haben hier mysteriöse Lichter, die plötzlich aufflackern. Sollen wir ihnen also folgen?", fragte Matt erneut.

„Ich nehme es an", antwortete Shai etwas zögerlich.

Wir ließen die Kamele stehen und gingen zu Fuß weiter. Es ging erstmal nur abwärts. Dann kamen wir an den Rand einer dunklen Masse.

„Was ist das hier?", fragte ich.

„Sieht aus wie ein Teich", meinte Matt, der sich niederkniete und mit seiner Hand etwas Wasser schöpfte.

„Ein Teich mitten in der Wüste?!", sagte ich ungläubig.

„Das nennt sich Oase, Ruby", antwortete Matt ruhig.

„Unmöglich!", meinte ich. „Wenn es eine Oase wäre, dann wäre sie auch auf der Karte der Vermittlung eingezeichnet. Schließlich kennen die jeden Winkel der Erde. Zumindest in unserer Dimension."

„Nicht, wenn die Oase normalerweise unter einem Sandgeist begraben liegt", erwiderte Shai. „Und da er sich nur in einer mondlosen Nacht erhebt, sieht man die Oase auch nicht aus der Luft."

„Und was hat diese Oase jetzt mit unserer babylonischen Sphinx und dem Katzenproblem zu tun?", fragte Matt an Shai gewandt.

„Keine Ahnung", gab diese zurück. „Sehen wir mal, wo uns der Weg hinführt."

Wir gingen auf den beleuchteten Weg zu. Die Feuer schienen in großen Metallschüsseln zu brennen. Aber ich konnte darin kein Brennmaterial entdecken.

„Wohnen hier noch mehr Geister, abgesehen von dem Sandgeist, meine ich?", fragte Matt, den die mysteriös entzündeten Feuer wohl ebenfalls beunruhigten.

„Keine Ahnung. Das weiß ich nicht", antwortete Shai.

Wir sahen vor uns ein steinernes Tor. Dahinter schien ein ziemlich großes Gebäude aufzuragen. Wegen der Dunkelheit sah ich aber nicht viel.

„Und wer hat das hier gebaut?", fragte Matt weiter.

„Keine Ahnung", antwortete Shai wieder.

Wir kamen näher zu dem Tor. Als wir direkt davorstanden, starrten wir in einen schwarzen Durchgang. Es war überhaupt nicht zu erkennen, was hinter dem Tor lag.

Matt straffte die Schultern und ging als erster hindurch. Sofort entzündeten sich weitere Feuer im Innern des Gebäudes. Wir waren in einem großen Hof. Drei Seiten des Hofs waren von riesigen Säulen gesäumt, hinter denen hohe Mauern aufragten. Nur die Wand direkt vor uns hatte keine Säulen, dafür einen weiteren Durchgang.

„Was ist das hier?", fragte ich erstaunt.

„Ich bin mir nicht sicher", antwortete Shai. „Sehen wir erst mal, was hinter dem nächsten Durchgang liegt."

Das taten wir dann. Wieder schritten wir ins Dunkel, bevor sich die Feuer auf magische Weise entzündeten. Wir standen erneut in einem fast gleichgroßen Hof. Hier ragten mehrere parallel verlaufende Säulenreihen auf. Und wieder gab es am gegenüberliegenden Ende des Hofes ein Tor.

Shai und Matt gingen zielstrebig weiter. Dann blieb Shai abrupt vor dem Tor stehen.

„Was ist denn? Warum gehst du nicht weiter?", fragte ich, als ich zu ihr aufgeschlossen hatte.

„Ich dachte, hier …", begann sie, sprach aber nicht zu Ende.

„Hier was?", fragte ich und stellte mich neben sie und Matt.

„Hier geht es runter", antwortete Matt an Shais Stelle und deutete auf die ersten paar kaum erkennbaren Stufen im Boden.

„Ist das ein Problem?", fragte er an Shai gewandt.

Doch sie antwortete nicht.

Nach einer Minute des Schweigens fragte Matt gereizt: „Warum antwortest du nicht mehr?"

„Weil dir inzwischen klar sein dürfte, dass ich auch keinen Schimmer habe, was das hier für ein Ort ist", gab Shai ebenso gereizt Antwort.

„Aber du hast doch bestimmt eine Vermutung", sagte ich hoffnungsvoll.

„Nein, habe ich nicht", sagte Shai schroff, und dann etwas freundlicher, „zumindest nicht so richtig."

„Ja, das sagst du jetzt, und dann stellt sich heraus, dass du doch die ganze Zeit heimlich eine Vermutung hattest. Wie mit der Víla im Moor, die mich hätte umbringen können", warf Matt ein.

„Es war aber doch keine Víla, sondern Mina", mischte ich mich ein.

„Du weißt schon, was ich meine", entgegnete Matt. „Ich wäre eben gerne vorbereitet."

„Ach, auf einmal?", sagte Shai sarkastisch. „Wer hat denn gestern noch so große Töne gespuckt, ich solle mir keine Sorgen machen und … warte mal, wie sagtest du noch gleich? Ah ja … wo bliebe denn der Spaß!?"

Diese Bemerkung brachte Matt zum Schmunzeln.

„Na klar, weil ich mich doch auf meine Teamkollegen verlasse", sagte er gelassen.

Shai wirkte nachdenklich.

„Nun?", hakte Matt nochmals nach.

„Da du eben die Víla erwähnt hast, habe ich mich gefragt …", begann Shai.

„Was?", fragte Matt mit einem scharfen Unterton.

Shai seufzte: „… dass es vielleicht irgendwelche Kreaturen hier gibt, die uns hier nicht haben wollen. Ich meine, seht euch hier doch mal um. Findet ihr nicht, es ähnelt einem Heiligtum oder so? Hier unbefugt einzudringen, also …"

„Damit das klar ist: ich riskier bestimmt nicht mein Leben für eine Katze", sagte Matt bestimmt.

„Ich dachte, du bist ein Held", spottete Shai.

„Ein Held, ja. Kein Idiot", gab Matt zurück.

Dann blickten beide besorgt zu mir.

„Was denkst du, Ruby?", fragte mich Shai unsicher.

„Jetzt, da wir schon mal hier sind ...", sagte ich.

Was?! Hatte ich das gerade wirklich gesagt? Was war nur aus dem Angsthasen Ruby geworden? Wie kam ich dazu, in ein unbekanntes, dunkles Loch hinabsteigen zu wollen? Aber meine Worte waren wirklich ehrlich gewesen. Ich wollte wissen, was sich hier verbarg. Außerdem spürte ich bis jetzt keine Gefahr von diesem Ort ausgehen. Kein merkwürdiges Gefühl, wie bei der babylonischen Sphinx. Hoffentlich täuschte ich mich nicht.

Matt kramte zwei Fackeln und eine Taschenlampe aus seiner Tasche. Shai und er nahmen je eine Fackel, ich bekam die Taschenlampe. Vielleicht fürchtete Matt, dass ich versehentlich das ganze Gebäude abfackeln könnte, was, wie ich mir eingestehen musste, durchaus möglich wäre.

Wie wir jetzt sahen, führte in dem schwarzen Loch vor uns eine Treppe hinab. Vorsichtig gingen wir weiter. Die Treppe führte nicht allzu weit nach unten, bevor sie in einen kleinen Raum mündete. Zwei Sphinxen standen vor uns und bewachten einen weiteren Eingang, der ins unbekannte Dunkel führte.

„Die sehen aber ganz anders aus als unsere Sphinx", bemerkte ich.

„Die sind ja auch ägyptisch und nicht babylonisch", erklärte Shai.

„Naja, abgesehen von der Frisur macht das wohl keinen großen Unterschied", meinte Matt.

Er ging mit der Fackel auf eine Sphinx zu und musterte sie.

„Solider Stein", sagte er, „die wird uns wohl kaum anspringen. Oder spürst du hier auch etwas ‚Lebendiges' in diesen Statuen?", fragte Matt spöttisch an Shai gewandt.

„Nein", sagte diese knapp und ging voraus in den nächsten Raum.

„Wow", entfuhr es ihr. Matt und ich folgten ihr schnell. Wir befanden uns in einem langen Korridor. Zu beiden Seiten waren die offenbar aus Steinklötzen gebauten Wände mit wunderschönen, farbigen Zeichen über und über bedeckt.

„Hieroglyphen!", rief ich bewundernd aus.

Shai und Matt sahen sich ebenfalls fasziniert die Wände an.

„Ich nehme an, als Schreiberling, der schon seit Jahrhunderten lebt, wirst du die lesen können", wandte sich Matt an mich.

„So alt bin ich nun auch wieder nicht! Die waren schon in meinen frühen Jahren Jahrtausende alt", entgegnete ich entrüstet.

Shai lachte amüsiert. „Ruby, ich glaube, das ist selbst Matt bekannt. Er wollte lediglich damit sagen, dass du viel Zeit gehabt hast, um alte Schriften zu lernen."

Jetzt schämte ich mich und wurde rot.

„Oh", stammelte ich, während Matt laut protestierte: „Was soll das heißen, selbst mir bekannt?"

Dann richtete sich Matts Aufmerksamkeit wieder auf mich: „Stimmt ja, du hast uns noch gar nicht erzählt, was du fünfhundert Jahre lang so getrieben hast."

Oje, die Richtung, in die das Gespräch ging, gefiel mir aber gar nicht.

„Glaubt ihr also, die alten Ägypter haben das hier gebaut?", fragte ich schnell, um von mir abzulenken.

„Sieht ganz so aus", bestätigte Shai. „Zu schade, dass wir diese Hieroglyphen nicht lesen können. Das wäre bestimmt hilfreich."

Matt ging ein paar Schritte mit seiner Fackel weiter und musterte weitere Wände mit Hieroglyphen.

„Wenn du die alle würdest lesen wollen, wären wir in einer Woche noch hier", sagte er.

Damit erinnerte er uns auch gleich wieder daran, dass wir ja unter Zeitdruck standen. Also setzten wir unseren Weg fort.

Am Ende des Korridors stießen wir auf eine Weggabelung.

„Und wo geht's jetzt lang?", fragte ich Matt und Shai.

„Oh, seht nur", sagte Shai und deutete auf ein kleines, hellgelbes Siegel im Boden vor uns. „Die Vermittlung war schon einmal hier."

„Seltsam", fand Matt, „dann hätte dieser Ort hier doch verzeichnet sein müssen."

„Nur, wenn er nicht wie so vieles andere als streng geheim klassifiziert wurde", entgegnete Shai.

„Aber das hat doch sicher auch etwas Gutes", meinte ich. „Dann sind mögliche Hindernisse bestimmt schon von ihnen beseitigt worden."

„Wohl kaum", sagte Shai, „es gibt nämlich ein Gesetz, dass bei kulturell und oder historisch wertvollen Stätten alles möglichst so belassen werden soll, wie es war."

„Du meinst also ...?", hakte ich nach.

„Falls sie irgendwelche Fallen oder dergleichen deaktiviert hatten, so haben sie diese beim Verlassen dieses Ortes bestimmt wieder scharf gestellt", erläuterte Shai.

„Wie nett von ihnen", murrte Matt. „Ich nehme an, dir gefällt dieses Gesetz vermutlich auch noch."

„Ja, allerdings", sagte Shai bestimmt. „Sonst kann ja nachher jeder Räuber einfach in irgendwelche Heiligtümer reinmarschieren und sich rausholen, was er will."

„Ähm, lassen sie dann auch Leichen zurück?", fragte ich in einer etwas zu hohen Stimme.

Matt und Shai drehten sich zu mir um und sahen auf das menschliche Skelett hinab, das ich mit meiner Taschenlampe anleuchtete.

„Was wollte der denn wohl hier?", fragte Matt, als er sich zu dem Skelett hinunterbeugte, um es genauer zu mustern.

„Ich nehme an, dass alle tausend Jahre oder so mal jemand zufällig diesen Ort hier gefunden hat, ist durchaus wahrscheinlich", antwortete Shai.

„Und woran ist er dann gestorben?", fragte ich nervös.

Shai schüttelte den Kopf und Matt zuckte mit den Schultern.

„Vielleicht ist er verdurstet", riet Matt.

„Draußen ist eine Oase, schon vergessen?", warf ich ein.

„Wir sollten hier nicht weiter herumtrödeln", unterbrach uns Shai. „Also los, gehen wir nun den rechten oder den linken Weg?"

Da die Zeit drängte, entschieden wir, uns aufzuteilen. Shai und ich sollten rechts lang gehen, während Matt den linken Weg probieren wollte. Die dunklen Gänge wurden nur von Shais Fackel und meiner Taschenlampe beleuchtet. Dennoch konnte ich sehen, dass sie auch weiterhin von bunten Hieroglyphen und manchmal auch von größeren Malereien bedeckt waren.

Der Weg stellte sich schon ziemlich bald als ein Labyrinth mit immer neuen Weggabelungen heraus.

Während wir so durch die Gänge irrten, fragte ich Shai: „Was glaubst du, ist das für ein Ort?"

Shai überlegte kurz, bevor sie antwortete: „Erst dachte ich an einen Tempel, aber die sind normalerweise eher überirdisch. Gräber hingegen wurden meist unterirdisch angelegt, von den Pyramiden einmal abgesehen."

„Ein Tempel wäre mir lieber", bemerkte ich.

Aber es war ohnehin bereits ein Grab, zumindest für den armen Kerl, den ich vorhin gefunden hatte.

Ich hatte längst den Überblick verloren, wie viele Male wir rechts und links abgebogen waren. Wie groß mochte diese Stätte hier nur sein? Als wir um eine weitere Ecke bogen, fiel mir eine besonders schöne Malerei ins Auge. Ich betrachtete sie näher und sah, dass einige kostbar aussehende Steine darin verarbeitet waren. Ich berührte einen blauen, funkelnden Stein, was ich sofort bereute. Ich vernahm noch ein leises Klicken, kurz bevor Pfeile an uns vorbeischossen und sich einige Zentimeter tief in die gegenüberliegende Wand bohrten.

Mein Herz machte einen Satz. Ich sah mich besorgt nach Shai um. Diese warf mir einen schockierten Blick zu. Sie war, wie ich selbst, durch pures Glück nicht von den Pfeilen getroffen worden.

„Ruby", sagte sie bedeutungsschwer, „bitte fass hier nichts an."

Vor Schock noch immer leicht zitternd nickte ich. Aber jetzt betrachtete ich den Ort plötzlich mit ganz anderen Augen. Hier gab es Fallen. Tödliche Fallen! Und wir mussten da durch. Weil wir einen Auftrag hatten.

Ich dachte an Matt, straffte meine Schultern und ging mutig mit Shai weiter. Dann würde ich einfach keine Wände mehr berühren. Wenn man das wusste, war es ja ein Kinderspiel!

Daran glaubte ich felsenfest, bis zu dem Zeitpunkt, als zwei Abbiegungen weiter eine Bodenplatte unter mir nachgab. Der ganze Boden war mit einem Mal verschwunden. Ich schrie. Im nächsten Moment hing ich über einem finsteren Loch. Shai hatte sich nach vorn geworfen und gerade noch meinen linken Arm zu fassen gekriegt. Panisch umhertastend bekam ich mit der rechten Hand wieder die abgebrochene Bodenkante zu fassen und gemeinsam mit Shais Hilfe zog ich mich hoch.

Einige Augenblicke lang saßen wir beide schwer atmend auf dem Boden.

„Und wie sollen wir weiter, wenn man nicht mal mehr den Boden berühren darf?", keuchte ich.

„Wir müssen einfach besser aufpassen, wo wir hintreten", antwortete Shai. Und mit wir meinte sie mich.

Ich achtete jetzt also genau auf den Boden und versuchte gleichzeitig, von den Wänden fern zu bleiben. Besonders stark konzentrierte ich mich auf den Boden, als der Weg plötzlich leicht nach unten ging. Ich sah, dass er weiter vorne wieder flacher wurde. Und dann stieß ich mir den Kopf an der Decke. Auf die hatte ich überhaupt nicht geachtet! Wieder vernahm ich ein Unheil verheißendes Raunen. Dann krachte die Decke ein.

Eine regelrechte Wasserflut stürzte in den Gang und riss mich und Shai mit sich fort. Wir wurden hin und her geschleudert und prallten gegen die harten Steinwände. Ich hoffte nur, dass nicht die gesamte Oase jetzt hier sämtliche Gänge mit Wasser fluten würde. Aber da hatten wir offenbar Glück. Fast so schnell, wie es gekommen war, verebbte das Wasser in den zahlreichen Korridoren des Labyrinths.

Wir selbst hatten auch keinen größeren Schaden genommen, abgesehen von ein paar blauen Flecken und dem Schock. Aber Shai hatte diese Erfahrung nun den Rest gegeben. Sie war völlig durchnässt und sichtlich unglücklich darüber. Da Dschinn Feuerwesen waren, musste ich annehmen, dass sie es verabscheute, nass zu werden. Sie sagte aber nichts. Schweigend drehte sie sich um und winkte mir, ihr zu folgen. Wir gingen den gesamten Weg, auf dem wir hergekommen waren, wieder zurück. Shai musste mich natürlich führen, da ich schon längst den Überblick verloren hatte, wo wir uns gerade befanden. Zu meiner Überraschung stießen wir schon auf halbem Weg auf Matt.

„Der Weg auf meiner Seite ging nicht mehr weiter", gab dieser als Erklärung. „Seid ihr etwa auch schon durch?"

Dann sah er, dass wir vollkommen durchnässt waren.

„Wart ihr schwimmen?", fragte er belustigt.

Ich schüttelte den Kopf, während Shai sagte: „Jetzt bist du an der Reihe."

Sie erklärte Matt, dass er als Held sich doch um mich kümmern sollte. Sonst war Shai immer sehr geduldig mit mir gewesen, aber sie befürchtete wohl zu Recht, dass ich es innerhalb der nächsten halben Stunde geschafft hätte, mich und vermutlich auch sie umzubringen.

Matt war zwar nicht besonders scharf auf den Job, konnte aber schlecht ablehnen. Also war ich nun mit ihm unterwegs. Shai hatte sich bei der erstbesten Weggabelung von uns getrennt.

„Versuch einfach, genau dahin zu treten, wo ich auch hintrete", riet mir Matt.

Das tat ich dann und es ging auch gut, bis ich an einer Stelle zu spät bemerkte, dass Matt stehengeblieben war, weil ich mich so sehr auf meine eigenen Füße konzentrierte. Plötzlich stieß ich mit ihm zusammen. Es machte *klick* und ein Bodenschalter, der von unser beider Gewicht aktiviert wurde, ließ den Boden plötzlich steil abfallen. Da die Steinplatten hier mit einem komischen Lack überzogen waren – was vermutlich auch der Grund dafür gewesen war, dass Matt misstrauisch stehengeblieben war – schlitterten wir ohne Halt in die Tiefe.

Wir rutschten ganz schön weit, fielen anschließend etwa zwei Meter in die Tiefe und landeten schließlich wieder auf festem Boden. Ich hatte schon mit irgendwelchen Stacheln gerechnet, die nur darauf warteten, uns aufzuspießen. Weit und breit war jedoch nichts Gefährliches zu sehen.

„Es tut mir leid", stammelte ich, als mich Matt wieder auf die Füße zog.

„Ach, was soll's", meinte dieser locker, „war doch 'ne prima Abkürzung. So schlecht sieht der Ort hier gar nicht aus."

Damit hatte er gar nicht so Unrecht. Wir befanden uns in einem großen Kellergewölbe. Wie groß es wirklich war, konnte ich natürlich nicht sehen. Vielmehr sah ich, dass weder Fackel noch Taschenlampe den Raum ausleuchten konnten und einige riesige, massive Säulen vor uns ließen auf einen sehr großen Raum schließen.

Über uns schloss sich die Öffnung wieder krachend.

„Das war dann wohl eine Einbahnstraße", bemerkte Matt. „Dann sollten wir jetzt nach einem anderen Weg suchen."

Das Ganze wäre viel leichter gewesen, wenn wir gewusst hätten, wonach wir in diesem Labyrinth überhaupt suchten. Mir war noch immer nicht klar, was dieser Ort hier mit der babylonischen Sphinx und was diese wiederum mit den verrücktspielenden Katzen zu tun hatte. Aber schon allein, dass es hier ein geheimes Gebäude gab und nicht nur Wüstensand und wir dann auch noch das Siegel der Vermittlung hier gefunden hatten, deutete darauf hin, dass wir auf der richtigen Spur waren.

Wir gingen schweigend weiter. Mit Fackel und Taschenlampe beleuchteten wir den Boden. Ich sah weder eine Decke noch Wände – dafür, dem Umfang nach zu schließen, riesige Steinsäulen. Die waren bestimmt an die zwei Meter dick. Wie hoch oben musste da erst die Decke sein.

Abgesehen von unseren Schritten umgab uns vollkommene Stille und Dunkelheit. Plötzlich meinte ich, einen Windhauch zu hören. Schon im nächsten Moment bemerkte ich, dass es sich nicht um Wind, sondern um ein sich selbstständig entzündendes Feuer gehandelt hatte. Und nach dem ersten entzündeten sich gleich noch weitere Feuer wie von selbst. Genauso hatten wir es schon draußen und in den Innenhöfen dieses Gebäudes erlebt.

Eine lange Reihe dieser niedrigen Steinsäulen, über denen die Feuer zu schweben schienen, beleuchtete nun das unterirdische Gewölbe, in dem wir uns befanden. Es war riesig! Wie ich erwartet hatte, waren die Steinsäulen, welche die Decke trugen, nicht nur dick, sondern auch hoch. Auf Anhieb konnte ich gar nicht erkennen, wie viele Säulenreihen es hier gab. Links von uns konnte ich eine Wand als Begrenzung ausmachen, doch rechts schien der unterirdische Raum immer weiter zu führen.

„Ich glaube, wir sind nah am Ziel", bemerkte Matt.

Mein Herz klopfte aufgeregt. Würde sich gleich das Geheimnis lüften, dem wir nun schon so lange auf der Spur waren? Und was mochte dieses Geheimnis sein?

Beschwingt schritten wir weiter. Wir hatten bestimmt schon bald fünfzig Meter zurückgelegt, als wir endlich eine Wand vor uns entdeckten – viel wichtiger noch: einen Durchgang in der Wand, gesäumt von zwei großen, aufrecht sitzenden Sphinxen. Das musste es sein!

Zielstrebig gingen wir auf den Durchgang zu. Ich wusste nicht, warum ich den Kopf hob, aber mein Blick heftete sich auf die dem Durchgang am nächsten gelegenen Säulen. Ganz hoch oben sah ich, dass die Säulen mit einer praktisch ebenso dicken Schlangenstatue umwunden waren – ähnlich den Drachenstatuen, die in chinesischen Tempeln die Säulen zierten. Es waren nur noch etwa dreißig Schritte bis zu dem Durchgang.

Feiner Staub rieselte von der Schlangenstatue herunter.

Jetzt war der Durchgang nur noch zwanzig Meter entfernt.

Zu meinem unbeschreiblichen Grauen fing die Schlangenstatue an, sich zu bewegen. Sowohl die Vorder- als auch die Hinterseite der Statue, die beide Säulen umwand, schien sich von ebendiesen zu lösen.

„Matt!", schrie ich entsetzt.

Doch es war zu spät.

Noch bevor wir auch nur zu einem Sprint ansetzen konnten, um in den nächsten Raum zu flüchten, krachte die Schlange herunter und versperrte uns den Weg.

Ihre Länge war nur zu erahnen, lag sie doch mit geschwungenem Körper auf dem Boden vor uns. Sie bewegte sich kaum, als wäre sie noch immer zur Hälfte zu Stein erstarrt. Aber sie war zweifelsohne lebendig ... und ein unüberwindbares Hindernis.

Ich klammerte mich an Matt fest.

„Du bist doch ein Held, oder? Du kommst damit klar, richtig? Hast du einen Plan?", fragte ich schon fast hyperventilierend.

Matt stand still da und schien nachzudenken: „Mal sehen: die Schlange hat etwa einen Durchmesser von zwei Metern, würde also Tritte oder Schläge kaum spüren. Außerdem, soweit ich das auf die Distanz beurteilen kann, besteht ihre Haut aus einem stahlharten Schuppenpanzer, durch den ganz sicher keine Waffe, die ich gerade bei mir trage, hindurchdringt."

Mir rutschte das Herz in die Hose.

„Vielleicht lässt sie uns ja auch einfach vorbei?", hoffte ich verzweifelt.

„Ich hege da so meine Zweifel", sagte Matt. „Du erinnerst dich doch an die Schutzschlange im Moor?"

„Ja?", antwortete ich zögernd.

„Tja, ich habe irgendwie die Vermutung, dass das hier auch eine Schutzschlange ist", erklärte Matt.

Während er dies sagte, fing die Schlange langsam an, ihren Kopf vom Boden zu heben. Er stieg höher und höher in die Luft. Nun konnte ich gut erkennen, dass es sich bei der Riesenschlange um eine Kobra handelte. Eine Giftschlange also ... als wäre ihre schiere Größe nicht schon Problem genug.

Andererseits war meine letzte Begegnung mit einer Schutzschlange gut verlaufen, auch wenn diese viel kleiner gewesen war.

„Aber das wäre doch gut", sagte ich. „Schutzschlangen sind doch freundlich."

„Die letzte war das schon. Da waren wir ja auch auf ihrer Seite. Ich fürchte nur, hier verhalten sich die Dinge anders. Diesmal sind wir vermutlich unerwünschte Eindringlinge", sprach Matt meine schlimmsten Befürchtungen aus.

Wir wichen langsam vor der Kobra zurück, möglichst ohne ihre Aufmerksamkeit auf uns zu lenken.

„Und du kannst da wirklich nichts machen?", fragte ich mit schwindender Hoffnung.

„Was denn bitte?", gab Matt zurück. „Wenn du einen Plan hast, nur raus damit. Ich hab' dir ja schon erklärt, dass ich für so etwas nicht ausgerüstet bin. In meiner Standardausrüstung befindet sich keine Riesenschlangen-Bezwinger-Waffe."

Matt klang nun selbst ziemlich verärgert und nervös.

Dann öffnete die Schlange zum ersten Mal die Augen. Sie sah uns direkt an. Ich glaubte, gleich müsste mein Leben an mir vorbeiziehen. Sie hatte zwei glühende Augen. Für mich wirkten diese, als wären es Tore zu den Feuern der Unterwelt. Dann öffnete sie ihr Maul und jegliche Fragerei wurde überflüssig. Eine meterlange Stichflamme schoss aus ihrem Rachen hervor.

„Oh", sagte Matt, „… sie kann Feuer spucken."

Säulen rauschten rechts und links an mir vorbei. Hinter uns das stetige Zischen und Schleifen des gigantischen Schlangenkörpers.

Schlangen waren ja bekanntlich Kaltblüter, was vielleicht der Grund war, weshalb sie uns noch nicht eingeholt hatte. Aber wenn sie weiterhin so viel Feuer hinter uns her spuckte, welches in meinem Rücken brannte, würde sie bald genug aufgeheizt sein, um selbst einen Zug überholen zu können.

Matt und ich hatten uns nicht abgesprochen. Dass Wegrennen die einzige Option zum Überleben war, war in diesem Moment so glasklar gewesen, dass wir uns etwa zur gleichen Zeit umdrehten und Fersengeld gaben. Natürlich versuchten wir, es unserer Verfolgerin nicht zu leicht zu machen und schlugen immer wieder Haken um die Säulen, die einen guten Schutz vor den riesigen Flammen boten, welche aus dem Maul der Kobra schossen.

Dennoch – nach wer weiß, wie vielen Metern – war nun dringend ein Plan B erforderlich.

„Kannst du nicht irgendwas tun, um sie aufzuhalten? Eine Säule auf sie niederstürzen lassen oder so?", rief ich Matt zu.

Obwohl wir gerade um unser Leben rannten, war der sarkastische Tonfall seiner Antwort überdeutlich: „Du hast wohl selbst zu viele Comics gelesen! Sehe ich etwa so aus, als könnte ich eine tonnenschwere Säule einfach mal so kurz umwerfen?"

Wieder spürte ich die heißen Flammen in unseren Rücken. Meine Kleidung war bestimmt schon angesengt, aber mein Fleisch war glücklicherweise noch nicht verbrannt. Meine Tasche hätte vielleicht einen guten Schutz abgegeben, wenn ich sie nicht bei den Kamelen gelassen hätte. Anderseits konnte ich so schneller rennen.

„Vielleicht hast du ja Sprengstoff in deiner Standardausrüstung oder so", rief ich zurück.

„Wenn dem so wäre, wären wir vermutlich bereits in die Luft geflogen", kam Matts Antwort prompt.

Dann deutete er mit dem Arm nach vorne: „Ich glaub, da vorne ist ein Gang, der aus dieser verflixten Halle hinausführt."

In der Dunkelheit war kaum etwas zu erkennen. Immer wieder flammten die kleinen Feuer auf den Steinsäulen vor uns auf und leuchteten uns den Weg. Da wir aber auch von Flammen verfolgt wurden, erschreckte mich das jedes Mal aufs Neue. Aber nun sah ich den Gang oder vielmehr das schwarze Loch in einer Wand vor uns auch.

„Ich sehe es!", bestätigte ich.

„Gut, dann schlage ich vor, wir laufen da rein!", rief Matt.

Einen Moment lang war ich kurz davor, zu widersprechen. Was, wenn dieser Gang eine Sackgasse war, die nirgendwo hinführte? Aber momentan schien das so ziemlich unsere einzige Chance, wenn nicht ein Schlangenbeschwörer auftauchte und uns rettete. Oder Shai ...

Die feuerfeste Dschinniya hätte vielleicht Einfluss auf diese feuerspeiende Bestie hinter uns nehmen können.

Wir liefen in den Gang hinein. Nun waren Matts Fackel und meine Taschenlampe wieder die einzige Lichtquelle. Ohne langsamer zu werden, rannten wir weiter. Hinter uns hörte ich ein empörtes Zischen. Schnaufend blieben wir kurz stehen und blickten zum ersten Mal zurück. Der Kopf der Kobra war direkt vor dem Eingang zu sehen und wütend spuckte sie erneut Feuer, welches uns aber nicht erreichen konnte.

Schon fast wollte ich jubeln, als die Schlange sich langsam nach vorne bewegte. Gestein bröselte von der Decke. Mit Schrecken stellte ich fest, dass nur der Eingang zu unserem Tunnel etwas enger war. Der Gang selbst war dann wieder größer. Die Schlange presste sich langsam weiter nach vorne und würde ohne Zweifel mit Gewalt ihren Körper durch die enge Öffnung hindurchdrücken können.

Matt fluchte: „Verdammt, warum müssen die Gänge gerade hier so groß sein!?"

Wir warteten natürlich nicht darauf, dass die Kobra sich durch den Eingang gepresst hatte. Sofort rannten wir weiter und hörten das bösartige Zischen hinter uns, das wie eine Verwünschung dieses Ungetüms klang.

Nach einer Weile wurde das Licht der Taschenlampe plötzlich zurückgeworfen. Vor uns verbreiterte sich der Gang zu einem Raum und dieser stand offenbar unter Wasser. Hinter uns hörten wir wieder das bekannte, schleifende Geräusch. Die Schlange war durch die Öffnung gekommen!

„Scheiße!", stieß ich aus.

„Nicht nachdenken, einfach weitergehen", ermahnte mich Matt.

Das Wasser wurde stetig tiefer und bremste unsere Flucht ab. Schließlich war es so tief, dass Matt anfing, zu schwimmen, was ich ihm auch sogleich nachmachte. Schwimmen konnte ich immerhin schnell genug. Über unseren Köpfen jagte eine Stichflamme hinweg. Und dann …

„Hier ist eine Wand. Es geht nicht mehr weiter", stellte Matt fest.

Nein, das durfte jetzt nicht sein! Saßen wir doch tatsächlich in einer Sackgasse fest? Ich blickte zurück und sah zu der Riesenschlange, die am Rande des Wassers verharrte und schon allein mit ihren glühenden Augen versuchte, uns zu verbrennen.

„Sie mag kein Wasser!", fuhr plötzlich eine Erkenntnis durch mich.

Eine erneute Stichflamme jagte über die Wasseroberfläche hinweg und Matt und ich mussten abtauchen, um nicht getroffen zu werden.

„Klasse, Ruby", schimpfte Matt, als wir wiederaufgetaucht waren. „Wenn du sie reizen wolltest, dann war das ganz sicher der richtige Weg."

„Aber sie kann uns immerhin nicht ins Wasser folgen", verteidigte ich mich.

„Und was bringt uns das jetzt?", war Matts niederschmetternde Antwort.

Leider wusste ich darauf nichts zu erwidern. Ja … was brachte uns das jetzt? Noch als ich nachdenken wollte, mussten wir erneut abtauchen, um nicht verkohlt zu werden. Das war eine miese Lage, in der wir uns jetzt befanden. Die Kobra konnte in aller Ruhe dort abwarten, bis uns die Puste ausging. Und wir konnten dann entscheiden, ob wir lieber ertranken oder geröstet wurden. Na, großartig!

Spätestens jetzt musste doch mein Leben an mir vorbeiziehen. Immerhin schien nun wirklich mein Ende gekommen und mein Leben war lang genug gewesen, sodass das Vorbeiziehen einen Augenblick beanspruchen würde. Oder gab ich zu schnell auf? Aber es gab nichts, womit ich oder Matt die Schlange hätten besiegen können. Und unser Fluchtweg war hier zu Ende … oder?

Plötzlich kam mir eine Idee. Der Gang, den ich vorher mit Shai entlanggegangen war und der dann geflutet wurde, hatte sich nach unten geneigt. Dies hier war zwar kein Gang mehr, sondern ein Raum, aber wenn hier vielleicht auch …

Ich tauchte ab, obwohl gerade keine Stichflamme geschossen kam und begann, mit meiner Taschenlampe den Boden abzuleuchten. Ich fand nichts. Als ich wieder hochkam, wurde ich unsanft von Matt nach unten gedrückt. Über uns erhellte eine erneute Flamme die Wasseroberfläche. Prustend tauchte ich kurz danach auf. Jetzt hatte ich vor Schreck Wasser geschluckt.

„Hast du was gefunden?", fragte Matt, der offenbar sofort verstanden hatte, woran ich gedacht hatte.

Ich schüttelte den Kopf.

„Nein", sagte ich und fügte dann entschlossen hinzu: „noch nicht."

Ich tauchte erneut ab. Und wieder und wieder. Bei meinem fünften Tauchgang glaubte ich, eine tiefere Wasserstelle gefunden zu haben, die weiter nach unten führte.

Sofort erstattete ich Matt Bericht darüber.

„Versuchen wir's", sagte dieser optimistisch.

Klar, dachte ich, wir haben ja auch nichts zu verlieren.

Also tauchten wir. Es ging nicht so tief nach unten, wie ich befürchtet hatte, aber dann ging es weiter geradeaus … und weiter und weiter …

Langsam machte ich mir Sorgen, ob Matt und ich lange genug die Luft anhalten konnten. Ich leuchtete nun mit der Taschenlampe nach oben. Die steinerne Decke über uns schien kein Ende nehmen zu wollen. Dann tauchte vor uns eine Wand auf. Zum Umkehren war es längst zu spät, das würden wir nicht mehr schaffen. Panik machte sich in mir breit und ich fuchtelte verzweifelt mit der Taschenlampe umher. Matt nahm sie mir schließlich ab und beleuchtete nochmals mit ruhiger Hand die Wand vor uns.

Da! Da war ein Loch! Gerade groß genug, sodass ein Mensch hindurchtauchen konnte. Obwohl ich nicht wusste, was sich dahinter befand, verspürte ich eine riesige Erleichterung, als ich mich mit meinen Händen durch den Durchgang stieß. Ich hielt zielstrebig zur Wasseroberfläche an. Jetzt musste es einfach wieder Luft über uns geben! Doch es ging immer weiter und weiter aufwärts. Wie tief waren wir vorher getaucht? Und wie hoch konnte dieser Raum sein?

Dann endlich durchstieß mein Kopf die Wasseroberfläche und ich atmete tief ein. Neben mir tauchte Matt auf. Erst dann begann ich, mich umzusehen.

„Wir sind draußen", stellte ich erstaunt fest.

Ich erkannte vor uns den beleuchteten Weg, der zu dem großen Gebäude führte. Wir waren jetzt offenbar in dem Teich neben dem Gebäude.

Ich hörte, wie noch etwas auftauchte.

„Dein Rucksack?", fragte ich Matt.

Aber dieser schüttelte den Kopf und bedeutete mir, zu schweigen. Angespannt lauschten wir.

Dann hörte ich wieder ein solches Schnauben.

„Die Schlange!", durchfuhr es mich. Sie war uns doch ins Wasser gefolgt. Und nun kam sie, um uns den Rest zu geben.

Aber Matt sah noch immer nicht verängstigt, sondern sehr konzentriert aus.

Erneut hörte ich das Geräusch im Wasser, diesmal aus einer anderen Richtung.

„Flusspferde", sagte Matt plötzlich.

Ich stand unter Spannung. Zwar war es doch nicht die Riesenschlange, was bei genauerer Überlegung ja auch unmöglich war – denn wie hätte sie sich durch die schmale Öffnung quetschen sollen – aber Flusspferde …

„Los, machen wir, dass wir aus dem Wasser rauskommen", flüsterte Matt.

Flusspferde galten als extrem aggressiv und schätzten keine Eindringlinge in ihrem Territorium. Wenn ich die Geräusche richtig deutete, waren wir dummerweise inmitten einer Gruppe von ihnen aufgetaucht.

War denn dieser Horror nie zu Ende? Wir schlitterten von einer Lebensgefahr in die nächste.

Matt hatte seinen Rucksack noch bei sich. Daraus kramte er jetzt etwas hervor.

Mit einem Kopfnicken bedeutete er mir, voraus zu schwimmen. So leise und behutsam wie möglich bewegte ich mich fort. Ich hörte ein Geräusch hinter mir und drehte mich um. Ein Flusspferd war nach vorne geschnellt und mit weit aufgesperrtem Maul daran, Matt zu packen. Doch dieser war bereit und warf ein grosses Messer in das Maul des Ungetüms. Mit einem Schmerzenslaut fiel dieses zurück.

„Schwimm!", rief Matt und nun sputete ich mich und schwamm so schnell ich konnte zum rettenden Ufer.

Keuchend watete ich an Land, Matt dicht hinter mir. Nach einigen Schritten sackte ich zusammen. Auch Matt ließ sich auf den Boden sinken.

Eigentlich wollte ich noch bemerken, dass Flusspferde doch auch auf dem Land gehen konnten, aber es kam nur Luft aus meinem Mund heraus.

„Ich hab' ihm eins mit dem Buschmesser verpasst", stieß Matt zwischen einigen tiefen Atemzügen hervor. „Das sollte sie wohl abschrecken, hoffe ich."

Ich nickte. Das war alles, was ich im Moment zustande brachte.

„Ach, hier seid ihr also", sagte eine Stimme in unserem Rücken. Erschrocken fuhr ich herum.

„Ihr seht ganz schön fertig aus", stellte Shai fest, die vollkommen gelassen und offenbar auch unversehrt vor uns stand.

Ich setzte zu einer Erklärung an, aber erneut kam nur Luft heraus.

„Ich habe gefunden, was wir gesucht haben", sagte sie und streckte uns triumphierend die Archivplatte entgegen.

Unsere Mission hatte ich schon völlig vergessen. Der Kampf ums nackte Überleben hatte mich ganz und gar in Anspruch genommen.

„Es war wirklich kinderleicht", erzählte Shai weiter. „Ich fand den richtigen Weg und landete in diesem Raum, dessen Eingang von zwei Sphinxen gesäumt war. Da wusste ich gleich, dass ich an der richtigen Stelle war."

Wie eine dunkle Erinnerung stiegen die Bilder wieder in mir hoch, wie dann die Riesenschlange von dem Kapitell herunterkrachte...

„Eigentlich hatte ich ja mit Schwierigkeiten gerechnet, aber es war weit und breit kein Wächter oder dergleichen zu sehen", fuhr Shai fort.

„Was du nicht sagst", stieß Matt hervor.

Ich wusste genau, was Matt gerade dachte. Natürlich war da kein Wächter gewesen! Das verdammte Biest war uns hinterhergejagt und wir hatten es praktischerweise weit von dem Eingang, den es bewachen sollte, weggelockt. Wenn auch nicht ganz freiwillig.

„Jedenfalls bin ich mir sicher, dass die Sphinx, also unsere babylonische Sphinx, aus diesem Raum stammt. Da stand nämlich ein leerer Sockel, der genau die richtige Größe hat", erzählte Shai unbekümmert weiter. „Außerdem waren da auch allerlei Wandmalereien. Ich werde nur leider nicht ganz schlau daraus. Ich habe sie aber auf der Archivplatte gespeichert."

„Wie ...", begann ich, aber dann entschloss ich mich, meine Energie zu sparen. Die Antwort auf meine Frage konnte ich mir auch selbst zusammenreimen. Die Archivplatte funktionierte mit einer Art magischer Lava und Shai konnte offenbar nicht nur Feuer und Hitze aushalten, sondern diese auch manipulieren. Unnötig nachzufragen, wie genau sie es angestellt hatte, jedenfalls konnte sie wohl Informationen eigenständig auf der Archivplatte speichern.

„Zeig mal her", forderte Matt sie auf.

Shai reichte ihm bereitwillig die Archivplatte. Ich beugte mich etwas nach vorne, um die Bilder besser sehen zu können. Die Bilder zeigten einen relativ kleinen Raum mit einem großen, leeren Sockel in der Mitte, genau wie Shai es gesagt hatte. Die Wände ringsum waren von großen, bunten Wandmalereien geziert. Auch die hier eher zierlichen Säulen waren mit Malereien bedeckt. All diese Bilder schienen eine Geschichte zu erzählen. Ich sah eine Sphinx abgebildet und dann etwas, was ihr Gegenstück zu sein schien: eine Frau mit Katzenkopf. Dann waren da noch jede Menge Menschen und Katzen abgebildet, jedoch viel kleiner als diese beiden Hauptfiguren, obwohl der eine Mensch, der auf einem Stuhl saß, um einiges größer war als die anderen.

„Und?", fragte Shai gespannt.

„Naja, ich bin kein Experte in ägyptischer Geschichte oder so", begann Matt, „aber für mich sieht das folgendermaßen aus: Hier sind Menschen, die die Haare ähnlich tragen wie unsere Sphinx, also nehme ich an, das sind die Babylonier. Ihr Herrscher übergibt offenbar dem Pharao die Sphinx als Geschenk. Dann trifft die Sphinx auf Bastet, die ägyptische Göttin der Katzen."

Shai sah ihn erstaunt an.

„Was denn?", gab Matt zurück. „Ich habe bei unseren Recherchen schon das eine oder andere gelernt. Na, jedenfalls scheint der Pharao die Sphinx zu deren Tempel gebracht zu haben, wo sie genauso wie die anderen Sphinxen auch aufgestellt wurde."

„Als Wächterin, vermutlich", nahm Shai an.

„Hm, ich weiß nicht so recht", erwiderte Matt, „es sieht mehr so aus, als wäre die Sphinx eine Dienerin oder Helferin der Göttin geworden. Und dann überreicht ihr die Göttin ihr Zepter und wendet sich von den Katzen ab."

„Die Katzengöttin wendet sich von den Katzen ab? Das ergibt doch keinen Sinn", warf ich ein.

Aber Shai brachte mich mit einem „Schhh" zum Schweigen. Sie hing nun fasziniert an Matts Lippen.

Matt fuhr fort: „Dann hat ein Pharao, der nicht genauso aussieht wie der erste, die Sphinx aus dem Tempel schaffen und in eine Oase bringen lassen. Das muss diese Oase hier sein. Hier sieht man dann die Katzen, die nun offenbar der babylonischen Sphinx ihre Ehre erweisen."

„Ah, das ergibt Sinn!", rief Shai freudig aus.

„Ach ja?", fragte ich, jedoch kaum hörbar, damit ich nicht wieder einen Rüffel bekommen würde.

Doch weder Shai noch Matt achteten auf mich. Shai wirkte mit einem Mal überglücklich und fasziniert von Matts Fähigkeit, diese Wandmalereien zu entschlüsseln. Matt erwiderte auf ihre Komplimente irgendetwas mit: „Comics lesen wäre eben doch manchmal nützlich." Aber ich hörte nur mit halbem Ohr zu. Ich nahm ein beunruhigendes Geräusch war. Es kam nicht aus dem Wasser. Aber ich hatte dieses Geräusch schon einmal gehört, allerdings beim letzten Mal aus größerer Entfernung.

„Ähm, Leute", unterbrach ich das Gespräch der anderen beiden, „ich will ja wirklich nicht stören, aber wenn der Sandgeist zurückkommt, werden wir dann nicht alle lebendig unter dem Sand begraben?"

Diese Bemerkung erzielte sofort die gewünschte Wirkung. Augenblicklich sprangen wir alle auf die Füße und hasteten die Düne hoch, zurück in Richtung der Kamele.

Dies erwies sich allerdings als ziemlich schwierig, denn der Sand unter unseren Füßen rutschte immer wieder nach unten. Schon wirbelte um uns herum überall Sand und die Luft wurde schwer und stickig. Mit allerletzter Kraft gelang es mir, mich über die Kante der Düne zu kämpfen, dann fiel ich vor Erschöpfung auf den Boden. Shai und Matt kamen neben mir zum Stehen. Wir hatten es gerade noch so geschafft. Ein Rauschen und Tosen war hinter uns zu hören und schon wenige Augenblicke später war alles vorbei. Matt ging nochmals die paar Schritte hoch und blickte über den Rand der Düne.

„Nichts", sagte er, „da ist nichts mehr als Sand. Von dem Bauwerk oder der Oase ist keine Spur mehr zu sehen."

„Oder von der Riesenschlange oder den Flusspferden", ergänzte ich.

„Den was?", fragte Shai.

IM AUFTRAG DER GÖTTIN

Für Shai und Matt schien der Fall nun gelöst zu sein, obwohl ich noch immer Probleme hatte, das zu verstehen.

„Aber eine Sphinx hat doch einen Löwenkörper und die Katzengöttin einen Katzenkopf. Wo ist da der Zusammenhang?", fragte ich nach.

„Du meinst, abgesehen von der offensichtlichen Verwandtschaft", zitierte Matt meine eigenen Worte, wie ich sie in Opticas Dimension gebraucht hatte.

Der Tag war bereits angebrochen und wir machten uns mit unseren Kamelen auf den Rückweg, obwohl wir nicht geschlafen hatten. Der Fall war zwar laut Shai gelöst, aber außer uns wusste noch niemand davon. Deshalb würde Optica trotzdem in ihre Dimension zurückgeschickt und dort vom Wesir getötet werden. Außer wir kamen so schnell wie möglich zurück und Tāne hatte es geschafft, die Zurückführung Opticas hinauszuzögern.

„Na schön", sagte ich, „ich verstehe es zwar nicht, aber ihr glaubt also, dass diese paar Bilder da ausreichen, um Opticas Unschuld zu beweisen?"

„Definitiv", sagte Shai, „obwohl es eigentlich nicht Opticas Unschuld beweist, sondern die Schuld eines anderen."

„Wessen denn?", fragte ich verwirrt.

„Tja, das ist der Teil, der unserem Arbeitgeber nicht gefallen dürfte", erwiderte Matt.

„Unser Auftrag lautete, die Hintergründe für Opticas Verhalten herauszufinden – später beinhaltete er, ihre Unschuld zu beweisen. Auch wenn wir für die Vermittlung arbeiten, war unser eigentlicher Auftraggeber Chalifa. Und für Chalifa spielt es keine Rolle, ob unsere Ergebnisse die Vermittlung belasten. Die

Vermittlung kann uns unmöglich vorwerfen, dass wir unseren Job nicht richtig erledigt hätten", erläuterte Shai in dem besonderen Tonfall, den sie immer dann annahm, wenn sie über rechtliche Dinge sprach.

Ich war mir aber nicht so sicher, ob Siegfried das auch so sehen würde ... oder viel schlimmer noch: die Chefin! Schon bei dem Gedanken, ihr meinen Bericht abgeben zu müssen, wurde mir schwindlig. Dafür müsste ich allerdings erst einmal selbst die Zusammenhänge verstehen.

Unsere Rückreise verlief ziemlich ereignislos und ohne jegliche Pannen. Vom erstmöglichen Standort aus schickten wir sofort eine Nachricht an die Zentrale, dass Opticas Abschiebung aufgrund von neu aufgetretenen Fakten ausgesetzt werden sollte. So hatte es Shai zumindest diktiert. Eigentlich waren wir schon einen Tag zu spät. Unser Ultimatum war abgelaufen, als wir irgendwo mitten in der Wüste steckten.

Wir wussten noch nicht, ob wir uns noch rechtzeitig gemeldet hatten oder ob unsere Meldung überhaupt noch beachtet würde. Daher reisten wir gleich weiter, um schnellstmöglich selbst nach dem Rechten zu sehen. Ausnahmsweise war ich mal nicht so froh darüber, nach Hause zu kommen. Ich hatte Bammel vor unserem Treffen mit unseren Vorgesetzten. Auch wollte ich nicht auf Chalifa treffen, falls nun seine Optica doch bereits in die andere Dimension verfrachtet worden war.

Als wir in der Wüste waren, hatten wir den Rest der Welt hinter uns gelassen. Doch die Zeit hatte nicht stillgestanden und es hatte sich innerhalb weniger Tage so einiges verändert. Schon die Wüstenstadt, in der wir zum U-Hafen eilten, hatte sich vollkommen verändert. Die Straßen waren weitgehend leer und überall gab es Absperrungen mit Warnschildern. Fauchende Katzen saßen hinter den Absperrungen oder tigerten unruhig hin und her. Es war deutlich, dass man sich ihnen besser nicht nähern sollte.

In den ersten Nachrichten, die wir mitbekamen, hieß es, dass in mehreren Ländern bereits ein Gesetz zum freien Abschuss der Katzen diskutiert werde.

Zurück bei der Vermittlung sah die Sache nicht so schlimm aus. Hier waren keine Katzen auf der Straße zu sehen. Vermutlich waren sie in ein vorübergehendes Lager gebracht worden. Eine Demonstration in der Nähe des Hauptquartiers zeigte uns aber, dass auch hier nicht alles so ruhig war, wie es schien. In der Demonstration standen sich Katzenfreunde und -gegner gegenüber und schrien sich gegenseitig über die von Sicherheitskräften leer gehaltene Passage an.

Wir hatten aber keine Zeit, weiter diesem Treiben zuzusehen. Unsere ersten Schritte führten uns natürlich in Herrn Schildkrötes Büro, dem wir unsere Beweise vorlegten.

„Hm … und welche Art von Beweis sollen diese Bilder hier sein?", fragte Siegfried stirnrunzelnd und klang wenig überzeugt.

„Die Geschichte, die die Bilder zeigen, ist eigentlich zweitrangig", erläuterte Shai. „Hauptsächlich ist der leere Sockel entscheidend, der beweist, dass die Sphinx, die auf den Malereien abgebildet ist, sich dort befunden hat. Nimmt man das zusammen mit unserer geografischen Auswertung der Reklamationen und unseren Beobachtungen im Anwesen von Stella Cartwright, ergibt sich ein begründeter Verdacht, dass die babylonische Sphinx und der Katzenwahn in Zusammenhang stehen. Ein Experte könnte dies sicherlich bestätigen."

„Ich dachte, du weißt, was der Zusammenhang ist", sagte ich irritiert zu Shai und bekam von ihr einen schmerzhaften Rippenstoß, der mich wohl zum Schweigen bringen sollte.

Matt flüsterte mir ins Ohr: „Das weiß sie schon, aber etwas zu wissen, ist noch kein Beweis. Wir haben noch nicht lange genug hier gearbeitet, um Siegfrieds blindes Vertrauen zu besitzen. Deshalb wird er wohl von einem Experten hören wollen, was Sache ist."

„Aber bei unserem ersten Fall reichte ihre Erkenntnis doch auch aus?", protestierte ich flüsternd.

„Klar", stimmte Matt zu, „aber da ging es auch noch nicht um so eine große Sache. Und mit groß meine ich, dass da neben dem Ruf der Vermittlung auch viel Geld auf dem Spiel steht."

Mit einem Mal fiel mir wieder der Spiegelsaal mit seinen Schätzen ein und mir dämmerte, wovon Matt sprach. Die babylonische Sphinx war ein Vermögen wert. Und wenn ihre Umsiedelung Ursache für die Katzenprobleme war, dann würde das einer gewissen stinkreichen Sammlerin gar nicht gefallen. Noch dazu, wo sie wohl schon selbst den Zusammenhang zu vertuschen versucht hatte, als sie all die Katzenleichen heimlich verschwinden ließ. Dann hatten wir aber auch keinen Beweis, was dort vorgefallen war!

„Nun, zumindest diese beobachteten Katzenabschüsse scheinen der Wahrheit zu entsprechen", sagte in diesem Moment Siegfried. „Bereits vor zwei Tagen ist ein Artikel in der Zeitung darüber erschienen. Seitdem wird das Gelände noch viel strenger bewacht und niemandem wird mehr Zutritt gewährt."

Herr Schildkröte schob uns eine Zeitung über den Bürotisch. Der Name Lionel stach mir sofort ins Auge. War ja klar, dass der Journalist die Gelegenheit zu einer Story gleich genutzt hatte.

„Ich werde die Aufzeichnungen überprüfen lassen", meinte Siegfried. „Die Katze konnte wegen diverser nötiger Gesundheitschecks noch nicht in ihre Dimension zurückgeschickt werden. Nach meiner letzten Meldung befindet sie sich noch hier in der Zentrale."

Ich wusste, dass wir in dem Moment alle das gleiche dachten: „Danke, Tāne." Wenigstens auf seine Unterstützung konnten wir uns offenbar verlassen.

Siegfried behielt die Archivplatte bei sich und schickte uns erstmal weg. Da keiner von uns Lust hatte, nach Hause zu gehen, bevor wir nicht mit Sicherheit wussten, was nun geschehen würde, statteten wir Tāne einen Besuch ab. Es hätte mich kaum überraschen sollen, dass da noch ein anderer Besucher war.

„Ihr seid zurück! Oh, wie ich mich freue, euch zu sehen", sagte Chalifa, der Freudentränen bei unserem Anblick vergoss. „Ich konnte es kaum über mich bringen, meine anderen Lieblinge in dieser schweren Stunde zu verlassen. Aber sie sind ja bei meiner Verlobten in guten Händen."

Sofort stieg das Bild der muskulösen Wache in mir auf. Ja, dachte ich, die wird bestimmt auch mit einem ganzen Harem voller tobender Katzen fertig.

Optica selbst schien nicht so aggressiv geworden zu sein wie einige ihrer Artgenossen. Sie gab aber immer noch ununterbrochen ihr klagendes Miauen von sich.

Tāne selbst hätte sich gerne mit uns unterhalten, aber wie ich vermutet hatte, war er gerade beschäftigt.

„Einige Katzen haben schwere Verletzungen davongetragen, bevor sie von der Vermittlung aufgesammelt worden sind. Wir Tierärzte haben wirklich alle Hände voll zu tun, um sie wieder zusammenzuflicken. Die meisten Katzenhalter wurden angehalten, die Katzen sicher in ihrer Wohnung einzuschließen. Bei den meisten genügt das schon. Einige benutzen auch größere Käfige mit etwas Freiraum für die Katzen, weil sie zum Beispiel Angst haben, dass die Katzen ihre Kinder verletzen könnten. Mir ist allerdings bis jetzt kein Fall bekannt, wo so etwas vorgekommen wäre", erklärte uns der Tierarzt.

Wir verabschiedeten uns also bald wieder und setzten uns draußen neben den Springbrunnen. Es war ein warmer Junitag und daher störte uns wenig, dass wir ab und zu von herabfallenden Wassertropfen getroffen wurden. Shai hatte jedoch einen Regenschirm aufgespannt. Eine weise Entscheidung, dachte ich, als mich ein hervorschießender Wasserstrahl mitten ins Gesicht traf. Matt, der nicht gerne stillsaß, schloss sich den hüpfenden Kindern an und schon wenige Minuten später waren sie alle triefend nass, lachten aber herzhaft.

Danach schlenderten wir ein wenig umher. Shai hielt vorerst noch etwas Abstand zum durchnässten Matt. Wir trauten uns nicht, das Gelände des Hauptquartiers zu verlassen. Wir wollten sofort zur Stelle sein, falls man nach uns schickte. Irgendwann hielten wir es aber einfach nicht mehr aus und postierten uns direkt vor Herrn Schildkrötes Büro.

Jane, die Sekretärin, machte uns einen Tee.

Endlich kam eine Nachricht für Siegfried. Jane eilte damit ins Büro und gleich darauf rief uns Siegfried hinein.

„Die Informationsabteilung hat bestätigt, dass die babylonische Sphinx von besagtem Ort geholt und an eine Stella Cartwright geliefert wurde", fing Siegfried an.

„Na, toll", dachte ich. Wenn die Informationsabteilung von Anfang an mit dieser Information rausgerückt wäre, hätten wir uns den ganzen gefährlichen Weg in die Wüste sparen können.

„Ein ranghoher Mitarbeiter der Vermittlung hat zudem eure Geschichte mit den Katzenabschüssen bestätigt", fuhr er fort.

Ein ranghoher Mitarbeiter? Das konnte ja nur einer sein.

„Das stand ja auch schon in der Zeitung", bemerkte Shai spitz, deren Laune sich wohl schon bei dem Gedanken an diesen ranghohen Mitarbeiter verschlechtert hatte.

„Vertraue niemals blind den Nachrichten", sagte Siegfried belehrend. „Jedenfalls fehlt jetzt noch die Auskunft des Experten. Ich möchte die Sache eigentlich gerne schnell hinter mich bringen. Diese Geschichtsheinis verzetteln sich immer in belanglosen Details. Wenn wir sie in Ruhe lassen, werden sie vermutlich erst in einem Jahr etwas rausrücken, dann aber gleich ein ganzes Buch. Ich habe hier zu tun, deshalb könnt ihr ja mal hingehen und ihnen Beine machen."

Das taten wir dann auch, nachdem uns Jane den Weg erklärt hatte. Wir staunten nicht schlecht, als wir feststellten, dass der Experte für unseren Katzenfall eine Maus war. Eine Maus, die mir aufrechtstehend bis etwa zur Hüfte reichte. So trafen wir sie nämlich an, einen Notizblock und einen Stift in der Hand.

„Ihr müsst das Team sein, das diesen unglaublichen Fund gemacht hat", sagte sie mit piepsiger Stimme, als wir ihr Büro betraten, in dem unzählige Iris-Rollen in Regalen lagen. Ihr ziemlich niedriger Bürotisch war unter einem Haufen aufgerollter Iris-Rollen begraben, von denen einige einen leicht modrigen Geruch verströmten. Der kleine Stuhl neben diesem überfüllten Tisch erinnerte mich an den auf dem Wandbild, auf dem der Pharao gesessen hatte.

Shai stellte uns vor und erklärte, weshalb wir gekommen waren. Die Maus stellte sich ihrerseits als Diana, Expertin für Ägyptologie vor. Matt und ich ließen derweil unsere Blicke über den

Raum schweifen. Matt trat näher an eine eindeutig ägyptische Zeichnung heran, die an der Wand hing. Es war eine ganze Fortsetzung von Zeichnungen, die einen Krieg zwischen Katzen und Mäusen darstellten und dann einen offenbaren Sieg der Mäuse, denen die Katzen ehrerbietig Nahrung und Geschenke darbrachten.

„Wunschdenken", murmelte Matt.

Mir wurde etwas flau bei dem Gedanken, dass eine Maus uns nun in einem Fall, bei dem es um die Rettung einer Katze ging, den entscheidenden Beweis liefern sollte. Eigentlich ging es sogar um alle Katzen.

Aber da hätte ich mir keine Sorgen machen müssen. Denn die professionelle Neugier dieser Maus schien sie jedwede Abneigung gegenüber ihren Erzfeinden vergessen zu lassen. Und bei ihrer Körpergröße war ohnehin anzunehmen, dass sich jede Katze sofort entsetzt aus dem Staub gemacht hätte.

„Wirklich großartig, wirklich großartig!", stieß sie begeistert hervor. „Für einen solchen Vorgang hatten wir bisher noch keinen schriftlichen Beweis. Nun endlich hat sich uns diese Geschichte offenbart!"

„Was für eine Geschichte und was für ein Vorgang?", fragte ich dazwischen.

„Die Ablösung von einer Göttin durch eine andere, natürlich", sagte Diana.

Und dann begann sie ihre lange Schilderung. Sie warf mit allerlei historischen Namen um sich und eine halbe Stunde später war ich noch immer nicht schlauer als zuvor. Erst als sie von einem Schutzzauber oder Wächter sprach, wurde ich etwas bleich. Diana entging das nicht und sie hakte sofort nach: „Seid ihr denn auf ein Hindernis gestoßen?"

„Kann man wohl so sagen", bestätigte Matt.

Er beschrieb ihr kurz die feuerspeiende Riesenkobra.

„Oh, eine Uräus-Schlange also. Das hätte ich mir denken können", sagte Diana.

„Ist das auch eine heilige Schutzschlange?", fragte ich, nun doch neugierig, wo ich die Schlange eine halbe Weltkugel weit hinter mir gelassen hatte.

„Allerdings, eine sehr bekannte Schutzschlange", erwiderte die Maus. „Abbildungen von ihr wurden in allen möglichen Tempeln gefunden. Sie ist ein Symbol für das Auge des Re, des Sonnengottes. Mit ihrem Gluthauch soll sie seine Feinde verbrennen."

„Das dürfte ihr nicht allzu schwerfallen", stimmte Matt zu.

„Übrigens ist sie als Sonnenauge auch eine Manifestation von Bastet, der Tochter des Re", begann Diana und dann schweifte sie wieder in unzähligen Erläuterungen über die verschiedenen Götter, deren Familienbeziehungen und so weiter ab, dass mir vor lauter Namen der Kopf nur so schwirrte.

Die Schilderung nahm und nahm kein Ende und irgendwann unterbrach sie Shai räuspernd und bat nun endlich um eine kurze, wenn möglich schriftliche Erklärung, die wir unserem Chef abgeben konnten. Die Maus wirkte etwas enttäuscht, ging dann aber zu ihrem Tisch und zog zielsicher eine Archivplatte – vermutlich unsere Archivplatte – unter dem Stapel hervor. Daneben legte sie eine Iris-Rolle, die sie offenbar bereits mit diversen Notizen gefüllt hatte. Nun begann sie, eine Art Reinschrift auf ein Papier zu übertragen.

Währenddessen bat ich Shai, mir nochmals in vereinfachter Form zu erklären, was Diana vorher so ausschweifend erläutert hatte.

„Na schön", sagte Shai und begann ihre Erklärung: „Als erstes ist wichtig, dass es sich bei der babylonischen Sphinx nicht nur um eine Steinstatue, sondern um eine babylonische Gottheit handelt. Die Babylonier glaubten, dass ihre Götter in ihren Statuen lebten. Die Statuen symbolisierten also nicht nur die Gottheit, sie waren vielmehr selbst die Gottheit. Zumindest nach Vollendung der dafür wichtigen Zeremonien, unter anderem auch ein Ritual, mit dem der Mund der Statue geöffnet werden konnte. Die babylonischen Götter besaßen häufiger Tierkörper und Menschenköpfe, während es bei den ägyptischen Gottheiten umgekehrt war. Unsere Sphinx war also eine babylonische Göttin. Sie wurde von einem babylonischen König, den Namen habe ich wieder vergessen, als Geschenk an den Pharao in Ägypten übergeben. Zu dieser Zeit befand sich offenbar der Hauptsitz der Königsfamilie in Bubastis, der Stadt der Bastet. Der Pharao machte erst denselben Fehler, den auch ich begangen hatte. Er sah die Sphinx wie eine ägyptische Sphinx und stellte sie als Gabe und neue Wächterin in den Tempel der Bastet. Für Ägypter waren Statuen zwar auch ein Medium einer Gottheit, aber eben nicht die Gottheit selbst."

„Nun wird es kompliziert", fuhr Shai fort, „denn was die Götter betrifft, können wir nur raten. Götter sind Wesen, die sich nicht so einfach erklären lassen. Sie tragen oft verschiedene Namen und sind sehr wandelbar. Die Göttin Bastet war früher vermutlich als Sachmet bekannt, eine starke und auch gefährliche Löwengöttin. Diana hat vorhin einige weitere Namen erwähnt. Ich habe noch Mehit … oder war es Menhit … und Schesmetet aufgeschnappt. Vermutlich handelt es sich bei allen aber um ein und dieselbe Göttin. Als Katzengöttin wurde sie dann etwas zahmer. Wir Naturwesen betrachten Götter gemeinhin als Instanzen, die für eine bestimmte Sache oder eben bestimmte Wesen verantwortlich sind. Die großen Götter haben aber meist mehrere Aufgaben. Nun scheint es so, dass Bastet sich anderen Aufgaben gewidmet hat, als die Pharaonen in ihrer Stadt lebten und deshalb konnte sie sich immer weniger um die Belange der Katzen kümmern. Sie erkannte die junge babylonische Göttin natürlich als das, was sie war, und übertrug ihr dann nach und nach die Oberherrschaft über die Katzen. Ob sich Bastet später anderen Ländern zuwandte, als Ägypten erobert wurde, oder ob sie sich ganz aus dieser Dimension zurückzog, wissen wir nicht. Aber unsere babylonische Göttin aus festem Stein blieb natürlich zurück. Und sie war jetzt die neue Katzengöttin. Ein späterer Hohepriester schien dies erkannt zu haben und bat den Pharao, die Katzengöttin, die als Steinstatue ja verletzlich oder eben zerstörbar war, in Sicherheit bringen zu lassen. Und offensichtlich taten sie genau das. Die Göttin hat bis in die heutige Zeit unter dem Schutz des Sandgeistes in der Wüste überdauert."

„Und unter dem Schutz der Riesenkobra. Vergiss nicht die Riesenkobra", mischte sich Matt ein, dem dieser Punkt offenbar wichtig war.

Schließlich hatte Shai nur in aller Ruhe in das Tempelheiligste vordringen können, weil Matt und ich den Lockvogel für diese Uräus-Schlange gespielt hatten.

„Sicher", sagte Shai und fügte dann etwas spöttisch hinzu, „und den Flusspferden, nicht wahr?"

„Die haben wir uns nicht eingebildet!", begehrten Matt und ich gleichzeitig auf.

„Ach, kommt schon", meinte Shai, „Flusspferde mitten in der Wüste? Wo sollten die denn herkommen? Die würden doch im Sand ersticken."

„Vielleicht leben die ja sonst im Tempel mit der Schlange. Die hat ja auch irgendwie da unten überlebt", schlug ich vor.

Shai wollte gerade etwas erwidern, als Diana uns unterbrach: „Ich bin fertig. Hier! Bringt das eurem Chef."

Wir nahmen die Unterlagen entgegen. Diana hatte in der kurzen Zeit so viele Blätter vollgekritzelt, dass es ein ganzes Heft gefüllt hätte.

„Danke", sagte Shai, „aber ich muss doch noch fragen: Gibt es irgendeinen Punkt in diesen Aufzeichnungen, der darauf hinweist, dass die Sphinx wieder an ihren alten Platz gebracht werden sollte?"

„Nun", sagte Diana, „eigentlich bin ich ja nur Expertin für die Geschichte. Welchen Effekt ein Standortwechsel der Statue haben könnte, kann ich nicht beurteilen. Abgesehen davon, dass es natürlich den Wünschen der Erbauer dieser versteckten Anlage widerspricht. Hm, aber wartet mal."

Sie kritzelte kurz etwas auf ein Notizpapier.

„Ich kenne einen Zauberer, der sich auch mit altägyptischen Zaubern befasst hat. Der kann euch bestimmt eine Meinung dazu abgeben", erklärte sie.

Sie reichte uns das Papier. Der Name, der darauf prangte, löste keinerlei Begeisterung bei uns aus.

„Wir könnten doch stattdessen Cheshire um eine Meinung bitten", schlug ich vor.

„Cheshire arbeitet aber nicht für die Vermittlung", entgegnete Shai resigniert. „Externe Meinungen würde die Vermittlung nur dann berücksichtigen, wenn sie selbst nicht mehr weiterweiß. So bleibt alles schön unter dem Verschluss des Betriebsgeheimnisses und kein Lebewesen aus der Außenwelt wird je erfahren, was für einen Mist sie da gebaut haben, als sie die Statue fortgeholt haben."

„Trotzdem", beharrte ich, „ich kann einfach nicht glauben, dass es unter all den vielen Angestellten der Vermittlung ausgerechnet nur ihn geben soll, der uns helfen kann."

„Unser Fall ist so gut wie abgeschlossen", sagte Shai. „Beißen wir eben kurz in den sauren Apfel. Ich mag ihn zwar nicht, aber er hat sich schon einmal als hilfsbereit erwiesen."

Ihn nicht mögen war ja wohl die Untertreibung des Jahrhunderts. Und hilfsbereit war er auch erst gewesen, nachdem Shai sich vor ihm gedemütigt und niedergekniet hatte. Gerade wollte ich etwas dazu sagen, als er plötzlich vor uns stand. Eigentlich hätte mich das nicht überraschen sollen. Auch Cheshire hatte die Angewohnheit, immer dann, wenn sie gebraucht wurde, zu erscheinen. Und das, obwohl wir meistens gar nicht wussten, dass wir ihren Rat brauchten. Das schien wohl so ein Zaubererding zu sein.

Nun ragte die wie immer elegant gekleidete Gestalt von Hei Hu vor uns auf. Und zwar so plötzlich, dass Shai fast in ihn hineingelaufen wäre. Irritiert hob sie den Kopf.

„Na, ihr Anfänger", höhnte er von oben herab, „habt ihr also doch euren ersten Auftrag erfüllt."

Und diesen unfreundlichen Kerl sollten wir nun um seine Meinung und Mithilfe bitten? Mir sträubten sich die Nackenhaare.

„Genau genommen war das unser zweiter Auftrag, nicht der erste", korrigierte ihn Matt.

Hei Hu richtete seinen Blick auf ihn und schien ihn mit den Augen abzuschätzen. Dann grinste er.

„Alle Achtung. Ich muss sagen, ich bin überrascht, dass ihr heil an dem Wächter vorbeigekommen seid. Offenbar habe ich diese Schutzschlange unterschätzt", sagte er kühl.

„Du meinst wohl überschätzt?", verbesserte ich.

Er sah mir direkt in die Augen und mein Blut schien zu gefrieren.

„Ich spreche von der kleinen Schlange, die dir aus Dankbarkeit einen Schutzzauber verpasst hat. Aber das hast du vermutlich gar nicht mitbekommen, nicht wahr? Wäre ihr Zauber nicht gewesen, wärt ihr bestimmt von den Flammen der Uräus-Schlange versengt worden", sagte er und fügte murmelnd hinzu: „Und dann hat auch noch *sie* ihr Augenmerk auf dich gerichtet."

„Sie?", fragte ich, ohne groß nachzudenken.

Wieder sah er mir tief in die Augen und ich fühlte mich, als stünde ich plötzlich nackt vor ihm, alle meine tiefsten Abgründe offenbarend. Er schien Geheimnisse aus meinem tiefsten Innern zu sehen, die ich selbst nicht kannte. Aber ich hatte den Eindruck, dass er mit dem, was er sah, nicht zufrieden war. Gehässig verzog er den Mund.

„Schwer von Begriff", meinte er. „Die Katzengöttin, natürlich. Die so liebenswert war, und euch den Schlüssel zu ihrer Kammer gegeben hat."

Nun war ich wirklich schwer von Begriff. Schlüssel? Kammer? Was?

Shai, die bisher geschwiegen hatte und stocksteif dastand, rührte sich plötzlich. Mit entsetzter Miene fragte sie: „Du meinst doch nicht …?"

Hei Hu grinste wieder breit und selbstgefällig. Shai zu ärgern schien wirklich seine Lieblingsbeschäftigung zu sein.

„Aber natürlich. Mit ihrem Segen hätten deine Freunde nur zu einer der Sphinx-Statuen sprechen müssen und diese hätten den Wächter zurückgedrängt. Schließlich haben sie ähnliche Kräfte wie ihre einstige Herrin Bastet, die als Katze des Re die Riesenschlange Apophis besiegt hat. Aber ihr könnt mir dankbar sein. Dadurch, dass ich euch den Schlüssel wieder genommen habe, konntet ihr testen, ob ihr auch eine Chance habt, ohne dass euch die Lösung praktisch auf dem Silbertablett präsentiert wird", erklärte er.

„Du, du …", Shais Stimme zitterte vor Wut.

Ich stand noch immer auf dem Schlauch. Wann sollte er uns den Segen der Katzengöttin weggenommen haben? Wir waren während dieser Mission nur zweimal auf ihn gestoßen. Einmal hier auf der Straße und einmal ... Endlich fiel es mir wie Schuppen von den Augen.

„Das Miauen!", rief ich aus. „Sie hat uns die Katzensprache gegeben, damit wir mit den Sphinxen sprechen können."

Hei Hu grinste.

„Und dann hat Hei Hu sich zum Retter ernannt und uns von dem angeblichen Fluch befreit", ergänzte Matt, der für einmal nicht sonderlich gelassen klang. „Ein Fluch, der in Wahrheit eine große Hilfe gewesen wäre."

Hei Hu zuckte unbekümmert mit den Schultern.

„Ihr habt mich selbst darum gebeten. Dafür könnt ihr also nicht mir die Schuld in die Schuhe schieben", sagte er frech grinsend.

Ich sah Shai an, dass sie fast platzte vor Wut. Und ob sie ihn gebeten hatte. Sie hatte sich sogar vor ihn hinknien müssen, damit er den Fluch von uns nahm. Und nun stellte sich heraus, dass die Überwindung, die sie aufgebracht hatte, gar nicht notwendig gewesen wäre. Im Gegenteil.

„Du, du verdammter Scheißkerl", begann sie, zu schreien, in einer schrillen Stimme, wie ich sie bei ihr noch nie gehört hatte. Ich war mir sicher, dass der Schrei in der ganzen Zentrale zu hören sein musste.

Bevor sie jedoch zu noch schlimmeren Schimpfworten greifen konnte, meinte Hei Hu: „Schrei ruhig weiter. Aber ich glaube, ihr braucht etwas von mir."

Das brachte Shai sofort zum Verstummen. Aber ihr Körper bebte vor Wut. Und meiner, wie ich feststellen musste, auch. Der Kerl konnte einen ja so was von auf die Palme bringen. Und offenbar war nun nicht mehr nur Shai sein Opfer. Er hatte es auf unser gesamtes Team abgesehen.

Und auf einmal wurde es mir klar. Er hatte es gewusst. Alles. Von Anfang an. Er hatte ein Spiel mit uns gespielt. Die Lösung des Falles hatte er vermutlich schon gekannt, bevor wir überhaupt zu Chalifa geschickt worden waren. Vielleicht war er sogar selbst dabei gewesen, als die Sphinx aus ihrem Versteck weggeholt worden war. Ein Zauberer mit Kenntnis von altägyptischen Zaubern. Sicher hätten sie ihn bei so einer Mission dabeigehabt.

Und er hatte die Göttin erkannt. Aber es war ihm egal gewesen. Er hatte sie trotzdem weggebracht.

Und deswegen war er auch zu der Einweihungsfeier eingeladen gewesen!

Dieser Kerl fühlte sich offenbar unbesiegbar. Nicht einmal vor einer Göttin hatte er Respekt. Vermutlich war das Ganze sogar pure Absicht gewesen. Er hatte nur sehen wollen, ob diese kleine Katzengöttin genug Kraft aufbringen konnte, um ihn zu stoppen. Aber das hatte sie nicht gekonnt. Dass dabei womöglich eine ganze Spezies zugrunde gehen würde, war ihm scheißegal.

Diesmal sah ich ihm in die Augen. Und dieses Mal war ich es, der in seine Seele blickte und die tiefen Abgründe darin erkannte. Hei Hu bemerkte meinen Blick und seine Augen verengten sich. Von wegen schwer von Begriff, dachte ich. Ich habe dich durchschaut.

Mein fixierender Blick schien Hei Hu ein wenig aus dem Konzept gebracht zu haben. Das selbstgefällige Lächeln kehrte nicht mehr auf sein Gesicht zurück. Er wandte sich unverzüglich ab.

„Ich habe noch wichtigeres zu tun, als mich mit euch Gesinde abzugeben", erklärte er, während er in die andere Richtung davonging.

„Hey!", rief ihm Matt hinterher. „Was ist mit unserer Bestätigung?"

„Die hat die Schildkröte bereits erhalten", sagte Hei Hu abwinkend.

So war das also. Er hatte uns also nur nochmals ärgern wollen. Vermutlich abermals flehen sehen wollen, um dann unsere Mienen zu beobachten, wenn er uns eröffnete, dass alles längst geregelt war. Dieser … dieser … Hei Hu. Von nun an wohl unser Erzfeind Nummer eins.

„Ach, übrigens", rief er noch zurück, „du schuldest mir noch etwas Dschinniya. Vergiss das nicht!"

Wie bitte!? Shai sollte ihm noch etwas schuldig sein?! Etwa für den Gefallen, der im Grunde genau das Gegenteil gewesen war?!

„Das kannst du dir abschminken!", rief ihm Matt hinterher.

Hei Hu lachte.

„Ein Handel ist ein Handel", rief dieser zurück. „Das kann dir die Dschinniya sicher bestätigen."

Shai sagte nichts, aber uns allen war klar, dass er recht hatte.

Nach dem ganzen Stress holte ich mir wieder Betty zur Beruhigung. Erstaunlich, wie 50 Kilo Raupe über mir zur Entspannung beitragen konnten. Diesmal wollte ich mich aber nicht zu sehr gehen lassen. Das schien auch die in ihrer Größe variierbare Raupe zu merken, die deutlich kleiner war als das letzte Mal. Doch obwohl der Fall nun abgeschlossen war, war meine Arbeit noch nicht beendet. Wie schon bei unserem ersten Fall musste ich natürlich noch einen Bericht abgeben – natürlich wieder der Chefin höchstpersönlich.

Diesmal musste ich mir genau überlegen, was ich in meinen Bericht schreiben sollte und was nicht. Die Rolle der Informationsagentin Mei ließ ich geflissentlich aus. Ebenso, zu meinem Leidwesen, die von Hei Hu. Ich hätte den Zauberer liebend gerne angeschwärzt, war mir aber sicher, dass das am Ende mehr uns als ihm schaden würde.

Auch Cheshire erwähnte ich nur am Rande, sodass man ihren wahren Beitrag nicht hätte erahnen können. Noch immer hallten die Worte der Zauberin in meinem Kopf wider. „Du wirst eine große Entscheidung treffen müssen."

Ich hatte nicht den Eindruck, dass ich das bisher getan hatte. Also stand diese Entscheidung wohl noch aus. Wenn ich nur wüsste, worum es bei dieser Entscheidung ging.

Ich traf mich am Nachmittag mit Matt und Shai im Park.

„Und, kommst du gut voran?", fragte mich Shai freundlich.

Die beiden anderen hatten sich schön entspannt. Für sie war die Arbeit erstmal erledigt. Obwohl sie natürlich immer noch mit Interesse das Geschehen verfolgten, welches unser Fall nach sich zog.

„Ich verstehe eines noch nicht", antwortete ich ihr nachdenklich. „Wenn die Katzen nicht verflucht gewesen waren und dies alles nur wegen ihrer Katzengöttin taten, warum haben sie es dann niemandem mitgeteilt? Ich meine, Cheshire hat doch versucht, mit ihnen zu reden. Und als die Sphinx gestern zurückgebracht wurde, war plötzlich alles schlagartig ruhig und die Katzen besänftigt. Ich verstehe das nicht."

„Das sind eben Katzen, Ruby", meinte Matt. „Zuerst machen sie ein Riesentheater und dann tun sie so, als wäre nichts gewesen."

Tatsächlich waren die Unruhen am vorigen Tag praktisch zur gleichen Zeit überall auf der Welt zum Erliegen gekommen. Die Öffentlichkeit, die offiziell nichts von der babylonischen Sphinx und deren Göttlichkeit wusste, war darüber sehr erstaunt gewesen. Es gab aber einen Journalisten, der die Zusammenhänge zu erahnen schien, wenn auch nicht ganz genau. Jedenfalls erschienen weiterhin kritische Artikel über Stella Cartwright und ihr Anwesen und auch der Verlust ihrer wertvollen Sphinx war dem Journalisten Lionel nicht entgangen. Seine Vermutungen gingen jedoch eher in Richtung Fluch und fauler Zauber, weshalb für die Göttin keine Gefahr bestand, enttarnt zu werden.

Die göttliche Sphinx sollte ein Geheimnis bleiben. Und dank des Schutzes des Sandgeistes würde sie wohl auch keiner entdecken. Bis auf die ein oder zwei armen Teufel, die ab und zu kläglich im Innern des Tempels verdursten oder von einer Riesenkobra verspeist werden würden.

Ich schüttelte diesen unschönen Gedanken ab. Aber was war mit Optica?

„Dann hatte Optica wohl ein besonders feines Gespür, sodass sie vor allen anderen Katzen gemerkt hat, dass die Katzengöttin weggebracht wurde", vermutete ich.

„Ja, das denke ich auch", stimmte mir Shai zu. „Erst einige Zeit später hat sich die Nachricht auch bei unseren einheimischen Katzen verbreitet. Ich weiß natürlich nicht, wie weit sich das Machtgebiet der babylonischen Katzengöttin erstreckt, aber ich nehme an, dass sie wohl nur in dieser Dimension Einfluss hat. Sie scheint keine besonders starke Göttin zu sein, sonst hätte sie ... ihm eins ausgewischt."

Shai verspürte eine große Abneigung dagegen, Hei Hus Namen zu erwähnen. Aber es war auch so klar, wen sie meinte.

„Deshalb war Optica bestimmt überrascht, als sie die Göttin wahrgenommen hat", fuhr sie nach kurzem Zögern fort. „Die babylonische Katzengöttin ist gütig und den Menschen zugetan, während in Opticas Dimension ... Ich weiß nicht, ob es dort überhaupt eine zuständige Gottheit gibt oder ob die Katzen dort auf sich allein gestellt sind. Oder ob die Gottheit aggressiver ist. So wie die Löwengöttin Sachmet es früher war, bevor sie zur Katzengöttin Bastet wurde. In Sachen Göttern ist das alles reine Spekulation."

Shai seufzte.

Als ich ihr so zugehört hatte, war mir eine Idee gekommen. Ja. Eine gute Idee!

„Ich muss wieder an die Arbeit", sagte ich und hastete eilig davon.

Als ich das kleine Büro betrat, war ich nicht allein. Dort wartete bereits jemand. Eine Person, deren elegante Erscheinung von dem muffigen Büro gestört wurde.

„Das ist unerhört!", sagte sie empört zu mir. „Mich hier in dieses schäbige Büro zu bringen. Ich verlange sofort, mit Ihrem Vorgesetzten zu sprechen!"

Offenbar dachte sie, dass ich der Eigentümer dieses Büros war. Dabei ...

„Das wird wohl nicht nötig sein", sagte eine Stimme in meinem Rücken.

Hinter mir war die Chefin eingetreten. In ihr Büro. Ihr Büro, das zugegebenermaßen nicht dem Standard anderer Chefbüros entsprach.

„Setzen", sagte sie knapp.

Mir war nicht klar, ob sie das zu mir oder zu der wütend vor dem Pult stehenden Stella Cartwright gesagt hatte. Sicherheitshalber verkrümelte ich mich einmal auf einen Stuhl, der hinten an der Wand stand. So ließ ich diesen beiden einflussreichen Frauen genug Platz, um aufeinander loszugehen.

„Ich werde Sie verklagen!", drohte Stella.

Die Chefin nahm in Ruhe hinter ihrem Schreibtisch Platz.

„Davon würde ich Ihnen abraten", entgegnete sie seelenruhig. „Die Vermittlung hat ihren Vertrag nämlich eingehalten. Da es sich bei der babylonischen Sphinx aber nicht wie angegeben um eine Statue, sondern um eine Gottheit handelt, wurde der Vertrag nichtig und wir hatten jedes Recht, die Sphinx zurückzufordern. Vor Gericht hätten Sie keinerlei gerechtfertigten Anspruch."

„Dann gehe ich eben an die Presse", erwiderte Stella wütend. „Wissen Sie, wer ich bin?! Diese Sphinx war die Krönung meiner Sammlung und ich werde alle Mittel aufwenden, um ..."

„Ja, das haben wir ja bereits gesehen", unterbrach sie die Chefin. „Schließlich ist Ihr Ruf schon wegen dieser Katzentötungen hinlänglich geschädigt. Sowas hat zuweilen einen negativen Einfluss auf die Glaubwürdigkeit. Also gehen Sie ruhig an die Presse, wenn Sie wollen."

Bevor Stella weiter protestieren konnte, sagte die Chefin: „Wie sie sehen können, wartet bereits mein nächster Termin auf mich. Wenn Sie also bitte mein Büro verlassen würden."

Ihr Tonfall war höflich, aber bestimmt. Damit hatte die Chefin Stella eiskalt abserviert. Wutschnaubend, aber machtlos, verließ diese den Raum.

Voller Bewunderung sah ich die Chefin an, welche diese wichtige Persönlichkeit mal so eben in den Boden gestampft hatte. Dann wurde mir klar, dass sie von mir erwartete, dass ich mich nun ihr gegenüber hinsetzte. Mit einem flauen Gefühl im Magen durchquerte ich das kleine Büro und setzte mich.

„Gut", sagte die Chefin und ich fragte mich, ob sich das jetzt schon auf meinen Bericht bezog oder einfach auf die Tatsache, dass ich brav wie ein Hündchen an meinen Platz gegangen war.

„Sie haben sich wirklich zu Herzen genommen, was ich Ihnen beim letzten Mal gesagt habe."

Darauf folgte eine kurze Pause. War sie also mit meinem Bericht zufrieden? Ich wagte es kaum, zu hoffen.

„Es scheint mir zwar etwas weit hergeholt, dass die Katzengöttin über das Leid der Katzen in einer anderen Dimension erzürnt gewesen sein soll, weil ihr eine Katze telepathisch oder wie auch immer davon berichtet hat. Und dass sich deshalb der erst friedliche Protest der Katzen langsam in einen gewaltsamen gewandelt haben soll."

Ich schwieg. Hoffentlich sah sie mir nicht an, dass ich diese Zusammenhänge nur erfunden hatte. Ich hatte endlich verstanden, was mir Cheshire gesagt hatte. Meine Rolle in dieser ganzen Sache war bei weitem nicht so unbedeutend, wie ich angenommen hatte. Ja, ich war nur der Schreiberling. Ja, ich schrieb nur einen Bericht. Aber ich konnte mit meinem Bericht beeinflussen, was die Vermittlung als nächstes tun würde. Ich hatte mich entschieden, etwas Gutes zu tun.

„Wie dem auch sei", sagte die Chefin nach kurzem Zögern. „Da nun auch aus unerfindlichen Gründen dieser aufdringliche Journalist davon erfahren hat, müssen wir dort wohl oder übel einschreiten."

Sie musterte mich streng.

Ich muss zugeben, auf diesen Schachzug war ich ganz besonders stolz. Ich hatte meinen Kontakt zu Bradley genutzt, dessen Großmutter ja mit dem Journalisten Lionel befreundet war. Ein paar vage Andeutungen hatten gereicht, um den Journalisten heiß zu machen. Schließlich war das Thema um Stella Cartwright bereits ziemlich ausgelutscht. Umso besser, wenn sich da noch ein neuer Aspekt auftat. Nun konnte er noch über den Katzenkrieg in einer anderen Dimension berichten.

Die Chefin riss mich wieder aus meinen Gedanken.

„Und jetzt bitte den inoffiziellen Bericht", forderte sie.

Ich stutzte.

„Sie glauben doch wohl nicht, dass es Zufall war, dass ich einen Schreiberling für diese Stelle ausgewählt habe", sagte sie. „Ich weiß genau, wie Ihresgleichen tickt. Und daher weiß ich auch, dass Sie noch einen zweiten, detaillierten Bericht verfasst haben."

Mir graute. Sie meinte doch nicht das Dokument, dass ich heimlich verfasst hatte? Das, indem meine Eindrücke, Gedanken und auch ganz privaten Meinungen drin vorkamen? Das, indem stand, wie wir wirklich von der babylonischen Sphinx erfahren hatten. Und weshalb ich jetzt noch diese dreiste Lüge in meinen Bericht eingebaut hatte, um der Katzengöttin einen Gefallen zu tun.

Die Chefin beobachtete mich.

„Den … den … habe ich noch nicht fertig", log ich.

Natürlich hatte ich ihn fertig. Er lag bei mir in der Wohnung. Das erinnerte mich daran, dass ich dafür vielleicht ein besseres Versteck suchen musste.

„Aha", sagte die Chefin und ich hörte deutlich, dass sie mir diese Geschichte nicht abkaufte.

Aber anstatt weiter darauf zu bestehen, überraschte mich die Chefin, indem sie sagte: „Sie haben erst einmal ein paar Tage Urlaub."

„Ach ja?", platzte es aus mir heraus.

„Ich bin keine Sklaventreiberin", erklärte die Chefin ruhig. „Wenn meine Mitarbeiter überarbeitet sind, habe ich auch nichts davon."

Tatsächlich? Das kam mir zuweilen aber ganz anders vor. Mit ihrem Ultimatum hatte sie uns ziemlich in der Gegend herumgescheucht.

Ich stand auf und ging zur Tür. Besser schnell raus hier, bevor sie es sich anders überlegte.

„Ihnen ist aber klar, dass Sie mir den Bericht irgendwann werden aushändigen müssen", sagte sie.

Ich nickte. Den Bericht würde ich irgendwie verschwinden lassen. Den sollte sie niemals zu Gesicht bekommen. Vielleicht konnte ich ihr weismachen, Betty hätte ihn versehentlich aufgegessen. Und dann würde ich behaupten, mich nicht mehr an alle Einzelheiten zu erinnern. Und ab sofort würde ich immer drei Berichte schreiben. Den offiziellen und einen inoffiziellen. Und dann noch meinen ganz persönlichen. In diesem Punkt hatte sie eindeutig recht. Ich war ein Schreiberling. Ich konnte einfach nicht anders.

Ich verneigte mich tief. Da mich die Geschehnisse rund um die babylonische Sphinx allzu deutlich an die Existenz von Göttern erinnert hatten, hielt ich es für angebracht, meine Ehrerbietung zu erweisen. Die babylonische Sphinx war wieder sicher in ihrem Versteck. Und da niemand von ihr erfahren sollte, gab es außer dem unter Sand begrabenen Tempel auch keinen anderen Ort, um ihr zu huldigen.

Daher hatte ich beschlossen, stattdessen der Schutzgöttin für Schreiberlinge einen Besuch abzustatten. Diese hatte ihren Job offensichtlich gut gemacht. Jedenfalls war mir trotz vielerlei Gefahren nichts wirklich Schlimmes passiert. Sogar meine vorübergehende Katzenphobie hatte ich wieder hinter mir gelassen. Ihr dafür ein kleines Opfer zu bringen, war bestimmt nicht verkehrt.

In meinem Geist rief ich nochmals jenen Augenblick wach, als mich die babylonische Sphinx auf so seltsame Weise verzaubert hatte. Sie hatte nur zu mir gesprochen. Sie hatte mich auserwählt und zu meinem eigenen Erstaunen war ich ihren Erwartungen wohl gerecht geworden. Aber dennoch. Ohne Shai und Matt hätte ich diesen Fall niemals allein lösen können. Shais Wissen und ihr Gespür für magische Wesen war wirklich unentbehrlich. Und dank ihr war auch ihre Cousine auf ihre eigene, mysteriöse Weise hilfreich gewesen.

Matt hatte trotz Gefahr einen kühlen Kopf bewahrt. Ohne ihn wäre mir die Flucht vor der Uräus-Schlange bestimmt nicht gelungen. Ganz zu schweigen von den Flusspferden, deren Existenz Shai uns noch immer nicht so richtig glauben wollte. Dass gerade sein Hobby, das Comiclesen, den Fall schlussendlich auflöste, brachte mich in Gedanken zum Lachen. Es war schon ein tolles Team, in das ich da geraten war.

Doch nicht nur Menschen waren in diesem Fall wichtig gewesen. Optica und der hilfsbereite Hameez, der eine kleine Katzenschar anführte, hatten auch ihren Beitrag geleistet. Irgendwie zumindest. Ich war jedenfalls froh, dass es ihnen jetzt gut ging. Optica war glücklich bei ihrem Chalifa und Hameez war nun hoffentlich die Verfolgung durch den Wesir los.

In meinen Gedanken blitzte wieder die babylonische Sphinx auf. Die steinerne Statue blinzelte zufrieden.

Dann riss mich eine Stimme aus meinen Gedanken.

„Hier steckst du also!"

Ich öffnete die Augen und drehte mich um. Vor mir stand Shai. Sie trug ein leuchtendes Kleid aus Orange und Rot. Das passte gut zu ihrem feurigen Wesen. Trotz der starken Farben ihres Kleides, schienen ihre violetten Augen noch viel stärker zu leuchten.

„Gibt es wieder Arbeit?", fragte ich verunsichert.

Shai schüttelte den Kopf.

„Nein, momentan scheinen sie uns wirklich eine Pause zu gönnen", sagte sie. „Aber ich wollte dir unbedingt die Neuigkeiten aus Opticas Dimension erzählen. Wir haben soeben brandheiße Informationen von Mei erhalten."

„Meinst du das jetzt wörtlich oder sprichwörtlich?", fragte ich.

Vielleicht waren die Informationen ja als glühende Lava überbracht worden.

Shai lachte.

„Komm! Lass uns runter gehen und Pfannkuchen essen", sagte sie. „Der Aufstieg hier rauf macht mich jedes Mal so hungrig."

Das konnte ich ihr nachfühlen. Auch ich fand den Aufstieg auf den Berg recht anstrengend. Man konnte zwar auch die Gondel nehmen. Aber mal ehrlich, das wäre dann wirklich eine schwache Leistung, um die Götter zu ehren.

„Und was ist mit Matt?", fragte ich. „Ist er nicht mitgekommen?"

Shai seufzt: „Der wollte natürlich unbedingt bis ganz auf den Gipfel rauf. Ist wohl wieder so ein Heldending oder so. Einen Berg zu besteigen, ohne auf den Gipfel zu gelangen, wäre für ihn wahrscheinlich eine Schmach."

Wir machten uns also auf den Rückweg. Matt holte uns nach einer Weile ein. Er kam ziemlich schnell die lange Treppe heruntergerannt.

„Hey! Hallo Ruby!", sagte er gut gelaunt. „Tolle Aussicht hier oben, nicht?"

Während des Abstiegs hörte ich mir an, was Shai und Matt von Mei erfahren hatten.

„Und das haben sie alles dir zu verdanken!", sagte Shai. „Du hast Opticas Dimension in deinem Bericht erwähnt, nicht wahr?"

Ich nickte verlegen, fühlte aber gleichzeitig, wie Stolz über das verdiente Kompliment in mir aufstieg und mich von innen wärmte. Vermutlich hatte ich auch wieder ein rotes Gesicht.

„Weißt du, Ruby", sagte Matt, „obwohl du von der Chefin gezwungen wurdest, diesen Job zu machen, finde ich, du machst ihn echt klasse! Ich könnte mir zumindest keinen besseren Schreiberling dafür wünschen. Ich finde, wir sind ein gutes Team."

Ich war sehr froh, das zu hören. Dann war ich also nicht der Einzige, der das so empfand.

„Was ich mich aber schon die ganze Zeit frage, ist …", begann Shai, „womit hat dich denn die Chefin eigentlich in der Hand? Ich meine, ich habe euch von meinem Problem mit … Hei Hu", würgte sie den Namen mühsam hervor, „erzählt. Aber warum bist du ihr ausgeliefert? Ich meine, du musst es uns nicht erzählen, wenn du nicht willst, aber …"

Ich seufzte.

„Ich habe Schulden", gestand ich. „Sogar ziemlich viele Schulden. Wegen eines Lasters, das mich schon lange verfolgt."

Beide lauschten ganz gespannt.

„Es … es ist so, naja … wisst ihr, warum ich Ruby heiße? Der Name wurde mir von meinen Rettern gegeben. Den Matrosen, die mich von Plikis Insel gerettet haben."

Beide schüttelten den Kopf.

„Warum?", fragte Matt.

„Wegen meiner Vorliebe. Ich, ich liebe …", sagte ich und seufzte nochmals. Es fiel mir schwer, dieses Geheimnis preis zu geben. Aber wenn ich wirklich Freundschaft mit den beiden schließen wollte, dann gehörte das wohl dazu. Und das wollte ich. Außerdem konnte dieses Laster vielleicht auch mal in einem Fall zu einem Problem werden. Gut, das war schon unwahrscheinlich. Aber man wusste ja nie.

„Ich bin süchtig nach Rubinbeeren", gestand ich.

Beide starrten mich mit offenen Mündern an.

„Was?!", platzten sie nach kurzem Schweigen synchron heraus.

„Du meinst diese Beeren? Diese verdammt teuren Beeren, die ich noch nicht einmal gesehen, geschweige denn je probiert habe?", fragte Shai.

„Genau die", bestätigte ich. „Sie haben einen vollkommenen Geschmack, eine perfekte Kugelform. Von fern leuchten sie rot wie die Abendsonne und von nahem glitzert ihr Fleisch wie rote Sterne."

Ich brach ab. Ich kam schon beim bloßen Gedanken an diese verteufelten Beeren ins Schwärmen. Sie waren eben meine große Schwäche.

„Und so eine Beere kostet nochmals wieviel?", fragte Matt.

„Sie sind sehr selten", antwortete Shai. „Es gibt, glaube ich, auf der ganzen Welt kein anderes Lebensmittel, das so teuer ist. Falls es überhaupt in irgendeiner Dimension eines gibt."

„Eine Beere kostet etwa so viel wie zehn ihrer steinernen Namensvetter", sagte ich.

„Wow", meinte Matt. „Du musst ja schon ein ganz schönes Vermögen für die Dinger verprasst haben."

Ich nickte schuldbewusst.

„Tja, Ruby, da wirst du wohl noch einige Zeit bei der Vermittlung arbeiten müssen", sagte Matt. „Du bleibst uns also noch eine Weile erhalten."

„Ja", dachte ich. Ich werde meinen Job bei der Vermittlung gut machen und meine Schulden nach und nach abarbeiten. Vielleicht könnte ich dann irgendwann wieder in den Genuss meiner geliebten Rubinbeeren kommen. Bis dahin würde ich mich auf mein Team verlassen. Auf Matt und Shai. Und wir würden bei der Vermittlung mal so gründlich aufräumen und uns um den ganzen Mist kümmern, den die da anstellten. So stellte ich mir das in meinem momentanen Hochgefühl zumindest vor.

Vielleicht würde ich Tāne darum bitten, Betty behalten zu dürfen. Ich hatte so eine Ahnung, dass ich ihren beruhigenden Beistand noch brauchen würde. Außerdem mochte ich Betty wirklich. Denn die Raupe und ich hatten etwas gemeinsam: wir waren beide Vielfraße. Und wir waren beide unsterblich.

Die Autorin

Die 1988 in Baden geborene Sarah Ackermann veröffentlicht mit ihrem Fantasy Roman „Fluch der Katzen" einen Lesegenuss für die ganze Familie. Literatur spielte schon immer eine große Rolle in ihrem Leben. Nachdem sie ihr Fachhochschulstudium in Information und Dokumentation abgeschlossen hatte, arbeitete sie für sechs Jahre als Bibliothekarin. Danach begann sie ihr Zweitstudium in Indologie, bei dem sie ungehemmt ihrer anderen Leidenschaft, der asiatischen Kultur, nachgehen kann. Sarah Ackermanns starkes Interesse für Archäologie und japanische Manga spiegelt sich in ihrem neuen Roman wider und lädt den Leser in eine Welt voller Mythen ein, in der historisches Wissen spielend leicht und voller Spannung verpackt ist.

Der Verlag

> *Wer aufhört besser zu werden, hat aufgehört gut zu sein!*

Basierend auf diesem Motto ist es dem novum Verlag ein Anliegen neue Manuskripte aufzuspüren, zu veröffentlichen und deren Autoren langfristig zu fördern. Mittlerweile gilt der 1997 gegründete und mehrfach prämierte Verlag als Spezialist für Neuautoren in Deutschland, Österreich und der Schweiz.

Für jedes neue Manuskript wird innerhalb weniger Wochen eine kostenfreie, unverbindliche Lektorats-Prüfung erstellt.

Weitere Informationen zum Verlag und seinen Büchern finden Sie im Internet unter:

www.novumverlag.com